Zu diesem Buch

«Eine Art Heimat- und Schlüsselroman aus dem Ruhrgebiet zwischen 1917 und 1930, vom letzten Besuch des Kaisers in der deutschen Waffenschmiede bis zum unheiligen Pakt der Ruhr-Barone mit Adolf Hitler. Mit kaum verschlüsselten Ortsbezeichnungen und Namen und mit eingeblendeten Zeitungsberichten dokumentiert Erik Reger sehr detailliert die damalige Entwicklung an der Ruhr. Und sanft-ironisch und manchmal bitterböse glossiert er die Drahtzieher, Nutznießer und Opfer jener Jahre: die Kohlen- und Stahlbosse in den Chefetagen, die Arbeiterführer in den Gewerkschaftsbüros, die Parteifunktionäre von KPD, SPD und NSDAP in den Parteizentralen, Polizisten, Journalisten, Arbeiterdichter oder die Wortführer der damaligen Kulturindustrie – kurz: Macher, Manager und Malocher. Reger beschreibt, wie sich die Ruhrbosse nach dem Ersten Weltkrieg zunächst mit den Arbeitern solidarisieren, als es um Demontage und Wiedergutmachung geht. Schon bald aber wittern die Herren Unternehmer wieder Morgenluft, nehmen alle sozialpolitischen Zugeständnisse zurück und verbünden sich mit den Nazis. Die alte Geschichte und sicher einer der besten deutschen Industrieromane. Und mehr noch: das Panorama einer Zeit, deren böse Folgen bis heute noch nicht bewältigt sind und deren miese Verhältnisse, wenn auch in anderer Variation, bis heute noch unsere Gesellschaft bestimmen» (Armin Halstenberg in «Norddeutscher Rundfunk»).

Erik Reger (eigentlich Hermann Dannenberger), geboren am 8. September 1893 in Bendorf am Rhein als Sohn eines Grubenaufsehers, studierte Geschichte, Literatur und Sprachen. Nach dem Ersten Weltkrieg arbeitete er als Techniker, Verwalter, Buchhalter sowie als Pressereferent bei Krupp in Essen. Dann war er als Journalist tätig. 1933 emigrierte er in die Schweiz, kehrte jedoch 1936 zurück und arbeitete als Verlagsangestellter in Berlin. Von 1945 bis 1954 war er Herausgeber des «Tagesspiegel». Erik Reger starb am 10. Mai 1954 in Wien.

Sein vorliegender erfolgreicher Debütroman erschien zuerst 1931 im Ernst Rowohlt Verlag. Er erhielt den angesehenen Kleist-Preis, und die «Weltbühne» bezeichnete ihn bereits als den «besten deutschen Industrieroman». Zwei Jahre später wurde das Buch von den Nationalsozialisten verboten. 1979 sendete das ZDF eine Fernsehverfilmung mit Hannes Messemer. – Zu Regers Werken gehören ferner die Romane «Das wachsame Hähnchen» (1932), «Schiffer im Strom» (1933), «Lenz und Jette» (1935), «Napoleon und der Schmelztiegel» (1935), «Heimweh nach der Hölle» (1937), «Kinder des Zwielichts» (1941), «Der verbotene Sommer» (1941), die Essaybände «Vom künftigen Deutschland» (1947) und «Zwei Jahre nach Hitler» (1947) sowie die postum erschienene Novelle «Raub der Tugend» (1955).

Erik Reger

Union der festen Hand

Der große Schlüssel- und Industrieroman der Weimarer Republik

rororo

Rowohlt

Die «Union der festen Hand» ist 1931 erstmalig im Rowohlt Verlag GmbH erschienen.
Beim vorliegenden Band wurde mit freundlicher Genehmigung des Aufbau-Verlages, Berlin und Weimar, die dort im Jahre 1946 erschienene Ausgabe verwendet.

Veröffentlicht im Rowohlt Taschenbuch Verlag GmbH,
Reinbek bei Hamburg, Mai 1979

Umschlagentwurf Werner Rebhuhn (Foto von Annette Mellin
aus der gleichnamigen Fernsehverfilmung der
WINDROSE Film- und Fernsehproduktion GmbH)
Satz Aldus (Linotron 505 C)
Gesamtherstellung Clausen & Bosse, Leck
Printed in Germany
980-ISBN 3 499 14366 6

Vorwort zur Neuauflage 1946

Dieser Roman ist zuerst im Jahre 1931 erschienen. Er hat damals in der Öffentlichkeit nicht nur Deutschlands, sondern fast aller Länder Europas das Echo gefunden, das ich ihm wünschte, als ich ihn schrieb. Was mich betrifft, so denke ich weniger an die Zustimmung der einen oder den Haß und die Verfolgung der anderen, die das Buch eintrug. Ich denke vor allem an die leidenschaftliche Diskussion, die es entfachte. Sie allein rechtfertigte es, daß ich den Roman «dem deutschen Volke» gewidmet hatte.

In den verflossenen zwölf Jahren haben viele das Buch vermißt. Zahlreiche Leser hatten es verliehen und nicht zurückerhalten, andere hatten es entliehen und wollten es selbst besitzen, wieder andere, besonders aus der inzwischen herangewachsenen Generation, hatten davon gehört und waren begierig, es kennenzulernen. Sie alle hatten das Gefühl, daß dieser Roman unter der Perspektive der späteren politischen Entwicklung mit einer neuen Eindringlichkeit zu ihnen sprechen werde. So sind denn die Buchhändler, die Antiquare, die Leihbibliotheken und auch ich selbst immer wieder nach der ‹*Union der festen Hand*› gefragt worden. Umsonst. Das Buch war verboten und ausgemerzt.

Aber nicht nur dies bewog mich zu dem vorliegenden Neudruck. In seinem Erscheinungsjahr stand das Buch in einer Reihe mit anderen Büchern einer Gruppe von Schriftstellern, die die Schilderung der Zustände als Mittel geistiger Klärung und damit als Voraussetzung einer Wandlung um Wesen und Charakter ihres Volkes erkannt hatten. Ich glaube, jeder wird wahrnehmen, wie erschreckend aktuell gerade in dieser Hinsicht mein «Roman einer Entwicklung» geblieben ist. Soweit darin Parteiverhältnisse geschildert werden, kann niemand auf den Gedanken kommen, sie mit den heutigen zu verwechseln. Diese Dinge sind historisch. Aber weil sie historisch sind, haben sie sich mit historischer Konsequenz fortentwickelt; und weil in dem vorliegenden Roman die historische Konsequenz vorausgesehen wurde, behält er eine fortdauernde Aktualität. Bis auf Kleinigkeiten stilistischer Natur oder solche, die für eine nun entrücktere Zeit Gedächtnisstützen bilden, habe ich den Neudruck daher unverändert lassen können. Wesentliches ist weder weggeblieben noch hinzugefügt. Dies gilt insbesondere von Sätzen, die so frappant wirken, als seien sie nachträglich geschrieben worden.

Mit der gleichen Widmung wie vor vierzehn Jahren tritt das Buch heute vor seine alten und neuen Leser. Eine Neuerung, die sie antreffen, ist praktischer Art: ein Wegweiser am Schluß soll ihnen helfen, nach der Lektüre wiedergesuchte Stellen rascher aufzufinden. Wenn sich ihnen dabei erschließt, welches Maß an politischer, wirtschaftlicher und kultureller Geschichte der zwanziger Jahre dieser Roman enthält, darf ich als Autor dankbar und zufrieden sein.

Erik Reger

Dem deutschen Volke

Gebrauchsanweisung

1. Man lasse sich nicht dadurch täuschen, daß dieses Buch auf dem Titelblatt als Roman bezeichnet wird.

2. Man beachte, daß in diesem Buch nicht die Wirklichkeit von Personen oder Begebenheiten wiedergegeben, sondern die Wirklichkeit einer Sache und eines geistigen Zustands dargestellt wird.

3. Wenn man in den Reden einzelner Personen Stellen findet, die besonders unwahrscheinlich klingen, so hat man es mit tatsächlichen Äußerungen führender Geister der Nation zu tun oder wenigstens mit Gedankengängen, die auf solche zurückgehen. Der Verfasser hat sich überlegt, ob er diese Stellen im Druck kennzeichnen solle. Er hielt es nicht für geraten, aus drei Gründen:

a) weil es das Auge stören würde;

b) weil der Leser sich angewöhnen würde, darüber hinwegzusehen;

c) weil der Leser sich vorzeitig einbilden würde, diese Stellen von selbst erkannt zu haben.

4. Man beachte, daß in diesem Buch fünf Stationen durchlaufen werden und bemühe sich, die Zahnräder des Getriebes zu erkennen. Der jeweilige Haltepunkt wird auf den ersten vier Strecken durch den «Bericht des Generalanzeigers» kenntlich gemacht. Bei genauer Befolgung dieser Anleitung wird es dem Leser möglich sein, nach der fünften Strecke den «Bericht des Generalanzeigers» selbst zu schreiben.

Erstes Buch

Überrumpelung

Erstes Kapitel

Es ging auf den Frühling des Jahres 1918 zu. Die Stadt war nach dem Streik der Munitionsarbeiter ruhig.

Sie war eine von den vielen Ortschaften in Deutschland, die schon im achten Jahrhundert urkundlich belegt sind, ohne daß jene frühe Zeit deutliche Spuren in ihnen hinterlassen hätte. Da sind Gebäude, Einfahrten, Mauern, Höfe – viele alt und grau, gewiß, aber es ist trotzdem nichts Besonderes an ihnen, man wird nicht einmal neugierig auf ihre Herkunft. Das mürbe, rasenbezogene Gemäuer, das in Nebengassen von der verblichenen Vornehmheit und dem schämig versteckten Wohlstand ehemaliger Patrizierfamilien träumt, hat höchstens für melancholische Menschen einen Reiz, denen dabei der welke Pergamentduft der Chroniken in die Nase steigen mag, jener Chroniken, die in den Archiven von edlen, leider verwesten Geschlechtern erzählen.

Die Stadt, von der hier gesprochen wird, wäre freilich auf Wahrzeichen des Altertums vielleicht nicht einmal stolz gewesen, denn ihre Gegenwart war so hell und besinnungslos glänzend, daß sie zur Vergangenheit keine andere Beziehung haben konnte als die Beziehung der Hoffart und Selbstgefälligkeit, welche ein plötzlich reich gewordener Mann zur Armseligkeit seines einstigen Lebens haben mag. Seit Jahrzehnten war diese Stadt nämlich der Hauptplatz des großen Kohlenreviers, in welchem, obwohl es nur anderthalb Prozent des deutschen Bodens umfaßte, der zehnte Teil der gesamten Bevölkerung wohnte. Auf so engem Raum waren fünfundsiebzig Prozent der deutschen Steinkohlenförderung vereinigt, achtzig der Roheisengewinnung, fünfundzwanzig des Eisenbahnverkehrs, fünfunddreißig der Binnenschiffahrt, dreiunddreißig der Stromerzeugung und fünfzehn der Spareinlagen.

War es ein wohlhabendes Land? – Jedenfalls war es eine ungeheure Anhäufung wirtschaftlicher Macht, aber als solche galt sie wenig. Der Ernst und die Verantwortung der Arbeit, woraus sie entstanden war, hatte in der öffentlichen Wertschätzung gelitten, seitdem die Geschäfte flotter gingen und etwa auftretende Schwierigkeiten auch ohne persönliche Tüchtigkeit, allein durch den Einsatz größeren Kapitals, gemeistert werden konnten. Es war eine Zeit angebrochen, wo man sich daran gewöhnt hatte, Konsequenzen zu ziehen, bevor die Voraussetzungen geschaffen waren. Die Geltung, die dieses Land genoß, rührte daher, daß das monumentalisierte Arbeitsideal zur grandiosen Staffage für Heer und Flotte geworden war. Die Maler schufen Handelskammerdiplome, auf denen die Schlachtkreuzer den spritzenden Schaum mit finsteren Kanonenrohren bedrohten, während an der Küste ein bärtiger Schmied das feurige Eisen hämmerte.

Man hatte also diesem Industriegebiet die Funktion einer «Waffenschmiede des Reiches» übertragen, und zumal nach Ausbruch des Krieges, seit August 1914, klang durch alle Gedichte, Reden und Zeitungsartikel dieses klirrende Wort wie die zitternde Stimme eines Greises, der von der ewigen Seligkeit berichtet.

Gleichwohl geschah das alles aus ziemlicher Entfernung, und man hütete sich vor der näheren Berührung mit diesem Land wie vor einem Aussätzigen. Es war ein Gebrauchsgegenstand für Trinksprüche geworden, doch behielt es immer das rätselhafte, gefährliche Antlitz eines unerforschten Vulkans. Man hielt die Industrie für ein Übel, wenngleich für ein notwendiges Übel. Man sagte, sie sei für das Wohlergehen des Vaterlandes dasselbe, was der Dünger für das Wachstum der Blumen im Garten sei. Auch die Misthaufen auf den Äckern seien häßlich, und man müsse sich im Vorbeigehen die Nase zuhalten, aber man ziehe eben den Nutzen daraus, und bei gehöriger Anwendung bringe ihr Gehalt an Stickstoff, Phosphorsäure und Kali die köstlichen Farben und Düfte der Rosen hervor.

So wurde das Steinkohlenrevier nur von weitem und etwas ängstlich beobachtet, wie ein Kriegsschauplatz, dessen Verwesungsgeruch den Schönheitssinn abstößt, dessen heroisierende Verherrlichung ihn aber entzückt. Der Handelsteil der Zeitungen spiegelte bloß die börsenmäßig greifbaren Vorgänge, der politische Teil bloß die Vorpostengefechte der Interessengegner. In den Lesebüchern standen etliche Anekdoten von großen Unternehmern, die jetzt, wenn auch noch etwas befremdend, als Industriekapitäne neben den Heerführern rangierten.

Wie das Land überhaupt aussah und wie die Menschen darin lebten, wußte man nicht und wollte man nicht wissen. Man hatte die Vorstellung: Ruß und Asche und Kohlenstaub und graues Straßenelend, verdorrende Wälder und Sonne immer hinter Dunst. Jedoch man wußte: DIE WAFFENSCHMIEDE DES REICHES. Das war genug. Ragende Schlote, feurige Essen, schwielige Hände, natürlich, das gehört dazu. Das ist gewaltig, das ist unsere Überlegenheit, das macht uns keiner nach.

Fast ein Drittel des Bodens dieser Stadt gehörte dem Stahlwerk Risch-Zander, das ihn mit Konsumfilialen bebaut hatte, mit Lesesälen, Badeanstalten, Denkmälern, Biergärten, Kolonien, Lazaretten, Ledigenheimen, Beamtenkasinos und anderen Wohlfahrtseinrichtungen und Bildungsstätten. Hier begannen soeben neue Kurse in Hausschusterei und Kleidermachen, dort wurden Hauspflegerinnen abgegeben, dort Holzsohlen zum Anschrauben, «wärmer, wasserdichter, haltbarer und gesunder als Ledersohlen», dort Kochrezepte für Kriegsküche, dort Molkeneiweiß – «Molkeneiweiß ist stark eiweißhaltiger, nahrhafter, quarkartiger Brotaufstrich» –, hier wurden Wöchnerinnen unter Vorlage ihres Trauzeugnisses aufgenommen, dort Plätterinnen, dort Serviermädchen für die Speisehallen; hier wurde Kaffeesatz gesammelt, dort wurden Hausmütter und junge Mädchen zu Arbeitsstunden aufgerufen – «bei Mangel an Flicklappen und Nähgarnen wird nach Möglichkeit ausgeholfen» –, dort erging Befehl an die Jugend zur militärischen Vorbereitung, «8 Uhr 15 Antreten zum Exerzieren mit anschließender Abendübung» – und diese Fünfzehnjährigen hießen dann nicht mehr Lausejungen, wie sonst während ihrer Lehrzeit, sondern «Jungmannen», und bei Risch-Zander nannte sich ihr Klub sogar «Jung-Roland».

Das zweite Drittel dieser Stadt war im Besitz der Kohlenzechen und der Nachkommen kleinerer Walzwerke, die längst das Zeitliche gesegnet hatten. In den Rest teilten sich die Grundstücksspekulanten, die Stadtverwaltung und die wenigen, die hier noch ein wirkliches Privatleben zu führen vermochten.

Der altertümliche Kern mit seiner schönen romanischen Kirche war jetzt ganz für sich, verstaubt und vermufft von dem Leichenfleddderergewerbe der Kriegswirtschaftsbüros; die Stadt, wie sie jetzt war, hatte ein neues Zentrum, die Risch-Zandersche Fabrik, und die Achsen, die von dort ausgingen, trugen nicht mehr den Stempel der historischen Folgerichtigkeit, sondern der sozialen Schichtung, die den Städtebauern über den Kopf gewachsen war.

Wie die Rumänen, Ungarn und Italiener nach Detroit zu Ford, so waren Jahrzehnte vorher die Massen aus Ostpreußen, Sachsen und Württemberg hierher zugeströmt. Das Objekt selbst hatte sich ausgebreitet und seine Anziehungskraft auf die Menschen bis zum letzten ausgenutzt. Der Mensch war sozusagen nur noch Zuschauer bei seiner eigenen Arbeit. «Es» ging vorwärts: der Mensch brauchte nur das Segel zu hissen, die Konjunktur blies den Wind hinein. Vier bis fünf Hektar hügeliges Ackerland wurden jeweils in wenigen Wochen von endlosen Häuserzeilen gefressen. Es mußte schnell geschehen, die Leute warteten schon mit den Möbelwagen, ehe der Anstreicher hinaus war, schnell, schnell und billig.

So häuften sich mit den burgenhaften Fabrikfassaden die Stukkateurgeschäfte, die Destillen, Kinos und Bazare in der Stadtmitte, die Villen in Barockmanufaktur und die Siedlungen im Schwarzwälder Puppenstil nach Westen hin, wo die Wälder rauschten und der Fluß sie lautlos spiegelte, und die proletarischen Mietskasernen gen Osten, wo das Dickicht aus gelbem Qualm unaufhörlich wogte und scharenweise die Zechentürme, wie Bakterien auf Gelatine, daraus hervorsproßten. Gas, Wasser und Kanalisation wurden in die Vertiefungen hineingebuddelt, die auf dem Katasteramt schon Straßen hießen, in den Lehmtrichtern hingen die Möbelwagen fest – immer hinein damit, Fabriken, Häuser, Menschen, immer hinein damit, hier sitzt man sicher und warm, hier wird Geld verdient – nicht viel, wenn man die Arbeit rechnet, die dafür verlangt wird, aber ungeheuer viel, wenn man an das Elend auf den Zuckerrübenplantagen zurückdenkt, woher man gekommen ist.

Bankerotteure setzten sich mit viertel- oder halbfertigen Häuserruinen ein Denkmal. Die Jungen spielten tagsüber Räuber und Schandiz darin, abends war es ein Unterschlupf für Pärchen, und nachts wurde gestohlen, was an transportierbarem Material da war. Die Behörde teilte den ganzen Wirrwarr einfach in Blöcke ein und verausgabte Straßennamen nach Gattungsmerkmalen: hierhin Mädchennamen, dorthin Knabennamen, hierhin Dichter, dorthin Maler, hierhin Städte, dorthin Flüsse, hierhin Ärzte, dorthin Industrielle. Es war, als wolle sie wenigstens die Straßen sammeln, da die Stadt selbst ihr zu entlaufen drohte.

Aus dieser Zeit, in der die Backsteine rasend geworden waren, besaßen die Erben einiger Häuserkönige noch ganze Straßenfluchten, eine endlose Einöde, immer dieselben traurigen Mietshäuser mit dem grauen, von Säure zerfressenen Gestein und den abbröckelnden Stuckrosetten. Es war unmöglich, sich vorzustellen, daß diese Häuser wie andere gebaut worden waren; der Baumeister mußte zwischen zwei Pfählen eine Schnur gespannt und daran einfach einen Kilometer Vorderwand hingepflanzt haben, so ähnlich, wie es die Gärtner machen, wenn sie Beete anlegen. Alle diese Häuser machten den Eindruck, als seien sie nur Attrappen, als hätten sie keine Tiefe, und wenn eine Tür offen stand, sah es aus wie eine Kulissenperspektive. Daher sah man ihre Bewohner immer auf den Treppen sitzen oder in den Fenstern liegen; sie hatten nichts, wohin sie sich zurückziehen konnten, sie wohnten gleichsam schon auf der Straße.

Die Menschen glichen sich, wie die Fenster sich glichen. Immer, auch im tiefsten Frieden, erblickte man hier fast nur Frauen und Kinder, denn die Männer waren auf Schicht, entweder gingen sie hin, oder sie kamen von dort, oder sie schliefen sich aus. Es waren also immer dieselben vom Luftentzug vergilbten Kindergesichter und immer dieselben von Bewegungslosigkeit aufgeschwemmten Frauenkörper, die eine ununterbrochene Schwangerschaft durchzumachen schienen.

Der Boden war unterwühlt von den Stollen der Bergwerke. Überall liefen helle Streifen, verschmierte Risse von Bergschäden, schief durch die Häuserwände. Manchmal stand mittendrin ein schmalgiebliges Schieferhaus, zweihundertjährig, die Fetzen hingen herunter, unten waren die Fenster mit Brettern vernagelt, Ratten und Mäuse schien es zu beherbergen; bei aller Verkommenheit war es dennoch das einzige Haus, dem man glaubte, daß es ein richtiger viereckiger Kasten und nicht bloß eine Fassade ohne Tiefendimensionen war.

Solcherart war das Skelett dieser Stadt, die sich nicht allein vom Dorf hinaufentwickelt, sondern, ohne es noch zu wissen, eine Etappe auf dem Wege von der geschlossenen Ortschaft zur aufgelösten Industrielandschaft zurückgelegt hatte. Noch hielt jedermann diesen ungeordneten, haltlos auseinanderfallenden Raum für einen gut eingefriedigten Weideplatz, der nach Wiederkehr der fetten Friedensjahre nur desto lustiger abzugrasen sei; und noch war niemand geneigt, die gelegentlichen Schwankungen des Bodens ernster zu nehmen, als man gemeinhin in unseren Breiten ein Erdbeben nimmt.

Immerhin war die Ruhe, die augenblicklich in dieser Stadt herrschte, außerordentlich; es war eine Ruhe, die nicht das Gegenteil von Unruhe, sondern von Ersatz für Unruhe war, eine nicht zum Ausbruch gelangte oder unterdrückte oder sonstwie verhinderte Unruhe. Es hatte den Anschein, als sei die Stadt vom Schicksal geplündert worden, und die Vorsehung habe daraufhin den Belagerungszustand über sie verhängt. Auch waren viele Soldaten in den Straßen, aber sie sahen eher aus wie Marodeure. Es gab viele, die ohne Urlaubsschein das Land durchzogen und ihre Ausrüstungen verkauften, und an den Viadukten hatte man schon Landsturmmänner mit grellroten Halstüchern beobachtet. Die Gerüchte, daß überall Fahnenflucht und bewaffneter Aufstand vorbereitet werde, wollten nicht verstummen, und sie traten um so bestimmter auf, je mehr sie vom Stellvertretenden Armeekorps verboten wurden.

An jeder Straßenecke waren Konzerte von Gesangvereinen angekündigt. Es schien Frohsinn und Gemütlichkeit auf Befehl zu sein – gleichwie ein Offizier seine ermüdete Truppe in Marsch zu halten hofft, indem er ihr zu singen befiehlt.

Von zehn Uhr vormittags an klingelten die Risch-Zanderschen Speisewagen, die nach Art einer Kochkiste gebaut waren und nach einem bestimmten Fahrplan durch manche Stadtteile fuhren, um die Henkelmänner mit dem Essen der einheimischen Arbeiter abzuholen. Die Straßenbahnen fuhren selten und waren überfüllt, die Schaffnerinnen konnten sich der Belästigungen nicht erwehren, die Führer waren eingepfercht und kaum noch imstande, Schaltung und Handbremse zu bedienen.

In den Vorgärten der Villen, wo sonst Nelken und Gladiolen blühten, fraßen die flaumigen, schwarz und gelb gescheckten Raupen den Wirsingkohl, und die schwarzen Läuse saugten das Mark der Bohnen aus. Die Raupen klebten an den Rändern und Einkerbungen des Wirsings, dessen Blätter von vielen Adern, Warzen und dunklen Runzeln zerspalten waren; unten mit den Bauchfüßen festgeklammert, den Kopf nach oben herumgebogen, staken sie wie Krampen fest. Mit den bärtigen Oberlippen bissen sie an und zermalmten zwischen einer Unzahl von Kiefern und Kauladen das wässerige, fade riechende Grün. Dabei quollen die Augen zu dicken, spähenden Punkten auf, und die Fühler streckten sich mißtrauisch und wachsam nach den Seiten hin; wenn nur das Blatt erzitterte, bäumte sich schon der Vorderleib mit den strohgelben Bauchringen und klappte so geschwind nach unten, als sei mitten im Körper ein federndes Scharnier. So zusammengerollt und verschrumpft, brachten sie eine geraume Zeit unter der bergenden Blatthülle zu. Nahte sich der Verfolger, so hakten sie sich los und ließen sich rücklings zur Erde fallen, war es jedoch nur ein blinder Alarm, so krochen sie gleich wieder an. Die Hinterbeine, die wie Gabeln waren, schoben den Rumpf vor, der sich hierauf in der Mitte aufwölbte und dem Kopf einen kräftigen Stoß versetzte. Sie waren unersättlich, sie fraßen unentwegt, sie wanderten in Kolonien, so wie sie aus den kleinen dottergelben Eiern geschlüpft waren, von einem Freßplatz zum anderen, Löcher und Buchten fransten sie aus, über die hin und wieder noch schmale Dämme von weißen Strünken liefen. Sie mußten viel in sich hineinschaffen, um den Winter über, verpuppt und eingesponnen in die Dunkelheit kalter Winkel, hindämmern zu können.

Dagegen waren die Läuse ruhig und seßhaft, sie hatten Zeit, sie brauchten sich ja nicht zu verwandeln, sie legten nur immer Eier und schon saß eine neue Generation an ihrer Stelle. So lebten sie in Klumpen auf den Stengeln der Triebe und Schotten, die sie mit dem Saugrüssel anbohrten und deren Zellplasma sie abzapften, eine große, geruhsame Familie, die zuweilen von schnorrenden Ameisen besucht wurde, denn der Honigtau, den sie absonderte, war süß und klebrig wie Sirup, aber auch von Marienkäfern, welche ihr schwarzes Blut bei lebendigem Leibe austranken. Obwohl die Läuse nicht fressen konnten, hatte ihnen die gütige Natur doch die Wollust der Freßempfindung nicht versagt, denn wenn sie die Röhren des Rüssels wie ein Blasinstrument ein- und auszogen, so war es ihnen, als ob sie nagten, als ob sie etwas mit Zähnen vertilgten, als ob sie augenblicklich die Existenz eines anderen lebenden Wesens auslöschten. Aber in Wirklichkeit waren sie nur von einer unendlich langsamen, unendlich schleichenden Wirkung. Ganz allmählich verkapselte sich gallenartig das saftlose Gewebe der Blätter und wurde von einem grauen Filz befallen, in dessen verschimmeltem Haar Millionen winziger Milben nisteten.

Seit Menschengedenken hatte es nicht so viele Raupen und Läuse gegeben wie in diesem Kriegsjahr. Viele erblickten darin eine neue vom Himmel gesandte Plage, durch welche den darbenden Menschen die letzte Nahrung noch weggezehrt wurde; andere brachten es mit einem Wechsel in den astronomischen und meteorologischen Verhältnissen in Verbindung, der durch die vielen Kanonenschüsse verursacht sein sollte; manche glaubten auch, daß das Ungeziefer nur deshalb überhandnehme, weil sich jetzt so viele Leute, die nichts davon verstünden, mit Gartenbau beschäftigten.

In den Fenster- und Balkonkästen wurden Tomaten, Petersilie, Lauch und Sellerie gezogen, und wenn der volkswirtschaftliche Nutzen dieser dürftigen Anpflanzungen nur gering war, so war dafür das vaterländische Beispiel um so höher zu veranschlagen, das diese Villenbewohner, Prokuristen, Bankiers, Diplomingenieure, Stadträte und bessere Geschäftsleute der Bevölkerung gaben. Überall in den Straßen der sogenannten besseren Viertel, in den zahllosen Straßen mit Dienstwohnungen, in all diesen winkligen, verdrehten, überzuckerten Erzeugnissen einer Architektengeneration, die keine Wohnhäuser, sondern «Schmuckkästen» baute – überall waren Blumentöpfe mit verhutzelten Gurken und Endivien ausgestellt, überall roch es nach Kaninchenzucht, überall sah man alte Herren in Bratenröcken Schweizer Saanenziegen ausführen. Alle Menschen schienen sich der Natur zu nähern, ein wahrhaft Rousseausches Zeitalter schien angebrochen zu sein.

Die Geschäfte und die Konsums der Fabriken waren geschlossen, an den Metzgereien hingen Schilder: «Fleischlose Woche! Abgabe von Speck nur an Feuerarbeiter gegen Ausweis!» Auf anderen gedruckten Plakaten war zu lesen: «Heute E–Gr 2–4½ Uhr», oder «J–Ko Dienstag Vormittag 7–10 Uhr» – alle Einwohner waren in den Läden alphabetisch registriert, und wer nicht in die Kundenliste eingetragen war, hatte kein Recht, sich den langen Trauerzügen hungernder, blutloser, von innen ausgekälteter Frauen anzuschließen, die schon am frühen Morgen sich vor den Türen der Krämer und Bäcker zu formieren begannen. Der Warenvorrat, über den diese verfügten, hätte normalerweise an zehn Kunden verkauft werden können, aber jetzt wurde er auf dreihundert verteilt.

Kurzum, die Stadt befand sich in einem Zustand wie ein Patient, den ein praktischer Arzt behandelt, welcher (ohne in der Lage zu sein, eine genaue Diagnose zu stellen und eine spezifische Therapie anzuwenden) allgemeine Erschöpfung konstatiert und den Kopf schüttelt. «Diese Ruhe gefällt mir nicht.»

Eigentlich war die Streikbewegung bei Risch-Zander abgeflaut, ehe sie richtig in Gang gekommen war. Nur die Gießereien und Artilleriewerkstätten waren mit einem stärkeren Prozentsatz der Belegschaft daran beteiligt gewesen. Angesichts der Stimmung im Lande, die weit Schlimmeres befürchten ließ, glaubte die Werksleitung mit diesem Verlauf zufrieden sein zu können. Nach ihrer Meinung hatte die Vernunft der Leute gesiegt über die Hetzereien der landfremden Elemente, mit denen der Arbeiterstamm im Krieg durchsetzt worden war. Ein paar Kündigungen und die in der Arbeitsordnung für unentschuldigtes Fehlen vorgesehenen Geldstrafen ausgenommen, hatte man sogar von härteren Maßnahmen Abstand nehmen können.

Ernstliche Unruhen waren ja auch eine bare Unmöglichkeit. Die Leute, die bei Risch-Zander beschäftigt waren, hießen nicht Arbeiter und Angestellte, sondern «Angehörige». Sie bezeichneten sich als eine einträchtige Familie, die Familie der Rischianer. Diese stellte nicht nur eine streng abgeschlossene und sich für sozial bevorzugt haltende Gruppe dar, sondern auch eine bemerkenswerte Geistesströmung, die eine allgemeine Versicherung gegen die Zufälle des Lebens und ein hierarchisches System der Selbstentäußerung zugunsten der festen Lebensstellung erstrebte.

Hierfür war der Krieg allerdings eine schwere Belastungsprobe, doch die Werksleitung war überzeugt, daß die guten Grundsätze einer ungetrübten Vergangenheit ihr standhalten würden. Hatten die Leute nicht Löhne wie nie im Leben? Billigte man ihnen nicht nach zehn Dienstjahren vier Tage Urlaub zu? Wurden nicht Extrarationen Speck und Pferdewurst ausgegeben? War nicht für die Angehörigen der Kämpfenden, Verwundeten und Gefallenen weit über jede Verpflichtung hinaus gesorgt? Verdienten nicht sogar die Frauen? Wahrhaftig, hier war keine Ursache zur Beunruhigung. Von revolutionären Betrieben zu sprechen, in einem Werk, wo immer das beste Einvernehmen, die Liebe der Kinder zu ihrem Vater geherrscht hatte, wäre eine unverzeihliche Übertreibung gewesen.

Die Regierung sprach davon. In ihrer Nervosität schickte sie schwarzfärberische Berichte an den Kaiser. Sie entschied, daß es ein besonders schwerwiegender Umstand sei, wenn der Geist des Aufruhrs auf Risch-Zander übergreife – einerlei, ob die Arbeitsniederlegung dort spontan, schwerfällig oder widerwillig erfolgt sei. Im Gegenteil, die Stoßkraft des Kommandos sei prinzipiell höher zu bewerten als der spontane Antrieb. Eine Revolution sei gerade dann gefährlich, wenn die Disziplin des Exerzierplatzes dabei im Spiel sei.

Unabhängig von diesem Widerstreit der Meinungen beschloß das Direktorium (denn Risch-Zander hatte nicht wie andere Fabriken eine Direktion, sondern wie diktatorisch regierte Staaten ein Direktorium), eine außerordentliche Reinigung der Betriebe vorzunehmen. Wie die Armeeführer «fliegende Divisionen» unterhielten, die immer in die Brennpunkte der Schlachten geworfen wurden, so stellte Risch-Zander «fliegende Betriebsführer» an, die nach Bedarf eingesetzt wurden, wo Gefahr im Verzug war.

Einer der erfolgreichsten, Friedrich Bilgenstock, übernahm die Eisengießerei. Er beförderte sechzig Mißliebige vom Fleck weg in den Schützengraben und warb achtzig neue Mitglieder für den Risch-Zanderschen WERKVEREIN, dessen Vorsitzender er war, und der friedliche Arbeit und Treue zum angestammten Herrscherhaus (womit sowohl der Kaiser wie der Firmeninhaber gemeint war) auf seine Fahne geschrieben hatte; eine schöne gelbe Fahne übrigens, in welche die Gattin des Firmeninhabers eigenhändig mit blauer Seide das Fabrikzeichen hineingestickt hatte, drei Pfeile, die im Kreis hintereinander herjagten.

Nach seinen Satzungen bezweckte der Verein «die Pflege des Zusammengehörigkeitsgefühls unter der Belegschaft und des Gedankens ihrer schicksalhaften Verbundenheit mit dem Werk»; die Beiträge waren gering, die Unterstützungsgelder der Firma flossen reichlich, und die Mitgliedschaft begründete mancherlei Vergünstigungen, zinslose Darlehen, gemeinsamen Bezug von Kinderwäsche, Kartoffeln und Tabak, gesellige Abende, Einkleidung von Konfirmanden und Kommunikanten, Rat und Hilfe in allen Lebenslagen.

Diejenigen, die den Beitritt verweigerten, gelangten bald in den Besitz einer Einladung des Bezirkskommandos, und es blieb ihnen nur übrig, ihre Niederlage mit einer großen Geste zu beschönigen, indem sie behaupteten, daß sie lieber in den Heldentod gingen, als daß sie sich einer Charakterlosigkeit schuldig machten.

Auf solche Weise sicherte Friedrich Bilgenstock Ordnung und Zufriedenheit. Die Arbeiter paßten aufeinander auf; jeder suchte beim anderen etwas, was er angeben könne, um sich «lieb Kind» zu machen; einer war des anderen Feind. Bilgenstock brüllte sie an und mißhandelte sie; so prüfte er die Festigkeit ihrer Gesinnung. «Die Frage der Disziplin», sagte er, «ist die Frage, wie oft man jemandem in die Fresse hauen kann, ohne daß er zurückhaut.» Es war die Hölle, aber sie hatte den Vorzug, daß sie nicht das Leben kostete.

Zur allgemeinen Verwunderung wurde der Kranführer Adam Griguszies bei der Säuberungsaktion verschont, obwohl Bilgenstock natürlich über seine umstürzlerische Gesinnung unterrichtet war. Bald darauf wurde die Munitionsarbeiterin Paula Griguszies, Adams Schwester, auf unerklärliche Weise als Bürogehilfin in die Schreibstube des Hammerwerks hineinbugsiert. Der Werksklatsch, für den die Fabrik trotz ihrer riesigen Dimensionen nur die Ausmaße eines mittleren Dorfes hatte, stellte sofort zwischen diesen beiden Ereignissen Beziehungen her. Indessen war nichts Näheres herauszubekommen, und das Gerede wandte sich ergiebigeren Stoffen zu, die in dieser Zeit in Fülle vorhanden waren.

Der Platz des Adam Griguszies war in der Gondel unter der Brücke des großen Laufkrans, der unmittelbar unter dem Dach der Eisengießerei montiert war und mehr als zwanzig Meter Spannweite besaß. Über der Brücke waren zwei Kästen, die mit Hilfe von allerlei eisernem Gestänge, Rädern, Rollen und Scheiben an einer Schiene entlangglitten; «Laufkatzen» hießen sie bei den Technikern, denn sie schlingerten wie Katzenleiber, die, den kugeligen Kopf geduckt, sich in vollem Lauf befinden. Im Vergleich zu der Wucht der ganzen Konstruktion sahen sie geringfügig, fast zierlich aus, aber sie waren die eigentlichen Kraftzentren, welche an langen Ketten die Lasten hoben und bewegten, ebenso behende wie stark, jede für sich und jede in ihrer eigenen Richtung. Es bestand zwischen ihnen ein geregeltes Verhältnis, ungefähr wie zwischen zwei Nationen, die sich über die Ziele ihrer Raubzüge vertraglich geeinigt haben und sich nicht mehr gegenseitig ins Gehege kommen. Niemals wirkten sie zusammen, niemals hinderten sie einander, niemals griff die mächtigere, die Gußstücke von fünfundsiebzig Tonnen Gewicht spielend verschob, in die Sphäre der kleineren ein, die sich mit fünfundzwanzig Tonnen begnügte; und niemals übersprang die kleinere die auf den Millimeter festgelegte Distanz zum großen Nachbar.

Dennoch gab es einen Punkt, wo sich ihre Fähigkeiten verschmolzen, und dieser Punkt war Adam Griguszies, der sie beherrschte, der die Macht hatte, sie durch einen Hebeldruck zu dirigieren, wie ein Generalmusikdirektor seine Kapelle oder ein Generalfeldmarschall seine Armee; und wenn er dabei auch weder den Klangrausch des einen noch den Blutrausch des anderen empfand, so war es doch ganz sicher, daß ihm die Berechtigung, über ein automatisch gehorchendes Ding zu befehlen, nicht weniger wohl tat.

Während er die Laufkatzen lenkte, brauchte er sie nicht einmal zu sehen. Sein Vollzugsorgan war der Elektromotor. Sprang er an, so knatterte es mürrisch in den Katzen, aber sie mußten vorwärts, der Strom in den Induktoren war unbarmherzig hinter ihnen her, wie der Revolver des Offiziers hinter seiner zum Sturm kommandierten Kompanie. Krähend schaukelten die Lasten auf, hurtig schnarrten die leeren Ketten wieder herunter. Nur selten kam im Arbeitsfeld des Kranführers Adam Griguszies ein Augenblick des Stillstands, der Besinnung vor.

Wären die Kräne nicht gewesen, so hätte in der Eisengießerei eine große, fast unnatürliche und gewaltsame Ruhe geherrscht. Es war eine Landschaft voll brodelndem Schweigen. Grelle Flammen schossen auf, der Boden qualmte, abenteuerliche Gebirge von Mauerwerk, hölzernen Türmen und farbigen Sandhügeln hoben sich in das milchige Licht der Halle.

Dieser Sand . . . wie er sich ins Auge einschmeichelte, wie er lockte und leuchtete! Bald war er fein und samtig, bald derb und körnig; bald glashart und mager, bald wachsweich, fettig und abfärbend; ein tonhaltiger, luftdurchlässiger und glimmerreicher Sand, in allen Schattierungen lag er da, pulverig, faserig, blättrig, porös, marmorartig gefleckt und geadert wie eine Feuerwerksmischung. Ein Haufen schimmerte silbrig wie Magnesium, ein anderer bronzebraun wie Kaliumpermanganat, ein dritter mattgelb und undurchsichtig wie Meerschaum, ein vierter durchsichtig und mit herrlichem Perlmuttglanz. Hier rann dieser Sand flott und gleich winzigen Kieseln in irisierenden Scheiben über die Schaufel des Hilfsarbeiters, dort hängte er sich an, ein zäher, speckiger Talk, wie verschwitzte Schminke. Manche dieser Sandberge waren ganz tot, perlgrau, stumpf wie Schmirgel oder wie der Panzer einer Schildkröte, oder wie ausgeglühte Schlacke; aber manche trugen ein unerhörtes Leben in sich, waren wie Makrelen und Thunfische blau-weiß geschuppt oder aus goldgelben und schieferblauen Flocken zusammengesetzt, als wäre es der schuppige Abfall von Diamantbarschen.

Immer eigentümlichere Reflexe fesselten das Auge, und wenn man nicht gut aufpaßte, fand man darüber gar keine Menschen mehr auf. Ohnedies hockten die meisten grau, zottig, stumm in tiefen Gruben und hantierten mit Erde, wie die Höhlenbewohner der Diluvialzeit an rohen Gefäßen formend. Die Hilfsarbeiter fuhren den Sand heran, besprengten ihn mit Wasser und setzten ein wenig gemahlene Steinkohle zu; dann verlor er plötzlich die spezifische Gestalt und wurde plastisch. Der feuchte Sand war kein Sand mehr, sondern «Masse», gleichförmig biegsame Formermasse, und die Preßluftstampfer würgten und kneteten ihn, bis er sich um das Holzmodell schmiegte wie das Trikot um die Muskeln eines Athleten.

So stellten sie nun die Sandformen her, tönerne, stark erdige oder lehmige Hohlkörper, die zur Aufnahme des flüssigen Metalls bestimmt waren. Die in den Gruben waren die «Herdformer», sie arbeiteten die großen Gußstücke; die kleineren Teile besorgten die «Kastenformer» zwischen den viereckigen Rahmen einer Formlade, die man mit einer Mörtelpfanne vergleichen konnte. Oft waren auch hohle Stücke verlangt, dann wurde noch ein Kern aus fettem Sand in die Form gepreßt, der nachher beim Eingießen die Höhlung aussparte.

Dutzende Arten gab es von jenen Holzmodellen; sie waren alle aus der Modellschreinerei hervorgegangen und glichen dem jeweils gewünchten Gußstück – nur daß sie um das «Schwindmaß» größer waren, so viel nämlich, wie das Gußmaterial beim Erkalten einzuschrumpfen pflegte; Modelle in Gestalt von geöffneten Koffern, Zigarrenkisten, Flaschen, Hutschachteln, Schubladen, Kasserollen, altertümlichen Folianten, massenhaft waren sie hier aufgespeichert, massenhaft wurden sie hier eingebettet. Der Kran entführte die Formen zur Gießstelle, in schäumenden Bränden schoß das geschmolzene Eisen hinein. Jene Koffer, Flaschen und Hutschachteln stellten sich auf einmal als Konstruktionsteile für Schiffe, Geschütze und Maschinen dar, als Räder, Zahnräder, Dampfzylinder, Ringgranaten in komplettem Eisenguß, und die daran haftende Form wurde abgeschält und zerstört. Kaum entstanden, war sie, wie die Techniker zärtlich sagten, «eine Verlorene».

Täglich beobachtete Adam Griguszies diese trotz ihrer Eilfertigkeit und trotz ihrer gelegentlichen Gefahren unaufregenden Geschehnisse; täglich verwünschte er die heillose Kaltblütigkeit, die noch die hastigsten Bewegungen zügelte. Er haßte diese Formerarbeit; er wußte, daß die Tonfiguren, die von seinem Führerstand grotesk und primitiv aussahen, das Ergebnis genauester Berechnungen und Abmessungen waren, wunderbare Kunstwerke, und daß die Erde langsam und besinnlich aufgeschmiert, gerundet, gestreckt und gekantet wurde, haarscharf den Modellen angepaßt. Dieser Vorgang schien ihm das Sinnbild einer Revolution zu sein, die aus «gesundem Fortschritt» und «allmählicher Entwicklung» gebraut werden sollte, und für deren Fahnenträger das Neue nur dann einen Reiz hatte, wenn es wie diese Gußformen andächtig und sozusagen wissenschaftlich gefeilt, gedrechselt und geschliffen worden war.

Die Former waren versponnene Handwerker, in das Winkelmaß verliebt, sie dachten nicht daran, daß man die Präzision, welche es lehrte, auch als Waffe gebrauchen könne. Verschwärmt und philosophisch wie die Schuster, die bei ihrem Lämpchen sitzen und sich am Geruch des Kernleders und an ihren Erleuchtungen erbauen, gehörten sie beinahe alle jener Partei an, die (wie Griguszies sich ausdrückte) nicht mehr die Befreiung, sondern nur noch die Verbürgerlichung der Arbeiterschaft begünstigte und den Kampf um die Idee allzu früh in eine Bewerbung um Ämter verwandelt hatte.

Hingegen die Kranführer, denen ständig das Geräusch der Motoren und die lärmende Sprungbereitschaft der Laufkatzen in den Ohren summte! Sie waren nur mühsam an sich haltende Rebellen. Allenthalben zwischen den eisernen Masten und Querstreben tauchten die gespannten, harten Gesichter auf, Gesichter, die keinen Pardon geben würden, Gesichter, die asketische Körper mit wilder Entschlossenheit belebten. Voll Zuversicht blickte Adam Griguszies auch in jenen Teil der gläsernen Halle, wo die Gießer vor den Schmelzöfen das flüssige Eisen abschöpften: Männer mit einer krustigen, feuerfesten Haut, die matt wie Chamotte war, und mit borstigen Haaren, die von der Hitze zerfressen waren. Alles sah er von oben vergrößert und verdeutlicht, die Ungerechtigkeiten, die Beschimpfungen, die Verhöhnungen und

Erniedrigungen, all die Schamlosigkeiten, die ebenso schmutzig hinuntergeschluckt wurden, wie sie ersonnen worden waren.

Er schwieg nicht dazu. Er arbeitete, er klärte auf, er bereitete die Heimzahlung vor. Seine Leibbinde bestand aus Flugblättern, die er auf der Latrine losband und verteilte. Durch seinen Mund gelangten die Informationen aus Front, Etappe und Hinterland in den Betrieb, durch seinen Mund gingen die Informationen aus den Betrieben hinaus an Front, Etappe und Hinterland. Er gehörte zu jenen kleinen Verbindungsmännern der Weltgeschichte, die von der Vorsehung als Regulatoren bestellt sind, wenn die Großen Dummheiten machen. Es ist gewöhnlich ihre Tragik, daß, noch während sie in voller Tätigkeit sind, alles sich schon wieder eingerenkt hat.

Immer die Hand am Hebel, murmelte der ingrimmig vor sich hin. Er geriet in eine innerlich schwelende Wut, und dieser Gemütszustand bewirkte bei ihm dasselbe, was bei etlichen seiner Kameraden vom Spartakusbund der bergische Schnaps bewirkte, nämlich Magenüberhitzung und Sodbrennen. In seinem Mund häufte sich der Speichel. Er spuckte aus: lautlos verschlang es unten der Sand.

Dieser Sand . . . kein Wunder, daß romantisch erblindete, wer dauernd damit umging, kein Wunder, daß der Wille derer einschlief, die immer in der Erde vergraben waren.

Er wartete. Man kannte ihn. Die Zeit arbeitete mit. Das große Auskämmen ging spurlos an ihm vorüber, er war unabkömmlich, und was noch mehr wert war, er hatte einen von denen, die er die «Handlanger der Ausbeuter» und seine «Peiniger» nannte, ganz privatim in die Hand bekommen.

Tatsächlich bestand nämlich zwischen Paula Griguszies und Friedrich Bilgenstock eine Bekanntschaft, die diesen, der sonst alles gelenkig abschüttelte und immer über den Dingen blieb, zum erstenmal bis zur Ratlosigkeit verstrickte. An und für sich war die schonende Behandlung, die der Kranführer erfuhr, weder ungewöhnlich noch besorgniserregend; Bilgenstock hatte schon andere Sachen getrieben, ohne sich den Hals zu brechen. Aber gerade dann sind es mitunter die Lappalien, wodurch man in die Tinte gerät, das kannte er schon.

Das Mädchen machte mit seinen flinken Gelenken und der auffallend reinen Haut gar nicht den Eindruck einer «dem Arbeiterstand angehörigen Person», wie es in den Polizeiberichten heißt. Für ihre Jugend war sie in der Beckengegend ein bißchen zu völlig, sonst aber durchweg von gutem Wuchs und ermunternden Formen. Der fliegende Betriebsführer hatte sie durch ihre Stimme kennengelernt, eine klangvolle, leicht metallisch gefärbte Stimme, die er einmal in einem Biergarten gehört, verfolgt und festgehalten hatte.

In dieser Zeit, da die Liebe allgemein als Zahlungsmittel für Gegenstände des täglichen Bedarfs galt und viele Fabrikarbeiterinnen noch Geld zugezahlt hätten, um das Verhältnis eines Betriebsführers zu werden, bedurfte es von seiten Bilgenstocks keiner großen Anstrengungen, um Paula Griguszies gefügig zu machen. Es war eine Sache, die in der Luft lag. Dennoch dauerte es eine ganze Weile, bis sie intim miteinander verkehrten. Dieses Mädchen war zwar aus Frechheit und Unschuld, Naivität und Raffiniertheit gemischt – gerade so, wie Bilgenstock es liebte, sie war auch nicht mehr ganz unerfahren, aber sie hatte immer noch ihre natürliche Scham, die sich bei jedem Beisammensein erneuerte und sehr hartnäckig war. War sie einmal unterjocht, so ließ sie sich gehen, doch der nächste Angriff fand wieder die nämliche Verteidigung vor.

Sie dachte sich zunächst gar nicht viel dabei, es gefiel ihr ganz gut, sie nutzte eine Zeitlang ihren Liebhaber nicht einmal aus, und Bilgenstock seinerseits geizte mit Geschenken. Auch war er sehr vorsichtig. Niemals zeigten sie sich miteinander, die Abende verbrachten sie in seiner Wohnung, vor Mitternacht ging sie immer nach Hause. Er durfte sie küssen und ihre Brüste haben, einmal ließ sie sich auch bis aufs Hemd entkleiden, aber dann schlug sie ihm auf die Finger. Er wußte selbst nicht, was ihn zurückhielt, Gewalt anzuwenden, er brachte es einfach nicht über sich, außerdem machte es ihm immer Spaß, bei gelinder Nachhilfe so lange Geduld zu üben, bis eine Sache von selber reif war.

Schließlich blieben die ewigen Gespräche der Kolleginnen über die Vorteile, die sie von ihren Verhältnissen hatten, nicht ohne Wirkung. Leni Milius hatte einen Bäcker aus der Konsumanstalt, der ihr die Taschen voll Mehl und Zucker mitbrachte, die Kriegswitwe Thomeszat einen Eisenbahner, der Säcke und Kisten aus den Waggons beiseite schaffte, die Kestermannsche, deren Mann als Fendgendarm bei der Ortskommandantur von Pepinster stand, einen Steiger von Zeche «Glücklicher Morgenstern», der ihren Keller mit Holz und Kohlen füllte. Da Paula Griguszies diese Dinge jeden Tag zu hören bekam – «Meiner ist gestern wieder brav gewesen» und: «Meiner läßt sich nicht lumpen» –, so fing sie allmählich an zu bedenken, daß auch sie nichts zu verschenken habe. Sie sann darüber nach, was sie von Bilgenstock fordern solle. Es mußte mehr sein, als er mit Geld erkaufen konnte; er mußte ihr ein Opfer bringen, das seinem Beruf, seiner Stellung entsprach. Sie wußte, wie wacklig ihr Bruder im Betrieb stand, und daß er alle Tage hinausfliegen konnte. Es wäre ein harter Schlag für die Mutter gewesen, die außer ihnen noch vier Kinder am Bein hatte, deren jüngstes eben zur Schule gekommen war. Sie waren alle drei Jahre auseinander, das letzte war noch gekommen, nachdem der Vater auf Zeche «Glücklicher Morgenstern» totgeblieben war.

Sie nahm sich vor, mit Bilgenstock darüber zu sprechen. Vielleicht konnte er bei Adams Betriebsführer ein Wort einlegen.

Während sie an der Schokolade knabberte, die er aus den Beständen des Ausschusses für Liebesgaben mitgebracht hatte, überlegte sie, wie sie die Geschichte einfädeln solle. Sie wollte nicht, daß es so brutal herauskäme. Ganz fern und verschwommen ging ihr auch im Kopf herum, daß es ungeschickt sei, seinen Absichten Vorschub zu leisten.

Er stand am Fenster, die Hände auf dem Rücken, und drehte die Daumen umeinander. Plötzlich sagte er: «Ich bin in die Eisengießerei versetzt.»

Ihr Herz setzte einen Schlag aus. In die Eisengießerei – in Adams Betrieb. Welch glückliche Fügung! Da brauchte sie ja weiter nichts mehr zu sagen.

In dieser Nacht schlief sie zum erstenmal mit ihm.

So war das also gekommen.

Als Adam Griguszies sich so unvermutet aus der Feuerlinie zurückgestellt sah, ahnte er noch nicht, wie es zusammenhing. Eines Nachts entdeckte er durch einen Zufall, daß Paula nicht zu Hause war. Die Mutter wußte nichts, tat aber beschwichtigend. Das brachte ihn auf, denn nun nahm er erst recht an, daß sie eingeweiht war. Sofort setzte es sich in ihm fest: Die Weiber haben ein Komplott gegen mich.

Anderntags schlug er Krach. Paula log nicht, sie brachte auch keine Entschuldigungen vor. Er schrie: «Euch Weiber durchschaue ich! Aber ein Revolutionär läßt sich um so einen Preis nicht loskaufen! Wenn ein Proletariermädel nicht mehr Stolz hat, als sich von einem fetten Bourgeois zur Hure machen zu lassen!»

«So fett ist er gar nicht», sagte Paula gelassen, «und überhaupt, wer sagt dir denn, daß ich ein Proletariermädel sein will?»

Er tobte. Mit harmloser Munterkeit erklärte sie ihm, ein Revolutionär dürfte auch zu Hause keine Spießermoral haben. Sie sei ein freier Mensch, so gut wie er. Sie könne tun und lassen, was sie wolle, und er solle sich mit seinen sozialistischen Grundsätzen schämen, ihr in ihren Lebenswandel hineinzureden.

«Versteh das doch endlich!» rief er verzweifelt. «Dein Lebenswandel geht keinen was an, solange du damit nicht deine Klasse verrätst!»

«Quatsch, ich bin doch nicht irgendein Schrubblappen, ich weiß, was ich tue, und ich habe doch auch keinen Kopf aus Holz.»

Heimlich bewunderte er seine Schwester. Allerlei Gedanken schossen ihm durch den Kopf. Nachdem geschehen war, was er nicht hatte verhindern können, mußte man vielleicht diese Gelegenheit benutzen, um den Feind in seinen eigenen Schandtaten zu ersticken.

Vorläufig ward zwischen ihnen nicht mehr darüber gesprochen.

Bilgenstock verschaffte Paula den Posten im Büro. Damit schloß er diese Affäre ab. Nach wenigen Wochen wurde er mit einer neuen Mission in Geschoßdreherei III betraut. Er verlor die Geschwister aus dem Gesichtskreis. Sie ließen auch einige Monate hindurch nichts von sich hören.

Geschoßdreherei III war ein neuer Betrieb, erst kürzlich eingerichtet, an einer halb städtisch ausgebauten Landstraße, in einem langgestreckten neuen Gebäude, das seine verhältnismäßig glatte und ungeschminkte Fassade weniger der Einsicht des Architekten als dem Zwang der Eile zu verdanken hatte. Alles in dieser Gegend war gleichsam über Nacht errichtet und sah, wiewohl einigermaßen unter Dach gebracht, unfertig aus – so als habe man nicht Zeit gehabt, die Lücken zwischen den Mauersteinen mit Mörtel dichtzumachen.

Gleich am Eingang schreckte die Arbeiter ein blutroter Anschlag:

«Wir bringen zur Kenntnis der Werksangehörigen, daß die Gerichte den Diebstahl oder die Zerstörung von Treibriemen als Landesverrat beurteilen. Es werden wegen solcher Diebstähle schwere Zuchthausstrafen bis zu neun Jahren verhängt. Wir warnen daher unsere Werksangehörigen eindringlichst.»

Wie dieser Ton, der von Zorn und Kummer, von Wonne und Schmerz des Strafens zugleich erfüllt war, so war Bilgenstocks Regiment; seine Erziehungsmethoden waren dem Ritual eines väterlichen Büttels entnommen, der dem Zögling fünfundzwanzig aufzählt und ihn bei jedem Hieb damit tröstet, daß alles nur zu seinem Wohl geschehe.

Doch war die eiserne Energie, deretwegen er so berühmt war, nicht einmal sein Hauptgerät, vielmehr bediente er sich außerdem der Macht der Liebe. Er erhöhte die Zahl der Arbeiterinnen, so daß nunmehr in Geschoßdreherei III auf je drei Männer eine Frau kam. Es war angenehm, daß der Vorstand des Arbeiterpersonalbüros, Herr Edelbert Körschgen, Schriftführer des Werkvereins war und das nötige Verständnis für die Erfordernisse des Betriebs besaß. Er überwies immer die hübschesten und nettesten Mädchen und hatte bei der Prüfung der Anmeldungen eine so geübte Hand, daß für die Leitung des Büros, damit es kein offenbares Bordell wurde, noch eine Dame hinzu engagiert werden mußte. Wer diese Dame war? – Nun . . . es traf sich günstig, daß die Schwägerin des Personalchefs Wackerlein endgültig auf eine Heirat verzichtet hatte; der Personalchef konnte sich daher den dringenden Vorstellungen seiner Frau, daß ihre Schwester endlich untergebracht werden müsse, nicht verschließen. Was vermöchte ein Mann gegen eine Frau, die ihn jeden Abend vor dem Schlafengehen fragt: «Wozu bist du eigentlich Personalchef?»

Dies geschah jedoch erst nach der Zeit, zu der Bilgenstock seine Bestellungen für Geschoßdreherei III machte. Nachdem sie von Herrn Körschgen zur völligen Zufriedenheit ausgeführt worden waren, ermunterte er, wo er konnte, die handgreiflichen Umgangsformen, zu welchen die enganliegenden weiblichen Arbeitsanzüge reizten. Angesichts der Männerknappheit bestand bei den Frauen nur geringe Neigung zum Widerstand, und außerdem hätte eine ernst zu nehmende Schamhaftigkeit allzu sehr gegen ihre Interessen verstoßen; die Rücksicht auf bedrängte Familienmitglieder, die vergrößerten Lebensmittelrationen, der scheinbar hohe Verdienst, die Ablenkung von dem gleichförmigen Stumpfsinn der Kriegsnachrichten und des Kriegshaushalts – das alles bestimmte sie, die Berührungen in der Werkstatt zu erdulden, denen sie doch nur um den Preis des Verlusts ihrer Stellung hätten ausweichen können.

Zwischen den Fabrikhallen, in der Dunkelheit der Schrottberge, vernahm man beständig Gekicher und halberstickte Schreie, begehrliche Schläge auf bloßes Fleisch, Aufruhr des Hinsinkens – alle jene versteckten, dennoch überdeutlichen Geräusche, wie sie durch die Brutalität eines Angriffs entstehen, der sich an eingebildeten Hindernissen entzündet, und durch die Nachgiebigkeit einer Abwehr, die sich einredet, der Gewalt zu erliegen. Zusehends wuchs die Produktion in dieser erotisierten Atmosphäre, und wenn früher der Meister die ganze Schicht über auf dem Trab sein mußte, um den gruppenweisen und verdächtig ausgedehnten Aufenthalt seiner Arbeiter auf der Latrine zu überwachen, so regelte jetzt die natürliche Folge von Erhitzungs- und Abspannungszuständen die Dauer der Pausen, welche daher nur noch für kurze Zeit eine gesteigerte Arbeitsleistung unterbrachen.

Anfänglich hatten sich einige Frauen beschwert, mehr zur Beruhigung ihres Gewissens als aus tatsächlicher Empörung, aber Bilgenstock hatte ihnen erklärt, daß in einer so großen und harten Zeit eben jedermann dem Vaterland die Opfer bringen müsse, die seinem Vermögen entsprächen. Oder ob sie es lieber sähen, wenn ihre Väter, Männer und Brüder wehrlos vor den unerbittlichen Feinden stünden, weil die Frauen, auf den wichtigsten Posten gestellt, den die Heimat zu vergeben habe, ihrer Empfindlichkeit mehr Bedeutung beimäßen als der Erzeugung von Munition?

Dergestalt war der Acker, auf dem Bilgenstock seine Lorbeeren pflückte; Lorbeeren, die seinen Kollegen in den Geheimerlassen des Direktoriums immer wieder unter die Nase gerieben wurden. Obwohl diese von dem Geruch keineswegs erbaut waren, mußten sie so tun, als fänden sie ihn vorbildlich. Trotzdem hatte sich das Direktorium, wie sich später herausstellte, verrechnet, denn statt Bilgenstock nachzueifern, beschäftigten sich seine Kollegen damit, den Nachweis seiner Unzulänglichkeit zu erbringen. Nicht daß sie alle von der Hohlheit seines Gebäudes überzeugt gewesen wären, aber sie ärgerten sich über seine Aufgeblasenheit. Diesen Beamten sagte ihr in langer Praxis erworbener Instinkt, daß sie vielleicht zur Bewunderung, doch niemals zur Anerkennung bereit sein dürften, und daß eher die ganze Welt ersaufen müsse, als daß sie einem unter ihnen gestatten könnten, ohne Befragen der übrigen einen universalen Schwimmgürtel zu erfinden.

Möglich, daß die Direktoren, weil sie selbst vom gleichen Instinkt beherrscht waren, ihn bei anderen ebensowenig voraussetzten, wie wir gewahr werden, daß die Erde sich dreht, weil wir selbst uns samt allem, was darauf und drumherum ist, mitdrehen. So kam es jedenfalls, daß Friedrich Bilgenstock vom Direktorium für einen Psychologen, von seinen Kollegen für einen Streber und von der KLASSENBEWUSSTEN ARBEITERSCHAFT für einen Schuft angesehen wurde.

Sein Nachfolger in der Eisengießerei wurde Herr Drees. Herr Drees war ein humaner Vorgesetzter, der zwischen den Interessen der Arbeiter und den Interessen der Unternehmer einen gerechten Ausgleich suchte. Dabei war er keineswegs wehleidig und tränenselig, sondern durchaus auf das Zweckmäßige gerichtet.

Die Arbeiter waren vorläufig geteilter Meinung über ihn. Die einen sagten: «Ja, wenn er könnte, wie er wollte! Aber er ist ja auch nur ein Angestellter.» Die anderen sagten, er trage Wasser auf beiden Schultern.

Einige Tage nachdem er den von Bilgenstock disziplinierten Betrieb übernommen hatte, zeigten sich schon wieder aufsässige Gesichter.

Besonders heimtückisch waren die neu angeworbenen Mitglieder des Werkvereins.

«Das ist die natürliche Reaktion auf dieses verrückte System», sagte Herr Drees zu seinem Assistenten, «aber machen Sie das nun mal den Herren da oben klar. Der Charakter der Leute ist nicht schlecht. Man muß sie nicht unterdrücken, man muß sie überzeugen. Man muß ihre Seele gewinnen.»

Schon beim ersten Rundgang durch den Betrieb machte er die Wahrnehmung und teilte sie auch dem Assistenten mit, daß der Kranführer Griguszies der einzige wirklich Böswillige sei. «Da sehen Sie, was der Menschenkenner Bilgenstock wert ist, ausgerechnet diesen hat er hier behalten.» Aber auch er unternahm nichts gegen ihn. «Man muß jedermann eine ehrliche Chance geben, er hat ja noch keine gehabt. Man muß ihm etwas Zeit lassen, er soll sich freiwillig unterwerfen.»

Der Assistent dachte: das werden wir sehen, und antwortete nichts.

Die Zeit schleppte sich hin, die Menschen schleppten sich hin. Kleine Zwischenfälle gab es jeden Tag. Jeder Schritt, jeder Blick war Aufruhr. Jede Antwort geschah in einem flackernden Ton drohenden Gehorsams. Jede Lautlosigkeit der Bewegungen war verbissener Trotz. Jeder heimliche Wunsch, der in scheuen Augen stand, war Sabotage. Die Arbeit wurde von Tag zu Tag unbehaglicher, düsterer, zermürbender.

Nur der Meister Kurbjuhn blieb heiter und lärmend. Er war Bilgenstocks Hinterlassenschaft; überall, wo er Ordnung gemacht hatte, setzte dieser nämlich einen Statthalter ein. Der Meister Kurbjuhn betrachtete sich ziemlich ungeniert als Aufpasser, der nicht allein den Geist seines Herrn weiter zu pflegen, sondern auch den jetzigen Betriebsführer, Herrn Drees, zu überwachen habe.

Unterdessen beförderte Adam Griguszies mit seinem Kran die mächtigen Formblöcke, ungeheure Walzen, phantastische Gewölbe, Becher und Fässer. Ebenmäßig ging der Betrieb, die Luft dort oben war noch heißer, noch trockener, noch zitternder als an den anderen Arbeitsplätzen der Gießerei. Der Gaumen war ihm ganz ausgedörrt, das ihm zustehende Quantum Mineralwasser hatte er längst in den leeren Magen hinuntergespült. Es war das Gute an diesem Posten, daß man vor lauter Durst den Hunger nicht so spürte.

Plötzlich entstand an den Schmelzöfen ein Auflauf. Der Kran vor ihm, der die Gießpfannen trug, stand mit einemmal still und verdeckte ihm die Aussicht. Die Hilfsarbeiter eilten von ihren Karren fort, zänkisches Geschrei erscholl. Herr Drees lief mit dem Assistenten hinzu, schon stiegen auch die Former die Leitern hinan; von oben war es ein

Anblick, als stünden Gerippe aus Gräbern auf. Alle Kräne kamen zum Stehen.

Mit raschen Griff drosselte Griguszies seine Katzen und kletterte hinunter. In einer knappen Minute lag der ganze Betrieb still.

Was sich zugetragen hatte, war in den Anfängen eine alltägliche Geschichte gewesen.

Ein alter Gießer hatte sich vor etlichen Tagen krank gemeldet und war wegen Grippe arbeitsunfähig geschrieben worden. Wie es das Direktorium befahl, hatte er sich dem Vertrauensarzt der Betriebskrankenkasse zur Nachuntersuchung vorgestellt. Er hatte aber nur über Kopfschmerzen und Mattigkeit zu klagen gehabt, jene vagen Krankheitssymptome der kleinen Leute, die sich nicht geschickt auszudrücken verstehen und ihren Körper nur mangelhaft beobachten können.

Wie alle Ärzte, die über einen Amtsstempel verfügen, war auch dieser überlastet. Er war nicht ohne Kenntnisse, aber immer ohne die notwendige Zeit, sie anzuwenden. Er verfuhr so gewissenhaft und unbefangen, wie es der knappe Spielraum, den ihm die Weisung seiner Auftraggeber ließ, gestattete.

Auch diesmal nahm er einen sorgfältigen Befund auf: «Kräftig gebaut, gesundes Aussehen, Zunge belegt, Brustkorb wenig gewölbt, Klopfschall voll, Atmungsgeräusch rein, Herz ohne Besonderheiten.» Darauf überlegte er: der Mann fiebert nicht, organische Veränderungen sind nicht nachzuweisen, immerhin ist die Zunge belegt, also fehlt ihm etwas, aber nicht viel; noch einen Tag Schonung, und er wird ganz gesund sein. In diesem Sinne füllte er den Krankenschein aus.

«Der nächste! Wer ist dran?»

Das Wartezimmer saß steif voll.

Kaum wieder an seine Arbeit zurückgekehrt, begann der Gießer zu taumeln. Er rang nach Luft, brach zusammen. Ein Kamerad, der den Ohnmächtigen aufzurichten versuchte, wurde mit Schrecken gewahr, daß seine Arme einen Sterbenden hielten.

In seiner Bestürzung wußte er nicht, was er anfangen solle. Er war nicht sehr kräftig und wurde von dem zunehmenden Gewicht des Leblosen überwältigt. Er wollte um Hilfe rufen, als eine Gießlokomotive mit flüssigem Feuer durch die nahe Gleiskreuzung rollte – und sei es nun, daß der Führer zu scharf bremste, sei es, daß das Gleis nicht in Ordnung war, der Kübel kippte und goß die Glut über Kopf, Rücken und Brust des Arbeiters, der bei dem alten, röchelnden Gießer kniete. Kleider und Haut fielen ab wie Zunder, rauchende Fetzen rohen Fleisches schälten sich aus dem Körper, die verstümmelten Augenhöhlen wimmerten leise.

Er verschied nach wenigen Augenblicken in großer Stille.

So schnell hatte sich die Katastrophe abgespielt, daß sie nur von den Nächststehenden beachtet worden war und die Kunde davon sich nur langsam verbreitete. Erst nach und nach entstand ein aufbegehrendes Geraune, ein Getuschel mit Blicken, eine allgemeine Bereitschaft zum Losschlagen. Man schrie den hinzutretenden Meistern entgegen: «Das sind die Opfer eurer Antreiberei!» Andere riefen: «Die schreiben noch die Toten gesund!» Der Meister Kurbjuhn pflanzte sich auf; wo er hintrat, wuchs kein Gras mehr, ein vierschrötiger Kerl, der schon durch seine bloße Erscheinung alles an die Wand quetschte.

«Wir haben Krieg, vergeßt das nicht. Im Krieg muß was geleistet werden, mag es Tote geben, soviel es will. Wem das nicht paßt, der kann seine Abkehr nehmen. Wir kriegen genug andere, die den Finger danach lecken, daß sie reklamiert werden.»

Herr Drees wollte vermitteln. Die Werksangehörigen dürften zur Firma das Vertrauen hegen, daß ihr alle diese erschwerten Verhältnisse voll bekannt seien und daß sie ihnen, soweit möglich, Rechnung tragen werde. Ihrer alten Gepflogenheit treu, werde die Werksleitung auch künftig bemüht bleiben, die Lage der Werksangehörigen nach Kräften zu sichern, doch möchten sie andererseits bedenken, daß ihrer Fürsorge in mancher Hinsicht unüberwindliche Schwierigkeiten entgegenstünden.

Er sprach gütig und sanft wie ein Beichtvater und ließ sich nicht dadurch beirren, daß der Lärm immer heftiger, das Gelächter immer höhnischer wurde.

Dies sei eben einer jener unbegreiflichen Fälle, meinte er, die jenseits des menschlichen Ermessens lägen, eine unvorhergesehene Verkettung der Umstände, die Unvollkommenheit des derzeitigen Stands der Wissenschaft, der Zufall, das Schicksal . . .

Kurbjuhn schrie unaufhörlich dazwischen, sie sollten sich an die Arbeit scheren, diese Unterbindung der Produktion sei ein verbrecherisches Treiben gegen die Volksgenossen an der Front.

«Wat? Die schmeißen ja schon von selber die Knarre fort!»

«Aber erst muß doch der Krieg gewonnen sein . . .»

«Faule Witze! Wir haben euren Krieg nicht angefangen!»

«Es ist unverantwortlich gehandelt, gegen unser Vaterland und gegen eure eigenen wohlverstandenen Interessen.»

«Dich habense wohl wat in 'n Kaffee getan? – Macht euch keine Sorge um unsre Interessen, die werden wir schon selber verteidigen!»

«Seid doch vernünftig, auch der Vorstand von unsrer Organisation hat die Betriebsstillegungen mißbilligt», sagte ein Gewerkschafter.

«Alles bestellte Arbeit! Ihr habt ja keine Ahnung, was die Lumpen dafür kriegen, ihr fallt ja auf alles herein!»

«Wer hier Unfrieden stiftet, ist vom Feind gekauft!» schrie Kurbjuhn.

«Wir wollen bloß unsere Menschenrechte, wir Arbeiter sind auch Menschen!»

«Kinder, das bestreitet doch niemand», beschwichtigte Herr Drees, «aber wie ihr das so dahersagt, sind es ja bloß geleckte Phrasen! Ihr bringt euch um die nächste Sonderzulage, wenn ihr so weitermacht. Die Firma hat Vertrauen zu euch, sie wird auch nach dem Krieg dazu beitragen, daß alle Schäden, soweit möglich, behoben und ausgebessert werden . . .»

«Kameraden! Genossen!»

Das war Adam Griguszies. Streng und bedeutsam stand er da. Die slawischen Backenknochen trieben sich angestrengt vor, und die aufgerauhte, durch gewerkschaftliche Bildungskurse geistig profilierte Stirn zog sich heftig zusammen.

«Wir haben nichts zu verlieren», sagte er. «Es kann uns gleich sein, ob wir von amerikanischen, englischen, französischen oder deutschen Kapitalisten ausgebeutet werden.»

Sie fühlten alle, und auch Herr Drees fühlte, daß dies die ersten Worte waren, die einen festen Inhalt hatten. Man konnte sie als töricht oder als sinnvoll, als Faustschlag oder als Balsam empfinden, doch man vermochte nicht über sie hinwegzuspringen, man mußte sie aus dem Weg räumen.

«Kameraden! Genossen!» rief der Kranführer erneut. «Das planlose Geschwätz hat keinen Zweck. Wir müssen eine ordentliche Betriebsversammlung abhalten und einen Antrag zur Abstimmung stellen. Ich beantrage, daß wir allesamt diese Leichen hier nach Hause bringen und unsern Weg durch die Hauptstraßen der Stadt nehmen.»

Es wurde still. Kurbjuhn trat zurück. Er vermied jede Berührung mit diesem Menschen, weil auch Bilgenstock sie vermieden hatte.

Die Arbeiter waren verwirrt. Man merkte, wie es in ihnen wogte. Obgleich einige von ihnen denselben Gedanken gehabt hatten, waren sie doch betroffen, daß einer von ihnen die Kühnheit besaß, ihn auszusprechen. Etliche waren auch entsetzt; aber die meisten waren bloß ängstlich.

Griguszies stand da und wartete. Es mußte sich ja nun zeigen, ob sie wert waren, daß man sich das Maul für sie verbrannte, ob sie einen Standpunkt hatten oder ob sie bloß im landläufigen Sinn «oppositionell» waren.

Eine dünne, weinerliche Stimme kam, lachend schauten sich alle um: «Der Jubilar! Hallo, der Jubilar!»

«Ja», weinte die Stimme, «das geniert mich nicht, wenn ihr lacht. Fünfzig Jahre bin ich jetzt bei der Firma gewesen. Es war viel Arbeit, wir haben aber auch viel schöne Erfahrungen gemacht. Wie ich vor fünfzig Jahren eingetreten bin, hätte keiner gedacht, daß man mal so eine böse Zeit durchmachen müßte. Aber wir können hier noch froh sein, uns alte Rischianer begleitet die FÜRSORGE von die Firma unser ganzes Leben lang. Der Lohn ist doch nur für das Zeitliche, aber die Wohltätigkeit ist für das Ewige.»

Jemand schrie: «Wir wollen keine Fürsorge, wir wollen Gerechtigkeit!»

«Gerechtigkeit!» sagte verächtlich Adam Griguszies. «Die kriegt ihr bei Herrn Drees, wenn ihr weiter nichts wollt.»

«Hier steht der wahre Feind der Arbeiterklasse!» rief einer und zeigte auf den Jubilar. «Das ganze Elend kommt nur von die Arschkriecher unter uns!»

Sie machten Miene, auf ihn einzudringen, der Herdformer Fries warf sich dazwischen: «Vergreif sich keiner an den alten Mann!»

«Nur keine Aufregung», sagte ein Gießer, «wer soll denn den dösigen Hund was tun, da ist man sich ja selbst viel zu schade dafür, daß man den anfaßt, der is ja doof, der hat ja 'n Stich in die Birne.»

Fries strich sich mit dem Handrücken dreimal unter seinem grauen Spitzbart her, sah auf die gesträubte Spitze und sagte scharf: «Jedenfalls zeigt es nur von politischer Unreife, wenn einer glaubt, man könnte mit Arbeitseinstellungen und Demonstrationen einen Druck zugunsten des Friedens ausüben. Die feindlichen Regierungen benutzen das nur, um mit der Hoffnung auf die Auflösung unserer Ordnung den sinkenden Mut ihrer Völker zu beleben.»

«Und unsern Mut, wat belebt den? Der ist doch schon bis unter die Holzsohlen gesunken! Womit willst du dem auf die Beine helfen?»

«Mit dem Glauben an den allmählichen Sieg der Vernunft und die Verbündung der internationalen Arbeiterschaft. Das Alte ist verbraucht, es soll und muß fallen, aber es kann nicht fallen, ehe das Neue reif ist. Wer etwas in Stücke schlagen will, muß erst beweisen, daß er es auch wieder zusammensetzen kann.»

So lange hatte sich der Kranführer beherrscht, aber obwohl sein Gesicht gleichgültig gewesen war, hatte er genau aufgepaßt. In einer Sekunde wurden jetzt seine Augen fest, mit einem Satz sprang er an die nächste Formlade.

«Da kriegt man ja zuviel!» schrie er und stampfte eine Form in Stücke. «Verfluchter Breischmierer, Flickschuster! Zusammenleimen, habt ihr gehört, das ist eine schöne revolutionäre Logik!» Er raffte die Trümmer zusammen und legte sie aufeinander. «Wird das nun eine saubere Form? Dreck wird es, der Meister nimmt ihm den Akkord nicht ab, da kann er den Bruch noch so gut verkleistern. Die Kapitalisten lassen sich nichts zusammenstoppeln, die Ware muß egal akkurat sein, er würde es auch nicht wagen, ihnen so was anzubieten, aber uns, uns will er Bruch anbieten, uns will er die alten Brocken zusammenkleben und für neu verschleißen, da schämt er sich nicht!»

Das Gedränge nahm zu, Flüche knallten aneinander, ausholende Fäuste wurden über den Köpfen sichtbar.

«Sie müssen sofort die Werkspolizei anrufen, Herr Drees!»

«Aber warum denn, Kurbjuhn?» fragte der Assistent. «Wenn sie sich schlagen, so ist das doch die beste Lösung.»

«Sie müssen dem Direktorium Meldung machen, Herr Drees! Es ist schon Werkseigentum vernichtet, wer weiß, wohin das hier noch führt! Kein Verstoß gegen die Arbeitsordnung darf ungeahndet bleiben, Herr Drees!»

Herr Drees drängte den Meister Kurbjuhn, der ihm beständig etwas in die Ohren zischte, zur Seite und nahm das Wort. Er wollte sie nicht bitten, die Folgen zu überlegen, die ihr Vorgehen für sie haben würde; er wollte sie nur bitten, an die heiligen Gefühle der Familien dieser Toten zu denken, die sie durch einen so pietätlosen Akt verletzen würden. Ob es nun im gesetzlichen Sinne Leichenschändung sei oder nicht, man treibe mit diesen unglücklichen OPFERN DES BERUFS einen schändlichen Mißbrauch, wenn man sie zu Agitationszwecken durch die Straßen schleppe.

«Ach was, jetzt ist eben Krieg! Das sagt ihr doch auch immer, wenn wir einen Dreck fressen oder uns ein neues Bündel aufpacken sollen. Jetzt werden *wir* uns mal damit entschuldigen!»

«Also los – wer macht mit durch die Stadt?»

Aber dieser strikte Aufruf erreichte das Gegenteil dessen, was er beabsichtigte. Er verstärkte die Argumente des Herrn Drees, indem er sie zwang, darüber nachzudenken. Sie wurden fast alle wankend, und eine tiefe Niedergeschlagenheit bemächtigte sich ihrer. Es waren nur wenige hier, die mit eigenen Augen auf den Schlachtfeldern gesehen hatten, wie gering ein toter Mensch geschätzt wurde, aber es waren sehr viele, die sich (teils aus Aberglauben, teils aus Religiosität) vor den Toten fürchteten. Auf alle Fälle war der Tod eine ehrwürdige Angelegenheit, und wenn man ihnen von «Opfern des Berufs» sprach, wurden sie weich und beinahe stolz. OPFER DES BERUFS – war das nicht schmeichelhaft, machte das nicht alle Welt auf die Tapferkeit, die Pflichttreue der Arbeiter aufmerksam?

Mittlerweile standen die Sanitäter ratlos mit ihren Töpfen voll Brandliniment da. Schließlich trugen sie die Verunglückten kurzerhand hinaus, und niemand widersprach. Adam Griguszies zuckte die Achseln. Er wußte schon, wie es wieder kommen würde, alles würde an ihm hängenbleiben. Kameraden und Vorgesetzte würden ihn gleich scheel ansehen; diese, weil er immer beim Vortrupp war, jene, weil trotzdem nichts geschah.

«Na, glauben Sie, daß er sich die Hörner noch abrennen wird?» fragte Herr Drees den Assistenten.

«Wahrscheinlich, aber so lange können wir wohl doch nicht warten.»

«Scheint mir auch so. Schade. Ich bin überzeugt, daß er mit der Zeit ein brauchbares Glied der menschlichen Gesellschaft werden wird. Aber woher die Zeit nehmen? Sie haben leider recht, Herr – Kollege.»

Zweites Kapitel

Man muß wissen, daß der derzeitige Besitzer des Stahlwerks, Herr von Zander oder «der Freiherr», wie er kurz und unpersönlich von seinen Untergebenen genannt wurde, kein geborener Industrieller war, sondern aus der Uckermark stammte. Er war ein untersetzter Mann mit einer maskenhaften Starre im Gesicht, die ebensowohl weltmännische Gewandtheit und diplomatische Undurchdringlichkeit wie ethischen Ernst oder bäuerische Zurückhaltung ausdrücken konnte. Bis zu seinem dreißigsten Lebensjahr in den Anschauungen und Gewohnheiten eines ostelbischen Grundbesitzers verwurzelt, war er durch seine Heirat mit der Alleinerbin des Stahlmagnaten Risch plötzlich in die erste Reihe der westdeutschen Großindustriellen gerückt. Dieser Übergang war so jäh gewesen und der Luftwechsel so umstürzend, daß eine gewisse Unsicherheit und kompromißlerische Schwäche die Folge waren. Nur schwer konnte er sich in die neue Rolle schicken, wo es ewig Schwierigkeiten und Aufforderungen zu schnellen Entschlüssen gab. Zum Glück hatten die Risch-Werke, die zwar nach dem Tode des alten Risch formell in die «Gußstahlwerke Risch-Zander Aktiengesellschaft» umgewandelt, doch gleichwohl unangetasteter Familienbesitz geblieben waren, eine lange Tradition, und der Freiherr machte es sich zu seiner Lebensaufgabe, sie aufrechtzuerhalten.

Das Schloß, welches er bewohnte, war eines jener Gebäude, die wir mangels greifbarer architektonischer Substanz «imposant» zu nennen pflegen. Vielleicht kommt man der Sache am nächsten, wenn man sagt, daß es eine Kreuzung zwischen Akropolis und Walhalla war. Der alte Risch hatte die Villa bauen lassen, nachdem er fünfundzwanzig Jahre mitten in der Fabrik zugebracht hatte, in einem jener bescheidenen Herrschaftshäuser alten Stils, wie man sie zuweilen heute noch in Gebirgstälern neben kleinen Papiermühlen und Blaudruckfabriken antrifft: schmucklose Bauten, denen eine Rasenfläche mit Kiesweg, Rosenbeet und Springbrunnen den Ausdruck vornehmer Zurückgezogenheit gibt.

Es war nicht nach Rischs Kopf gewesen, daß er hier endlich ausziehen sollte, denn er liebte es, spartanisch zu erscheinen und mittels betont einfacher Lebensformen alle Geschäftsfreunde auf seine geringe Herkunft aufmerksam zu machen, damit sie an der zeitlichen Nähe zwischen der Abstammung dieses gewaltigen Stahlwerks desto besser seine Energie als Techniker und seine Klugheit als Kaufmann schätzen lernten. Aber er mußte den Vorstellungen seiner Frau nachgeben, die in dem wachsenden Fabriklärm nicht mehr bleiben wollte und ein für ihre jetzige kommerzielle Stellung repräsentatives Haus verlangte.

Diese Nachgiebigkeit war beim alten Risch keine Folge ehelicher Gefühle. Gewohnt, alle ideellen Werte in materielle Spekulationen und alle persönlichen Beziehungen in geschäftliche Vorteile umzusetzen, galt ihm seine Frau kraft ihrer Siegerländer Verwandtschaft als «Handelsvermittlerin bei der Kleineisenindustrie», und wenn er ihre Wünsche, die sie übrigens sehr bescheiden äußerte, gelegentlich erfüllte, so geschah es eben, um einen Geschäftsagenten bei Stimmung zu erhalten.

Er kaufte also von einer Landgemeinde etliche Waldparzellen in der

Nähe des Flusses. Die Pläne für die Villa entwarf er selbst, da er der Meinung war, daß ein Mann, der sich in seiner Branche hochgearbeitet habe, auf allen Gebieten als Selbstversorger auftreten müsse. So fertigte er nicht nur Konstruktionen für Geschütze und Waggongestelle, sondern auch Bilder und Gedichte für seinen Privatbedarf an, und selbst der Handwerker, der ein neues Türschloß anbringen sollte, bekam vorher eine Zeichnung von ihm in die Hand, aus der Lage und Zweck des Verschlusses ersichtlich waren.

Die Villa baute er ungefähr nach den Vorstellungen, die ein Mensch, der nie betrunken war, von den Phantastereien eines Weinrausches hat. Sein werktägliches Leben verlief knapp, sachgemäß und zielvoll, darum glaubte er, daß die Kunst als Gegengewicht sonntäglich aufgeputzt und mit sinnlosem Zierat überladen sein müsse. So hatte alles seine Ordnung bei ihm, und die Villa mit der seltsamen Mischung von falschem Klassizismus und scheinheroischem Barock war folgerichtig aus seinem Wesen und seiner Lebensweise heraus entwickelt.

So wahr es ist, wenn man sagt, daß der alte Risch Talent und Charakter hatte, so bliebe es doch nur eine Teilwahrheit, wenn man nicht hinzufügte, daß er unter Charakter etwas ganz Bestimmtes, nämlich einen aparten Bürgerstolz verstand, das Selbstbewußtsein des Selfmademan gegenüber den Eigentümern von Ahnengalerien. Seine Frau hingegen war anderer Ansicht. Sie glaubte, daß es nunmehr für die arrivierten Bürger Zeit sei, mit Enkelkindern in die Ahnengalerien einzudringen. Darum hielt sie darauf, ihrer Tochter Alice einen Mann von Stand zu verschaffen. Unter allen möglichen Schwiegersöhnen, die sie auf zahlreichen Reisen in Augenschein genommen hatte, schien ihr der Freiherr von Zander der geeignetste zu sein. Schon als er noch Einjährig-Freiwilliger bei den Deutzer Kürassieren gewesen war, hatte er im Hause Risch verkehrt, und er war besonders empfohlen durch die Beziehungen, worin sein verstorbener Vater zu den Risch-Werken gestanden hatte. Lange Jahre hindurch hatte dieser nämlich gegen Provision dem Verkaufskontor Risch in den Ministerien die Wege geebnet.

Bei aller Würdigung dieser Momente sträubte sich der alte Risch gewaltig gegen eine Familienverbindung mit dem Adel, und obwohl er zuletzt seiner Frau abermals im Interesse gewisser Kaufabschlüsse weichen mußte, fand er noch einen Weg, um seinem Groll Luft zu machen. Er wies den Neuvermählten Wohnung im alten Fabrikhaus an und beschäftigte den Freiherrn gegen das übliche Assistentengehalt von jährlich 2340 Mark im juristischen Büro.

Das junge Paar mußte sich gehörig einschränken. Der Freiherr mußte wie jeder andere Angestellte einen Revers unterschreiben, wonach er sich dem allgemeinen Dienstreglement und den Vorschriften für Beamtenwohnungen unterwarf. Zum Beispiel durfte er in seinem Haus nichts verändern oder renovieren lassen, ohne vorher um Genehmigung nachgesucht zu haben, und sein Schwiegervater ahmte in der sarkastischen Beantwortung solcher Gesuche geflissentlich den alten Fritz nach. Es war also kein angenehmes Leben, zumal auch Frau Risch diese Tyrannei unter der Vorgabe, sie zu mildern, durch häufige belehrende Besuche eher unterstützte.

Nachdem aber der Alte von einer Lungenentzündung weggerafft worden war, rächte der Freiherr sich für diese Behandlung, indem er der prunkvollen Villa Risch bei seinem Einzug den Namen «Zandershöhe» verlieh. Indessen konnte er nicht verhindern, daß das Regiment darin auch weiterhin von seiner Schwiegermutter geführt wurde, die im Werk nach den Initialen der Vornamen ihres Mannes L. A. Risch allgemein «Frau Ella» hieß. Sie bewohnte einen weitläufigen Flügel, der die «Kemenate» genannt wurde. Dort veranstaltete sie ihre Audienzen, nicht bloß für Fremde, sondern auch für Familienangehörige. Selten betrat sie andere Räume des Hauses und niemals mehr die Wohnung der jungen Generation; aber weder in der Familie noch im Werk geschah etwas, ohne daß sie gefragt wurde.

Der Park von Zandershöhe grenzte unmittelbar an eine Bahnstation, die ihren Namen vom Schloß des Großindustriellen hatte. Sie lag ungefähr zwölf Kilometer westlich der Hauptstadt des Steinkohlenreviers, an einer Nebenstrecke, die sich durch ein anmutiges Flußtal schlängelte.

Freilich war der Fluß nur ein träger, schwärzlicher Wasserlauf, gekrümmt wie ein Schleichenlurch, verschlammt und verfettet von den Abwässern der Fabriken und Kohlengruben; unappetitliche Uferlachen schmarotzten an seiner Lebenskraft, Schilfinseln und Gewucher von Quellmoos und Froschlöffel bezeichneten die vielen seichten Stellen. Aber überall schoben sich die Ausläufer bewaldeter Hügel vor, unregelmäßig hintereinander gestaffelt wie ein zum Angriff formiertes Armeekorps auf der Karte des Feldherrn, und das silbrige Blau hundertjähriger Buchenstämme hinterließ selbst auf diesem trüben Gewässer einen Abglanz von Zartheit und Unberührtheit. Obgleich die Luft von den Abgasen der Zechen und Hütten noch ein wenig dick blieb, war sie doch schon sehr gereinigt durch die feuchte Kühle des Laubes, die Würze des Kuhmistes und den säuerlichen Dunst der

Melkeimer. Die ganze Niederung war besprenkelt mit weißgekalkten Bauernkotten, Gartenlokalen, Fruchtäckern, Tennisplätzen, Bootshäusern, Wiesen und Viehherden.

Deshalb war es, wenn man genau hinsah, keine richtige, naive Landschaft, sondern eher ein gesetzlich geschütztes Erholungsgelände, das sich anstrengte, mit idyllischen Abwechslungen und einer verhältnismäßig gesunden Vegetation den berechtigten Ansprüchen der Industriebevölkerung auf Naturgenuß entgegenzukommen, und überdies mit einer Fülle von Sommerwirtschaften und «schönen Aussichten» zur Lösung der sozialen Frage beizutragen. Sonntags drängten sich auf diesem Fleck Tausende von Ausflüglern zusammen. Infolgedessen war der Bahnhof Zandershöhe, so einsam er die meiste Zeit dalag, ziemlich groß. Wie es sich in einem sozial denkenden Staat gebührte, erfreuten gefällige Anlagen mit Steingrotten und gewundene Treppen mit Geländern aus Naturholz das Auge der abgearbeiteten Städter. Ein Separatausgang führte in den Park des Freiherrn, weshalb die Station allgemein der «Zandersche Privatbahnhof» hieß.

Natürlich fuhr der Freiherr nicht mit der Eisenbahn ins Geschäft. Er hatte einen prachtvollen, tadellos ausgerüsteten Mercedeswagen, Fabrikationsjahr 1914; doch traf er zuweilen von einer weiten Studienreise mit dem Sonderzug hier ein (denn zur Erholung oder zum Vergnügen gönnte er sich keine Reisen, wenigstens wollte er es vor sich selber nicht wahrhaben). Auch Fürstlichkeiten und Militärs aller Länder kamen oft zu Besuch. Sie wurden hier empfangen und über den breiten, blankgescheuerten Fahrweg des Parks, auf dem die Wagen so geräuschlos hinglitten, sogleich zum Schloß geleitet. So rentierte sich der Privatausgang, für den übrigens die Eisenbahndirektion die gleiche Gebühr wie für einen Gleisanschluß erhob.

Der Kaiser war ein besonderer Freund des Zanderschen Hauses und sein häufiger Gast. Er war bei der Hochzeit des Freiherrn zugegen gewesen, bei der Beerdigung seines Schwiegervaters, bei der Taufe seiner ältesten Kinder, zu deren Gedächtnis von Frau Ella eine Rotbuche gepflanzt worden war, bei der Einweihung des neuen Verwaltungsgebäudes, bei der Katastrophe auf Zeche «Glücklicher Morgenstern», wo dreiundvierzig Bergleute totgeblieben waren – es gab kein ernstes oder heiteres Ereignis in der Familie und im Werk, an welchem der Kaiser nicht persönlich teilgenommen hätte. Immer waren die Gefühle, womit der Freiherr auf seiner Station den Hofzug erwartet hatte, glücklicher Natur gewesen; als sichtbares Zeichen dieses Glücks trug er das Komturkreuz des Königlichen Hausordens.

Er konnte es einfach nicht glauben, daß die Wolken sich nun zusammenzögen. Die versteckten Absichten der Regierung erfüllten ihn mit Sorge. Wahrscheinlich war ein Staatsstreich geplant. Denn auf welcher Linie sonst hätten die während des ganzen Sommers fortgesetzten Bemühungen liegen können, den Kaiser zu ängstigen? Zweifellos hoffte man, ihn auf diese Weise zu entkräften und Stück um Stück seiner Gewalt zu berauben. Und dies alles, weil sich die Militärs in der Dauer des Krieges verrechnet hatten und die Berliner Zwangswirtschaft die gesunden Instinkte des Westens korrumpierte.

Wie dem auch sein mochte, jedenfalls hatten die Alarmnachrichten gegen den Herbst hin den Kaiser veranlaßt, nach Zandershöhe zu reisen, um dort mit den unzufriedenen Arbeitern in der Werkstatt, von Mensch zu Mensch, zu sprechen. Die Tatsache, daß am Vorabend seiner Ankunft der Staatssekretär des Innern unangemeldet und ohne Wissen Seiner Majestät in Zandershöhe eingetroffen war, und das Gespräch, das er noch in der Nacht mit diesem geführt hatte, bestärkten den Freiherrn in seinen Ängsten.

Es habe jetzt keinen Zweck mehr, über Nuancen zu streiten, hatte der Staatssekretär gesagt, man müsse der Wirklichkeit unerschrocken ins Auge sehen. Es handle sich darum, die Niederlage und den Aufruhr abzuwenden, und eines gehe nicht ohne das andere. Nur die äußerste Schonungslosigkeit könne noch helfen, denn es sei zu bedenken, daß über der Person des Monarchen die Idee des Vaterlandes stehe.

Der Freiherr fand es anmaßend, in einer, wie er sie sah, völlig unentschiedenen Situation eine so entschiedene Sprache zu führen. Die ausgegebene Parole war ihm zu gefährlich. Gewiß war es denkbar, daß sie sich als nützlich erwies. In diesem Falle hätte er sich ihr natürlich gern angeschlossen, aber wer, wer, wer konnte das wissen?

«Es hat niemand mehr das Recht, auch nur vorübergehend geborgen zu sein. Unbedingt muß Seiner Majestät die wahre Stimmung Ihrer Belegschaft vor Augen geführt werden, Sie müssen ihn in den radikalsten Betrieb schicken, den Sie haben, namens des Reichskanzlers verlange ich das.»

Immer von neuem hatte der Staatssekretär dies dem Freiherrn eingeschärft. Aber Freiherr von Zander hatte nur ausweichend geantwortet, man müsse das mit den Herren seines Direktoriums besprechen.

Allerdings waren die Militärs in der kaiserlichen Umgebung eifrig bestrebt, ihrem obersten Kriegsherrn klarzumachen, daß die augenblickliche Lage nur die Frucht einer Politik sei, die von ihnen nicht befürwortet, jedoch von der Zivilregierung für gut befunden werde.

Aber der Kaiser war jetzt gegen Soldaten und Diplomaten gleich mißtrauisch. Er verachtete den «Troß feiler Knechte», der sich wegwarf, sich kommandieren ließ und doch sekündlich zu jedem Verrat bereit war, wenn er dadurch nur eine Rückendeckung für sich selbst bekam. Eine romantische Sehnsucht packte ihn nach seinem Volk, das ihm jäh aufrauschend und jäh besänftigt erschien wie das große Meer; er verglich es mit dem heiligen See, über den Christus während einer Sturmbö von mindestens zwanzig Sekundenmetern unbehelligt gewandelt war. So schwelgte er in biblischen Bildern und malte sich aus, wie das Gebirge schäumender Begehrlichkeit versinken werde, wenn er seinen Mantel ausbreitete, und wie die stille, glatte Fläche, ein klarer, reflektierender Spiegel, sich in Verehrung und Liebe sammeln müßte. Alsbald drang in die christlichen Allegorien die gepanzerte Ornamentik heidnischer Mythen ein, und die heroischen Farben von Märtyrertum und Mannentreue vermischten sich miteinander zu einem leuchtenden Nebel.

Von diesen Vorstellungen berauscht, einem plötzlichen Impuls nachgebend, verließ er in geheimnisvoller Hast das Hauptquartier. Doch kaum hatte er sich in Fahrt gesetzt, als er auch schon in jenen noch gefährlicheren Zustand einer Ernüchterung geriet, die auf die Übersteigerung der Unwirklichkeit die Umkehrung der Wirklichkeit folgen läßt. Er begann, das Volk, das durch Lauheit und Unwilligkeit den Herrscher zwang, wie ein Bettler vor ihm im Staub zu knien, abgründig zu hassen. Unversehens ward aus der flehentlichen Gebärde eine drohende, unversehens ward aus der Verbrüderungszeremonie eine gebieterische Proklamation, die von dem verbrieften Recht auf Gehorsam handelte, von der Pflicht des Volkes, sich in der Not um den Thron zu scharen, und von der Strafe, die auf Treubruch stünde.

Verfärbt, gebrochen, ausgebrannt saß der Kaiser in der Nacht am Schreibtisch seines Salonwagens, über einem Bogen Papier, worauf ein Tumult durchstrichener, eingefügter und wieder verworfener Sätze war, in einer gezwungenen Handschrift, die Schnörkel und Festigkeit zu vereinigen trachtete. Auf seinen Befehl war das elektrische Licht ausgeschaltet, zwei Kerzen brannten in einem Leuchter, der aus kupfernen Geschoßführungsringen nach Art des Eisernen Kreuzes gegossen war.

Auf der ganzen Reise zeigte er sich schweigsam, verschlossen, fast menschenscheu. In seinem Gefolge befanden sich außer dem Chef des Zivilkabinetts nur der General von Grußenbaum, à la suite der Armee mit der Uniform des Regiments der Gardes du Corps, und der Oberst von Leutwitz von den Danziger Totenkopfhusaren. Sie bemerkten, daß der Kaiser im Talgdunst der Kerzen unmenschlich gealtert erschien, mit einer steinernen Haut, die über dem halbsteifen Kragen seiner Litewka knorpelige Wulste bildete, und mit Augen, die tief eingegraben waren wie schleimige Larven in Winterhöhlen. Es schreckte sie, weil sie an ihrem Herrn wohl die schnelle und oft grundlose Veränderlichkeit kannten, aber niemals Gemütsumwälzungen von solcher Gewalt und Nachhaltigkeit wahrgenommen hatten, wie diese Erstarrung sie anzukündigen schien.

«Ein geschlagener Herrscher», fuhr es dem Kabinettchef durch den Kopf.

Schnell preßte er mit Daumen und Zeigefinger die Lippen zusammen, weil er fürchtete, diese Worte könnten, ohne physiologisch erzeugt zu werden, verräterisch aus seinem Mund hervorbrechen. Es war eine ungewöhnlich schwierige Situation, und so sehr er eine solche Lage schätzte, wenn sie von Amts wegen herbeigeführt worden war, so sehr schreckte sie ihn, wenn sie von Ereignissen aufgezwungen wurde, die noch keinen Aktenvermerk trugen.

Während der Chef des Zivilkabinetts von der Unheimlichkeit des künstlich dunkel gehaltenen Wagens ganz benommen war, suchten die Militärs unaufhörlich nach Gegenständen zur Ablenkung und Aufheiterung. Vom Generalquartiermeister hatten sie die strikte Weisung, «wie eine Mauer um Seine Majestät zu sein, komme, was wolle, und ihm alle Gespenster auszureden, falls es sich nicht vermeiden lasse, daß er sie zu Gesicht bekäme». Jeder erfüllte auf seine Art diese Aufgabe, von der beide wußten, daß sie weniger der Erhaltung des Throns als der Erhaltung der militärischen Vormachtstellung galt. Der Chef des Zivilkabinetts, der immer von den Militärs gedemütigt wurde, war auch bei dieser Gelegenheit die Zielscheibe des Spotts. Aber in dem Bewußtsein, daß sein Herr endlich diese «großspurigen Kulissenkrieger» zu durchschauen anfing, trug er es leichter.

Obwohl aus Hinterpommern gebürtig, hatte der Husarenoberst von Leutwitz die leichte Figur eines österreichischen Leutnants mit Mödlinger Stammbaum, und so war auch sein Witz, hüpfend und über einem kleinen Brandfleck schnell verraucht, wie Spritzer von Salpetersäure; aber der General von Grußenbaum, mit dem schweren und wuchtigen Leib eines Oldenburger Kutschpferds, betrieb auch den Umgang bei Hof wissenschaftlich und methodisch. Er tat nichts aus dem Handgelenk. Er ging immer erst in die Materie hinein, bevor er jemanden abfertigte, und war gefürchtet wegen seiner kühlen, sachlichen Manier, die dem Getroffenen nach den Regeln höfischer Konversation nicht einmal gestattete, sich offenkundig getroffen zu fühlen.

Im Bahnhof der Industriestadt mußte die Lokomotive umgesetzt werden. Auf dem verödeten und ungereinigten Bahnsteig standen einige Geheimpolizisten, in angemessenen Abständen verteilt wie Pfähle, die beim Anbinden von Alleebäumen Verwendung finden sollen. Der Fahrdienstleiter – Militäranwärter, Jahrgang 1866, durch Strammheit verjüngt, Uniform angeboren – sprang am Zug entlang und salutierte aus Furcht, das richtige Fenster zu verpassen, vor jedem Fenster. Mit einer durch Pflichtbewußtsein gemilderten Aufregung koppelte er selbst die Lokomotive ab und wieder an. Alles vollzog sich ohne Pfiff, ohne Geschrei, ohne Erschütterung.

Ganz absichtslos, nur von einer rätselhaften Unruhe getrieben, lüpfte der Kaiser die Gardine. Sein Auge faßte zunächst einen leeren Waggon mit einem fetten roten Plakat: «Achtung! Diebesgefahr! Luftklappen schließen! Bei Zuwiderhandlung kein Schadenersatz!» – dann eine eingerostete Wasserpumpe, und darauf einen Zipfel der Stadt. Es war ein Knäuel von Schornsteinen, Gasthausschildern und Ruhebänken in öffentlichen Anlagen. Der Knäuel setzte sich in ihm fest, wie ein rotuierender Mechanismus war er in sein Gehirn gepflanzt.

Drohend streckte er den Kopf vor: «Abscheuliche Gegend!»

Der Zug fuhr unterdessen weiter, Balkons von Mietskasernen zogen vorüber, einer über dem anderen, einer neben dem anderen, stummes, mit Küchenabfällen und Menschenschutt gefülltes Vorstadtgelände.

«Kahlgefressen von Ungeziefer, meine Herren. Pfui Teufel!»

Es war etwas neblig, aber schon hell, zwischen fünf und sechs Uhr morgens, im September, als der kaiserliche Hofzug mit einiger Verspätung in Zandershöhe einlief. Auch die Lokomotive des Kaisers konnte, obwohl sie als einzige noch eine Feuerbüchse aus Kupferblech hatte, im Krieg nicht auf die Minute pünktlich sein.

Kaum erblickten die Militärs neben dem Freiherrn von Zander den Staatssekretär des Innern, als sie auch schon in Stellung gingen, um den von Berlin gelegten Hinterhalt auszubrennen. Leutwitz hatte ein unverschämtes Grinsen: «Exzellenz wollen Majestät in Empfang nehmen, was?»

Der Staatssekretär lehnte den Kopf in den Nacken, spitzte den Mund und blies ein Wölkchen Hauch wie Zigarettenrauch aus. «Dieser unehrerbietige Ausdruck stammt von Ihnen, Herr Oberst, nicht von mir.»

«Und außerdem, Leutwitz», lächelte General von Grußenbaum, «außerdem stimmt es nicht. Der Herr Staatssekretär hat vielmehr die Absicht, uns Militärs in Empfang zu nehmen.»

«Ich bedaure sehr, den Herren diese Ehre nicht antun zu können. Sie wissen, daß ich mich streng an meine Instruktionen zu halten pflege und daß es mir weniger leichtfällt als Ihnen, meine Kompetenzen zu überschreiten.»

Dem Kaiser schwoll die Stirn.

«Was wollen Sie hier? Wer hat Sie hierher befohlen?»

Die Antwort des Staatssekretärs war ruhig und leidenschaftslos wie der Vortrag eines Geheimrats, der seinem aus Urlaub zurückkehrenden Chef über die laufenden Amtsgeschäfte Bericht erstattet. Der Kanzler halte es nicht für angezeigt, daß Seine Majestät sich ohne Beistand und Beratung zu einer so schwierigen Begegnung mit der Arbeiterschaft anschicke.

Der Kaiser blitzte ihn an, ließ ihn schroff stehen und wandte sich mit auffälliger Liebenswürdigkeit an den Freiherrn. Dieser war unbeweglich wie eine Bildsäule geblieben, es kam ihm vor, als sehe er von weitem sich selbst hier stehen – es gibt solche Träume, sie kommen meist, wenn man abends sehr früh schlafen geht: Man sieht sich, ganz wie es jetzt dem Freiherrn geschah, in zwei Personen zerlegt und befindet sich einmal als Beobachter, ein andermal als Mitspieler in der Szene. In dem Augenblick jedoch, da er der angenehmen Pflicht, seinen Kaiser zu grüßen, endlich genügen durfte, war der Freiherr wieder der korrekte, in Übereinstimmung mit seiner Branche stahlharte Untertan, geglättet und säurebeständig und im Besitz einer unerschütterlichen Weltanschauung, die sich wie ein Dankschreiben zwischen Wohlgeboren und Hochachtungsvoll in einem fest geschlossenen Kreis bewegte. Mit einer Vorliebe für schwungvolle Gelegenheitspoesie verband dieser untadelige Landedelmann einen ausgeprägten Sinn für die Feierlichkeit historischer Momente; er liebte es, auch für echte Empfindungen falsche Töne einzusetzen und fühlte sich darum bewogen, den Kaiser jetzt mit tragischer Gebärde zu begrüßen.

«Eurer Kaiserlichen und Königlichen Majestät», begann er, «entbieten meine Schwiegermutter, meine Frau und ich ehrerbietigen Willkomm – aber in welcher Lage müssen wir Euer Majestät wiedersehen!»

Unwillig zog der Kaiser seine Hand zurück. «Ich hoffe, Zander, daß wenigstens Sie dieser Lage gewachsen sind», sagte er kalt.

Die Militärs beeilten sich zu versichern, daß es in der Tat nur noch von der Heimat abhänge, ob der Krieg gewonnen oder verloren werde, die Armee habe an Disziplin, Moral und Tapferkeit alles geleistet, was man billigerweise von ihr verlangen könne.

«Gewiß, gewiß», erwiderte hastig der Freiherr, «wir alle verfolgen mit atemloser Spannung die Großtaten des Heeres, nur zu glücklich sind wir in der Heimat Gebliebenen alle, ohne Ausnahme, wenn unsere Arbeit den Arm der Kämpfer zu stärken vermag.»

Er kaute ein wenig mit den Backenknochen, wie ein amerikanischer Magnat, der seinen Kaugummi mahlt. Er war hier der einzige, der nicht bewußt Komödie spielte, er liebte diese Atmosphäre nicht, in der man sich gegenseitig durch simples Wortgeplänkel in Verlegenheit brachte und einen vernichtenden Schlag geführt zu haben meinte, er war ihr nicht gewachsen, sie hatte auch eine fatale Ähnlichkeit mit dem Intrigantentum in seinem Stahlwerk; aber dort funktionierte wenigstens sein Generaldirektor als Schlammfang – wie der Gully in einer Kanalisationsanlage. Er drängte daher zum Aufbruch: spätestens um elf müsse der Kaiser ins Werk fahren, die Belegschaft sei, wie gewünscht, von dem Besuch nicht unterrichtet worden; sein Generaldirektor warte mit einem Vortrag über die industrielle Lage, und seine Frau mit dem Frühstück.

«Natürlich, lieber Zander», versetzte in bester Laune der Kaiser, «und eine Frau soll man bei zwei Dingen nicht warten lassen, beim Frühstück und im Bett.»

Eine peinliche Stille entstand hierauf. Von den Bäumen näßte es. Durch das Blattwerk filterte die graue Feuchtigkeit und ließ einen scharfen Satz von Ruß und Kohlenstaub zurück.

Der Freiherr war von den Worten des Kaisers tief verletzt. Er führte ein vorbildliches Familienleben und erfüllte seine ehelichen Pflichten, ohne von außerehelichen Vorbehalten Gebrauch zu machen. In vierzehn Jahren hatte er zehn legitime Kinder gezeugt, die Ehre seiner Frau war unantastbar; sie mit penetranten Frivolität von Kasionabenden in Verbindung zu bringen, konnte er nicht einmal seinem Kaiser gestatten, so gern er ihm sonst das Recht einräumte, mit seiner Person jeden beliebigen Spaß zu treiben. Als Industrieller vertrat er, wenn auch keine anderen, so doch wenigstens sittliche Grundsätze. Mißachteten ihn viele seiner adligen Freunde, weil er in ein Gewerbe hineingeheiratet hatte, so setzte er ihnen ostentativ, außer der Solidarität des Besitzes, die Unanfechtbarkeit der bürgerlichen Moral entgegen.

Drittes Kapitel

Die «Kemenate» von Zandershöhe war durch einen offenen Säulengang in der Höhe des ersten Stockwerks mit einem Glasaufsatz verbunden, welcher von geflügelten Karyatiden getragen wurde und die Krönung der Villa bildete. Von weitem machte er den Eindruck einer riesigen Vitrine, die von einem Juwelier zur Schaustellung von Brillanten hätte gemietet werden können, aber gleichzeitig diente er als Bedachung eines Lichthofs, worin zeremoniöse Feierlichkeiten stattfinden konnten; der Eingang führte über eine baldachinartig mit Säulen und Kuppeln ausgepolsterte Rampe. Hier war zwischen Lorbeerbäumen und blühenden Hortensien an diesem Morgen für den Kaiser die Tafel gedeckt. Er ließ es sich indessen nicht nehmen, zunächst in der «Kemenate» Frau Ella zu besuchen, die ihre Gewohnheiten sogar einem so erlauchten Gast zu Ehren nicht aufgab.

Es war gewonnene Zeit für den General. Außerhalb der militärischen Sphäre pflegte dieser sich mit seinen Wünschen nie an die Spitzen zu wenden, sondern unter Umgehung möglichst vieler Dienstgrade an jene Personen, deren Amt es ist, Befehle nicht weiterzugeben, sondern unmittelbar auszuführen. Am liebsten wäre ihm jetzt für seine Zwecke ein biederer Meister gewesen, aber vorläufig konnte er nur den Generaldirektor fassen, der ihm auf alle Fälle sicherer als der Firmeninhaber zu sein schien. Überdies traf es sich, daß er ein Schulfreund von ihm war: Alfons Hachenpoot, Pubertätsdichter auf dem dreihundertjährigen Gymnasium von Jever, hernach Zahlenfanatiker bei den Raiffeisenverbänden und Direktor der Märkischen Landesgenossenschaftsbank, seit acht Jahren Generaldirektor von Risch-Zander.

Für den Freiherrn bedeutete Hachenpoot ein Programm, aus dessen Wortschatz er das meiste unbesehen übernahm. Er kannte ihn, seitdem er als junger Gutsbesitzer in Kreditangelegenheiten mit ihm zu tun gehabt hatte. Der Direktor der Landesgenossenschaftsbank hatte sich als außerordentlich kulanter Bankier erwiesen. Er hatte dem Freiherrn mehrmals Kredite zugeschanzt, deren Verzinsung kaum sicherer war als die Amortisation. Jeder Revisor hätte das als einen sträflichen Leichtsinn und einen hinreichenden Grund zur fristlosen Entlassung betrachtet; dagegen war es für Hachenpoot eine Ursache zum Karrieremachen.

Was nämlich seine Kreditgebahrung betraf, so war er weder ein Dilettant noch ein Amtsverbrecher. Vielmehr war nach seiner Lebensauffassung ein Risiko für ihn überhaupt nicht vorhanden, und Fahrlässigkeit war ganz einfach sein Geschäftsprinzip. Als Illusionist, der die Welt bunt färbt, indem er sich über sie äußert, machte er in einer Zeit, die malerische Veranlagung offizielle begünstigte, sein Glück. Er spekulierte in Optimismus, wie andere Landwirte in Kalikuxen. Hätte sich ein nüchterner und vorsichtiger Bankdirektor zu einem so gewagten Freundschaftsdienst für den Freiherrn verleiten lassen, so wäre das mit drei Hypotheken vorbelastete Gut unzweifelhaft in Subhastation gegangen, und die Gläubiger hätten froh sein können, wenn sie zum vierten Teil ihrer Gelder gekommen wären; da es aber Hachenpoot war, der Mann, dessen Weizen selbst in Mißjahren blühte, so erhielt er nach wenigen Monaten eine glänzende Bürgschaft in Gestalt einer Verlobungsanzeige, die mit «Gußstahlfabrikant L. A. Risch und Frau» schlicht unterzeichnet war.

So bewahrheitete sich an einem schönen Beispiel der Hilfsbereitschaft die schon vorher feststehende Erfahrung, daß dort, wo Hachenpoot beteiligt war, nichts passieren konnte. Es sprach sich herum, daß ihm nichts schiefging, und man glaubte an ihn wie an einen guten Geist. Nicht nur der Freiherr schätzte ihn ungemein, auch Frau Ellas Herz war im richtigen Moment durch seinen sonnigen Humor gewonnen worden; indessen ließ sie sich nicht bewegen, die Frage des Generaldirektorpostens anzuschneiden, ehe sie auf natürliche Weise aktuell wurde.

Aber auch hier bewährte sich Hachenpoots sprichwörtliches Glück. Nachdem er mehrere Jahre hindurch mit der ganzen Geduld seiner robusten Gesundheit alle anderen Angebote ausgeschlagen hatte (die Leute begannen sich um ihn zu reißen), wurde der Posten bei Risch-Zander durch den Tod des bisherigen Inhabers frei. Der von Natur boshafte Personalchef Wackerlein verfaßte für die Zeitungen einen Nachruf, worin er die Selbstlosigkeit des Dahingeschiedenen rühmte: «Jedem ebnete er den Weg, jedem, der vorwärts strebte, machte er einen Platz frei, und so hielt er es bis in den Tod.» Die ganze Werksfamilie verstand das – außer dem Freiherrn, der über diesen Passus sehr gerührt war.

Übrigens wehrte sich dieser gegen die Auffassung, daß Alfons Hachenpoot ein Sonntagskind sei. Er trat für die «Bedingtheit der menschlichen Leistung durch die Stammeseigenschaften» ein und behauptete, es sei bei Hachenpoot die Zähigkeit des niedersächischen Schädels, der durch Mauern brechen könne. Wie es auch war, drei Dinge waren für jedermann sichtbar: wo Hachenpoot auftrat, hörten alle Widerstände auf, wo Hachenpoot organisierte, entstand ein dauerhafter Organismus, wo Hachenpoot redete, verschwand der böse Schatten des Schicksals.

Es zählte zu den besonderen Verdiensten dieses vortrefflichen Mannes, daß er von Kindheit an mit General von Grußenbaum befreundet war, denn hierdurch war er schon nach kurzem Wirken imstande, unter den Lieferanten von Heer und Flotte Risch-Zander einen bevorzugten Platz zu verschaffen. Allmählich bekam er nicht nur freie Hand in der Preisgestaltung, es wurden auch die Beziehungen zu den Abnahmekommissionen immer vertraulicher und die Beanstandungen der gelieferten Ware immer seltener. Die Offiziere wohnten jetzt in einem luxuriösen Hotel, das Hachenpoot eigens zu diesem Zweck erbauen ließ; sie durften hier verzehren, was und soviel sie wollten, und beim Scheiden wurden ihnen kleine Gastgeschenke überreicht, deren Wert mitunter die Summe ihrer Schulden überstieg. Offiziell hieß es nur «Privathotel Risch-Zander», im Volksmund führte es den Spitznamen «Hungerturm», und die Eigenweihten nannten es den «Grußenbaumschen Hof».

Manche dieser Offiziere nahmen später ihren Abschied und traten als ballistische Sachverständige oder kaufmännische Vertreter bei Risch-Zander ein. Kluge Heiraten, die Hachenpoot stiftete, dienten dazu, das Verhältnis zwischen dem Stahlwerk und der Armee zu festigen. Im Laufe der Jahre gelang es, die lahmgelegte Konkurrenz aufzukaufen, nachdem schon vorher das Geheimnis ihrer guten Konstruktionen durch Wegengagieren der Angestellten gelüftet worden war. Zwar hatten alle diese Angestellten in ihren Verträgen eine Klausel des Inhalts, daß sie bei einer Konventionalstrafe von 10000 Mark sechs Jahre lang keine Stelle bei einer Konkurrenzfirma annehmen dürften, doch konnte Hachenpoot stets den einwandfreien Nachweis führen, daß sie bei Risch-Zander in der Abteilung Eisenbahn beschäftigt würden und mit Geschützkonstruktionen nicht das geringste zu tun hätten.

Das letzte feindliche Bollwerk war die Geschütz- und Munitionsfabrik Romeike. Es fiel durch einen Trick.

Die Sache mit Romeike war eine der sonderbarsten Handlungen, die je ein Industriedirektor in solcher Lage beging.

In der Hoffnung, dadurch vor den Hachenpootschen Wühlereien Ruhe zu bekommen, ließ Herr Romeike sich zum Abschluß eines unbefristeten Vertrags bewegen, der ihn verpflichtete, für seine Produktion nur Risch-Zanderschen Stahl zu verwenden; gleichzeitig wurde eine Mindestmenge vereinbart, die er jährlich abnehmen mußte, wogegenen ihm ein Vorzugspreis eingeräumt war.

Merkwürdigerweise erklärte Risch-Zander nach einiger Zeit, daß man wegen gesteigerter Nachfrage die Liefertermine nicht einhalten könne, aber man werde natürlich die hierfür festgesetzte Konventionalstrafe loyal und prompt auszahlen. Daher blieb Herr Romeike zunächst ruhig, obschon es unangenehm war, daß der Betrieb empfindlich eingeschränkt und die Heeresverwaltung um Aufschub ersucht werden mußte; es schien aber keine Schwierigkeiten zu machen, man begegnete Herrn Romeike im Kriegsministerium sehr wohlwollend und nachsichtig. Inzwischen ging General von Grußenbaum überall umher, um ihn zu verdächtigen und aus der konstanten Unzuverlässigkeit zu bezichtigen.

Wie ein Blitz aus leidlich ungetrübtem Himmel traf es ihn, als er im folgenden Etatsjahr keine Aufträge bekam. Um so pünktlicher rollte jetzt der Stahl von Risch-Zander an, und man weigerte sich dort sogar, ihn auch nur für kurze Zeit von Abnahme und Zahlung zu entbinden. Romeike war reif. Es war ein furchtbarer Schlag für den alten Herrn.

Dieser letzte Sproß eines geachteten bergisch-märkischen Bürgergeschlechts, das seine technische Laufbahn mit einem kleinen Eisenhammer begonnen hatte, legte seinen Kopf auf den Block. Als er Hachenpoot gegenüberstand, hatte die Situation eine große Ähnlichkeit mit jenem Bild, auf dem man den gebeugten Adolphe Thiers und den diktierenden Bismarck gemalt sieht; er schien überhaupt kein lebendiger Mensch mehr zu sein, sondern das Gemälde eines Kopfes aus der Gründerzeit des Kohlenreviers, ein von dünnem weißem Vollbart umwalltes Antlitz mit sehr forschenden Augen und einer hochfahrenden Stirn, gerahmt von einer breiten schwarzseidenen Halsbinde, deren bescheidener, aber durch und durch echter Schmuck eine altmodische Nadel war.

Auf die Bitte um Zahlungsstundung und vorläufige Suspendierung des Vertrags erklärte Alfons Hachenpoot sich unter der Bedingung einverstanden, daß die Geschützfabrik Romeike in eine Akiengesellschaft umgewandelt werde, in welche Risch-Zander als Aktionär mit absoluter Mehrheit einzutreten hätte. Herr Romeike tastete nach seinem Hals und war erstaunt, dort nicht einen Strick an Stelle der seidenen Binde vorzufinden, aber nach einiger Überlegung mußte er sich sagen, daß es besser sei, mit einer fremden Hand an der Gurgel zu atmen, als gar nicht. Hachenpoot wurde in den Aufsichtsrat der Geschützfabrik, Romeike in den Aufsichtsrat von Risch-Zander gewählt. Alle Organe der öffentlichen Meinung begrüßten diese freundschaftliche Übereinkunft als den einzig anständigen Weg aus einer unhaltbar gewordenen Situation.

So arbeitete Hachenpoot, so siegte er; der Freiherr sah nur die erfreulichen Resultate.

Ohne weitere Einleitung eröffnete General von Grußenbaum seinem Freund, dem Kaiser sei ein absolut sicherer Betrieb vorzuführen, unnötige Aufregungen und Schreckschüsse müßten vermieden werden.

Hachenpoot versprach, den Freiherrn in dem gewünschten Sinne zu beraten.

Das genüge nicht, versetzte Grußenbaum, er müsse darauf bestehen, daß er unverzüglich einen Plan fertig mache.

Ja, dann komme eigentlich nur Geschoßdreherei III in Frage.

«Was, zum Teufel, Herr, heißt ‹eigentlich›?» schrie der General. «Ist deine Bude schon so versaut?»

«Der Betriebsführer in Geschoßdreherei III heißt Bilgenstock, er hat Zug in seiner Belegschaft.»

«Also bitte, Geschoßdreherei III», sagte der General. «Bitte, telefoniere diesem Bilgenstock. Ich möchte ihn sprechen.»

Hachenpoot war ängstlich: «Jeder Lakai ist hier auf Zandershöhe ein Spion.»

Im nämlichen Augenblick ärgerte er sich, daß er es gesagt hatte. Grußenbaum verkniff die Augen.

«Wir könnten allerdings vom Pförtnerhaus telefonieren», fuhr Hachenpoot beinahe demütig fort, «übers Amt, statt über die Hauszentrale.»

«Geht das dort?»

«Ja, dort ist ein direkter Staatsapparat, ohne Zwischenschaltung. Es wird da am wenigsten Aufsehen erregen. Daran muß doch auch dir gelegen sein.»

«Komm, es ist keine Zeit zu verlieren, diesem Staatssekretär muß ich das Wasser abgraben.»

Der Weg zum Pförtnerhaus führte durch eine Platanenallee, die voll nasser Gespinste hing. Die Fäden klebten ihnen an Nase, Mund und Augenwimpern, sie mußten fortwährend die Gesichter abwischen. Der General schnupperte, es war wie eine chemische Untersuchung der Luft.

«Atome friesischen Heimatgeruchs», lächelte Hachenpoot, der es bemerkt hatte. Grußenbaums kalkiges Gesicht verwandelte sich für die Dauer einer Sekunde in die pausbäckige Gesundheit eines Bauernjungen zurück.

Als sie vor dem Haus standen, sah der General zuerst nur eine Mauer von wildem Wein, purpurn gefärbt, dazwischen etliche Fenster in der Größe eines Postschalters, und darüber Zacken, Türme und Wetterfahnen. Man vermochte nicht, sich zu denken, daß diese Miniaturfestung Zimmer enthalte, um Möbel darin aufzustellen. Dennoch wohnte der Pförtner mit seiner Familie hier; wahrscheinlich hatte er seine Möbel direkt in diesen Kasematten anfertigen lassen, denn weder Türen noch Fenster, noch Treppen hätten bei ihrer Enge irgendeinen Transport zugelassen. Wenn der Pförtner einmal starb, mußte er zweifellos vor seiner Haustür eingesargt werden.

Vorläufig sah er freilich noch nicht so aus, als sterbe er bald. Er war rund und speckig, aber ohne ungesundes Fett, die Schwerarbeiterrationen des Gußstahlwerks Risch-Zander schlugen offenbar gut bei ihm an. Sein Gruß war untertänig, doch würdevoll. Wenn der Pförtner von Zandershöhe grüßte, so nahm er nicht die Mütze vom Kopf, sondern er entblößte sein Haupt. Eine Gnade war in dieser Bewegung, eine herablassende Huld, die dem Fremdling seine Zugehörigkeit zum Kreis der Herrschaft bestätigte; dabei glitt ein Lächeln, ehrfürchtig und vertraulich zugleich, über sein angenehm gebräuntes, bartloses Gesicht. Als er nun so, die Kopfbedeckung an die rechte Hosennaht gepreßt und das leicht ergraute Haar sorgfältig gescheitelt, vor dem General verharrte, kam er diesem wie ein Vikar vor, der ein Menschenalter hindurch auf die Erledigung einer Pfarrstelle gewartet hat.

Das kleine Zimmer zu ebener Erde, worin sich das Staatstelefon befand, war eine Art Warteraum für Leute, die Geschäfte mit der Verwaltung hatten. Außer einem grüngedeckten Tisch und einigen Korbsesseln stand darin ein Glasschrank mit Proben Risch-Zanderscher Chromnickelstähle. An der Wand hing ein effektvolles Gemälde in massivem schwarzem Rahmen mit breiter Goldleiste; es stellte den Abstich von Flußeisen aus dem Martinofen dar, an welchem Vorgang den Maler vor allem der Widerschein des Feuers auf den Gesichtern der Arbeiter und die umhersprühenden Funken interessiert hatten. Eine Reproduktion dieses Bildes in Vierfarbendruck fand sich in dem Werksalbum wieder, das auf dem Tisch lag. Während der General ungeduldig darin blätterte, ließ Hachenpoot sich von der Post mit der Zentrale Risch-Zander verbinden.

«Geben Sie mir Geschoßdreherei III, Hachenpoot ist hier, Tageslosung Ziethen.»

Er hörte es klingeln, niemand meldete sich. Grußenbaum trat hinter ihn, wie ein Lehrer, der wollüstig auf den Moment wartet, da der Schüler steckenbleibt.

Jetzt wurde am anderen Ende der Hörer abgenommen. Durch den Apparat kamen verworrene Geräusche, Schreien, klatschendes Schleudern der Treibriemen, Brummen der Transmissionswellen, Surren der Drehbankschlitten, flimmernder Maschinenlärm. Männer sprachen durcheinander, eine Frau lachte, eine Tür wurde zugeschlagen, Tritte polterten hinterdrein. Dies alles schlug im Bruchteil einer Sekunde an Hachenpoots Ohr. Eine müde Stimme sagte: «Hier Geschoßdreherei III.»

«Wo ist der Betriebsführer?»

«Wer ist denn da?»

«Rufen Sie sofort Herrn Bilgenstock.»

«Ja, wer ist denn da?»

«Generaldirektor Hachenpoot, verstanden?»

«Augenblick mal, Herr Direktor, Herr Bilgenstock is grade mal rausgegangen.»

Der Mann mußte die Tür wieder geöffnet haben: wieder drang allerlei Stimmengewirr durch den Draht, hallende Schritte, Pfiffe, jemand rief wiehernd: «Anna, haste Zeit?» Der Apparat quietschte, da schien sich einer mit einem Frauenzimmer zu balgen. «Geh weg, du Saukerl!» gellte es. Diese verfluchten Weiber; warum mußten sie Skandal machen, das gab Störungen im Betrieb. Warum ließen sie sich nicht gebrauchen, das wäre in drei Minuten abgemacht.

«Haben wir's denn noch nicht?» fragte Grußenbaum.

Eiliges Schlürfen, ein Krach, bums, still. Nur noch der gleichmäßige Werkstattradau, der sich zu einem scharfen Kratzen vereinigte, als reibe jemand beständig zwei Eisenplatten aufeinander. Aha, dachte Hachenpoot, da ist Bilgenstock in der Nähe. Laut sagte er: «Gleich, gleich.»

Aber es war nicht Bilgenstock; es war Schäfer, sein Assistent.

«Bitte sehr, Herr Direktor, aber selbstverständlich, sofort, ich werde ihn rufen.»

Schritte kamen und entfernten sich wieder; es währte noch eine geraume Weile. Das sei also der diszipliniierteste Betrieb von Risch-Zander, bemerkte sarkastisch der General, da möchte er gern wissen, was man hierzulande eigentlich undiszipliniert nennt.

Hachenpoot vergaß sich: «Meinst du, daß es in der Armee anders ist?»

«Darüber kannst du nicht urteilen. Wenn du nicht so ungeschickt wärst, würdest du dir an uns sogar ein Beispiel nehmen.»

«Immerhin haben wir es hier mit einem Industriebetrieb und nicht mit einer Kadettenschule zu tun. Bitte, hier hast du Bilgenstock.»

Hachenpoot war ungehalten und wandte sich ab. Der General riß den Hörer an sich: «Passen Sie genau auf. Hier spricht General von Grußenbaum vom Großen Hauptquartier. In zwei Stunden wird Seine Majestät der Kaiser Ihre Werkstatt besichtigen. Instruieren Sie Ihre Leute! Seine Majestät wird väterlich mit ihnen sprechen und erwartet kernige deutsche Antworten. Haben Sie verstanden?»

«Zu Befehl, Exzellenz.»

«Sie wissen, was Sie zu tun haben?»

«Ich verbürge mich für begeisterten Empfang.»

«Sie sind persönlich verantwortlich.»

Ein glatter Sieg, der General war befriedigt. Hachenpoot atmete auf.

«Der Ton, in dem dieser Bilgenstock spricht, gibt mir Sicherheiten», sagte Grußenbaum.

«Militärisch kurz und klar. Ich habe ihn strammstehen sehen.» Jovial nahm er Hachenpoots Arm. «Man kann nichts besichtigen, ohne die Überraschung vorher angekündigt zu haben», sagte er ganz ernst wie ein Kind. Hachenpoot sah ungewiß zur Seite. «Du brauchst nicht böse zu sein, Alfons», meinte der General.

Hachenpoot war nicht böse. Er war beschämt. «Entschuldige», stammelte er. «Es war natürlich nur der Ärger über die Zustände bei uns, der mich fortriß, sie zu verteidigen.»

Grußenbaum lachte schallend. Er fühlte sich jetzt völlig frei und überlegen. «Zivil kann sich nun mal nicht beherrschen. Zivil ist immer rechthaberisch, galoppiert immer gleich hitzig in die Schranken. Die Kunst des Militärs, lieber Alfons, besteht in der Herausforderung; man muß den Gegner veranlassen, seine Kräfte im unbedeutenden Scharmützel zu vergeuden; ist das geschehen, so beginnt die Entscheidung: der Frische gegen den Ermatteten. Denn schließlich kommt es darauf an, den totalen Feldzug zu führen und nicht bloß eine vereinzelte Schlacht zu lenken.»

Hachenpoot blieb stehen und spießte mit dem Stock eines der welken Blätter auf, die an der Erde klebten. Eigentlich hätte er jetzt fragen sollen, weshalb der Generalstab in den vier Jahren, in denen dazu Gelegenheit war, nicht nach dieser Regel gehandelt, vielmehr alle

Vorteile ihrer Anwendung den Feinden überlassen hatte – aber er war kein «Defaitist» und hütete sich, an diese Dinge zu rühren.

Grußenbaum ließ spöttisch den Unterkiefer hängen. Nachdem er vergeblich auf eine Entgegnung gewartet hatte, setzte er seine Belehrung fort: «Natürlich schimpfen unsere Feldgrauen draußen, natürlich fluchen sie. Es ist ein Ventil, durch das die Explosivstoffe ausströmen und mit blindem Geknatter verpuffen. Ich an deiner Stelle würde in jede Werkstatt ein paar Kerle setzen, die ich für ihr großes Maulwerk bezahlte und die mir wettern müßten, was das Zeug hält. Du solltest sehen, daß alsdann die Argumente der Hetzer kein Gehör mehr fänden, denn das Schimpfen und Fluchen könnten alle auf der Stelle mitmachen, während sie über die Argumente doch erst nachdenken müssen, und du kannst dich darauf verlassen, daß sie das weniger anstrengende und weniger umständliche Verfahren vorziehen.»

Hachenpoot wiegte bedenklich den Kopf. Blitzableiter ohne die Möglichkeit der Kontrolle seien ihm unbehaglicher als ein ungeschütztes Haus, sagte er. Er hatte Zweifel, ob das Gehirn des Generals nicht durch Nachtwachen überanstrengt sei. «Immerhin ist es zu überlegen», fügte er rasch hinzu.

In dem Augenblick, als Hachenpoot im Auftrag des Generals anrief, war Bilgenstock in einem erregten Wortwechsel mit Paula Griguszies begriffen gewesen. Nachdem sie eine Zeitlang für ihn verschollen geblieben war, hatte sie ihn plötzlich in seinem Büro mit der Mitteilung überfallen, sie erwarte ein Kind von ihm.

Er flüchtete mit ihr in den Werkzeugschuppen und riegelte sorgfältig ab, weil der Assistent Schäfer überall herumspionierte. Als sie ihm den klinischen Schwangerschaftsbefund ziemlich ungeniert und fast mit medizinischer Genauigkeit vortrug, glaubte er zunächst, sie wolle Geld von ihm erpressen. Als Erpresser betrachtete er nämlich solche Leute, die von ihm für einen Nachteil, den er ihnen zugefügt hatte, entschädigt werden wollten. Er beschloß, sie durch versöhnliche und zum Gemüt sprechende Worte verhandlungsunfähig zu machen, steckte ihr eine Haarflechte auf, die sich aus dem Knoten über ihrem Nacken gelöst hatte und gestand, daß er sie noch immer nicht vergessen könne; aber sie schüttelte seine Hand ab und sah ihn ganz undramatisch an.

«Wenn Sie glauben, daß ich Sie eine sentimentale Szene machen will, dann sind Sie schief gewickelt. Sie wissen genau, zu welchem Zweck ich eingewilligt habe, mit Sie zu schlafen.»

Bilgenstock drehte einen Knopf seiner Weste zwischen Daumen und Zeigefinger. Wollte sie ihm etwa dienstliche Scherereien machen? Wollte sie sagen, daß er die Macht des Vorgesetzten benutzt habe, um sie zu verführen? Er hoffe, daß es ihr Vergnügen bereitet habe, erwiderte er dreist, denn es sei doch nicht üblich, daß ein junges Mädchen das Bett eines Junggesellen teile, wenn es dort nicht sein Vergnügen zu finden gedenke.

Paula antwortete nicht gleich. Sie war nicht erschrocken, sie war nicht beleidigt, sie schien vielmehr den Mann trotz seiner krampfhaft freien Haltung von vornherein als den Unterlegenen anzusehen. Der Winkel des Werkzeugschuppens, in dem sie sich befanden, war angefüllt mit alten Kisten, übereinandergestülpten Karren, Gerümpel aller Art. Durch das zugerußte Oberlicht fiel ein bösartiger Schein, der die Gesichter mit schmutziger Blässe überzog. Helle Strahlen Staub quollen in den Ritzen der Wand auf, verbreiterten sich keilförmig nach innen und zerlegten den Schuppen in mehrere höhnisch geschwärzte und tief zurücksinkende Hohlräume. Manchmal bebte der nackte Boden, auf dem hin und wieder etwas trockenes Häcksel verstreut war, und der grauweiße Wasserdampf einer vorbeifahrenden Lokomotive zischte in zerrissenen Wölkchen durch die Fugen. Es roch dann sonderbar nach Schwefel und Aprikosen.

«Man müßte Sie ja eigentlich totschlagen», sagte Paula endlich, und als Bilgenstock wie hypnotisiert einen schweren hölzernen Schlägel anstarrte, der dort sozusagen symbolisch herumlag, setzte sie sachlich hinzu: «Aber das wird erst später, vielleicht mal ganz plötzlich kommen. Vorläufig sind wir noch am Überlegen und brauchen Sie noch.»

Bilgenstock machte einige halbe Runden mit den Absätzen. Es wurde ihm kalt. Er fand diese Unterredung unheimlich, es mußte diese stickige Luft sein, diese gelbe, würgende Dunkelheit des Schuppens. Er tappte ein paar Schritte nach der Tür. Draußen kreischte ein Frauenzimmer, hinter dem einer her war. Paula Griguszies machte einen Satz wie eine räubernde Katze. Bilgenstock meinte zu sehen, wie sich dabei ihr Leib hart vorwölbte, aber das mußte eine Täuschung sein, sie war höchstens im dritten Monat.

Sie packte ihn am Arm. Jetzt lachte er, lachte abermals, lachte in einem fort.

«Soll ich dich vielleicht heiraten?» stieß er mit gequälter Lustigkeit hervor. «Hast du soviel Ehrgeiz?»

Er wurde grob und riß ihre Hand von sich herunter. Sie sagte langsam: «Die Leni Milius schreibt jetzt in der Eisengießerei, der

Assistent hat ihr's besorgt . . . Durch die hab ich erfahren, daß mein Bruder in die vierte Reparatur versetzt werden soll.»

Adam Griguszies in die vierte Reparatur? Bilgenstock pfiff durch die Zähne.

Jedermann wußte, daß die vierte Reparaturwerkstatt bei Risch-Zander dasselbe war, was die Genesendenkompanien in den Garnisonen waren, nämlich Sammelbecken für neue Transporte ins Feld.

Mit halb offenem Mund horchte Bilgenstock zu dem Mädchen hin. Sie senkte den Kopf: «Versprechen Sie mich, daß Sie ihn reklamieren.»

Jetzt war es also heraus, was sie wollte. «Es tut mir leid, ich bin nicht mehr sein Vorgesetzter», sagte er.

«Wenn Sie ihn für die Geschoßdreherei anfordern, ist er gerettet.»

«Wir haben hier keinen Bedarf . . .»

«Ich hatte auch keinen Bedarf für ein Kind von Sie.»

Wie sie das sagte! Wie dieser Trotz ihre Brüste straffte! Es betäubte ihn. Deutlich erinnerte er sich an die erste Umarmung, diesen Duft des flachsgelben Haars, diesen ängstlichen fliegenden Atem, diese zuckende Wärme des Körpers. Durch ihre Bluse hindurch sah er jetzt alle Linien wieder, es steigerte ihn in einen wahnwitzigen Rausch hinein. Plötzlich drückte er die Hand an die Schläfe; es war ihm klar, daß er sie noch einmal besitzen mußte, aber zugleich warnte ihn etwas, nicht so voreilig zu sein und sie von selbst näher herkommen zu lassen.

«Und wenn ich es nun ablehne?» fragte er behutsam.

«Dann mache ich Skandal.»

«Man wird dich entlassen.»

«Wenn sie spitzkriegen, daß ich schwanger bin, fliege ich sowieso.»

Er wiegte sich prahlerisch in den Hüften. «Deine Hände sind nicht dazu geschaffen, eine Säule der Ordnung zu stürzen. Es liegt nicht im Interesse der Firma, dir Glauben zu schenken.»

«Vergessen Sie bloß nicht, daß Sie hier viele Feinde haben, Herr Bilgenstock.»

«Viel Feind, viel Ehr, mein Kind, das ist ein gutes deutsches Sprichwort.»

«Kennen wir. Aber viele Hunde sind des Hasen Tod, das ist auch ein Sprichwort. Trauen Sie sich bloß nicht zuviel zu. Sie können Gift drauf nehmen, daß ich bei Herrn Drees Unterstützung finde, er ist Sie aus verschiedenen Gründen nicht grün, wissen Sie.»

Sie hatte weite, glühende Pupillen von einem smaragdgrünen, seidigen Glanz, ihre Knie drangen auf ihn ein, sie war wie ein Tier. Es schmeichelte ihm, daß dieses Mädchen durch sein Dazwischentreten «zum Weib erwacht» war, wie es in den Romanen hieß, die er der Risch-Zanderschen Bibliothek entlieh. Er schlug ihr einen Verständigungsfrieden vor.

Soviel er sehe, sagte er, sei sie entschlossen, sich zu rächen, wenn er ihrem Verlangen nicht nachkomme; dann bleibe aber ihr Bruder noch immer seinem Schicksal überlassen. Also sei es doch wohl unbillig, wenn er, indem er sich bereit erkläre, Adam Griguszies auch fernerhin vor dem Schützengraben zu bewahren, davon nichts weiter haben solle, als daß sie ihn wegen des Vorgefallenen ungeschoren ließe. Er sehe nicht ein, warum er nicht den Spieß umkehren und ihr drohen solle, daß er ihren Bruder gemächlich werde zum Teufel fahren lassen, falls sie sich ihm nicht augenblicklich hingebe.

Noch während er sprach, griff er nach ihr, ohne daß er es wagte, die Augen zu erheben. Die Haut ihres entblößten Unterarms knisterte wie ein behaartes Fell, als er sie kräftig gegen den Strich berührte.

«Nein!» rief sie. «Nein! Nein! Nein! Mit einer Tour ist alles bezahlt, ich fang nicht wieder von vorn an, was denken Sie? Vergewaltigen lasse ich mich nicht!»

Aber diese wie Orgelakkorde aufbrausende Stimme machte ihn rasend, er packte ihre Hände und bog sie in den Gelenken, so daß sie in der ersten Überraschung vor Schmerz brüllte; doch sofort die Gefahr bemerkend, in der sie schwebte, falls sie sich, um dem schmerzhaften Druck zu entrinnen, in die Knie fallen lasse, biß sie die Zähne zusammen und stemmte sich verzweifelt in die Höhe. Im Nu erkannte er, daß er so nicht zum Ziel gelangen werde; er sprang zurück und blitzschnell wieder vor, ehe sie zur Besinnung kommen und sich auf eine neue Attacke einrichten konnte. So umfaßte er sie, indem er die Finger in ihre Hüften und Achselhöhlen einkrallte; zwar versuchte sie noch, die Arme, heftig gepreßt, über der Brust zu verschränken, allein, es nutzte nichts mehr.

Unterdessen wurden an der Tür eilige Rufe nach Herrn Bilgenstock laut. Die drinnen hörten nichts. Schon drohte Paula in sich zusammenzuknicken wie ein nasser Sack, schon hing der Mann stiernackig und in seiner Bewußtlosigkeit finster und gewaltig über ihr, da schwenkte sie mit dem jähen Antrieb einer elektrischen Entladung herum, seine Beine flogen nach oben, sein Kopf rutschte in die Vertiefung ihrer Brust, er gab sie frei, ohne es überhaupt zu wissen, taumelte, stolperte über die Deichsel eines Karrens, die am Boden auflag und stürzte klobig hin. Im gleichen Augenblick wurde die Tür aufgerissen, ein Stück Brett krachte zur Erde, der Assistent Schäfer stand in der Luke und sagte:

«Verzeihen Sie den Einbruch, aber da Sie nicht öffneten . . .» Er hielt inne und blickte mit einer Diskretion weg, deren Zynismus beleidigender war, als die frechste Neugier es hätte sein können. «Herr Generaldirektor sind nämlich am Telefon.»

Dies wirkte auf Friedrich Bilgenstock wie ein Strahl kalten Wassers. Von allem hatte er nur «Generaldirektor» verstanden, und in der Verwirrung eines nicht völlig einwandfreien Gewissens glaubte er, Hachenpoot sei persönlich da.

«Eine Bürste! Holen Sie schnell eine Kleiderbürste!»

Er klopfte sich mit dem Taschentuch ab, so gut es ging und schoß hinaus.

Paula Griguszies holte Atem, überlegte, eilte hinterher, erreichte das Betriebsbüro, warf Schäfer beiseite und lief schnurstracks zu Bilgenstock hinein, der sich an dem Gespräch mit dem General zusehends erholte. Da er sich vor sich selber zu rehabilitieren wünschte, war seine Sprache fester und männlicher als je zuvor.

«Schäfer!» rief er, kaum daß er eingehängt hatte.

«Was befehlen Herr Bilgenstock?»

«Schäfer! Seine Majestät der Kaiser besucht unseren Betrieb! Diese Ehre! Jeden Augenblick kann er hier sein!»

Nervös rückte er Papiere auf seinem Tisch hin und her, wandte sich hastig um und gewahrte erbleichend Paula Griguszies, die ruhig und leidenschaftslos an einem Schrank lehnte. Man sah ihr nicht mehr an, daß sie kurz vorher mit einem Mann gekämpft hatte.

«Ich habe jetzt keine Zeit für Sie!» Er machte eine großartig abtuende Handbewegung. «Kommen Sie ein andermal! Kommen Sie morgen! Kommen Sie meinetwegen heute nachmittag!»

Schäfer trat mit Bleistift und Notizblock an. «Die Verdienstmedaille haben Herr Bilgenstock schon, da wird jetzt wohl der Rote Adlerorden vierter Klasse fällig sein», meinte er, zu dem Mädchen hinüberschielend.

«Für Sie wird auch noch was abfallen», antwortete großmütig Bilgenstock, «kommen Sie gleich mit in den Betrieb hinüber, damit alles in Ordnung ist.»

Von dieser Minute an war Geschoßdreherei III in Alarmbereitschaft. Der Pförtner am Fabriktor wurde beauftragt, sofort ein Signal zu geben, sobald er die Wagen die Straße heraufkommen sehe; das Pflaster auf dem Hof und die Dielen in der Werkstatt wurden gefegt, vor jeder Drehbank einhundertvier Geschoßmäntel aufgestellt, ausgerichtet in acht Reihen zu dreizehn Stück, zwei Gänge freigemacht, Transportwägelchen herangeschoben, die fast aussahen wie die Fahrbahren im Operationssaal, die Granaten lagen darauf wie im Lazarett die von ihnen erschlagenen Soldaten – kurz, die Werkstatt geriet in einen Schwung, als sollte sie für einen Werkskatalog fotografiert werden.

Bilgenstock schritt durch die Reihen der Arbeiter und sah ihnen kurz in die Gesichter. Hier und da veranlaßte er, daß sie die Plätze wechselten; die strammsten mußten in die vorderen Reihen, Veteranen der Arbeit, die noch unter dem alten Risch für achtundzwanzig Groschen den Zehn-Stunden-Tag zuzüglich einer kostenlosen Überstunde gedient hatten, Rezitatoren und Sänger der vaterländischen Abende des Werkvereins, Männer, in deren Augen sich der Ernst der Zeit und der Wille zum Endsieg zu jenem innerlichen Schimmer paarten, der von den Aufsichtsräten als «Arbeitsfreude» bezeichnet wurde. Die Meister und Vorarbeiter, sehnige Schnauzbärte und verträumte Nickelbrillen, stellte er auf wie die Unteroffiziere beim Kompanie-Exerzieren. Die Frauen verteilte er geschickt an Wägelchen und Drehbänke, vornan die Kestermannsche. Beiläufig erwähnte er, daß er natürlich niemanden seines freien Willens berauben wolle, indessen wäre es unpassend, wenn sie beim Eintritt des Kaisers von der Arbeit aufsähen; er denke sich das so, daß Seine Majestät zuerst einmal das Bild emsigen Bienenfleißes in sich aufnehmen müsse, dann werde er, Bilgenstock, ein Hoch ausbringen, das sich wie eine Welle fortzupflanzen habe, sodann sollten sie nach vorn drängen, einen Halbkreis schließen und die Nationalhymne abfeuern.

Zuletzt ließ er an einem gut sichtbaren Pfeiler ein gewaltiges Plakat befestigen, das zur Zeichnung von Kriegsanleihe aufrief. Zur Hälfte war es mit einer wilden Strichätzung bedruckt, die eine niedergebrannte Ortschaft darstellte; vorn ritt ein Herold wie bei einem Schützenfest, aber mit Gasmaske und Stahlhelm. Gefolgt war er von zwei schwarz vermummten Knappen, die entweder zum Turnier oder zum Trachtenball ritten, hinten humpelte eine armselige Kreatur, die offenbar auf dem Wege zu einem mittelalterlichen Feldscher war. Wenn man das Bild längere Zeit ansah, so wurden wehmütige Erinnerungen an die Schulbilder vom Zug des letzten Hohenstaufen nach Tagliacozza wach, und eine unsichtbare Militärkapelle schien den Einzug der Gäste auf der Wartburg zu intonieren. Das Signum verkündete: «Armentières, 5/5 18, Th. Rocholl.» Viele scharfsinnige Erläuterungen standen noch darunter, am Schluß hieß es in der Fraktur: «Verhelft der Anleihe zu einem großen Erfolg, damit der Feind sieht, daß seine Versuche, unser Vaterland im Innern zu zerreißen, zuschanden werden.»

Nachdem diese Maßnahmen getroffen waren, begab Bilgenstock sich wieder ins Büro. Seine Glieder zappelten, er fieberte vor Ungeduld. Paula Griguszies stand noch auf demselben Fleck, wo er sie verlassen hatte. Er entsetzte sich. «Bewilligt?» fragte sie lächelnd, doch in einem Ton, der entschlossen war, kein Ausweichen zu gestatten.

«Nein, in Dreiteufels Namen, und nun kannst du machen, was du willst. So oder so muß ich mit euch zu Ende kommen.»

«Das ist nicht Ihr letztes Wort.»

«Mein letztes.»

«Gut, dann bin ich in der Werkstatt, wenn der Kaiser kommt, dann können Sie sich Ihre Ansprache sparen. Ich rede für Sie.»

«Man wird dich für verrückt erklären.»

«Aber das kann Sie nicht retten. Wenn ich Ihr Festprogramm störe und unsere Geschichte an die große Glocke hänge, sind Sie geliefert, Mann, das steht fest. Sobald was rauskommt, wird die Firma verdammt moralisch.»

Er setzte sich schwer an den Tisch, sie trat dicht an ihn heran: «Bewilligt?»

«Ja, ja – ich will es mir noch mal durch den Kopf gehen lassen. Ich werde es wahrscheinlich tun. Gewiß werde ich es tun. Ich will es morgen tun, hörst du?»

«Warum wollen Sie es nun wieder aufschieben? Es möchte Sie reuen, Herr Bilgenstock. Schreiben Sie doch gleich.»

Schweigend schrieb er.

«Es wird beantragt, den Kranführer Adam Griguszies, Fabriknummer . . .»

«21718.»

«. . . aus der Eisengießerei aus Gründen der Betriebssicherheit nach Geschoßdreherei III zu überweisen.»

Er schob den Zettel in einen Umschlag.

«Setzen Sie ‹Eilt sehr› drauf.»

Mechanisch tat er so. «So, nun hast du ja deinen Willen.»

«Sie haben so viel Papiere da rumliegen, da könnte die Überweisung leicht mit in den Papierkorb fallen, wenn Sie mal aufräumen.»

«Ganz ausgeschlossen.»

«Vorsicht ist die Mutter des Porzellans, Herr Bilgenstock. Schicken Sie den Brief doch gleich ab.»

Er zögerte; der Laufjunge sei unterwegs. Resolut drückte sie auf die Klingel; der Junge erschien sofort, Bilgenstock schrie ihn an, ob er denn schon wieder zurück sei.

«Ich war doch gar nicht fort», entgegnete treuherzig der Junge.

«Esel!»

Paula Griguszies mußte lachen. Während Bilgenstock noch zornrot und wie festgewurzelt dastand, reichte sie den Brief dem Jungen, der ihn an sich nahm und schleunigst damit zur Botenmeisterei verschwand. Fast gleichzeitig klopfte Schäfer an, wobei er auch schon den Kopf hereinstreckte: «Störe ich?»

Als Eingeweihter durfte er sich diese draufgängerische Schüchternheit, diese unterwürfige Unverschämtheit erlauben. «Sie stören nicht im geringsten», antwortete das Mädchen, «wir haben keine Geheimnisse. Ich danke auch schön, Herr Bilgenstock. Jetzt, wo Sie die Überweisung geschrieben haben, dürfen Sie mich sogar den Kuß geben, den Sie mich vorhin mit Gewalt beibringen wollten.»

Schäfer schlug die Augen nieder und tat vor Begierde, mehr zu hören, als habe er nichts gehört. Weiter sagte Paula aber nichts. Sie war in diesem Augenblick eine so vollendete Dame, daß Bilgenstock sich in völliger Geistesverwirrung über ihre Hand beugte und sie ehrfürchtig küßte.

Viertes Kapitel

Beim Frühstück mußten die beiden ältesten Kinder des Freiherrn zu seiten des Kaisers Platz nehmen. Der Freiherr saß seiner Frau gegenüber, neben sich hatte er den Staatssekretär des Innern, der von Hachenpoot überwacht wurde – wenigstens bildete dieser sich ein, es zu tun; der unglückliche Chef des Zivilkabinetts war von den Militärs eingekeilt und wagte kein Wort.

Das untere Ende der Tafel hielten der technische Direktor Neufeind und der Personalchef Wackerlein besetzt. Neufeind sah öfters den General von Grußenbaum von der Seite her an, denn er vergötterte das Militär, wie er jede Maschinerie vergötterte, obwohl seine Untergebenen behaupteten, er verstehe nichts von Maschinen – Vorgesetzte verstehen nach der Meinung ihrer Untergebenen niemals etwas. Wakkerlein hingegen spähte stets nach Gelegenheiten aus, um sich an Hachenpoot zu reiben. Der Generaldirektor haßte den Personalchef, überzeugt, daß er bloß auf ein Schwanken seiner Person warte, um mit dem Gebiß eines wütenden Hundes über ihn herzufallen. Aber er konnte nichts gegen ihn unternehmen, weil er als Landsmann von Frau Ella protegiert wurde.

Frau Alice von Zander bewahrte eine anspruchslose, unzeremonielle Haltung, die in dieser Umgebung so bezaubernd wirkte, daß die Proportionslosigkeit ihrer Körperformen, der zu tief angesetzte Busen und das übermäßig große Gesicht mit der abgeplatteten Nase weniger auffielen. Ohne die gebotene Rücksicht auf die Person des Kaisers außer acht zu lassen, unterhielt sie sich freundlich mit allen ihren Gästen, und alle fanden sie reizend, nur der Staatssekretär erwog bei sich den Verdacht, daß ihre Ungezwungenheit nicht echt, sondern gestellten Bildern aus dem Leben von Fürstinnen nachgeahmt sei. Die Kinder ähnelten ihr im Gesicht. Es waren Zwillinge, ein Knabe und ein Mädchen von elf Jahren; der Junge blaß, schlank aufgeschossen, mit weichen grauen Augen, die von einer blasierten Stirn überschattet wurden, das Mädchen intelligent, aber noch kindlich und mit vollen roten Backen. Es saß bescheiden und ein wenig fremd neben dem Kaiser, während der Knabe die Ehrung schon als selbstverständlich hinzunehmen schien.

Oft rief der Kaiser sie bei Namen und erfreute sich an dem singenden Klang: «Arnulf! Irmintraut!» Seine Stimme war streichelnd, und die Väterlichkeit, womit er ihnen das Essen vorlegte, fast von religiöser Inbrunst.

«Ihr Haus, lieber Zander, ist gesegnet», sagte er im Tonfall einer Predigt. Voll Rührung sah der Freiherr seine Frau an und löschte den intimen Scherz, womit der Kaiser ihrer noch vor kurzem gedacht hatte, augenblicklich aus seinem Gedächtnis. Jener fuhr fort, die Familie zu loben: «Eine tüchtige Hausfrau, fromme Kinder und eine kluge Schwiegermutter. Wollte Gott, daß ich je einen ebenso gescheiten Kanzler gehabt hätte.»

Er wußte, wie gut es ihn kleidete, wenn er sich selbst bedauerte. Oberst von Leutwitz, der mit fremden Gefühlen, und mochten es die allerhöchsten sein, nichts anfangen konnte, machte ein dummes Gesicht dabei. Er war noch nie bei einem Industriellen zu Besuch gewesen und schnupperte wie ein Jagdhund. Haben immerhin Geschmack, diese Industrieklempner, stellte er fest, als er die Filzsohlenkorrektheit und den diskreten Augenaufschlag der uniformierten Dienerschaft sah. Ihr Betragen, das eine gefällige Mitte zwischen Intimität und Distanz einhielt, entsprach ungefähr der Vorstellung, die man auf deutschen Provinztheatern von einem englischen Lord hat.

Heiter und lebhaft wurden allmählich die Gespräche. Jede Partei glaubte, die wichtigste Frage dieses Morgens sei nach ihren Wünschen gelöst; es kam ihnen ja nicht darauf an, die Zustände zu untersuchen – von welchen die einen behaupteten, daß sie hinreichend bekannt seien, und die anderen, daß sie nicht existierten oder maßlos übertrieben würden. Es kam ihnen nur darauf an, durch sie oder über sie hinweg den Kaiser zu beeinflussen. Was den Freiherrn betraf, so war er froh, daß Hachenpoot da war, so daß er nicht mehr ganz allein zwei Fronten gegenüberzustehen brauchte, die gegeneinander auszuspielen er sich nicht elastisch genug fühlte.

Im stillen beglückwünschte der Staatssekretär des Innern sich zu seinem Feldherrntalent. Er hatte Hachenpoot nachträglich beiseite genommen: «Sie, Herr Generaldirektor, kennen Ihre Betriebe. Seine Majestät will nichts beschönigt haben, er will das wahre Gesicht der Arbeiter sehen. Sie wissen, wo es zu finden ist.» Hachenpoot hatte erwidert, man werde ganz in diesem Sinne die Geschoßdreherei III besichtigen, einen Betrieb, in dem kürzlich radikale Ausschreitungen vorgekommen seien; jetzt sei die dortige Belegschaft die «richtige Durchschnittsmischung».

Also Geschoßdreherei III, das war in Ordnung.

Nicht minder animiert war der Kaiser selbst. Lustig begann er von seinem Besuch bei Frau Ella zu erzählen. Die Männer in der Fabrik, hatte sie ihm versichert, der Freiherr samt den Direktoren, seien lauter «Bangbuxen». Revolutionäre unter den Arbeitern des alten Risch? Das könne nur eine Erfindung von Hasenfüßen sein. Diese Arbeiter, treu wie Gold seien sie, es verstehe bloß keiner mehr, mit ihnen umzugehen. Wie oft habe sie zu Lebzeiten ihres seligen Mannes neben ihnen gestanden, Körbe voll Butterbrote geschmiert, wenn sie Überstunden gemacht hätten, sich mit ihnen geduzt, sie bemuttert, sie in ihrer urwüchsigen Sprache aufgemuntert: «Na, Meister Karl, dat's wohl 'n schwer Stück Arbeit?» Und Meister Karl habe geantwortet, wie ihm der Schnabel gewachsen war: «Jo, Ollsche, dat's verdammt knifflig.» Man müsse sich eben gemein machen mit den Leuten, der feine Ton und das Unsichtbarbleiben seien pure Dummheit; rauh und herzlich, das sei der Umgang, durch den sie anhänglich, fügsam und geduldig würden. Jetzt heiße es nur immer: Geld! Geld! Geld! Mit Geld können sie nichts anfangen, aber für etwas Herz und gute Worte, für ein bißchen Sentimentalität seien sie immer empfänglich, und sie munde ihnen bestimmt besser als Brot, das habe sie häufig genug erlebt, da könne man ihr gar nichts weismachen. Sicher hätten die neumodischen Herren schon viel verdorben mit ihrer Weichherzigkeit am falschen

Platz, die nur eine Folge ihres Dünkels sei, aber wenn es wirklich mal mit Radau zum Klappen komme, dann brauche nur ein Weibsbild wie sie, Frau Ella, in die Fabrik zu fahren, und der ganze Spuk sei weggeblasen. Seine Majestät solle sich nur nicht anstecken lassen vom Katzenjammer der Männer, die sich an possierlichen Redensarten den Magen verdorben hätten.

Nun befand sich in der Gesellschaft niemand, dem nicht wenigstens vom Hörensagen bekannt gewesen wäre, daß Frau Ella voller Schrullen saß; dennoch waren sie sämtlich geneigt, ihre patriarchalischen Ansichten auch in dieser veränderten Gegenwart ernst zu nehmen, obgleich sich manche unter ihnen ihrer Tollheit durchaus bewußt wurden. Es war jedoch eine Erleichterung, ein Trost zu wissen, daß es in der zersetzenden Irrwelt des Krieges noch ein so klar in sich selbst ruhendes Wesen gab, durchdrungen von der absoluten Wahrheit seiner Aussprüche und von der ewigen Gültigkeit seiner Vergangenheit. So war dies das erste Mal an diesem Morgen, daß sie alle ein gemeinsames Gefühl hatten. Selbst der Staatssekretär war außerstande, etwas einzuwenden.

Nach dem Frühstück begaben sich die Herren in ein kleines Kabinett voll Portieren, Gobelins und Plafonds, die mit Göttern und Helden bevölkert waren. Hier hingen drei weiße Tafeln, auf denen mit blauer, schwarzer und roter Tusche mehrere Säulen von unterschiedlicher Höhe, Kurven und Kreise aufgezeichnet waren. Sie stellten die Entwicklung der Munitionserzeugung, der Belegschaftsziffer und der Löhne während der letzten acht Monate dar. Alles sah sich schroff und fiebrig an. Die Produktion hatte ihre tiefsten Punkte im Januar und Juni. Belegschaftsziffer und Löhne zeigten eine gleichmäßig steigende Tendenz, aber es war um so auffallender, daß jedesmal dort, wo die Produktion sank, ein scharfes Abwärts der Belegschaftsziffer und ein ebenso rapides Aufwärts der Löhne folgte. Während sich nun jene rasch wieder erholte, blieb bei diesen jede Reaktion nach unten aus.

Auf diese Zusammenhänge ging Hachenpoot bei seiner Berichterstattung allerdings nicht näher ein; überhaupt betrachtete er die statistischen Tafeln mehr als eine imponierende Dekoration, und vom Inhalt seines Vortrags her fügten sie sich auch ohne jeden Kontrast in die allgemeine Mythologie der Raumausstattung ein, die sie hier umgab.

«Die Luft ist voll von Klagen über den harten Druck des Krieges», begann er. «Klagen, die gewiß nicht alle unbegründet sind. Aber mit mutloser Verdrossenheit kann man das Schicksal eines großen Volkes nicht meistern. Zwar ist der Druck des Krieges hart, doch er ist in den feindlichen Ländern nicht geringer.» Die Worte, aus einem unversiegbaren Born geschöpft, tropften glucksend in den Raum. Gesichert sei die Durchführung des vom Generalquartiermeister aufgestellten Mindestprogramms, noch sechs bis acht Wochen reichten die Rohstoffvorräte, dann werde man weitersehen. Es sei bisher gegangen, warum solle es nicht auch fernerhin gehen? Zumal das Verhältnis zwischen der Werksleitung und einer umsichtig gesiebten Belegschaft sich fortwährend bessere, und da für die Arbeitsfriedlichen, die seit einem Jahr nicht gegen die Arbeitsordnung verstoßen hätten, eine Gratifikation bewilligt worden sei. Auch habe man Übergriffe subalterner Organe abgestellt und insbesondere bei der achten und neunten Kriegsanleihe streng darauf geachtet, daß kein direkter Zwang zur Zeichnung mehr ausgeübt worden sei. Es spreche für den gesunden Sinn der Arbeiterschaft, daß die meisten nunmehr freiwillig gezeichnet hätten, und höhere Beträge als vorher.

«Während des Krieges hat sich die mit Werksanlagen überbaute Fläche verdoppelt, wir haben jetzt hundert Hektar Werkstätten und hunderttausend Arbeiter. In einigen Kanonenwerkstätten montieren wir Monat für Monat fünfzig Fünfzehn-Zentimeter-Geschütze fertig auf Lafetten. In unserem neuen, ich darf wohl sagen: gigantischen Preßbau ziehen wir täglich hunderttausend Geschosse kleineren Kalibers. Diese Zahlen reden eine so deutliche Sprache, daß ich mich gewiß damit begnügen darf, um so mehr, als nachher der klare Augenschein noch sprechen soll; denn die Geschoßdreherei III, die Eurer Majestät vorzuführen wir die Ehre haben werden, dreht jeden Tag nicht weniger als fünfundsiebzigtausend Granaten . . .»

Es waren nur die Zahlen der besten Monate; er verschwieg das, doch nicht einmal aus Absicht. So sehr war er in die großen Zahlen verliebt, daß sie für ihn Wahrheit blieben, auch wenn sie ihre Gültigkeit eingebüßt hatten. Er fing einen antreibenden Blick des Generals auf und fuhr hastig fort: «So wurden unter und über Tage die Schätze der Erde gehoben, und wo unsere Gegner äußersten Mangel zu wittern glaubten, da häuften sich die Lager und Bestände. Zehntausende an schwere Arbeit bisher nicht gewohnte Hände griffen zum Hammer und zum Schraubstock, Frauen verließen den Herd und die Kinderstube, um dort einzugreifen, wo des kämpfenden Mannes Arm fehlte, und aus dieser kameradschaftlichen Zusammenarbeit mit den Frauen schöpfte der Mann in der Werkstatt hohe sittliche Kräfte. Darum dürfen wir dem Kommenden mit Zuversicht begegnen. Weit davon entfernt, eine skeptische Auffassung zu rechtfertigen, scheint mir die gegenwärtige Lage ein Beweis dafür zu sein, was Unternehmerbegabung und Unternehmerinitiative auch unter schwierigen Umständen an volkswirtschaftlicher Leistung hervorzubringen vermögen.»

Hiernach stockte er, es war wohl alles gesagt, was zu sagen war. Vorsichtig forschte er in den Mienen seiner Zuhörer. Sie saßen da, fremd und kühl wie buddhistische Holzplastiken, und glotzten ihn an, hauptsächlich der dicke Wackerlein mit den breiigen, hämisch gefalteten Backentaschen, aber auch dieser pessimistische Staatssekretär mit dem besserwisserischen Lächeln, und der windige Oberst, dessen Gesicht müde und gelangweilt war und überhaupt wie ein unförmiges, in den Kragen eingeklemmtes Monokel wirkte. Es schien Hachenpoot jedoch ziemlich sicher, daß er auf den Kaiser einen guten Eindruck gemacht hatte. Nichts rührte sich. Dennoch war hinter all diesen verhüllten Stirnen etwas Böses verborgen, irgend etwas leicht Entzündliches, Feuergefährliches, imstande, augenblicklich zu explodieren. Obwohl er eigentlich zu Ende war, mußte er weitersprechen, um sich durch die tönende Vibration seiner Stimmbänder zu beruhigen.

«Die durchgreifende Ausscheidung der hetzerischen Elemente, die Ausnutzung der vollen Kapazität, die Einsetzung des ganzen Kredits für die Erfordernisse der Landesverteidigung waren die Mittel, womit das Unternehmertum den von allen Seiten einstürmenden Schwierigkeiten bisher hat standhalten können.» Er wurde erregt, er verteidigte sich gegen imaginäre Einwände. «Die Tatsache allein, daß die Industrie überhaupt noch in diesem Umfang besteht, müßte eigentlich als Beweis ihres Unternehmergeistes genügen.»

Herr von Scheeven, des Freiherrn Privatsekretär, kam mit einem Brief herein und verschwand wieder, kaum daß er bemerkt wurde, mit akrobatischer Gewandtheit. Hachenpoot fuhr fort: «Wenn man die Schwierigkeiten anerkennt, muß man folgerichtig auch ihre bisherige Überwindung als einen Erfolg anerkennen. Aber wir, die wir mitten im gewerbtätigen Leben stehen, wissen wohl, daß selbst der günstigste Ausgang des Krieges für uns kein Nachlassen der Arbeit, sondern eine Vertiefung der Arbeit im wirtschaftlichen Weltkampf bedeuten wird . . .»

Er sah den Freiherrn einen Schein blasser werden und brach ab. Der Kaiser schüttelte ihm die Hand, dankte, wurde lebhaft und erklärte, diese inhaltsschweren Worte hätten ihn wunderbar gestärkt und mit Fingerzeigen versehen, wie einem Volk in Zukunft Arbeit, Kraft und

Freiheit zum friedlichen Wettbewerb in der Welt zu sichern sei. Er verspürte Lust, sich einer angeregten Unterhaltung hinzugeben, aber Hachenpoot war auf einmal wortkarg, es brannte ihm unter den Füßen, die Nerven, die Nerven, er mußte nächstens wirklich einmal ausspannen, er rieb sich ja auf.

Der Freiherr hielt den Brief in der Hand, den sein Sekretär Scheeven gebracht hatte. Er schien sehr bewegt zu sein, es fiel dem Staatssekretär sofort auf, und er fragte ihn.

«Ach», antwortete der Freiherr und zuckte leicht zusammen. «Euer Exzellenz kennen doch die Liste der Industriellen, die ich für heute mittag eingeladen habe? Felgenhauer war darunter – diese Einladung geschah auf besonderen Wunsch Seiner Majestät.»

Sie waren etwas abseits getreten. Unauffällig öffnete der Staatssekretär eine Tür. Nun standen sie auf einer schmalen Terrasse über dem dampfenden Flußtal.

«Felgenhauer, natürlich, der Präsident des Kohlensyndikats. Er ist mir, offen gestanden, unsympathisch. Zwar kenne ich ihn nicht persönlich, aber er ist doch als Reaktionär und Scharfmacher und Annexionist bekannt – gewiß, Annexionisten sind die Herren von der Industrie ja schließlich alle.» Die Art des Staatssekretärs, verzeihend zu lächeln, war aufreizend. «Ich nehme es niemandem übel, wenn er seine Interessen vertritt, aber er muß dann nicht der Sprecher der Nation sein wollen.»

«Exzellenz!» beteuerte der Freiherr. «Es handelt sich um unser nacktes Leben! An wen sonst denken wir denn als an die Millionen Volksgenossen, die wir ernähren müssen, die vom Wohlstand der Industrie abhängig sind! Wir begehren wahrhaftig nichts Unnotwendiges.»

«Aber Unerreichbares.»

«Das ist die Frage.»

«Wie Sie wollen, Herr von Zander. Immerhin geben Sie zu, daß es mindestens eine Frage ist. Außerdem ist Ihr Begehren unklug, das ist leider keine Frage.»

Der Freiherr biß sich auf die Lippen. Hier wußte er nicht mehr weiter. Die Wirtschaft der Zukunft, wollte er noch sagen, braucht eine unabhängig und sicher funktionierende Rohstoffversorgung. Doch das verwirrte sich plötzlich in seinem Kopf. Was waren eigentlich Lebensnotwendigkeiten? Ein relativer Begriff. Da drüben, ein paar hundert Meter talaufwärts, war aus taubem Gestein eine Halde aufgeschüttet, ein Fördergerüst wurde daneben sichtbar. Eine jener Randzechen befand sich dort, die nur eine kümmerliche Ausbeute an Magerkohlen lieferten, aber dank der Preisfestsetzung des Syndikats und der vom Kriegshunger beherrschten Marktlage dennoch die ortsüblichen Gewinne abwarfen. Zufällig wußte der Freiherr in diesen Verhältnissen ziemlich genau Bescheid, denn die Zeche war von seinem Schwiegervater abgestoßen worden, und das war die erste Transaktion gewesen, an welcher der junge Ehemann im juristischen Büro mitgearbeitet hatte.

Lebensnotwendigkeiten? – Es gab ihm einen Ruck. «Lassen wir das. Was Felgenhauer betrifft – er hat abgesagt.»

Ob er erkrankt sei? erkundigte sich der Staatssekretär.

Nein, meinte der Freiherr, es könne sich kaum jemand entsinnen, daß Felgenhauer einmal krank gewesen sei. «Aber er hätte sich jedenfalls mit Krankheit entschuldigen können, ich hätte es Seiner Majestät berichtet und alles wäre in Ordnung gewesen. Nein, er sagt ausdrücklich ab, weil er nicht mit einem Throninhaber zu Tisch sitzen will, dessen Politik – das schreibt er wörtlich, bitte! – dessen Politik Deutschland ins Verderben gestürzt habe.»

«Aber das ist ja sehr interessant!» rief der Staatssekretär aus.

«Felgenhauer war immer interessant, wir wissen manches Lied davon zu singen. Ein Eigenbrötler, der auch die Kreise der Industrie dauernd gestört hat, ein Starrkopf, der nur dazu da ist, vorsichtige Menschen in Verzweiflung zu bringen. Hören Sie, was er weiter schreibt: ‹Es ist falsch, für Thron und Vaterland zu kämpfen, nur der Sinn für das Vaterland ist von Bedeutung. Ich will die Fehler der Deutschen, die sich für national halten, wenn sie Hurra dem Kaiser schreien, nicht mitmachen. Das deutsche Volk verkommt und verfällt, weil es keine nationale Führung mehr hat, weil Staat und Kirche nur noch überfütterte Ornamente sind, deren einziger Zweck es ist, Ziellosigkeit und Schwäche zu verhüllen.› – Wie soll ich das Seiner Majestät nun sagen? Muß ich es überhaupt sagen?»

Er hatte eine kleine Narbe auf der Stirn, die, wenn er erregt war, wie eine Koralle zu leuchten begann. Der Staatssekretär heftete seinen Blick darauf.

«Vielleicht wird der Gang der Ereignisse Sie dieser Schwierigkeit entheben.»

Seine leise Stimme gellte tückisch in der blassen Herbstluft. Der Freiherr beklagte bei sich, daß er keine Zeit mehr zur Sammlung hatte. Daß der Staatssekretär so gelassen neben ihm ins Zimmer zurückschreiten konnte, regte ihn noch mehr auf. Seine Majestät hatte sich schon so um Felgenhauer bemüht, Orden und erblichen Adel hatte er ihm anbieten lassen, alles vergebens. Unverständlich, dieser Dickkopf mit seinen verschrobenen Ansichten. Damals, als der hanseatische Schiffahrtspräsident beide, den Kaiser und Felgenhauer, auf der Probefahrt seines neuen Schiffes hatte zusammenbringen wollen, war von Felgenhauer die Antwort gekommen, er möchte dem Gastgeber keine Unannehmlichkeiten bereiten und lieber daheimbleiben, die Zusammenkunft werde bestimmt nicht gut auslaufen. An einer Stiftung für die Wissenschaft hatte er sich nicht beteiligt, weil sie mit einer Huldigung für den Kaiser verknüpft war, aus der Kirche war er ausgetreten, weil er nicht mit einer Lüge auf den Lippen sterben wollte, einen unglücklichen Kriegsausgang hatte er vorausgesagt, weil die Deutschen keinen Willen zur Macht hätten, seltsam, seltsam, was waren das alles für Widersprüche, die Partei der Besitzenden bekriegte er und die Partei der Arbeiter. Dieser wurzelechte Industrielle war dem Freiherrn ein Buch mit sieben Siegeln.

Ein nicht abreißender Zug sausender Bilder peitschte sein Gehirn, sie hatten ein stechendes Tempo, es war ein körperliches Unwohlsein. Zusammennehmen! Er bohrte die Nägel in die Handflächen. Rasch an etwas ganz Klares und Friedvolles denken! Es fiel ihm nichts ein, es ging nur immer weiter mit dem dummen Zeug. Noch drei Sekunden, noch zwei Sekunden, noch eine Sekunde, bis er wieder vor dem Kaiser stand. Schluß jetzt, weg damit.

Das Zimmer war laut, die Stimmung gelöst, man war bereits im Trubel des Aufbruchs. Hachenpoot erwischte den Freiherrn, der ihm den Brief von Felgenhauer zuschob und sich straffte, als sei er nun endgültig von dieser Last befreit. Jede Partei war der Ansicht, die heitere Gunst dieser Stunde müsse durch die vorbereitete Begegnung bestätigt werden. Dem General war es sogar noch gelungen, den Kaiser zur Annahme eines Rats zu bewegen.

«Euer Majestät wollen nicht versäumen, stets zu betonen, daß es mit dem Aufstieg der Arbeiterschaft für alle Zeiten vorbei wäre, wenn wir jetzt mit unseren Feinden Frieden schließen müßten.»

Das war einleuchtend, das mußte alle gegenseitigen Einflüsse wettmachen. Jedenfalls war es nicht die Schuld des Generals, daß alles anders kam.

Von Zandershöhe führte quer durch die westliche Stadt eine ausgezeichnete Straße. Sie war vom alten Risch angelegt worden, der noch einen polierten Zweispänner benutzte (bei gutem Wetter ritt er auf seinem Schimmel), und erreichte die Fabrik beinahe in einer geraden Linie.

Die Autos nahmen ein schnelles Tempo, so daß die Vorübergehenden nur gerade die Uniformen erkannten. Die meisten dachten sich nichts dabei, aber einige drehten sich um und brummten: «Die Wachsfiguren, die Götzenbilder, das Kroppzeug, Zinnsoldaten zum Aufdrehen, die Feder rasselt schon, wartet nur, bald wird sie knacken.» So schimpften diese schrullenhaften Rebellen, Pensionäre, erbitterte Kleinbürger, die sich auf einmal von denen, welche nahe am Fettopf der amtlichen Lebensmittelbeschaffung saßen, übervorteilt fanden, nachdem sie früher doch selbst das Recht zu übervorteilen genossen hatten. Auch in der revolutionären Geste waren sie noch königlich preußische Beamte.

Als sie den Güterbahnhof passierten, zeigte Grußenbaum auf eine Gruppe Eisenbahner, die sich zwischen den Waggons herumtrieben und mit lebhaften Gebärden aufeinander einsprachen.

«Haben Sie die gesehen?»

«Ja, alles rottet sich zusammen», versetzte der Oberst, «lauter Agitatoren.»

Das Wort «Agitator» gefiel ihm ausnehmend, und er gebrauchte es oft. Es klang großartig, nach intimen Kenntnissen, und registrierte all das Verdächtige, Lauernde, dessen Spuren man nicht entziffern konnte.

«Alles Aushilfsgesindel, keine Beamtenehre im Leibe», brummte der General.

«Wenn ich Eisenbahner sehe, muß ich immer an den ollen Dieffenbach denken. Als der Verkehrsminister war, schickten ihm die Lokomotivführer mal 'ne Deputation, weil sie bloß mit dem Allgemeinen Ehrenzeichen dekoriert wurden. Exzellenz wissen vermutlich?»

«Nein.»

Der General sah steif geradeaus auf die Rocklitze des Chauffeurs. Zwischen den Werkstätten verfinsterte sich die Luft um ein Geringes, ein feiner Aschenregen ging nieder und beschlug die Scheiben.

«Na, also sie wollten 'nen höheren Orden, saßen im Vorzimmer beim ollen Dieffenbach, auf einmal kommt der raus, Brust voll Orden, mittenmang Allgemeines Ehrenzeichen. Meine Herren, sagte er, bedaure hören zu müssen, daß Ihnen Allgemeines Ehrenzeichen minderwertig erscheint. Sehen Sie her, Ihrem Minister ist es nicht zu gering – Famos, was? Zogen mit langen Gesichtern ab, die Herren Lokomotivführer.»

Grußenbaum lächelte und dachte nach. «Hören Sie, Oberst. Bei passender Gelegenheit müssen Sie das unbedingt Seiner Majestät erzählen – als Beweis dafür, daß nicht jedes finstere Gesicht und nicht jedes übereilte Wort einen hochpolitischen Charakter haben muß, sondern daß die Kerls auch über abgeschlagene Orden verärgert sein können. Verstehen Sie?»

«Zu Befehl, Exzellenz.»

Die Straße wird ein Engpaß zwischen riesigen Mauern und verrußten Glashallen, Fabrikbahnen zerschneiden sie, Kippwagen mit glühenden Eisenstangen rollen vorbei, dicke, dampfende Röhren ziehen in gewaltigen Krümmungen dahin, Gasometer steigen aus düsteren Höfen, kurze Kamine wackeln über Wellblechdächern. Plötzlich steht ein mächtiger, mit pedantischer Akkuratesse gemauerter Schlot mitten im Weg, dann rückt er ebenso plötzlich weg, andere Schornsteine kommen an wie Telegrafenstangen an einer Chaussee, die Wände verräucherter Büros erheben vom Dröhnen und Stampfen der Hammer- und Walzwerke, es blitzt und donnert, der Flammenschein in den Fabrikhallen ist bald schwer und dunkelrot, bald zerstäubend und stechend wie Azetylenbrand. Portierbuden mit rostigen Ligustersträuchern schaukeln dazwischen, Seilscheiben der Zeche «Glücklicher Morgenstern» laufen rund wie Nummerräder auf dem Kirmesplatz, es zischt und knallt in Zünderwerkstätten, Kesselschmieden, Panzerwalzwerken, unter gleichmäßigem Druck werden die Abgase ausgestoßen und zerflattern in brennenden Zungen. Von allen Seiten überfallen den Außenseiter diese Nebengeräusche der Technik, die im Produktionsprozeß vom Nutzlosen herrühren, vom Untauglichen, von einem vorläufig noch unvermeidbaren Wärme- und Kraftverlust. Auf den Ahnungslosen stürmt es grandios und mystisch ein, er wird davon benommen, es ermöglicht ihm, die Fabrikarbeit für einen metaphysischen Vorgang zu halten und sich in seinen poetischen Empfindungen mit einer unbegreiflichen, unüberwindlichen und darum verabscheuten Welt lyrisch auszusöhnen.

Eine Feuergarbe, die Schwärme von Funken an eine erblindete Glaswand spritzte, erregte die Aufmerksamkeit und das Verlangen des Kaisers. Er ließ unverzüglich halten und erklärte dem Freiherrn, diesen Betrieb wünsche er zu sehen.

Der General sprang aus seinem Wagen. «Ist dies Geschoßdreherei III?» rief er gleichzeitig dem Chauffeur, dem salutierenden Portier und den Vorübergehenden zu.

«Tor 23» stand auf einem blauen Emailleschild.

«Dies ist die Eisengießerei», sagten die Leute. «Geschoßdreherei III liegt hier nicht.»

Die Direktoren, die vorausgefahren waren, wurden durch ein Hupsignal benachrichtigt und kehrten um.

«Aber dies ist doch gar nicht der verabredete Betrieb . . .»

«Befehl Seiner Majestät!»

Grußenbaum wagte eine Intervention. Diesmal war auch er perplex. Sollte er umsonst auf seinem Posten gewesen sein?

«Es wäre für Euer Majestät ein erhebendes Schauspiel zu sehen, von welcher Zuversicht die Arbeiter in der Geschoßdreherei erfüllt sind, die Tag für Tag nichts anderes tun als die Waffen schmieden, die den Sieg herbeiführen.»

Der Staatssekretär pflichtete ihm bei. Das erstaunte ihn; im selben Moment wurden beide stutzig.

Faule Sache, wenn diese beiden Füchse einer Meinung sind, dachte der Chef des Zivilkabinetts.

Es war aber nichts zu machen, denn der Kaiser hörte das alles schon nicht mehr, er lief mit einer Hast, wie die Personen auf der Filmleinwand laufen. Nur mühsam hielt der Freiherr Schritt mit ihm. Herr Drees kam gerannt, der Meister Kurbjuhn sprengte in einem unbeschreiblichen Tempo herum, wie eine Windfahne beim Wirbelsturm: «Kaiser ist da, Kaiser ist da, Kaiser, Kaiser!»

Atemlos zischte er es zwischen den hohlen Händen hervor, die Arbeiter sahen ihn halb verächtlich, halb amüsiert an, wie man einen Idioten ansieht.

Als er von außen das Feuer entdeckte, hatte der Kaiser geglaubt, es müsse ihn drinnen überwältigen. Es überwältigte ihn auch, doch anders, als er es sich vorgestellt hatte. Schon die Stille peinigte ihn, die tiefen, scheinbar menschenleeren Gruben, die glitzernde Einsamkeit des Sandgebirges, die bauchigen Mauerschächte der Schmelzöfen, das Gerassel der Laufkräne über seinem Kopf, diese ganze unübersichtliche und undurchschaubare, gespenstisch geisternde Starre. Er war sehr abergläubisch und faßte es als böse Vorbedeutung auf, daß sein eigener Wille ihn in einen solchen Hinterhalt gelockt hatte. Angst überfiel ihn, er fürchtete diese Löcher und diese flammenden Öfen, gierig klammerten seine Augen sich an die Ruhe der schwimmenden Glut, die von den Gießlokomotiven behutsam dahergefahren wurde oder in Pfannen am kühlenden Schwenkarm eines Krans hing. Zuweilen floß auch ein blinkender Bach davon – geradewegs vom Ofen in die Form.

«Das nennen die Gießer: Laufenlassen», erläuterte zuvorkommend Herr Drees.

Dann und wann schickten die Feuerarbeiter einen jähen und äußerst feindseligen Blick hinüber, und aus den Löchern tauchten spähende Köpfe hervor, bis sie in Augenhöhe mit der ebenen Erde waren. Es war eine beklemmende Gewalt in allem Gewaltlosen.

Von oben rief jemand: «Weitermachen!»

Alle, auch die Arbeiter, schreckten zusammen. Einförmig tönte die erklärende Stimme des Direktors Neufeind fort.

«Diese Öfen heißen Kupolöfen, sie werden unten mit Holz und Koks gefüllt und von oben herunter mit der Gicht beschickt, das sind abwechselnde Lagen von Roheisen und Koks.»

Dem Staatssekretär, der keine Spur technischen Gefühls besaß, war es nicht anders, als gehe er hinter dem Kastellan eines alten Schlosses her.

«Das Roheisen, das im Hochofen aus Erz gewonnen wird, muß nämlich hier umgeschmolzen werden. In diesen Öfen sind zwölfhundert Grad Hitze. Sie leisten bis zu drei Tonnen die Stunde.»

Der Kaiser bemerkte einen Mann, der unablässig vor den Öfen auf und ab ging. Vorarbeiter, Hilfsmeister oder so etwas mußte er sein. Immer an den gleichen Punkten kehrte er um, obwohl kein sichtbares Merkmal sie bestimmte; eine verdächtige Genauigkeit, die nur eine Schutzfarbe für unruhige Gefühle sein konnte.

Streng und störrisch arbeiteten die Öfen, schonungslos wütete das Gebläse. Keuchend preßte sich die Verbrennungsluft durch die engen Rohrmündungen der Winddüsen, das Eisen kochte, knisterte und sprudelte, es zerkochte zu einem feurigen Brei, schaumig und voll zuckender Blasen, die mit einem kleinen, bösen Knall zerplatzten. Unten im Herd sammelte sich die blendende Helligkeit des geschmolzenen Metalls. Wenn es abgelassen wurde, war es ein zackiger, gefräßiger Glanz, wie man ihn manchmal des Spätnachmittags an den Fenstern entfernter Häuser wahrnimmt, indem die Sonnenstrahlen in jenem Winkel auf das Glas treffen, der ihnen die Anwendung des physikalischen Gesetzes von der totalen Reflexion gestattet.

Wiederholt gab der Kaiser sein lebhaftes Interesse kund. Ein zerbrochenes Gußstück lag auf der Erde, er beklopfte es mit den Stiefelspitzen: «Unser Stahl ist besser als der englische, was?»

«Majestät», versetzte der Freiherr, «wer daran zweifelte, wäre ein Landesverräter.»

Der Kaiser schenkte ihm keine Beachtung, er wollte mit den Arbeitern sprechen und von den Arbeitern Antwort haben.

«Meine lieben Freunde!» rief er, hob das Gußstück auf und zeigte es herum. «Hört auf diesen Block! Er ist nicht tot, er ist nicht stumm, er lebt und redet, er ruft euch zu: werdet stark wie Stahl! Das deutsche Volk, zu Stahl zusammengeschweißt, soll dem Feind die Zähne zeigen!»

Da und dort verließ einer seinen Arbeitsplatz, sonst blieb noch alles still. Eine große Leere war um den Kaiser. Das Eis muß ich brechen, sagte er sich, dies ist die Stunde, in der über alles entschieden wird. Der Gedanke beflügelte ihn. Er trachtete den Klotz des Mißtrauens in schneidiger Attacke zu überrennen, eigentlich waren die Hemmungen ja mehr im Ort begründet als in den Menschen. Es war alles so fern, so fremd, so unverständlich. Diese Hantierungen, diese Arbeitseinteilungen blieben trotz ihrer Einfachheit und scheinbaren Selbstverständlichkeit in tiefen Geheimnissen und schwierigen Hintergründen stecken. Der Laie konnte nicht in sie eindringen, aber er war ihnen ausgeliefert, er kam sich unsagbar hilflos vor, jämmerlich, überflüssig. Da war dieser Mann, der immerfort auf und ab ging; wie hinterhältig er aussah.

Der Kaiser kam nahe an ihn heran: «Wir sollten uns über unseren Kleinmut schämen! Der kommt aber dann, wenn man Gerüchten Glauben schenkt. Aus den Tatsachen, die ihr selber erlebt habt, solltet ihr den Glauben nehmen!»

Seine Stimme war laut und warm. Der Mann ließ sich dadurch nicht stören, er ging auf und ab, auf und ab. Mit betontem Trotz schaute er die Öfen an. Diese absichtsvolle Respektlosigkeit war erschreckend, man sah, wie der Mann an sich arbeitete, sein Herz zu verhärten. Selbst dieses ideale Schaubild des heimlichen Empörers schien noch aus dem Drill eines preußischen Feldwebels hervorgegangen zu sein.

Wie ein von innen Gehetzter stürzte der Kaiser weiter; hinterher, beunruhigt und voll Spannung, der Freiherr. Stand es doch schlimmer, als er sich hatte eingestehen wollen? Hachenpoot fuhr den Assistenten an: «So schaffen Sie doch wenigstens mal die Meister und Vorarbeiter herbei!» Kurbjuhn war ihnen immer dicht auf den Fersen. Das heiße Eisen sickerte singend durch die Eingußkanäle, und mit einem dumpfen, kaum hörbaren Trillern der Windpfeifen entwich die Luft aus den Hohlräumen der Formen. Ovale Kappen aus Ton waren oben aufgesetzt, dort rann das Metall durch filtrierende Kammern, an deren Wänden der Schaum, Luft und Schlacke, sich abschied. Herr Drees sagte, geläufig und unbeirrt: «Es gibt sonst Poren im Guß.»

«Halt da!» schrie Kurbjuhn, glücklich, sich endlich bemerkbar machen zu können. «Die Form wird ja nicht voll! Gießkelle her, aber dalli, das gibt ja Kaltguß! War gerade genug Ausschuß für die Woche!»

Zwei Männer, die mit dicken Säcken Arme und Beine verwickelt hatten, schleppten auf einer Gabel einen hundertpfündigen Kübel mit fließendem Eisen heran.

«Wir dürfen doch unser nationales Gut nicht so verschleudern!» Großspurig stellte Kurbjuhn sich hin, aber es half ihm nichts, der Kaiser machte Jagd auf den gemeinen Mann. Er faßte einen Gießer an der Schulter; die Joppe war steif und schmierig und aus rauhem Papierstoff. Beim Anfühlen brannte das Zeug wie Brennesseln, deshalb trug der Mann ein altes Wams darunter, damit es nicht mit der Haut in Berührung kam.

«Ihr seid brave Männer, die ihre Pflicht tun. Jeder von uns bekommt seine Aufgabe von oben zugeteilt. Du an deinem Amboß, ich auf meinem Thron.» Ganz nahe stand der Kaiser dem Mann und ließ die Hand auf seiner Schulter liegen. «Vertrauen gegen Vertrauen! Die schönste Eigenschaft des deutschen Mannes ist die Treue, aus der Treue erwächst alles, was wir heute brauchen.» Der Mann kaute beharrlich an seinem Schnurrbart, blickte zur Seite und blieb stumm. «Unser Feldmarschall sagt: Es steht alles gut, die Kriegslage berechtigt zur größten Zuversicht!» Seine laute Sprache vergrößerte die Stille, die ihr Echo war. Es schien, als würden die Worte von einem ungeheuren, kalten, mitternächtigen Gewölbe verschluckt. «Aber je mehr der Krieg sich seinem Ende nähert, um so weniger dürfen wir die Kräfte sinken lassen!»

Still, alles still, unermeßlich wuchs die Stille, auf einmal standen die Kräne, die Stille wurde drohend, der Kaiser rüstete sich auf eine Entladung, ja, er fieberte danach, jetzt oder nie.

«Hunger!» grollte eine Stimme.

Langsam wanderten alle Augen zur Höhe, über all diese Eisenkörper hinweg, die plötzlich fahl und ausgepumpt und energielos waren, und blieben an dem Kranführer Adam Griguszies haften.

Oberst von Leutwitz streifte den General mit einem Seitenblick: «Nu ja, wieder so 'n Agitator.»

«Hunger! – Hunger! – Hunger!»

Tief und langgezogen wie ein Kanon wälzte sich das jetzt von der Decke herunter bis in die schwärzesten Winkel. Der Kaiser riß sich herum und packte den General so heftig beim Ärmel, daß dieser, von der Bedeutung der Bewegung ergriffen, beinahe «Feuer!» kommandiert hätte.

«Hunger! – Hunger! – Hunger!»

In zögernden Klumpen drangen die Arbeiter vor.

«Majestät!» flüsterte besorgt der Freiherr und zuckte schmerzlich mit dem Kinn, aber schon stand Griguszies vor dem Kaiser.

Im ersten Augenblick erschrak er selbst, doch sogleich schüttelte er diesen Rest von Untertanensinn, der ihm noch in den Knochen steckte, ab und nahm sich vor, eine Probe seines revolutionären Muts abzulegen. Er stellte sich vor, daß die Augen der Genossen in der ganzen Welt auf ihn gerichtet seien. Wenige Sekunden standen so die beiden sich schweigend gegenüber. Die Sporen des Kaisers klirrten noch leise nach von der Bewegung: «Gut, Leute, einer soll sprechen.»

«Wir wollen Frieden», sagte Adam Griguszies fest, aber weit zahmer, als es seine Absicht gewesen war. Außerdem schien es ihm nicht sonderlich revolutionär zu sein, Frieden zu fordern. Im Gegenteil, Krieg hätte er erklären müssen, Krieg bis auf das Messer. Er wurde darüber krebsrot vor Ärger; man deutete es als Verlegenheit. Mehrere Former unter Führung von Fries rissen ihn weg. Sie waren nicht damit einverstanden, daß er der Sprecher sein solle. Er wehrte sich ungestüm.

«Keine Gewalttätigkeit!» schrie Kurbjuhn, wobei fraglich blieb, wen er meinte.

Undurchdringlichen Gesichts, ein Vorbild soldatischer Härte und Unerschrockenheit, stand jetzt der General in dem entstehenden Tumult. Die Ruhe seiner Stimme setzte sich unheimlich durch: «Unsere Hauptfeinde sind zum Frieden noch nicht reif. Der Friede, den sie uns auferlegen wollen, würde für Deutschland dauernde Arbeitslosigkeit zur Folge haben.»

Hinter einem Pfeiler stehend, beobachtete der Staatssekretär. Eine komische Gruppe: diese dreckigen Arbeitskittel, diese gebügelten Uniformen, diese gepflegten Anzüge aus wirklichen Kammgarnen; diese abgegriffenen Käppchen, diese geschonten und wie Zinnober leuchtenden Feiertagsmützen, diese festen schwarzen Hüte.

Adam Griguszies war weit abgedrängt worden, nun schrie er herzhaft über die Köpfe weg: «Wir wollen, daß nicht mehr der ganze Gewinn aus unserer Arbeit in die Taschen der Unternehmer fließen soll!»

Über Sandhaufen stürzend, bahnte Hachenpoot sich einen Weg. Er schwang sich auf einen eisernen Träger. «Denkt an die Millionen, die für Wohlfahrtszwecke ausgegeben worden sind! Niemals hat sich bei Risch-Zander das Verhältnis zwischen Werk und Belegschaft darauf beschränkt, ein bloßes Verhältnis von Arbeitsleistung und Entlohnung zu sein!»

«Das wollen wir aber gerade! Ein sauberes, klares Verhältnis von Arbeit, Profit und Lohn, keine Wohlfahrtsmogelei!»

Hoch aufgerichtet, die Wangen hektisch gerötet, hielt der Kaiser der Brandung stand. In einer Sekunde hatte er die prekäre Lage vergessen. Er war gleich weit entfernt von Feigheit und Tapferkeit, er genoß jetzt nur noch das Schauspiel.

«Nur fest stehen und stark sein, dann kommt der Friede schon von selbst! Dann läßt sich über alles reden, was euch drückt. Jetzt aber steht die Tat noch über dem Wort. Der da oben kennt mein Gefühl der Verantwortung. Von Verlusten, Trauer und Sorgen ist kein Haus verschont geblieben, weder das Fürstenhaus noch das schlichte Arbeiterhaus. Glaubt mir wohl, es ist für mich nicht leicht, jeden Tag die Sorge der Verantwortung für ein Volk von siebzig Millionen zu tragen und dazu mehr als vier Jahre die zunehmende Not des Volkes zu sehen. Ich bin jahrelang an der Front gewesen, immer so nahe wie möglich, um meinen Truppen nahe zu sein, und ich habe auf meinen Fahrten durch das Land mit mancher Witwe, mit manchem Bauern und im fernen Osten und Westen mit manchem Landwehr- und Landsturmmann gesprochen, der das Herz schwer hatte von Sorgen, die aber überstrahlt wurden von dem Gedanken: erst die Pflicht, das andere kommt später. In diesem Sinne haben wir denn auch eine zweite Mobilmachung erlebt, eine großartige Mobilmachung ohne Unterschied des Rangs, Alters und Geschlechts. Niemand war sich mehr zu schade für irgendeine Arbeit, die Vorrechte hörten auf, jeder fühlte sich als ein Teil vom Ganzen.»

Er hielt inne, nichts rührte sich. Ein feines Rieseln von Sand war vernehmbar.

«Seht dort das Beispiel dieses alten Mannes!»

Prophetisch streckte der Kaiser den Arm aus.

Es war der Jubilar, der unverdrossen fortarbeitete, jener, der immer behauptete, der Lohn sei nur für das Zeitliche, aber die Wohltätigkeit sei für das Ewige. Er saß da an seinem Formkasten wie ein Irrer, auf einem Stützbrett, wie es die Pflasterer auf den Straßen haben, und siebte unbekümmert um alles, was vor sich ging, siebte Sand auf sein Modell, stampfte ihn fest, strich das Überschüssige ab und puderte mit Kohlenstaub. Der Kaiser hielt ihn für ein außergewöhnliches Geschenk des Himmels, für eine überirdische Erscheinung.

«Ich habe eure Sorgen in tiefstem Herzen empfunden. Ich bin mit euer aller Sorge beladen. Ich habe vieles angeregt, um die Lasten zu mildern und zu verteilen. Es hätte manches anders gemacht werden können, und daß darüber hier und da Mißstimmung herrscht, ist kein Wunder. Es wird auch noch mit vielen Mißständen aufzuräumen sein, und manche Klassenvorrechte werden noch fallen müssen, das wird keiner bestreiten wollen. Wir dürfen aber auch nicht vergessen, daß wohl in keinem Land so viele Menschen wirtschaftlich und an Leib und Seele zugrunde gehen wie in Amerika, das uns mit seiner Auffassung der Demokratie beglücken will.»

Dies schien ihnen gut zu tun, allmählich wurde sein Schiffchen flott und kam ins richtige Fahrwasser.

«Wie konnte aber dieser Krieg kommen, wie konnte uns das alles passieren, da wir doch vierzig Jahre Frieden hatten? Ich habe lange darüber nachgedacht. Wir wissen alle aus unserer Jugend, da haben wir es in der Schule gelernt, daß auf der Welt das Gute mit dem Bösen ficht. Das ist einmal von oben so eingerichtet; das Ja und das Nein. Das Nein des Zweiflers gegen das Ja des Erfinders, ich will mal so zu euch sagen: das Nein des Ungläubigen gegen das Ja des Frommen, das Ja des Himmels gegen das Nein der Hölle. Nun, ich glaube, ihr werdet mir darin recht geben, daß dieser Krieg aus einer großen Verneinung hervorgegangen ist, und fragt ihr, welche Verneinung es ist, so will ich euch antworten, daß es die Verneinung der Existenzberechtigung des deutschen Volkes ist, die Verneinung unserer Kultur, die Verneinung unserer Leistungen und nicht zuletzt die Verneinung unserer Arbeiterfürsorge.»

Wurden die Gesichter jetzt erst klarer? Ja, jetzt hatte er sie gepackt. Seine Stimme schwoll noch an.

«Das deutsche Volk war fleißig, in sich gekehrt, strebsam, erfinderisch auf allen Gebieten; es arbeitete geistig und körperlich. Auf kargem deutschem Boden brachten wir Erzeugnisse hervor, die in solcher Vollkommenheit und Wohlfeilheit selbst in den von der Natur gesegneten Ländern nicht zu haben waren. Es gab aber solche, die nicht zu arbeiten wünschten, das waren unsere Feinde. Wir kamen ihnen an die Nähte, durch Wissenschaft und Kunst, durch Industrie und Volkserziehung und nicht zuletzt durch unsere soziale Gesetzgebung. Das wollen sie nun vernichten, damit sie wieder ungestört ihrer Faulheit leben können. Ihr Kraftaufgebot gilt dir, deutscher Arbeiter, gilt deiner Zukunft, der Zukunft deiner Kinder und Kindeskinder. Sie wollen dir einreden, daß sie nicht gegen dich kämpfen, sondern nur gegen mich und meine Generale, gegen die deutsche Geldmacht, gegen das Kapital. Deutscher Arbeiter, glaubst du wirklich, daß die Feinde gegen diese allein jene Höllenmacht von Menschen und Material aufgeboten haben? Glaubst du wirklich, daß sie dich schonen, dir eine glückliche Zukunft bringen wollen? Die Feinde wissen es wohl, daß deine Kraft und deine Intelligenz Deutschland mit groß gemacht haben. Das Schicksal Irlands und Indiens, wo Millionen jahrein, jahraus zum Vorteil des englischen Herrn und Gebieters sich abrackern, sollte dir ein abschreckendes Beispiel sein; nur um die gräßlichen Folgen des wahnsinnigen, von ihnen leichtsinnig heraufbeschworenen Krieges von sich abzuwenden und sie dir aufzubürden, dir, deinen Kindern und Enkeln, dafür setzen die Feinde mit der Verzweiflung des bankrotten Spielers die letzten Machtmittel der halben Welt ein.»

Fortgerissen von dem Eindruck, den er, wie ihm schien, hervorgerufen hatte, flossen ihm aus der Schatzkammer der Gewohnheit mehr Worte zu, als er bei aller Eile aussprechen konnte. Ja, jetzt hatte er den richtigen Ton getroffen. Sie wollten gelobt sein, es war doch so einfach, und er hatte sich auf das Schwierige vorbereitet! Noch rascher sprach er fort.

«England will, daß jedes Volk in der Welt dasjenige erzeuge, wozu die Bodenschätze des Landes, sein Klima und die Eigenschaften seiner Menschen es besonders befähigen. Was irgendwo auf der Erde besser und billiger wachsen und hergestellt werden kann als in Deutschland, das sollte nicht in Deutschland wachsen und hergestellt werden. Sie nennen das Rationalisierung der Wirtschaft, aber Rationalisierung ist kein deutsches Wort und wird von der deutschen Wirtschaft niemals gebraucht werden. Das deutsche Ideal ist, Erzeugnisse fremder Länder nicht einfach zu importieren, sondern sie im eigenen Lande nachzumachen. England dagegen wollte, daß die Erzeugnisse der Länder sehr verschieden wären, daß jedes von allen anderen viel brauchte und daß viel auszutauschen wäre. Denn nur so entstand ein großer Weltverkehr, und diesen wollte England besorgen. Das englische Ideal ist, die Welt als eine große Fabrik zu sehen, worin jede Nation ihre wenigen besonderen Erzeugnisse zu billigsten Preisen herstellt, und wo England den Weltvermittler und Weltbankier spielt, während die anderen Völker die niedere Arbeit leisten. Gelänge ihnen das, so wäre die gesamte deutsche soziale Gesetzgebung auf den Gebieten der Alters-, Invaliditäts-, Kranken-, Unfall-, Witwen- und Waisenversicherung, so wäre auch die gesamte deutsche Arbeiterbewegung mit ihren Errungenschaften und die immer weiter fortschreitende bürgerliche Gleichberechtigung im öffentlichen Leben unseres Vaterlandes, die vor allem gerade dem Arbeiter zugute kommt, so wäre das alles mit einem Schlag zerstört, zerstört wahrscheinlich für immer. Der deutsche Arbeiter würde der Paria, der Auswurf der Menschheit werden! Überlegt das mit euren Kameraden draußen, besprecht euch mit ihnen darüber! Wenn jeder von uns sich der Gefahren bewußt wird und bleibt, die uns von unseren Feinden drohen, dann weiß er auch, was die Stunde von ihm fordert!»

Mittlerweile hatte das Gedränge sich gelichtet, war der angreiferische Haufen zu einer Ansammlung individualistischer Zuhörer auseinandergerückt. Nicht wenige schluchzten leise und wischten sich verstohlen Tränen fort; wie ergreifend konnte nicht der Kaiser sprechen! Selbst die Verstocktesten wußten nicht, wie sie sich dem rhetorischen Schwung entziehen sollten, und lauschten aus reiner Höflichkeit; denn Höflichkeit, sagten sie sich, war schließlich nicht verboten und auch die Revolution mußte mit energischer Vorsicht, mit resoluter Bedenklichkeit, kurzum mit Diplomatie gemacht werden.

Aber gerade dieser an sich günstige Umstand mußte dem Kaiser zum Verhängnis werden. Sein bestechliches, schnell auf Regungen des Augenblicks reagierendes und niemals kaltblütig auf weite Sicht disponierendes Naturell verführte ihn dazu, jetzt, als er sie soweit hatte, schärfere Töne anzuschlagen.

«Die Tiefe unserer Kampfstellungen erlaubt uns, um unnötige Opfer zu sparen, einige Linien zurückzunehmen. Der Feind weiß, daß unsere militärische Widerstandskraft ungebrochen ist, deshalb versucht er es mit der Zersetzung im Inneren. Unsere politischen Parteien sind nicht auf der Höhe, ihr Hader zerrüttet uns. Vier lange Jahre hindurch haben die Franzosen den Feind unmittelbar vor der Hauptstadt gehabt, wertvolle Landesteile sind dort auf Jahrzehnte, wenn nicht auf Jahrhunderte, vernichtet. Dennoch haben sie ihren Elan, ihren inneren Halt, ihren Glauben an die eigene Sache nicht verloren. Schäme dich, deutscher Arbeiter, daß du dich von ihrem Nationalgefühl und von ihrer Heimatliebe übertreffen läßt!»

Der General rang innerlich die Hände, er mußte dem Verhängnis seinen Lauf lassen. Durch die Reihen lief Gemurmel wie verschlafener Wind in dunklen Baumschluchten, ein Geröll umherspringender Laute unbestimmbaren Ursprungs erschütterte den Raum. Den Freiherrn schauerte es.

«Schäme dich, du deutscher Arbeiter, daß du dich von sinnlosem Gerede betören läßt!»

Der Kaiser mißdeutete in seiner Erregung ihre Unruhe, er glaubte, sie rühre daher, daß sie in sich gingen, daß sie an ihre Brust schlügen.

«Diese Flaumacherei kommt nicht aus den Kreisen des deutschen Volkes, diese Machwerke stammen von Elementen, die im Sold des Feindes stehen. Ein jeder, der auf Gerüchte hört und unverbürgte Nachrichten in der Eisenbahn oder in der Werkstatt oder anderswo weitergibt, gehört ins Zuchthaus, ganz gleich, ob er Graf sei oder Arbeiter! Wer aber das Herz auf dem rechten Fleck hat, der verspreche mir hier an Stelle der gesamten deutschen Arbeiterschaft: Wir wollen durchhalten bis zum letzten, die Schwerter hoch, die Herzen stark und die Muskeln gestrafft zum Kampf gegen alles, was gegen uns steht, und wenn es noch so lange dauert. Dazu helfe uns Gott! Und wer das will, der antworte mit Ja!»

«Ja!» riefen der Freiherr und die Direktoren.

«Ja!» rief der General und trat zwei Schritte vor. Oberst von Leutwitz, mit dem Instinkt der Kaste, stand sofort neben ihm. «Ja!» riefen sie nochmals beide, wie eine animierende Claque im Theater.

«Ja!» riefen Herr Drees und sein Assistent.

«Ja!» brüllte Kurbjuhn.

Es klatschte in die Totenstille hinein wie vereinzelte Regentropfen vor dem Gewitter.

«Ja!» sagten nun auch die übrigen Meister und Vorarbeiter, jedoch nicht im Chor, sondern nacheinander, als warte erst jeder das Stichwort des Vordermanns ab. Die Masse der Arbeiter stand lauernd da, sie stießen einander an die Ellbogen, nickten sich zu mit halb rückwärts gewandtem Kopf, blinzelten und schwiegen.

«Ja!» brüllte abermals Kurbjuhn aus Leibeskräften. Es knallte wie das Sausen eines Schnellzugs durch einen Tunnel.

Der Kaiser sank in sich zusammen, kalter Schweiß trat ihm auf die Stirn. Er schaute in Gesichter, die geringschätzig zu Boden gerichtet waren, monotone Gesichter von finsterem Trotz oder robuster Gleichgültigkeit. Er hatte ein Gefühl, als schrumpften alle seine Eingeweide. Langsam bildete sich eine Kruste um sein Herz.

«Ja!» quakte endlich noch der Jubilar, der nicht einmal wußte, worum es sich handelte.

Minuten vergingen. Es kam nichts mehr.

Der General war sich klar, daß jetzt ein starkes Herz und eine schweigsame Zunge vonnöten seien; er besaß beides.

Fratzen glotzten den Kaiser an, das Weiße in den Augen schwelte fahl und böse. Er stand starr, vor ihm der Schutzpanzer des Generals.

So hatte er doch noch die Geistesgegenwart, den Schein zu wahren und sein Amt abzuschließen.

«Ich danke euch. Mit diesem ‹Ja› gehe ich jetzt zum Feldmarschall. Und nun, Leute, lebt wohl!»

Aber seine Stimme war dünn und welk, und seine Knie wankten.

Hachenpoot winkte Herrn Drees zu sich heran.

«Ich erwarte Sie um sechs Uhr in meinem Büro. Herr Personalchef Wackerlein wird die Güte haben, bei unserer Unterredung zugegen zu sein.»

Fünftes Kapitel

Der Freiherr war willens gewesen, an diesem Mittag im Namen der ganzen Industrie und im Kreis ihrer repräsentativsten Mitglieder zu geloben, daß man nicht erlahmen wolle, «bis Euer Majestät das Schwert in die Scheide befehlen». Nach den niederschmetternden Vorgängen in der Fabrik kam es nicht dazu, er konnte nur noch ein paar ungewisse Worte zum Abschied sprechen: «Möge Gott Eurer Majestät die Kraft auch fernerhin erhalten zu den verantwortungsvollen Entscheidungen, die nun auf dem Schlachtfeld wie späterhin am Verhandlungstisch zu treffen sein werden.»

Wider seinen Willen klang es schwach und trostlos. Hals über Kopf reiste der Kaiser ab. Von der Fabrik fuhr er direkt zum Bahnhof und ließ sich durch keine Bitte bewegen, das Mittagessen noch auf Zandershöhe einzunehmen.

Er war nicht verzweifelt, er war nur erzürnt und aufgebracht. England habe die unruhigen Elemente seines Volkes aufgekauft, um sie aufzuwiegeln gegen ihren Herrscher, der vier Jahre lang Deutschlands Erde gegen jede Invasion verteidigt habe. Ob man vielleicht meine, er sei ein Tyrann? Ob man eine Ahnung habe, wie ihm das Herz blute, wenn er sein Volk so leiden sehe? Aber hier befehle nicht der Mensch, nicht der Monarch, sondern die Notwendigkeit, das Schicksal. Der Mann aus dem Volk habe für seine Entbehrungen das allerhöchste Versprechen, welches ihm in der Zukunft Entschädigung und erweiterte Rechte zusichere. «Keinen Schritt tue ich mehr zu der Bagage! Wollen Sie, meine Herren, sich erkühnen, Hunger und Müdigkeit als Entschuldigung für Vaterlandsverrat gelten zu lassen?»

Grußenbaum erwiderte, den Hunger und die Müdigkeit hätten die Zivilorgane auf dem Gewissen.

Der Staatssekretär zog die Brauen hoch. «Sehr richtig, Herr General, und eben das soll jetzt anders werden – soweit uns bei Ihren enttäuschenden Heeresberichten die Zeit dazu bleibt.»

«Zeigen Sie einen Weg, oder ich muß annehmen, daß Sie keinen wissen!» brauste der Kaiser auf.

«Ich weiß einen Weg, aber er ist dunkel. Ich bezweifle, ob Euer Majestät sich entschließen werden, ihn zu gehen. Es wird leider niemand in der Lage sein, ihn für Euer Majestät zu erleuchten.»

Nachmittags zirkulierte in der Stadt das Gerücht, in der Risch-Zanderschen Fabrik sei auf den Kaiser ein Attentat verübt worden. Auch diejenigen, die es nicht für wahr hielten, hielten es wenigstens für wahrscheinlich und erzählten es als glaubhaft weiter. Viele Bürger sahen darin die Vollstreckung eines Gottesurteils, denn sie hegten die Meinung, daß es zwar kein Verbrechen sei, Kriege zu führen, wohl aber ein großes Verbrechen, Kriege zu verlieren. Sie konnten es dem Kaiser jetzt nicht mehr verzeihen, daß sie ihm immer so begeistert gefolgt waren.

Wären nicht die Brot- und Fleischkarten gewesen, für die man obendrein nichts Anständiges haben konnte, und nicht die Schinderei mit all dem lausigen Schwindel, der als reelle Nahrung und Kleidung angepriesen wurde, und nicht die Gefahr, daß der Feind noch zu guter Letzt ins Land käme – so wäre an den Verhältnissen eigentlich nichts auszusetzen gewesen. Man hätte jeden Morgen im *Generalanzeiger* gelesen, wer befördert worden und wer den Heldentod für das Vaterland gestorben war, wer das Eiserne Kreuz Erster und Zweiter bekommen hatte, wer das Verwundetenabzeichen, wer das Verdienstkreuz für Kriegshilfe, und wer einen von den 247 übrigen Orden der 26 deutschen Bundesstaaten. Wenn man satt wurde und sich ausschlafen konnte, war es gleichgültig, unter welchem System es geschah. Wenn im frisch-fröhlichen Jagen gesiegt wurde, wie es in den Lesebüchern stand, war es gleichgültig, ob Krieg oder Frieden war. Aber man konnte sich eben nicht satt essen und sich nicht ausschlafen, und es wurde auch nicht mehr gesiegt. Daraus schloß auch die Bürgerschaft des Industriereviers, daß das herrschende System einer Änderung dringend bedürftig sei.

Derweilen rannte Bilgenstock stundenlang wie ein gereizter Löwe durch seinen Betrieb, die Geschoßdreherei III, die zunächst ahnungslos in Paradeaufstellung verharrte, bis es durchsickerte, daß sie zu einem falschen Alarm mißbraucht worden sei.

Bilgenstock hatte dreimal nach Zandershöhe telefoniert. Zuerst stellte man sich dort, als wisse man überhaupt nichts von einem Besuch des Kaisers. Das letzte Mal hieß es, der Kaiser habe die Stadt bereits wieder verlassen. Es war erstaunlich und rätselhaft.

Von Minute zu Minute verlotterte der Betrieb, nachdem die Spannung sich gelöst hatte. Vergebens kommandierte, fluchte, tobte Bilgenstock. Durch diese Sache hatte seine Autorität einen gewaltigen Stoß erlitten. Zynisch sagte der Assistent Schäfer: «Sie haben schon so viel verdientes Glück gehabt, da dürfen Sie auch mal unverdientes Pech haben.»

Herr Drees war, trotz allem, bei weitem nicht so schlechter Laune wie Bilgenstock. Er hatte sich vorgenommen, wenn die Sache schon einmal vor dem Generaldirektor verhandelt würde, ordentlich auszupacken. Eine Anzahl seiner Kollegen, die er angerufen hatte, leitete eine Aktion ein, um ihm den Rücken zu stärken und sich notfalls mit ihm solidarisch zu erklären. Von allen Seiten wurde ihm in der Eile Material zugetragen. Jedenfalls wirkten sie vereint darauf hin, daß aus dem Einzelfall eine große grundsätzliche Aufrollung werde; im Grunde waren sie schon mehr, als sie selbst dachten, von der revolutionären Handlungsweise der Arbeiterschaft beeinflußt, nur daß sie entsprechend ihrer Vorbildung eine geschicktere Taktik mit ausgeklügelten Winkelzügen anwandten.

Der Meister Kurbjuhn kam frech ins Büro und nahm unaufgefordert Platz: «Da werden Sie wohl heute abend Ihre Abkehr kriegen, Herr Drees?»

Herr Drees ließ ihn sitzen, klingelte seinem Assistenten und unterhielt sich mit ihm über technische Dinge.

«Die Menschen sind eben verschieden, Herr Drees, es kann sich nicht jeder so gut Respekt verschaffen wie Herr Bilgenstock.»

Herr Drees schien ihn weder zu hören noch zu sehen.

«Nichts für ungut, Herr Drees, so 'n Meister wie ich hat schon viele Betriebsführer scheitern sehen. Sie waren noch lange nicht der schlechteste.» Er stand auf. «Kommen und gehen, das ist so der Welt Lauf. Machen Sie sich nur keine überflüssigen Gedanken, Sie waren ja schon mal im Feld, und nachher werden Sie schon woanders wieder unterkommen. Es wird auch anderswo Brot gegessen, nicht bloß bei Risch-

Zander. Aber die Hand zum Abschied nehmen Sie doch von mir, Herr Drees?»

Herr Drees tat sehr erstaunt: «Ach, Kurbjuhn? Aber selbstverständlich, es tut mir jetzt eigentlich leid, daß wir uns trennen sollen. Waren Sie schon länger im Zimmer? Sie müssen entschuldigen, wir hatten hier ein wichtiges Gespräch. Übrigens – ach so, daß ich das nicht vergesse: gehen Sie doch mal gleich in den Betrieb und rufen Sie den Kranführer Griguszies her.»

«Leider unmöglich, Herr Drees, ich komme gerade aus dem Betrieb und bin auf dem Wege zur Meisterstube.»

Diesmal war seine höhnische Renitenz nur ein Vorwand; er fürchtete sich nämlich. Die Gärung im Betrieb nahm zu, man mußte nun damit rechnen, daß sie «sich einen schnappten» und von hinten niederschlugen. Dagegen war ja wohl kein Kraut gewachsen, und die schönste Muskulatur hat wenig Wert, wenn man nicht dazu kommt, sie in Tätigkeit zu setzen.

«Dann bitte ich natürlich um Entschuldigung. Wollen also Sie die Freundlichkeit haben.» Herr Drees wandte sich an den Assistenten. «Nach allem, was vorgefallen ist, Kurbjuhn, kann ich verstehen, daß der Betrieb für Sie keinen Reiz mehr hat. Es trifft sich gut, daß die vierte Reparatur gerade einen kräftigen, furchtlosen, national zuverlässigen Meister gesucht hat. Sie haben wirklich Glück, Kurbjuhn, Sie sind der gegebene Mann dafür. Ich denke, es wird Sie freuen.»

«Wollen Sie den Antrag vielleicht heute abend zum Herrn Generaldirektor mitnehmen, Herr Drees?»

Kurbjuhn spottete so gemütlich, als sitze er am Stammtisch. Das ging ihn ja alles nichts an, was der Mann da, der seit heute morgen bei Risch-Zander auf der schwarzen Liste stand und dessen Geschick in Kürze besiegelt sein mußte, noch dienstlich aussagte.

«Antrag? Aber lieber Kurbjuhn, ich hatte geglaubt, Sie wüßten das alles schon, weil Sie sich von mir verabschieden wollten . . .? Sie sind doch auch sonst nicht schwer von Begriff. Die Betriebe haben ein Zirkular des Personalchefs bekommen, ob sie einen solchen Meister hätten. Personalien, Charakteristik und so weiter waren beizufügen. Es war mir ein Vergnügen, Ihnen eine Freude zu bereiten, und außerdem wäre es ein Verbrechen am Gedeihen der Firma gewesen, wenn ich verschwiegen hätte, daß ich in der Lage war, den richtigen Mann für den richtigen Platz zu stellen. Sie müssen mindestens zugeben, daß das zuviel Egoismus gewesen wäre. Soeben ist die Verfügung eingelaufen, daß Sie ab morgen zur vierten Reparaturwerkstatt versetzt sind.»

Kurbjuhn erblaßte. Darüber möchte er noch Herrn Bilgenstock befragen, stotterte er, ob er sich dabei beruhigen müsse, daß so etwas hinter seinem Rücken getrieben werde.

«Wie?» fragte Herr Drees. «Haben Sie uns denn getäuscht? Sind Sie denn nicht kräftig, furchtlos und national zuverlässig?»

«Meinen Sie, ich wüßte nicht, daß das eine Strafversetzung ist? Das lasse ich nicht auf mir sitzen!»

«Ich bedaure, daß Sie die Motive der Firma so mißdeuten und auch so wenig Achtung vor Ihrer großen nationalen Aufgabe bezeigen.»

Kurbjuhn krümmte sich. Der Assistent brachte Adam Griguszies herein.

«Sie wollen mich jedenfalls rausschmeißen», begann der Kranführer. «Meinetwegen. Aber denken Sie bloß nicht, daß ich zu Kreuze kriechen werde.»

«Bei Ihren guten Beziehungen haben Sie das auch gar nicht nötig, Griguszies. Melden Sie sich morgen früh in Geschoßdreherei III bei Herrn Bilgenstock.» Kurbjuhn horchte. «Ja, Meister, vielleicht hat Herr Bilgenstock auch einen Posten für Sie, da sich durch die ehrenvolle Berufung in die vierte Reparatur so gekränkt fühlen.»

Adam Griguszies fing laut zu lachen an: «Er in die vierte Reparatur? Das ist aber komisch. Das wäre doch viel eher was für mich, wie, Herr Drees? Und Meister Kubjuhn müßte von Rechts wegen zu Bilgenstock. Aber so geht das, alles wird auf den Kopf gestellt.»

Kurbjuhn rückte mit einem plötzlichen Entschluß dicht an ihn heran: «Was haben Sie eigentlich mit Bilgenstock?»

«Da wird sicher auch Herr Drees neugierig drauf sein. Warum nicht, das darf man ruhig sagen, wo Herr Bilgenstock sich doch so edelmütig benommen hat.»

Umständlich und breit ausmalend erzählte er die Geschichte der Geschwister Griguszies. Herr Drees gab dem Assistenten einen Wink, sie machten beide Notizen. Kurbjuhn schluckte mehrmals, er war noch nicht völlig sicher, wessen Partei er ergreifen solle. Vielleicht konnte er seine Position noch retten, wenn er sich gegen Bilgenstock kehrte? Wußte er denn nicht auch einiges von ihm? «Herr Drees, Herr Drees!» sagte er hastig, doch dieser bedeutete ihm ungeduldig zu schweigen.

«Ihre Schwester hat sich also für Sie aufgeopfert, Griguszies, das war von ihr bewundernswert, aber von Ihnen war es doch schofel, daß Sie die Sache geduldet haben. War Ihnen Ihre Schwester nicht zu schade dazu?»

«Nichts und niemand ist im Interesse der Revolution für irgendeine Arbeit zu schade, alle Vorrechte haben aufgehört, jeder ist ein Teil von das Ganze», erwiderte großartig der Kranführer, unwillkürlich kaiserliche Worte vom Morgen wiederholend.

Herr Drees saß noch lange da und erfuhr noch manches, denn auch Kurbjuhn schwatzte jetzt in einem fort. Herr Drees dachte sich dabei sein Teil, und wenn er diesen Meister ansah, so wurde ihm Bilgenstock beinahe sympathisch, aber er schrieb alles auf, seine Verteidigung war eine dicke Anklageschrift gegen Friedrich Bilgenstock. Das ganze Büro mußte heran, damit sie rechtzeitig fertig wurde. Leni Milius hatte sich eine blaue Schürze vorgebunden und bediente mit blau beklexten Händen die Kopierpresse, der Assistent strich vorüber und kniff ihr tröstend ins Ohrläppchen, abends würden sie zusammen ins Weinhaus Trocadero gehen, aber sie dachte dabei an ihren Bäcker, der Nachtschicht hatte, da konnte er am anderen Morgen ordentlich was abschleppen, vielleicht auch Milch und Rosinen. Sie faßte ein Blatt, um die Kopie zu prüfen, verdammt, hatte das wieder geschmiert, die ersten zehn Zeilen waren überhaupt nicht mehr zu lesen – wie, was stand da? Paula Griguszies? Das muß man lesen. «Nu sieh einer das scheinheilige Luder, mit dem Bilgenstock hat sie's getrieben, also doch, und sie hat's immer abgestritten und man hat auch nichts davon gemerkt, und was hat sie uns immer ausgequetscht, was wir mit unseren täten, die Thomeszat und die Kestermannsche und mich, so ein Deuwel! Und 'nen dicken Bauch hat sie von ihm, das kommt von ihrer Heimlichkeit, ich hätt ihr sagen können, wie sie's machen soll.»

Pünktlich um sechs stand Herr Drees in der Hauptverwaltung auf dem Flur vor Hachenpoots Zimmer. Es war verschlossen, auch Wackerlein war nicht aufzufinden. Die Bürodiener wußten nichts Genaues, die Herren hätten zwar sagen lassen, sie würden um fünf Uhr kommen, aber es verlautete, daß sie mit dem Freiherrn auf Zandershöhe geblieben seien.

Hinter den dicken Quadern des Hauptverwaltungsgebäudes war es muffig kühl. Ab und zu eilte ein höherer Angestellter mit einem Schriftstück über den Gang, in das er grüblerisch hineinsah. Die Sorge großer Geschäfte und die Ruhe großer Planungen lasteten auf dieser Etage, die von den Direktoren bewohnt war.

Herr Drees stellte sich an ein Fenster, das nach dem Hof ging, und wartete. Unten balgten sich die Laufjungen um die Fahrräder, sicher war einer mit einem sauberen abgefahren und hatte sein dreckiges dafür hingestellt. Herr Drees sah nachdenklich zu. Gegen acht ging er nach Hause.

Ganz früh am folgenden Morgen wurde er von Wackerlein angerufen. Er nahm seine Akte Bilgenstock unter den Arm und ging hin, sie verhandelten eine Stunde hinter verschlossener Tür. Als sie fertig waren, reichte der Personalchef ihm die Hand: «Ich danke Ihnen, Herr Drees. Nein, Sie brauchen sich nicht mehr zum Herrn Generaldirektor zu bemühen, ich werde ihn unterrichten. Es werden später noch mündliche Vernehmungen nötig sein, man wird Sie dann rufen.»

Was lag dem Personalchef an Friedrich Bilgenstock? So wenig und so viel an Herrn Drees, aber dieser Fall war für ihn wieder Material gegen Hachenpoot. Frau Ella war doch sehr von dem Generaldirektor enttäuscht, er hatte seinen Humor zu schnell verloren, am Ende war er niemals echt gewesen. Wackerlein mußte sie auf dem laufenden halten, sie war für strenge sittliche Zucht, sie würde sich entsetzen, wenn sie erfuhr, daß solche Zustände auf dem Werk eingerissen waren, wie der Fall der Geschwister Griguszies sie offenbarte.

Hachenpoot, der in Übereinstimmung mit dem Freiherrn den gestrigen Vorfall schon wesentlich ruhiger beurteilte und den Mantel der Gnade darüber breiten wollte, fing an zu kochen, als er hörte, daß Wackerlein einen Instanzenzug vorbereitet hatte. Er beschloß, die Sache zu verschleppen, denn er konnte sie nicht mehr vertuschen, und noch weniger konnte er Bilgenstock fallenlassen, denn das hätte eine Mißbilligung seines eigenen Systems bedeutet.

Noch einmal hatte er Glück, die Akte Bilgenstock geriet durch die turbulenten Ereignisse der folgenden Wochen sogar bei Wackerlein in Vergessenheit.

Überall war, ob eingestanden oder uneingestanden, Aufregung und Vorahnung kommender Dinge genug, aber nirgends war man so aufgescheucht wie auf Zandershöhe, denn nirgends hatte man so sich in Sicherheit gewiegt.

Im Lichthof des Schlosses, wo an jenem Mittag die Industriellen versammelt waren, herrschte die tote, luftleere Helligkeit eines fotografischen Ateliers, das Tageslicht schien weiß übertüncht zu sein, all das erschlaffte Fett, all die verwitterten Gesichtsfalten, die sonst von der auffrischenden Flut der Geschäfte retuschiert wurden, waren in bestürzender Schärfe herausgehoben. Wie auf Drähten bewegten sich die Diener. Der Freiherr hörte das Glasdach knistern, sah Risse in den Wänden. Unsinn, redete er sich hundertmal ein, wenn man nur genau hinhört und genau hinsieht, ist es nicht mehr da. Am Ende existiert die ganze Geschichte vom Vormittag nur in der Einbildung? Jetzt, in dieser Abgeschiedenheit seines herrschaftlichen Besitzes, mußte er fast darüber lächeln.

Schwerlich kann man sich eine seltsamere Mischung der Charaktere denken, als diese Großindustriellen sie darstellten. Der Unterschied der Generationen wurde an ihnen ein Unterschied der Wirtschaftsformen. Neben Herrn Romeike, dem ehemals selbständigen Kanonenfürsten, saß der greise Schellhase: Beide noch Sprößlinge der fünfziger Jahre des vorigen Jahrhunderts, als sich die Bodenschätze dem Gründergeist erschlossen hatten. Es mag dahingestellt bleiben, ob die Geschichte von den rostigen Nägeln, mit deren Sammlung angeblich Schellhases Glück und Reichtum begonnen hatte, auf Wahrheit beruhte; wahr oder nicht, sie war ein Symbol für den Mann, der noch aus dem, was anderen abgedient und unbrauchbar erschien, seinen Vorteil zu ziehen wußte. Tatsache war, daß Schellhase ebenso wie Herr Romeike oder der verstorbene Risch aus einer zwar ehemals nicht unbegüterten, doch zuletzt nicht mehr übermäßig wohlhabenden Familie stammte, und daß sein Vater mit Kolonialwaren gehandelt hatte. Er gehörte noch jenem aussterbenden Industriellentypus an, der in der Hauptsache aus technischen Erfinderdrang zum Unternehmer geworden war und niemals, abgesehen von der Beschaffung des Anfangskapitals, sich Geld geliehen hatte. Er hatte seine Werke immer nur nach Maßgabe ihres Ertrags ausgedehnt. Seine riesigen Hüttenanlagen, die fünfzehn Hochöfen umfaßten und Walzwerke mit Brücken- und Eisenbauwerkstätten vereinigten, waren die größten und modernsten der Zeit. Er war ein Patriarch, eine mythologische Größe.

Ihm gegenüber war ein Mann wie Ottokar Wirtz der typische Unternehmer der hochkapitalistischen Epoche, der schon mitten im Fach geboren war und dessen Unternehmungen aus Lust am Risiko, an kaufmännischen Abenteuern entstanden. Er schuf nicht mehr, er kaufte, kaufte, kaufte, wahllos, Rentables und Unrentables. Trotzdem lag seinen Geschäften eine schöpferische Idee zugrunde, und seiner Idee eine große geistige Konzentration. Welches Maß an gedanklicher Elastizität, an Kombinationsgabe, an Dispositionsvermögen mußte er aufbringen! Er warf zusammen, er legte still, er baute neu, er verfügte über einen Konzern mit offenen und versteckten Anteilen, mit ausgestreckten Fühlern, unterirdischen Kanälen und allen Schikanen. An allen waren die Banken beteiligt, und es war kein Geheimnis mehr, daß er selbst im Begriff war, die Majorität einer Bank zu erwerben und sein eigener Bankier zu werden. Manche seiner Berufsgenossen betrachteten ihn mit Mitleid und Furcht; mit Mitleid, weil er nach ihrer Meinung seine Seele an die Börse verkauft hatte, und mit Furcht, weil diese Methodik nicht öffentlich war, und auch weil sie besorgten, aus dem Verwunderlichen könne eines Tages schnell das Wunderbare hervorkeimen.

Ottokar Wirtz hatte die Besessenheit des Metiers, etwas Unstetes, Flüchtiges, das er hinter einer nachdenklich abwägenden Sprache verbarg. Zugleich mit dem Menschen wurde die gesellschaftliche Macht sichtbar, die dahinterstand, und darüber hinaus auch das gesellschaftliche Schicksal, die Auflösung der übersteigerten Persönlichkeit, die Verästelung und Verflechtung der Interessensphären, der Übergang vom Selbstbewußtsein zum Klassenbewußtsein.

Noch ein anderer war da, der sich ähnlich bewegte, das war Krogoll, der mit Ottokar Wirtz zusammen auf einem Zechenkontor in der Lehre gewesen war. Aber er war ein vorsichtigerer, und wenn man will, ehrlicherer Kaufmann; er ließ seine Pläne ausreifen, er hatte Zeit, er übernahm sich auch nicht. Neben Schellhase war er der einzige Katholik inmitten einer protestantischen Dreiklassenliberalität, und es war etwas in ihm von der Geduld und Zähigkeit seiner in Jahrhunderten denkenden Kirche.

Von solchen mehr oder minder amerikanisierten Selfmademen führte der nächste Schritt stracks zum Beamten. Die notwendige Ergänzung für einen Menschen, der in großen Umrissen denkt und in großem Tempo dahinschreitet, ist der sachlich und organisch gliedernde Mensch. Die notwendige Ergänzung für Ottokar Wirtz war Näßler, der Generaldirektor; der Mann, der vom Gang der Ereignisse vorausbestimmt schien, sein Erbe anzutreten; der beamtete Wirtschaftler, aber noch nicht der reine Typ des leitenden Angestellten, der zum Beispiel Hachenpoot schon war. Als menschliche und wirtschaftliche Erscheinung bildete Näßler die Zwischenstufe von Auftraggeber zum Beauftragten; er war nicht einfach auf einen Posten gesetzt worden, und er hatte mehr getan, als bloß seinen Posten gefestigt und ausgebaut. Nie hatte er sich Vollmachten geben lassen, immer hatte er sich Freiheiten genommen. Als Ingenieur hatte er die Chance gehabt, ein überschuldetes Eisenwerk zu modernisieren, und er hatte sie hervorragend genutzt. Als Ottokar Wirtz das Werk erwarb, wurde er für die große Welt entdeckt.

Es war kein Zufall, daß er sich am besten mit Felgenhauer vertrug, der nur juristisch die Funktionen eines Generaldirektors versah, praktisch aber die unbeschränkte Initiative des freien Unternehmers besaß, und am wenigsten mit Kropf, dem Generaldirektor der Otto-Heinrich-Hütte, der sich so sehr als Exponent einer anonymen Familienmachtgruppe fühlte, daß er den ganzen Weg zurückführte und fast schon wieder in der patriarchalischen Vergangenheit wurzelte.

Sieht man davon ab, daß dieser Kropf natürlich mehr wirtschaftliches Verständnis und mehr industriellen Sinn hatte als der Freiherr, überhaupt in diesem Milieu groß geworden war und folglich auch eine schmetternde Tätigkeit entfaltete, so kann man mit gutem Gewissen behaupten, daß er dem Freiherrn, was die Anhänglichkeit an die Tradition betraf, außerordentlich verwandt war. Beide waren daher auch eng befreundet; Risch-Zander und die Otto-Heinrich-Hütte marschierten in prinzipiellen Fragen nie getrennt, und die einzigen Aktionen, bei denen man nicht vorher miteinander beriet, waren diejenigen, welche der «gesunde Wettbewerb» gebot.

Im übrigen blieb die Person des Freiherrn als geschichtsbildende Kraft in diesem Kreis ebensosehr außer Betracht wie die des gleichfalls anwesenden Schellhase junior. War die Grundnatur des einen melancholisch und entwickelte sich dort aus dem Zwiespalt ihrer Anlagen eine außergewöhnliche Entschlußlosigkeit, so war der andere nichts als schneidig, nichts als Fanfare, nichts als Anmaßung und Überheblichkeit; ein Assessor der Weltwirtschaft, ein Reserveleutnant der Hochöfenbatterien.

So sehr also diese Industriellen sich voneinander unterschieden, so verfügte doch jeder von ihnen nur über dasjenige Maß von Individualität, welches ihm die Gattung innerhalb des augenblicklichen Stadiums der bestehenden Wirtschaftsordnung gestattete. Alle waren sie Produzenten, keiner war darunter, der nur mit fremden Produkten Handel trieb. Alle standen den Bedürfnissen des öffentlichen Lebens fremd gegenüber, alle waren bewundert, aber unbeliebt, mit keiner anderen Schicht waren sie innerlich verbunden. Es war eine Welt für sich, nach außen abgeriegelt durch überkommene Formen und gravitätische Strenge, starrköpfig, eigensinnig und allein in sich selbst lebendig und elastisch.

Dies alles erklärt hinreichend, daß dieser Kreis immer fest geschlossen und undurchbrechbar erschien; nach außen vertrat er stets eine einheitliche Anschauung, zersplitterte er nie seine Machtmittel; nach innen ließ er zwar Auseinandersetzungen zu, welche dem Blut frische Stoffe zuführten, blieb aber dabei der Erfahrung eingedenk, daß im stillen sich alles am besten arrangieren lasse.

Kein Wunder, daß die Industriellen sich an diesem denkwürdigen Tag auf Zandershöhe gegen den Staatssekretär des Innern zusammenschlossen. Jeder hielt die Zivilregierung für den eigentlichen Feind, der im Begriff war, Absatzkrisen heraufzubeschwören, Produktionsumstellungen und Lohnbewegungen; denn mit den feindlichen Nationen hoffte man, sich leicht zu verständigen, es brauchten nur wenige Industrielle aller Länder an einen Tisch gesetzt zu werden, um mehr zu erreichen, als das eitle Geschwätz der Politiker je vermöchte. Dies und noch mehr gaben sie dem Staatssekretär mit übertriebener Deutlichkeit zu verstehen, der darüber nicht im mindesten verblüfft war.

«Verzeihen Exzellenz, wenn ich die Sprache der Regierung nicht mehr verstehe», hub Kropf an, «unsereiner hat wenig Fühlung mit Berlin.»

Ottokar Wirtz sekundierte ihm: «Wir Industriellen des Westens werden dort als Gebrauchsgegenstände behandelt. Man hört uns in Konferenzen an, tauscht Höflichkeiten mit uns und verabschiedet uns mißtrauisch.»

«Jawohl», rief Hachenpoot, «ich habe immer das Gefühl, daß wir Industriellen des Westens für Berlin die Kulis sind, die brav schuften und brav verrecken können. Verzeihen Exzellenz den Ausdruck, aber hierzulande ist man eben urwüchsig.»

Hierauf bemerkte Wackerlein anzüglich, obschon unter dem Schein eifriger Zustimmung, manche von ihnen hätten direkt das Gefühl, daß sie den Herren in Berlin zu dreckig seien. Wie ein unschuldig Verfolgter hielt er Hachenpoots wütenden Blicken stand. Das sei doch wohl eine unbegründete Empfindlichkeit, beschwichtigte der Staatssekretär; Berlin wisse die großen Kenntnisse und Erfahrungen der Herren von Kohle und Eisen durchaus zu schätzen und beuge sich, obgleich nicht ihrem Diktat, so doch gern ihrem Rat.

Geborener Schlichter und Vermittler, bat der Freiherr, nicht darüber zu streiten, wer in der Vergangenheit versagt habe. «Lassen Sie uns ernsthaft nachdenken über das, was werden soll!»

Schellhase junior war empört: eine Diskussion sei gar nicht statthaft; selbstverständlich müsse die Regierung fest bleiben; sie würde das Vaterland schädigen, wenn sie sich unter dem Druck irregeleiteter Massen zum Frieden zwingen lasse. Er, Schellhase junior, könne sich jedenfalls nicht denken, wie ohne Besitzzuwachs durch lothringische Minette die Schornsteine noch rauchen sollten.

Der Alte nickte dazu.

Aber die Schornsteine hätten doch auch vor dem Krieg ohne diese Bedingungen geraucht, warf der Staatssekretär ein.

Das könne er heute nicht mehr begreifen, wie das möglich gewesen sei, meinte Schellhase; übrigens habe er zu den Arbeitern das feste Vertrauen, daß keiner oder doch nur eine geringe Zahl von Minderwertigen sich darüber klar sei, welchen Schaden sie sich selbst zufügten.

«Ich verstehe die Logik nicht», sagte der Staatssekretär.

Schellhase junior schwieg pikiert.

«Es sind nur die von auswärts Zugezogenen», ereiferte sich nun auch der Freiherr, «durch welche eine der guten Überlieferung fremde Denkweise eindringt. Man kann schließlich auch nicht ohne weiteres verlangen, daß die fremden Arbeitsmassen für den guten Geist der Rischianer volles Verständnis haben, aber denjenigen, denen er ein Lebenswert geworden ist, liegt es ob, ihn auf die Eingewanderten zu übertragen.»

Der Staatssekretär meinte, die Stunde sei zu kostbar für allgemeine Redewendungen; es sei nun einmal das Vorrecht primitiver Menschen, Gedanken offen auf der Stirn zu tragen.

Sie sahen schief zu ihm hin; das war natürlich glatter Unsinn, was er da behauptete, eine von den verrückten Ideen aus dem dekadenten Berlin. Immerhin bestätigte Hachenpoot, daß die Lage erst dadurch kritisch geworden sei, daß die Arbeiter verlangten, mit den Unternehmern den Gewinn zu teilen.

Eben hier, entgegnete der Staatssekretär, liege der Schlüssel zu der künftigen Politik der Regierung; er selbst sehe sie zwar bereits im Prinzip, aber es würde ihn interessieren, Details von Sachverständigen zu hören.

Er hätte aussprechen dürfen, daß die Regierung den Kaiser absetzen, die Republik ausrufen und die Trennung von Kirche und Staat durchführen werde – nichts von alldem hätte annähernd so revolutionär gewirkt wie diese Zumutung.

«Dabei ist während des Krieges überhaupt nichts verdient worden! Alles mußte auf Berliner Befehl in neue Anlagen gesteckt werden!»

«Bezweifeln Exzellenz etwa, daß der große Aufschwung Europas und Deutschlands im vorigen Jahrhundert das Produkt des kapitalistischen Systems war, das auf dem Streben einzelner nach Eigentum und Gewinn beruht?»

«Glauben Exzellenz, daß dieses System sich dem Untergang zuneigt?»

«Nein, meine Herren, das glaube ich nicht. Aber vielleicht unterliegen die äußeren Erscheinungsformen des Kapitalismus gewissen Wandlungen?»

Er führte seine Hand mit einer Antwort fordernden Bewegung an der ganzen Reihe entlang und ließ sie unauffällig bei Ottokar Wirtz haltmachen. Kaum eine Sekunde dauerte das, aber es wurde sofort von allen bemerkt, mindestens in dieser Beziehung waren sie hellsichtig.

In der Tat konnte Ottokar Wirtz nicht der Versuchung widerstehen, als «Tatsachenmensch» unter die Anbeter schwindender Ideale zu treten, die in seinen Augen übrigens nur Nachbeter waren. Auch er hatte seine Illusionen, die ihn die Realitäten nicht immer erkennen ließen; dennoch mußte man ihn einen Realisten nennen, weil er mit den Realitäten wenigstens rechnete – freilich zu seinen Gunsten, doch wer wollte ihm das verübeln? Sah er auch ebensowenig voraus wie die anderen, so machte er doch die Tatsachen, wenn sie einmal da waren, zur Grundlage seiner Handlungen, während die anderen sie zu unterdrücken wähnten, indem sie sie ignorierten.

Langsam und beinahe linkisch erhob er sich, denn er sprach fast immer stehend, weil er sich einbildete, seinen Zuhörern dann besser ins Auge sehen zu können; auch sprach er in Absätzen, nach Worten suchend, so daß es den Anschein hatte, als konzipiere er die Gedanken erst während seiner Rede.

«Das Streben nach materiellen Erträgnissen bedeutet auf keiner Seite eine moralische Minderwertigkeit . . . Das Profitstreben des Unternehmers und das Lohnerhöhungsstreben des Arbeiters entspringt aus der gleichen Wurzel . . . Gesunder Egoismus ist weder dort noch hier ein Fehler, sondern die Grundlage für allen wirtschaftlichen Fortschritt . . . Ein Überblick über die beiderseitigen Anschauungen läßt es nicht unmöglich erscheinen, in einer mündlichen Aussprache in manchen Fragen zu einer Annäherung zu kommen . . . Daß dies nicht in allen Fragen der Fall sein kann, ist leider eine Selbstverständlichkeit, denn gewisse Ansichten und Wünsche der Arbeiter stammen aus ihrer sozialistischen Auffassung . . . Diese zu ändern wird uns ebensowenig gelingen, wie man von uns erwarten wird, daß wir unser Bekenntnis zur freien Wirtschaft aufgeben . . .»

«Mit einem Wort, wir müssen Herr im Hause bleiben», unterbrach Kropf gereizt.

«Aber das hindert nicht, daß wir mit den Vertretern der Arbeiter verhandeln . . . Es ist doch viel mehr eine Prestigefrage für sie als für uns . . . Es kommt nicht darauf an, daß sie gleichberechtigt *sind*, sondern daß sie sich für gleichberechtigt halten können . . . Kommen wir ihnen hier entgegen, so wird es nachher nur an uns liegen, daß wir mit unserer erprobten Geschicklichkeit die Verhandlungen lenken und beeinflussen, nicht in der Sache, Exzellenz, nur in der Methodik, damit sie nicht ausarten und nicht ins Uferlose abschweifen . . . Wir haben bisher bei gewissen Anlässen Arbeiterausschüsse gebildet, aber wir haben gefügige Werkzeuge hineindirigiert, das muß aufhören . . . Wir haben, wenn sie für uns oder unsere Ziele zeugten, von den Argumenten der Arbeiterführer Gebrauch gemacht, so geht es nicht weiter, das müssen wir einsehen . . . Uns hat nämlich der richtige Instinkt gefehlt, wir hatten das Pech, daß die Arbeiterführer, die wir mit Wonne zitierten, immer solche waren, deren Ansehen bei den Arbeitern schon im Schwinden war . . . Solange sie es hatten, haben wir versäumt, uns ihrer zu bedienen . . . Wir müssen uns eingestehen, daß der Nachwuchs der Unternehmer frisches Blut aus den Kreisen der Arbeiter erhalten muß, daß die Arbeiterschaft unser großes Reservoir ist . . . Unsere Arbeiterausschüsse waren nichtssagende und neues Mißtrauen säende Konzessionen, die gegebenen Arbeiterausschüsse sind die Gewerkschaften . . . Wenn wir uns dazu aufraffen, sie als Verhandlungspartner anzuerkennen, werden wir keine Niederlage erlitten, sondern einen großen Sieg errungen haben . . . Wir werden eine glänzende Position in der öffentlichen Meinung bekommen, wir werden vielleicht abstoßen, was von unseren Gepflogenheiten sowieso nicht haltbar ist, aber wir werden unserer Würde nichts vergeben und in allem, wo wir es für notwendig halten, desto sicherer unseren Standpunkt wahren . . .»

«Und die Individualitäten vernichten!» rief Hachenpoot, worauf Krogoll fragte: «Glauben Sie wirklich, daß es in der Industrie so viele Individualitäten gibt?» Schellhase junior stieß hitzig hervor, daß er für diplomatische Finessen kein Verständnis habe und für seine Person nie und nimmer mit den Gewerkschaften paktieren werde, es sei unsittlich und ungesetzlich.

Die übrigen schwiegen. Der Freiherr sah die Gesichter nur noch undeutlich; für einen kurzen Augenblick, indem sie ihr natürliches Licht zurückerhielten, entfernten sie sich voneinander, als ob neue Plätze zwischen ihnen eingeschoben würden. Die Unterhaltung ging weiter, sprang von dem unliebsamen Thema ab; kaum daß es aufgetaucht war, verging es wieder wie der konturlose Schatten einer fliehenden Wolke. Der Freiherr faßte schließlich das Ergebnis dahin zusammen, daß sie sich alle einig im Ziel seien, und wenn Meinungsverschiedenheiten über die einzuschlagenden Wege bestünden, so sei eben zu erwägen, ob nicht mehrere Wege zum Ziel führten; er glaube, im Namen der ganzen deutschen Industrie zu sprechen, wenn er dem Herrn Staatssekretär als Quintessenz ihrer Beratungen und als Richtschnur für ferneres Handeln die Mahnung mit auf den Weg gebe: LANDGRAF? WERDE HART!

«Dieser Ottokar Wirtz!» sagte Hachenpoot spätabends zu ihm. «Ich wette, es hat ihm bloß Spaß gemacht, anders aufzutreten und anders zu sprechen, als es in unseren Kreisen üblich ist. Er hat ganz recht, wir haben zuwenig Humor, wir nehmen alles zu ernst.»

Bericht des *Generalanzeigers*

Sonntag, den 10. November 1918

In der Nacht zum Freitag sind große Abteilungen revolutionärer Massen mit roten Schildern und Fahnen und umgehängten Gewehren eingetroffen. Sie betraten nach kurzer Auseinandersetzung mit der Wachmannschaft die Stadt, fanden hier rasch Zulauf und schritten in den frühen Morgenstunden zur Befreiung der Gefangenen. Die Verbrecher blieben in Haft. Alsdann zogen die Trupps zu den Zechen und Fabriken, wo viele Arbeiter und Arbeiterinnen sich ihnen anschlossen. Während des Durchzugs durch die Stadt wurden vielfach Zigarrengeschäfte und Waffenläden geplündert. Die Bahnhofskommandantur wurde entwaffnet und die dort lagernden Waffen in Besitz genommen.

Um neun Uhr fand auf dem Marktplatz eine stürmische Versammlung statt, wozu sich eine unübersehbare Menschenmenge eingefunden hatte, die stündlich anschwoll. Im Anschluß daran wurde ein Arbeiter- und Soldatenrat gebildet. Auf den Fabrikgebäuden und auf den öffentlichen Gebäuden wurden rote Fahnen gehißt. Die Entfernung einer solchen Flagge am Hauptpostamt durch einen Offizier führte zu einem Zusammenstoß, wobei der Täter erschossen wurde. Mannschaften und Offiziere wurden von geschlossenen Zügen feiernder Arbeiter zur Abgabe der Waffen aufgefordert, auch die Straßenbahnwagen wurden angehalten. Soldaten mußten aussteigen und Waffen abgeben, Offiziere außerdem die Achselstücke entfernen. Diesen Forderungen wurde überall ohne Widerstand entsprochen. Die auf den

Fabriken und Zechen arbeitenden Kriegsgefangenen wurden befreit und mischten sich in die Umzüge.

Der Kaiser und König hat sich entschlossen, dem Thron zu entsagen.

Die Umwälzung vollzog sich im allgemeinen ruhig. Der Chef der Landwehrinspektion, der Oberbürgermeister und die Direktoren der Fabriken und Zechen unterstellten sich den Wünschen des Arbeiter- und Soldatenrats und werden mit ihm zwecks Vermeidung von Blutvergießen zusammenwirken. In einem Aufruf des Arbeiter- und Soldatenrats wird gesagt, daß er zusammen mit der Polizeiverwaltung im gesamten Stadtgebiet die öffentliche Ruhe, Sicherheit und Ordnung aufrechterhalten wird. Die Bevölkkerung wird aufgefordert, seinen Weisungen unverzüglich Folge zu leisten.

Gegen Überfälle auf Leben und Eigentum wird mit der Waffe eingeschritten werden. Wer plündert wird erschossen. Jeder muß unverzüglich seinen Geschäften nachgehen, kein Streik darf den Arbeitsverkehr stören. Die Aufrechterhaltung der Hütten- und Zechenbetriebe ist eine unbedingte Notwendigkeit. Alle dringenden Fragen werden durch die Organisationen besprochen. Jeder Arbeiter muß in Ruhe das Ergebnis der Besprechungen abwarten. Durch eigenmächtiges Vorgehen wird der regelmäßige Gang des Wirtschaftslebens gestört, und das stellt eine große Gefahr dar in dem Augenblick, da Hunderttausende aus dem Feld zurückkehren und in die Betriebe eingestellt werden müssen.

Samstag, den 16. November 1918

Die großen Arbeitgeberverbände vereinbarten mit den Gewerkschaften der Arbeitnehmer, daß diese als berufene Vertretung der Arbeiterschaft anerkannt werden. Eine Beschränkung der Koalitionsfreiheit der Arbeiter und Arbeiterinnen ist unzulässig. Die Arbeitgeber werden die Werkvereine fortan vollkommen sich selbst überlassen und sie weder mittelbar noch unmittelbar unterstützen.

Zweites Buch

Bestürzung

Sechstes Kapitel

Die große Weihnachtsüberraschung war der jähe Schwund von Schnee und Frost und der Übergang zu warmem Regenwetter, eine meteorologische Erscheinung, die zu den interessantesten Ereignissen des sogenannten Revolutionswinters gehörte.

Seit Tagen hatte ein scharfer und unabgestufter Witterungsgegensatz zwischen dem Osten und Westen Europas bestanden. Von den Azoren her war eine mächtige Woge tropischer Luft über Frankreich bis zu den britischen Inseln vorgedrungen, aber abgeprallt an dem Kälteklotz, der schwer und unbeweglich über dem östlichen Festland lagerte. Auf dem Atlantischen Ozean sank das Barometer unter 740, die skandinavischen Eiswinde wurden hierdurch heftig angesaugt und hatten ein gewaltiges Gefälle. In Deutschland verstärkte sich der Frost, der Oststurm trug ihn über die blanke Ebene, raste mit ihm auf offener Straße vor, sauste gegen den schlohweißen Nachthimmel, knallte nieder auf Dörfer und Städte. Große Mengen Schnee fielen in Holland, wo die wärmere Zone begann, weite, weiße, gleitende Flächen Schnee. Auf einer fünfhundert Kilometer langen Front von der Zuidersee rheinaufwärts bis zu den Alpen standen sich die gegnerischen Luftströmungen gegenüber. Am Heiligen Abend kam es zur Entscheidung.

Den unmittelbaren Anlaß zu dem großen Wettersturz, der während der Feiertage ganz Deutschland Tauwetter brachte, bildete ein überraschender Anstieg des Luftdrucks in Frankreich. Mit Temperaturen von fünfzehn Grad Wärme gelangte nunmehr der Westwind rasch an den Rhein, wo der Gefrierpunkt schon um fünf Grad überschritten wurde, während hundert Kilometer nordöstlich, im Münsterland, noch acht Grad Kälte herrschten.

Mit wechselndem Geschick ging der Kampf eine Zeitlang hin und her. Neue Wellen durchkälteter Luft stießen aus dem Reservoir des skandinavischen Hochdrucks vor und schlugen den Weststrom weit zurück. Am Morgen des ersten Feiertags stand das Thermometer am Rhein schon wieder vier Grad unter Null, der Oststurm fetzte das Gras und die Ginsterbesen an den Böschungen, sprang gegen die Fenster, die ächzten und krachten, kehrte die Straßen rein von Staub und Menschen und Unrat.

Inzwischen hatten sich die Schneefälle ins norddeutsche Binnenland verschoben. Es trat eine Ruhepause von mehreren Stunden ein. Die feindlichen Luftströmungen setzten sich abermals fest, aber die östliche hatte ihre in aller Eile zusammengerafften Reserven erschöpft und wurde am frühen Nachmittag vom Angriff einer zweiten, wesentlich kräftigeren Wärmestaffel überrannt. Mit einer Stundengeschwindigkeit von hundertzwanzig Kilometern rückte das Tauwetter in breiter Front nach Nordosten vor. Gegen Abend war die Frostgrenze bis zur Linie Hamburg–Berlin–Dresden zurückgedrängt, um Mitternacht lag sie schon östlich der Oder. Vielerorts hatte der Regen eingesetzt, bevor die Luftschichten unmittelbar am Boden sich erwärmen konnten. Die Straßen glänzten von glattem, geschliffenem Eis.

Am zweiten Feiertag waren alle europäischen Länder außer Skandinavien und Rußland frostfrei. Der Kern des kalten Hochdrucks war nach Sibirien entwichen, das warme Druckzentrum hielt sich jetzt in den Pyrenäen auf und bestimmte von hier aus die Wetterlage Europas. Es blieb auch über den Jahresschluß hinaus mild und regnerisch, bei der Kohlenknappheit ein großes, kaum erhofftes Glück.

Aber überall in den Häusern saß die Kälte noch. Als ein übelriechendes Gespenst hockte sie da und trieb die Menschen hinaus, in die politischen Versammlungen, in die Kirchen, Kinos und Tanzlokale, wo sie sich aneinander wärmen konnten. Es gab das neue Schlagwort von der Verstaatlichung der Betriebe, es gab neue Sekten, neue Aufklärungsfilme und neue Tänze. All das braute sich zu einem Schwaden zusammen, der in die Köpfe stieg und jene Summe von Trunkenheit erzeugte, die das dünne schwachprozentige Bier nicht zustande brachte, weil es, kaum genossen, als klares Wasser wieder fortlief.

«Nu sitzt man auf der Kohle und muß sich trotzdem die Knochen erfrieren lassen», schimpfte Herr Edelbert Körschgen im Arbeiterpersonalbüro, «seit die Roten am Ruder sind, lassen die Herren Arbeiter sich fürs Faulenzen bezahlen, Streik, Streik und wieder Streik. Proteststreik wegen der Verhaftung irgend so 'ner Kanaille. Sympathiestreik für ausständische Kumpels. Solidarität mit Rosa Luxemburg oder irgend 'nem andern Hurendreck. Und immerzu mehr Lohn, mehr Lohn. Die paar Tage, wo noch auf den Zechen Seilfahrt ist, kommt nicht mal 'n Sechstel der täglichen Friedensförderung raus. Das hätte mal passieren sollen, als wir noch unsern Kaiser hatten!»

«Ja, es ist ein Jammer, ein Jammer», bestätigte Johann Bermel, der Bürodiener, der durch die Fürsprache von Herrn Körschgen in die Klasse der «vierzehntäglich Besoldeten» aufgerückt war. Es wurden zwar keine Marken in der Angestelltenversicherung für ihn geklebt, er war noch Arbeiter, aber er war ein gehobener Arbeiter, dem die Sonn- und Feiertage bezahlt wurden. Er hauchte kräftig auf das Thermometer: «Sind aber jetzt siebzehn Grad hier, Herr Körschgen, wie Sie's wünschen.»

«Die Heizkörper sind ganz kalt, fühlen Sie mal!»

Bermel fühlte nach. Eisig, eisig, das hatte er sowieso gewußt. Er drehte am Ventil herum, fuhr mit der Hand den ganzen Radiator entlang bis zum Fußboden und sagte ernsthaft: «Oh, aber unten wird es schon ein bißken warm, geht eben langsam, Herr Körschgen auf'm Dampf, nix zu machen, hat alles keinen Zweck. Wenn wir reklamieren, machen uns die Kesselanlagen bloß Schikanen, is nu mal kein Dampf da, sollen sehen, wird schon wieder so langsam werden.»

«Is gut, Bermel – eigentlich soll's jetzt *Herr* Bermel heißen. Das Direktorium hat extra 'ne Verfügung erlassen über die Anrede der Arbeiter und Angestellten.»

«Bei mich brauchen Sie die neue Mode nicht einzuführen, Herr Körschgen.»

«Nee, wir sind alte Bekannte, Bermel. Aber das will ich Ihnen sagen, 's war früher 'n Unrecht. Wenn der Freiherr die Geschenke an die Jubilare verteilte, dann wurden erst die Beamten aufgerufen, *Herr* Schulz, *Herr* Müller, *Herr* Schneider. Dann kamen die Arbeiter dran. Schulz, Müller, Schneider, hieß es da auf einmal. Bermel, das war 'n Unrecht. Wer hat dagegen protestiert? Ich, Bermel, ich habe protestiert als Schriftführer des Werkvereins. Ich habe es dem Freiherrn ins Gesicht gesagt, daß das eine Ehrverletzung für die Arbeiter ist. Er hat mich bloß angeguckt, aber nachher ist es grade umgekehrt gemacht worden, auch bei den Beamten blieb der ‹Herr› weg. Sehn Sie, Bermel, das ist's, was früher gefehlt hat, Verständnis für das Ehrgefühl der Untergebenen. Wir im Werkverein haben da manches gebessert, aber dafür hat man uns von unten verfolgt und von oben aufgelöst.»

«Ja, Herr Körschgen, Undank ist der Welt Lohn», sagte Johann Bermel und hauchte abermals auf das Thermometer, «immer noch siebzehn Grad, Herr Körschgen, es scheint jetzt standzuhalten.»

«Is gut, Bermel, und passen Sie gut auf, daß ich keinen ungebetenen Besuch hier kriege.»

«Keine Bange, Herr Körschgen, wir weichen da vorn nur die Übermacht.»

Er ging. Herr Edelbert Körschgen schloß hinter ihm die Tür ab. Seine Augen irrten über die Wand, wo in dem verschossenen Anstrich eine unverblaßte Stelle von der Größe eines Aktendeckels war. Das Kaiserbild, das dort gehangen hatte, war jetzt im untersten Schreibtischfach versteckt, es war zu gefahrvoll, es draußen zu lassen. Die Demobilmachung der Kriegsbelegschaft war in vollem Gange, im Arbeiterpersonalbüro ging es drunter und drüber, ein Trubel von Kommenden und Gehenden wie auf einem Bezirkskommando in den ersten Tagen des Krieges. Niemand hatte mehr Respekt vor Türen, auf denen «Verbotener Eingang» stand; obwohl sein Zimmer ganz abseits lag, waren die Skandalmacher ein paarmal bei Herrn Körschgen eingedrungen, er mußte sich daher immer einschließen.

Zuerst waren die Arbeiterinnen entlassen worden, damit hatte er aber nichts zu tun gehabt. Die Firma hatte ihnen durch die Gewerkschaftsvertreter mitteilen lassen, es sei keine Arbeit mehr für sie da, und ihre Plätze müßten für die zurückkehrenden Krieger freigemacht werden; jetzt hätten sie noch Gelegenheit, in Geschäften und Haushaltungen unterzukommen, sie sollten sich also beeilen. Nun wollte jede so schnell wie möglich hinaus, ein Schub kam auf den anderen, die Vorsteherin schuftete bis in die späte Nacht hinein. Herr Körschgen hielt sich ganz zurück, er hatte seinen Kopf, man war ihm damals zu nahegetreten, als man ihm die Arbeiterinnenfürsorge abnahm und sie der Schwägerin des Personalchefs zuschanzte. Mochte man also auch jetzt ohne ihn fertig werden.

Was waren das für Zeiten gewesen, als er die spitzen Mädchenbrüste untersuchte, wenn sich die jungen Dinger zur Arbeit meldeten, das Wasser lief ihm im Mund zusammen, dachte er daran. Was war denn schon dabei gewesen, sie hatten es doch alle gern gehabt, die Anzeige damals beim Direktorium war nur ein Racheakt von solchen, die er verschmäht hatte; sie war auch nicht gewürdigt worden, man hatte ihn nicht einmal verhört, er war ein verdienter Beamter, daran war nicht zu deuteln; man hatte ihm einfach «diese Person» da nebenhin gesetzt und ihn so vor ferneren Versuchungen bewahrt.

Er beugte sich über jede Schwierigkeit, die in der weiblichen Abteilung entstand, und über jedes Mißgeschick, das der Vorsteherin zustieß. Wo er ihr etwas in den Weg legen konnte, da tat er es. Ohne jeden Grund ließ er zwei Abteilungen seines Büros die Plätze wechseln, mitten durch die Schar der zur Abfertigung drängenden Mädchen ging der Umzug mit Möbeln und Akten, es zog sich über Tage hin, der ganze Verkehr stockte. Herr Körschgen besaß die unverschämte Höflichkeit, sich wegen dieser «leider dringend notwendigen Maßnahme» zu entschuldigen. Die Vorsteherin nahm es aber mit einem tapferen Lächeln auf und arbeitete unverdrossen weiter; sie war begierig auf Tätigkeit und gar nicht zänkisch, es fiel ihr nicht ein, ihren Schwager mit Beschwerden zu belästigen, was die meisten anderen an ihrer Stelle getan hätten. Man konnte ihr viel eher den Vorwurf machen, daß sie zu bescheiden und zu gütig sei. Dem Personalchef paßte es gar nicht, daß er ihr nun bald wieder einen neuen Posten ausfindig machen mußte.

«Ihr solltet im Hauptverwaltungsgebäude einen Empfangsraum haben», riet seine Frau, «wo noble Besucher, die das Werk sehen möchten, von einer intelligenten Person über Geschichte und heutige Lage instruiert werden könnten.»

«Das ist eine Idee», sagte Wackerlein.

«Natürlich müßtet ihr eine Frau dafür haben, die Konversation machen und Anekdoten erzählen kann, liebenswürdigen Tratsch, weißt du.»

«Ich weiß, ich weiß.»

Der Vorschlag ging durch, Frau Ella fand ihn sogar sehr vernünftig. Hachenpoot merkte kaum etwas davon, weil er andere Dinge im Kopf hatte. So wurde Wackerleins Schwägerin Empfangsdame in der Hauptverwaltung der Risch-Zander AG.

«Nach menschlichem Ermessen wird dich der Posten dein ganzes Leben aushalten», sagte der Personalchef, «ich habe noch keinen frieren sehen, der sich bei Risch-Zander ins Nest gesetzt hatte und es warm zu machen verstand.»

Eigentlich war Herr Körschgen aus dem ganzen Werkverein der einzige, der sich rühmen konnte, den Trubel ohne Beschädigung seiner sogenannten Grundsätze überdauert zu haben. Die meisten waren Knall und Fall zu den Spartakisten übergelaufen, die Fahne war bei einer Haussuchung vom Arbeiter- und Soldatenrat mitgenommen und auf der Straße zerfetzt worden, Friedrich Bilgenstock endlich war geflüchtet, wohin, wußte niemand. So lernt man die Charaktere kennen, dachte Herr Körschgen und schloß sich ein. Sogar die Angestellten bekamen ihn selten zu Gesicht, oft wußten sie nicht einmal, ob er überhaupt da war. Er gönnte ihnen die Beschimpfungen, die sie täglich über sich ergehen lassen mußten, all die Schindereien und den Ärger, all den Undank und die Gemeinheiten, die ihnen die Arbeiter ins Gesicht spien, und es tat ihm wohl zu sehen, wie ihnen ihre Sympathien für die Arbeiter von diesen vergolten wurden.

«Alle Angestellten sind jetzt sozialistisch verseucht», sagte er oft. «Es war ganz falsch, die Heimkehrer unbesehen wieder einzustellen.

Viel schmieriger Schaum dabei, was da von der Front zurückfließt. Die Läuse kriechen ihnen die Rockkragen hoch.» Er hatte Merkblätter über kostenlose Entlausung im Arbeiterheim beantragt. «Ein einziger Läusestich kann unter Umständen den Tod herbeiführen», hieß es in seinem Entwurf, «Läuse sind Verbreiter von Flecktyphus, eine Fleckfieberseuche hat während des Krieges im Osten viele Menschen hingerafft.»

Hachenpoot hatte Bedenken, ob man das jetzt so ungeniert aussprechen dürfe; Herr Körschgen fragte dagegen, ob vielleicht noch etwas zu retten sei? Bei *diesem* Zusammenbruch? Überhaupt habe nur die Geheimniskrämerei die wilden Gerüchte und damit den Verlust des Krieges verursacht. «Ich gehöre nicht zu denjenigen, die unter Patriotismus die Beschönigung aller von oben gemachten Fehler verstehen, Herr Generaldirektor.»

In dieser Weise sprach er jetzt, denn er hätte es geradezu für pflichtwidrig gehalten, wenn er nicht wenigstens so viel von der Revolution profitiert hätte. Der Generaldirektor beabsichtigte, Bürgerwehren zu gründen und eine Gegenrevolution zu organisieren. Herr Körschgen meinte: als ob es jetzt nichts Besseres zu tun gebe. Vorläufig sei noch gar nicht ausgemacht, ob die roten Revoluzzer sich nicht gegenseitig auffressen würden. Das könne man wohl noch abwarten, so eile die Geschichte denn doch nicht.

Eines Tages sprach Hachenpoot den Wunsch aus, daß Herr Körschgen einen Vertrauensposten bei der Vorbereitung der Bürgerwehr übernehme. Darauf hatte Herr Edelbert Körschgen gerade gewartet. Danke, sagte er, zuerst habe die Industrie in ihrer Angst vor den Gewerkschaftsrebellen die Werkvereine preisgegeben, jetzt sollten ihre ehemaligen Mitglieder wieder gut genug sein, mit ihrem Leben schützend vor den Besitz zu treten? Nein. Treue gegen Treue, das sei immer sein Wahlspruch als Schriftführer des Werkvereins gewesen, und was auch immer der Herr Generaldirektor davon halten möge, er für seine Person werde nicht davon lassen.

Er beginnt sein Frühstück zu essen, ein schwammiges Brot, das von einigen Bäckern, obwohl es verboten ist, aus Haferflocken gebacken und ohne Marken zu einem «freien» Preis verkauft wird, mit etwas Schmalz darauf. Er mahlt das Brot wie Gips zwischen den Zähnen und lächelt vor sich hin: «Wenn die Heirat klappt, gibt es alle Tage Kuchen.» Das Mädel hat sich in seine gute Figur vergafft, aber der Alte ist ein schwerreicher Grossist, und obwohl er klein angefangen hat und erst durch die Heereslieferungen soweit gekommen ist, dünkt ihn Herr Körschgen als Schwiegersohn trotz seiner geachteten Stellung zu klein. Aber Herr Körschgen hat sich vorgenommen, schlauer zu sein, er lächelt, er hat seinen Plan, den er demnächst ins Werk setzen wird.

Aus dem Magen kommt ihm eine Gier zu essen, und im Hals sitzt ihm ein Ekel davor, der zähe Brei des schlecht ausgebackenen Brots klebt schleimig am Gaumen, so daß er sich selber wie ein Wiederkäuer vorkommt.

Es ist ganz ruhig, alle Betriebe seinem Büro gegenüber liegen still, und in die kalte Stille hinein rasselt plötzlich das Telefon.

«Hallo, Körschgen hier.»

Nichts.

«Ist dort jemand?»

Nichts – nur ein zischendes, mehrmals absetzendes Geräusch, als spucke jemand in seine Hörmuschel.

«Ein wahres Kreuz mit diesen neuen Selbstanschlüssen, alles Neue taugt nichts!»

Lieber Gott, was für ein Lärm? Die Straße scheint daran beteiligt zu sein, ein Glück, daß sein Zimmer hinten hinaus ist. Er will Bermel klingeln, da rasselt es abermals.

«Körschgen, wer ist da, bitte?»

Nichts. Er hält den Hörer noch in der Hand, als sich etwas über den Korridor auf seine Tür zuwälzt. Erschrocken hängt er ein, fährt auf, horcht. Schon geht das Geklingel wieder los.

«Körschgen, zum Donnerwetter!»

Er steht vor dem Apparat wie vor der lautlosen Unendlichkeit des Weltalls, kein Widerhall kommt auf sein Geschrei, einmal ein hin und her rutschendes Krächzen, das ist alles.

Draußen drückt jemand heftig auf die Klinke: «Um Gottes willen, machen Sie auf!»

Die Stimme kennt er, aber im Moment weiß er nicht, wem sie gehört. Der Hörer fliegt in die Gabel, der Mann vor der Tür rüttelt wütend am Schloß: «Herr Körschgen! Herr Körschgen! Machen Sie doch auf!» Das Gebrüll da vorn nimmt zu, schwillt an und ab, Bermel scheint noch nicht übermannt zu sein. Deutlich ist eine rohe Stimme zu hören: «Wo ist der Hund bloß hin? Der wird kaltgemacht!»

Der Mann scheint verfolgt zu werden, denkt Herr Körschgen, da muß ich also wohl aufmachen. Zögernd nähert er sich der Tür, immer noch schrillt das Telefon, er läßt es schrillen, öffnet, ein aufgedunsener Mensch fliegt vornüber ins Zimmer, schreit: «Schließen Sie schnell wieder zu, wir müssen noch einen Schrank vorstellen!» – und läuft auch schon auf den schweren Kasten zu, worin Herr Körschgen eine Sammlung der einschlägigen Gesetze und Verfügungen von zwanzig Jahren stehen hat.

Herr Körschgen prallt zurück, es ist der Meister Kurbjuhn.

«Konnten Sie keinen besseren Unterschlupf finden als mein Zimmer? Ausgerechnet Sie, mit Ihrer Vergangenheit! Menschenskind, was mache ich denn, wenn man Sie bei mir entdeckt? Sie hätten wahrhaftig was Gescheiteres tun können, als mich in Verdacht zu bringen!»

Kurbjuhn hört nicht darauf, er arbeitet am Schrank, Herr Körschgen jammert fort: «All die Wochen mache ich mich unsichtbar, damit keiner an meiner Ruhe und Neutralität zweifeln soll, damit alles so langsam einschläft, und nun kommen Sie daher und rühren womöglich alles wieder auf. Was ist denn überhaupt los?»

«Fragen Sie nicht lang, erst mal den Schrank vor, sie waren dicht hinter mir her!»

Kurbjuhn hat Kräfte, aber er ist unbeholfen. Er packt den Schrank, wirft ihn jedoch eher um, als daß er ihn von der Stelle rückt. Herr Körschgen hat keine Lust, sich einen Bruch zu heben. «So ein Gewicht, wie der hat!» Die ganze Zeit schrillt das Telefon.

«Akten raus!»

Hastig räumen sie aus, die Papiere fliegen aus den Heftern, ein Berg von Staub und Modergeruch türmt sich mitten im Zimmer.

«Jetzt los, einen – Ruck! Noch mal, einen – Ruck! Man meint, das verdammte Ding wäre festgenagelt! Einen – Ruck! Ho, jetzt kommt's ihm! Halt, wir müssen ihn durch Drehen hinkriegen. Hängen Sie doch das verdammte Telefon aus, das macht einen ja verrückt!»

Kurbjuhn ist auf einmal so in die praktische Arbeit vertieft, daß er ganz vergißt, welches ihr Anlaß ist. Der Schrank steht endlich an seinem Platz, Herr Körschgen mahnt: «Was ist denn nun eigentlich los?» Aber Kurbjuhn sagt nur, beinahe bewundernd: «Verflucht noch mal, das hat Schweiß gekostet.»

Im selben Augenblick johlt es den Gang herauf.

«Da hören Sie. Die Akten wieder rein, damit's was aushält!»

Schon donnert einer gegen die Tür: «Hier muß er sein, der Hund!»

Erst stehen die beiden ganz stramm vor Schreck, dann faßt Kurbjuhn Herrn Körschgen leise an der Schulter: «Werkspolizei anrufen.»

Der tippt sich an die Stirn: «Daß uns das nicht früher eingefallen ist! Was haben die nur wieder für eine Nummer?»

Während er im Verzeichnis sucht, drückt Kurbjuhn die Gabel nieder, aber sofort fängt es wieder an zu klingeln. Von draußen fragen sie: «Wird freiwillig aufgemacht oder nicht?»

«Viereinsundsiebenzig ist die Nummer», sagte Herr Körschgen.

Er nimmt ab, wählt, das Besetztzeichen tönt. Er hängt wieder ein, es klingelt. Er nimmt ab, wählt, das Besetztzeichen tönt. Er hängt ein, es klingelt.

«Was ist das nur, zum Kuckuck?»

«Hat keinen Sinn», meint Kurbjuhn und legt den Hörer ganz behutsam auf den Tisch, als prüfe er eine Kostbarkeit. «Die Bande hängt dauernd an der Strippe, damit man nicht telefonieren kann.»

«Eins!» ruft es draußen.

Im Zimmer stehen sie, die Augen starr auf der Tür, und wagen nicht zu atmen.

«Sie werden doch nichts zum Schießen bei sich haben?»

«Auf alle Fälle Deckung hier auf'm Boden, dicht an der Seitenwand.»

«Zwei!»

Ein Knall aufs Holz.

«Sie schießen wirklich», bebt Herr Körschgen.

«Ach was, aber die Biester haben 'ne Axt.»

«Wir wollen lieber aufmachen . . . Ich hätte bei dieser Barrikade nicht mittun sollen. Daß Sie mir auch hier reinlaufen mußten, das ist ja eine Qual hier, sich wie ein Verbrecher zu verstecken. Ich hätte mit den Leuten reden sollen. Wenn man anständig zu ihnen redet, müssen sie einen doch anhören . . .»

Kurbjuhn, der nicht mehr ein noch aus weiß, tut, was Menschen seiner Art in solchen Fällen zu tun pflegen: er wird frech und vertauscht die Rollen. «Schnappen Sie bloß nicht über», entgegnet er. «Sie sind gerade der Richtige, den sie anhören werden. Sie wissen wohl nicht mehr, was Sie waren? So wie Sie hat doch keiner die Arbeiter gepiesackt, da war ich der reine Waisenknabe gegen.» Mittendrin schlägt seine Stimme um: «Dauert ja lang, bis das Drei kommt, haben wohl keine Courage mehr, oder sind sich uneinig.»

Aber bevor Herr Körschgen sich vom Seelischen, in das er sacht hineingeraten ist, wieder auf das Banale umstellen kann, brüllt es «Drei!» und ein Axthieb spaltet die Tür.

Seit der denkwürdigen Stunde bei Herrn Drees hatte der Meister Kurbjuhn keinen Boden mehr unter den Füßen. Hin und her geworfen zwischen der Furcht, daß seine alten Freunde vielleicht trotz allem standhaft bleiben würden, und der Hoffnung, daß er sein parasitäres Dasein auch im anderen Lager fortsetzen könne, mußte er versuchen, sich hier anzubiedern, ohne es dort zu verderben. Dazu hätte es allerdings eines weit größeren Maßes an Verschlagenheit und Verstellungsgabe bedurft, als er besaß. Weder bei den einen noch bei den anderen gelang ihm eine sinngemäße, unmißverständliche und nicht verräterische Übertragung seiner Gedanken. Er glaubte herauszumerken, daß er von beiden Seiten scharf beobachtet wurde; vielleicht war auch diese Annahme nur ein Zeichen seiner Unsicherheit, vielleicht stimmte sie doch, denn so gering in jenen Tagen die Neigung war, sich mit der Haltung eines einzelnen Menschen zu befassen, so groß war die Notwendigkeit, es zu tun.

Wie dem auch sei, das Mißtrauen, das er allenthalben einflößte, trug gewiß nur wenig zu Kurbjuhns Untergang bei; die hauptsächliche Ursache war der Umstand, daß er gar nicht das war, wofür man ihn gehalten hatte. Wäre er das gewesen, so hätte er sich zum Beispiel nicht vor Herrn Drees geschämt. Er schämte sich aber, weil Herr Drees ihn feige gesehen und Beweise dafür hatte, daß er den Mantel nach dem Wind hing. Die Erinnerung daran hemmte ihn auf Schritt und Tritt, selbst in der vierten Reparaturwerkstatt, wo es wie in einer Erziehungsanstalt herging, und wo er viele alte Bekannte traf, die scharf auf ihn waren. Es machte ihn übertrieben vorsichtig, es ließ ihn vor lauter Bedenken nichts erreichen. Wäre er eine richtige schwarze Seele gewesen, so hätte er Herrn Drees, der ihn erkannt hatte, mit Haß verfolgen müssen, ähnlich wie ein Schuldner seinen Gläubiger, ein Beichtkind seinen Beichtiger mit Haß verfolgt. Aber er hatte von der Schurkerei höchstens die Anfangsgründe gelernt; vom Standpunkt der Ethik könnte man sagen, daß er im Grunde besser war als sein Ruf – jedoch gerade dies nahmen ihm die Arbeiter übel.

Allmählich kam an den Tag, daß er *kein* Kraftmeier war, *kein* Draufgänger, *kein* Satan, *kein* geriebener Gauner, der nach nichts fragte, außer nach seinem Vorteil. Alles war nur Watte, Watte, Watte. Er war kein Lump aus Prinzip, sondern ein Lump aus Dummheit. Sobald dies sich allgemein herausstellte (und jedes seiner Worte förderte solche Erkenntnisse), war er abgetan. Er war nicht mehr gefürchtet, nicht mehr gehaßt, nicht mehr gelitten, er war nur noch im Wege. Selten bilden im praktischen Leben Gut und Böse an sich Maßstäbe des Urteils, nur das Format wird respektiert.

War vorher bei der noch einigermaßen auf das Große und Ideale gerichteten Spannung manches übersehen worden, so wurde nach dem

Umsturz Kurbjuhns Lage immer prekärer. Ausgenommen die «Gelben» vom Werkverein, die aber keine feste und natürliche Masse bildeten, waren die Arbeiter bis dahin nicht sehr genau in Parteien getrennt; Unwille, Müdigkeit, Hunger und Angst vor dem Schützengraben banden sie zusammen, es gab zwar Schattierungen, aber selbst die Christlichen schimmerten noch rot und unterschieden sich eigentlich nur durch den feineren Ton und die Teilnahme an den Fronleichnamsprozessionen. Für sie alle waren die Ideale der Revolution das sagenhafte Erbstück, das ehrfurchtgebietend in der wohlverschlossenen Truhe auf dem Speicher ruhte; nun war die Stunde da, in der sie geöffnet wurde, und es war nichts drinnen. Um so zorniger stürzten sie sich auf die Bagatellen, die nebenherum auf dem Boden verstreut waren. Darüber entzweiten sie sich endgültig, richteten Schranken gegeneinander auf, aber es war ihr Verhängnis, daß trotzdem alles durcheinanderging, Christen, Hirsch-Dunckersche Demokraten, Mehrheitssozialisten, Unabhängige, Spartakisten, Kommunisten, Syndikalisten, nicht einmal die Namen waren klar, wieviel weniger die Ziele. Aus lauter Verlegenheit hielt man sich bei dem auf, was am Wege lag, und dazu gehörte auch der Meister Kurbjuhn.

Schon seit einiger Zeit hatte sich bei diesem die Meinung festgesetzt, er müsse irgendeine Handlung begehen, welche die Arbeiter nötige, ihn unumschränkt als den ihrigen anzuerkennen. Es fehlte ihm nur immer an einer Gelegenheit, und sie zu provozieren, getraute er sich nicht. Eines Nachmittags nach Beendigung der Schicht, gegen halb drei, betrat er eine Verkaufsstelle des Werkskonsums und verlangte ein Viertel Pferdewurst. Der Höchstpreis hierfür war am Tag vorher heruntergesetzt worden, aber durch ein Versehen hatte der Verkäufer noch keine Kenntnis davon erhalten und forderte den alten Preis. Kurbjuhn, den Protest schon auf der Zunge, hatte eine Eingebung. Er schwieg, zahlte, ging zur Polizei und erstattete Anzeige wegen Wuchers.

Diese Tat hatte eine unerwartete Wirkung. Er erzählte sie am anderen Morgen im Betrieb, die Leute sahen ungewiß zur Seite und schenkten ihm offenbar keinen Glauben.

«Ihr werdet ja sehen», versicherte er, «da wird schon was nachkommen. Es ist doch eine Schande, an dem bißken Pferdewurst noch mehr verdienen zu wollen, als ihnen zusteht. Dir Firma kann den Hals auch nie voll genug kriegen.»

Nur wenige Tage waren verstrichen, als der Vertrauensmann der vierten Reparatur von einer Sitzung des Arbeiterausschusses kam:

«Hat hier nicht einer gesagt, daß er die Firma wegen die Pferdewurst angezeigt hat?»

«Klar, ich!» rief Kurbjuhn, beglückt und voller Begierde, den Erfolg zu vernehmen.

«Die Firma erklärt, daß sie wegen die Anzeige überhaupt keine Pferdewurst mehr verkaufen will, sie hätte bei die hohen Preise für Schlachtpferde in fünf Monaten an dieser Wohlfahrtseinrichtung anderthalb Millionen zugesetzt, das wäre jetzt der Dank dafür.»

«Wat? Keine Pferdewurst mehr? Was solln wir denn sonst fressen, wo's noch immer kein Fleisch gibt?»

«Wat geht das überhaupt den Meister an? Wegen die paar Pfennige so 'n Stunk zu machen!»

«Wir wollen Pferdewurst haben, und wenn sie noch dreimal soviel kostet!»

Von diesen Ausbrüchen wurde Kurbjuhn dermaßen überrascht, daß er Feuer fing und ihnen mit dem Pathos eines echten Revolutionärs entgegentrat: «Ihr wollt den Kapitalismus abschaffen, ihr? Mit euch Scheißkerlen werden die Dickwänste bald fertig werden, ihr verkauft euch ja für 'n Wurstzipfel.»

Man sieht, ein wie schlechter Taktiker er war, daß er ihnen in diesem Augenblick Wahrheiten sagen wollte. Hätte er sie statt dessen wie in vormaligen Zeiten angefahren: Schert euch an die Arbeit, die Firma hat für Faulenzer kein Geld, wem's nicht paßt, kann seine Abkehr nehmen, so hätten sie ihn vielleicht ausgelacht, aber sie hätten es in der Ordnung gefunden. Doch ihnen vorzuwerfen, daß sie mangelhafte Revolutionäre seien, und dazu noch Meister Kurbjuhn, Meister Kurbjuhn, Meister Kurbjuhn!

«Wer bist du denn, du – du – du Spitzel!»

Das war das Signal, kein anderes Wort hätte sie in solche Raserei versetzen können. Der Schlosser Walkowiak schleuderte eine schwere Brechstange gegen ihn, sie ging aber an ihm vorbei ins Fenster, die Glassplitter regneten nieder wie eine Fontäne, und während sie noch allesamt ziemlich verdutzt dorthinsahen, riß er aus. In der nächsten Minute setzten ihm drei, vier nach, aber da sie nicht gleich merkten, daß er auf die Straße gelaufen war, gewann er einen Vorsprung. Es wurde eine verzweifelte Flucht. «Halt den Spitzel fest!» heulten sie hinter ihm her. Sein Vorsprung betrug nur noch wenige Meter, er dachte, das Herz hüpfe ihm aus dem Hals, da sah er das Schild «Arbeiterpersonalbüro», hinein, die Treppe hinauf, drei Stufen auf einmal, «mein Gott, ich könnte einen Schlag dabei kriegen». Beinahe hätte

Walkowiak ihn eingeholt, er war spindeldürr und sprang wie ein Reh, doch dies war ein altes Haus mit vielen verschlungenen Gängen und dunklen Winkeln, darin entkam der Verfolgte. Es wirbelte ihm unklar durchs Hirn: «Bei Körschgen muß ich hinein, bei Körschgen, bei Körschgen muß ich hinein.»

Johann Bermel sah die Rotte die Treppe erstürmen, schnitt ein Gesicht und machte einen ängstlichen Scherz: «Ihr hättet euch auch erst die Stiefel abputzen können, is das eine Art, bei feine Leute reinzukommen?» Walkowiak hielt ihm eine Axt unter die Nase, er zog sich schleunigst zurück. Die Arbeiter, die an den Schaltern ihre Papiere holten, mischten sich dazwischen, während die Kassierer ihre Gelder in Sicherheit brachten und die übrigen Angestellten auf die Gänge hinausliefen, so daß in kurzer Zeit aller Raum verstopft war. «Telefone besetzen!» schrie Walkowiak. Einige der Bürobeamten begannen Vernunft zu predigen, und einer stellte sich breit, gedrungen, mit funkelndem Kneifer hin: «Genossen, laßt euch nicht zu unüberlegten Taten hinreißen», und als ihm Walkowiak zurief, was er Stehkragenprolet denn wolle, fuhr er eifrig fort: «Ganz recht, wir Angestellten bekennen uns zur SACHE DES PROLETARIATS, wir sind nichts Besseres als ihr ...»

«Aber ihr *wollt* was Besseres sein! Nee, mein Lieber, eure Freundschaft brauchen wir nicht. Prolet is 'n Ehrenname, Stehkragenprolet ist kein Ehrenname. Arme Ludersch, seid euch ja selbst nicht gut genug, macht euch selber was vor. Nee, ihr seid nicht, was wir sind, ihr habt Vorrechte und bildet euch was ein drauf. Also laßt uns in Ruh, wenn ihr euch mal wieder beste Butter aufs Brot schmieren könnt, seht ihr ja doch wieder hochnäsig auf uns runter. Vorwärts, Genossen. Wo ist der Hund bloß hin? Der wird kaltgemacht ...»

Im letzten Moment, als der Schrank an der Tür zusammenkrachte, riß Kurbjuhn das Fenster auf und sprang hinaus. Herr Körschgen stemmte sich platt gegen die Wand, seine Augen waren rot und schreckhaft geweitet, die Lippen bewegten sich, ohne einen Laut hervorzubringen.

«Halt den mal fest, der dreckige Spitzel ist entwischt!»

Einer rannte ans Fenster: «Unten liegt er, hat wahrscheinlich die Knochen zerbrochen.»

Alle drängten sich herzu, alle wollten das sehen. Sie stimmten ein Freudengeheul an, dann erblaßten etliche und winkten ärgerlich ab. Sie fühlten, wie es unheimlich still in ihnen wurde, manche schlugen insgeheim ein Kreuz. Plötzlich traten welche vor Herrn Körschgen hin, das Entsetzen verwirrte sie: «Wir sagen, der hätte ihn runtergeschmissen.» Zuletzt liefen die meisten hinunter, fanden nicht sofort den Ausgang zum Hof, der wilde Rausch staute sich vor einer verschlossenen Tür, Walkowiak mit geschwungener Axt dazwischen, das Holz splitterte, der ganze Knäuel rollte hinaus wie ein Ballen Baumwolle, Walkowiak mit geschwungener Axt dazwischen – «Halt doch mal, was ist mit ihm? Is er schon hin? Fühl mal 'n Puls!» – sie beugten sich über ihn, Walkowiak mit geschwungener Axt dazwischen – «Laßt mich mal ran!» – «Er ist ja schon tot, biste verrückt geworden, Mensch?» – Walkowiak holt aus, Walkowiak schlägt zu, Walkowiak spaltet dem Meister Kurbjuhn den Schädel.

Langsam erholen sie sich von der Starre, die Köpfe senken sich, Walkowiak umschlingt das Beil mit der blutigen Hand und will es nicht loslassen.

«Der Anfang ist gemacht», sagt er tonlos, «jetzt wird ganze Arbeit getan, jetzt wird aufgeräumt.»

Gleichwohl geht er nicht vom Fleck. Sie sehen scheu von ihm weg, viele nehmen die Hände in die Taschen und drücken sich. Er packt einen: «Hiergeblieben, feiger Hund!» Der blickt zitternd auf die Axt und bleibt.

So stehen sie. Es beginnt zu regnen. Die Blutlache auf dem schwarzen Boden verfärbt sich schnell, die Regentropfen malen helle, springende Punkte darauf. So stehen sie, sehen die neugierigen Angestellten vorüberschleichen, stehen lange Zeit.

Der Beamte mit dem funkelnden Kneifer sagt wichtig, sie müßten die Leiche liegen lassen, so wie sie läge. Sie stehen da, erschlafft und düster, und antworten nicht. Auch Johann Bermel kommt für ein paar Sekunden hinaus. An der Mauer liegt ein Haufen alter Ziegelsteine. Er nimmt drei davon, um sie oben in seinen Rucksack zu packen. Der Beamte mit dem funkelnden Kneifer steht im Wege, er drückt sich vorbei und äußert ganz verlegen: «Fürs Gärtchen, zum Einfassen.» Der Beamte nickt, besieht sich noch einmal den Mörder Walkowiak, reckt sich, stößt im Hineingehen auf den eben eintreffenden Vorstand des Arbeiter- und Soldatenrats und begrüßt den ersten Vorsitzenden Fries, der Walkowiaks sofortige Verhaftung anordnet.

Alles läßt Walkowiak geschehen, mechanisch liefert er die Axt ab. Hunderte sind gemeine Mörder, denkt er, aber dies war doch eine gute Tat. Er ist jetzt ganz mutlos. «Hunderte sind gemeine Mörder, aber dies geschah doch zur Befreiung der Arbeiterklasse.» Er jedoch, er jedoch kommt plötzlich nicht mehr darüber hinweg.

An der Treppe im Halbdunkel lehnt Adam Griguszies. «Planlose Aktionen auf eigene Faust können nicht erlaubt werden, Genosse», sagt er, als Walkowiak vorübergeführt wird, «sie gefährden die Interessen der Gesamtheit.» Mit dem steigt ein Trupp mit Herrn Körschgen die Treppe herunter, Griguszies wendet sich: «Der Mann ist als Geisel festzunehmen – für den Fall, daß die Firma Anzeige gegen die anderen erstattet. Diese Sache hat die Arbeiterschaft unter sich auszumachen.»

«Als zweiter Vorsitzender haben Sie dazu kein Recht, Genosse Griguszies», protestierte Fries, «wenigstens nicht, ohne mich zu fragen.»

«Ich nehme mir das Recht.»

«Eine fruchtbare Zusammenarbeit mit Ihnen ist unmöglich!»

«Hindert Sie keiner zurückzutreten.»

«Das würde euch Bolschewiken so passen, aber den Gefallen werde ich euch nicht tun. Die Firma ist berechtigt, Bestrafungen der Schuldigen wegen Hausfriedensbruch zu verlangen. Die deutsche Republik ist ein Rechtsstaat, in einem Rechtsstaat gibt es keine Geiseln.»

Griguszies hebt die rechte Hand in die Höhe und verkündet hoheitsvoll: «Genosse Fries, ich verhafte Sie wegen Verrat an der Arbeiterklasse. Von heute an übernehme ich allein den Vorsitz im Arbeiter- und Soldatenrat.»

Noch am selben Abend berief er eine Konferenz der Gesinnungsgenossen aus den Arbeiter- und Soldatenräten des ganzen Reviers. Sie waren die fanatischen Mönche der Revolution. Einstimmig wurde beschlossen, sofort in das Stadium der direkten Aktion zu treten; nur über Art und Zweck dieses Vorgehens konnte keine Übereinstimmung erzielt werden. Die einen wollten die Gruben besetzen und sie unmittelbar der Leitung eines Aktionskomitees unterstellen («wir teilen einfach den Betriebsleitern mit, daß sie nicht mehr nötig wären», sagten sie), die anderen wollten sich damit begnügen, die Wirtschaftsführer zu verhaften und den Generalstreik zu proklamieren, um von der Regierung die Sozialisierung der Bergwerke zu erzwingen. Einige erhoben die Frage, ob die Arbeiter in der Lage seien, allein die Gruben zu betreiben, falls die kaufmännischen und technischen Beamten sich weigern würden, an der Aktion teilzunehmen. Sie wurden niedergeschrien.

Adam Griguszies fuhr mit starker Stimme dazwischen, indem er verlangte, daß ernsthaft diskutiert werde. «Es ist diesem historischen Augenblick unwürdig», rief er aus, «wenn wir uns miteinander nicht ruhig anhören. Wenn das so weitergeht, kommen wir ja zu nichts und ruinieren uns bloß selber. Wenn wir alle für Verräter halten, die über einen Vorschlag anderer Meinung sind und bezweifeln, daß der Erfolg allein vor die große Klappe kommt, dann wird zuletzt keiner mehr übrigbleiben. Aber denjenigen Genossen, die eben die Frage aufgeworfen haben, ob die Arbeiterschaft zur Leitung der Betriebe befähigt ist, denen muß ich antworten, daß das eine Sorge für die Zukunft ist, vorläufig geht es nur darum, daß wir die Produktionsmittel in die Hand bekommen, das Ausbeuten hat Zeit.»

So selbstsicher er sprach, so wenig war er mit sich im reinen. Manchmal konnte er im Augenblick eine energische Anordnung treffen, manchmal war er in Stunden der Überlegung nicht imstande, einen frischen Plan zu entwerfen. Es lag wohl auch daran, daß alles sich in Kleinigkeiten verzettelte. Welche Kräfte wurden bürokratisch vergeudet, welche Ideen zersplittert! Vom Anbeginn seiner Tätigkeit im Arbeiter- und Soldatenrat gewahrte er an sich dieses ungewohnte Dilemma zwischen Gefühl und Verstand. Es fiel ihm immer schwerer, seine gefühlsmäßigen Handlungen durch den Verstand kontrollieren zu lassen, denn der Verstand hielt ihn und das Gefühl trieb ihn, und dies war ein unbehaglicher Zustand, der nicht allein aufs Gemüt schlug, sondern auch das körperliche Wohlbefinden beeinträchtigte und nur durch die Opferung des Verstands zu beheben war. Hierzu wiederum konnte er sich jetzt nicht mehr entschließen; es war jetzt zuviel von Pflicht und Verantwortung die Rede, und es blieb ihm nichts übrig, als das Entschwinden einer Zeit zu beklagen, wo Gefühl und Verstand noch eins gewesen waren.

«Das kann ich gut verstehen», sagte seine Schwester, als er es ihr einmal zu erklären versuchte, «das ist wie bei uns Frauen das Vorher und das Nachher.»

Zwischen den Geschwistern hatte sich nach der Geschichte mit Bilgenstock eine seltsame Angleichung vollzogen, nicht im Politischen, doch im Menschlichen. Jedes ging seiner Wege, sie sahen sich auch nur flüchtig, schon weil Adam viel beschäftigt war; je weniger indessen eine gewollte und begründete Übereinkunft zwischen ihnen bestehen konnte, desto besser gelang es ihnen, sich unausgesprochen zu verständigen, und je weiter sie sich in ihren Grundsätzen voneinander entfernten, desto näher waren sie sich in den Hintergründen ihres Fühlens und Denkens.

Es konnte geschehen, daß Adam Griguszies mitten in den hitzigsten Debatten von einer großen Unruhe befallen wurde. Früher hatte er sich immer eine Schwester gewünscht, die ein Heldenmädchen der Revolution wäre, mit auf die Barrikaden ginge und im dicksten Kugelregen Munition herantrüge und Wunden wüsche und verbände; jetzt schien es ihm so, wie sie war, beinahe richtiger zu sein. Wurde sein eigenes Wesen von ihr beeinflußt? War es schon ein Zeichen, daß er als Revolutionär an Festigkeit verlor? Er grübelte, aber erst das Grübeln lähmte ihn. Urplötzlich schwand darüber zuweilen seine Aufmerksamkeit in den Versammlungen. Auch dies hatte er Paula anvertrauen müssen. Sie hatte das Plätteisen auf den Rost gesetzt und ohne eine große Sache daraus zu machen, erwidert: «Such dich endlich mal 'n Mädel, das dir auf andere Gedanken bringt.»

Aber, aber. Er war ja gar nicht enthaltsam, in den Wachstuben waren Frauen genug zu haben, und soweit ihm seine dienstliche Tätigkeit für die Weltrevolution Zeit dazu ließ, machte er auch Gebrauch davon. Dies wollte er Paula indessen nicht sagen. Dies konnte er ihr doch nicht sagen. Hatte er darum, wie sie behauptete, ein Talent zum Spießbürger? Sie war härter, das mußte er zugeben. Sie genierte sich nicht, ihm mitzuteilen, daß sie eine Fehlgeburt gehabt hatte: «Ist alles in Ordnung, der Doktor hat mir ausgekratzt.» Sie sah alles naturwissenschaftlich an, und ihre unbefangene Sprache war gleichsam ausgelüftet. Paula ist freier und gesünder als ich, sprang es ihm immer durch den Kopf, sie ist freier und gesünder, und das ist mehr wert, als wenn sie eine Revolutionärin wäre. Gut ist ihr Leben, so wie es ist, ich wünsche nichts anderes.

Stets von neuem empfand er das.

«So wie ihr Leben ist, so ist es gut.»

Wie gewöhnlich, so fiel auch an diesem Abend keine Entscheidung. Endlos wurde fortdebattiert. Pläne, Pläne, Pläne. Es ging auf Mitternacht, und außer daß die Mehrheitssozialisten beschwichtigende Pfründenpfarrer seien und überall mit Gewalt aus den Räten verdrängt werden müßten, war so gut wie nichts beschlossen. Während Griguszies schonungslos das klägliche Fazit zog und sie einander ratlos und etwas frostig ansahen, wurde gemeldet, die Wachen hätten ein verdächtiges Auto angehalten, nahe bei der Grenze des Gebiets, das nach dem Waffenstillstand von den feindlichen Truppen besetzt worden war; unter den Insassen, die sich geweigert hätten, über den Zweck ihrer Fahrt eine Aussage zu machen, habe sich der junge Schellhase befunden, und es bestehe Grund zu der Vermutung, daß er Verhandlungen mit dem Kommandeur der belgischen Okkupationsarmee geführt habe, jedenfalls habe man seine Mappe mit Papieren beschlagnahmt.

Durch diese Nachricht erfuhren die Leidenschaften den Auftrieb, den sie brauchten. Ohne daß man jemanden hätte namhaft machen können, der diese Ansicht zuerst geäußert hatte, kamen in wenigen Minuten alle überein, daß die Schellhases den Einmarsch fremder Soldaten ins Steinkohlenrevier wünschten, um die Arbeiterschaft niederzuschlagen und sich vor der drohenden Sozialisierung zu retten. Daher wurde ihre augenblickliche Verhaftung stürmisch gefordert, in aller Eile ein provisorisches Zentralkomitee gebildet, dem sich alle Räte des Bezirks fügen sollten, Adam Griguszies zum Präsidenten gewählt.

Es stärkte ihn, diese Vollmacht bedeutete für ihn die Ablösung von persönlichen Stimmungen und Betrachtungen. Er war froh, sich fürs erste ganz dem Augenblick überlassen zu dürfen.

«Laden und sichern!»

Seine große Stunde war gekommen. So nahm er ein paar Bewaffnete, setzte sich mit ihnen ins Auto und fuhr davon in die Nacht, in die ganz tiefe und ganz stumme Nacht des fast völlig erloschenen, seiner Naturkraft entkleideten Reviers. Hinter den Wolken her rollte der Mond wie ein verlorenes Pfennigstück, sehr nahe über der Erde war er und neigte sich auf die schwarzen, toten Seilscheiben. Im Gerippe der Fördertürme flimmerte es. Ihre eisernen Knochen phosphoreszierten, sie schienen erhöht und gespenstisch aufgerichtet wie Galgen, in deren magischem Umkreis die Toten Leben spielen. Die Straßen waren leer und von schweren Schatten ausgehöhlt. In den schlafenden Fenstern glomm ein düsterer Schein.

Krachend schaukelte das Auto durch die Senkungen, die den unterirdischen Lauf und die abenteuerlichen Verschlingungen der Bergwerksstollen anzeigten; das Krachen bollerte die Häuserwände hinauf, zog flach über die Dächer ab und versickerte in der drückenden Stille.

Jetzt lagen die Menschen auf Haufen in den Betten, sechs Millionen Menschen als Staffage für ein Gebirge von Steinkohle und Eisen. Jetzt krochen die Wanzen aus den Ritzen der Matratzen und schlürften das zarte Blut der Kinder, jetzt rieselten die Kakerlaken über die dunkle Wärme der Küchenböden und die fettige Feuchte der Spülecken.

Achtzig Kilometer fuhr das Auto. Die Stadt zog sich auseinander, aber sie nahm kein Ende. Schon befanden sie sich mitten auf dem Land, aber dieses Land war kein Gegensatz zur Stadt, sondern Peripherie der Stadt, zahllose Vororte, aufgereiht an der Heerstraße, zahllose Vororte, die sich dehnten, ohne sich je zu füllen. Diese Ortschaften bestanden nicht aus Gebäuden, sondern aus Lücken, bildeten keine Siedlung, sondern eine Gemarkung. Zwar hatten sie einen Mittelpunkt, das war die Kirche und davor das siebziger Kriegerdenkmal, doch sie hatten keinen Kern, die Häuser rankten sich jeweils in lockeren Gruppen um die Zechen herum. Die Grundstücke zu beiden Seiten der Landstraße waren nicht mehr Wiese und Acker und noch nicht Bauplatz, weil der Krieg dazwischengetreten war und den Zersetzungsprozeß des Landes zum Stocken gebracht hatte; es war ein verstaubtes, ausgefranstes, von Fußgängern, die den Fahrzeugen auswichen, plattgewalztes Gelände, dessen Bestimmung, obwohl noch Dünger abgeladen wurde, schon nicht mehr die Landwirtschaft, sondern die Baugenossenschaft war.

Weiter, weiter, einmal muß die Gegend sich doch verändern, achtzig Kilometer fährt das Auto, hinauf und hinab springt die Straße. Feldwege verlieren sich hinter leicht gekrümmten Hängen und hoch aufgeschütteten Bahndämmen, wo bei Tag die Ziegen der Kumpels grasen. Die Dämme sind breit, sechs Gleise laufen oben nebeneinander. Sie blitzen im Mondlicht. Jetzt geht die Straße darunter durch und wird ein enger, finsterer, schimmlig riechender Schlauch. In drei Stockwerken übereinander kreuzen sich die Bahnlinien, das Land ist von fortwährenden Überschneidungen zerrissen, die Straße bohrt Hügel durch. Abraumhalden schießen vorüber, junge Birken erklimmen das vergehende Gestein. Ein Viadukt überquert eine schmale, mit Wiesen ausgelegte Talbuchtung, der die Müllkippen in die Flanke rutschen. Der Westwind fegt die Papierfetzen in die Weißdornhecken der Bauern, fast das ganze Jahr ist hier Westwind, alle Bäume sind nach Osten geneigt. Die Kotten haben noch ihre Ziehbrunnen in Betrieb, und eine trübe, seifige Brühe fault in den Gräben. Der Boden ist lehmig, von der Kohle schwärzlich gefärbt, stark nässend, aber fruchtbar. So hoch wie kleine Weihnachtsbäume steht darin der Grünkohl mit den gerippten Strünken und den krausen Blättern.

Neue Viadukte treiben über Lehmgruben und Ziegeleien hinweg, wo die braunen Erdkuchen gebacken werden. Freilich liegt jetzt alles danieder. Die Trockenstellagen sind vermorscht, die Ringöfen verwittert. Aus den Schüttlöchern hängen dürre Grasbüschel heraus, was für ein Unrat muß erst in den Brennkanälen sitzen. Nur der Schornstein steht schlank und frei und unversehrt in die hellen Wolken hinein, ihm kann es nichts anhaben, ob der Betrieb geht oder nicht; er ist fest, er ist die Allmacht, er ist das dauernde Symbol über allem Wechsel der Konjunktur und aller Vergänglichkeit der Spekulation.

So fährt das Auto mit Adam Griguszies in die Nacht hinein. Die Sinne sind geschärft und nehmen sicherer als bei Tag die Eindrücke auf, obwohl diese schnell vorüberhuschen und gestaltlos in die Finsternis zurücksinken, aus der sie für zwei Sekunden in schwach belichteten Umrissen hervorgetreten sind.

Der Fluß kommt, die Brücke, ein salutierender Posten – das Auto führt die rote Kommandoflagge.

Ohne Übergang beruhigt sich die Landschaft; breite Höhen mit zart sprießenden Roggenfeldern stoßen gegen Waldsäume vor, Bäche schwimmen an alten Gehöften vorbei, die Hähne krähen im Schlaf. Hier ist es träumerisch. Hier hört alles auf, was Industrie heißt und mit Industrie zu tun hat – bis auf die großen Herren, die darüber gebieten. Sie haben sich hierher zurückgezogen. Die Sträucher werden dichter, die Bäume höher, das hügelige Land schwingt in fliegenden Wellen aus. Da ist schon das Schloß der Schellhases, den mittelalterlichen Wasserburgen nachgebildet, mit steilen Turmhauben und wehrhaft vergitterter Balkenbrücke.

Dicht heran schlurft das Auto. Hunde bellen im Hof, ein Bernhardiner rennt sich an den Torbohlen fast das Genick ein.

Griguszies zieht die Glocke; ein dünner, aber langhallender Ton, wie ein Angelusläuten.

Es wurde nicht gleich geöffnet. Nach fünf Minuten begannen sie, das Tor mit Gewehrkolben zu bearbeiten. Griguszies feuerte mit seiner Armeepistole einen Schuß in die Luft. Gleich darauf nahte eine Laterne, ein tapsiger Schritt, Rufe nach den Hunden, Klirren von Schlüsseln.

Der Kastellan war über diesen Besuch entsetzt und beteuerte seine Unschuld: er habe sie nicht absichtlich warten lassen, die Dienerschaft sei frühzeitig zu Bett geschickt worden, er selber habe die Herren bedienen müssen.

«Die Herren?»

«Ja – nämlich Herr Kropf und Herr Wirtz sind am Abend noch gekommen.»

«So», sagte Griguszies. «Vorwärts marsch.»

Auf den Steinfliesen des Hofes klapperten die Schuhe, wie wenn eine Blechdose vor dem Wind über das Pflaster kullert; der Bernhardiner wurde von diesem Geräusch aufgereizt, riß sich von der Kette und fiel einen der Wachleute an, aber der Hintermann sah ihn losstürzen, besann sich nicht lange, entsicherte und streckte ihn nieder. Auf diesen Schuß und das Geheul des verendenden Hundes hin kam Schellhase junior heraus, überblickte sofort die Situation und rief dem Kastellan zu, weshalb er das Gesindel hereingelassen habe, er sei für niemanden dieser Sorte zu sprechen. Der antwortete: «Gnädiger Herr . . .» und deutete auf die Gewehre. Gleichzeitig sagte Adam Griguszies: «Im Namen der Arbeiterschaft erkläre ich Sie für verhaftet.»

«Das werden wir sehen», drohte Schellhase und zog einen Browning, «ich verbitte mir jede Belästigung. Die republikanische Regierung sitzt in Berlin, außer ihr hat niemand etwas zu befehlen. Ich berufe mich auf die Gesetze, die von der republikanischen Regierung ausdrücklich anerkannt sind.»

«Wie selten . . . Herr Schellhase, das freut uns aber, daß Sie so ein guter Republikaner geworden sind, bloß – wir verhandeln hier nicht. Geben Sie auf, sonst muß ich von die Waffe Gebrauch machen lassen. Das täte mir leid. Liefern Sie Ihren Revolver gutwillig ab und lassen uns reingehen, wir haben auch Interesse an Ihren Gästen.»

Er ging auf ihn zu, Schellhase junior drückte in seiner Erregung ab, die Kugel pfiff hart an Griguszies vorbei und pickte die gegenüberliegende Mauer an. Noch ehe der Lärm verebbt war, hatten sie den Schützen überwältigt. Sie faßten ihn am Handgelenk und zerrten ihn fort. Alle schwiegen. Der Kastellan leuchtete die Treppe hinauf.

Als sie die Diele des Schlosses betraten, war ihnen feierlich zumute, aber es war nicht jene hochgestimmte, anfeuernde Feierlichkeit, welche durch die Erfüllung eines unendlichen Wunsches bewirkt wird, sondern es war eine verzagte, kleinherzige Feierlichkeit, die alle Gedanken in einen leeren und beziehungslosen Hohlraum entrückte. Diese Schloßdiele war ein kaltes Gewölbe mit brauner Holztäfelung und vielen Nischen, wo sehr breite Bänke um runde Tische herumliefen, deren Füße aus dicken Holzkugeln zusammengesetzt waren. Mit klopfenden Herzen betrachteten die Eindringlinge (denn als solche fühlten sie sich mit einemmal) die altertümlichen, zierlich geschnitzten Kommoden, die eine abweisende Kühle ausströmten, die geheimnisvollen Wandschränke und den malerischen Kachelofen, die Vasen aus Kunstguß und die lebensgroßen Bronzefiguren, Gießer und Schmied, beide mit Schurzfellen, auf deren sorgsam gekräuselten Faltenwurf der Künstler besonderen Wert gelegt hatte. Alles dies betrachteten sie und fühlten sich nicht als Sieger, sei es, daß sie von der Fremdheit und distanzierten Überlegenheit dieser ungewohnten Umgebung eingeschüchtert wurden, sei es, daß sie enttäuscht waren, weil sie die Üppigkeit nicht vorfanden, die sie bei den Industriellen erwartet hatten, keine Wände aus Marmor, keine Tische aus Gold, keine Becher aus Edelstein, keinen märchenhaft ausgebreiteten Reichtum, keinen strotzenden Überfluß, keine Orgien mit Wein und Weibern, kein vom Arbeiterschweiß genährtes Schlemmergelage. Abstoßend nackt und nüchtern war der Raum, mochte seine Anlage noch so kostspielig gewesen sein. Vielleicht war es eine Marotte von dem alten Schellhase, vielleicht war es eine Finte von dem jungen. Einerlei, es war so, es warf ihre Vorstellungen über den Haufen, es brachte sie aus dem Konzept. Sie verspürten nicht die geringste Lust, weiter vorzudringen; unschlüssig verharrten sie zwischen den Kommoden, Bronzen und Bänken, und ehe sie sich dessen versahen, stand der alte Schellhase vor ihnen, das silbrig sich wölbende Haar wie ein Heiligenkranz, die goldene Brille vor den weit geöffneten, fern weilenden Augen. Er sprach, mit der bald geballten, bald gespreizten, bald ausgreifenden Hand dramatische Akzente setzend, sprach friedliche Worte, die wie des Knaben Wunderhorn tönten. Griguszies unterbrach ihn barsch: «Ihr Sohn ist viel aufrichtiger. Er nennt uns ‹Gesindel› und schießt auf uns.»

«Ich billige das nicht . . .»

«Was billigen Sie nicht? Daß er schießt oder daß er aufrichtig ist?»

Hier trat aus der Dämmerung eines Pfeilers, die ihn verborgen hatte, jemand vor und sagte schnell: «Daß er aufrichtig ist, natürlich.» Griguszies blickte in das kluge, vielseitige und vieldeutige Gesicht von Ottokar Wirtz, das er aus Abbildungen kannte. Dieses Gesicht war unverwechselbar, sein typischer Ausdruck auch in der schlechtesten Reproduktion unzerstörbar.

Neben ihm erschien das viereckige Gesicht von Kropf, ein flüsternder Mund: «Machen Sie bitte jetzt keine Scherze.»

«Ich scherze nicht, ich sage den Herren vom Arbeiterrat genau das, was sie zu hören wünschen. Ich möchte Sie um nichts in der Welt enttäuschen. Ohne Zweifel wollen Sie uns verhaften.»

«Es erschiene mir richtiger, den Leuten Vernunft zu predigen, statt sie zu reizen.»

«Meine Herren», erklärte Griguszies wichtig, «Privatgespräche sind Sie nicht mehr erlaubt. Sie sind verhaftet.»

«Da haben Sie's», sagte Wirtz mit der eitlen Gelassenheit eines Propheten, der seine Voraussage erfüllt sieht.

«Wenn Sie provozieren . . .» entgegenete Kropf und fragte: «Darf man erfahren, weshalb Sie uns verhaften wollen?»

«Lassen Sie doch», wehrte Ottokar Wirtz, «das ist doch ganz gleich.»

«Ich danke, ich verstehe Sie wirklich nicht.»

«Aber was Besseres kann uns jetzt doch gar nicht passieren! Je tiefer der Karren in den Dreck gefahren wird, desto eher wird man uns anflehen, ihn wieder herauszuholen. Wenn wir Märtyrer gewesen sind, werden wir Bedingungen stellen können.»

«Diese Vabanque-Politik gefällt mir nicht.»

«Wissen Sie eine andere?»

«Gerade durch, und wenn es sein muß, untergehen im Kampf.»

«Das ist keine Politik, sondern Poesie. Außerdem ist es egal, auf welche Art Sie untergehen, das können Sie ohne Kampf sogar billiger haben. Zu erwägen ist allein, wo die größere Chance zu entschlüpfen ist.»

«Meine Herren, unterlassen Sie endlich die Unterhaltungen», drängte Griguszies. «Sie sind verhaftet wegen versuchtem Landesverrat.»

«Wegen Landesverrats!» rief Schellhase junior, «so, da sieh einer an. Dieser Vorwurf aus Ihrem Munde – das ist ja die reine Perversität.»

Er wollte höhnisch lachen; es war eine Anstrengung, es war sehr mühsam.

«In dieser Angelegenheit könnten wir offenbar keine berufeneren Richter finden», bestätigte Kropf, aber sein Sarkasmus war nicht ganz echt.

«Worin besteht unser Verbrechen?» fragte ruhig der greise Schellhase.

«Sie sind beschuldigt, daß Sie mit die Generäle von die Okkupationsarmee über den Einmarsch ins Kohlenrevier verhandelt haben.»

Ottokar Wirtz warf Kropf einen undurchdringlichen Blick zu: «Sie sehen, die öffentliche Meinung zwingt uns, unseren Ruf zu rechtfertigen. Ich für mein Teil möchte nicht besser sein als mein Ruf. Ich vertrage es nicht, daß man uns mehr Tüchtigkeit nachsagt, als wir besitzen. Ich sträube mich dagegen, daß wir in dem, was Sie Vabanque-Politik heißen, noch Stümper sind, da wir schon als Meister eingeschätzt werden.»

«Wir haben nicht soviel Platz in unserem Auto», sagte Griguszies, «wenn die Herren uns nicht ihre Wagen zur Verfügung stellen wollen, müssen sie zu Fuß gehen.»

«Das wäre», antwortete Wirtz, der mit seiner Fassung sie alle außer Fassung brachte, «wenn ich schon mal Gefangener bin, will ich es in meinem eigenen Wagen sein.»

Siebentes Kapitel

Die Obduktion der Leiche des Meisters Kurbjuhn gab über die Todesursache keinen bestimmten Aufschluß. Zwar hielten es die Ärzte für wahrscheinlich, daß der sofortige Tod durch den Hieb Walkowiaks herbeigeführt worden sei, sie ließen aber auch die Möglichkeit zu, daß die inneren Verletzungen, die Kurbjuhn sich durch den Sprung aus dem Fenster zugezogen hatte, bereits tödlich gewesen waren. Gleichwohl leitete die Staatsanwaltschaft gegen Walkowiak ein Verfahren wegen Totschlags ein. Es konnte indessen nicht durchgeführt werden, weil der Arbeiter- und Soldatenrat seine Zustimmung versagte. Walkowiak blieb etliche Tage in Schutzhaft, wurde dann freigelassen und unter dem Druck derjenigen Arbeiter, die sich offen rühmten, jetzt werde alles kurz und klein gehauen, jetzt werde mit Gewalt enteignet, jetzt werde Blut fließen, Adam Griguszies zur Unterstützung beigestellt. Was dieser nun fürchtete, bewahrheitete sich: kaum war Walkowiak in Freiheit, als die Zerknirschung von ihm wich und einem streitsüchtigen Hochmut Platz machte, der nur in der nämlichen Charakterschwäche seinen Ursprung haben konnte.

Kurbjuhn hatte eine schöne Beerdigung, deren Kosten von Risch-Zander bestritten wurden. Der Orchesterverein der Werksangehörigen spielte den Trauermarsch aus ‹*Samson*› und den Choral ‹*Forthin ist bei mir gelegt der Gerechten Krone*›, hinter dem Sarg schritt der Freiherr mit Hachenpoot, dann folgten vollzählich das Direktorium, die Prokuristen, Handlungsbevollmächtigten, Betriebsführer und Assistenten, eine Anzahl Meister und Hilfsmeister, auch viele Arbeiter im Gefolge von Vereinsfahnen aller Art. Es war eine offenkundige Demonstration. Der Zug wurde von berittener Polizei begleitet, die mehrmals gegen Störungsversuche mit blanken Säbel einschritt. Berge von Kränzen wurden hinterhergefahren.

Nachdem die Gebete des Geistlichen am offenen Grab verklungen waren, fing Hachenpoot an zu sprechen: der nimmer rastende Baumfäller Tod habe wieder eine deutsche Eiche gefällt, «wir begraben einen schlichten Meister, uns aber war er mehr». Der Meister Kurbjuhn sei die Verkörperung des Risch-Zanderschen Gemeinschaftsgeistes gewesen, und er sei dafür gefallen, daß dieser Geist sich auch in der Bitternis der Zeit bewähre und alle Wirren überstehe. «Ein Recke von Gestalt, war er zugleich ein Riese von Gemüt und deutsch bis auf die Knochen.»

Man wolle an diesem Grab niemanden anklagen, man wolle sagen, eine tückische, schleichende Krankheit habe den prächtigen Menschen hinweggerafft. «Die deutsche Heimaterde nimmt ihn auf, die er so lieb hatte, den Wald und die Heide, den Bach und den Weiher. Eine Mahnung ist der Tote: er gehörte zu jener alten Garde, die da stirbt, doch sich nie ergibt.»

Die Fahnen neigten sich, ein schwacher Wind strich dicht über den Boden und netzte sie mit Sprühregen. Hachenpoot schöpfte nun eine Schaufel voll Erde, die waldig und schon ein wenig nach Frühling roch, und reichte sie zuerst dem Freiherrn, der sie über den Sarg streute. Dann traten der Rang- und Anciennitätsfolge nach die Direktoren, Prokuristen, Handlungsbevollmächtigten, Betriebsingenieure heran, und die Abordnungen legten ihre Kränze nieder, jede mit einem kurzen Spruch, der darüber belehrte, von wem und wegen welcher Verdienste des Entschlafenen der Kranz gestiftet worden sei. Es dauerte eine lange Zeit, es geschah mit großer Geduld und Genauigkeit. Währenddessen sang der Männergesangverein «Polyhymnia» das Lied ‹*Ich hatt einen Kameraden*›, der Freiherr hatte es selbst gewünscht, es sei alt und einfach und immer wieder ergreifend, sagte er.

Obwohl die Tage schon beträchtlich zugenommen hatten, war es dämmerig, als die Zeremonie zu Ende war. Ferne Wolkenstreifen an einem müden Himmel blendeten das Licht des Tages ab, die Sträucher und die Spitzen der Gräser zitterten. All die lockeren, unwirklich schimmernden Knospen, die in der feuchtgrauen Milde vorzeitig aufquollen, dämmerten in verhaltener Erregung hin. Etwas davon ging in die Menschen über, als sie dem Grab den Rücken wandten; sie wurden lustig und rissen Witze, die nach dem Gesetz von der Berührung der Gegensätze (da sie eben der Vernichtung des Lebens beigewohnt hatten) die Zeugung des Lebens zum Gegenstand hatten. Die Musiker spielten, kaum daß sie aus dem Friedhof hinaus waren, das sinnige Volkslied ‹*Das Lieben bringt groß Freud*› und den munteren Militärmarsch ‹*Warum küßt du denn die Wangen deiner Braut, küß sie auf den A-a-arm, es ist dieselbe Haut*›. Alle Vereinsbrüder schickten sich an, ihre Stammkneipen aufzusuchen.

Als sie aber die Straßen der Stadt betraten, fiel ihnen auf, daß die Geschäfte geschlossen und die Rolladen heruntergelassen waren. Sie erkundigten sich nach der Ursache und erfuhren, daß am Nachmittag die Schaufenster zertrümmert und ausgeplündert worden seien; die Polizei, die Verhaftungen habe vornehmen wollen, sei machtlos gewesen und unverrichtetersache abgerückt. Es wäre auch das klügste gewesen, was sie hätte tun können, wenn sie nicht selbst hätte aufgerieben werden wollen.

Auf den Bürgersteigen standen, je weiter man in die Stadt hineinkam, desto mehr Gruppen streitender oder lebhaft erzählender Menschen; Siebzehn- und Achtzehnjährige strolchten auf dem Fahrdamm herum, in verfilzten Soldatenröcken, die Kappen verwegen auf das Ohr gedrückt, mit den Händen in den Hosentaschen an den Beinen herumjuckend. Einige gefielen sich darin, Betrunkenheit vorzutäuschen, grölten zotige Verse und sandten, wo eine Frau sich am Fenster blicken ließ, schamlose Aufforderungen hinauf; andere schrien in gleichmäßigen Intervallen: «Nieder mit Noske! Rache für Liebknecht!» Alle schienen sie die Taschen voll Zigaretten zu haben; zuweilen boten sie den am Weg Stehenden welche an, manche nahmen sie, manche weigerten sich. Kinder, Jungen und Mädchen hatten sich untergefaßt und zogen in Hängeln über die ganze Straßenbreite hinterdrein, wiederholten die Lieder, die jene sangen, und wenn die kindlichen Lippen ein schmutziges Wort recht saftig herausschmetterten, drehten die Burschen sich um, warfen ihnen Zucker und Schokolade zur Belohnung hin und schürten boshaft die darüber entstehende Balgerei. Mehrere dicke Weiber, die nicht von der besten Art zu sein schienen, kreischten dazwischen, riefen die Kinder, ließen sich in Wortgefechte mit den Halbwüchsigen ein und wurden von ihnen mit einem Hagel unflätiger Redensarten bombadiert. Sie blieben einander nichts schuldig, es schwirrte hinüber und herüber, «Rotznasen» und «fette Sau» und «Schweinepriester» und «Paradekissen» und «grüne Bengels» und «ausgeleiertes Loch», und jedesmal brachen die Burschen in ein unbändiges Gelächter aus, während die Weiber mit wütendem Ernst fortkeiften.

In dieses Treiben gerieten jetzt die vom Leichenbegängnis zurückkehrenden Zylinder und Fahnen hinein. Zuerst entstand eine Beklemmung; es war wie der Einbruch von Gespenstern in einen Rummelplatz, es war wie der Einbruch von Mumien in den bramarbasierenden, trotzig aufgeblähten Jahrmarkt des Lebens. Hätte nicht einer die Unvorsichtigkeit begangen, herausfordernd laut zu fragen: «Ist das die Weltrevolutin?» – so wären sie unbehelligt hindurchgekommen, mit aufgesperrten Mäulern hätte man sie wie einen Spuk vorüberwandeln lassen; jedoch auf jene Frage ertönten sofort grelle Pfiffe, im Nu rollten die Zylinder auf der Straße und platzten unter den Tritten genagelter Schuhe mit einem paffenden Laut, wie Fahrradschläuche, denen die Luft ausgeht. Fahnenstangen wurden erbeutet und auf den Köpfen derer zerschlagen, die sich nicht mehr in die Haustüren hinein retten konnten, Fensterscheiben eingestoßen, Messer gezückt – irgendwer wirft eine Handgranate, Rauch, Steinschlag, Geschrei, von allen Seiten kommen Verstärkungen, irgendwer schreit: «Barrikaden bauen! Barrikaden bauen . . . !» – schreit unentwegt.

Pflaster heraus, Türen erbrochen, Möbel auf die Straße geschleppt. Weinende Frauen, schreiende Kinder an ihren Röcken, rennen sinnlos umher. Männer rufen: «Alles von den Fenstern weg, alles in die Keller!» Polizei eilt im Trab heran: «Straße frei!» Wieder eine Handgranate, Fetzen, Stöhnen Getroffener. «Das ist unsere Antwort, kommt ran, wenn ihr was wollt!» Die Polizei hat Verluste, die Polizei schießt. Munition auf die Barrikaden: Flaschen und Biergläser. Die Weinflaschen sind fast alle noch voll, beim Aufschlagen zischt es in Strahlen auf, saurer Dunst steigt aus den Pfützen. Die Scherben peitschen die stürmenden Polizisten, die Gaslaternen sind zertrümmert, es ist völlig dunkel. Die Polizei schießt. Denen auf der Barrikade sinkt das Herz in die Schuhe: «Rette sich, wer kann!» Die Polizei schießt. Die Polizei ist oben.

Der Offizier befiehlt, den Fliehenden nachzusetzen. Es ist stockfinster, die Straße ist mit Toten und Verwundeten übersät. Plötzlich schießt es aus einem Fenster, schießt es von vorn, schießt es aus dem Rücken, die Polizisten springen hin und her, immer neue Kämpfer tauchen auf, Gott weiß woher, es ist unglaublich merkwürdig, es ist unglaublich toll. Die Kugeln kennen keine Parteien mehr, niemand weiß mehr, wo der Gegner ist, man bringt einander um, gleichgültig wer, gleichgültig wen, man fragt nicht viel, man metzelt einander nieder, weil man nichts anderes tun kann, in diesem entsetzlich schwarzen, vollgepfropften, wahnsinnig gewordenen, tödlich blitzenden Engpaß von Straße.

Hupen plärren, Hupen, Hupen, schauerlich zwischen dem Geknall der Gewehre. Lastautos sind da, bewaffnete Arbeiter mit roten Fahnen und Blendlaternen. Walkowiak befehligt. Walkowiak entfaltet eine Fahne. Walkowiak ist wie eine Freiheitsstatue im scharfen Strahl der Lampen. Riesenhaft deckt sein Schatten eine durchlöcherte, zitronengelb flackernde Hauswand.

Aber nur mit viel Mühe gelingt es ihm, sich verständlich zu machen: die Polizei solle sich auf der Stelle zurückziehen, er übernehme den Sicherheitsdienst mit seinen Leuten.

Der Offizier weicht nicht.

«Sie tragen die Verantwortung für das, was jetzt passiert!» brüllt

Walkowiak; es ist dieselbe Entschuldigungsformel, die bei allen Parteien seit Jahrhunderten zur Hand ist, wenn Menschen nutzlos in den Tod getrieben werden.

«Die Verantwortung tragen», antwortet erregt der Offizier, «das muß ich wohl, weil Sie dazu sowieso nicht imstande sind.»

Er knirscht mit den Zähnen. Er würde diesen Menschen lieber niederknallen als mit ihm verhandeln, aber da niemand bei der Polizei eine Ahnung hat, wie weit die Befugnisse des Arbeiter- und Soldatenrats tatsächlich gehen, fürchtet er, staatlich anerkannte Rechte zu verletzen. Er ist ein Polizist, er ist kein Freischärler.

Walkowiak beharrt auf seinem Standpunkt: «Die Menschenleben, die noch dran glauben müssen, haben Sie auf'm Gewissen.»

«Hätten Sie sich nicht eingemischt, so wären weitere Menschenleben nicht in Gefahr gekommen!»

So blieb jeder stehen, wo er stand, so erklärte jeder dem anderen, daß es an ihm sei abzuziehen, wenn er Blutvergießen verhindern und sich im Rahmen einer angemessenen Amtshandlung halten wolle. Die Erbitterung, womit sie sich ineinander verbissen hatten, war schon zu groß, als daß sie sich noch voneinander hätten lösen können, Walkowiak, von seinen aufstachelnden Leuten in die Enge getrieben (denn sie wachten gegenseitig über ihre revolutionäre Unerbittlichkeit), machte ein Ende, indem er den Offizier mit dem Kolben niederschlug.

Nach einer halben Stunde war er Herr der Lage. In der Frühe des folgenden Tages proklamierte er den Generalstreik.

Auf einigen Zechen waren schon die Morgenschichten nicht mehr eingefahren, auf anderen wurde nach kurzer Zeit die Ausfahrt erzwungen. Gegen zehn Uhr vormittags erschien auf «Glücklicher Morgenstern» ein aufgeregter Haufen und legte den Betrieb gewaltsam still.

Adam Griguszies, der Walkowiaks selbständige Aktionen nicht guthieß, wurde kurzerhand abgesetzt. Aus Groll befreite er, bevor er ging, den Former Fries aus seiner Haft. Sie hatten ja nun beide erfahren müssen, daß die Führung einer Revolution nicht von Prinzipien, sondern von Nuancen abhängig ist, und daß eine so unvorbereitete Revolution, wenn nicht von der Konterrevolution, überhaupt nicht beendet werden kann, weil es in ihrer Natur liegt, Situationen und Menschen sehr schnell abzunutzen und diesen sinnlosen Verbrauch durch dauernde Übertrumpfungen des Vorhergegangenen, durch immer blutrünstigere Färbungen, durch immer unsinniger sich überschlagende Vernunftwidrigkeit zu vertuschen. Vielleicht war es auch falsch, einem

Menschen wie Walkowiak zu widersprechen; denn seine Worte waren meistens von einer Art, die keine Verteidiger gefunden hätte, wenn sich nicht so viele Widersacher gemeldet hätten.

Die Ausschreitungen in der Stadt und in den Fabriken mehrten sich in den nächsten Tagen. Das Direktorium von Risch-Zander appellierte an die Belegschaft: «Wir wissen, daß unserer Stammarbeiterschaft das Wohl und Wehe der Fabrik am Herzen liegt, wir vertrauen darauf, daß sie dem Eindringen der Unruhestifter in die Betriebe vorbeugen und keinerlei Putschversuche dulden wird.»

Dieser Appell, der auf die Uneinigkeit und die dünkelhafte Absonderung innerhalb der Arbeiterschaft berechnet war, funktionierte sicherer als jeder Polizeischutz. Als eines Mittags größere Scharen streikender Bergleute Einlaß in die Werkstätten begehrten, um zur Beteiligung am Kampf für die Sozialisierung der Bergwerke aufzufordern, wurden sie an verschiedenen Stellen von den Metallarbeitern mit Hammern und Meißeln sehr unsanft abgewiesen. Das machte böses Blut, und Walkowiak, dem der Vorfall berichtet wurde, schwor, die Rischianer aus ihrem Bau herauszuholen, und wenn er sie ausräuchern müsse.

Alle diese Leute im Arbeiter- und Soldatenrat, Griguszies, Walkowiak und wie immer sie heißen mochten, waren (bis auf Fries, der von jeher geneigt gewesen war, die Würde eines Amtes über seine Bürde zu stellen) niemals lässig, murksten Tage und Nächte durch, gönnten sich wenig Schlaf und wenig Speise, redeten sich heiser: Aber es war nun einmal ihr Schicksal, daß sie immer nur die Einpeitscher dessen wurden, was sie nicht beabsichtigten, daß sie aus dem Nichts ins Chaos und aus dem Chaos wieder ins Nichts stürzten, daß unter ihren Händen sich alles ins Gegenteil verkehrte und sie mit allem Fleiß und allem Eifer keinen anderen Effekt erzielten als ein Hund, der im Kreis läuft und sich dabei in den Schwanz beißt. Es waren sicher nicht wenige unter ihnen, die ziemlich viel Verstand und eine Meinung besaßen, aber diese durften nicht herrschen, denn wenn sie auch stark genug dazu waren, so waren sie doch nicht skrupellos genug dazu; diejenigen aber, welche herrschten, besaßen wenig Verstand und viele Meinungen.

Walkowiak war überhaupt kein Führer, sondern ein Vollstrecker. Man kann ihm nicht nachsagen, daß er nichts unternommen hätte, um den Plünderungen, die keinem Menschen zugute kamen, sondern das bißchen Ware nutzlos verschleuderten, Einhalt zu gebieten; doch war er so prahlerisch und dabei so undeutlich in seinen Reden, daß diejenigen, welche sie hörten, darin statt einer Strafpredigt einen Freibrief für ihre Verbrechen erblicken mußten.

So geschah es denn einmal, daß vor Tagesanbruch, als drei Kassenbeamte im Erdgeschoß des Risch-Zanderschen Lohnbüros die Gelder für die Entlöhnung der Hochofen-Nachtschicht bereitlegten, plötzlich die Fenster klirrten und zwei Männer sich ins Zimmer schwangen, die ihre Gesichter vom Kinn bis zu den Augen mit dunklem Stoff verhüllt hatten. Während der eine mit dem Ruf «Hände hoch, Geld heraus!» den Beamten eine Pistole vorhielt, ergriff der andere einen Beutel mit 270000 Mark Papiergeld, und bevor die Beamten sich von ihrem Schreck erholt hatten, entwichen die Räuber unerkannt durch die zerschlagenen Fenster.

Hundertfünfzig Arbeiter mußten infolgedessen an diesem Morgen ohne Lohn zu ihren Frauen zurück, hundertfünfzig Arbeiterfrauen, die an diesem Morgen kein Geld in die Finger bekamen, reizten ihre Männer gegen die Revolution auf, die an allem schuld sei und sogar den Haushalt störe, hundertfünfzig Arbeiterfamilien warben Bundesgenossen für die öffentliche Ruhe und Ordnung, welche allein auch die Ordnung des Haushalts gewährleiste.

Walkowiak bemerkte den ungünstigen Einfluß, den dieses Vorkommnis nach beiden Seiten hin ausübte: Es war eine Ermutigung der Elemente, die er gern abgestoßen hätte, und eine Entfremdung der Elemente, die er gern gewonnen hätte. Da er, wie er es auch anstellte, nichts anderes tun konnte, beschloß er, die Aufmerksamkeit von jenem Ereignis durch die Organisierung einer großen Ausstandsbewegung abzulenken. So, hoffte er, würde der Schwur, den er betreffs der Rischianer getan hatte, wenngleich unter veränderten Umständen, doch noch wirksam werden.

«Arbeiter, heraus auf die Straße!»

Es gelang, in einer Funktionärversammlung des Metallarbeiterverbands den Antrag durchzubringen, daß ein Zentral-Streikkomitee einzusetzen sei; Adam Griguszies, der sich keineswegs in den Schmollwinkel begeben hatte, stimmte um der Planmäßigkeit willen dafür und seltsamerweise sogar Fries, aber dieser rechtfertigte sich später vor seinen mehrheitssozialistischen Freunden, indem er angab, er hätte gehofft, in das Komitee hineingewählt zu werden und dort die Radikalen abschnüren zu können. Jedenfalls entstand durch die Teilnahme von Fries neue Verwirrung und Unruhe in den Betrieben, da niemand mehr recht wußte, welcher Parole er zu folgen habe. Den meisten erschien es bei der allgemeinen Unsicherheit geraten, mit dem Strom zu schwimmen. Eine große Versammlung auf dem Marktplatz, in der nicht ungeschickt viele Bergleute verteilt waren, die gar nichts mit

Risch-Zander zu tun hatten, endete mit Tumulten und Krawallen und einer Siedehitze, von der alle Köpfe benommen wurden.

Morgens wurden die Arbeitswilligen ohne viel Mühe von den Streikposten verjagt. Die Kesselanlagen wurden gewaltsam stillgelegt, die Feuer herausgezogen, die Luken eingeschlagen, die Führungsscheiben zertrümmert. Ein Antrag, den Fries daraufhin dem Arbeiterausschuß unterbreitete und der forderte, die Arbeiter sollten zum Schichtbeginn im Betrieb erscheinen und in geheimer Abstimmung über Fortsetzung oder Abbruch des Streiks entscheiden, verfiel der Ablehnung mit zehn gegen fünf Stimmen.

«Wenn sie erst mal wieder drin sind, ist alles aus», sagte Griguszies, und dieses Argument schlug durch.

Das Zentral-Streikkomitee richtete ein Schreiben an die Firma, worin das Direktorium ersucht wurde, sämtliche Arbeitswilligen aus den Betrieben zu entfernen: «Nur auf diese Weise können wir für Ruhe und Ordnung Garantie leisten, anderenfalls ist zu befürchten, daß auch die Notstandsarbeiten nicht mehr verrichtet werden.»

Wiewohl Hachenpoot die Meinung äußerte, man könne die drei Gramm Ruhe und Ordnung, für welche das Komitee allenfalls zu bürgen imstande sei, auch noch entbehren, kam es über dieses Schreiben zu einer mündlichen Besprechung. Walkowiak verbuchte das bei sich als einen gewaltigen Sieg; indessen war es (Siege haben häufig ihre Tücken) der Anfang seiner Niederlage.

Der Personalchef Wackerlein, dessen unterirdische Tätigkeit nie mit solcher Leichtigkeit und solcher Fülle von Hilfsmitteln vonstatten gegangen war wie in diesen dunklen Tagen voll verschlungener Gänge und getrübter Übersichten, berichtete Frau Ella dahin, daß man Hachenpoot unmöglich diese Unterredung führen lassen könne. Frau Ella ihrerseits überzeugte den Freiherrn, daß Hachenpoot, alle seine Verdienste zugegeben (diese rücksichtsvolle Wendung glaubte sie ihrem Schwiegersohn schuldig zu sein), in diesem Fall der Elefant im Porzellanladen sei. Man kam überein, den Finanzrat Hiebenstein zu betrauen, der schon unter dem alten Risch das Privatvermögen der Familie verwaltet hatte, sehr weise und taktvoll war und vor Hachenpoots Zeit als einer der Anwärter auf den Generaldirektorposten gegolten hatte.

«Abgesehen von seiner beweinenswerten Vorliebe für grasgrüne Anzüge, und abgesehen davon, daß er nicht aus dem Siegerland, sondern aus Württemberg stammt, ist er ein tüchtiger Mann, zumal für einen Schwaben», stellte Frau Ella fest, «geschmeidige Gestalt, ausdrucksvoller Bart, aber kein argwöhnisch machender Vollbart, nichts Drapiertes, sondern eine vertrauenswürdige Kombination aus Backen- und Knebelbart. Es ist wahr, man muß ihn einmal in so einer heiklen Mission ausprobieren.»

Hiebenstein empfing das Komitee, dessen Sprecher Griguszies war, behutsam und zuvorkommend. Sechs Mitglieder hatte das Komitee, sechs Stühle standen da. Hiebenstein lud sie zum Sitzen ein. Sie wurden rot und setzten sich.

Als sie saßen, fragte der Finanzrat: «Haben die Herren alle Platz gefunden?»

Diese überflüssige, beinahe dumme, aber mit so ausgesuchter Höflichkeit vorgebrachte Frage verwirrte sie dermaßen, daß sie alle noch einmal aufsprangen, ihre Stühle anstarrten und erst wieder Platz nahmen, nachdem sie sich vergewissert hatten, daß für jeden ein Stuhl vorhanden war. Hiebenstein beobachtete sie, anscheinend ohne sie anzusehen, und klappte eine Zigarrenkiste auf. Sie setzten sich groß in Positur, um den Bestechungsversuch entrüstet abzulehen. Hiebenstein entnahm der Kiste jedoch keine Zigarren, sondern nur eine Drahtklammer, heftete damit zwei Papiere aneinander und bat das Komitee, seine Wünsche vorzutragen. Die Unbestechlichen waren beschämt.

Griguszies sprach. Er führte aus, es geschehe nicht mehr im Namen der Arbeitnehmer zum Vertreter der Arbeitgeber; diese Begriffe hätten sich endgültig umgewandelt. Die Arbeiter leisteten bekanntlich Arbeit, und der Unternehmer nehme sie von ihnen, um sich den Ertrag anzueignen; folglich seien die Arbeiter die Arbeitgeber, und die Fabrikanten die Arbeitnehmer. Nach jedem Satz blickte Hiebenstein ihn an und sagte freundlich: «Bitte, fahren Sie nur fort.» Griguszies wollte um keinen Preis den Anschein erwecken, daß er schüchtern und unwissend sei, und redete von Kapital und Lohn und Warenerzeugung alles durcheinander. Hiebenstein sagte: «Bitte, fahren Sie nur fort.» Dieser Aufforderung konnte man sich nicht entziehen, ohne als einfältig zu gelten. Man konnte nicht bekennen, daß man mit seiner Weisheit zu Ende sei; das ging nicht. Griguszies baute notgedrungen einen förmlichen Leitartikel zusammen. Hiebenstein sagte: «Bitte, fahren Sie nur fort.» Schließlich war es aus mit der Selbstbeherrschung, Griguszies verhaspelte sich, die Worte paßten nicht mehr zueinander, er mußte sich einen Abgang sichern, und da entfuhr es ihm: «Ich habe nichts mehr zu sagen, Herr Finanzrat.»

Hiebenstein nickte und ließ langsam seine Augen über die Reihe dieser Gesichter spazierengehen, auf denen, wie er es bei sich selbst formulierte, eine «aufrührerische Einfalt» verzeichnet stand. Das Komitee rückte unbehaglich auf den Stühlen. Er ließ es eine Weile zappeln. Die elektrische Uhr über der Tür tickte jede Minute mit einem kurzen, schnalzenden Schlag. Es war eine verbrauchte, nach staubigen Teppichen und verräucherten Vorhängen riechende Luft in diesem Zimmer.

«Man muß die Arbeiter heute darauf aufmerksam machen», hub der Finanzrat mit einer trockenen, aus gelehrten Büchern kommenden Stimme an, «daß ihr wirtschaftlicher Kampf schon nicht mehr gegen das Kapital, sondern gegen sie selbst gerichtet ist. Die Erfüllung der Lohnforderungen, die in einer kleinen Zahl von Gewerben und in wenigen Städten erreicht wird, ist nur dadurch möglich, daß die Warenpreise erhöht werden. Die Verbraucher müssen die Mehrbelastung tragen, und es trifft besonders hart jene Arbeiterschichten, die nicht in der Lage sind, entsprechend der Preissteigerung Lohnforderungen durchzusetzen – so wie Sie es können, meine Herren, die Sie Ihre Daumschrauben an einer Schlüsselindustrie ansetzen. Wenn ich es ganz drastisch sagen darf, Sie gewinnen, was Ihren Kameraden abgenommen wird. Die vielgeschmähte kapitalistische Wirtschaftsordnung hat natürlich, wie alle menschlichen Einrichtungen, auch unerfreuliche Erscheinungen gezeitigt, sie hat aber in Deutschland weit sozialer gewirkt als im Ausland. Grundsätzlich hat sie für jeden von uns den Zwang zur Arbeit durch den Selbsterhaltungstrieb gebracht. Sie meinen, daß die Lage der Arbeiterschaft durch den Wegfall des Kapitalgewinns gebessert werde; aber wenn die Produktionsmittel verstaatlicht sind, kann der Kapitalgewinn noch immer nicht ausgeschaltet werden, denn Kapital und Kapitalgewinn braucht auch der Staat, wenn er die Erzeugung weiterführen will. Ich will Ihnen keinerlei Meinung aufdrängen, es ist hier nur von Tatsachen die Rede. Da der Staat nicht die ganze Gütererzeugung mit allem, was drum und dran ist, übernehmen kann, würde er in dieser oder jener Form wiederum das Privatkapital beanspruchen müssen. Wenn der Staat sich aller Produktionsmittel bemächtigte, müßte er dennoch, um die Gütererzeugung einigermaßen in Gang zu halten, die Produktionsmittel, also eben das Kapital, im Wege des Kredits wieder an einzelne Personen abgeben. Eine solche alle Produktionsmittel umfassende Kreditwirtschaft würde aber einen solchen Wirrwarr und ein so allgemeines Schiebertum zur Folge haben, daß die heutigen, schon sattsam bekannten Zustände in dieser Hinsicht noch das reinste Paradies von Treu und Redlichkeit wären. Mit der Sozialisierung würde das Kapital nur seinen Besitzer wechseln, es würde nur verschoben, was ja allerdings sehr zeitgemäß wäre.»

Hier schmunzelte verständnisvoll das Komitee, froh, dem schrecklichen Geschaukel nationalökonomischer Begriffe entronnen zu sein. Witze über Schieber waren immer populär. Der Finanzrat, der dies genau einkalkuliert hatte, blieb jedoch ohne Bewegung und fuhr fort.

«Ich kann mir vorstellen, daß es ein schöner Glaube ist, nach Beseitigung des Kapitals werde der ganze Kuchen an die Arbeiter fallen. Wenn dem so wäre – meine Herren, ich bin ein Menschenfreund, ich würde dieses Glück wahrhaftig nicht beeinträchtigen. Aber zunächst ist es doch sehr fraglich, ob dieser Kuchen nachher ebenso groß sein wird; nach allen bisherigen Erfahrungen wird er viel kleiner ausfallen, und dann nutzt dem Arbeiter auch der größte Anteil nichts. Bei allen Staatsbetrieben ist es seit Menschengedenken so, daß das Allgemeingut weniger geachtet und sorgloser behandelt wird als Privateigentum. Sie kennen doch die Geschichte von dem Schweizer Soldaten?»

«Nein, Herr Finanzrat, die kennen wir nicht.»

«Nun, der Soldat war angeheitert und zerschlug seine Feldflasche am Gewehr, dabei rief er immerfort: ‹Macht nüt, isch jo Staatseigentum.›»

Dieses einer verstaubten humoristischen Ecke entlehnte Stück wurde von allen nach Gebühr belacht, und mitten im Gelächter reichte Hiebenstein ihnen die Hand; gleichsam nebenbei sagte er noch: «Unseren Arbeitern ist bekannt, daß wir jetzt mit Verlust arbeiten. Wir scheuen uns aber nicht, neue Aufträge zu Verlustpreisen hereinzunehmen, um unseren Werksangehörigen Arbeitsmöglichkeiten zu schaffen. Sehen Sie, ich bin ein alter Württemberger Demokrat, und ich finde bei Risch-Zander in idealer Weise verwirklicht, was mein großer Landsmann Friedrich List in seinem System der politischen Ökonomie als Werksfortsetzung bezeichnet, daß nämlich eine Generation um die andere an demselben Werk in derselben Richtung und demselben Geist weiterbaut, nach denselben Grundsätzen und mit denselben Mitteln. Es ist ein hochbedeutsames volkswirtschaftliches Prinzip, meine Herren.»

Mit dieser Belehrung, die er fest und streng wie eherne Gebote hinsprach, komplimentierte er sie hinaus, und erst als sie draußen waren, wurden sie sich bewußt, daß sie die dargebotene Hand angenommen hatten.

«Hol mich dieser und jener», meinte einer von ihnen, «war das von Marx oder von Lenin oder von Scheidemann, was er da zum besten gegeben hat? Hä, Griguszies? Mich ist das jedenfalls alles zu hoch.»

«Kamel», antwortete Griguszies wütend, und nach einer Sekunde klein beigebend: «Kameler sind wir alle.»

«Dat will ich meinen», versetzte gutmütig der andere, «du hast ooch nix mit Löffeln gefressen. War ooch nix Berühmtes, wat du geredet hast, dat haben wir doch spitz gekriegt, Männeken. Wir fangen alles groß an, und hinterher is alles Scheiße. Die da oben haben den Kniff raus. Wir können sie nix, genau nix. Also auf Wiedersehn, bis nächster Tage mal.»

Um die Scharte auszuwetzen und die Verantwortung von sich abzuwälzen, überhäuften sie Walkowiak mit Vorwürfen. «Überhaupt!» schrie einer. «Überhaupt, überhaupt! Wat haben wir schon bisher gehabt?»

«Tote von uns haben auf'm Pflaster gelegen», pflichtete ein zweiter bei, derselbe, der schon Griguszies den Kopf zurechtgesetzt hatte, «und 'n paar arme Jungens von die Polizei, die sich gegen uns haben mißbrauchen lassen. Aber die Großen, die Großen? Die Großen is kein Haar gekrümmt worden, wir können sie nix, die da oben, meine ich.»

«Vier sind verhaftet . . .»

«Dat hat Griguszies noch gemacht, du nicht, du nicht!»

«Macht euch bloß nix in die Hose! Ich kann mich doch nicht mit hunderterlei Dingen zugleich beschäftigen, so 'n Mist, so 'n Mist, kein Wunder, wenn man was aus die Augen verliert, aber ich werde sie gleich morgen aburteilen lassen.»

«Gar nichts wirst du! Schluß jetzt, abgedankt! Die Schellhases und der Kropf und der Wirtz wern losgelassen, verstehst du, die haben mehr Grütze in den kleinen Finger wie du in deinen Kopp!»

«Dat bißken, wat du davon hast, kannst du in die Aschenkiste schmeißen!»

Walkowiak fragte mit einer Stimme, die keine mehr war: «Wollt ihr zur Konterrevolution überlaufen? Wollt ihr die ARMEE DES SCHAFFENDEN VOLKES verlassen?»

«Du Volksbetrüger! Großmaul! Mörder!»

«Mörder!»

«Ihr erbärmliches Gewürm, ihr!»

Das Licht ging aus, die Stuhlbeine krachten. Walkowiak unterlag in dieser Schlägerei. Das Dunkel barg seine Verlegenheit und seine furchtbare Ermattung.

Risch-Zander machte bekannt, daß an vier aufeinanderfolgenden Tagen von zweiundzwanzigtausend zur Frühschicht gehörenden Arbeitern das erste Mal zehntausend, das zweite Mal vierzehntausend, das dritte Mal sechzehntausend, das vierte Mal neunzehntausend erschienen seien. «Es ist hiernach anzunehmen, daß die Ausstandsbewegung in den nächsten Tagen vollends aufhören wird.»

Achtes Kapitel

Die oberen Beamten der Risch-Zander AG hatten ein Kasino, ein gebirgiges Fachwerkgebäude mit Balustraden, Garten und Terrassen an der Peripherie der Fabrik, und außerdem ein von flatternden Zinnen gekröntes Klubhaus am Fluß, wo allsommerlich eine Ruderregatta um den Wanderpreis des Freiherrn von Zander stattfand, einen silbergetriebenen Pokal mit seelisch beschwertem Nymphenreigen. Der Zutritt zu diesem Kasinoklub war an bestimmten Imponderabilien geknüpft, die ihren geheimnisvollen Ausdruck bei der Ballotage fanden. Ob er eine Frau mit gesellschaftlicher Befähigung hatte, ob er so moralisch war, daß er seine Laster zu verstecken wußte, ob er einen Onkel oder einen Schwiegervater hatte, der im Notfall seine Schulden decken konnte, ob seine politische Gesinnung einwandfrei, sein Anzug vom Schneider, sein Auftreten den guten Sitten entsprechend und seine Heuchelei vollkommen war – dies und hundert andere Dinge bescheinigten dem Prätendenten die weißen Kugeln, die für ihn abgegeben wurden, bestritten ihm die schwarzen Kugeln, die gegen ihn abgegeben wurden. Ein versäumter Besuch bei einem Vorstandsmitglied konnte alle Aussichten zerstören, ebenso wie ein apartes Profil oder eine elegante Toilette der Gattin, die den Neid einer Vorstandsdame erregten. Ein Junggeselle wurde von den Müttern sofort nach den Chancen für ihre heiratsfähigen Töchter abgetastet, von den jungen Ehemännern hingegen nach der Gefahr, die seine Galanterie für die unerfahrenen Frauen bedeutete, von den betagten Familienvätern nach der Neuheit und Durchschlagskraft der Zoten, die er kannte. Hatte er alle Klippen umschifft, so durfte er sich für einen Kavalier vom Scheitel bis zur Sohle halten. Also legitimiert, saß er dann in der ihm zugehörigen Tischrunde; der Ökonom reservierte nämlich je einen besonderen Tisch für Direktoren, Prokuristen, Handlungsbevollmächtigte, Betriebsführer, Verwaltungsvorstände, Konstrukteure, Assistenten – und es war eine Ehre, wenn einer vom Assistententisch zur Unterhaltung an den Prokuristentisch gerufen wurde, denn abgesehen davon, daß er nun sozusagen bei einem ganz neuen Klub zu Gast war, wurden hiernach von den Kollegen allerlei schmeichelhafte Mutmaßungen über seine zukünftige dienstliche Verwendung ausgesprochen. So war auch im geselligen Beisammensein alles gegeneinander abgesetzt, die Betriebsbeamten gegen die Verwaltungsbeamten, die Techniker gegen die Kaufleute, die Doktoren gegen die Nichtakademiker – und in der Tat nahmen die meisten Beförderungen im Kasino ihren Anfang.

Was sich zu den mittleren Beamten zählen durfte, Bürovorsteher, Korrespondenten, Buchhalter, Zeichner, Werkmeister, war im «Verein der Risch-Zanderschen Beamten» zusammengeschlossen, hatte einen eigenen Wassersportverein, eine eigene Wanderabteilung, eine eigene Baugenossenschaft, eine eigene Unterstützungskasse. Wer sich verheiratete, erhielt ein zinsloses Darlehen zum Möbelkauf, das ihm in bequemen Raten bei den monatlichen Gehaltszahlungen wieder einbehalten wurde; und ähnlich geschah es, wenn die Frau niederkam oder ein Kind krank wurde oder sonst eine unvorhergesehene Ausgabe eintrat. Die Firma schoß für diese Zwecke aus ihrer Geschäftskasse reichlich zu; der erste Vorsitzende des Vereins war statutengemäß der jeweilige Chef des Risch-Zanderschen Kassenwesens. Auch hier hatte man seine gesellschaftlichen Normen; sie stimmten im Prinzip mit den Regeln und Gebräuchen des Kasinoklubs überein, hatten aber einen Stich ins Kleinbürgerliche, ins Militäranwärterhafte. Um ein Beispiel zu sagen: Es kam darauf an, ob die Frau selbst wusch oder eine Waschfrau hatte; und um ein anderes nicht zu verschweigen: auch der Wassersportverein veranstaltete eine Regatta, aber es war eine Herbstregatta, und die Spende des Freiherrn bestand ebenfalls in einem silbernen Pokal, aber dieser Pokal wies keinen Nymphenreigen auf.

Die übrigen Angestellten begnügten sich mit dem «Beamtenverein Unter Uns», wo sie lediglich die Gemütlichkeit pflegten. Die Frauen hatten mittwochs ihr Kaffeekränzchen, die Männer freitags ihren Kegelabend, die Familien sonntags ihre Ausflüge mit Gesang und Tanz.

Dies war die neue Gruppierung seit der Auflösung des Werkvereins.

Nachdem die Unruhen ein wenig abgeflaut waren, fand im Kasinoklub ein Begrüßungsabend für die aus dem Feld heimgekehrten Mitglieder statt. Zwei junge Damen in blassen Kleidern trugen die Mozartsche Serenade für Violine und Klavier vor, dann erhob sich Fräulein Erika Neufeind, die Tochter des technischen Direktors («wirklich ein schönes Kind», zischelten die Männer, und die Frauen: «was die auch schon hinter sich hat» – dabei hatte sie nur auf eine anständige Art ihre Verlobung gelöst, das war alles). Fräulein Erika Neufeind erhob sich also, um mit einer dunklen, vibrierenden Stimme den 77. Psalm zu sprechen.

«In der Zeit meiner Not suche ich den Herrn, meine Hand ist des Nachts ausgereckt und läßt nicht ab . . . Ich denke der alten Zeit, der vorigen Jahre . . . Wird denn der Herr ewiglich verstoßen und keine Gnade mehr erzeigen? Aber doch sprach ich: ich muß das leiden; die rechte Hand des Höchsten kann alles ändern . . . Ja, ich gedenke an deine vorigen Wunder . . . Die dicken Wolken gossen Wasser, die Wolken donnerten und die Strahlen fuhren daher . . .»

Sie hatte ihren Vortrag mit dramatischer Steigerung angelegt und war jetzt auf dem Höhepunkt. Es war eine unruhig jagende und mit schweren, aber durchsichtigen Geheimnissen befrachtete Sprache; wie die Kugeln auf der Kegelbahn rollten die Worte in den Saal. Die Zuhörer waren betroffen von dieser Wucht, sie bekamen Herzklopfen und Ohrensausen, auch die Frauen stimmten jetzt in die allgemeine Bewunderung ein, denn in diesem Augenblick war Fräulein Erika Neufeind nicht mehr Bürgerin, sondern Künstlerin, stand rechtens jenseits von Gut und Böse, konkurrierte nicht mehr mit ihnen. Über allen Köpfen lasteten die tiefen Klänge des Psalms. Es war wie das Getöse eines Gewitters, das an eine unübersteigbare Bergwand stößt und immer wieder ins Tal zurückflutet, bis die Schwere der Wolken ausgeschüttet ist. Ein Männerquartett sang ‹*Gott grüße dich*› und ‹*Wie's daheim war*›, aber immer noch war zwischendurch der Psalm vernehmbar: die Wolken donnerten und die Strahlen fuhren daher . . .

Auch der Freiherr mochte es fühlen, als er das Podium bestieg. Er holte weit mit der Hand aus, als wolle er den summenden Ton wegwischen, zertrümmern diesen beängstigenden Klagelaut. Danach wartete er etliche Sekunden, eine Dame ließ ihre Handtasche fallen, Papier knisterte, ein Uhrdeckel klappte. Jetzt saßen alle steif und betrachteten ihn. Der Psalmist, den Fräulein Erika Neufeind so eindringlich beschworen hatte, war gebannt, einige Herren wagten sogar, mit ihren Begleiterinnen leise zu scherzen über die Worte: «In der Zeit meiner Not suche ich den Herrn, meine Hand ist des Nachts ausgereckt und läßt nicht ab.» Die Begleiterinnen erröteten und lächelten keusch, zum Zeichen, daß sie die Unterschiebung einer Zweideutigkeit begriffen hätten und sie ebenso prickelnd wie ungehörig fänden.

Der Freiherr redete. Er entschuldigte seine Schwiegermutter und seine Frau, die eben erst die Grippe überstanden, doch gern das Risiko eines Rückfalls getragen hätten, um an diesem Abend hier zu weilen, wenn es der Arzt nicht verboten hätte. Dafür habe er seine beiden ältesten Kinder mitgebracht, die Zwillinge Arnulf und Irmintraut, als Zeugen der Zukunft, damit sie schon in frühen Jahren sich Achtung und Verständnis für Arbeit und Zusammenwirken einprägten.

«Wir hatten gehofft», fuhr er fort, «unsere aus dem Feld heimkehrenden Beamten auf Zandershöhe zu einer Feier vereinigen zu können, aber die Entwicklung der Verhältnisse hat es leider nicht gestattet. In den Trümmerhaufen des alten Deutschland ist die Revolutionsfackel geworfen worden, überall züngelt die rote Flamme empor, angefacht vom Gifthauch des Ostens. Doch der Geist der Rischianer, der Großes im Krieg geleistet hat, Dinge, die technisch wie kaufmännisch außerhalb des Maßes des Übersehbaren lagen, wird trotz der veränderten politischen Formen den Erfolg gemeinsamer Arbeit im Sinne des gemeinsamen Wohls sichern. Sie können um so mehr dazu beitragen, als Sie in Not und Gefahr die menschlichen Beziehungen unabhängig von Stand und Beruf empfunden haben. Sie können also helfen, die gute Kameradschaft zwischen Werksleitung und Beamtenschaft und zwischen Beamten und Arbeitern zu vertiefen.»

Die Art, wie er die Worte setzte, war dieselbe, die in den Reden aller Industriellen ständig wiederkehrte; dennoch bestand ein Unterschied, der den Freiherrn im wesentlichen von allen anderen trennte. Wenn er Phrasen gebrauchte, so konnte man gewiß nicht sagen, daß er sich ihrer *bediene* – wie es die anderen taten, die sich über die absolute Wertlosigkeit der Phrasen nicht täuschten und sie eben darum als Momente einer schlüssigen Logik in das Gefüge ihrer Absichten einsetzten. Der Freiherr war der einzige, der von der Echtheit der Phrasen durchdrungen war und an sie selbst, nicht bloß an ihre Wirkung, glaubte. Sie quollen ihm von innen, sie waren ihm Herzensbedürfnis.

«Ein Kriegsgedenken», so schloß er, «will die Firma Ihnen widmen, einen kleinen Anhänger, der nicht aus Gold und Silber ist, sondern aus Risch-Zanderschem Stahl, einem neuen Stahl, der nicht rostet. Wie dieser Stahl soll unsere Liebe zum Werk blank und rostfrei bleiben!»

Hinter ihm standen das Männerquartett, das ihm das letzte Wort mit dem Gesang eines niederdeutschen ‹*Weegenlieds för de Kriegstid*› aus dem Mund nahm, und ein Opernsänger, der die Arie des Vasco da Gama aus ‹*Die Afrikanerin*› und den ‹*Fridericus Rex*› von Löwe schmetterte. Alsdann ergriff im Namen der Heimgekehrten der Diplomingenieur Hollerbach vom Walzwerk II das Wort.

«Obwohl es uns nicht vergönnt war, als Sieger vor Ihnen zu erscheinen, dürfen wir aus dem heutigen Abend entnehmen, daß wir das Vertrauen der Firma nicht verloren haben. Wir haben viel zu danken, es war ein schlimmer Krieg . . . Wenn wir so dalagen im Schlamm, dann wurde unsere Seele müde, nichts als Trommelfeuer, nichts als Trommelfeuer . . . Es war, als wenn wir in einem verschlossenen Kasten hockten und der Deckel mit Hämmern bearbeitet werde, da kann man eine Wahrscheinlichkeitsrechnung anstellen, bis wann der Deckel durch sein wird und der Hammer einem auf den Schädel saust . . .»

Hier stotterte er noch ein paar Sätze ohne Zusammenhang. Was hatte ihn da plötzlich angewandelt? Für einen Moment brach eine Beklemmung über den Saal herein, für einen Moment störte ein Mensch, ein lebendiger Körper, die automatische Vortragsfolge. Der Freiherr und die Direktoren sahen ihn befremdet an: disziplinwidriges Verhalten, auch der? Auch der? Wem konnte man noch trauen, überall erstanden aus den eigenen Reihen Verräter, die sich in der Rolle des Wahrheits- und Gerechtigkeitssuchenden gefielen, man konnte nur den Kopf darüber schütteln.

Schnell, als errate er diese Gedankengänge, erholte sich der Diplomingenieur: «Wie froh und beruhigt waren die Artilleristen, wenn sie Risch-Zandersches Material erhielten . . .» Das war wieder der geläufige Ton, dessen Verstiegenheit so seltsam zu der Präzision seines Berufs kontrastierte. Es kam ihm jetzt vor, als hätte er die vorigen Sätze gar nicht gesprochen. «Das Entgegenkommen der Firma, die unsere Familien vor Sorge bewahrt hat, und die Liebesgaben des Kasinoklubs haben uns aushalten lassen in der Schlacht. Wir danken auch den Hausfrauen – so oft man von diesem Krieg redet, darf man ihrer nicht vergessen, und wir danken den Mädchen, die sich unsrer in der schlichten Tracht des Roten Kreuzes annahmen. Wie oft haben sie uns erquickt, sie wußten so zart zu pflegen. Heute freuen wir uns aber, daß wir unser gemütliches Kasino wiederhaben, wir wollen es fleißig besuchen, um hier im Kreise gleichgesinnter Freunde Anregungen für die neuen Aufgaben zu finden, deren Lösung die Zeit von uns fordert. Zu neuen Ufern lockt ein neuer Tag!»

Dem Freiherrn fiel ein Stein vom Herzen, er applaudierte dem ‹*Faust*›-Zitat, stand auf und schüttelte Hollerbach die Hand. Nun sang man gemeinschaftlich ‹*Stimmt an mit hellem, hohem Klang*› und ging, allmählich aus der Getragenheit erwachend, in die Nacht der vom Kohlenstreik entkräfteten Straßen, aus deren tödlicher Einöde immer noch vereinzelte Schüsse hallten, Schüsse ohne Ursache und ohne

Richtung. Schüsse aus Flinten, die zum Spaß und zum Zeitvertreib losknallten.

An dieser Feier hatte Hachenpoot nicht teilgenommen. Er saß siech und schattenhaft in seinem Büro und arbeitete bis drei Uhr nachts. Eine ganze Woche lang arbeitete er schon bis drei Uhr nachts.

Es war das erste Mal, daß ihn die Vorbereitung der Generalversammlung dermaßen in Anspruch nahm. Bisher war die Bilanz immer eine glatte Rechnung gewesen, alle Posten hatten sich auf die bequeme und äußerst verdienstreiche Geschäftsverbindung mit der Armee gestützt – obwohl in normalen Zeitläufen die Herstellung von Kriegsmaterial kaum mehr als den sechsten Teil des jährlich erzeugten Stahls verbraucht hatte. Hachenpoot wandte hier übrigens eine doppelte Taktik an, indem er gegenüber den Ansprüchen der verbündeten Nationen diese Tatsache ständig betonte und zugleich an die deutsche Regierung das Ansinnen stellte, seinen Betrieb zu sanieren, weil er nur unter dem Zwang von Berlin das Gepräge einer Rüstungsfabrik angenommen hätte.

Jetzt wollte ihm aber nichts mehr gelingen, überall stieß er auf ungläubige und argwöhnische Gesichter. Bei sich selbst vermißte er die geistige Beweglichkeit. Er hatte sie sonst nie vermißt, weil er ihrer sonst nie bedurft hatte. Seine Zeit war um. «Kein Geschäft läuft von selbst, es sei denn bergab» – damit sprach ihm Wackerlein das Urteil.

Wackerlein und Frau Ella hatte er immer vor sich, wie sie die Köpfe zusammensteckten; aus dem Zigarrenqualm, der sein Büro füllte, tauchten sie auf und brüteten, brüteten. Er sah auch ein, welchen Fehler er begangen hatte. Daß er Wackerlein unterschätzt hatte, war das wenigste; gewiß hätte er gerade einen solchen Menschen nicht links liegenlassen dürfen. Aber schlimmer war, daß er geglaubt hatte, Frau Ella leicht abhalftern zu können, wenn er nur erst einmal dick drin säße. Er hatte sich über sie hinweggesetzt und nur noch auf offiziellem Fuß mit ihr verkehrt. Es war eine kapitale Dummheit gewesen. Was hätte er alles erreichen können, hätte er ihr weiter den Hof gemacht wie früher, vor seiner Berufung. Jetzt sah er es ein, aber jetzt war es wohl zu spät. Jetzt war ihm der Zugang versperrt, jetzt schien es, als habe nicht er sie, sondern sie ihn gemieden. Sie war verhüllt und scheinbar friedsam, dem Zugriff entzogen wie ein schwimmender Nebel, doch ihr unfaßliches Dasein war spürbar, heimtückisch spürbar. Der alte Drache, der alte Drache. So hielten sie in der «Kemenate» von Zandershöhe seinen Lebensfaden in der Hand, und er war machtlos, er konnte nicht entgegenwirken, er hatte keine Handhabe, er tappte im dunkeln.

Wirklich war er in der Lage eines Mannes, der sich darüber klar ist, daß auf ihn gezielt wird, aber weder die Beschaffenheit des Geschosses noch die Richtung und den Zeitpunkt seines Kommens zu erahnen vermag. Wackerlein hatte ihm ein Netz über den Kopf gezogen, hatte ihn völlig eingesponnen. Alle Sekretär- und Gehilfenstellen im Hauptverwaltungsbüro, alle Horchposten und Zubringerdienste hatte er seit Jahren mit Siegerländer Freunden und Freundesfreunden besetzt, dergestalt, daß ein ganzes Stockwerk des Gebäudes nur noch die «Siegerlandschaft» genannt wurde.

Nichts, was Hachenpoot sprach, tat und zu sprechen oder tun unterließ, entging diesem hellsichtigen und hellhörigen Kordon; wann er kam und ging, wo er sich während der Dienstzeit aufhielt, wie lange er da und wie lange er dort verweilte, was er zu dem und was er zu jenem sagte, wie der Ton seiner Stimme war, wie er die Bürodiener behandelte, wie oft er nach den Laufjungen schellte – alles wurde gewissenhaft aufgezeichnet. In Wackerleins Vorzimmer wurden die Meldungen gesammelt und der ersten Sichtung unterworfen; dieses Sekretariat war vorzüglich abgerichtet. Es waren keine vollendeten Detektive – die hätte man hier gar nicht gebrauchen können; es waren kleine, bohrende Maulwürfe. Keiner von ihnen war weniger als fünfzehn Jahre bei Risch-Zander, und der älteste beinahe dreißig. Wenn ihn manche seiner Kollegen neckten: «Sie werden auch allmählich alt», oder: «Sie werden auch immer dicker», so antwortete er mit einem erstaunlichen Ernst: «Je älter und fetter, desto geeigneter für den Risch-Zanderschen Dienst.» Er hatte recht. Das Sekretariat Wackerlein war die Stelle, wo der gute Geist der Rischianer erzeugt und behütet wurde. Nicht die Zechen, welche die Kohlen, nicht die Hochöfen, welche das Eisen, nicht die Verkaufskontore, welche das Geld lieferten, waren das Zentrum der Fabrik. Das Zentrum der Fabrik war das Sekretariat Wackerlein, welches die Tradition und die Ämterpatronage verteidigte. Sage keiner was gegen die eingefleischten, verknöcherten, pedantischen Bürokraten. Es ist leicht, sich über sie lustig zu machen, doch es ist nicht leicht zu beweisen, daß man ihnen die Spitze bieten kann. Sie lassen sich verhöhnen, aber sie lassen sich nicht, wie man so sagt, «für dumm verschleißen». Sie haben neben ihrer Arbeit eine ganz bestimmte Funktion, und sie wissen es nur zu genau.

Dieser Welt war Hachenpoot kein ebenbürtiger Gegner, ebensowenig wie Herr Romeike ein ebenbürtiger Gegner für Hachenpoot gewesen war. Vom moralischen Standpunkt hätte man ihn vielleicht dazu beglückwünschen müssen, daß er es nicht war – aber er wäre wohl selbst der letzte gewesen, der auf einen Glückwunsch vom moralischen Standpunkt Wert gelegt hätte.

Wie genau Frau Ella die Akte Bilgenstock studiert hatte, wußte er nicht. Er wußte auch nicht, wie genau ihr die Anzeige der Arbeiterinnen gegen Herrn Körschgen bekannt war – ihn erregte daran nichts, ausgenommen die häufige Wiederkehr des Ausdrucks «unsittliche Berührungen»; jedesmal wenn er ihn las, wollte er ihn ausstreichen und durch «unsachliche Berührungen» ersetzen, aber er griff bloß zur Feder und legte sie wieder weg. An Frau Ella dachte er viel, doch offenbar noch nicht genug; schließlich wußte er nicht, wie warm ihr alle Fehlschläge und Mißgriffe im Werk empfohlen wurden. Nein, er wußte es nicht. Aber er wußte, daß ihr untergeordnete Persönlichkeiten gleichgültig waren. Folglich würde sie alle Schuld auf den Generaldirektor laden, folglich würde es diesmal nicht dabei bleiben, daß Generalversammlung und Aufsichtsratssitzung über den Bestand des Werkes Beschlüsse faßten, vielmehr würde auch seine Person hineingezogen werden.

Darum arbeitete er. Zwischen die Arbeiten am Fabrikations- und Finanzprogramm schoben sich die Arbeiten an der Organisation der Bürgerwehr. Es war fast eine fixe Idee bei ihm geworden; er bildete sich ein, das Gelingen der Werksgeschäfte hänge mit dem Zustandekommen der Bürgerwehr zusammen. Eine Reihe von Beamten hatte er für seine Pläne gewonnen, hauptsächlich Betriebsführer, darunter auch Bilgenstocks ehemaligen Assistenten Schäfer, der jetzt den Diplomingenieur Hollerbach vom Walzwerk II assistierte; dagegen waren die Kaufleute und Verwaltungsmenschen zurückhaltend, sie mußten ja auch nicht, wie die Beamten der Werkstätten, in den Tumulten ihre Haut zu Markte tragen.

So arbeitete Hachenpoot. Ob man auch wieder würde sagen können: so siegte er ...? Er selber glaubte es kaum. Zum erstenmal, seit das Stahlwerk eine Aktiengesellschaft war, schloß es mit einem Verlust ab. Er war gering, keine 50000 Mark in Papier, aber Frau Ella war empört. Gegen alle wirtschaftlichen Darlegungen und Erwägungen stellte sie sich taub.

«Wir haben den Krieg verloren», gab Hachenpoot seufzend zu bedenken.

«Ja, ja», sagte sie, «und wie hoch ist die Dividende?»

«Der überstürzte Waffenstillstand, der jähe Abbruch unserer Kriegsmaterialherstellung ...»

«Ja, ja, es war eine entsetzliche Dummheit – was sage ich immer? Die Männer haben keine Nerven. Aber wie hoch ist die Dividende?»

«Das Geld ist entwertet . . .»

«Fürchterlich. Und wie hoch ist die Dividende?»

Nichts ließ sie gelten. Wie hoch ist die Dividende, wie hoch ist die Dividende, wie hoch ist die Dividende? Das war stets ihr Schluß.

Man bedeutete ihr, daß davon keine Rede sein könne.

«Was, keine Dividende?» Keine Dividende!

Frau Ella sagte von sich, daß sie ein WIRKLICHKEITSMENSCH sei. Unter Wirklichkeit verstand sie ihr Vermögen.

Keine Dividende!

Da war nun nicht mit ihr zu spaßen. So wie manche Leute sich gern erinnerten: «Ja, unter Bismarck wäre . . .» so begann sie jeden zweiten Satz: «Bei Lebzeiten meines seligen Mannes wäre . . .» und es war ihr so wenig wie jenen postumen Bismarck-Verehrern begreiflich zu machen, daß eben eine historische Epoche samt ihrem zugehörigen Maß und Mittel unwiederbringlich dahin war und daß eine strenge Gesetzmäßigkeit der Geschichte vorlag, wenn die Männer, die sich in ihr bewährt hatten, mit dem Abschluß ihrer Aufgaben das Feld räumten. Es mag sein, daß Frau Ella nicht unrecht hatte, wenn sie behauptete, das nachfolgende Geschlecht sei schwächer, aber daran war dieses Geschlecht vorausbestimmt, die gefährlichen Überspannungen, welche die Vorfahren hervorgerufen hatten, zu korrigieren und ihre Turmbauten abzureißen, weil sie die Tragfähigkeit des Fundaments überstiegen. Es hat nie eine Zeit gegeben, die sich zuletzt nicht selbst ad absurdum geführt hätte, und in der Bodenlosigkeit, die jedesmal darauf entstand, hätten die Großen der Vergangenheit sich zweifellos noch hilfloser betragen als die Kleinen der Gegenwart. Auch die Heroen der Geistesgeschichte unterliegen einer gewissen Relativität. Ihr Wirken fällt zusammen mit einer Konstellation, die ihrem Genius günstig ist, und sie verfügen auch nur über jene Kräfte, die im Zeitpunkt ihres Antritts gebraucht werden.

Solchen Überlegungen stand Frau Ella natürlich fern. Sie machte dem Freiherrn die Hölle heiß. Sie stocherte mit einer aufsässigen Korrektheit in der Bilanz herum. Sie beorderte Hiebenstein, ließ sich alles genau erklären und fragte sogar nach den Unterlagen.

Auf dem Konto «Allgemeine Unkosten» entdeckte sie laufende Zuwendungen an irgendeinen Generalleutnant.

«Wer ist das?»

«Ein alter Herr, der die Feldzüge vierundsechzig, sechsundsechzig und siebzig mitgemacht und schon sein sechzigjähriges Militärjubiläum gefeiert hat.»

«Warum bekommt er Geld von uns?»

«Er gibt eine artilleristische Zeitschrift heraus.»

«So. Und wir – geben wir noch Kanonen heraus? Was sagen Sie, Herr Finanzrat, nein? Was interessiert uns also eine artilleristische Zeitschrift? Warum ist die Beihilfe noch nicht gestrichen?»

«Man glaubte wohl, aus alter Anhänglichkeit ... Das Konto war einmal da, man hat es eben fortgesetzt.»

«Wer ist das: ‹man›?»

«Der Generaldirektor natürlich.»

Frau Ella schöpfte Luft und wiederholte in einem Ton, daß Hiebenstein, obwohl er eingeweiht war, zurückfuhr:

«Der Generaldirektor – natürlich!»

Schnell trat der Finanzrat wieder näher.

«Immerhin», sagte er verschmitzt, «er hat kleine Verdienste um die Firma ...»

Einen Einwand vortäuschend, schürte er unverfroren. Mit Absicht ließ er offen, ob er Hachenpoot meine oder jenen schriftstellernden Militär.

«Verdienste? – Große oder kleine», erwiderte unnachsichtig Frau Ella, «dafür wurde er bezahlt. Nachher ist alles aus. Einem Mann in gehobener Stellung trägt man Verdienste nicht nach, das würde zu weit führen. Verdienste trägt man einem Meister nach oder einem Schlosser, wo sie nicht so selbstverständlich sind. Da rentiert sich ein dankbares Gedenken, es fördert die Ergebenheit der Arbeiterschaft. Bei den Oberen ist das ganz überflüssig. Wenn sie nicht ergeben sind, existieren sie ja gar nicht. Man braucht doch einem Menschen nicht dafür dankbar zu sein, daß er keinen Selbstmord begangen hat.»

Hiebenstein fand diese unverblümte Preisgabe der patriarchalischen Haltung in seiner Gegenwart sehr drollig. Frau Ella aber lachte nicht dabei. So war sie; trotz ihrer Zurückgezogenheit konnte sie verteufelt ungemütlich werden. Haarscharf trennte sie die Gemütswerte von den Geschäftswerten. Je unwandelbarer sie in jenen war, desto anpassungsfähiger war sie in diesen, und wenn ihre Beobachtungen der Realität auch schon etwas veraltet waren, so haftete ihnen im Grunde doch immer noch ein Stück Wahrheit an, und vor allem blieb ihr Grundsatz, daß nur reale Guthaben gebucht werden dürften und ihre Verzinsung sich auf dem gleichen Konto ausweisen müßte, ewig neu. Zwar sprach ihr Gefühl naturgemäß zugunsten ihrer eigenen, bereits durchlebten Zeit, aber da sie sich viel darauf zugute tat, der personifizierte gesunde

Menschenverstand zu sein, so gab sie die Parole aus: «Der Vergangenheit alle Tränen, aber keinen Pfennig!»

Man sieht, wie es sich über Hachenpoot zusammenzog: Die kleinen Wölkchen waren es, die das Unwetter auslösten. Wären diese Dinge nicht gewesen, die wir für Geringfügigkeiten anzusehen geneigt sind, so hätte Hachenpoot noch zwanzig Jahre regieren können, ohne ein Programm für den Wiederaufbau der Fabrik herauszubringen. Jetzt erst, auf dem Umweg über all die Geringfügigkeiten, wurde auch bemerkt, daß die Sache mit dem Programm nicht in Ordnung war.

Zu allem Unglück ereignete sich zwei Tage vor der Generalversammlung noch ein unangenehmer Vorfall.

Walzwerk II, Knüppelwalzwerk, Diplomingenieur Hollerbach und Assistent Schäfer. Ein Walzwerk, muß man wissen, ist in der Stahlfabrik die chirurgische Abteilung.

Die Walzen rasen. Rotgelb, wie Rabatten von Islandmohn, glühen die eisernen Knüppel, wenn sie unter hydraulischem Druck aus dem Ofentor herausgeschossen werden. Eine weißbrennende Sonne hat sie drinnen auf tausend Grad erhitzt und erweicht. Sie sind in flimmernden Schweiß gebadet; nun strecken sie sich, nun zucken sie in stummer Beredsamkeit wie Tiere vor der Schlachtbank, nun rollen sie schon über die mörderischen Laufgänge. Die Arbeiter haben Kapuzen aus Draht über den Köpfen und platte Zangen in den Händen; damit steuern sie die funkenstiebenden Blöcke, reißen sie herum und treiben sie geradewegs zwischen die zermalmenden Zylinder, in die blitzende Spiegelstraße dieser ratternden, quetschenden, in brüllender Umdrehung befindlichen Werkzeuge, die vom zischenden Strahl des Kühlwassers bespritzt werden. Fast sieht es wie Mühlräder aus. Aber es dampft, es dampft. Öl tropft über die Kugelzapfen, worin die Walzen hängen. Jetzt sehen sie so fettglänzend und geschmeidig wie Seelöwenleiber aus.

Walzwerk II ist ein Triowalzwerk, denn es sitzen jedesmal drei Walzen übereinander, von denen sich die mittlere in entgegengesetzter Richtung bewegt. In den Schlund zwischen Unterwalze und Mittelwalze sausen die Blöcke hinein, werden mit irrsinniger Schnelligkeit gedrückt und geschwächt, ausgespien, in den herankommenden Schlund zwischen Mittelwalze und Oberwalze geschleudert, nochmals geschwächt, nochmals herumgeworfen. Sie lauern, diese gefräßigen Ungeheuer, sie lauern fauchend ihrer Beute auf. Jeder Durchgang durch einen Rachen heißt ein Stich, der erste Stich, der zweite Stich, und so fort bis zur gewünschten Stärke. Von prasselnden Messern werden die verkrumpelten Ränder weggeschnitten, alle die angeschwollenen und geschwürig verdickten Enden, dann ist die Operation erledigt.

Der Lasthebemagnet, der leicht und schlank, ein einfacher Bügel mit drei schaukelnden Ringen, in einer Rolle von der Decke herabhängt, saugt die gewalzten Knüppel an, sie werfen sich ihm an den Hals, sie schmiegen sich an, er macht mit ihnen, was er will, er fliegt mit ihnen, er turnt mit ihnen, Eisen gewachsen an Eisen, wie die Akrobaten am Trapez.

Nebenan ist das Maschinenhaus, wo die Elektromotoren laufen, welche die Walzen in Bewegung setzen.

Sieben große Kisten standen in diesem Maschinenhaus. Wochen hindurch standen sie schon da; Irrläufer seien es, unbestellbares Frachtgut, hieß es, niemand hatte sonderlich darauf geachtet. War im Betrieb von Risch-Zander eine Sache einmal abgestellt, so stand sie, ohne Neugier zu erregen, bis zum Jüngsten Tag. Es konnte vorkommen, daß sie im Weg war; dann wurde sie an einen anderen Platz geschafft, aber niemandem fiel es ein, sie zu untersuchen. Sie wurde inventarisiert und von jedermann als ein langjähriger Bekannter behandelt, den man durch und durch zu kennen glaubt, weil man ihm täglich begegnet.

Die Umstände, die diese Kisten plötzlich interessant machten, lagen außerhalb des regulären Fabrikbetriebs. Es verbreiteten sich nämlich Gerüchte von heimlichen Lebensmitteldepots, da tatsächlich einige versteckte Vorräte aufgestöbert und beschlagnahmt worden waren; und obwohl die amtliche Aufklärung alles als harmlos und nicht der Rede wert und überhaupt längst bekannt erscheinen ließ, bemächtigte sich der Bevölkerung eine ungeheure Erregung. Irgendwer äußerte den Verdacht, die Kisten im Maschinenhaus könnten Lebensmittel enthalten. Die Arbeiter liefen zusammen: «Stemmeisen her und aufgebrochen!» Hollerbach fragte Schäfer, ob das die Kisten seien, die er von der Verladezentrale übernommen habe. Schäfer nickte. Er war sehr bleich und voll von einer inneren Unruhe, die seine Überlegung lähmte.

«Dann müssen wir doch dabei sein, damit nichts gestohlen wird», drängte der Diplomingenieur.

Abermals nickte Schäfer: «Ja, ja», jedoch machte er keine Miene zu folgen.

«So kommen Sie doch endlich mit, was haben Sie nur?»

Hollerbach rüttelte ihn voll Verwunderung. Jetzt schien er zu sich zu kommen, jetzt erst schien er zu begreifen, was vor sich ging.

Auf einmal hatte er es eilig. Er begann aufgeregt mit Armen und Beinen zu schlenkern: «Lassen Sie mich raus aus dem Betrieb, ich muß fort, ich muß fort!»

Hollerbach hielt ihn an, eine Ahnung stieg in ihm auf. «Sie wissen, was in den Kisten ist?» fragte er scharf.

«Ja . . . Waffen und Munition . . .»

«Mit wem konspirieren Sie?»

«Ich bin kein Verschwörer, ich bin für Recht und Gesetz. Ich bin in der Bürgerwehr, ich habe das Vertrauen des Generaldirektors.»

«In dieser Sache wäre es besser, sie besäßen *meines.* Wie konnten Sie hinter meinem Rücken diese Kisten aufstapeln? Außerdem haben Sie mich belogen . . .»

«Nein, ich habe die Kisten wirklich von der Verladezentrale übernommen, das ist die reine Wahrheit.»

«Mir ist es einerlei, was für Schiebungen da gemacht werden, aber ich will nichts zu tun haben. Der Generaldirektor weiß also von der Munition?»

«Er weiß, selbstverständlich weiß er.»

«Auch wo sie aufbewahrt wird?»

«Nein – das nicht, das hat er ausdrücklich uns überlassen.»

«Dann kann er Sie auch nicht decken.»

«Ich muß fort, ich muß fort, lassen Sie mich raus.»

Zwischen der unschlüssigen Hast dieser Worte und der Versteinerung seines Gesichts war ein erschütternder Zusammenhang; er war zugleich angewurzelt und umhergetrieben, sein Körper war dermaßen mit Unrast angefüllt, daß das Gehirn einfach nicht weiterarbeitete; es war leer und ohne Blut, es ruhte sich aus und sah der unabwendbaren Gefahr mit einer Starre entgegen, die zu verwünschen es gerade noch die Kraft hatte. Es war ein eigentümlicher Zustand. Der Assistent machte den Eindruck, daß er lief und doch stillstand oder daß er stillstand und doch lief – so genau konnte man das nicht erklären.

«Wenn sie mich hier erwischen, schlagen sie mich tot», jammerte er. Hollerbach hatte Mitleid mit ihm, schließlich, dachte er, ist er mein Klassengenosse und als solcher gegen die Wut der Arbeiter zu schützen.

«Schließen Sie sich in meinem Zimmer ein», riet er.

«Um Gottes willen, nein, das tu ich nicht, bedenken Sie doch, wie sie es damals bei Körschgen mit dem Meister Kurbjuhn gemacht haben!»

«Seitdem hat sich manches geändert, die Revolution hat inzwischen parlamentarische Formen angenommen. Wenn Sie die Leute nicht durch Ihren Anblick reizen, werden sie eine Deputation ans Direktorium schicken, und dann wird ein Untersuchungsausschuß eingesetzt werden. So weit kann ich Sie retten. Nachher müssen Sie dann sehen, wie Sie's ausfressen.»

Er behielt recht. Die Empörung über den Fund wurde gleich zu Anfang durch den Zwang zu Formalitäten gedämpft. Waffen und Munition mußten selbstverständlich gezählt werden, bevor etwas unternommen werden konnte, und über diesem Geschäft, das von allen eifrig betrieben wurde, gewann der Sinn für ein systematisches Vorgehen die Oberhand über die schwelenden Instinkte des Jähzorns. Man erstattete, den Umständen nach in aller Ordnung, dem Betriebsführer die dienstliche Meldung, daß man im Maschinenhaus zweihundertundvierzig Gewehre, neun Maschinengewehre, sieben schwere Mauserpistolen, drei Trommelrevolver, hundertfünf Seitengewehre, sechshundert Handgranaten, hundertfünfzig Patronentaschen und viertausend Patronen gefunden habe und daß die Kisten unter Aufsicht des Assistenten Schäfer und mit falschen Angaben dort deponiert worden seien; hierfür müsse man Rechenschaft fordern.

Hollerbach versicherte, er habe von der ganzen Geschichte nichts gewußt und könne gegenüber allen Bestrebungen, die sich gegen die Arbeiterschaft richteten, nur seinen Abscheu ausdrücken; indessen sei er überzeugt, daß solche Bestrebungen überhaupt nicht vorhanden seien und auch diese Sache eine vollkommen beruhigende Aufklärung finden müsse; um so mehr bedaure er, daß diese Aufklärung nicht sogleich beschafft werden könne, weil Assistent Schäfer sich in einer dringenden dienstlichen Angelegenheit in einen anderen Betrieb begeben habe.

Gut, erklärten die Arbeiter, man wolle ihm Glauben schenken; «weil Sie es sind». Sie beratschlagten, was nunmehr zu tun sei. Mehrere riefen: «Los, nicht lange gefackelt, weiter zum Direktorium!» Der Vorschlag ward beifällig aufgenommen; so zogen sie ab, wie Hollerbach vorausgesagt hatte.

Der Diplomingenieur genoß bei ihnen einiges Ansehen. Es schrieb sich von seinen technischen Kenntnissen her, die er nicht, wie wiele seiner Kollegen, dazu benutzte, den theoretischen Besserwisser zu spielen; vielmehr schmolz er sie in eine Unmenge praktischer Erfahrungen um. Für die Eigenschaften des Materials und die Methoden seiner Bearbeitung besaß er einen Blick, der selten irrte, doch gab es auch Fälle, wo er dieses Blicks nicht einmal bedurfte und allein durch die Anspannung des Gehörs und des Tastsinns zum Ziel kam. Dagegen war es nicht seine Gewohnheit, selbst Hand anzulegen. Manche seiner Kollegen glaubten sich beliebt zu machen, wenn sie überall mit anfaßten und herummurksten, es war ihr Ehrgeiz, ebenso schwarze Finger und ebenso ölige Röcke wie die Arbeiter zu haben: Natürlich erreichten sie damit das Gegenteil, die Arbeiter hatten für diese Art Kollegialität nichts übrig und ärgerten sich über die Einmischungen und Bevormundungen – und dann erst das Gespött, wenn diesen WERKTÄTIG aufgekratzten Vorgesetzten eine Handhabung mißglückte! Hollerbach machte es anders. Er lief seinen Leuten nicht dauernd zwischen die Beine, nahm ihnen nicht die Arbeit aus den Händen, pfuschte nicht herum. Er hatte gepflegte Hände und einen sauberen Anzug. Im Dienst sprach er kurze und klare Worte, die ins Schwarze trafen. Außerhalb des Technischen hatte er eine romantisierende Redeweise und einen halb burschikosen, halb feierlichen Lebenszuschnitt.

Alles in allem entsprach er so ziemlich dem Bild, das sich die Arbeiter von einem guten Bürger machen; als solcher wurde er geschätzt, als solcher wahrte er seine Autorität. Nicht daß er es darauf angelegt hätte; sein Wesen war so. Vielleicht hatten die drei Jahre, die er in Wirtzschen Diensten gestanden hatte, an diesem Wesen geformt, das kann man so genau nicht abtaxieren. Jedenfalls war mancherlei darin von der Philosophie, die sein früherer Brotgeber Ottokar Wirtz ungefähr in diesen Sätzen zusammenfaßte:

«So wenig die Arbeiter wollen, daß der Vorgesetzte ein Knotenstock oder ein Klugscheißer sei, so wenig wollen sie, daß er ein Waschlappen sei, und so wenig sie vertragen, daß er sich hochmütig begärdet, so wenig vertragen sie, daß er mit ihnen auf gleicher Stufe verkehrt. Sie wünschen niemanden, der von oben auf sie heruntersieht, aber sie wünschen jemanden, zu dem sie aufsehen können, wann und sooft ihnen das Bedürfnis aufzusehen kommt. Sie haben Achtung vor tüchtigem Fachwissen und sind vernarrt in die Formel: STRENG, ABER GERECHT. Das ist alles, was der Vorgesetzte zum Jonglieren braucht. Er darf seinen Untergebenen nie das Gefühl verleihen, daß sie ihn erdulden müssen, weil sie die Schwächeren sind; er muß ihnen das Gefühl verleihen, daß sie ihn dulden können, weil er der Stärkere ist.»

Knüppelwalzwerk II ist also in Marschkolonne, stramm formiert, Gleichschritt und Vordermann, Tuchfühlung, Daumen einwärts, Hand bis zum Koppelschloß – alles in tadelloser Zucht, wie sie's vom Exerzierreglement gelernt haben. Auf den umwölkten Stirnen steht

Mancher, der ein Buch liest, murrt …

der ganze Ernst der Situation; auf den zerschlissenen Gesichtern spiegelt sich das Gefühl, daß sie für die Dauer einer Stunde schicksalbildend und ein Teil des Weltgewissens sind. Sie machen gern einen kleinen Umweg, damit man herzulaufen und fragen kann, was diesmal der Zug bedeutet, doch wenn man fragt, gehen sie stolz und wichtig schweigend weiter. Sie stoßen keine Verwünschungen aus, sie leiden auch nicht, daß andere Demonstranten sich anschließen. Sie haben eine Sache für sich allein. Sie marschieren nicht für Lohnerhöhungen und Sozialisierung und irgendwelche Aufregungen der Etappe, sie marschieren geradewegs an die Front, sie marschieren gegen die feindliche Offensive, sie verteidigen die ideelle Position, die Bastei der Grundrechte, sie verteidigen Karl Marx selber; Walzwerk II ist die Vorhut der ARBEITERBATAILLONE, so gewichtig dröhnt sein Schritt, so unheildrohend und todverkündend hallt sein Gesang, der beim Einschwenken zum Tor des Hauptverwaltungsgebäudes mit einem Schlag losbricht.

«Dem Karl Liebknecht haben wir's geschworen . . .»

Es stört sie nicht, daß sie keine eigene Lieder haben, sie übernehmen einfach die Lieder der dahingegangenen kaiserlichen Armee und tauschen nur die alten Heldennamen gegen neue ein.

Manche unter den Neugierigen, die sich auf der Straße ansammelten, fanden das rührend, andere fanden es schlau, indem sie daran dachten, daß die christlichen Priester ehemals auch die heidnischen Feste übernommen und nur die Symbole ausgewechselt hatten – wobei sie übersahen, daß die Priester immer mit der bewaffneten Macht im Bunde waren. Aber keiner ahnte, was für Gedanken darüber in den Köpfen umgingen, die oben im Hauptverwaltungsgebäude hinter den Doppelfenstern auf der Lauer lagen.

Der Freiherr diktierte gerade Herrn von Scheeven, seinem Sekretär, einen Brief an jenen Generalleutnant, dem auf Frau Ellas Geheiß die Unterstützung für seine artilleristische Zeitschrift entzogen worden war. Der Mann hatte sich an den Freiherrn persönlich gewandt und ihm mit vielen Argumenten klargemacht, wie nötig militärische Zeitschriften gerade jetzt, nach dem Untergang des Militärs, seien, denn es komme der Tag der Auferstehung und es gelte, gerüstet zu sein, und überhaupt gebiete es die Tradition . . . Der Freiherr seufzte. «Schreiben Sie, Herr von Scheeven, daß ich mich aus aktienrechtlichen Gründen nicht in die Entschließungen meines Direktoriums einmischen kann . . .»

«. . . und daß die Firma prinzipiell davon absehen müsse, einen Präzedenzfall zu schaffen», ergänzte der Sekretär.

«Ja, ja – ganz recht, schreiben Sie nur, wie wir es immer in ähnlichen Fällen tun.»

Soweit waren sie, als sie den Gesang der Arbeiter vernahmen. Herr von Scheeven blieb uninteressiert an seinem Pult stehen und sagte: «Da ziehen sie mal wieder.»

Der Freiherr trat von der Seite an das Fenster heran und sah durch den Spalt zwischen Glas und Gardine hinab. Nun ging auch Herr von Scheeven von der anderen Seite hin; für einen Moment trafen sich ihre Blicke, der Freiherr klagte: «So blutrünstig sieht das aus, so blutrünstig» und wandte sich voll Schrecken ab. Herr von Scheeven kehrte mit gemessenen Schritten zu seinem Diktat zurück und zuckte die Achseln.

«Immerhin sind es *unsere* Lieder, die sie singen», sagte er leichthin. «Unsere Lieder, die ihre Offiziere sie im Krieg haben singen heißen. Ich glaube nicht an die Kraft einer Bewegung, die keine eigenen Melodien hervorbringt.»

«Aber so hören Sie doch auf den Text», warf der Freiherr ein, «das besagt doch gerade genug.»

«Der Text, ja. Zu guter Letzt ist es nicht der Text, sondern die Singweise, was das Gefühl beeinflußt.»

Herr von Scheeven war, wie es oft bei den Sekretären hochgestellter Männer der Fall ist, größer und einflußreicher als sein Herr, oder richtiger ausgedrückt, er war es, der die Größe und den Einfluß seines Herrn im Verkehr mit der Welt dosierte. Dem diplomatischen Dienst entstammend, hatte er in den Referentenkammern des Auswärtigen Amts hinsichtlich der Art, wie man Vorgesetzte einwickelt, schiebt und leitet, eine ausgezeichnete Schule durchgemacht. Meistens waren die Briefe, die der Freiherr ihm zu diktieren glaubte, *sein* Werk, ausgenommen die Form, die freibleibend war.

Es ist wahr, daß die Dazwischenkunft Hachenpoots dieses Verhältnis etwas beeinträchtigt hatte, aber Herr von Scheeven hatte im Auswärtigen Amt auch das Warten gelernt und den sicheren Trost: Er ist nur eine Episode, und sollte er auf seinem Platz noch zwanzig Jahre älter werden, er ist nur eine Episode. Überflüssig zu sagen, daß er Wackerleins Verbündeter war, obschon er nach außen nie aktiv wurde und sich im Gegenteil bemühte, bescheiden und verdienstlos zu erscheinen. Er beging seine Indiskretionen mit einer Gelassenheit, die auf eine Sinnestäuschung spekulierte. Der Freiherr gehörte nicht zu jenen, die von einem offenen Wort hingerissen werden; dies geschieht ja meist nur bei despotischen Naturen, und der Freiherr war wirklich kein Despot, vielmehr erzwang sein vermittelnd fortschrittlicher Charakter gerade die versteckten Worte. Herr von Scheeven hatte allerdings in langjähriger Übung gelernt, sie so zu setzen, daß er sie mit Bedacht für «halboffene» Worte ausgeben konnte. Er operierte mit ihnen, wie ehemals im Auswärtigen Amt mit «halbamtlichen» Nachrichten; es gab sogar von ihm selbst ein Bonmot darüber. «Es sind die einzigen Fälle», lautete es, «wo ein Halbes doppelt soviel wert ist wie ein Ganzes.»

Das Hauptverwaltungsgebäude war steildachig und hatte dicke, düstere Mauern, die hoch aus der engen Straße aufschossen und mittels zahlreicher Vorsprünge aus unbehauenen Quadern auf den Eindruck eines gewalttätigen und abschreckenden Trotzes zurechtgemacht waren. Die kleine Schar der Walzwerkarbeiter stand davor wie vor einer uneinnehmbaren Festung. Da sie senkrecht hinaufsehen mußten, tat ihnen das Genick weh; die von vielen Pilastern unterbrochenen Fensterfluchten waren verwirrend und abweisend, die steinernen Flächen von einer entmutigenden Ausdehnung. Nirgends erspähten sie ein festes Ziel, auf das sie sich hätten konzentrieren können. Sie wußten ja nicht einmal, hinter welchen Fenstern die Direktionszimmer lagen. Alle diese Scheiben waren inmitten der knorrigen Architektur gleichmäßig kalt und dunkel und undurchdringlich, wie die aufgerissenen Augäpfel im Antlitz eines Blinden.

Noch während die Demonstranten anrückten, verschloß der Portier das Tor.

Vor den Werkstätten bestanden die Tore aus schmucklos aufgereihten Stäben, jeder sah aus wie ein Speer, den ein unsichtbarer Wächter hielt, und die Höfe dahinter waren ewig feucht von Schmieröllachen und graukörnigen Rußkrusten; die Pförtner dort waren mürrische Invaliden, Lungenleidende und Unfallbeschädigte, die in überheizten Buden hockten und mit sauertöpfischem Lächeln die Passierkontrolle ausübten. Aber dieses Tor hier, das jetzt mit einem kleinen höhnischen Knacks ins Schloß fiel, war von lustigen, eisernen Ranken durchzogen, die einander ohne Überstürzung nachgingen und in spielerischen Blattnestern sich vereinigten. Oben saß auf jeder Stange ein dicker, runder Knopf, wie beim Stab eines Zeremonienmeisters. Eigentlich war es gar kein Tor zur Absperrung, sondern nur eine Fortsetzung der Architektur des Hauptverwaltungsgebäudes mit anderen Mitteln, ein illegitimer Schnörkel, eine feierliche Grimasse des Materials. Der Hof dahinter war geräumig und gut ausgetrocknet, der Wind fegte hindurch wie der Atem durch einen breiten Brustkasten, und die weißen

Dampfballen, die gelegentlich über das Pflaster rollten, hatten nichts mehr an sich von dem Ernst, welcher die Ursache ihrer Erzeugung war.

Diese Umgebung machte es notwendig, daß auch der Portier ein anderer war: Er gehörte zu der Gruppe der GEREIFTEN MÄNNER, die nicht durch Gebrechen vorzeitig zu Greisen geworden, sondern auf natürliche Art IM DIENST ERGRAUT waren. Es war nicht seine Aufgabe zu kontrollieren, wie es seine Kollegen an den übrigen Toren tun mußten, die also, um es mit einem verwandtschaftlichen Verhältnis zu vergleichen, nur seine «Stiefkollegen» waren; seine Aufgabe war es zu präsentieren. Er stand nur stramm vor Autos, nicht vor Menschen. Die Beamten, die zu Fuß kamen, grüßten ihn zuerst; jeden Morgen und jeden Nachmittag stand er da und ließ mit herablassendem Kopfnicken das Heer an sich vorüberziehen. Niemand wird sich rühmen können, je einem Portier begegnet zu sein, der ein ganzer Bedienter und nicht ein halber Vorgesetzter gewesen wäre; aber dieser hier war weder Bedienter noch Vorgesetzter, er war eine Instanz, ein Apparat, eine behördliche Registratur.

Er alarmierte sofort den Botenmeister, dieser alarmierte den Chef der Bürobedienung, dieser den Vorsteher der Sozialabteilung, dieser den Personalchef – kurzum, jeder diejenige Stelle, mit welcher ihm ein direkter telefonischer Verkehr gestattet war. Wackerlein überlegte sich, wen er jetzt informieren solle, Hiebenstein, Hachenpoot oder den Freiherrn selbst. Er beschloß, zunächst niemandem etwas zu sagen und auf eigene Faust herauszubekommen, was die Arbeiter wollten. So ging auf dem gleichen Weg die Weisung hinunter, sie sollten eine Abordnung schicken.

Inzwischen waren unten zum Schutz des Tores drei Mann von der Werkspolizei angelangt. Man hatte sie mit einem ironischen Winseln empfangen, aber weiter geschah nichts, Walzwerk II bewahrte MUSTERGÜLTIGE DISZIPLIN. Die Werkspolizisten standen da wie Unteroffiziere vor dem zugehörigen Truppenteil, sie selber fanden es komisch. Als die Abordnung hinaufgegangen war, vertrieben einige Arbeiter sich die Zeit, indem sie allerlei Manöver machten und Sturmangriff spielten. Es wurde viel gelacht, und auch die Polizisten lachten. So hatte die ganze Aktion ihr Gewicht verloren, noch bevor die Abordnung mit der Zusicherung strenger Untersuchung und Bestrafung der Schuldigen zurückkam.

Um so mehr Gewicht erhielt die Angelegenheit oben in der Direktionsetage. Nachdem Wackerlein die Ursache der Demonstration erfahren hatte, war es für ihn klar, daß Hachenpoot erst zugezogen werden dürfe, wenn die Untersuchung bereits eingeleitet sei. Es konnte sich eine Affäre daraus entwickeln, es konnte eine Sprengmine werden. Er erriet den Zusammenhang mit der Bürgerwehr. So war er ganz in seinem Element.

Auf dem Weg zum Freiherrn ging er an der Tür des Finanzrats vorbei und nahm ihn mit. Herrn von Scheeven trafen sie im Vorzimmer an; er war damit beschäftigt, die Korrespondenzmappe zu ordnen, die der Freiherr, um vor sich selbst als wirklicher Industrieller zu erscheinen, täglich aus den Verkaufskontoren sich einschicken ließ. Er erfuhr zwar nichts daraus, aber er dachte, daß es einen guten Eindruck machen werde, wenn er sich in Details des Geschäftsbetriebs einließ. Dies mußte allen Angestellten zu Ohren kommen; große Transaktionen dagegen, selbst wenn er dazu befähigt gewesen wäre, hätten ihnen verborgen bleiben müssen, sie hätten nicht erfahren, daß er der Urheber war, oder mindestens hätten sie es nicht geglaubt. Aber wenn er auf diese Schriftstücke, die in vieler Korrespondenten und Stenotypisten Hände gelangten, sein Zeichen setzte, wenn er dann und wann eines Briefinhalts wegen Nachforschungen anstellte, dann sahen sie und erzählten es weiter, daß er sich mit den Dingen abgab, daß er tätig war, ein dienendes Glied am Ganzen und nicht bloß eine zierende Spitze. So dachte er. Aus eben dem Grunde beobachtete er auch eine genaue Dienstzeit. Wenn er nicht verreist war, fand er sich jeden Morgen pünktlich um halb neun im Werk ein und verließ es nicht vor halb zwei. Mit der Zeit kam er dahin, diese Tätigkeit für wirkliche industrielle Arbeit zu halten. Freilich sagten die Angestellten, es seien genug Bürochefs da, die in bezug auf Lappalien Schikanen machten, sie möchten wissen, warum der Freiherr das auch noch tun müsse, er solle lieber «oben» aufpassen, damit da nichts verkorkst werde; und die Bürochefs lächelten das Zeichen des Freiherrn auf den Korrespondenzen an und sagten, er habe ebensoviel davon, wenn er es auf ein völlig unbeschriebenes Papier setze.

Indessen war Wackerlein neuerdings auf den Gedanken verfallen, diese Mappen von Herrn von Scheeven nach bestimmten Gesichtspunkten aussortieren zu lassen, ehe sie vorgelegt wurden. Gewisse Stellen in den Briefen wurden vorsichtig angestrichen und die Briefsammlung selbst so zusammengestellt, daß der Freiherr allmählich den unaufhaltsamen Verfall der Risch-Zander AG befürchten mußte. Aus allem las er schließlich nur Klagen und Beschwerden, aber Wakkerlein sorgte dafür, daß niemand in diesem Zusammenhang unmittelbar gegen den Generaldirektor sprach, um keinen Argwohn hervorzurufen; im Gegenteil wußte er es so einzurichten, daß Hachenpoots Name von allen, die mit dem Freiherrn in Berührung kamen, überhaupt nicht mehr genannt wurde. Er nannte das «die Existenz unterhöhlen».

«Nun, wie stehen die Aktien?» fragte er, als Herr von Scheeven verwundert aufblickte.

«Hier . . .?» Der Sekretär packte die Mappe zusammen. «Alles weit unter Pari.»

«Das heißt – wir können kaufen», sagte der Finanzrat, «als Haussiers können wir kaufen.»

«Für ein Termingeschäft ist das Terrain noch zu unsicher.»

«Sichern wir uns durch eine Prolongation.»

«Wer wird so ein Papier in Report nehmen?»

«Halt», sagte Wackerlein, «da kann ich nicht mehr mit, so bin ich in Börsensachen denn doch nicht bewandert. Wo haben Sie nur diese Kenntnisse her, Herr von Scheeven?»

Hiebenstein lächelte. «Ich bitte Sie. Ein alter Mann aus dem Auswärtigen Amt wird in Börsengeschäften nicht erfahren sein!»

«Damals war ich noch ein junger Mann, Herr Finanzrat.»

«Vielleicht eben darum», meinte der Personalchef, «es war Ihre beste Lehrzeit.»

«Immerhin», sagte Hiebenstein. «Im übrigen erwarte ich nicht, daß einer der Herren zu einem Prämiengeschäft geneigt ist.»

«Was heißt das?»

«Na ja, man kann an der Börse gegen Reugeld vom Geschäft zurücktreten, wenn die erhoffte Kursbewegung ausbleibt.»

Unterdessen war der Freiherr in seiner geräuschlos gleitenden Art ins Zimmer getreten und hatte die letzten Worte mitangehört. Er fühlte die Schatten, die darunter ruhten.

«Meine Herren . . .» sagte er.

Rasch erklärte der Sekretär, daß sie wegen der Demonstration von vorhin gekommen seien.

«Ach so. Diese sinnlosen Aufzüge verblendeter Menschen erschüttern mich jedesmal. Es geht Ihnen doch auch so?»

«Ja – davon sprachen wir gerade.»

Wackerlein tastete vor: «Es ist um so bedauerlicher, als es leider Fälle gibt, wo von unserer Seite nicht alles vermieden wird, was solche Erschütterungen hervorrufen kann.»

«Wissen Sie schon Näheres?» fragte furchtsam der Freiherr und wünschte im nämlichen Augenblick, daß sie nichts wissen möchten.

«Ein übereifriger Beamter hat im Walzwerk II sieben Kisten mit Waffen und Munition versteckt.»

«Aber wozu denn das? Wozu denn nur?»

«Das muß die Vernehmung ergeben, Herr von Zander. Vorläufig wissen wir nur, daß der betreffende Beamte Vertrauensmann in der Bürgerwehr war.»

Der Freiherr sah an ihnen vorbei. «Auf jeden Fall war seine Handlungsweise sehr unklug.»

«Gewiß, Herr von Zander. Waffen im Betrieb, das muß ja den vernünftigsten Arbeiter provozieren.»

«Übrigens schienen mir die Gesichter der Demonstranten gar nicht so unvernünftig zu sein», sagte Herr von Scheeven.

«Hatten Sie den Eindruck?» fragte ungewiß der Freiherr.

«Unbedingt, ich habe die Gesichter genau betrachtet, soweit das von hier oben möglich war, natürlich.»

Finanzrat Hiebenstein bestätigte den Eindruck; erst kürzlich habe Herr Neufeind die Belegschaft des Walzwerks II als besonnen und tüchtig gerühmt.

Der Freiherr wandte sich ab. «So, dann ist es natürlich so. Dann darf ich also erwarten, daß der Beamte wegen seines Übergriffs zur Rechenschaft gezogen wird; vielleicht können Sie glimpflich mit ihm verfahren, seine Motive waren edel, wenn seine Handlung auch kopflos war. Aber ich überlasse das selbstverständlich der Entscheidung des Direktoriums.»

«Man wird prüfen müssen, Herr von Zander, ob die Schädlichkeit seines Verhaltens nicht mildernde Umstände ausschließt. Sein Verhalten läuft doch darauf hinaus, die Bürgerwehr schon in ihren Anfängen zu diskreditieren. Man wird auch prüfen müssen, ob er aus eigener Initiative oder auf Anordnung gehandelt hat.»

«Auf Anordnung wessen? Haben Sie einen Verdacht?» fragte Herr von Scheeven maliziös.

«Das wird die Untersuchung ergeben müssen», erwiderte Wackerlein dreist, «auf keinen Fall dürfen wir in ein schiefes Licht vor der Öffentlichkeit geraten. Es wird unsere Pflicht sein zu verhüten, daß das Stahlwerk Risch-Zander mit den privaten Bestrebungen der Bürgerwehr identifiziert wird. Es war immer unser Stolz, daß man uns keine politische Betätigung nachweisen konnte.»

«Tun Sie Ihre Pflicht», sagte der Freiherr.

Die Herren verneigten sich und gingen. Hachenpoot war, ohne daß er erwähnt worden war, in Anklagezustand versetzt worden.

Assistent Schäfer wurde noch in derselben Stunde von Wackerlein in Gegenwart von Neufeind und Hiebenstein verhört. Seine Aussage war für den Generaldirektor belastend. Auf Grund eines geheimen Abkommens mit dem Armeekommando waren die Waffen- und Munitionsbestände der Platzkommandantur in versiegelten und nicht deklarierten Kisten zur Verladezentrale von Risch-Zander transportiert worden. Da der dortige Betriebsführer der Bürgerwehr angehörte, konnte von da aus mit Leichtigkeit und unter dem Deckmantel von Werksgut die Verteilung auf die einzelnen Vertrauensmänner bewirkt werden. Soweit reichte die Instruktion durch Hachenpoot; die Wahl des Aufbewahrungsorts mußten die Vertrauensmänner auf ihre eigene Kappe nehmen.

Die Herren sahen sich an. Wackerlein fragte zweimal, ob Schäfer sich nicht des genauen Wortlauts entsinnen könne, den der Herr Generaldirektor gebraucht habe.

«Hat er gesagt, Sie müßten es auf Ihre Kappe nehmen?»

«Er müsse es uns überlassen, hat er gesagt, das weiß ich bestimmt, aber es ist mir, als ob auch der andere Ausdruck gefallen sei.»

«War das die Antwort auf eine allgemeine Frage, wo die Kisten aufbewahrt werden sollten?»

«Ja.»

«War vorher schon die Rede davon gewesen, daß man die Kisten vielleicht in die eigenen Betriebe schaffen könne?»

«Wir hatten das erörtert.»

«Haben Sie die Erklärung des Herrn Generaldirektors, er müsse es Ihnen überlassen, oder Sie müßten es auf Ihre Kappe nehmen, auch auf diese Frage bezogen?»

«Selbstverständlich, ich weiß doch, daß ein Vorgesetzter zuweilen in die Lage gerät, das Vorhaben eines Untergebenen billigen zu müssen, ohne es direkt unterstützen zu dürfen. So habe ich es auch hier aufgefaßt. Ich nahm an, daß der Herr Generaldirektor nicht böse wäre, wenn wir die Kisten bei uns aufspeicherten. Er konnte uns aber doch aus naheliegenden Gründen nicht einfach dazu auffordern.»

Abermals sahen die Herren sich an. Es wurde alles sorgfältig protokolliert.

«Sie assistierten früher bei Herrn Bilgenstock, nicht wahr?» fragte Wackerlein noch. «Es ist gut, Sie können gehen. Bis zur endgültigen Beschlußfassung durch das Direktorium sind Sie vom Dienst suspendiert.»

Erst nachdem das Verhör beendet war, wurde Hachenpoot unterrichtet. Man verschwieg ihm jedoch, daß schon eine Vernehmung stattgefunden hatte. Von der Demonstration hatte er freilich durch seinen Bürodiener vernommen, aber er hatte nicht weiter gestört werden wollen. Es gab so viele Demonstrationen, wenn man da immer hätte nach der Ursache forschen wollen! Jetzt verlangte er, daß ihm Schäfer sofort vorgeführt werde. Der Assistent befand sich noch im Haus; die Kunde von seinem Mißgeschick war durch das Sekretariat Wackerlein unverzüglich weitergeleitet worden. Von allen Seiten wurde er mit Fragen bestürmt und mit einer an Schadenfreude grenzenden Teilnahme bedacht.

Hachenpoot hatte einen roten Kopf. «Sie wissen, was Ihnen blüht. Ich habe Ihnen gesagt, daß Sie es auf Ihre Kappe nehmen müßten.»

«Also habe ich mich doch nicht geirrt», sagte Schäfer.

«Nicht geirrt? Sind Sie verrückt geworden? Wieso nicht geirrt?»

«Weil ich vorhin beim Verhör nicht genau sagen konnte, ob Sie sich so ausgedrückt hatten.»

Er sagte das ohne Perfidie; er glaubte, dem Generaldirektor liege das Protokoll seiner Aussage vor. Dieser wurde leichenblaß, er war dem Ersticken nahe.

«Wer hat Sie verhört?» fragte er tonlos.

«Herr Wackerlein», antwortete Schäfer erstaunt. «Herr Direktor Neufeind und Herr Finanzrat Hiebenstein waren zugegen, es muß doch im Protokoll stehen.»

«Ja, ja, es steht im Protokoll», sagte Hachenpoot und wischte sich den Schweiß ab. Er warf das Manuskript seiner für die Generalversammlung vorbereiteten Rede durcheinander: «Wahrhaftig, es steht im Protokoll.»

Schäfer fühlte sich mit einemmal wachsen und machte eine ganz große Gebärde.

«Herr Generaldirektor», begann er. «Wir können uns diese Umschweife sparen. Ich bin meines Dienstes enthoben und erwarte das Urteil des Direktoriums. Ich habe Ihnen einen Gefallen tun wollen, als ich in die Bürgerwehr eintrat. Ich habe gehofft, mich auszeichnen zu können und dann auch dienstlich von Ihnen berücksichtigt zu werden. Es ist also nichts damit. Ich weiß, daß Ihre Duldung einer Tat, die Sie privatim gern sehen, aber öffentlich nicht mit ansehen dürfen, nur so lange währen kann, wie man nicht dabei erwischt wird. Ich bin erwischt worden, also ist es aus. Ich trage die Verantwortung, wenn es schiefgeht, Sie haben die Ehre davon, wenn es gutgeht. Das ist eine einfache

Arbeitsteilung. Guten Tag, Herr Hachenpoot. Ich reflektiere nicht mehr auf Beförderung, ich entsage.»

Entsetzt starrte Hachenpoot ihm nach, als er verschwand.

«Soso», murmelte er. «Mir steht der Verstand still.» In plötzlicher Aufwallung griff er in die Nummernscheibe des Telefons. «Sie hatten wohl schon die Freundlichkeit, Herr Wackerlein, den Betriebsassistenten Schäfer zu vernehmen?»

«Ich wollte Ihnen diese Bagatelle abnehmen, da Sie so stark mit Wichtigerem beschäftigt sind.»

«Ja, es war sehr freundlich von Ihnen, danke.» Er kochte vor Wut. «Ich stecke in der Tat bis über die Ohren in der Arbeit.»

«Ich weiß, es ist förmlich wie eine Klausur.»

Alter Fuchs, dachte Hachenpoot. Alter Fuchs, dachte er und sagte: «Ich beraume eine Sitzung des Direktoriums auf vier Uhr fünfzehn an. Ich darf Ihnen alsdann für Ihre Freundlichkeit die Hand schütteln, nicht wahr?»

Er wollte es mit Forschheit und Unbefangenheit versuchen und seinen Ärger auf keinen Fall merken lassen. Eine andere Taktik war auch schwerlich mehr möglich.

Die Sitzung des Direktoriums fand in einem kleinen Zimmer statt, das immer zu intimen Besprechungen benutzt wurde. Die sieben Direktoren saßen um einen runden Tisch. Außer dem Personalchef, dem Finanzrat und dem technischen Direktor waren noch das kaufmännische, juristische und sozialpolitische Ressort vertreten. Rechts und links vom Generaldirektor waren zwei Stühle unbesetzt.

Hachenpoot verhinderte die Verlesung des Protokolls der Schäferschen Aussage. Wackerlein hatte jedoch schon für jeden der Direktoren und Aufsichtsratsmitglieder eine Abschrift anfertigen lassen. Infolgedessen hörten sie mit äußerster Spannung die Darstellung des Falls durch Hachenpoot; er konnte sich nicht genug tun in der Brandmarkung des Assistenten, der hinter dem Rücken seines Betriebsführers so etwas gemacht habe, und plädierte sogar auf fristlose Entlassung. Einesteils tat er es, um die Diskussion abzukürzen und alle durch seinen Schneid zu überrumpeln und verblüffen, andernteils tat er es auch aus Groll über Schäfers Frechheit und in der Absicht, diesen Belastungszeugen schnell aus dem Gesichtskreis zu entfernen.

«Können wir die Sache nicht mit diskreten Richtlinien aus der Welt schaffen?» fragte Wackerlein in aller Harmlosigkeit.

«Nein», entgegnete ebenso Hiebenstein. «Wir dürfen uns nur von praktischen Erwägungen leiten lassen. Da die Sache ruchbar geworden ist, sind wir gezwungen, uns zu entrüsten.»

«Aber es ist doch schließlich unser aller Aufgabe, willfährige Kreaturen zu züchten?» beharrte Wackerlein.

Welch ein lauernder Ton, welch ein unterirdischer Mensch, welch ein unterirdischer Mensch.

«Immerhin», sagte Hiebenstein. «Es kommt auf die Feinheiten des Verfahrens an.»

Hachenpoot saß wie auf glühenden Kohlen, war das nicht ein abgekatertes Frage- und Antwortspiel, sollte das nicht eine Persiflage auf seine Führergrundsätze sein? Trotzdem beherrschte er sich, er wollte sich nicht herausfordern lassen. Die Direktoren beobachteten ihn; von diesem Augenblick an galt er bei ihnen als erledigter Mann. Das war genau der Eindruck, den Wackerlein hatte erwecken wollen. Er nannte das «die seelischen Voraussetzungen schaffen». Nach der Sitzung wollte er gleich hinausfahren auf Zandershöhe, zu Frau Ella.

Schließlich wurde einstimmig eine Bekanntmachung an die Belegschaft beschlossen, die neben einem leidlich unverfänglichen Tatsachenbericht folgende Worte enthielt:

«Wir stellen hiernach fest, daß das Vorhandensein der Waffen nicht mit irgendwelchen gegen die Arbeiterschaft gerichteten Plänen zusammenhängt. Insbesondere hat es sich nicht um eine beabsichtigte Verteilung der Waffen auf bestimmte Betriebe gehandelt. Wenn auch nach dem Ergebnis der bisherigen Ermittlung der Beamte sich zweifellos in gutem Glauben befunden hat, so hat das Direktorium doch seine eigenmächtige und unüberlegte Handlungsweise mißbilligen müssen und seine Kündigung zum nächstzulässigen gesetzlichen Termin ausgesprochen. Bis dahin bleibt er vom Dienst suspendiert. Das Direktorium bedauert lebhaft, daß durch dieses Vorkommnis ein Teil der Arbeiterschaft ernstlich beunruhigt worden ist, und spricht die Erwartung aus, daß nach der gegebenen Aufklärung diese Beunruhigung verschwinden wird.»

Gruppen von Arbeitern umstanden am nächsten Morgen diesen Anschlag am Schwarzen Brett.

«Seht ihr», sagte der Former Fries. «Jetzt erst kuschen sie, wo die Revolution aus dem Stadium der radikalen Geste in das Stadium der sittlichen Verantwortung übergeleitet wird. Hat früher das Direktorium einmal der Arbeiterschaft sein Bedauern ausgesprochen? Nie. Aber jetzt, aber jetzt, und das ist ein gewaltiger Fortschritt. Das Land kann eben nicht von Elementen der Willkür regiert werden, es muß verantwortliche Männer haben, ich hab's ja immer gesagt.»

Sein Mundwerk ging wie geschmiert, er sprach ein auswendig gelerntes Hochdeutsch und zwirbelte dabei sein Bärtchen.

«Bleibt bloß zu bedenken, welche Esel die verantwortlichen Männer aussuchen dürfen», sagte Adam Griguszies, der an diesem Tag wieder Kranführer in der Eisengießerei wurde, aber als Fries giftig werden wollte, beschwichtigte er: «Schon gut, meinswegen mag der Papst auf Stelzen gehn, mich können sie alle . . .»

Fries redete verächtlich weiter. «So enden die Radikalinskis gewöhnlich, sie werden indifferent. Überhaupt – ihr wißt es ja. Seine Schwester war schon immer konterrevolutionär. Es hieß doch, daß sie es mit dem Bilgenstock hatte. Abgetrieben hat sie auch, sie hat nur die Schande gut vertuschen können, und jetzt geht sie mit einem Beamten, der im Deutschnationalen Handlungsgehilfenverband organisiert ist. In so einer Umgebung, überhaupt – ihr wißt es ja.»

Und dann kommt also für die Risch-Zander AG einer jener Tage, auf welche die Begriffe «Schicksalstag» und «Zeitwende» geprägt worden sind. Diese Begriffe gehören zu den klügsten Erfindungen des Menschengeschlechts, denn es hat damit alle Verantwortung für den Gang der Dinge dem unerforschlichen Ratschluß der Gestirne zugeschoben.

Frau Ella setzt sich den Hut auf, der einen wallenden Federbusch hat und so groß ist wie ein Wagenrad, und läßt anspannen. Nie trennt sich Frau Ella von der Hutmode ihrer Jugendjahre, der Hut sieht aus, als gehöre er einem mexikanischen Rebellengeneral. Nie trennt sich Frau Ella von dem Landauer ihrer Jugendjahre, sie sitzt darin wie Queen Victoria. Umsonst hat der Freiherr ihr seinen Mercedes angeboten, sie hat energisch abgelehnt: «Das neumodisch Zeug paßt nicht zur alten Generation. Ihr habt keine Lebensart mehr, ihr habt nur noch Tempo. Zu meiner Zeit ist man gefahren, um zu zeigen, daß man was Besseres war als die Fußgänger, und deshalb ist man in einem vornehmen, bedächtigen Trab gefahren, damit es alle haben sehen können. Heutzutage fahrt ihr, um zu zeigen, wie wenig Zeit ihr habt, und deshalb rast ihr wie die Irrsinnigen, wirbelt Staub auf und stinkt hinterher wie die Pest. Dafür kommt ihr überall zu früh an, auch auf dem Kirchhof, und eure Arbeit sieht genauso eilig aus wie eure Fahrt mit den Benzinstinkern.»

Es ist das erste Mal seit der Einweihungsfeier, daß sie wieder zum Hauptverwaltungsgebäude fährt. Den Angestellten, die sie unter ihren

Bürofenstern vorbeifahren sehen, wird andächtig zumute. Das ist ein großer Tag für die Rischianer, denken sie, jetzt werden auch wieder bessere Zeiten kommen.

Wie ein Triumphator betritt sie das Gebäude, schreitet durch einen dämmerigen Kreuzgang zur Marmortreppe, die sonst mit einer gedrehten Schnur abgesperrt ist, denn sie ist nur für auserwählte Anlässe und auserwählte Personen. Auf dem Treppenabsatz erhebt sich eine Statue aus Eisenkunstguß, den Segen der Arbeit darstellend: eine weibliche Figur in griechischen Gewändern, die auf den Fingerspitzen einen Korb mit Früchten balanciert. Rote Plüschläufer dämpfen die Schritte. Es ist auch ein Fahrstuhl da, aber Frau Ella verschmäht ihn natürlich. Er ist auch nur den oberen Beamten zugänglich, vom Handlungsbevollmächtigten aufwärts; für die anderen gibt es Paternosteraufzüge, «Personen unter sechzehn Jahren und weiblichen Personen ist die Benutzung untersagt» steht daran, aber «weibliche Personen» ist jetzt durchgestrichen, es ist eine Errungenschaft der Revolution, daß auch Frauen in Deutschland die Paternosteraufzüge benutzen dürfen.

Im ersten Stock laufen Arkaden um einen Lichthof herum, Arkaden mit dorischen Säulen, gotischen Bogen und zwölfflächigen Renaissance-Ampeln; der Baumeister hat es sich angelegen sein lassen, alle Stile aus einem Handbuch der Kunstgeschichte hier anzusammeln. Von den Arkaden laufen Gänge nach allen Richtungen, vielfach gekrümmte Gänge mit hellbraunen Wänden, stumme, trügerische, bei jedem Schritt aufhorchende und vom Weg ablenkende Gänge, in denen man sich verirren muß, und in die jeden Augenblick eine schwarze Tür hineinspringt, als gehe es in die Sargkammern einer Leichenhalle. Auf jeder Tür ist ein Messingplättchen mit dem Namen dessen, der dahinter vergraben ist. Ab und zu steht eine schwarze Bank da, damit man warten kann, bis er aufsteht und Audienz erteilt.

Gleich dort, wo die Marmortreppe mündet, liegt das große Konferenzzimmer. Neben dem Eingang befindet sich ein Glaskasten, worin die Glückwunschadressen ausgestellt sind, die bei der Einweihung des Gebäudes von befreundeten Firmen, Handelskammern und Verbänden überreicht wurden. Manchmal sind es nur gerahmte Bilder, aber manchmal sind es kostbare Alben aus gepreßtem Leder. An jeder Spende liest man das Vermögen des Spenders ab, nur im Geschmack sind sie alle gleich. Immer kehren dieselben allegorischen Frauengesichter wieder, immer haben sie dieselben schleppenden Kleider und dieselben üppigen Brüste, deren Lage zum Überfluß noch mit einem runden Panzer bezeichnet ist.

Vor dem repräsentativen Glaskasten geht der Botenmeister wichtig hin und her. Er vertritt die Würde des Direktoriums, solange kein Direktor in der Nähe ist. Er ist dick und unnahbar, und seine stahlgraue Uniform mit den blanken Aufschlägen ist an den Schultern übermäßig ausgestopft.

Seit dem frühen Morgen steht die Tür zum Konferenzzimmer offen, im Vorbeigehen blicken die Angestellten neugierig scheu hinein. Sie erblicken das große Wandgemälde, auf dem der Akademieprofessor die Weihe des Hauses verewigt hat; der Freiherr steht auf dem Podium, in einem Hain von Lorbeer und Palmen, die zur Feier des Tages tiefer als üblich ergrünen, und spricht edel gesetzte Worte in ein Auditorium von markant geschnittenen Köpfen, man kann sie fühlen, diese Worte, der Maler hat sie nicht malen können, aber er hat das Fluidum malen können, das hinüber- und herüberstrahlt, und dieses Fluidum sieht man, es ist würzig wie Seeluft und regt die Blutzirkulation beim Redner und seinen Hörern an, die roten Äderchen platzen und ergießen einen kräftigen Glanz über die Haut; vorn sitzt der Kaiser in der Uniform des Chefs eines Dragonerregiments, die Bordüren glitzern, daneben die Kaiserin in einem rosa Kleid voller Rüschen und Spitzen, dann Frau Ella und Frau Alice und viele Militärs und Ehrengäste, die Spitzen der Behörden, viele Kleider, viele Fräcke und viele Litzen und Streifen auf funkelnden Waffenröcken, ein buntes, ein festliches, ein malerisches Bild. Dies alles erblicken die Angestellten, sie erblicken auch die breiten Fenster mit den grünen Vorhängen und den langen, grüngedeckten Tisch und die hohen geschnitzten Lehnen der Eichenstühle und den Stuhl des Vorsitzenden, der die höchste Lehne hat und außerdem noch Armstützen. Die Angestellten erblicken es und haben eine leichte Gänsehaut, denn es sieht erhaben aus und dabei ein wenig geisterhaft.

Hachenpoot ließ sich noch schnell von dem alten Friseur rasieren. Dieser war ein pensionierter Hausmeister, der allen Oberbeamten während der Dienstzeit die Haare schnitt und den Bart schabte. Er machte es für das halbe Geld wie die Friseure in der Stadt und war ein angenehmer Geschichtenträger. Aus einer Tür schlüpfte er zur anderen wie ein Wiesel und hinterbrachte dem nächsten brühwarm, was er beim Vorgänger gesehen und gehört oder aus Andeutungen und absichtslos hingeworfenen Worten kombiniert hatte. Sein Mund war fast zahnlos, und er hatte eine weiße «Mücke» unter dem Kinn. Wenn er sprach, sah er sich an, als sei er beim Essen. Während er einseifte, taten sich alle Wände im Haus auf, alle Schränke, alle Taschen, ja sogar die Privatwohnungen mit ihrem Mobiliar und den intimsten Kleidungsstücken – und man sah alles, inwendig und auswendig, durch und durch, Sitten und Gebräuche und Abenteuer und Vergnügungen und helle und dunkle Punkte von jedermann, der im Haus beschäftigt war.

An diesem Morgen war er Hachenpoot widerlich, so gern er ihn sonst gehabt hatte, er konnte dieses Gewäsch plötzlich nicht mehr ausstehen. Wie er so unter dem Messer saß, empfand er mit einem Schauder, daß der Friseur jetzt doppelt so lang zu sein und gönnerhaft zu ihm herunterzusprechen schien.

«Beeilen Sie sich, ich muß in die Sitzung», sagte er.

Der Friseur war beleidigt, er fing von etwas anderem an. Neuerdings befaßte er sich viel mit der menschlichen Ernährungsweise, er redete also über das Gesetz von der gemischten Kost. Hachenpoot hatte eine unendliche Bilderflucht im Gehirn. Er sprang auf, lief an den Wasserhahn, wusch sich ab, riß den Rock vom Haken – der Friseur war feinfühlig, er schwieg sofort, war behilflich, packte zusammen, nahm das Geld, dankte und eilte zu Wackerlein, dem er von dem sonderbaren Benehmen des Generaldirektors Mitteilung machte, um sich an Hand dieses Beispiels über die Nervosität im allgemeinen zu verbreiten, die nur daher rühre, daß die Kriegsernährung das Gesetz von der gemischten Kost gestört habe.

«Nur daher kommt es», bekräftigte Wackerlein.

Der Freiherr eröffnete die Generalversammlung, indem er der Freude darüber Ausdruck gab, daß seine Schwiegermutter ihr beiwohne. Die fünfzehn Herren des Aufsichtsrats und Direktoriums sahen zu ihr hinüber; sie bewegte sich nicht. Unmerklich zitterten die Vorhänge unter den Schlägen eines Dampfhammers, die aus unwirklichen Fernen in eine große Stille hineinfielen.

«Ich erteile das Wort Herrn Generaldirektor Hachenpoot», sagte der Freiherr.

Es wurde noch stiller, der Dampfhammer dröhnte wie dumpfe Pauken. Nach drei Sätzen wußte jedermann, daß Hachenpoot sich verteidigen wollte. Das war schlimm – denn noch hatte ihn niemand öffentlich angegriffen. Er sprach erregt; das Geschäftsjahr, dessen Abschluß nun vorliege, falle zur einen Hälfte noch in den Krieg. Wer an die umfangreiche Arbeitsleistung des letzten Kriegssommers denke, könne vielleicht erstaunt sein, daß das Ergebnis nicht dieser Anstrengung entspreche, doch gerade in der Kriegszeit liege die Ursache des Verlustabschlusses. Infolge langfristiger Abschlüsse seien die Preise gleich geblieben, die Gestehungskosten aber dauernd gestiegen; die Ersatzstoffe hätten die Maschinen ruiniert, die Unterbringung und Beköstigung der fremden Arbeitermassen und die Kriegsneubauten ungeheure Summen verschlungen. Äußerlich habe die Firma dadurch ein starkes Ansehen bekommen, aber ihre finanziellen Mittel seien deshalb gerade bei Eintritt der Katastrophe auf das schärfste angespannt gewesen, von den angesammelten Rücklagen hätten 120 Millionen zur Verzinsung und Abdeckung ausländischer Verpflichtungen, besonders für Erzbezüge, herangezogen werden müssen. Die Heeres- und Marineverwaltung, unter deren Druck die neuen Werkstätten gebaut und mit teueren Maschinen ausgestattet worden seien, habe es verstanden, sich freie Hand zur Außerkraftsetzung von Auftragserteilungen zu sichern, so sei jeder Kriegsauftrag ein um so größeres Risiko gewesen, als die früher überwiegende Erzeugung von Friedensgerät habe vernächlässigt werden müssen; so sei auch keine Grundlage für die Berechnung der Gestehungskosten dagewesen. Die auf Verlangen der Regierung angeschafften Maschinen seien für Friedenswirtschaft nicht verwertbar, die riesigen Betriebsanlagen seien tot.

«Aber sie sind nicht tot, wenn sie durch geistige und körperliche Arbeit lebendig gemacht werden», warf Frau Ella ein.

Zwischenrufe waren hier so ungewöhnlich, daß alle Teilnehmer für eine Sekunde die Situation vergaßen und die Stirn runzelten. Hachenpoot benutzte die Empörung, um schnell einzufallen: Natürlich sei das richtig, aber es sei auch eine Binsenwahrheit, daß Aktivwerte produktiv würden, wenn sie durch den Produktionsprozeß umgetrieben würden; jedenfalls könnten sie nicht einfach zu Geld gemacht werden, weil sonst die Unternehmung selbst dahin sei, und nur das habe er sagen wollen. Wenn man dies alles berücksichtige, müsse man die Arbeit der Werksleitung anerkennen, die trotzdem den Verlust so niedrig gehalten habe. Man könne ihn ohne weiteres auf neue Rechnung vortragen.

Die oft erprobte Wirkung seines sonoren Organs wollte sich nicht einstellen, er wurde heftig, begann zu improvisieren und verwirrte sich. «Freiheit! heißt es auf den Plakaten», rief er, «und die meisten verstehen darunter weniger Arbeit und mehr Verdienst. Man gebärdet sich, als habe man nie mehr eine Konkurrenz auf dem Weltmarkt zu bestehen. Nimmt die jetzige Regierung den Friedensvertrag an, so wird unser Auslandsgeschäft in Kriegsmaterial aufhören und das Inlandsgeschäft zu einem Nichts zusammenschrumpfen; immer neue Unsicherheitsfaktoren, die wir nicht beeinflussen können und die unsere Arbeit erschweren.»

«Warum erwähnen Sie das?» fragte Herr Romeike, der alt und streng dasaß wie ein Senator. Die übrigen rückten ab, die beiden standen sich gegenüber, es war ein großer leerer Kreis um sie. Plötzlich waren sie wieder die Gegner von ehemals. Diesmal hatte der Geschützfabrikant die Trümpfe in der Hand. Die Leidenschaft seiner Augen war noch nicht erloschen. «Warum erwähnen Sie das?» wiederholte er. «Da doch nach Ihren eigenen Angaben die Herstellung von Kriegsmaterial bei Risch-Zander immer eine untergeordnete Rolle gespielt hat?»

Einige Herren sprangen auf, dieses Thema sollte nicht weiter angeschlagen werden. Frau Ella ergriff die silberne Glocke, die auf dem Tisch lag und seit Menschengedenken nicht mehr geschwungen worden war. Es bildeten sich kleine Gruppen, die ihre Meinung austauschten.

«Was Sie sagen, Herr Generaldirektor, ist nicht das, was wir wissen wollen», stellte Frau Ella fest, «wir wollen uns nach Ihren Maßnahmen erkundigen, nach Ihrem Programm.»

«Ich muß wenigstens Gelegenheit haben, auf die Schwierigkeiten hinzuweisen, die sich meinen Maßnahmen entgegenstellen. Ich bitte den Herrn Vorsitzenden, mir Schutz gegen diese Unterbrechungen zu gewähren.»

Hallo, dachte Wackerlein, alter Junge, gehst du so ins Geschirr? Langsam kehrten die Herren zu ihren Plätzen zurück, sie waren gespannt, was der Freiherr tun werde. Frau Ella legte die Hand auf den Tisch und sah geradeaus auf ihr Konterfei im Wandgemälde. Dort war ihr Gesicht noch glatt. Jetzt war es doch schon eine zerklüftete Landschaft.

Der Freiherr stand auf und sagte ablenkend: «Der Deutsche hat bisher in der ganzen Welt mehr und zuverlässiger gearbeitet als irgendein anderes Volk, das kann auch für die Zukunft kein feindlicher Wille wehren. Heute schon wird die deutsche Arbeit von unseren siegestrunkenen Gegnern wieder gefürchtet. Was wir erstreben, läßt sich nur in ruhiger und allmählicher Entwicklung erreichen.»

Hachenpoot hörte das apathisch an. Es kam zu ihm wie durch eine spanische Wand hindurch. Er besänftigte sich und nahm noch einmal einen zuversichtlichen Anlauf.

«Wir haben Kohlenknappheit, wir haben Mangel an Rohmaterial und Halbfabrikaten, aber wir haben in Deutschland einen noch bedauerlicheren Mangel an volkswirtschaftlicher Erkenntnis. Das sind Tatsachen, gegen die Programme überhaupt machtlos sind. In den Hüttenbetrieben können wir kaum noch die Arbeiter beschäftigen, und auch die verarbeitenden Werkstätten werden infolge der Bergarbeiterausstände bald zum Erliegen kommen. Dennoch kann ich mich nicht zu Entlassungen größeren Umfangs entschließen. Ich habe die Arbeiter veranlaßt, den ihnen nach den neuen Bestimmungen zustehenden Urlaub während der Zeit der Betriebseinschränkung zu nehmen, widrigenfalls ihnen nur sechzig Prozent des Durchschnittslohns für ihre Urlaubstage vergütet werden.»

«Ich fürchte», bemerkte Neufeind darauf, «daß für jeden Mann, den wir jetzt schonen, später zwanzig auf die Straße geworfen werden müssen.»

«Das wäre ja fürchterlich», sagte der Freiherr. «Trotz all ihrer Verhetzung tun mir die Leute leid.»

«In dieser Hinsicht wird es von Interesse sein», entgegnete Hachenpoot, «den Gedanken nachzugehen, die den hochseligen Herrn L. A. Risch geleitet haben. Auf einen Vorschlag der Prokura wegen Arbeiterentlassungen antwortete er: Übereilung ist nicht notwendig, denn es warten nicht Aktionäre auf die Dividende. Nun –» setzte er nach einer kleinen Pause hinzu – «heute ist Risch-Zander zwar eine Aktiengesellschaft, aber es hieße die Ehre der Aktionäre antasten, wollte man annehmen, daß sie unter solchen Aspekten auf eine Dividende warten.»

Das war ein starker Moment, die Lautlosigkeit im Saal bezeugte es. Frau Ella trommelte mit den Fingern unhörbar auf der Tischdecke, dann nahm sie ein Tuch und wischte sich über die Augen, aber welcher Art ihre Gemütsbewegung war, ließ sich nicht ergründen. Hachenpoot fuhr fort.

«Wir haben den Bau von Verbrennungsmotoren und landwirtschaftlichen Maschinen aufgenommen, wir haben auch einen schönen Erfolg im Ausland erzielt, indem wir bei der Konkurrenz für die Eisenbahnbrücke über das Hafengebiet von Hammarbyleden bei der Arsta-Insel unter dreißig Bewerbern aller Nationen den ersten Preis bekommen haben.»

«Hammarbyleden, wo liegt das, bitte?» fragte ein Herr vom Aufsichtsrat.

«In der Nähe von Stockholm», erwiderte froh der kaufmännische Direktor, ein jovialer Herr, der leichte Arbeit gewohnt war und auch jetzt noch nicht verzagte. Neufeind öffnete seine Mappe und legte eine Zeichnung auf den Tisch. «Hier der Entwurf.»

Er reichte das Blatt dem Freiherrn, der es ansah und ohne Bewegung weitergab. Es ging durch drei, vier Hände mit der gleichen automatischen Funktion, womit ein zur Unterschrift vorgelegtes Papier abgefertigt wird.

«Was wichtiger ist», unterbrach Frau Ella, «ist der Brückenbau auch an uns vergeben worden?»

«Nein», sagte Hachenpoot, «nein, obwohl unser Angebot 150 Kronen die Tonne billiger war als das niedrigste schwedische, und obwohl die Lieferfrist bei der schwedischen Konkurrenz doppelt so lang war.» Die Augen seiner Zuhörer ruhten auf dem Blatt, das von Hand zu Hand ging. Dieses Blatt irritierte ihn, er hob die Stimme. «Die schwedische Behörde glaubt, daß sie sich auf deutsche Werke nicht verlassen könne, solange die Streiks andauern. Es ist zum Heulen, aber es ist ein Beweis mehr für das, was ich vorhin erklärt habe.» Das Blatt war jetzt bei Wackerlein; er putzte umständlich seine Brille, setzte sie noch umständlicher auf und hielt das Blatt mit ausgestreckten Armen vor sich hin. «Wir haben die Hände wahrhaftig nicht in den Schoß gelegt», sagte Hachenpoot, «wir haben keinen Lehrling nach Beendigung seiner Lehrzeit weiterbeschäftigt und den Eltern und Vormündern überhaupt geraten, ihre Söhne und Mündel zu einem anderen Lehrherrn zu bringen. Sicherlich wird manch tüchtiger Handwerksmeister sie aufnehmen und ihnen eine bessere Grundlage für die Zukunft geben können, als dies zur Zeit in der Fabrik möglich ist. Wir haben ihnen eine kleine Abfindung gezahlt, und wer auf eine technische Schule wollte, dem haben wir Stipendien verschafft.»

«Diese Fürsorge ist gut», sagte Frau Ella, «aber augenblicklich haben wir's nicht dazu.»

«Wir haben einen Sparausschuß gebildet, der die überzähligen Büromöbel und Büromaschinen einsammelt, so daß wir in absehbarer Zeit nichts zu kaufen brauchen.»

«Weiter – ist das Ihr ganzes Programm?»

«Wir haben unter den Werksangehörigen ein Preisausschreiben erlassen, um Vorschläge für die Anfertigung von Massenartikeln zu bekommen.»

«Weiter, weiter – wo ist Ihr Programm?»

«Wir haben auch eine Presse- und Propagandabüro eingerichtet, alles neue Ideen, die bisher in solcher Form bei uns nicht üblich waren.»

«Und Ihr Programm? Ihr Programm?»

«Späteren Jahren wird es vorbehalten bleiben, uns zu rechtfertigen und das neue Leben, zu dem wir jetzt den Keim legen, in den Betrieben wachsen zu sehen.»

«Ein Priester betet», sagte Frau Ella, «und ein Dichter dichtet. Sie sollten anderen Ehrgeiz haben, Herr Hachenpoot. Ihre Prüfung geschieht weder durch das Himmelreich noch durch das Versmaß, sondern durch die Betriebe da draußen.» Sie reckte die Hand gegen das Fenster, die welke Haut mit dem versiegenden Blut bildete tiefe Rinnsale. «Weil Sie nichts daraus zu machen wissen, erwecken Sie den Anschein, als sei nichts daraus zu machen.»

Niemand hatte sie je so sprechen hören. Immer hatte ihre Entschiedenheit und Couragiertheit etwas spaßhaft geklungen, obgleich sie nie spaßhaft gewesen sein mochte, doch jetzt klang sie auch finster und ernst. Hachenpoot verlor die Besinnung, er ließ sich zu einem schweren Affront hinreißen.

«Das einzige Programm, das was bezwecken könnte», rief er, «wäre, endlich mit dieser Unterrockswirtschaft Schluß zu machen!»

Ein jäher Tumult entstand, selbst der Freiherr schnellte empor. Jedermann in diesem Kreis respektierte die Familienautorität der Frau Ella, zumindest erachtete man ihren Anspruch auf Mitbestimmung in diesem Werk für unverletzlich. Sie saß inmitten der Aufregung ruhig am Tisch, keine Miene ihres Gesichts verriet ihre Genugtuung darüber, daß es ihr gelungen war, den Generaldirektor so zu reizen, daß er sich von selbst unmöglich machte. Es sollte nicht so aussehen, als sei er zu Fall gebracht worden.

Für die Dauer eines Atemzugs suchte sie Wackerleins Augen. Diese flackerten ein wenig, blieben aber verschlossen.

«Der Herr Generaldirektor ist überarbeitet», sagte der Freiherr. «Es ist noch übrig, die Bilanz zu genehmigen.»

Die anschließende Sitzung des Aufsichtsrats war kurz. Hachenpoot hatte bereits sein Abschiedsgesuch eingereicht.

Der Aufsichtsrat bestand aus acht Mitgliedern, außer dem Freiherrn, der den Vorsitz führte; zwei waren ehemalige Artilleriekonstrukteure, die auf Grund ihrer Verdienste berufen worden waren, die übrigen waren Vertreter ehemals selbständiger Werke, an denen Risch-Zander jetzt führend beteiligt war. Hierzu gehörte ja auch Herr Romeike. Noch befand sich kein einziger Bankier darunter, und man war sehr stolz darauf.

«Wir werden leider gezwungen sein, die Rücksicht auf die Gesundheit des Herrn Generaldirektors den Rücksichten auf das Befinden des

Werkes überzuordnen», sagte der Freiherr bekümmert.

Herr Romeike berührte mit zwei Fingerspitzen die Tischkante. Er nickte leise: «Der Herr Generaldirektor kann mit der Behauptung, er verstehe nichts von den Dingen, allzuleicht außer Gefecht gesetzt werden, da er sich früher zu wenig mit den Dingen befaßt hat – obwohl es durchaus richtig war, was er in bezug auf die gegenwärtige Lage dachte und wollte.»

Sie schauten alle kurz auf und saßen dann wieder gefaßt und reglos. Der Freiherr zögerte, niemand nahm das Wort, auch Frau Ella beteiligte sich nicht mehr. So mußte er sie befragen, ob sie der Bewilligung des Gesuchs zustimmten. Er tat es mit einer Stimme, die von Tränen bedroht war.

«Ich enthalte mich», erklärte Herr Romeike. Ein ritterlicher Gegner, dachten sie.

Es hätte wohl auch dann niemand der Verabschiedung widersprochen, wenn irgendwer anderer Meinung gewesen wäre. Diese Sitzungen waren rein formell, weil das Gesetz sie verlangte. Die Fragen, die an sie herantraten, waren vorher im Schoße der Familie oder hinter den Kulissen des Direktoriums entschieden worden. Im Grunde genommen gingen sie die Leute, die hier saßen, auch nichts an. Zudem brachte ihr Amt in der Familien-Aktiengesellschaft nur geringe Tantiemen; es galt für die einen als Krönung ihres Daseins, für die anderen als Pflaster auf eine Wunde.

«Dann», sagte der Freiherr, «darf ich Ihr Einverständnis damit voraussetzen, daß ich dem scheidenden Herrn den Dank des Aufsichtsrats für seine Tätigkeit ausspreche.»

Er atmete auf, als es überstanden war. Auf Zandershöhe aber kam ihm seine Frau weinend entgegen.

«Um Gottes willen, was ist?» fragte er mit leeren Augen.

«Fräulein Deiseroth ist vor einer halben Stunde sanft entschlummert.»

«Im Alter von vierundneunzig Jahren ist das ganz natürlich», sagte Frau Ella.

Fräulein Valentine Deiseroth hatte schon die Obhut über die Kindheit von Frau Alice gehabt. Sie war fast zur selben Zeit gestorben, da Hachenpoot entlassen worden war. Der Freiherr empfand das als Symbol.

«Blödsinn, Symbol!» entschied Frau Ella, bevor sie sich in die Kemenate zurückzog. «Mir ist in meinem Leben noch kein Symbol begegnet. Keinem Menschen begegnet ein Symbol, der nicht selber eins ist.»

Altem Brauch gemäß mußte eine schlichte Abschiedsfeier die Herren des Aufsichtsrats und Direktoriums und ihre Frauen auf Zaudershöhe vereinigen. Nichts konnte dies ändern, niemand konnte sich dagegen sträuben. Es mußte alles sein, als sei nichts Unerwünschtes vorgefallen. Niemand war imstande, sich diesem System zu entziehen, niemand konnte seinen freien Willen äußern.

Es war eine schmucklose Tischrunde im Lichthof, nur die Kandelaber brannten schwärmerisch. Der Freiherr schlug an sein Glas und dankte mit warmen und herzlichen Worten in seiner Schwiegermutter, seiner Frau und seinem Namen für die vielseitige und sachliche Beratung, die er von Hachenpoot erfahren habe. Ohne mit der Wimper zu zucken, lauschte die Gesellschaft diesen Worten. Es war keine Heuchelei, es war das Schema der Tradition, was hier sprach.

Hachenpoot erinnerte daran, daß dem alten Risch einmal über einen Beamten, den er engagieren wollte, die Auskunft gegeben worden sei: der wird Ihnen stets *seine* Meinung sagen, und darauf habe der alte Risch erklärt, das sei gerade das, was er brauche. In diesem Sinne sei auch er, Hachenpoot, dem Ruf des Freiherrn gefolgt. Er habe hier eine Staatsidee verfochten, nicht in der Weise, daß Risch-Zander ein Staat im Staate sein, sondern daß er Dienst am Staate und an der Allgemeinheit leisten solle. Er könne sagen, daß er auch im Direktorium einen großen Zug angetroffen habe, ein von gegenseitigem Vertrauen getragenes Zusammenwirken und eine gemeinsame höhere Lebensauffassung. Er wollte nicht bestreiten, daß jedem auch menschliche Schwächen unterliefen, und er sei ehrlich genug, an die eigene Brust zu schlagen, aber man habe bei Risch-Zander doch immer das Gefühl, auf reinlichem Boden zu stehen, und es sei doch auch wunderbar, daß es in einem siebengliedrigen Direktorium, wo jeder seinen eigenen Kopf habe, überhaupt so gutgegangen sei. Jedenfalls nehme er das Bewußtsein mit, daß es ihm vergönnt gewesen sei, die besten Arbeitsjahre seines Lebens dem Dienste dieses Werkes zu widmen, dessen künftiges Gedeihen nicht allein vom materiellen Besitz, sondern vor allem vom Besitz ideeller Güter abhängen werde, denn dieser ideale Besitz sei ein bedeutsamer Bestandteil des Ansehens und Kredits der Firma und ein Grundpfeiler ihrer Stellung in der Weltwirtschaft.

«Diese Ideale», schloß er, «sind die Wurzeln des Baumes, den der alte Risch gepflanzt hat. Wenn sie gesund bleiben, werden auch in Zukunft Tausende und aber Tausende Deutscher unter seinen schattenden Zweigen wohnen.»

So wurde es doch noch ein guter Abgang. Es war das, was man einen unvergeßlichen Eindruck nennt. Alfons Hachenpoot war darauf bedacht gewesen.

Dennoch blieb der Freiherr lange Zeit sehr niedergeschlagen, es war etwas in ihm zusammengestürzt, ein Stück des Lebens, das er gelebt hatte, war von ihm genommen, eine unverbrüchliche Weisheit hatte ihn plötzlich im Stich gelassen. Er suchte Einsamkeit und Trost in der Kunst. Er hatte eine Bildersammlung, die er nun zusammen mit seinem Bibliothekar durchsah und ausbaute. Der Bibliothekar war ein feinsinniger und myriadenfach beseelter Mensch, er sagte zuweilen: «Daß wir arm sind, verpflichtet diejenigen, die noch etwas besitzen, nicht, uns reich zu machen; aber es verpflichtet sie, uns den Mut zum Glauben an eine Zukunft zu geben.» Er war auch ein Kunstkenner und schwor, daß die Kunst seit 1890 aufgehört habe zu existieren.

Die westdeutschen Industriellen galten nicht als Kunstmäzene. Sie förderten die Wissenschaft, die sie brauchten, um technische und wirtschaftliche Fortschritte machen zu können. Die Gelder, die sie hierfür verausgabten, waren Geschäftsunkosten, die wieder hereinkamen, sie waren Darlehen, die gute Zinsen trugen.

Gelegentlich zeichneten sie auch auf öffentlichen Aufruf hin eine kleine Summe, sei es für ein Museum, eine Kirche, einen Konzertsaal oder zur Prämiierung einer guten Milchziege. Das war eine gesellschaftliche Verpflichtung. Alle Welt sah sie infolgedessen als Ausbeutungsobjekte an, sie fühlten es und wurden noch zugeknöpfter; aber schließlich mußten sie, nachdem sie jemandem fünfmal die Tür gewiesen, das sechste Mal anbeißen, um eine lästige Bettelei loszuwerden. Auch hatten sie sich meistens ärmlichen Beratern ausgeliefert, die auf Zopf, Kitsch, Mittelmäßigkeit und blendende Gaunertricks hereinfielen. Der Freiherr machte hier keine Ausnahme. Dafür, daß er nicht Gefahr lief zu irren, hatte er die Sicherheit, irregeführt zu werden.

Aus Amsterdam und dem Haag wurden ihm einige Bilder kleinerer flämischer Maler angeboten, die ihm sehr gefielen. Er kaufte sie zu marktgängigen Preisen; sie waren zweifellos echt, und die Kunsthändler hatten nun sein Vertrauen. Dann tauchten Meldungen in den Zeitungen auf, daß ein wertvolles, lange verschollenes Kunstwerk aus der niederländischen Schule des 17. Jahrhunderts wieder aufgefunden worden sei. Der Freiherr hatte das Glück, daß ihm dieses Gemälde zur Ansicht ins Haus geschickt wurde, er war entzückt und zahlte eine hohe Summe dafür. Nach und nach gelangte er auf diese Weise in den Besitz vieler dekorativer Bilder, Stilleben und mythologischen Darstellungen, die dem van Dyck, Teniers, Jordaens, Snyders oder wenigstens der Rubens-Werkstatt zugeschrieben wurden. Der Bibliothekar erklärte sie alle für echt. «Dies ist ein gesegneter Kunstsommer», sagte er, und der Freiherr pflichtete ihm bei, denn es waren in Anbetracht des tatsächlichen Wertes wohlfeile Gelegenheitskäufe. Der Bibliothekar sagte auch, daß Fälschungen in solchem Ausmaß niemals in Deutschland vertrieben würden, weil bei dem hohen Stand der Bildung die Aussichten zu gering seien. Das Dorado für Kunstfälscher sei Amerika, das sei doch bekannt.

Er war auf Urlaub, als die Nachricht eintraf, die Amsterdamer Kunsthändler seien verhaftet worden. Ein Amerikaner, dem sie einen Ruisdael offerierten, hatte die Fälschung entdeckt. Die ganze Bande war ausgehoben worden, allen ihren Geschäftsverbindungen wurde nachgespürt. In- und ausländische Kriminalisten meldeten sich auf Zandershöhe. Der Freiherr war ganz kopflos, er telegrafierte dem Bibliothekar. Alle Bilder waren falsch, bis auf die wenigen aus der ersten Zeit. Frau Ella nahm Fühlung mit der Polizei; der Name des Freiherrn gelangte nicht in die Zeitungen, aber es stand im Bericht, die Fälscher hätten mit Vorliebe westdeutsche Industriekreise heimgesucht. Das war nicht zu verhindern.

Der Bibliothekar traf ein und sagte: «Irren ist menschlich. Außerdem waren es Juden.» Auch klagte er über die gesunkene Moral in der Republik.

«Aber die Verbrecher saßen doch in Holland», sagte der Freiherr.

«Früher hätten sie nicht gewagt, Deutschland zum Feld ihrer Spekulation zu wählen.»

«Seit Hachenpoot weg ist, habe ich kein Glück mehr.»

Als Ottokar Wirtz später die Geschichte erfuhr, sagte er zu seinem Adjutanten Näßler: «Mir kann das nicht passieren. In meiner Heimat gibt es ein Sprichwort, das heißt: Halt dich druus, dann kömmst du nicht drin. Ich halte mich draus, wo ich nichts zu suchen habe . . . so falle ich nicht rein. Von Kunst weiß ich nichts. Kunst ist etwas, was von der Masse der Bedürftigen getragen werden muß, die keine Bibliothek und keine Galerie anlegen und nur einen Bücherschrank und ein paar Bilder besitzen.»

Neuntes Kapitel

Kropf, Wirtz und die beiden Schellhases waren wieder in Freiheit, und auch Herr Edelbert Körschgen, den man beinahe vergessen hatte, war es. Sie hatten alle ein paar Wochen hindurch wenig Licht gehabt und eine eklige Pampe essen müssen, aber sonst war es ihnen gut bekommen. Sie fanden draußen auch nicht viel verändert, Herr Körschgen hatte jetzt sogar einen Teppich im Zimmer. Allerdings vermißte er seinen Bürodiener Johann Bermel. Diesen hatte ein eigenartiges Geschick getroffen.

Jener Beamte des Arbeiterpersonalbüros, der am Todestag des Meisters Kurbjuhn namens der Angestellten sich zur Sache des Proletariats bekannte, jener Beamte mit dem funkelnden Kneifer, pflegte öfters Laufjungen zu privaten Besorgungen in die Stadt zu schicken, und Bermel verbot es kurzerhand. Der Beamte blähte sich auf und zeigte ihn wegen Diebstahls an. Das war seine Rache; es handelte sich um die verwitterten Ziegelsteine, die Bermel damals vom Hof genommen hatte. Es stellte sich heraus, daß er im ganzen dreißig davon entwendet und in seinem Schrebergarten benutzt hatte.

Die Firma sah von einem Strafantrag ab, aber er wurde entlassen, und die Sache lief auch schon bei der Polizei. Bermel kam vor das Amtsgericht und fand milde Richter. Zwar erklärten sie die Sache nicht für eine Bagatelle, wodurch sie die Möglichkeit gehabt hätten, das Verfahren niederzuschlagen; doch sie vertraten den Standpunkt, daß er die Ziegelsteine als «Gegenstände des hauswirtschaftlichen Gebrauchs in unbedeutendem Wert und zu alsbaldigem Verbrauch» gestohlen habe, und da ein solches «Mundraub» genanntes Delikt nur auf Antrag des Bestohlenen strafbar ist, sprachen sie ihn frei. Der Staatsanwalt legte indessen Berufung ein, und Bermel irrte wie ein geschlagener Hund umher. Bald darauf wurde der Beamte mit dem funkelnden Kneifer Sekretär beim Zentralverband der Angestellten. Dort gaben sie ihm den Spitznamen «Brillengucker».

Assistent Schäfer hingegen war bei seiner Verabschiedung mit sechs Monatsgehältern abgefunden worden und hatte die Summe in einer Metallhandelsfirma investiert. Er stand sich gut und lebte flott dabei. Die Arbeiter- und Soldatenräte waren aufgelöst, Walkowiak war wegen Landfriedensbruchs verhaftet worden. Das Verfahren zog sich bis in den Winter hin. Fries und Griguszies wurden als Zeugen vernommen. Mehrere Male war es nahe daran, daß der Kranführer ebenfalls festgesetzt wurde, mit knapper Not entrann er diesem Schicksal. Endlich wurde Walkowiak zu vier Jahren Festung verurteilt, da ihm ideale Beweggründe zugebilligt wurden – «obwohl erhebliche Bedenken dagegen bestanden», hieß es in der Urteilsbegründung.

«Gut, daß wir den ungehobelten Menschen, den Walkowiak, losgeworden sind, die Revolution wäre sonst noch in Selbstzerfleischung ausgeartet, Selbstmord hätte die Arbeiterschaft begangen.»

So sprach man in den Arbeitervierteln. Hier und dort wagte einer den bitteren Einwand, das Bürgertum ehre das Andenken seiner Vorkämpfer, einzig die Arbeiter seien treulos und undankbar. Dann schrie man: «Wir sind Masse, bei uns gibt's keine Heldenverehrung, was ist bei uns einer, einer ist wie der andere, wir sind Masse, das ist gerade unsere Stärke!» Fries war unter diesen Schreiern, während Griguszies ein Individualist reinsten Wassers geworden war.

Doch hatte sich eigentlich nichts verändert, es war lediglich etwas deutlich geworden, was früher bloß für scharfe Augen sichtbar gewesen war. Adam Griguszies lächelte nur, wenn Fries sagte, bald komme das Betriebsrätegesetz, und damit sei die Beteiligung der Arbeiter an der Führung der Werke in der Verfassung verankert.

Was auch im einzelnen vorgegangen war und wie sich auch der einzelne damit abfinden mochte, der revolutionäre Elan äußerte sich nur noch in gegenseitigen Beschimpfungen; wie rechts jede Partei den Patriotismus, so wollte links jede Partei den richtigen, alleinseligmachenden Sozialismus gepachtet haben. So wurden die Arbeiter teils den Flaumachern, teils den Nihilisten in die Arme getrieben. Die Versammlungen wurden nur noch besucht, damit man den Stand der neuesten Lohnverhandlungen erfahren und ein bißchen Radau machen konnte, und die kleinen Krakeeler hatten das große Wort.

Da die Frauen ihre Bundesgenossinnen waren, mußten die Flaumacher triumphieren. Die Heizer und Kesselwärter, die während der Streikunruhen die Feuer aus den Kesseln gerissen hatten, wurden zu harten Gefängnisstrafen verurteilt; die Frauen und Mütter gingen schluchzend umher, verfluchten «die ganze Kiste» und behaupteten, ihre Männer und Söhne seien von gewissenlosen Hetzern verführt worden. Jede Träne, die sie vergossen, war ein Nagel zum Sarg der Revolution. Sie setzten sich hin und schrieben Briefe an das Direktorium und flehten um Gnade und Barmherzigkeit. Man antwortete ihnen, daß man aufrichtig bedaure nicht in ein schwebendes Verfahren eingreifen zu können; es müsse diese Sache eine Lehre für sie und alle übrigen Frauen sein, in Zukunft auf ihre Männer einzuwirken, damit diese der Überredung zu Unbesonnenheiten widerstünden und nicht ihre Arbeitsstelle verlören, ihren ehrlichen Namen befleckten und ihre Angehörigen in Unglück und Elend stürzten.

So verging der Sommer, und es wurde Herbst, jener frühe und unnatürliche Herbst des Kohlenreviers, wo die Blätter vor der Zeit schrumpfen und gilben, weil die Schwefelgase ihr Chlorophyll zersetzen und ihre Atmungswege verstopfen. Sie haben ein langes Siechtum und ein schweres Sterben, die schweflige Säure würgt und kratzt sie, ein trokkener Filz bohrt sich in ihr Gewebe und verdickt ihr Blut.

Es war alles so schnell hereingebrochen. Seit den ersten Kriegstagen war kein Ereignis gewesen, das nicht, kaum daß man seine Schwere begriffen hatte, durch ein noch schwereres überholt worden wäre. Über Nacht war eine ungeheure Teuerung da, über Nacht vermehrten sich die Nullen hinter den Zahlen auf den Geldscheinen, über Nacht wurde sozusagen eine ganz neue Rechenmethode eingeführt, über Nacht fehlten Tausende von Wohnungen. Die Nationalökonomie wurde plötzlich eine begehrte Wissenschaft. Sie sagte, das seien ganz selbstverständliche wirtschaftliche Erscheinungen. Im Krieg seien keine Häuser gebaut, aber viele Ehen geschlossen worden, und nach dem Krieg, mit der Entbehrung der Häuslichkeit und der Förderung des Sexualtriebs, wolle erst recht alle Welt heiraten und einen Hausstand gründen, nur könne kein Mensch Wohnungen bauen. Was die Teuerung betreffe, so sei es gar keine Teuerung, im Gegenteil würden alle Waren zu Spottpreisen verschleudert, man müsse nur die entwertete Mark in gutes Geld umrechnen. Das Ausland taxiere die Mark so gering, weil der Zustand der deutschen Finanzen miserabel sei, weil man die Löcher mit neuen Noten ausstopfe statt mit Vernunft, weil viel eingeführt werden müsse und nichts auszuführen da sei. Alles, was hereinkomme, müsse fünfeinhalbmal so teuer bezahlt werden wie vor dem Krieg, und im Westen, wo infolge der Besetzung nichts kontrolliert werden könne, werde die Passivseite noch durch den Import von Luxusartikeln belastet. Jede ausländische Zigarette, jede Tafel fremder Schokolade verschlechtere das deutsche Geld, und jedermann könne daher zur Besserung beitragen, wenn er solche Waren nicht kaufe. So sprach die Wissenschaft, so sprach die Industrie. In den Werkskonsums, die mit volkswirtschaftlichen Betrachtungen keine Geschäfte machen konnten, wurden ausländische Waren jedoch feilgeboten.

Die Leute sahen nur immer, daß die Preise stiegen, und verlangten daher mehr Geld, und die Industriellen wieder sagten, alle Lohnerhöhungen nutzten nichts, weil die Preise stiegen, und daß die Preise stiegen, das rühre von den Lohnforderungen her. Der Wirrwarr wurde immer schlimmer, wem sollte man glauben? Die Unternehmer redeten von Inflation und Valuta, die Gewerkschaften von Nominal- und Reallohn, und die Gelehrten von beidem. Diese Begriffe setzten sich als Schlagworte in der Bevölkerung fest, ehe ihr Inhalt verstanden wurde, und gestützt auf solche wissenschaftlichen Formeln, trug sie ihr Los mit größerer Geduld. Die Organe der öffentlichen Meinung beschworen sie, mehr zu arbeiten, denn es komme nicht auf die Vermehrung der Einkünfte, sondern auf die Vermehrung der Erzeugnisse an. Zwar habe in der Republik die Gesamtheit des Volkes für den einzelnen einzustehen, aber wer dafür nicht auch mehr arbeiten wolle, der könne nicht beanspruchen, so gut zu leben wie früher, geschweige besser. *Ein* Taugenichts in der Familie könne über Wasser gehalten werden, doch wenn die ganze Familie nichts tauge, müsse alles in die Brüche gehen, und die Blätter der Sozialdemokratie erinnerten beharrlich an das Wort SOZIALISMUS IST ARBEIT.

In den Lohnverhandlungen gaben die Vertreter der Industrie Übersichten über die wirtschaftliche Lage, und die Gewerkschaftssekretäre stellten ebendasselbe als eigene Erkenntnis ihren Mandanten dar. Teils waren sie von der Exaktheit dieser Ausführungen bestochen und von ihrer Glaubwürdigkeit überzeugt; teils erschien ihnen der Ruf nach Mehrarbeit geeignet, die Vorwürfe «abzuwimmeln», sie verstünden nicht, in den Verhandlungen größere Zugeständnisse herauszuholen. «Wenn man den Bogen überspannt», sagten sie, «dann bricht er, und wer das eierlegende Huhn schlachtet, um sich einmal einen guten Tag zu machen, der verübt Selbstbetrug.»

Sie erzählten, wie im Friedensdiktat das wichtigste Erzversorgungsgebiet im Westen an Frankreich habe abgetreten werden müssen; wie schon vor dem Krieg die Hälfte des deutschen Roheisens aus ausländischen Erzen erblasen worden sei; wie künftig Dreiviertel des in Deutschland zu verhüttenden Erzes vom Ausland bezogen werden müßten, wenn man die Hochofenanlagen voll ausnutzen wolle; wie wegen des Verlustes großer Überschußgebiete im Osten auch mehr Lebensmittel eingeführt werden müßten als vor dem Krieg; und wie zur Bezahlung der gewaltigen Einfuhrmengen so gut wie gar keine Naturprodukte zur Verfügung ständen, denn die Bodenschätze, Kohle und Kali, mußten auf lange Jahre ohne Entgelt an die Entente geliefert werden, und außerdem seien die guten elsässischen Kalifelder flötengegangen.

«Nur unsere Arbeitskraft bleibt uns, um uns die Mittel zur Ernährung und Bekleidung zu verschaffen! Arbeit steckt in der Kohle, die ihr fördert, im Eisen, das ihr erblast, im Stahl, den ihr bereitet, in der Schiene, die ihr walzt. Arbeit ist unser einziges, überall vollwertiges Zahlungsmittel. Bei Risch-Zander habt ihr ein Beispiel. Aus Mangel an Kohlen kann er jetzt nur ein Viertel seiner Leistungsfähigkeit produzieren. Wenn er für noch einen Hochofen Koks bekäme, könnte er mit dem Erlös der mehr erzeugten und im Ausland abgesetzten Walzware die Schulden abdecken, die er während des Krieges im Ausland auf Veranlassung der monarchistischen Regierung eingegangen ist. Wir müssen eben doppelt so viel arbeiten, wie wir nötig hätten, um unsere eigenen Bedürfnisse zu befriedigen. Von zwei Ballen Baumwolle, die wir importierten, können wir nur einen zur Bekleidung unseres Volkes benutzen, aus dem anderen müssen wir Exportware herstellen, damit wir von ihr die beiden Ballen bezahlen können. Deshalb müssen wir auch doppelt so viel Kohlen fördern, die wir zum Hausbrand und zur Versorgung unserer Industrie brauchen, und doppelt so viel Eisen erblasen, wie der Bedarf im Inland beträgt. Zwei halbe Überschichten müßten die Bergleute mindestens fahren. Zwei halbe Überschichten. Das Leben der Städte ist bedroht, die Landwirtschaft kann das Getreide nicht dreschen. Dauert der Zustand noch lange, dann muß unser Volk verhungern. Das erste Opfer werden die Massen der Industriebevölkerung sein.»

Solche Reden der Gewerkschafter vermehrten die Verwirrung, und die Verwirrung vermehrte die Müdigkeit. Die unabhängigen und kommunistischen Zeitungen schrieben: «Kämpft für die Sechs-Stunden-Schicht!» – aber wie sollte man das machen, ohne Geld zu verlieren? Die Mehrheitssozialisten und Hirsche forderten: «Weniger diskutieren, mehr produzieren!» – aber wie sollte man das machen, ohne wohlerworbene Rechte zu verlieren? Die Christlichen schrien: «Nur Arbeit kann uns retten!» – aber wie sollte man das machen, ohne freie Zeit zu verlieren? Es drehte sich alles im Kreis; um Wohnungen zu bauen, brauchte man Baustoffe; um Baustoffe herzustellen, brauchte man Kohlen; um der Kohlennot zu steuern, müßte man mehr fördern; um mehr zu fördern, brauchte man mehr Arbeiter; für diese Arbeiter brauchte man Baustoffe; um Baustoffe herzustellen, brauchte man Kohlen; um der Kohlennot zu steuern . . . und so ging die Litanei fort, bis man verrückt wurde.

Auch in der Kolonie, in der Adam Griguszies wohnte, drehten die Debatten sich um dieses ewige Thema.

Es war die Kolonie «Flammende Scholle». Sie gehörte zur Zeche «Glücklicher Morgenstern» und war noch von den ehemaligen Gewerken gegründet worden, fünf Jahre vor der Zeit, da der alte Risch die Grube in die Hand bekam.

Der Anlaß zur Gründung war die erste der beiden großen Katastrophen gewesen, von denen «Glücklicher Morgenstern» heimgesucht worden war. Siebzig Tote waren es damals gewesen. Um die allgemeine Erregung zu beschwichtigen, hatte man gleich darauf den Grundstein zu dieser Bergmannssiedlung gelegt. «Der Bäcker, der backt wohl sein Brot schon allein, auch fügt ohne Hilfe der Tischler den Schrein, aber der Bergmann auf allen seinen Pfaden braucht tapfere, getreue Kameraden.» Das war der Bauspruch gewesen. Es war eine Wohltätigkeitsstiftung, von der fraglich erschien, ob sie das Leid wert war, das sie gekostet hatte.

Den Namen trug sie von einer Abraumhalde, die in der Nähe lag und ständig von schleichenden Dämpfen umkreist wurde. In der Nacht tanzten Phosphorflämmchen darauf. Seit Jahrzehnten glühte die Halde, entzündet von dem riesigen Druck, und nichts vermochte sie zu löschen. Langsam hatte der Brand sich durchgefressen, durch die Erde hindurch, bis zu einem Bahndamm hin. Die Telegrafenstangen fielen um, der Oberbau senkte sich, die Schwellen begannen zu glimmen. Man grub Rinnen zwischen Damm und Halde und füllte sie mit Wasser, die Glut umging sie und kroch weiter. Da es nicht möglich war, die Halde abzutragen, zerschnitt man sie bis auf den gewachsenen Boden und stampfte die Spalte voll Lehm, doch die Glut verminderte sich nicht, ja sie gewann noch an Kraft und vernichtete auch die Lehmschicht. Der Prozeß, den die Eisenbahn mit Risch-Zander um die Haftpflicht führte, lief durch vier Instanzen; die ersten Schriftsätze hatte der Freiherr noch als Angestellter des alten Risch bearbeitet. Zuletzt erlangte die Eisenbahn ein obsiegendes Urteil.

Von all diesen Dingen nahm die Kolonie aber keine Notiz. Sie hatte eine schnurgerade Straße, fünf Meter breit und vierhundert Meter lang. Laut Anschlag war auf ihr verboten: mit Flaschenbierwagen zu fahren, zu hausieren und Fußball zu spielen. Sie war nicht an das allgemeine Wegenetz angeschlossen. Ihr Anfang war eine Filiale des Konsums, ihre Mitte eine Hebammenwohnung, ihr Abschluß eine

Wäschebleiche. Eine Patrouille mit blauer Dienstmütze sorgte auf ihr für Ordnung.

Man erreichte diese Straße der Kolonie über einen unbebauten Platz, auf dem inmitten von Abfällen aller Gesellschaftsschichten eine Tafel stand mit der Inschrift «Schuttabladen verboten, die Polizeiverwaltung», und man mußte dieselbe Straße wieder zurückgehen, weil sie am anderen Ende durch einen Drahtzaun gegen die Außenwelt abgeriegelt war. Von dort war nur noch eine geringe Entfernung bis zum Zechengerüst von Schacht I.

Auf jeder Seite hatte die Straße siebenundzwanzig Häuser, nur einmal bog die linke Fluchtlinie etwas aus, um erst noch einen Kinderspielplatz vorbeizulassen. Die Häuser waren aus Backsteinen und ohne Bewurf, jedes war acht Meter zehn breit und drei Meter sechzig tief, einstöckig, mit Mansardenaufsatz und von zwei Familien bewohnt. In der Mitte war eine Paradetür mit selbstgravierten Messingschildern, durch die man jedoch das Haus nicht betreten konnte, weil sie immer verschlossen war. Der Eingang war im Hof, der fünf Meter vierzig breit, durch ein Lattengitter von der Straße getrennt und immer zwei Häusern gemeinsam war. Die Intimitäten wurden hier öffentlich. Unterröcke und Windeln hingen auf der Wäscheleine beisammen, das Zeugen war ein Naturvorgang. Es gab in der Kolonie drei Familien mit neunzehn Kindern, zwei mit achtzehn, elf mit siebzehn, fünfzehn mit sechzehn, siebzehn mit fünfzehn und einundzwanzig mit vierzehn. Ein Witwer mit sieben Kindern hatte eine Witwe mit fünf geheiratet, und sie hatten miteinander noch drei bekommen. Ein neunundsechzigjähriger Kumpel hatte mit zwei Frauen zusammen vierunddreißig Kinder gehabt, von denen aber nur die Hälfte noch lebte. Die starke Rassenmischung in der Bevölkerung begünstigte offenbar die Fruchtbarkeit. Kinder zu zeugen war das Hauptvergnügen, und nur wenige wußten zu verhindern, daß sie sie auch bekamen; man lebte animalisch dahin, dumpf und brünstig, und die Frauen hatten eine untergeordnete Stellung als Geschlechts- und Arbeitstiere.

In den Häusern wurde der schmale Flur durch herumstehendes Gerät, Putzeimer, Badewanne, Schrubber, Holzschuhe, noch schmaler. Unter einem Vorhang von gemustertem Kattun waren die Arbeitskleider untergebracht, Hosen, Kittel, Schürzen. Vor der Küchentür stand ein Löschgerät, ein rotes Bassin mit Handpumpe und Schlauch, mit der Aufschrift «Feuer-Annihilator». Das Gefäß mußte stets mit Wasser gefüllt sein, oft kam der Brandinspektor von der Fabrikfeuerwehr zur unvermuteten Revision. Die Küchen waren vollgepfropft mit Geschirr,

Gewürztonnen, Löffelgestellen und Überhandtüchern. Alles hatte seinen vorgeschriebenen Platz, dort sollte nach der Aufschrift Reis hinein, dort Mehl, dort Zucker, dort Sago; dort sollte der Fettlöffel hängen, dort der Schaumlöffel, dort das Tellertuch, dort das Gläsertuch. Aber entweder waren die Plätze leer, oder was sich an ihnen befand, wurde niemals benutzt. Reis, Zucker und Mehl standen im Schrank, in Beuteln, wie sie aus dem Konsum gekommen waren. Sago wurde nie gekauft. Fett und Schaum wurden mit gewöhnlichen Eßlöffeln geschöpft. Gläser und Teller wurden mit dem Lappen abgewischt, der an der Herdstange zum Trocknen hing. So spiegelten diese Menschen sich eine nach ihren Verhältnissen eingerichtete Ordnung und einen über ihren Bedarf hinausgehenden Besitz vor. In den Schlafstuben (und alles waren Schlafstuben, weil nach einer Bestimmung der Stifter in jedem Zimmer ein Bett stehen mußte – wahrscheinlich damit nicht das Gefühl eines überflüssigen Wohnraums aufkomme), in diesen Schlafstuben, unter den Betten, standen Korbflaschen mit selbstgemachtem Johannisbeer- und Rhabarberwein. Das Bildnis des alten Risch, mit seiner faksimilierten Unterschrift, nahm einen Ehrenplatz ein, an seinem Begräbnistag war es allen Werksangehörigen verliehen worden. Was noch an Bewegungsraum übrig war, wurde von Paradekissen, büßenden Magdalenen, Engelsköpfen und gestickten Wandschonern zugesperrt. Es wurde nicht viel gelüftet, weil man vor lauter Mobiliar nur schwer an die Fenster herankonnte. Wurde die Tür aufgemacht, so schlug ein Brodem heraus wie aus einem Kaninchenstall.

Die Fenster waren überdies mit dicken Gardinen verhängt und mit Blumenstöcken und Buketts zugestellt. Frau Griguszies hatte am Fenster eine teilnehmend gebeugte weibliche Gipsfigur stehen, die eine winzige Kanne in der Hand hielt und eine Blattpflanze begoß. Sie hatte sie auf dem Jahrmarkt in Pillkallen am Glücksrad gewonnen, damals, gerade nach ihrer Hochzeit; sie und ihr Mann waren auf dem gleichen Gut Magd und Knecht gewesen. Lange vor der Silbernen war er umgekommen, aber an vielen Fenstern der Kolonie sah man Myrtenstöcke und Geschenkkörbe mit silbernen Schleifen und der Zahl 25. Zwischen grünen und silbernen Hochzeiten verlief das Leben. Vorher war nichts und nachher war nichts. Die Kinder waren schmutzig, scheu und lautlos, als ob sie gewußt hätten, daß sie immer im Wege und überhaupt gegen die Absicht ihrer Eltern auf der Welt waren. Sie zählten erst etwas, wenn sie verdienen halfen, aber dann wußten sie sich zu rächen, die Söhne gaben nur Kostgeld her, und die Töchter staffierten sich mit ihrem bißchen Verdienst, ob nun als Näherinnen,

Glanzbüglerinnen oder Verkäuferinnen, modisch aus. Nur diejenigen, die ungefähr in der Mitte des Kinderhaufens waren, hatten Unglück. Sie blieben stecken, sie durften nicht aus dem Haus, sie mußten die Nachgeborenen auf dem Arm herumschleppen, sie sahen nichts, sie lernten nichts, sie mußten die abgelegten, verwaschenen Fahnen der Älteren anziehen, sie verschlampten und kriegten, wenn es gutging, wieder einen Bergmann, während ihre Schwestern kleine Büroangestellte heiraten konnten.

Es wohnten auch viele alte Leute in der Kolonie, jedoch die wenigsten waren hier alt geworden. Sie hatten in Ostpreußen gelebt, bis ihre Kinder alle ins Kohlenrevier gezogen waren, dann hatten diese sie zu sich genommen, weil es ihnen unmöglich war, sie aus der Ferne zu unterstützen. Auch Witwen waren hier genug, und Invaliden, Schwindsüchtige und Verunglückte; die Schnurrbärte waren gelb vom Tabaksqualm, die Haut auf den ausgemergelten Gesichtern war abgestorben, nur die Kohlenstaubnarben lebten noch. So drückten sie sich im Haus herum, hüteten die Enkel und die Kaffeekanne auf dem Herd, hackten Holz, schaufelten die Deputatkohlen in den Keller, keuchend und jedesmal ausspuckend, oder putzten die Fenster.

Aber selbst die Sorgen sind weniger schrecklich, wenn sie gleichförmig sind. Kommen die Kinder aus der Schule, so werden sie mit einem Stück Brot zum Spielplatz geschickt, die Kleinen sind den ganzen Morgen dort, die Mütter rechnen damit, daß sie sich beim Spiel vergessen und nicht gleich nach Hause laufen, wenn sie Hunger spüren. Regnet es so stark, daß sie sich in der Küche herumtreiben müssen, so geht an einem Vormittag ein Laib Brot weg. Morgens zum Kaffee gibt es Kartoffeln, weil sie sparsamer sind als Brot, man wird schneller satt davon.

Meistens sehen die Familienmitglieder einander nur an Sonntagen beim Essen. Jeder hat andere Beschäftigungszeiten, die Frau kann aber nicht viermal kochen. Sie bereitet eine Hauptmahlzeit mit Fleisch für die Kumpels und stellt den übrigen die aufgewärmten Reste hin, dazu Bratheringe oder einen Brei aus Reis und Brot oder eine Suppe von roten Rüben.

Alles ist darauf angelegt, das Tageslicht zu dämpfen: die Bäume, die die Häuser überdachen, die verdunkelten Fenster, die Ranken von wildem Wein an den Türen. Der Bergmann ist bei der Arbeit an Dunkelheit gewöhnt, Helligkeit in geschlossenen Räumen ängstigt ihn. Auch die Kneipen, die er besucht, sind dämmerig. Wozu übrigens soll er im Haus etwas sehen? Wenn er morgens von Schicht kommt, legt er sich schlafen. Kommt er mittags, so hantiert er draußen herum, schlägt die Waschmaschine, gräbt auf dem Land, das er hinter dem Haus hat, versorgt das Vieh. Wenn er fertig ist, ist es Nacht.

Dies ist das Leben der Bergleute in der Kolonie. Wenn aber einer von ihnen stirbt, verkleiden sie sich als Bergknappen, um ihn zu begraben; dann haben sie schwarze Joppen und Kappen mit roter Paspel und das Arschleder um und die Grubenlampen in der Hand – der Tod ist solidarisch mit der mittelalterlichen Tracht. Alles ist bis ins kleinste ordentlich und gleichartig. Nur die Tiere dieser Menschen haben ihre Verschiedenheiten in Pflege und Unterkunft. Es gibt Hühner, Gänse, Enten, Tauben, Ziegen, Schafe, Schweine, Kaninchen. Manche Enten waten in einem Tümpel, in dem ein bunter Glasballon aufgesteckt ist, manche Taubenschläge sind bemalte Öltonnen, manche Hühnerhöfe haben kunstvolle Leitern und gedrehte Futternäpfe aus Holz.

So geregelt und unerschütterlich traurig sieht die Kolonie aus, sie macht die Unglücklichen nicht glücklich, aber sie macht sie vergeßlich, sie beseitigt das Elend nicht, aber sie bietet ihm Haus und Hof, wo es sich fortpflanzen kann. Sie schenkt ihm Bäume, in deren Schatten es ausruhen kann, sie weist ihm einen Platz an, sie macht es ansässig, sie gibt ihm ein Heimatrecht und eine Dienstordnung. In der Zechenkolonie wird das Elend den Menschen zu einer lieben Gewohnheit.

Jeder Hof in der Kolonie «Flammende Scholle» hatte zwei Bäume, in der Mitte eine Sauerkirsche, die spät im August zu reifen begann, am Gitter eine amerikanische Eiche, die widerstandsfähiger gegen Rauchgase war als die deutsche. Manchmal waren die Höfe noch mit einem Grubenseil abgeteilt: dieses Seil erfüllte dieselbe Funktion wie die Warnung vor bissigen Hunden, die man zuweilen an Hoftüren findet, es kündigte dem Eintretenden an, daß hier streitbare Nachbarn wohnten. Für die Bewohner selbst hatte es außer der räumlichen Abgrenzung keine Bedeutung, sie konnten sich trotzdem nicht abschließen, sie waren einander ausgeliefert und hatten kein privates Leben. Hinter den Häusern war ein Anbau mit Waschküchentür, Stalltür, Klosettür, alle von gleicher Größe und Farbe und jede Öffnung und Schließung dieser Türen war der gegenseitigen Überwachung unterworfen. Die Freude an planmäßigen Sistierungen ersetzte hier die Freude an erforschten Geheimnissen, denn es gab ja kaum Geheimnisse. Es war bei allen dasselbe Kommen und Gehen zu denselben Zeiten. Es waren bei allen dieselben Verrichtungen und dieselben Vergnügungen. Sie hatten dieselben Zimmer, Küche und zwei Schlafstuben, und sie hatten dieselben Möbel, wie sie dieselben Gewohnheiten und dasselbe Essen und Trinken hatten.

Dort in den Höfen war die Werkstatt des Kolonieklatsches. Allerdings kam man in diesen unfreundlichen Zeiten weniger zusammen, um die Verhältnisse des Nachbars durchzuhecheln, als um die Probleme des Tages zu erörtern. Es waren nicht die Dinge an sich, die das Interesse immer wieder anfachten, es war vielmehr die Beziehung, worin man diese Dinge zum System Risch-Zander setzte, unter dem man schließlich zu leben gewohnt war.

Alle Bedingungen dieses Lebens gerieten ins Wanken. Risch-Zander war stets als der nie versiegende Brunnen betrachtet worden. Bei Risch-Zander Arbeit zu haben, war ebensogut gewesen wie sein Geld auf der Städtischen Sparkasse zu haben oder in Staatsdiensten zu stehen. Generationen waren der Fabrik mit Haut und Haar verschrieben. Schon das Kind im Mutterleib war für einen Posten vorgemerkt. Es war der höchste Ehrgeiz des Familienvaters, der es nur bis zum Vorarbeiter gebracht hatte, seinen Ältesten auf dem Büro unterzubringen und seinem Tochtermann von außerhalb eine Stelle im Werk mit Aussicht auf Pension zu verschaffen. Adam Griguszies hatte oft darüber geschimpft: «Ja, dafür kriecht ihr eurem Meister zehnmal hinten rein. Wenn ihr nur das habt. Auf eurem Weg von und zur Schicht liegt die Schankwirtschaft, auf eurem Weg von und zur Kirche liegt das Gewerkschaftshaus. Ihr denkt, das Werk der Befreiung des Proletariats teilt sich in Frühschoppen und Kegelabende, und euer Kalender rechnet nach der Hebamme.»

Jetzt gingen die Gespräche um die Sozialisierung. Man wurde sich darüber nicht einig. Die einen sprachen von Gemeinwirtschaft und Vergesellschaftung, die anderen von Verstaatlichung, die dritten von Nationalisierung und Kommunalisierung, die vierten von Planwirtschaft. Sie hatten es so gehört, darunter vorstellen konnten sie sich nichts. Der Former Fries hatte in einer Versammlung erklärt: «Das vergangene Jahr hat gezeigt, daß wir den Kapitalismus noch nicht durch den Sozialismus ersetzen können. Wir haben noch nicht das Menschenmaterial dazu.»

«Also», sagten die Frauen. «Laßt den Unsinn sein. Nachher hätten wir am Ende keine Wohlfahrtseinrichtungen mehr. Risch-Zander hat doch viel getan und ganz schön gesorgt für uns.»

«Das hat er», sagte Griguszies. «Es war eine Wohlfahrt auf Möglichkeit, es hieß immer ‹nach Kräften› und ‹wenn möglich›.»

Sie saßen auf der Treppe im Hof und rauchten ihren Knaster, die Frauen saßen auf der Bank und rieben den Rücken an der Hauswand.

«Der Rabatt im Konsum ist immer eine Stange Geld auf den Herbst, das kommt einen grade zupaß für die Kartoffeln.»

«Ja, aber ihr müßt kaufen, was euch vorgesetzt wird, und wenn ihr was Extras wollt, heißt es: es wird hier nicht geführt, und damit basta.»

«Ist immer tadellose Ware da, und billiger wie beim Krämer, und wünschen tun wir uns sowieso nichts.»

«Daran erkennt man die Proleten, zufriedene Lämmchen seid ihr, laßt euch die Wolle scheren und wenn ihr dann friert, haltet ihr dem Herrgott euren Buckel hin, damit er die Sonne schön warm drauf scheinen läßt.»

«Wieso», erzählte ein anderer, «ich habe mir mal beschwert, vor Jahren war das. Da hatten sie eine feine Sechs-Pfennig-Zigarre im Konsum. In der Stadt gab't die auch, aber da is ja kein Rabatt. Nachher kam die Steuer drauf, da kostete sie im Konsum acht und in der Stadt bloß sieben. Da bin ich zum Vorsteher hin und habe gefragt, wie das käme. Was sie kost, das kost sie, hat er gesagt, und wie ich dann wieder nach die Zigarre fragte, hieß es, die führen wir nicht mehr.»

«Na also, du hast eben den Risch-Zanderschen Dreh noch immer nicht raus. Da schaffen sie den Gegenstand der Beschwerde einfach beiseite, statt ihn zu verbessern.»

«Dat stimmt», sagte ein anderer, «das haben wir doch hier in die Kolonie erlebt. Früher war ein Uhrtürmchen auf 'n Spielplatz, bloß ging die Uhr immer falsch, und wir haben't die Wohnungsverwaltung gemeldet. Wer kam? Der Uhrmacher? Nee. Die Maurer kamen und haben dat ganze Dingen abgebrochen.»

«Nu ja», sagte Frau Griguszies mit ihrem polnischen Akzent, «is d'r nicht alles Gold, was glänzt. Da is doch d'r Entbindungsheim und d'r Hauspflege, wo d'r Männer Mädels kriegen könn, wo's Haus versorgen und kochen, wenn d'r Frau im Wochenbett is. Nu, ihr wißt doch, d'r Kestermann, wie d'r Kestermannsche draußen in d'r Heim war. Morgens kam se schon um fünf, wo se doch erst um sieben brauchte, d'r Pflegerin mein ich, und abends blieb se bis elf, wo se doch wieder nur bis sieben brauchte, bloß damit se d'r Kestermann noch 'n bißken in d'r Bett liegen sehn konnte. Und was die den verwirtschaft hat. Die haben fein zusammen gelebt, aber wenn se alleine war, hat se sich noch extra was gemacht. Was bei die immer auf 'n Herd gebruzzelt hat, damals wie d'r Gas streikte. D'r Kestermann hat bloß so gestaunt, wie se wiederkam. Nu, das is dafür, daß sie's mit d'r hochnasigen Steiger gekonnt hat, wie er fort war bei die Feldgendarmerie. Und d'r feine Trine von d'r Vaterländische Frauenverein, wo doch nachsehn kommen soll nach die Vorschrift, is nie dagewesen, kein einziges Mal. Aber das muß man sagen, d'r Firma war nobel, er hat d'r Pflegerin nicht zu bezahlen brauchen, wo er doch d'r Arbeit gemacht kriegte und's Vergnügen mit sie obendrein gehabt hat.»

Die Frauen lachten. «Nu ja, also Wohlfahrt doppelt und dreifach, was wollt ihr Männer noch mehr?»

«Is wahr», stimmten die Kumpels bei. «Wenn man't richtig betracht, wat haben wir schon für Opfer gebracht, und is alles für die Katz.»

Adam Griguszies wandte ein, auf den ersten Hieb falle kein Baum. «Na, nu hör aber auf», rief ein junger Lehrhauer, «da frage mal die Mädels in die Kolonie, die mit 'n ledigen Kind rumlaufen, wat die zu dein Sprichwort sagen.» Die Frauen stemmten die Hände in die Hüften und kreischten auf. Adam bezwang seinen Unwillen. Er wollte sich nicht mehr so erhitzen.

«Es kommt bloß darauf an, ob die Sache gut ist, wofür man die Opfer bringt», sagte er endlich.

«Dat is't ja eben», sagten die Frauen. «So wat kann doch nicht gut sein, wat soviel neues Unglück bringt und dat alte noch schlimmer macht. Guckt mal die Wohnungskommissionen an, sind Leute von die Partei drin, nu, kriegt eins von uns daher 'ne Wohnung?»

«Wo nix ist, kann man doch nix holen.»

«So – wo nix is. Is genug da, ich weiß, wo was leer steht, hinterm Bahnhof, wo's nach 'n Stadtpark zugeht, 'n ganzen Stock.»

«Weibertratsch, wenn man die Sache nachgeht, is nichts dahinter.»

«Du kannst überhaupt nicht mitreden, dich haben sie ja gar nicht rangelassen an die Pöstchen, wo's was zu schieben und zu schmieren gibt. Beschlagnahmen tun sie, heißt't. Haben die schon mal in die feinen Fillas wat beschlagnahmt, hä? Oben beim Freiherrn? Dat wär wat für unsre Blagen, da sollten se bald nicht mehr so käsig aussehn, wat, Griguszziessche? Setz deinen Jungen mal 'n Kopp zurecht.»

«Und dann die Lebensmittel – wo bleiben denn die? Erst haben sie gesagt, die Engländer sind schuld, jetzt sagen sie, die Schieber sind schuld, nu, warum gehn se denn nich mit die Bremse ran an die Schieber? Weil sie alle selber schieben, die Genossen. Wo sind denn die hundert Zentner Zucker hingekommen, die sie bei Risch-Zander im Beamtenkasino beschlagnahmt haben?»

«Was wir vom Arbeiter- und Soldatenrat beschlagnahmt haben, ist immer sofort gegen Quittung ans Lebensmittelamt abgeführt worden.»

«Nu, und beim Lebensmittelamt? Das kennt man doch.»

«Laßt mich doch in Ruh. Wofür war denn der Zucker überhaupt? Für eure Wohlfahrtseinrichtungen, hat das Direktorium gesagt, er hätte nur im Kasino gelagert, weil er da besser bewacht werden könnte. Ja, da lacht ihr auf einmal. Sonst freßt ihr doch alles, was euch die Direktoren erzählen. Mit meinen zukünftigen Schwager ausm nationalen Verband kann man gescheiter reden wie mit euch, da weiß man doch, woran man ist. Ja, es soll Auslandszucker gewesen sein. Dadurch hätten sie auf den Zucker von die Stadt verzichten können, der wäre dann ganz die Einwohner zugute gekommen.»

«Hast du wat gesehn davon? Wir nich. Und überhaupt steht in die Zeitung . . .»

«Mich könnt ihr nix erzählen. Was ihr schon für Zeitungen lest, lauter arbeiterfeindliche Blätter, alle von verkappten Reaktionären gemacht.»

«Die Zeitung, wo ich lese, hat schon mein Großvadder gelesen, warum soll ich die denn abbestellen? Ich bin't nun mal so gewohnt.»

«An die Parteizeitungen is ja kein Papier dran», sagten die Frauen, «womit sollen wir denn die Schränke auslegen? Und so wenig Annoncen, wat soll man denn da lesen? Vielleicht die Romane? Die sind ja so langweilig, lauter alten Kappes, und wenn sie neu sind, reden sie immer vom Proletarierelend. Dat wissen wir ja selber, und es is gar nich so, wie sie schreiben. Wenn ich einen Roman lese, will ich 'nen Lichtschimmer sehn, da muß was von oben drin vorkommen, von die Vornehmen, ich kriege ja nie so 'n Leben, da darf ich doch wohl wenigstens davon lesen.»

«So, und dabei verliert ihr das Zutrauen zu euch selber, das ist ja wie Alkohol, das betäubt euch und macht euch schwach – kruzifixnochmal, wie wollt ihr euch denn befreien? Wollt ihr denn ewig so leben?»

«Quatsch doch nich, wir wissen doch immer, daß es eben Romane sind.»

«Wenn ihr besoffen seid, wißt ihr auch, daß't Schnaps war, aber davon werdet ihr doch nicht nüchtern und kommt nicht bei Verstand.»

«Jedenfalls haben wir noch immer unser proletarisches Standesbewußtsein, junger Mann.»

«Scheiß euch was drauf», sagte Adam.

Die Kolonie blieb sich immer gleich. Dann und wann ein anderes Gesicht, dann und wann ein anderer Gesprächsstoff, das war alles. Die

Zeit stand still, und die Veränderungen an der Oberfläche genügten gerade, daß die Menschen den Stillstand der Zeit nicht bemerkten.

Nur in großen Abständen wurden sie aufgeschreckt und daran gemahnt, daß «Flammende Scholle» auf unsicherem Boden stand. Die brennende Halde war längst alltäglich und fast ein Spielzeug der Kinder geworden, und die Stelle am Ende der Straße, wo der Boden langsam um drei bis vier Meter sank, zeigte man sich beinahe mit Stolz.

Wie alle Grubenbaue im Stadtgebiet, so hatte auch «Glücklicher Morgenstern» durch zweihundert Meter Mergelgebirge und dann noch durch Kohlensandstein hindurch abgeteuft werden müssen, ehe man an die Kohlenflöze herankam. Der zähe Mergel schloß die Gruben gas- und wasserdicht ab, aber der Sandstein war rissig und voller Höhlen. Je mehr die Kohle abgebaut wurde, desto mehr sank das darauf lastende Gebirge nach. Manchmal hörte unten die Kohle plötzlich auf, es waren dort Verwerfungen in den Erdschichten, dann hielt auch die Erde darüber stand, und es bildeten sich «Festpunkte». Innerhalb der Hauptstadt des Reviers gab es nur zwei davon, aber an der Peripherie waren ihrer vier oder fünf. Um so stärker rutschte die Erde daneben, doch rutschte sie nicht gleichmäßig und auch nicht überall gleich schnell, da die Spannungen im Gebirge mit unterschiedlichen Kräften und nach unterschiedlichen Richtungen wirkten. Überdies gab der Mergel, der viel bituminösen Schiefer enthielt, dem natürlichen Druck ebenso langsam nach, wie der Sandstein rasch.

Eines Nachmittags geht da unten wieder das Sandsteingewölbe auf etliche hundert Meter zu Bruch. Der Stoß rollt durch das Gebirge fort und versetzt die Erde in hastige Schwingung. In der «Flammenden Scholle» wackelt es, man sieht deutlich, wie alle Gegenstände sich kurz bewegen, und hat für den Bruchteil einer Sekunde das Gefühl, sanft in die Höhe gehoben und gleich sanft wieder abgesetzt zu werden. «Ein Erdbeben!» rufen die Frauen erschrocken. Die Kumpels, die daheim sind, sagen: «Ein Gebirgsschlag» und lauschen. Die Erschütterung kommt nicht wieder. «Ein Gebirgsschlag . . .?» fragen die Frauen und besinnen sich langsam darauf, daß ein Gebirgsschlag die Ursache der letzten Schlagwetterkatastrophe gewesen ist. «Du lieber Gott.»

«Na, nicht alle Schläge lösen Wetter aus», beruhigen die Kumpels. «Gott sei Dank ist't sogar selten.»

Aber einige Frauen, deren Männer auf Schicht sind, werden von Grauen und Unruhe ergriffen, die Furcht, daß es sie einmal treffen wird, schweigt ja nie. Sie binden die Schürze ab und eilen zum Zechenplatz, um zu fragen, was passiert sei. Es ist nichts passiert, doch als sie wieder heimkommen, finden sie Trubel und Aufregung in der Straße und alle Bewohner vor den Türen, die Kinder haben einen tiefen Schrecken in den Augen, sind ganz hinter Atem, überstürzen ihre Worte und wiederholen fortwährend: «Wir haben ihm noch zugerufen, er soll schnell weggehn, da war er schon fort . . .»

«Wer war fort? Was? Was?» fragen die Frauen, die von der Zeche kommen.

«Der kleine Griguszies, der in die zweite Klasse geht.»

«Wo? Wie?»

«Draußen an die Halde, wo der dürre Grasplatz is . . .»

Sie rennen alle hin. Der Platz ist nicht mehr da, er ist in die Tiefe gerissen, ein gewaltiges Loch ist an seiner Stelle.

«Das ist seine zwanzig Meter tief», sagen die Kumpels, «und gut dreißig breit. Wenn er in den Trichter verschüttet is . . .»

«Wir haben hier gespielt», erzählen die Kinder, «der Griguszies war am weitesten vorn, da hat es auf einmal gezittert, da sind wir schnell abgehauen, und dann is dat alles zusammengesackt.»

Frau Griguszies ist wie gelähmt, keine Träne will ihr fließen, es schlägt ihr alles auf das Herz. «Der Jüngste», sagt sie, und ihr Kopf fällt tief herab, «nu, wo er schon soweit war und wo ich eigentlich keine Sorgen mehr mit die Blagen hatte.» Dann schreit sie auf einmal: «Holt ihn raus! Holt ihn raus!» und stürzt auf den Trichter zu.

«Wegbleiben!»

Schutzleute kommen und Zechenarbeiter und sperren ab. Die Grubenbeamten erklären, daß noch Einsturzgefahr besteht und man die Leiche jetzt nicht bergen kann.

«Ja, is'r denn tot?» schreit Frau Griguszies.

«Muß längst erstickt sein», antwortet ein Polizist, der die Neugierigen zurücktreibt.

«Ich bin doch d'r Mutter, Herr», fleht die Frau voll Demut, «is'r denn tot, er kann ja nicht tot sein, er muß ja noch leben, oder is'r schon tot, er kann ja nicht tot sein, ich bin doch d'r Mutter», wimmert sie.

«Das konnte ich nicht wissen, das tut mir leid, aber da ist der Mensch doch machtlos», sagt der Schutzmann unbeholfen. Es soll ein Trost sein, und er drängt etwas sanfter. Ein alter Invalide meint, man werde die Leiche nie mehr herausbekommen, da sei ein alter Schacht, der nicht ordentlich zugeschüttet sei.

«So vor dreißig, vierzig Jahren hat man sich da nicht viel drum bekümmert, da gab't noch kein Gesetz, da war von richtigem Bergeversatz keine Rede. Da hat man die Kohle rausgeklopft und die Löcher einfach mit ein paar Balken abgedeckt und fertig war die Laube.»

«Über die Ursache wird eine Untersuchung eingeleitet werden», sagte der Polizist. «Weitergehen, weitergehen, nicht stehenbleiben.»

Sie bekamen die Leiche nicht heraus, alles Graben war vergebens. «Wer weiß, was da für Hohlräume drunter waren», sagten die Bergleute, «was die Erde hat, gibt sie nicht wieder raus. Das is 'ne geheimnisvolle Tiefe.»

Adam Griguszies lief auf viele Ämter. Es wurden Ermittlungen angestellt. Über das Ergebnis wurde nichts bekannt.

Der Krater geriet in Vergessenheit. Als der erste Schnee fiel, rodelten die Kinder den Abhang hinunter, mit dem Bauch platt auf ihren Kastenschlitten liegend. Das brachte das Leben hier so mit sich. Alles, was eine Gefahr war, wurde vertraut und umgänglich.

Ein Kind weniger in der Kolonie – es wurden viele neue dafür geboren. Weitergehen, weitergehen, nicht stehenbleiben.

Man sprach wieder über die Sozialisierung, man sprach dasselbe wie früher. In Berlin tagte eine Kommission und füllte Protokolle und Druckschriften mit gründlichen Beratungen über Voraussetzungen und Behauptungen und mit gelehrten Auslegungen von Wenn und Aber. Die Arbeiter lasen es nicht, sie wußten schon, daß Verhandlungen dazu da waren, um zu nichts zu führen. Desto mehr beunruhigte es die Angestellten, die noch glaubten, daß, wo Rauch sei, auch Feuer sein müsse. Darum beriefen sie eine Versammlung ein, in der Für und Wider abgewogen werden sollte. Der große Saal der Stadthalle war überfüllt, fast viertausend Menschen waren da, die Gänge standen schon dicht voll, und immer noch strömte es zu den Türen herein.

«Eine nette Volksversammlung», sagte ein schmalbrüstiger junger Mann, der bei Paula Griguszies im Arm hing. Es war Otto Wittkamp, ihr Bräutigam, der in dem neuen Presse- und Propagandabüro beschäftigt war. «Da ist mein Chef», fuhr er fort und zeigte auf einen kahlgeschorenen Kopf, der ohne Hals auf der leicht ausgewölbten Schulter zu sitzen schien.

«Volksversammlung?» fragte Adam Griguszies zurück, der ebenfalls mitgekommen war. «Da könnte man eher Bildungsverein sagen, die Revolution ist überhaupt ein Bildungsverein geworden, siehst du da oben, was sie für Lehrer hat?»

Auf dem Podium nahm gerade der Finanzrat Hiebenstein Platz, die Leute vom Angestelltenausschuß bemühten sich sehr um ihn. Einige, die er noch nicht kannte, wurden ihm vorgestellt, man reichte ihm Flugblätter, er nahm sie interessiert, faltete sie zusammen und steckte sie in die Brusttasche. Im Saal quetschten sich die Werber der Angestelltenverbände durch und priesen die Vorzüge ihrer Weltanschauung an. Vorn sprach jemand stolzierende Weisheiten mit einer flennenden Stimme, hinten verstanden sie nichts und riefen: «Lauter!» Der Mann verstärkte ein wenig seine Stimme und fiel gleich wieder in seinen weinerlichen Ton zurück.

«Ach, da is ja die Leni», sagte Paula und winkte der Freundin, «Leni Milius, wie lang hab ich die nicht mehr gesehen.» Leni war zu weit weg, man konnte nicht durch. «Ist die aber aufgedonnert, gebatikte Bluse, hu, wie fein.»

«Kunststück», sagte Wittkamp, «die ist doch Tippmädel beim Vorsteher vom Rechnungsrevisionsbüro.»

«Sieh mal einer an, daß der Assistent von der Eisengießerei sie Stenografieren und Maschinenschreiben hat lernen lassen, das wußte ich ja, aber wo sie jetzt ist, hab ich nicht gewußt.»

«Aufm Werk heißt es, daß sie mit dem Vorsteher ein Verhältnis hat.»

«Wat du nicht sagst? Die nimmt auch jeden mit.»

«Pst! Ruhe!» opponierten die Umstehenden.

«Na, wie denn?» rief Adam. «Wozu denn? Der Brillengucker verliest bloß einen Leitartikel.»

Vorn im Saal wurde geklatscht, andere zischten, aus einer Ecke schrie einer: «Bermel! Bermel!» Jetzt stand Hiebenstein auf.

«Meine Damen und Herren», sagte er.

«Genossen!» berichtigte Adam.

«*Volks*genossen», lächelte Hiebenstein. «Auf dem hiesigen Rathaus hat jüngst ein Mitglied der Unabhängigen Sozialdemokratie verkündet, man werde der Arbeiterschaft die Bildung verschaffen, von der sie bisher ausgeschlossen gewesen sei. Zur selben Zeit mußten hier, wo wir auf der Kohle sitzen, die Schulen wegen Kohlenmangels geschlossen werden. Sind das Anzeichen einer neuen Kultur? Kultur kann man nicht mit schönen Reden vom Himmel herunterholen, Kultur kostet Geld und ist daher an die Volkswirtschaft gebunden. Wir sehen es ja, die Tarifsätze der Städtischen Badeanstalten müssen verdoppelt werden, die Krankenanstalten erhöhen die Gebühren, die Straßenbahnfahrscheine werden alle paar Wochen teurer.»

«Das ist bloß die Folge von die Geldentwertung!»

«Ganz recht, aber wovon ist die Geldentwertung die Folge? Unser

Transportwesen fällt von einer Krise in die andere, Elektrizitätswerke werden stillgelegt, die Bergwerke haben kein Material zur Instandhaltung, die Landwirtschaft ist ohne Dünger. Was schiert es die Eisenbahner? Nun, da haben wir gleich die Probe aufs Exempel. Der Eisenbahnbetrieb ist staatlich, seit Jahrzehnten ist kein Privatkapital mehr drin, hier schuftet der Arbeiter nicht für den Privatunternehmer. Da konnte sich also der Gemeinsinn des Sozialismus entfalten, wie? Merkwürdig, aber auch erklärlich, daß es gerade hier am trostlosesten aussieht. Die Leute wollen doch etwas von der Sache haben, und da wollen sie eben bequemer leben. Wenn sie nichts Greifbares sehen, pfeifen sie doch auf den ganzen Schwindel.»

«Sehr richtig!»

«Sehr richtig, ja. Der Staatsbeamte hantiert mit fremdem Geld und verwaltet fremde Interessen, in der Privatwirtschaft heißt es: auf eigene Rechnung und Gefahr! Das ist das Schwungrad und der Regulator, beim Staatsbetrieb sind Vorschrift und Kontrolle nur ein mangelhafter Ersatz.»

«Die Kaufleute und Ingenieure können doch aus die Privatindustrie übernommen werden!»

«Wenn zwei dasselbe tun, ist es eben nicht dasselbe. Diese Persönlichkeiten würden dann sofort wieder die Führung an sich reißen, der Betrieb würde also doch nicht in den Händen der Gesamtheit liegen. Dann wäre der Sozialismus durch Sozialisierung getötet worden, und ein bekannter sozialistischer Schriftsteller hat ja schon lange gesagt, daß der Ausbruch der wirtschaftlichen Revolution die größte Niederlage der Sozialdemokratie wäre. Das Privateigentum ist von jeher ein mächtiger Faktor des kulturellen Fortschritts gewesen, weil es automatisch den Geist der Ordnung, Sparsamkeit und gegenseitigen Überwachung einschaltet. Nicht umsonst heißt das christliche Gebot: was mein ist, das ist dein, nicht aber umgekehrt, was dein ist, ist mein.»

«Ist hier eine Bibelstunde?» rief Griguszies. «Zur Sache!»

Diese Versammlung, in der einer der großen Widersacher zu Tausenden redete, machte ihm Spaß, er war hier nur Zuschauer und ohne Verantwortlichkeit und vor allem, vor allem nicht allein, wie damals, als der Finanzrat ihn «einwickelte».

«Jawohl», sagte Hiebenstein, «ich komme zur Sache. Gehalt und Lohn werden aus dem Rohertrag der Fabrik geschöpft und in guten wie schlechten Zeiten gezahlt, das Risiko trägt der Unternehmer allein. Sie wollen Mitbeteiligung. Da würden Sie sich aber wundern, wenn das schwankende Element an Stelle der festen Bezüge träte. Gewinnbeteiligung in gesunder Form haben Sie bei Risch-Zander schon immer gehabt . . .»

«Aha!» rief Griguszies. «Wohlfahrt!»

«Gewiß, wem sind denn die großen Beträge zugeflossen, die die Firma für Pensions- und Unterstützungskassen ausgegeben hat, von all den sanitären und kulturellen Einrichtungen gar nicht zu reden? Zweihundert Millionen waren es in den letzten zehn Jahren, das macht auf den Kopf der Belegschaft mehr als zweihundert Mark im Jahr. Die Dividende betrug im selben Zeitraum auch nur zweihundert Millionen, aber siebzig sind überhaupt nicht ausgeschüttet, sondern zur Vermehrung des Aktienkapitals und Verbesserung der Anlagen verwandt worden. Demnach erhielt die Belegschaft anderthalbmal soviel vom Gewinn wie die Familienaktionäre, und wenn man die Hälfte der Dividende noch verteilen wollte, kämen auf jeden Werksangehörigen höchstens siebzig bis achtzig Mark.»

«Wie rechnen Sie denn?»

«Sehr genau, das sollen Sie gleich sehen. Im letzten Geschäftsjahr hat die Firma dreihundert Millionen für Wohlfahrt ausgegeben, außerdem noch fünfzehn Millionen für Angestellten- und Arbeiterversicherung. Das sind zusammen fast dreihundertfünfzig Millionen, oder auf den Kopf der Belegschaft rund viertausend Mark, und demgegenüber würde schließlich die Verteilung einer Dividende von sechseinhalb Millionen noch keine zwei Prozent bedeuten.»

«Sie werfen ja das entwertete Geld mit dem guten durcheinander!»

«Mark ist Mark», sagte Finanzrat Hiebenstein.

«Und das Privatvermögen oben auf Zandershöhe, was ist mit dem?»

«Schade, daß dieses laut begackerte Ei ein Windei ist. Die Werksleitung kann selbstverständlich in den schwierigen Zeiten der Gegenwart darauf zählen, daß ihr das Privatvermögen der Familie zur Deckung der Verbindlichkeiten der Firma zur Verfügung steht, es kommt also indirekt abermals der Belegschaft zugute.»

So wogte das noch lange hin und her, Mitternacht war längst vorbei, keiner ging, und Hiebenstein wich nicht vom Platz. Ein Mann schwang sich auf das Podium und las von einem Zettel viele Zahlen ab, um zu beweisen, daß das Notgeld der Konsumanstalt ein Geschäft für die Firma sei. Jedermann freute sich, daß der Firma einmal etwas auf Heller und Pfennig nachgerechnet wurde, aber die ganze Sache hatte bereits einen humoristischen Hintergrund, um so mehr, als Hiebenstein schlagfertig bewies, daß das Notgeld kein Geschäft, sondern ein Verlust sei. Eine Resolution ging ein, die sich für die Sozialisierung aussprach. Hiebenstein blieb ganz ruhig. Diese Resolution hatte keine Aussicht mehr auf Annahme. Hiebenstein sagte auch noch, daß jetzt Ausschüsse für die Konsumanstalt und die Wohnungsverwaltung gebildet werden sollten, woran die Belegschaft teilhabe, und daß die Entwicklung der Zahlungsweise nicht auf der Höhe der Zeit stünde, deshalb könnten die Beamten sich von nun an ein zu fünf Prozent verzinsliches Bankkonto bei der Gehaltskasse anlegen, wohin dann die Gehälter einfach überwiesen würden. «Noch ein Geschäft für die Firma», fügte er ironisch hinzu und nahm damit die Einwände vorweg. Sie hätten dann ihr Geld nicht mehr nutzlos den ganzen Monat zu Hause, wo es gestohlen werden könnte.

«Hätten wir bloß erst Geld, um es nutzlos hinzulegen!»

Ja, dann müsse eben mehr gearbeitet werden. Geld sei kein Wertmaßstab mehr, nur noch Arbeit. Alle Leute entledigten sich vor Angst der deutschen Wertpapiere, und die Ausländer kauften sie «um 'nen Appel un 'n Ei». Deutschland werde ausgepowert, und wenn erst die Amerikaner alles hätten, dann ließen sie unter den Bajonetten des Militärs zehn Stunden arbeiten, im Akkord.

Eine zweite Resolution ging ein, die nur noch eine «sorgfältige Prüfung» verlangte, welche Zweige der Wirtschaft für die Nationalisierung reif seien. Eine dritte kam von den Oberbeamten und verwarf jedes «Experiment am kranken Wirtschaftskörper». Während abgestimmt wurde, hielt ein stattlicher Mann mit listigen Augen von seinem Platz aus eine Rede; Monarchie oder Republik, das sei gleichgültig, jedermann müsse seine verdammte Pflicht und Schuldigkeit tun, die Tugend des Fleißes habe das preußische Königtum aufgebaut, und auf diesem Boden müsse auch die Republik hochgeführt werden. Einige schrien scherzhaft Hurra, die meisten aber Bravo; etliche riefen auch dazwischen: «Kommerzienrat! Kommerzienrat!» Denn es war Herr Edelbert Körschgen, der dort herumfuchtelte, und der Zuruf galt seinem Verhältnis mit der Tochter des Grossisten, der von einem kleinen thüringischen Fürsten noch kurz vor der Revolution zum Kommerzienrat ernannt worden war.

Die Tochter des Grossisten war keine Schönheit. Herr Körschgen sagte bei sich selbst, sie sehe vorn aus wie ein Kamel und hinten wie ein Ohrwurm. Herrn Körschgen standen nämlich alle Tonarten zur Verfügung, die mannhafte, die kriecherische, die phrasenhafte, die verständige und die gemeine. Er war der Sohn eines Fahrradhändlers, der alles versoffen hatte, und er hatte bei Risch-Zander als Schreiber bei der

Werkspolizei angefangen. Aber er hatte frühzeitig die Aufstiegsmöglichkeiten erkannt, die im Werkverein lagen und sich gewaltig hervorgetan. So war er allmählich zu seinem Posten im Arbeiterpersonalbüro gekommen.

Eva hieß das Mädchen. Er hatte sie wenige Wochen vor dem Krieg zum erstenmal gesehen, damals hatte ihr Vater noch einen bescheidenen Kolonialwarenladen. Das bürgerliche Kalendarium, das sonntags Langschlafen, *Generalanzeiger* lesen, Kirchgang, Frühschoppen, ehelichen Zwist wegen angebrannter Kartoffeln, Stulleneinpacken, feuchtfröhlichen Spaziergang und gesetzlich geschützte Kinderzeugung vorschrieb, wurde zu dieser Zeit zwar noch respektiert, aber bereits als unzulänglich empfunden. Man befolgte die einzelnen Programmpunkte, aber man neigte in jedem zu Exzessen. Der Werktag war ruhig, eintönig, auskömmlich – da wollte man sonntags außer sich geraten und sich aufregen und über seine Verhältnisse leben. Da der Werktag zum dauernden Idyll geworden war, brauchte man einmal in der Woche den Reiz der Unsicherheit, der Hemmungslosigkeit, der Unverantwortlichkeit. An solchen Sonntagen spürte man, daß jenseits aller Geschäfte und alles Hausfriedens etwas Entscheidendes sich vorbereitete, das den gleichförmigen Ablauf der Werktage vielleicht für länger als für vierundzwanzig Stunden unterbrechen würde. An solchen Sonntagen war man mehr als Dreher und Büroangestellter und Kolonialwarenhändler: wie sehnte man sich danach, einmal wirklich mehr zu sein!

Herr Edelbert Körschgen genoß vorläufig seinen Sonntagsrausch als Kompanieführer im «Jung-Roland». Er hatte eine Schärpe über der Weste, und die Tochter des Grossisten, die also noch die Tochter des Kolonialwarenhändlers war, sandte ihm heimlich Kußhände zu. Damals aber hatte er noch keine Ursache, sie zu begehren. Das kam später, als sie ein Goldfisch wurde, wie er sie schnalzend bei sich nannte. Obwohl das Mädchen ihn liebevoll aufnahm, war gegen das unerbittliche Nein des Vaters kein Kraut gewachsen. «Werden Sie wenigstens erst Prokurist», das war sein letztes Wort, und dagegen half nur eine Kriegslist. Der Alte hatte ihm, als er zudringlich wurde, sogar das Haus verboten. Warte, alter Stinker.

Wie alle Häßlichen, war Eva anhänglich, liebebedürftig und besorgt, das festzuhalten, was sie einmal hatte – unbekümmert um anderweitige Chancen, die ihr das Geld des Vaters bot. Sie ließ sich Herrn Körschgen nicht aus dem Herzen reißen. Als er aus der Haft heraus war, besuchte sie ihn im Büro. Er schloß die Tür ab und küßte sie. Die

Füße traten angenehm auf dem dicken, weichen Teppich. Er nahm sie in die Arme und küßte sie noch mehr, auf Schulter und Hals, sie bog sich hintenüber, er drückte sie sacht weiter hinunter. Mit dem Fatalismus ihres Geschlechts, das weiß, daß man den Ablauf eines schicksalhaften Vorgangs nicht stören kann, legte sie sich hin.

Herr Körschgen redete noch fort, die Versammlung wurde stürmisch. Herr Körschgen war nicht kleinzukriegen, denn Eva hatte ihm morgens erzählt, daß sie in Hoffnung sei. Jetzt war sie in dieser Versammlung und betrachtete seine schaumigen Lippen. Die mittlere Resolution, die eine sorgfältige Prüfung der Sozialisierungsfrage forderte, wurde angenommen. «Das geht zuweit», rief Herr Körschgen, «diese Resolution bringt nicht die Ansicht der Stammbeamten zum Ausdruck, die schon vor dem Krieg im Dienst der Firma standen!» Zugleich dachte er: jetzt muß der Alte klein beigeben, er hat eine Scheißangst vor Skandal, schon weil so viel über seinen Kommerzienrat gemunkelt wird, jetzt muß er ran und Haare lassen. «Man muß nur den Mut zur Unpopularität haben», sagte Herr Körschgen zu einem Bekannten in seiner Nähe. Er bezog es auf beides, auf sein Auftreten in der Versammlung wie gegen den Grossisten.

Endlich leerte der Saal sich, und man ging in kleinen Gruppen zum Bier. Griguszies sagte zu Otto Wittkamp: «Die Resolution wird morgen in die Zeitung kommen und dann . . .»

Paula lachte: «Sag's nur, Adam, und dann auf den Lokus.»

Wittkamp meinte, wo die Resolution ende, interessiere ihn weniger, als wo Herr Körschgen einmal enden werde.

«Auch aufm Mist», sagte Griguszies.

«Na, du?» äußerte Wittkamp zweifelnd. «Ich weiß ja nich. Mit die Kommerzienratstochter . . .»

«Schluß», gebot Paula. «Mit die Kommerzienratstochter nehme ich's auf. Wir bringen es auch noch zu was, Otto.»

Unterdessen lag die Resolution auf den Tischen der Nachtredakteure – vermutlich den letzten, auf denen sie lag. Trotzdem quirlte man weiter in dem einmal angerührten Brei. Selbst auf Zandershöhe drang das Thema des Tages unruhevoll ein. Alle Augenblicke reiste ein anderer Direktor nach Berlin. Die Lage war nicht ungünstig, die Referenten in den Ministerien waren meistens die alten geblieben, was wollten die neuen Minister ohne sie beginnen.

Nach und nach begriff der Freiherr den Umschwung, der sich unabhängig von der Politik, durch unkontrollierbare, unaufhaltbare Kräfte vollzog. Die alte Tradition war nicht mehr der Sockel, auf den man ein Denkmal stellen konnte, sie wurde aus einer zahmen Metapher zu einer ultimativen Drohung. Der Staats- und Wirtschaftsverfassung, die selbst den Vater zum Beamten, zum Vorgesetzten seiner Kinder gemacht hatte, wurde der Boden entzogen. Eine große Niederlage der Gefühle, ein Triumph der baren Zahlung bereitete sich vor. Ottokar Wirtz, der Schöpfer einer neuen Tradition, riß die Herrschaft an sich. Zwar führte der Aktienbesitz noch nicht zur Anonymität, das nicht; der Unternehmer blieb noch immer ein ganz persönlicher Begriff. Aber die Untersuchung wurde pseudonym; die Furcht vor der Entscheidung, die zuletzt ein Kennzeichen der entarteten individualistischen Gesinnung gewesen war, wurde der Anlaß dazu, daß man jetzt Masken trug.

In früheren Zeiten sagte der Freiherr einfach: «Allen Gewalten zum Trotz sich erhalten», und dann war alles, alles gut. Jetzt wirkte das nicht mehr. Er wollte hören, wie die anderen dachten. Unter dem Vorwand einer durch die Verhältnisse verspäteten Feier zur Befreiung von Kropf, Wirtz und den beiden Schellhases lud er die Industriellen auf sein Schloß.

Diesmal kam auch der alte Felgenhauer. Er ging sofort auf Schellhase junior zu und fragte ihn, ob irgend etwas wahr gewesen sei an der Beschuldigung, er habe mit dem Feind über den Einmarsch ins Revier verhandelt; er solle es als deutscher Mann geradeheraus sagen, dann könne er, Felgenhauer, nicht mit ihm an einem Tisch sitzen.

Der junge Schellhase stützte sich auf einen Stuhl und sagte scharf: «Fragen Sie meinen Vater, was wir in Lothringen verloren haben. Die Gesamtförderung an Erzen betrug 1913 in Deutschland 28,6 Millionen Tonnen, davon fielen allein 21,1 auf Lothringen. Sie wissen selbst, wieviel unser Haus davon besessen hat, es war mehr als die Hälfte. Ich habe versucht, auf dem Weg über die Generale eine wirtschaftliche Verständigung anzubahnen, ehe das Friedensdiktat perfekt wurde. Im übrigen nehme ich natürlich in diesen Zeiten die Ordnung, wo ich sie finde.»

Felgenhauer schwieg; Wirtz sah sein längliches, weißbärtiges Gesicht an und seine Stirn, die groß und mächtig in die Höhe und Breite wuchs, und flüsterte Näßler ins Ohr: «Mit dem müssen wir zusammenkommen.» Dann sah er auch den jungen Schellhase an und mußte dabei an seinen eigenen Sohn denken, der nicht viel taugte. Plötzlich sagte er: «Es ist eine eigentümliche Erscheinung, daß der Reichtum der Eltern die geistige Entwicklung der Nachkommen hemmt . . .» Da kein äußerer Zusammenhang mit seinen Worten erkennbar war, blickten sie zaghaft zu ihm hinüber. Der Freiherr erzitterte, Schellhase junior sagte: «Natürlich ist das Ganze eine Führerkrise, aber Sie haben uns doch durch Ihre Arbeitsgemeinschaft mit den Gewerkschaften die Hände gebunden.»

«Was das betrifft – wir haben mit den Gewerkschaften die besten Erfahrungen gemacht. Sie haben vor lauter Stolz darüber, daß sie jetzt bei jeder Kleinigkeit befragt werden, immer ja gesagt zu unseren Plänen.»

«Dafür haben Sie dann ein Kohlenschiff auf den Namen eines ihrer Häuptlinge getauft», sagte Schellhase junior sehr spitz.

«Es war mir nicht sympathisch», antwortete Wirtz, «aber ich hielt es für notwendig. Ich habe den Häuptling sogar bei mir zu Tisch gehabt.»

«Wie?»

«In meinem Haus, ja. Wir müssen aufhören, die Gegner zu kränken, wir müssen sie einladen ... Wir müssen aufhören, die Unbotmäßigen zu entlassen, wir müssen sie befördern ... Wir haben uns bisher zu sehr unserer wirtschaftlichen Tagesarbeit gewidmet, wir müssen uns eine Rückendeckung im Bereich des politischen Lebens schaffen ...»

Schellhase junior horchte auf. Vorsichtig fragte er: «Wie meinen Sie das? Mir sind Kreise bekannt, die über eine Gegenrevolution beraten ...»

«Um Gottes willen», sagte der Freiherr, «wir brauchen Ruhe, Ruhe, Ruhe! Das würde uns ja wieder ins Chaos stürzen!»

«Die Furcht vor der Gegenrevolution ist völlig unbegründet», meinte Krogoll, «sie kommt ja doch nicht. Auch die politischen Gegner des Umsturzes müssen zugeben, daß ein wirtschaftlicher Aufstieg auf absehbare Zeit nur in der Republik möglich ist.»

Der junge Schellhase sagte nichts mehr dazu, es war nicht ratsam, sich hier zu verraten. Ottokar Wirtz behauptete, man müsse die politische Tätigkeit geradezu damit anfangen, daß man die Gegenrevolution, gäbe es eine, bekämpfe; nie habe die Industrie solche Chancen gehabt wie unter dem neuen Regime, er werde sich überlegen, ob er sich nicht in den Reichstag wählen lassen solle.

«Das kostet zuviel Zeit», bemerkte Näßler, der hier eine Gefahr sah. «Gewisse Dinge gedeihen besser, wenn man sie nicht selbst tut. Der Reichstag braucht Männer, die sonstwo entbehrlich sind, Männer, die Freiheit genug besitzen, unsere Politik zu vertreten.»

Die Industriellen wurden unruhig. Außer Felgenhauer und Schellhase senior saß keiner mehr auf seinem Stuhl. Schellhase junior forderte, daß die Werkvereine wiederkämen, und Kropf nahm die Forderung auf: ja, aber etwas Taktik konzediere er, sie müßten nach außen in Form einer Gewerkschaft aufgezogen werden. «Ich bin spekulativen Erwägungen abhold», beharrte der junge Schellhase, und der alte sekundierte ihm: «Mein Sohn ist ein aufbauender Charakter.»

«Nun also», schloß Wirtz. «Dazu gehört nicht bloß der Ruf nach Ordnung, sondern noch mehr der Wille zur Unterordnung ... Ich bin ebenfalls kein Philanthrop, ich tue das, was sich bezahlt macht ... Ich habe meine Interessen, warum sollen die Arbeiter nicht die ihren haben? Es handelt sich darum, wer mehr Zeit und mehr Klugheit hat, die Geldmacht ist nicht einmal die Hauptsache ... Was heißt Sieg der Weltanschauung? Was heißt Sieg des Kapitals? Es gibt nur Siege des Raffinements ... Die Arbeiter begehen den Fehler, daß sie offene Gewalttaten verüben, wir sind im Vorteil, weil wir unsere Gewalttaten logisch motivieren und innerhalb des geschriebenen Rechts erscheinen lassen ...»

Der Freiherr opponierte; er weigerte sich aufrichtigen Herzens, daran zu glauben, daß die Industrie Gewalttaten begehe.

«Ich habe es auch nicht gern, wenn man es so nennt», sagte Kropf, «und sei es unter uns, man soll den Teufel nicht an die Wand malen.»

«Sicher ist es der klügste Kurs», bemerkte Ottokar Wirtz, «überhaupt keine Versprechungen zu machen, dann kommt man nicht in die Verlegenheit, sie entweder zu halten oder der Gewalt geziehen zu werden. Es gibt aber auch unausgesprochene Versprechungen, die in der Natur des Betriebs liegen ... Die größte Unzufriedenheit hat immer die kleinsten Ursachen, irgendein Gezänk mit dem Meister oder dergleichen ... Wenn der Meister dann brutal, unehrlich und hinterhältig ist, wird es auf unser und der kapitalistischen Wirtschaft Konto geschrieben ... Deshalb müssen wir dafür sorgen, daß die unteren Organe in kleinen Dingen dem einzelnen Mann gegenüber nachgiebig sind und ihr Wort halten, desto fester und zweideutiger können wir in großen Dingen gegenüber den Gewerkschaften sein ...»

Der Freiherr hielt es nicht länger aus, er fiel ihm ins Wort: «Bei den großen Fortschritten, die die Arbeiter gemacht haben, darf man von ihnen auch etwas soziales Verständnis für die Unternehmer erwarten. Wo kämen wir denn hin? Sozialisierung, Betriebsräte, Reparationen –»

«Glauben Sie, daß wir die je zahlen müssen?» fragte Krogoll. «Damit rechne ich gar nicht. Die Feinde haben schon auf die Auslieferung unserer Offiziere verzichtet, sie werden noch auf manches andere verzichten.»

«Vorläufig haben wir die Inflation», sagte Wirtz. «Immer herunter mit dem Geld, da hört das Zahlen von selber auf . . . Wir haben den Krieg verloren, jetzt heißt es, die Geldschlacht gewinnen . . . Die Betriebsräte werden unser gefügiges Instrument sein, sie kommen unseren Grundsätzen sehr zustatten, ihr Mitbestimmungsrecht wird die Pflicht zur Mitverantwortung sein . . . In einer sozialistischen Zeitschrift stand vor kurzem, die Wirtschaft sei noch in der Pflege der Privatkapitalisten zu belassen, nur müsse das Produzieren von Gütern in Zukunft eine Art öffentlichen Amtes und daher moralischer Kontrolle unterworfen sein . . .»

«Was?» rief erfreut der Freiherr aus, «das haben wir ja längst. War es nicht immer der Leitstern für Risch-Zander, dem allgemeinen Wohl zu dienen?»

«Sie sehen, Herr von Zander, daß die Auffassungen der Kapitalisten und Sozialisten sich zu nähern beginnen . . . Jetzt fängt die Zeit des Kapitalismus erst richtig an, meine Herren! Ich möchte, daß wir eine Vereinigung gründeten zur Wahrung unserer gemeinsamen Interessen . . . Ich möchte sie scherzhaft taufen die «Union der festen Hand» – wenn Sie nichts dagegen haben. Herr Krogoll könnte Vorsitzender werden, er ist nicht so belastet . . .»

«Soll das ein Kompliment sein?»

«Oder nicht so exponiert, wenn Sie wollen . . . Als Geschäftsführer wüßte ich einen General, der mich besucht hat und mir brauchbar zu sein scheint . . . Herrn von Grußenbaum . . . Sie kennen ihn wohl, Herr von Zander, er war zuletzt im Gefolge des Kaisers. Und dann müssen wir unbedingt noch einen Kulturphilosophen haben, einen Pessimisten, der eine neue Geschichtsauffassung vertritt . . .»

Felgenhauer saß steif aufgerichtet da und sah ihn die ganze Zeit über an. Ihre Blicke ruhten lange ineinander . . .

«Was halten Sie davon?» fragte Kropf, der noch mit dem Freiherrn zusammen blieb, als die anderen weg waren.

«Ich weiß nicht. Ist es töricht oder teuflisch? Auf alle Fälle ist es verblüffend.»

«Ich vermisse die befreiende Tat, Herr von Zander. Dieser Ottokar Wirtz besitzt ein Maß von Vorurteilslosigkeit, das mir nahe an Urteilslosigkeit zu grenzen scheint.»

Dienstag, den 3. Februar 1920

Unter dem Vorsitz des Arbeitsministers wurde in der Arbeitsgemeinschaft ein Überschichtenabkommen getroffen, wonach die Belegschaften des Steinkohlenreviers unter Tage wöchentlich zweimal im Anschluß an die regelmäßigen Schichten je eine halbe Überschicht (3½ Stunden) zur Erhöhung der Kohlenförderung verfahren werden. Für diese Überstunden wird anstatt des tarifmäßigen Lohnzuschlags von 25 Prozent unter Tage ein solcher von 100 Prozent und über Tage, soweit dort Überstunden erforderlich sind, ein solcher von 50 Prozent gezahlt werden. Die Lebensmittelversorgung der an dieser Arbeit Beteiligten wird auf folgende Grundlage gestellt: monatliche Brotmenge 12 kg, wöchentliche Fettmenge ½ kg. Der Preis ist derselbe wie für die rationierten Lebensmittel. Dieses Abkommen gilt vorläufig für einen Monat. Es wird sowohl innen- wie außenpolitisch die beste Wirkung erzielen.

Sonntag, den 14. März 1920

Am Samstagmorgen gegen neun Uhr hielt Unter den Linden ein offizier der Reichswehr zu Pferde. Er verlas eine Kundgebung, in der erklärt wird, daß die Reichsregierung abgesetzt ist. An Stelle des bisherigen Reichskanzlers ist der Generallandschaftsdirektor getreten. Eine von der Reichskanzlei ausgegebene Mitteilung besagt: Die Regierung hat aufgehört zu sein. Eine neue Regierung der Ordnung, der Freiheit und der Tat wird gebildet.

Die Polizei- und Sicherheitsbehörden werden in dieser kritischen Lage nichts anderes tun, als die Ruhe und Sicherheit aufrechtzuerhalten. In den Betrieben legten die Arbeiter am Nachmittag die Arbeit nieder, da die Gewerkschaftskommission den Generalstreik proklamiert hat. Die Straßen sind stark belebt. Bei den Massendemonstrationen in der Hauptstadt des Reviers beteiligten sich gegen 20000 Arbeiter. Hernach kam es zu Zusammenstößen auf dem Platz vor dem Rathaus, der schon lange Sammelpunkt zahlreicher Neugieriger und solcher Elemente war, die nur die günstige Gelegenheit zu Ausschreitungen abwarteten.

Donnerstag, den 18. März 1920

Der anhaltische Gesandte in Berlin telegrafierte der anhaltischen Regierung in Dessau, daß der Generallandschaftsdirektor den bedingungslosen Rücktritt erklärt habe.

Am Morgen brachen schwere Kämpfe aus zwischen den in der Nacht angekommenen Truppen, der Bürger- und Sicherheitswehr einerseits und den bewaffneten Arbeitern andererseits. Gegen Mittag setzten sich die Arbeiter in den Besitz der Stadt. Soweit bisher festgestellt werden konnte, hat der Kampf 70 Tote und 200 Verwundete gekostet. Die geschlagenen Reste des Freikorps sind auf der Flucht. Der Vollzugsrat des Arbeiterrats macht bekannt, daß er die öffentliche Gewalt übernommen hat.

An der Nordwestgrenze des Reviers hat sich ein regelrechter Stellungskrieg entwickelt. 6000 Mann Reichswehrtruppen stehen im Kampf. Die Arbeiter versuchten, ihre Stellungen zu stürmen, wurden aber durch heftiges Artilleriefeuer daran gehindert.

Montag, den 29. März 1920

Die Regierung hat der Roten Armee ein Ultimatum gestellt. Die Bedingungen sind: Anerkennung der verfassungsmäßigen Staatsautorität, Wiedereinsetzung der staatlichen Verwaltungs- und Sicherheitsorgane, sofortige Auflösung der Roten Armee, völlige Entwaffnung der gesamten Bevölkerung unter Aufsicht der rechtmäßigen Organe, sofortige Freigabe der Gefangenen. Anderenfalls erfolgt ein umfassender Angriff durch die Truppen. Hierzu erläßt das Wehrkreiskommando Ausführungsbestimmungen, worin es heißt, daß die Bedingungen als nicht erfüllt gelten, falls binnen zwölf Stunden noch Teile der Roten Armee unter Waffen stehen oder nur ein Gefangener sich noch in den Händen der Aufrührer befindet.

Der Minister erklärt, daß die militärischen Stellen keinen Einfluß auf seine Entschlüsse haben. Die Entscheidung, ob Militär einzugreifen hat, hängt allein von ihm ab. Es ist auch Vorsorge getroffen, daß die Truppen nicht in den Verdacht geraten, Gegenrevolutionäre zu sein. Sie sollen daher schwarz-rot-goldene Fahnen und Embleme mit sich führen. Außerdem ist der Befehl gegeben, möglichst schonend vorzugehen.

Samstag, den 3. April 1920

Die Besetzung der Stadt durch die Reichswehr nahm den planmäßigen Verlauf. Um drei Uhr nachmittags war der Kampf in vollem

Gange. Zwei Granaten zerbrachen die Kuppel des Rathausturms. Unter Führung eines Leutnants wurde das Rathaus von vierzehn Mann gestürmt. Dann wurde in schweren Kämpfen die Innenstadt gesäubert. Reichswehrtruppen und Rote Garde beschossen sich mit Maschinengewehren. Panzerautomobile trugen zum schnellen Erfolg der Truppen bei. Einige als Spartakistenführer bezeichnete Leute wurden festgenommen und im Hof des Rathauses erschossen, da sie den Begleitmannschaften in den mit Passanten angefüllten Fluren entwichen waren. Auch einige von der Stadt aufgestellte Sicherheitsposten wurden versehentlich erschossen. Der Befehlshaber hat dem Oberbürgermeister zugesagt, daß die Irrtümer untersucht werden sollen. Ein Standgericht ist eingesetzt, die Urteile werden sofort durch Erschießen vollstreckt.

Donnerstag, den 8. April 1920

Frankfurt am Main wurde von französischen Truppen besetzt. Der Oberkommandierende der alliierten Besatzungstruppen begründet diesen Bruch des Friedensvertrags wie folgt: «Die Berliner Regierung hat unter dem Druck der Militärpartei eine plötzliche Offensive der Reichswehr gegen die Arbeiterschaft des Industriegebiets angeordnet. Dadurch hat sie eine der wesentlichsten und feierlichsten Bestimmungen des Friedensvertrags verletzt.» Die Reichsregierung hat an die Bevölkerung folgenden Aufruf gerichtet: «Unerhörter ist mit dem Weltfrieden nie gespielt worden, als es hier Frankreich tut. Die Reichsregierung weiß, daß die Bevölkerung der betroffenen Städte die Notwendigkeit versteht und bestätigt, daß im Industrierevier Ordnung geschaffen werden mußte, damit das deutsche Wirtschaftsleben nicht aus Kohlenmangel zugrunde gehe.»

Drittes Buch

Umstellung

Zehntes Kapitel

Der mystisch umwitterte Felgenhauer entstammte einem lebensfrohen rheinischen Weberhaus. Hatte er sich in seiner Jugend kaum von den verwöhnten Fabrikantensöhnen der Zeit unterschieden, die das behagliche Leben im gutsituierten Elternhaus mit der wirtschaftlichen Wirklichkeit verwechselten, so wurde er doch noch früh genug dem gleichgültigen Schicksal einer Generation entrissen, die das Eigentum als ererbten Begriff hinnahm und jenseits dieses Bezirks so wenig Interesse hatte, daß bei einem regelmäßigen Gang der Dinge selten der wahre Charakter und die wahre Fähigkeit eines Menschen zum Durchbruch kamen.

Christian Felgenhauer wurde verwandelt, als das heimische Milieu zusammenfiel. Er entfaltete sich, als die Widerstände eines fremden Milieus ihn entzündeten. Plötzlich starb der Vater, die Weberei machte Bankrott, der Geschäftsführer schoß sich eine Kugel in den Kopf. Das war ausgangs der fünfziger Jahre. Der Felgenhauersche Betrieb war zu konservativ gewesen und hatte sich nicht rechtzeitig von der Hand auf die Maschine umgestellt. Die Welt sah also anders aus, und Christian Felgenhauer lernte sie auch anders sehen. Nicht nur, daß Geld verdienen jetzt nicht mehr die Möglichkeit es auszugeben bedeutete, sondern die Notwendigkeit, sich zu ernähren; auch ein Naturgesetz wurde offenbar, nämlich, daß es im Wesen des Besitzes liegt, überhaupt nicht erhalten, nur vergrößert oder vernichtet werden zu können.

Was sollte nun geschehen? – Gerade machte das Steinkohlenrevier von sich reden, jedermann raffte dort, Einheimische und Ausländer. Schwarze Diamanten! Das Wort wirkte wie ein Fieberbazillus. Schwarze Diamanten in aufreizenden Mengen. Spezereiwarenhändler, Lehrer, Rechtsanwälte, Ärzte und Landwirte ließen ihr Erspartes in Kohlenminen arbeiten. Eine neue Zunft stand auf, die Zunft der Anteilbesitzer, der Bergwerksgesellschafter oder «Gewerken», wie sie in Kürze sich nannten, Leute, die keine überlegenden Unternehmer im üblichen Sinne waren, sondern rigorose Bodenausbeuter, die eine neue und außerordentlich gewinnbringende Art der Vermögensanlage witterten, brutal auf ihren Nutzen bedachte Aktionäre, die mit ihrem dicken

Kopf und mit ihrem Unverstand den Technikern und Kaufleuten, den Fachmännern und Sachverständigen zu gebieten suchten. Hier wird es darauf ankommen, wer den längeren Atem hat, dachte Felgenhauer schon damals und nahm in seiner Phantasie den späteren Sieg der Verwaltungsbeamten über die Aktionäre vorweg.

Daß zwischen Felgenhauer und Näßler, wenn auch keine kommerzielle Fühlung, so doch eine gewisse berufliche Sympathie bestand, war kein Geheimnis; daß dagegen Felgenhauer niemals mit Wirtz zusammenkommen könne, war nicht nur für die Industriellen eine ausgemachte Sache, sondern überhaupt für alle, die Felgenhauers sprichwörtlich gewordenen Eigensinn kannten, seine stolze, herrische Natur, seine unbeugsame Geradheit und vor allem seine Gewohnheit, auf nichts und niemanden Rücksicht zu nehmen und aller Welt, ob Freund, Feind oder Verhandlungspartner, grob und unbeirrt seine Meinung ins Gesicht zu schleudern. Er hegte eine unaussprechliche Geringschätzung gegenüber einer Generation, die ihr entscheidendes Erlebnis am kaiserlichen Hof hatte, ja er selbst hatte Kirche und Kaisertum den Rücken gekehrt zu einer Zeit, als das noch auffällig und auch für einen Kohlensouverän nicht ganz ungefährlich war, und niemand kann sagen, was für Folgen es gehabt hätte, wäre es zu ebendieser Zeit einer breiteren Öffentlichkeit bekannt geworden. Statt dessen wurde aber nur bekannt (und vielleicht war dies die Rache der Krone), daß er der schärfste Gegner der Koalitionsfreiheit der Arbeiter war. In der Tat wäre er nie zu bewegen gewesen, ein Wort mit einem Gewerkschaftsführer zu wechseln, er hätte es nicht allein für unter seiner Würde, er hätte es auch für den Anfang vom Ende der Privatwirtschaft gehalten. Dieser grollende Bismarckianer, der auf die Einpeitscher der Sozialgesetzgebung schimpfte und auf seinem Landsitz hauste wie der Alte im Sachsenwald, dieser FÜRST DER ARBEIT – und Ottokar Wirtz, der Spekulant, der Opportunist, der Kompromißler, der Gedanken verbarg und Handlungen mit List beging? Nein, das war wie Feuer und Wasser. Übrigens hatten sie einander auch stets gemieden, und keiner hatte sich je über den anderen geäußert.

Dennoch hatte der Spürhund Wirtz gewisse Übereinstimmungen entdeckt, mindestens ließen gewisse Tatsachen sich als Übereinstimmungen deuten. Daß sie beide auf Kredit angefangen hatten, mochte zufällig und äußerlich sein, immerhin war es interessant. Felgenhauer hatte der ersten Zeche, die ihn als kaufmännischen Leiter engagierte, zehntausend Taler Kaution stellen sollen und keine hundert besessen.

Er, Ottokar Wirtz, mit fünfundzwanzig Jahren Prokurist in der Kohlenhandelsfirma, die sein verstorbener Vater gemeinsam mit seinen vier Brüdern betrieben hatte, brauchte damals dreißigtausend Mark für ein eigenes Geschäft und hatte keine tausend. Beide hatten sie das Geld leihen müssen, mit dem sie loslegten, und wie loslegten. Beide waren sie in eine faule Zeit, in eine träge Sippe hineingeraten. Beide hatten sie, jeder freilich mit seinen Mitteln, ihre organisatorischen Ideen durchgesetzt.

Schon in den siebziger Jahren war der Markt mit Kohlen gesättigt, dreihundert Schächte waren im Revier abgeteuft. Das dauernde Überangebot drückte auf den Preis: um das Jahr achtzig kostete die Tonne Fettkohle nur noch 5,48 Mark, und an den Kontoren der Eisenindustrie stand «Der Eintritt ist den Kohlenreisenden verboten», denn auch dort war Flaute, und die größeren Werke versorgten sich schon alle aus eigenen Gruben. Bei den Bergwerksgesellschaften aber herrschte Anarchie: Gewerbe gegen Verwaltung, Verwaltung gegen Betriebsführer, Ressortstreitigkeiten, Intrigen. Jeder Gewerke zeigte die harte Stirn, jeder Kohlenpütt gebärdete sich als Mittelpunkt der Erde; keiner verdiente etwas, aber keiner wollte einen Zoll von seinen Ansprüchen aufgeben. Die Arbeiter wurden in der Öffentlichkeit noch nicht gehört, sie mußten für die schlechte Konjunktur büßen, es ward nicht viel Federlesen mit ihnen gemacht. Trostlose Jahre schlichen hin; mit viel Mühe und Not kam zwischen einzelnen Zechen eine Förderkonvention zustande, die zwar ein wenig System in das Verhältnis zwischen Produktion und Nachfrage brachte, aber an der Absatzkrise und den Preisen nicht viel änderte.

Immer länger wurden die Ketten hoffnungslos aufgeschütteter Kohlenhalden; die begehrten «schwarzen Diamanten» waren zu einem gewöhnlichen Dreck geworden. Man schrieb 88, und noch kostete die Tonne nicht mehr als 6,40 Mark. Da kam eine Hilfe, und woher kam sie? Sie kam von den Arbeitern, die ihre Waffe noch nicht führen gelernt hatten. Zum erstenmal traten die Bergleute in den Ausstand und verletzten dabei einen ökonomischen Grundsatz, demzufolge die Anwendung dieser Waffe in Zeiten niedergehender Konjunktur aussichtslos ist. Vorübergehend stieg der Kohlenpreis auf 10,72 Mark. Die Gewerken, die in wirtschaftliche Bedingungen vielleicht noch weniger Einsicht hatten als die Arbeiter, glaubten schon über die pessimistischen Grubenvorstände triumphieren zu können. Sie lachten über Felgenhauer, der davon sprach, daß er nach all den Entbehrungen zunächst einmal etwas Fett für sich selber abschöpfte. Wenn sie erst alle wieder der Schuh drückte, würden sie noch genug Solidarität üben können.

Ein bißchen skeptisch bei all ihrer Selbstsicherheit sind sie ja doch, dachte Felgenhauer, und dieses bißchen Skepsis war die Bresche, durch die seine Gedanken Einschlupf fanden in die engstirnige Fronde der Partikularisten. Die wilde Konkurrenz müsse einem statuarisch geregelten Wettbewerb weichen, sagte er, an Stelle des gegenseitigen Unterbietens müsse das feste Gefüge einer Dachgesellschaft treten, die jede Grube mit einer bestimmten Quote am Gesamtverkauf zu beteiligen habe, und endlich müsse man begreifen, daß eine straffe Organisation in guten Jahren ebenso zum Angriff tauge wie zur Abwehr in schlechten.

Und dies war nun auch der Punkt, von wo Ottokar Wirtz, nachdem er Felgenhauer einmal aufs Korn genommen hatte, Parallelen zog zum Wirken seiner eigenen Person. «Zu seiner Zeit», sagte er zu Näßler, der schon statistisches Material für das geplante Vorgehen zusammentrug, «zu seiner Zeit bestand der Unsinn darin, daß die Produktion planlos auf den Markt geworfen wurde . . . Zu meiner Zeit besteht der Unsinn darin, daß planlos produziert wird . . . Er machte dem Nebeneinander und Aneinandervorbei ein Ende, und will ich nicht genau dasselbe? Damals war es lächerlich, daß jeder Pütt sein eigenes Verkaufsbüro hatte, heute ist es lächerlich, daß der eine Kohle gräbt, der andere damit handelt und der dritte beliebige Erzeugnisse damit herstellt . . . Diese wirtschaftlichen Vorgänge müssen in einer Hand vereinigt werden . . . Kohle ist heute der Ursprung aller Bedarfsgegenstände, Kohle steckt selbst im Gemüse, denn zur Gemüsezucht braucht man künstlichen Dünger und zur Düngergewinnung Kohle . . . In der Kartoffelsuppe, die die Frau dem Kumpel auf den Tisch stellt, stecken mindestens zwei Kilogramm Kohle, zusammengesetzt aus Düngerfabrikation, Bodenbearbeitung, Wasserleitung und Herdbefeuerung . . . Wer Kohle hat, beherrscht alles, beherrscht selbst noch diesen Topf mit Kartoffelsuppe auf dem Tisch des Kumpels . . . Also ist es logisch, daß, wer Kohle hat, mit ihr auch alles selber fabriziert, was irgendwo gebraucht wird, Eisen, Elektrizität, Verkehrsmittel, Nahrungsmittel, Papier, was immer es sei . . . Eine vertikale Gliederung möchte ich das nennen, wissen Sie, vom Rohstoff zum Fertigfabrikat und wieder zurück zu neuen Rohstoffen und wieder vorwärts zu neuen Fertigfabrikaten und so fort, und so fort, alles in einer Hand . . . Es garantiert eine Verbilligung für den Verbraucher und ein Mehr an Gewinn für den Unternehmer . . . Sollte der Mann, der das erste Kartell geschaffen hat, dafür kein Verständnis haben?»

Anfangs der neunziger Jahre wurde Christian Felgenhauer, der mittlerweile nicht müßig gewesen war, Kohlenkuxe für sich zu erwerben, Vorstandsmitglied beim Westdeutschen Bergwerksverein, dem zu dieser Zeit außer mehreren Schächten in Lothringen und Oberschlesien schon fünfzehn Gruben und eine Eisenhütte im Revier gehörten. Indem er sich die Verbesserung des Brikettierungsverfahrens angelegen sein ließ, sicherte er die Rentabilität einiger Magerkohlenzechen, die unter dem Besitz seiner Gesellschaft waren; sein Ansehen stieg und seine Macht, nach drei Jahren wurde er Generaldirektor. 7,29 notierte die Tonne Kohle, jetzt hieß es biegen oder brechen. Er steckte sich hinter einen Bankier, der bereits in einigen Unternehmungen führend war. Es gelang, diese zu einer Verkaufsgemeinschaft zusammenzuschließen, das Beispiel fand Nachahmung, die verschiedenen Verkaufsvereine kartellierten sich auch untereinander. Schon hatte Felgenhauer den Vertrag eines allgemeinen Kohlensyndikats entworfen, schon war unter seinem Vorsitz die entscheidende Versammlung zusammengetreten, da standen einige Delegierte auf und verlangten Änderungen zu ihren Gunsten. Unruhe kam in die Versammlung, aus allen Ecken meldete man sich zum Wort, Felgenhauer wurde rot und blaß, der Zorn, daß eine Sekunde vor dem Erfolg ein paar Querulanten die Schlacht verpatzen könnten, führte ihm den Arm, der mit weit ausholender Bewegung die Versammlung für aufgelöst erklärte.

Ob diese Gebärde nun unwillkürlich oder berechnet war – sie beförderte ihren Urheber auf den Platz des Diktators. Eine Panik brach aus, man scharte sich um ihn, man beschwor ihn, den Zwischenfall zu entschuldigen; jene Delegierten, an deren Einspruch die Versammlung gescheitert war, standen ganz verschüchtert da, taten im stillen einen Kniefall und ließen nachträglich mit sich reden. Wenige Monate darauf ritt Christian Felgenhauer an der Spitze des Kohlensyndikats und dirigierte seine Kerntruppe, den Westdeutschen Bergwerksverein, tapfer durch alle Schlachten hindurch, die in der Folgezeit um die Quoten entbrannten.

Nichts hatte sich geändert in den dreißig Jahren, die seitdem verflossen waren. Nur daß der Westdeutsche Bergwerksverein jetzt auch ein gewaltiges Kabel-, Draht- und Röhrenwerk besaß und daß Felgenhauer, mittlerweile in den Siebzig, seinem Aufsichtsrat präsidierte und auch in den Rohstahl-, Stabeisen- und Röhrenkartellen ein gewichtiges und selten angenehmes Wort zu reden hatte.

Freilich war er sowohl in seinen Grundsätzen wie in seiner Methodik beim 19. Jahrhundert stehengeblieben. Darüber täuschte sich am wenigsten Wirtz, der keine unabänderlichen Grundsätze kannte; aber gerade hieraus schöpfte er Hoffnung für das Geschäft, das er vorhatte. Er meinte: «Wo es um die Existenz geht, muß sich auch Prinzipienstarrheit schnell orientieren ... Der Pessimist Felgenhauer braucht jetzt einen Optimisten, der ihm auf dem glatten Boden einer neuen Zeit die Sorge für die Sicherheit seiner Füße abnimmt, damit er seiner Gewohnheit, den Kopf nach den Sternen zu wenden, auch weiterhin nachgehen kann, ohne zu straucheln ...»

Mochte dabei Felgenhauers Name ruhig in der vordersten Linie bleiben. Wirtz hatte kein Interesse daran, seine Unternehmungen, noch viel weniger die Beweggründe seiner Unternehmungen, ins Licht zu rücken. Er war ein Verehrer des Clairobscur und empfand die Pikanterie des Zwielichts als Geschäftselement, nicht etwa als schmeichlerischen Hintergrund seines Porträts. Andererseits täuschte er nie Interesse vor, wo er keins hatte. Weder von sich noch von anderen forderte er Idealismus, da er überall eine Möglichkeit sah, auch mit Materialismus fertig zu werden, und da er außerdem überzeugt war, daß es in der Welt kein ideelles Motiv gebe, das nicht durch einen materiellen Hintergedanken veranlaßt wäre. Er führte den Segen der Widersprüche ein, wo man vor lauter Folgerichtigkeit zu erstarren drohte, war frei von Tradition, frei von familiären Sentiments und hielt nichts von persönlicher Aufmachung, wiewohl er auch nichts von dem Kokettieren mit persönlicher Schlichtheit und vernachlässigtem Äußeren hielt, das manche Industriellen beliebten und das er als «negativen Hochmut» zu bezeichnen pflegte. Aber er repräsentierte nicht, er stellte nichts vor, er lebte gleichsam unterirdisch. Was er begann, war im allgemeinen mehr Unterwerfung als Erwerbung, doch sagte er nie, wenn er jemanden verschluckt hatte: «Wir haben ihn gezwungen, sich zu ergeben», sondern immer: «Wir haben es ihm wesentlich erleichtert, uns entgegenzukommen.» Daß er deswegen vielerorts verrufen war, wußte er. Es hieß, er gehe über Leichen. «Ist das ein Einwand», fragte er, «wo sie doch schon von der Zeit als Tote gezeichnet sind?»

Es bietet sich eine günstige Gelegenheit: Christian Felgenhauer feiert den fünfundsiebzigsten Geburtstag.

Man ist ein wenig erstaunt, daß es Wirtz ist, der den Vorschlag macht, den alten Streithahn durch eine Huldigung der Bergherren zu ehren, doch ist man es nicht zu sehr, weil man sich mehr und mehr daran gewöhnt hat, daß er in allen Tagesfragen der Industrie die Initiative ergreift.

So nehmen denn dreihundert Bergwerksdirektoren, die sich bescheidentlich «Bergmänner» nennen, feierlich Aufstellung; jeder eine Fackel in der Hand, nehmen sie Aufstellung weit jenseits des Flusses im Wald, in dessen nacktem Geäst der junge Saft braust und stöhnt. Es ist Ende April, aber die Erde ist noch stumpf und kalt, der Märzputsch scheint auch den Frühling zurückgeschreckt zu haben. Der Sturm springt in den Gehröcken und Paletots herum, der Regen trommelt auf den Zylinderhüten, an den Schuhen kleben Lehmbrocken und braune Blätter vom vorigen Herbst, die nassen, verschmierten Hosen ringeln sich um die Beine, alle Eleganz geht zum Teufel. Die Wolken brüllen, mit wildem Geheul fällt die Finsternis über die Fackeln her, ehemalige Militärmusiker spielen, aufgescheuchte Raben schreien; dazwischen Pfiffe der Ordnungspolizei irgendwoher aus der Dunkelheit, fern verflatternde Autosignale, Trompetenstöße. Es geht los.

Man braucht nicht viel zu marschieren, man wird vorwärts gepeitscht vom Wind. Aus einer Lichtung zwischen Tannen tauchen die verschwommenen Konturen eines Landsitzes auf, «Trutzburg» hat ihn der Alte genannt. Am Dach flammt ein Transparent: Schlägel und Eisen, darunter die Zahl 75 zwischen den Buchstaben CH und F. Unten formieren sich die Fackelträger im Halbkreis. Ottokar Wirtz tritt vor und spricht. Die Nacht verschlingt es, man vernimmt abgerissene Stücke: «Dreihundert Grubendirektoren, jeder für sich ein Machthaber, der es mit jedem aufnimmt und mit keinem aufzunehmen braucht, wenn er nicht will . . . Dreihundert Grubendirektoren verlieren ihren Schatten, verschmelzen in der Nacht, werden Masse vor einer Persönlichkeit, die nichts anderes ist, als was sie selbst sind, nur eben dreihundert in einem . . .»

Auf der Terrasse der Trutzburg steht jemand und schwenkt unaufhörlich den Hut. Musik, Musik, Musik. «Der Gott, der Eisen wachsen ließ, der wollte keine Knechte.»

Zwei Tage danach folgte Wirtz einer privaten Einladung zur Trutzburg. Die Unterhaltung kam schwer in Gang und stockte häufig, obgleich Näßler als Mittelsmann gute Stichworte brachte. Entscheidende Wendungen sprach man jedenfalls noch nicht zu Ende. Wirtz bezeugte seine Hochachtung vor dem Mann, der Zeit seines Lebens aus seinem Herzen keine Mördergrube gemacht habe, und verzeichnete mit Genugtuung, daß die INDUSTRIEKAPITÄNE große Probleme großzügiger lösen könnten als die nachgeordneten Interessenten, die immer um Stellung und Einkommen besorgt seien. Felgenhauer entgegnete unverbindlich, jedermann habe nach seiner Überzeugung zu handeln, und im Augenblick könne man natürlich zwischen Irrtum und Wahrheit keine objektive Grenze ziehen, doch hätten starke Irrtümer sich für die großen Entwicklungsepochen der Menschheit stets wirksamer erwiesen als mattherzige Wahrheiten.

«Wissen Sie übrigens», fragte er beiläufig, «daß der FEINDBUND neunzig Milliarden Goldmark von uns verlangt?»

«Innerhalb von dreißig Jahren, jawohl. Daraus wird wohl nichts werden. Die Mark fällt.»

«In den Abgrund.»

«So Gott will, Herr Felgenhauer.»

Damit ging man auseinander – «an die Arbeit», sagte Felgenhauer, als sei schon eine Verabredung getroffen worden. Für Wirtz jedoch bedeutete «Arbeit» ebensoviel wie «Bearbeitung».

In der internationalen Elektroindustrie hatte um diese Zeit ein großes Rennen um die Absatzmärkte eingesetzt, und die große deutsche Elektrizitätsgesellschaft hätte gern daran teilgenommen, obwohl das Mißtrauen der Welt, die ungeklärte Reparationsfrage und verschiedene Paragraphen des Friedensvertrags dies sehr erschwerten. Desto notwendiger erschien es, zunächst die Inlandsbasis zu verstärken und die technischen Fortschritte dem Ausbau des deutschen Stromnetzes dienstbar zu machen. Indessen fehlte zu so kostspieligen Projekten nach der Stagnation der Kriegsjahre das Kapital, und was noch bedenklicher war, die Produktionskosten der Elektrizitätsgesellschaft waren viel zu hoch. Es handelte sich also ebensosehr um die Finanzierung der Produktion wie um die Finanzierung des Konsums.

Näßler hatte diese Dinge genau beobachtet und unterbreitete Wirtz das Material. Der fragte sofort: «Was brauchen diese Leute also, damit sie imstande sind, für das in- und ausländische Geschäft gute Ware wohlfeil herzustellen?»

«Sie brauchen billiges Geld, billige Kohle, Eisen, Röhren, Kabel, Draht.»

«Nun . . . Röhren, Kabel, Draht hat Felgenhauer, Kohle und Eisen habe ich selbst, und Geld hat mein Bankier, Herr Hugo Mehren. Kommt die Allianz zustande, so kriegt er dafür einen neuen Aufsichtsratssitz, und wir andern kriegen billigen Strom für unsere Betriebe.»

Der Bankier Mehren, der hier in Frage stand, war ein Mann, der sowohl zu Wirtz wie zu Felgenbauer paßte. Obgleich er in nahen finanziellen Beziehungen zum Kaiser und zu den kaiserlichen Ministern gestanden hatte, hatte er jede Titelverleihung energisch ausgeschlagen. Das verband ihn mit Felgenhauer. Unter denselben Gesichtspunkten, unter denen die «Union der festen Hand» projektiert war, hatte er den Bankierverband begründet und war immer darauf bedacht gewesen, durch verborgenes Wirken neue Arbeitsgebiete zu erschließen. Das verband ihn mit Wirtz. Eigentlich hieß er Hugo Nathan, aber er war evangelisch getauft, denn seine Mutter war eine Christin gewesen, die auffallend schöne Tochter eines bergischen Scherenfabrikanten, dessen Gläubiger das Nathansche Bankhaus war. Hugo Mehren war schon mit zweiundzwanzig Jahren in die Reihe der Geschäftsinhaber aufgenommen worden. Jetzt war er der Senior, doch befanden sich die Aktien nach wie vor in vielen Händen einer weitverzweigten und zum Teil untereinander verfeindeten Familie. Dieser Umstand kam Ottokar Wirtz zustatten.

Auch der Dollarstand kam ihm zustatten. Viele Familien, die früher, bei großem Besitz, sich spartanisch gebärdet hatten, gaben sich nämlich jetzt, bei verringertem Besitz, einem ausschweifenden Leben hin. Zusehends größer wurde der Hunger nach Geldscheinen. Was hatten diese Leute von Aktienpaketen? Sie kamen an den Bettelstab damit, es war totes Kapital. Wirtz kaufte sie ihnen ab für lebendiges Geld, das sie umsetzen konnten, heute und morgen, das lustig rollte, obwohl es aus Papier war, und das ihnen infolge der aufgedruckten Ziffern die Illusion eines vervielfachten Reichtums gewährte.

Auf diese Weise also ging die Majorität des Bankhauses Nathan nach und nach auf Wirtz über. Es geschah keineswegs ohne Wissen von Hugo Mehren, im Gegenteil, dieser förderte die Transaktion, denn er wurde dadurch seine Familienquerulanten los, und mußte er dafür auch eine gewisse Zeit unter der Botmäßigkeit des Industriellen verbringen, so entschädigte ihn das Bewußtsein, daß die Wirtzsche Expansionspolitik auf die Dauer für niemanden anders als den überlebenden Bankier segensreich sein werde.

So standen die Dinge, als Wirtz mit seinem Konzernplan an ihn herantrat. Er überlegte: das hieß von der Elektroindustrie das Bekenntnis zu einer vollkommen neuen Geschäftspolitik verlangen.

«Sollen wir sie dazu zwingen? Es gibt natürliche Mittel . . .»

«Bitte», sagte Wirtz. «Wir werden sie aber nur so weit anwenden, daß die Elektrizität es vorziehen muß, in freundschaftlichem Geist mit uns zusammenzuarbeiten.»

Gerüchte über ungeheuren Kreditbedarf der Elektrizitätsgesellschaft verstummten an der Börse nicht mehr; von Amerikanern liege ein Angebot vor, das einer Aufgabe der Selbständigkeit des Unternehmens gleichkomme, überdies bereite die Regierung ein Gesetz gegen die Überfremdung der deutschen Wirtschaft vor. Mehren selbst kurbelte den Dementierapparat an und sorgte dafür, daß die Dementis so abgefaßt wurden, daß sie in erster Linie das zurückwiesen, was gar nicht behauptet worden war. Die Börse stürzte sich darauf und fand in den Lücken reichliche Nahrung.

«Die Bewegung ist so rapide», erklärte Mehren, «daß ich eher bremsen als antreiben muß.» Den Generalangriff wollte er an einem Freitag ansetzen, «Freitag ist Baissiertag», sagte er, «da haben die Kurse schon vier Tage Trommelfeuer hinter sich und können keinen Stoß mehr vertragen, und über Samstag und Sonntag gibt es an der Börse bekanntlich keine Erholungsmöglichkeit.»

Als der Tag der Friedensunterzeichnung sich zum erstenmal jährte, hatten Wirtz und Mehren dreißig Prozent Elektrizitätsaktien in Besitz; elf fehlten noch zur relativen Mehrheit. Die Verwaltung der Gesellschaft wurde nervös. Sie ließ bei Wirtz sondieren, welche Absichten er habe und unter welchen Bedingungen er gegebenenfalls eine weitere Beunruhigung des Marktes unterlassen werde. Langsam und vorsichtig kam der Plan der Interessengemeinschaft ans Licht. Aber die Herren von der Elektrizitätsgesellschaft sahen sofort seine Tücken.

«Ihnen», sagten sie zu Näßler, «Ihnen sichert er einen alsbald wirksamen Vorteil, Ihnen räumt er die Beherrschung eines bedeutenden Absatzgebietes Ihrer Produkte ein, obendrein legen Sie Beschlag auf einen Teil unserer Stromerzeugung, und was bieten Sie uns?»

«Wir machen Betriebsmittel für die Erweiterung Ihres Unternehmens flüssig, ohne daß Sie mit Zinsendienst belastet werden, ist das nichts? Diese Gegenleistung sollten Sie wohl zu würdigen wissen.»

«Aber solche Art der Investierung läuft doch wieder auf eine Konfiszierung hinaus, die wir von anderer Seite einfacher haben könnten.»

Näßler wurde sehr liebenswürdig: «Nur daß Sie, wenn Sie mit uns zusammengehen, nach außen Ihr Prestige wahren.»

«Sie irren, wenn Sie glauben, daß uns sowieso nichts anderes übrigbliebe.»

«Also wollen Sie nicht?»

«Das hängt davon ab, ob Sie uns sagen wollen, was Sie für den Fall unserer Ablehnung zu tun gedenken.»

«Gewiß, wir werden uns entweder auf dem offenen Markt verschaffen, was Sie uns nicht gönnen, oder wir werden selbst ein Elektrizitätswerk errichten, je nachdem, was im Augenblick vorteilhafter sein wird.»

Hierauf erklärten die Herren, daß man ja die Verhandlungen einmal aufnehmen könne, der Rücktritt stehe ihnen dann immer noch frei.

Felgenhauer, der durch den Verlust seines lothringischen und oberschlesischen Besitzes nicht unwesentlich geschwächt worden war, und dessen Kohlensyndikat nur noch durch die Zwangsaufsicht der Regierung zusammengehalten wurde, war «im Prinzip» mit allem einverstanden. Das Prinzip genügte Wirtz, die Einzelheiten regelte Näßler. Außer diesem beschäftigte er jetzt noch einen zweiten Adjutanten, den Betriebsdirektor Clemens Faulstich, der schon vor Jahren einmal als Grubeninspektor bei ihm gewesen war und als der beste Kenner aller Kohlenflöze des Reviers galt. In seiner Jugend hatte er aber nicht nur hier, sondern auch in den Gruben von Lothringen, Belgien, England und Amerika selbst die Hacke geführt; er genoß einen gleich guten Ruf als Wissenschaftler, Techniker, Kaufmann und Propagandist. War Näßler der Arbeiter, so war er der Beller von Wirtz – gelegentlich nannte sie dieser spaßeshalber auch Pferd und Hund. Hatte Näßler im stillen zu minieren und zu bauen, so hatte Faulstich die Gegner öffentlich einzuschüchtern.

Die Einigung erfolgte schnell, da man sich schließlich allerseits mit dem Willen zur Einigung an den Verhandlungstisch begeben hatte. Wirtz unterbreitete Formulierungen, die kaum umstritten wurden, weil sie der Auslegung einen kleinen Spielraum ließen. Nicht die Härte und Zähigkeit war das Gefährliche an diesem Mann, die Ruhe war es, womit er Überraschungen in Selbstverständlichkeiten verwandelte. Seine Ansicht ging dahin, daß die Auslegung von Vertragsbedingungen eine Angelegenheit sei, deren Erledigung einem späteren Zeitpunkt vorbehalten bleiben müsse, und die Herren von der Elektrizitätsgesellschaft pflichteten ihm darin bei, daß man das Einigende über das Trennende stellen müsse. Schließlich konnten sie sich mit einer Lage abfinden, die ihnen nicht ohne reelle Garantien die Hände band. Wirtz war zwar ein Eroberer, aber kein Halsabschneider.

«Meine Herren, die Felgenhauer-Wirtz-Elektro-Allianz ist perfekt . . . Ein phantastischer Block, wird es draußen heißen . . . Gerade darum werden alle Teile gut dabei fahren.»

Ottokar Wirtz erhob sich, schwer und verschlossen wie immer, man merkte ihm nichts an außer der ernsten und anscheinend selbstlosen Sorge um den Bestand der Wirtschaft. Innerlich freute er sich, daß er auf einem Höhepunkt seiner Macht angelangt war. Macht? Hatte er eigentlich Machthunger? Nein, auch keinen Ehrgeiz und keine Eitelkeit. Aber es machte ihm Spaß, seine Macht zu gebrauchen – ohne daß er sich über die Triebfeder seiner Aktionen sonderlich Rechenschaft abgelegt hätte. Die öffentliche Meinung war geteilt; ebenso viele, wie ihn für schädlich hielten, hielten ihn für nützlich.

In diesen Tagen ging eine neue Reparationsforderung ein, 269 Milliarden auf 42 Jahre. Ottokar Wirtz traf sich in Frankreich mit einem französischen Marquis.

Unterdessen waren in den Hütten und Zechen die ersten Betriebsräte nach dem neuen Gesetz gewählt worden. Kurz und heftig war der Wahlkampf gewesen, jedoch ohne den inneren Schwung, den führende Sozialpolitiker angesichts eines Gesetzes erwartet hatten, das (wie sie glaubten) den Arbeitern die Mitverwaltung der großen Unternehmungen übertrug. Man schrieb dies hauptsächlich dem Umstand zu, daß die Gewerkschaften in den Wirren, die auf den Putsch gefolgt waren, ihre Standorte nicht hatten bewahren können. In der Tat benutzten sie die Betriebsratswahlen, um sich vor ihren Mitgliedern zu rehabilitieren. Die Christlichen, die wegen ihrer unentschiedenen Haltung in den Vollzugsräten viel Gelände verloren hatten, bemühten sich, den freien Gewerkschaften den Rang abzulaufen, indem sie einen weit radikaleren Ton anschlugen und die Lohnforderungen jener ständig um ein Drittel überboten.

Achtzehn Prozent der Kinder im Revier seien unterernährt; nirgends sei die Unfallsterbeziffer so groß wie hier; nur fünfundzwanzig Prozent der Industriearbeiterkinder hätten ein Bett für sich; in jeder zweiten Familie müßten Knaben und Mädchen in einem Raum schlafen; in jeder fünften teilten sie dasselbe Bett; die Ernährung bestehe fast nur noch aus Heringen, Margarine, Brot und Kartoffeln; das Wohnungselend erzeuge Familienzerrüttung, die Statistik der Ehescheidungen beweise das; die Körperkräfte der Bergleute seien erschöpft, zu Hause fänden sie keine Erholung; das Kost- und Schlafgängerwesen verderbe die Jugend – was das denn für eine Lotterwirtschaft sei in dieser HOCHBURG DES KAPITALS? Freilich sei der Einfluß der modernen Großstadtreklame schuld an der Erzeugung falscher Bedürfnisse, durch die das geringe Einkommen noch empfindlicher fühlbar werde, und die Sozialisten vernichteten mit ihrer Lehre auch noch den Glauben an das Edle und Schöne.

Dies stellten die Christlichen fest.

Die Freigewerkschaftlichen ihrerseits parierten diese Attacken mit der Behauptung, daß die Christen nur in den Arbeiterversammlungen ein großes Maul hätten, in den Verhandlungen mit den Unternehmern aber ihre Pflöcke gleich um hundert Meter zurücksteckten und es überhaupt grundsätzlich anderen überließen, die Kastanien aus dem Feuer zu holen. Die Republik sei gewiß voll Not, Verwirrung und Häßlichkeit, aber sie sei auch kühn und gestaltend und gebe aus ihrer Fülle jedem, der mit ihr wachsen wolle; auch sie werde aus der Welt kein Paradies machen können, aber sie werde der Welt ein klareres Gesicht geben.

Hierfür verbürgten sich die Sozialisten.

Zwischen beiden standen die Hirsche, welche die Maximen der demokratischen Vernunft verteidigten; in der Praxis führte es dazu, daß sie wenig Anhänger hatten und sich bald nach dieser, bald nach jener Seite verneigen mußten. Sie sagten, man müsse im Streit der Meinungen sachlich bleiben, das Vergangene ruhen lassen, die Gegensätze überbrücken und aus allen Geschehnissen und Bestrebungen das Gute herauslesen, und der goldene Mittelweg sei der beste. Deshalb hielten sie auch unentwegt die Fahne der Paragraphen aufrecht, in denen die neuen Rechte der Arbeitnehmer verankert sein sollten. Paragraph 66! Der Betriebsrat hat über die Durchführung der Schiedssprüche zu wachen, für die Wahrung der Vereinigungsfreiheit einzutreten und an der Verwaltung der Wohnfahrtseinrichtungen mitzuwirken! Paragraph 70! Betriebsratsmitglieder werden in den Aufsichtsrat entsandt! Paragraph 71! Der Unternehmer muß Aufschluß geben über die Lage! Paragraph 74! Der Unternehmer muß es zuerst dem Betriebsrat mitteilen, wenn er Arbeiter entlassen will! Paragraph 84! Arbeitnehmer können gegen die Kündigung Einspruch erheben! Paragraph 96! Der Betriebsrat muß gefragt werden, ob er der Entlassung eines seiner Mitglieder zustimmen will! Wie? Ist das kein vortreffliches Gesetz? Ist darin nicht alles unverbrüchlich festgelegt, was wir immer gefordert haben?

«Das zwar nicht», antwortete in seinen Versammlungen darauf der Former Fries, der bei Risch-Zander Spitzenkandidat auf der freigewerkschaftlichen Liste war. «So bescheiden sind wir Sozialdemokraten nicht. Aber Gesetz hin, Gesetz her, das einzig Wahre ist doch, was man aus einem Gesetz macht, und das laßt nur mal meine Sorge sein!»

Seine Versammlungen wurden oft von Unabhängigen und Kommunisten gesprengt, die gemeinsam eine Gegenliste aufgestellt hatten. Adam Griguszies lautete der oberste Name. Es war eigentümlich mit ihm. Im Grunde war er ja stets ein skeptischer und durchaus persönlicher Charakter gewesen, selbst dort hatte sich das ausgewirkt, wo der Sturm der Gedanken und Empfindungen ihn aufgewühlt und ein großer Glaube ihn über sein eigentliches Selbst hinausgehoben hatte. Die praktischen Erfahrungen der letzten Jahre und die Familienerlebnisse, das Abenteuer der Schwester, der grausame Tod des kleinen Bruders hatten ebenfalls ihre Spuren hinterlassen. Daß er sich dabei vom Fanatiker zum Räsoneur, vom Klassenkämpfer zum Menschenverächter entwickelt hatte, fand mancher begreiflich, auch ohne seine häuslichen Verhältnisse und seine unter dem Willenspanzer verletzliche Natur zu kennen.

Allerdings machten die Gegner ihm seine sogenannten Wandlungen zum Vorwurf und bauschten kleine Dinge ungebührlich auf, zumal die Auseinandersetzungen zwischen den sozialistischen Richtungen mangels sachlicher Argumente mit persönlichen Verleumdungen geführt wurden. Aber Adam hatte jetzt ein großes Verdienst entgegenzusetzen: er hatte sich während des Putsches nicht in Büros, Proviantämtern und Kommandostäben aufgehalten, er hatte als einfacher Soldat in der vordersten Linie der Roten Armee gedient. Er hatte es getan, weil er des Führerspielens gründlich überdrüssig geworden war und dennoch die Kameraden in der Stunde, da sie die rote Fahne trugen, nicht allein lassen wollte. Es wurde ihm hoch angerechnet; als die geschlagenen Arbeiter überall die Schuldfrage aufrollten, hatte er die Hände frei, war kein Makel an ihm. Das Amt im Betriebsrat nahm er nur an, weil er hoffte, für die Genossen eine ruhige Kleinarbeit leisten zu können, ohne dauernd mit ihnen in Berührung zu kommen.

Paula setzte ihm oft auseinander, wie er bei unscheinbaren Anlässen jene Konsequenz selbst vermissen lasse, deren Abwesenheit er an den anderen rüge. Sie tat es neckend, aber sie sah ihm auf die Finger und ertappte ihn: «Siehst du, du hast für all das, wovon du sagst, daß es das Verderben der Arbeiterschaft wäre, mindestens ganz hübsche Anlagen.» Schockschwerenot. Er konnte also sarkastisch von den Arbeitern sprechen, ohne zu bemerken, daß er dieselben Fehler hatte, daß er keinen Deut anders war als sie alle? War das möglich? War das mit der Arbeiterklasse ein lerer Wahn? Waren die geistigen Elemente der Arbeiterschaft überhaupt der Klassenbildung hinderlich? War sie ewig durch sich selbst dazu verurteilt, als degradiertes Bürgertum dahin zu vegetieren? Mußte es dabei bleiben, daß neben dem Wunsch zu herrschen, das Bedürfnis beherrscht zu werden in ihr war? Oder war das nur Ballast aus der bürgerlichen Erbmasse, den man leicht über Bord werfen könnte?

Die «Gelben» waren auch wieder da, einer im Arbeiterrat, zwei im Angestelltenrat. Sie hießen jetzt «Nationaler Arbeiterbund» und waren nicht mehr, wie früher, eine reine Werksorganisation. In den Fachgruppenverbänden der Unternehmer hatte Kropf eine Umlage durchgesetzt, die sie finanzierte. Auf sein Anraten wurden die Unterstützungen auf direktem Wege überwiesen, indem der Nationale Arbeiterbund irgendeine wohltätige Sammlung veranstaltete, sei es für Kriegswaisen oder Blinde oder Hinterbliebene der Putschfreunde, und die eingegangenen Gelder dann für seine Organisation verwandet. Den Vorsitz hatte Herr Edelbert Körschgen, der zu diesem Zweck aus Risch-Zanderschen Diensten ausgeschieden war, seine Eva geheiratet und mit dem Geld seines Schwiegervaters sich selbständig gemacht hatte.

Nicht alle Industriellen waren mit diesen Manipulationen einverstanden, zumal Kropf sie ziemlich selbstherrlich ins Werk gesetzt hatte. Einige verhielten sich abwartend. Risch-Zander beobachtete wohlwollende Neutralität. Wirtz erklärte das ganze kurzerhand für Mumpitz. In einer Versammlung, die über die zukünftige Organisationsform der Interessenvertretungen Beschluß fassen sollte, prallten die Köpfe hitzig aufeinander. Kropf schrie, wie man denn die Werke gegen das Übergewicht der Betriebsräte schützen solle? «Gar nicht», sagte Wirtz, «weil dieses Übergewicht nicht existiert. Was Sie nur haben . . . Diesem Gesetz sind schon bei seiner Entstehung alle Giftzähne ausgebrochen worden . . . Paragraph 66, der Betriebsrat hat den Betrieb vor Erschütterungen zu bewahren . . . Paragraph 70, die Betriebsratsvertreter im Aufsichtsrat sind verpflichtet, Stillschweigen zu beobachten . . . Paragraph 71, der Unternehmer ist nur auskunftpflichtig, soweit Geschäftsgeheimnisse nicht gefährdet sind . . . Paragraph 87, der Arbeitgeber kann die Weiterbeschäftigung eines Arbeiters, dessen Einspruch für gerechtfertigt erklärt wurde, trotzdem ablehnen . . . Gegen eine Geldentschädigung . . . Kann man bequemer aus der Affäre kommen, als wenn man zahlt? Den unerwünschten Gesellen wird man also auf alle Fälle los . . . Paragraph 96, die Zustimmung des Betriebsrats zur Entlassung eines seiner Mitglieder ist nicht erforderlich, wenn der Betrieb stillgelegt wird oder ein gesetzlicher Kündigungsgrund vorliegt . . . Meine Herren, getrauen Sie sich nicht, einen solchen Grund jederzeit ausfindig zu machen? Wie? Ist das kein vortreffliches Gesetz? Ist darin nicht alles unverbrüchlich festgelegt, was wir immer gefordert haben?»

«Das zwar nicht», erwiderte Krogoll, «so bescheiden bin ich für mein

Teil nicht. Aber Gesetz hin, Gesetz her, es kommt darauf an, was damit gemacht wird, und das eben muß unsere Sorge sein.»

Schellhase junior spitzte höhnisch den Mund: «Es ist vielleicht erklärlich, daß Herr Wirtz einen anderen Standpunkt vertritt als wir, die wir unsere Verantwortung für ererbte Werke tragen und mit unseren eigenen Schöpfungen eng verbunden sind.»

Er war bleich vor Aufregung, aber diese Aufregung schien zumeist Angst vor der Courage zu sein. Seit Wirtzens Verbindung mit Felgenhauer haßte er ihn. Der alte Schellhase hatte nicht mehr die Kraft, ihm in den Arm zu fallen, er war abgeklärt und fügsam und gab bei allen wichtigen Beratungen die Stimme seines Sohnes ab. Auch diesmal ließ er den Jungen gewähren. Der kam sich sehr gewaltig vor, wie er hinter den abwehrenden Gesichtern, die zu bedenken gaben: «so was sagt man doch nicht, so was sagt man doch nicht», deutlich die Freude darüber wahrnahm, daß der Abstand zu dem «Aufkäufer» einmal klar betont worden war. Bevor daher Wirtz (der sich übrigens nicht im geringsten kränkte) eine Zurechtweisung unternahm, wandte Schellhase junior sich unmittelbar und herausfordernd ihm zu mit der Frage, was er in der Sozialisierungskommission zu suchen gehabt habe? Kein Industrieller außer ihm sei persönlich hineingegangen, jeder habe seine Beauftragten geschickt, nur Ottokar Wirtz habe eine sozialistische Einrichtung durch seine Mitwirkung anerkannt. «Überall paktieren Sie, das geht so nicht fort, wir kommen in ein schiefes Licht durch Sie!»

«Junger Freund», antwortete Wirtz mit einer tiefen, ruhigen und überlegenen Stimme, die zu Schellhases schriller Art effektvoll kontrastierte und diesen wie ein Peitschenhieb schmerzte, «junger Freund . . . Ich bin in die Sozialisierungskommission gegangen, um die Sozialisierung zu verhindern, ebenso wie ich in die Kohlenkonferenz gehen werde, um übertriebene Kohlenlieferungen nach dem Westen Europas zu verhindern.»

Felgenhauer rief Bravo und klatschte in die runzligen Hände. «Bravo, der Erfolg entscheidet!»

Zunächst verstummten sie alle. Schellhase junior tat hochmütig, als verweigere er die Antwort. Wirtz fuhr fort: «Wir müssen mithelfen, damit im Wortlaut der Gesetze die Ideologie der Zeit mit unserem Sinn für Gegenständlichkeit vereinigt wird . . . Wir können dazu beitragen, daß gewisse Gesetze dem Namen nach durchkommen, ohne daß ihre Idee durchkommt . . . Die Folge wird sein, daß diese Gesetze in der Praxis scheitern – dann können wir sagen: seht, es geht nicht, wir haben nicht umsonst vor übereilten Schritten gewarnt . . .»

«Ach was», rief Kropf, «es gehören eben Fachleute in die Regierung!»

«Unser Vorteil ist, daß sie keine Fachleute hat. Fachleute wären schwierig, schon um uns zu ärgern und zu zeigen, daß wir uns verrechnet haben, wenn wir sie gefügig glaubten . . . Besser ist, die Regierung benötigt von Zeit zu Zeit Sachverständige, und die Sachverständigen sind wir, die Interessenten . . . Ich werde immer zur Stelle sein, um die Regierung zu regieren, so oft sie es wünscht . . .»

«Bloß daß die Gewerkschaften ihre Nebenregierung vor Ihnen etabliert haben.»

Wirtz zuckte die Achseln: «Ich etabliere nichts, ich bin nur da, das ist alles.»

«Wir dürfen nicht länger wie die Katze um den heißen Brei herumgehen», schnarrte der junge Schellhase, «wenn keiner zu reden wagt – ich rede.»

«Bitte.»

«Es verlautet, daß Herr Wirtz privatim Reparationsverhandlungen angeknüpft hat. Die Frage der Kriegsentschädigungen betrifft aber die ganze deutsche Industrie. Wer hier auf eigene Faust handelt, versündigt sich am Vaterland. Darf man wissen, wie es hierum steht?»

Lähmung kroch an den Gesichtern entlang. Reparationen . . .? Das Wort hörte man nicht gern aus der Nähe. Reparationen . . .? Das war eigentlich etwas Unwirkliches, ein Gespenst, das in einer sagenhaften Ferne umging. Beachtete man es nicht, mußte es sich in Wohlgefallen auflösen. Die Industriellen rückten unruhig auf den Sitzen. Ottokar Wirtz setzte einen Fuß vor, wie wenn er auf den jungen Schellhase zuschreiten wolle, und blieb dann jählings stehen.

«Die Verhandlungen haben den Zweck, Sachlieferungen an Stelle von Barzahlungen zu vereinbaren.»

Schellhase, dem es durch den Kopf fuhr, was Wirtz wohl daran verdienen werde, fand diese Auskunft unbefriedigend, da stecke etwas dahinter.

«Sie meinen –» sagte Felgenhauer und bohrte seinen schweren Blick tief in ihn hinein – «Sie meinen, daß hinter Verhandlungen mit dem Feind immer etwas steckt . . .?»

«Worauf spielen Sie an?»

«Auf nichts, aber warum soll Wirtz nicht mit einem Marquis verhandeln, da Sie doch auch schon einmal mit Generalen von der anderen Fakultät verhandelt haben – ebenso harmlos, versteht sich?»

Schellhase brauste nicht auf, er setzte sich nur hin mit einem verächtlichen Blick. Es war eine unbehagliche Situation. Einerseits wollte man nicht, daß es den Anschein habe, als beuge man sich vor der Autorität von Ottokar Wirtz (er ist nicht groß, er ist nur gerissen, dachten sie), andererseits durfte dieser Streit unter keinen Umständen auf die Spitze getrieben werden.

Der Freiherr hatte eine Eingebung. «Wir sind doch hier, um Erfahrungen auszutauschen», sagte er ablenkend, «wie sind Sie mit Ihrem Betriebsrat zufrieden, Herr Krogoll?»

«Oh, da kann ich nur sagen, aufs allerbeste. Ich habe die Leute selbst empfangen und in Güte zu ihnen gesprochen: ich enthalte mich, euch einen sozialpolitischen Rat zu geben, der doch wahrscheinlich anders ausgelegt würde, als er gemeint ist; aber als ältester Arbeiter des Werkes erinnere ich euch daran, daß im Leben jeder arbeiten muß und keinem etwas unverdient in den Schoß fällt; ob Kopf- oder Handarbeiter, nur gegenseitige Achtung dieser Tätigkeit kann Ersprießliches schaffen. Ja, also war das. Und dann hat jeder von uns kehrtgemacht, und alle Anordnungen, die ich für nötig halte, beginnen seitdem mit der schmeichelhaften Einleitung: ‹im Einvernehmen mit dem Betriebsrat wird bestimmt . . .›»

Wirtz fiel ein: das sei die allein förderliche Haltung, man könne dem Rad der Zeit nicht in die Speichen fallen, aber man könne sich seine Rotation dienstbar machen; hierauf basiere auch die vorgeschlagene Vereinigung der Wirtschaft. «Meine Herren . . . Wenn ich diese Union als eine Union der festen Hand bezeichne, so setze ich, indem ich Festigkeit sage, Geschicklichkeit voraus . . .»

«Eine papierene Protestiermaschine mehr wird das sein», sagte Schellhase junior, «ich dächte, wir hätten schon genug Gelegenheit, Resolutionen zu fassen, die außer dem Teil der Öffentlichkeit, der uns sowieso ergeben ist, niemanden zur Achtung nötigen.»

Kropf unterstützte diesen Einwand: «Ich wüßte auch wirklich nicht, weshalb unsere Fachgruppenverbände nicht ausreichen sollten, wir haben hier bei uns den Arbeitgeberverband Bergbau und den Arbeitgeberverband Eisen und Stahl, Gruppe Westen – und wenn wir alle über Deutschland verstreuten Arbeitgeberverbände zusammenfassen, mit einer Spitze also in Berlin . . .»

«*Gegen* Berlin!»

«Alles, was in Berlin arbeitet, arbeitet auch gegen Berlin – dann also haben wir, wie mir scheint, alles getan, was zu tun jetzt nötig ist. Selbst ein so leidenschaftlicher Inflationist wie Herr Wirtz sollte sich vor einer Inflation der Unternehmerverbände hüten.»

Wirtz beugte sich zu Näßler und flüsterte ihm ins Ohr: «Er fürchtet, daß die Union seine Macht in den Fachgruppenverbänden lahmlegt.»

«Halten Sie ihn wirklich für so befähigt, daß er die Absicht durchschaut haben sollte?» fragte Näßler.

«Pst, pst», machte Wirtz und hielt gleichzeitig Faulstich zurück, der in die Debatte eingreifen wollte. «Nicht jetzt.» In prekären Lagen waren seine Entschlüsse schnell gefaßt. «Wir wollen uns noch ein bißchen privatim mit Felgenhauer unterhalten.»

Sie zogen sich in eine Ecke zurück, indes das Projekt von den anderen erörtert wurde. Krogoll legte dar, daß die Fachgruppenverbände die Gewerkschaften der Unternehmer seien. Der Freiherr sah ihn schräg an. Ja, gewiß, bestätigte der alte Schellhase, er habe sie gründen helfen, damals nach dem Fall des Sozialistengesetzes, sie seien die andere Front im sozialen Kampf. Kropf wollte wissen, was das mit der vorliegenden Frage zu tun habe. Soviel, versetzte Krogoll, daß diese Arbeitgeberverbände mehr intern verwandt würden und ihren eigentlichen Aufgaben nicht entzogen werden dürften; wogegen es sich jetzt um eine politische Institution im Wirtschaftskampf handle, die mittels Geheimdiplomatie die Aufklärung der Öffentlichkeit zu betreiben und gleichzeitig eine Art industrieller Freimaurerloge darzustellen habe. Kropf, der von Wirtz zuweilen der «oberste Klassenkämpfer» genannt wurde, widersprach heftig, fast böse: man müsse sparen, die vorhandenen Organisationen benutzen und ausbauen. Hiebenstein bekannte sich zu Krogoll, die Industrie müsse im Leben der Nation ein sichtbarer geistiger Faktor werden und die ethischen Momente in den Vordergrund stellen. Schellhase junior machte geheimnisvolle Andeutungen über das Wirken vaterländischer Männer, auf die allein Verlaß sei. «Nach diesem kläglichen Putsch?» fragte Hiebenstein. Der andere zog die Mundwinkel herab zum Zeichen, daß er mehr wisse, als er preisgeben dürfe, während der Freiherr mahnte: «Der anormale Geisteszustand, der durch Kriegsnot und Sinken der Moral herbeigeführt war, muß wieder in allen Kreisen der Vernunft und Gesundung, der Geneigtheit zur ruhigen Überlegung Platz machen. Wo soll das hin, wenn Werksleitung und Werksangehörige mitten in ihrer Arbeit von einem gewaltsamen Umsturz vollkommen überrascht werden?»

«Das ist richtig», sagte Kropf, «wenn der Umsturz so schlecht vorbereitet ist, daß er mißlingt.»

«Sie werden also praktische Maßnahmen begrüßen, Herr von Zander?»

Mit diesen Worten trat Ottokar Wirtz wieder in den Kreis. Der

Freiherr erschrak über die direkte Anrede – hatte er etwas gesagt, worauf er festgenagelt werden konnte? Hiebenstein stand neben ihm mit verschränkten Armen, in beredtem Schweigen; diese Pose kannte er genau; bei der Stange bleiben also, bei der Stange bleiben! In welche Falle würde er nun wohl hineinschlittern?

Wirtz fuhr fort: «Wir haben den Entwurf des Gründungsstatuts der Union hier . . . Wir sind fest entschlossen, die Sache durchzuführen, Felgenhauer und ich . . . Sie treten doch bei, Herr von Zander?»

Welche Überrumpelung! Der Freiherr war sehr verlegen, faßte sich mit dem Zeigefinger zwischen Hals und Kragen und rieb dort ein wenig herum. «Wenn Sie meinen, daß es zweckmäßig ist, Herr Finanzrat?»

«Es ist zweckmäßig», antwortete Hiebenstein bedächtig, doch mit Nachdruck. Krogoll wiederholte: «Es ist zweckmäßig.»

Kropf und Schellhase blieben allein, der Generaldirektor der Otto-Heinrich-Hütte sah beklommen und zögernd den Freiherrn an und erbat Bedenkzeit.

«Die Herren, die heute ihre Zusage noch nicht geben wollen, können binnen drei Monaten beitreten», sagte Wirtz, «danach müssen wir die Liste schließen.»

«Niemals! Niemals trete ich bei!» rief der Heißsporn Schellhase, aber Ottokar Wirtz fragte sanft: «Warum wollen Sie mit aller Gewalt schon heute sagen, was Sie erst in drei Monaten zu sagen brauchen?»

Zum ersten öffentlichen Meeting der Union war der große Saal der Stadthalle ausersehen, derselbe, in dem Hiebenstein damals die Angestellten abgefertigt hatte. Welch ein Unterschied von jenem Tag zu diesem! Der Saal bot das Bild einer unerschütterlichen Ordnung, einer einheitlichen und in gesicherten Verhältnissen befindlichen Menschenklasse; er war bis zum letzten Platz besetzt mit leitenden Persönlichkeiten aus Industrie, Handel, Gewerbe und Hochfinanz; Minister, Oberbürgermeister und Chefredakteure waren da, der Wirtschaft dienstbare Techniker und Wissenschaftler, auch einige Frauen, diese aber meistens auf der Galerie.

In drei Abteilungen, gut ausgerichtet, standen die Stühle, auf Tuchfühlung und Vordermann saßen die Generale und Offiziere des Wirtschaftsheeres, streng und eisern, Augen geradeaus, in Wuchs und Haltung eine einzige Masse, nirgendwo eine Lücke, in die ein Angehöriger einer anderen Gesellschaftsschicht sich hätte einschleichen können. Von den Lorbeerbäumen, deren starre Kugeln das Rednerpult umzingelten, bis zu den gestärkten Hemdbrüsten, die sich kühl schimmernd von den schwarzen Röcken abhoben, war alles normiert. Zwar bestand das Einzelwesen hier noch als Persönlichkeit, aber nicht mehr als Privatschicksal; eine berufliche Individualität, keine menschliche war spürbar. Die Stellung des Individuums vor sich selber war nicht mehr wichtig, nur noch seine Stellung vor dem gemeinsamen Ziel, und so entstand das Individuelle nicht mehr aus Selbstbespiegelung, sondern aus öffentlicher, wenn auch nicht immer durchsichtiger, so doch kontrollierbarer Tätigkeit. Der Individualismus der Eitelkeit war abgelöst vom Individualismus der Arbeit.

Der Vorsitzende Krogoll begrüßte die Gäste, zu denen auch die Schellhases zählten, und die Mitglieder, denen Kropf sich bereits beigesellt hatte; «als des Königs allergetreueste Opposition», hatte er bei seiner Aufnahme scherzend geäußert. Krogoll sah gut aus mit dem landesväterlichen Ausdruck des Gesichts und den vom Londoner Schneider angezogenen Körper. Er erteilte das Wort dem Professor Jodoci, der sich eben durch sein Buch ‹*Cäsars Wiedergeburt in der neuen Welt*› einen Namen gemacht hatte. Dies war der Kulturphilosoph, den Wirtz gesucht hatte, kein Professor mit Brille und Bart, nein, ein neuer Typ mit gewelltem Künstlerhaar und dem glattrasierten Gesicht eines smarten Amerikaners. Sein Thema lautete: «Lieber verroht als vergeistigt». Wirtz war es nicht ganz recht, aber er hoffte einerseits, den jungen Schellhase damit zu fangen, andererseits reizte es ihn zu erproben, was man einem solchen Auditorium alles bieten könne. «Mag er soviel Worte aneinanderreihen, bis der Haufen einen Sinn vortäuscht», sagte er zu Näßler und Faulstich.

Professor Jodoci war ein glänzender Redner. Er hatte ein Manuskript und sprach trotzdem frei, die Worte loderten.

«Der Weltkrieg war nicht sinnlos, er hatte eine tragische Dynamik. Man kann heute, in dieser literarisierten Epoche, in der alles so kompliziert ist, nicht einfältig genug sein», meinte er. Jeder siebzehnjährige pommersche Gutsbesitzersohn, der vor den Intellektuellen ausspucke, sei ihm wesentlicher und wahlverwandter als alles, was derzeit als geistig beweihräuchert werde, denn in diesem Jungen lebe der schöpferische Glaube an den MYTHOS VOLK. Der pommersche Junge sei ein deutsches Symbol, sei der tumbe Parzival, der nur Gott fürchte, sonst nichts in der Welt, sei ein wesentlicher Raum völkischen Selbstbewußtseins. Der David, der dem Götzen Goliath mit der Hirtenschleuder den Schädel zerschmetterte, sei auch solch ein respektloser pommerscher Junge gewesen. Die Herrschaft der Minderwertigen müsse abgelöst werden durch einen starken aktiven Zug, der neues Planen über philosophisches Grübeln setze. Aufklärung und Liberalismus hätten den Egoismus des menschlichen Ich übersteigert – weg damit! Kollektivismus sei die organisierte Begehrlichkeit der Masse – weg damit! Während der Mammut Berlin immer mehr anschwelle, verarme die Provinz mit ihrer Kultur und ihrem Kinderreichtum. Nur vierzigtausend Säuglinge gebe es in Berlin, aber zweihunderttausend Hunde, daran erkenne man den sittlichen Tiefstand. Deshalb sei der demokratische Staat durch ein ständisches Gesellschaftsleben zu ersetzen, das von einem neuen Adel geleitet werden müsse; darunter verstehe er eine Auswahl biologisch und ökonomisch führender Kräfte. Man werde ihm das Wort «Mittelalter» entgegenschleudern; jawohl, er scheue das nicht, er spreche es aus, daß er ein neues Mittelalter wolle, in dem der Geist der Kraft über die Kraft des Geistes triumphiere.

Endlose Ovationen erntete er, man trampelte mit den Füßen und beglückwünschte sich gegenseitig, den Aufgang eines neuen Propheten miterlebt zu haben, die Presseleute eilten ans Telefon, auf daß die Weisheit, die berufen schien, das schwergeprüfte Volk wieder aufwärts zu führen, in den Morgenblättern verkündet werde. Schellhase junior meldete unverzüglich seinen Beitritt zur Union an; «das konnte ich nicht voraussehen», sagte er zu Wirtz. «Sie hatten Ihre Pläne wirklich etwas verworren dargelegt, aber nun diese Klarheit, diese Klarheit, ich bin erfreut.»

«Ich auch», versetzte Wirtz mit einem Anflug ehrlicher Dankbarkeit und drückte Jodoci einen Scheck auf das Bankhaus Mehren in die Hand, «hinter diesen geistigen Schleiern werden wir mutig vorangehen.»

«Glückauf», sagte Jodoci. Er hielt es für zum guten Ton gehörig, sich jener Bergmannssprache zu befleißigen, die vom Obersteiger aufwärts gesprochen wurde.

Natürlich war Wirtz sich darüber klar, daß diese erste Begeisterung nicht vorhalten werde, es hieß eben immer auf dem Posten sein. Krogoll war zuverlässig, dafür sorgte schon Kropf. Da dieser von alters her im Arbeitgeberverband Eisen und Stahl, Gruppe Westen, den Ton angab, mußte es über kurz oder lang zu einem Machtkampf mit dem Führer der Union kommen. Deshalb war es Krogolls eigenstes Interesse, die Union zu stärken, und er war ja bekannt als ein Mann, der auf lange Sicht arbeitete; vor Zeiten hatte er zu Wirtz gesagt: «Wenn ich einmal Arm in Arm mit Kropf in die Brandung gehe, dann muß er so viel Wasser saufen, daß er sich nicht mehr wiedererkennt» – das konnte er jetzt also wahr machen. Nach außen schwieg er viel, und die Öffentlichkeit wußte nicht, schwieg er, weil er nichts zu sagen hatte, oder schwieg er, weil er so Gewaltiges zu sagen hatte, daß es die Welt nicht hätte ertragen können. Einerlei, in jedem Fall mußte er als klug gelten. Ein solches Sphinxgesicht wurde augenblicklich gerade an dieser Stelle benötigt, am besten wäre sogar ein unschuldiger Mann mit Alterserscheinungen gewesen, aber dergleichen war unter den bodenständigen Industriellen nicht zu haben, der Verkehr mit Eisen und Stahl hielt frisch und unternehmungslustig.

Der Mitarbeiter, Syndikus und ehemaliger General von Grußenbaum, war gut gewählt. Er hatte die Kenntnis eines überall Dabeigewesenen und das Temperament eines Menschen, der von Vergangenheit und Zukunft gleichmäßig ergriffen ist. Den Kulturphilosophen Jodoci (bei sich nannte Wirtz ihn «Professor Phrasendrescher») hatte man für alle Fälle im Stall stehen. Was noch fehlte, war ein tüchtiger Pressechef mit der Formkraft eines Phantasiemenschen. Wirtz sagte, sie müßten es halten wie die Staatsmänner, welche die Zeitungen gegen irgendwelche Ziele toben ließen, um unterdessen gegenüber ebendiesen Zielen eine Politik der Ruhe und Vernunft fortsetzen zu können – so nähmen die Journalisten die gefühlsmäßigen Imponderabilien des Bürgers, die Staatsdiener, die wohlverstandenen Interessen der Nation wahr, und beiden Teilen sei damit Genugtuung widerfahren. Grußenbaum war der Meinung, daß man demzufolge einen gewesenen Staatsmann für dieses Geschäft engagieren solle. Er schlug den Staatssekretär a. D. vor, der zwar beim letzten Kaiserbesuch im Revier sich nicht industriefreundlich gezeigt, jetzt jedoch sich völlig umgestellt habe; niemals werde besser Hand in Hand gearbeitet als zwischen zwei alten Feinden, und das seien sie beide in der Monarchie gewesen. Wirtz lachte herzhaft: «Lassen Sie ihn kommen.»

Kropf seinerseits war auch nicht müßig. Als der Zusammenschluß der Fachgruppenverbände erfolgt war, lancierte er den Geheimrat Püschel, einen Chemiker, an die Spitze des Reichsverbandes. In der Person dieses Mannes, der aus einer anderen Branche kam, hoffte er ein genügendes Gegengewicht gegen Ottokar Wirtz zu haben. Er ahnte nicht, daß dieser längst die Fühlung mit der Chemie aufgenommen hatte. Im übrigen wurde Geheimrat Püschel in allen Kabinettskreisen als mutmaßlicher Ministerkandidat genannt; da von ihm mehrere staatserhaltende Aufsätze erschienen waren, galt er in der Politik stets als der «kommende Mann». Aber er kam nie, er stand sozusagen in den Wandelhallen des Parlaments zum Abholen bereit. So trat er allmählich, ohne als Reservist zu den Fahnen berufen zu werden, in den

Landsturm über. Desto mächtiger wurde er freilich in der Wirtschaft. Seine chemischen Werke, die größten der Welt, hatten den Friedensvertrag gut überstanden. Die Befürchtung, daß die neuzeitlichen Stickstoffabriken zerstört werden müßten, erwies sich als unbegründet; eine befriedigende Übereinkunft über die Auslieferung der Farbenpatente stand bevor. Die Herstellung von Benzin, Arzneimitteln und fotografischen Utensilien war in gewaltigem Aufschwung begriffen, zukunftsreiche Patente waren in Püschels Hand. Der neueste Produktionszweig war Kunstseide, das neueste Experiment in den Laboratorien die künstliche Ölgewinnung durch Kohleverflüssigung.

Püschels Großvater war mit siebzehn Jahren in eine Farben- und Lackfabrik eingetreten und sehr bald Teilhaber geworden. Durch seine Einheirat in eine Wasserglasfabrik hatte das Unternehmen sich ausgedehnt. Schon zu seinen Lebzeiten hatten seine beiden Söhne wichtige Erfindungen gemacht und den Bau einer Glyzerinfabrik begonnen. Diese wurde in den neunziger Jahren der Ausgangspunkt zu jenen Anlagen, die das Staunen der Welt erregten und alte Märkte im Flug eroberten. Auf den meisten Gebieten der chemischen Produktion hatten die Püschels schon damals eine internationale Monopolstellung. Immer steiler ging die Kurve in die Höhe, da starben die Brüder kurz nacheinander und beide kinderlos. Geheimrat Püschel zog aus einer Seitenlinie ein, ein geschmeidiger und anpassungsfähiger Kopf, der neue Typus eines beamteten Wissenschaftlers, vollgesaugt mit nationalökonomischen Theorien, erfahren in Einkreisungs- und Durchkreuzungspolitik; immer bereit, eine neue Idee zu übernehmen, nicht um sie zu fördern, sondern um sie abzubiegen und unschädlich zu machen, immer bereit, in eine neue Front einzuschwenken, nicht um sie zu beleben, sondern um sie zu erdolchen. Außerdem war er ein Freund des deutschen Männergesangs und der modernen Sportbewegung. «Mit Körperpflege, Wandern, Singen, Sport und Spiel wirft man die Problematik über Bord», pflegte er zu sagen; «so wird die Jugend nüchtern und unsentimental und über die Klassengegensätze hinaus kameradschaftlich.»

So sah der Mann aus, in dem Kropf den natürlichen Widersacher von Wirtz vermutete und Wirtz seinen natürlichen Verbündeten, und der in der Folgezeit schweigend seine Doppelrolle spielte, je nach den Trümpfen, die er gerade in der Hand hatte.

Der Freiherr hatte Hachenpoots Posten nicht wieder besetzt. Einen Mann der neuen Epoche wollte er sich nicht auf den Hals laden – die besaßen so eine brutale Art, die Dinge zu betrachten, und hatten auch schon den Satz gefunden: «Jetzt wird es höchste Zeit, in der Wirtschaft auf Wirtschaftlichkeit zu achten», worunter sie offenbar nichts anderes als Nörgeln und Geizen verstanden. Ein Mann der alten Epoche hatte wiederum keinen Zweck mehr, der würde es doch nicht schaffen. Die dritte Möglichkeit, eins der bisherigen Vorstandsmitglieder zum Generaldirektor zu ernennen, durfte als ausgeschlossen gelten, es hätte den Grundsatz der Konzilianz verletzt und zu offener Auflehnung der übrigen geführt, die sich natürlich zurückgesetzt und benachteiligt gefühlt hätten.

Darum verblieb es bei dem Zustand, der inoffiziell trotz Hachenpoots Titel und Vollmacht schon immer bestanden hatte: das Werk wurde kollegial geleitet.

Das erste Wort mußte jetzt ohnehin der Techniker haben, Herr Neufeind also, der nun zeigen konnte, ob seine Schulfreunde einen guten Instinkt bewiesen hatten, als sie ihn «Kraft» nannten. Er erzählte gern davon, um sich als geborenen Techniker zu präsentieren, und er versäumte nie hinzuzufügen, daß er als junger Regierungsbaumeister den eisernen Dachstuhl des Ulmer Münsters konstruiert hatte. Später hatte er im Orientalischen Seminar die chinesische Sprache erlernt und war von Li Hung Tschang, dem Vizekönig der Provinz Tschili, zum Oberinstrukteur für Eisenbahnen ernannt worden. Damals schon hatte er im Auftrag des alten Risch die Entwicklung der chinesischen Eisenbahn beobachtet; nach dem Boxeraufstand war er dann nach Deutschland zurückgekehrt und hatte seine Erfahrungen dem Stahlwerk zur Verfügung gestellt.

Kein Wunder also bei dieser Vergangenheit, wenn er nunmehr die Parde «Von der Kanone zur Lokomotive» ausgab. Im Grunde war er froh, daß der Friedensvertrag zur Vernichtung vieler Einrichtungen verpflichtete, zahlreicher Gesenke, Pressen, Härteöfen, Drehbänke, Kühlanlagen, Lehren, Fräs- und Bohrmaschinen, an die achthunderttausend Stück. Das meiste davon war nicht gerade modern, und so teuer wie jetzt hätte man es nie verkaufen können. Selbstverständlich waren erhebliche Entschädigungsansprüche an die Regierung zu stellen, Neufeind berechnete an die hundert Millionen Goldmark, vierzig

Prozent des Maschinenparks; andererseits war es immer eine Entschuldigung für ihn, wenn in der neu aufgenommenen Fabrikation etwas nicht in Ordnung war, wie es ihm umgekehrt, wenn alles glatt verlief, desto höheren Ruhm eintrug.

Schnell liquidierte er das Hachenpootsche Erbe des Preisausschreibens für Werksangehörige, prämiierte der Form halber einige der eingelaufenen Fabrikationsvorschläge und warf den ganzen Plunder in den Papierkorb. Was konnte Neues darin sein? So schlau wie die übrigen Angestellten war das Direktorium wahrscheinlich auch, nur daß es die praktischen Möglichkeiten und Auswirkungen viel besser übersah. War es denn überhaupt der Zweck des Wettbewerbs gewesen, brauchbare Vorschläge zu bekommen? Gewiß nicht, er hatte nur dem Geltungsbedürfnis der Angestellten Genüge leisten sollen.

Aber Lokomotiven bauen, das war nun doch leichter gesagt als getan. Eine Lokomotive war keine Kleinigkeit, wie etwa ein Milchentrahmer, den man getrost auf Vorrat arbeiten konnte, ohne daß der Absatz gesichert war. Zudem hatte Risch-Zander immer Lokomotivbleche, Feuerbüchsen, Federn und Achsen hergestellt, und es war damit zu rechnen, daß die bisherigen Abnehmer, das hieß: die Lokomotivfabriken, verärgert über die neue Konkurrenz, ihren Bedarf anderswo dekken zu können. Da mußte man sich doppelt vorsehen. Der kaufmännische Direktor fuhr mit Hiebenstein nach Berlin. Anfangs war das Eisenbahnministerium sehr schroff: die bestehenden Fabriken seien ausreichend, eine neue werde auf keinen Fall die Unterstützung des Staates finden.

Immerhin, meinte der Finanzrat, der Minister ist Sozialist und wäre froh, wenn er was zu sozialisieren hätte; schlagen wir ihm mal was Ähnliches vor.

«Zum Beispiel?» fragte der Kaufmann.

«Zum Beispiel, daß wir dem Staat die Einsichtnahme in die Geschäfts- und Betriebsverhältnisse des kommenden Lokomotivbaus gestatten.»

«Famos.»

Und es klappte. Der Minister erteilte einen Jahresauftrag von hundert Lokomotiven und zweitausend Waggons. Er knüpfte daran allerdings die Bedingung, daß Risch-Zander nur drei Prozent verdienen dürfe und der überschießende Gewinn der Staatskasse zufallen müsse.

«Einverstanden», sagte der Finanzrat nach kurzer Überlegung. Der Kaufmann machte ein verdutztes Gesicht, Hiebenstein aber schlug sich fröhlich auf die Schenkel: «Wissen Sie, wenn es uns wider Erwarten gelingen sollte, billiger zu arbeiten als die seit Jahrzehnten eingedrillte Konkurrenz – dann werden wir gerade drei Prozent verdienen.»

«Aber wenn Verluste entstehen? Das übernimmt der Staat doch nicht.»

«Verluste? Immerhin. Selbst damit ist das Gaudium nicht zu teuer bezahlt, daß wir zwei nach Berlin reisen und im Ministerium die Gestehungskosten prüfen lassen. Ich sehe die Ministerialräte schon Blut schwitzen.»

Für Neufeind fingen die Schwierigkeiten eigentlich jetzt erst an. Unter dem System Hachenpoot, wo alles von selbst lief, war der Verkehr zwischen Konstrukteuren und Betriebsleuten gänzlich unterbunden gewesen, aber jetzt, da alles neu war, da alles auf praktischen Austausch ankam, hätte dieser Zustand zur Katastrophe führen können. Doch wie sollte von oben herunter aufgelockert werden, wenn von unten her Resistenz geübt wurde? Neufeind wurde grob: «Früher war früher, und jetzt ist jetzt. Wenn jemand einer Offiziersfamilie entstammt und Lebensauffassung und Gesinnung dieser Kreise auf seinen Beruf überträgt, so ist das gerade die Ursache, weshalb er vor den neuen Aufgaben versagt. Der hydraulisch-elektrisch gesteuerte 38-cm-Turm eines großen Kampfschiffes war natürlich eine schöne Sache, es war einmal, behüt dich Gott, es wär so schön gewesen. Was Teufel, wer nicht mitkann, bleibt liegen.»

In aller Herrgottsfrühe lief er durch die Betriebe und Büros, kontrollierte die Chefs und ließ die ältesten «Knacker» pensionieren. Da er rötliches Haar hatte und sommersprossig war, gaben sie ihm den Spitznamen «Blaufuchs». Desto bissiger und pedantischer wurde er. Er ließ einen Graphologen kommen und einen Professor vom Psychotechnischen Institut, die ihn durch Handschriftendeutungen und Eignungsprüfungen beraten mußten. Eine Menge Apparate wurde angeschafft, die meistens schöne griechische Namen hatten und außerdem die besondere Eigenschaft, daß gerade die intelligentesten Prüflinge vor ihnen versagten, während die Dummköpfe sich auch durch diese unheimlich schnell funktionierenden Hebel und Räder nicht aus der Fassung bringen ließen. Der Personalchef meinte, früher sei man bei Engagements eben ohne Brimborium hereingefallen, jetzt werde auch der Hereinfall wissenschaftlich unterbaut, und Hiebenstein behauptete, das alles sei nur erfunden worden, um einen neuen Industriezweig für psychotechnische Apparatur ins Leben zu rufen. «Bessere Art von Vivisektion», nannte er den ganzen Zauber.

Die Apparate wurden dem Betriebsrat vorgeführt. «Setzen Sie sich hierhin», sagte der Professor zu Griguszies. Adam saß hinter einem Brettgehäuse, das von vorn beinahe wie eine umgedrehte Briefwaage aussah. «Beobachten Sie genau diese Öffnung», sagte der Professor und deutete auf einen kleinen Ausschnitt im Brett, der von der anderen Seite durch einen Schieber verschlossen zu sein schien. Adam starrte darauf, es geschah zunächst nichts, auf einmal tickte irgendein Haken, für drei Sekunden flog der Schieber weg und eine Fotografie erschien in der Öffnung, dann schnellte sie wieder zu. Der Professor fragte, was er gesehen habe.

«Für 'n Augenblick war 'n Bild da.»

«Was für ein Bild?»

«Irgend 'ne Person.»

«Mann oder Frau?»

«Das habe ich so schnell nicht entscheiden können.»

Der Professor hatte ein stummes Lächeln. «Hier prüfen wir nämlich die Aufnahmefähigkeit für rasch vorübergehende Gesichtseindrücke.»

«Dann lassen Sie mich mal ran», sagte Fries und schob Griguszies geringschätzig fort. Wieder tickte der Haken, wieder blitzte ein Bild für drei Sekunden auf.

«Nun?»

«Natürlich ein Mann.»

«Klar, Mensch», sagte Griguszies, «jetzt, wo du gehört hast, worum sich's dreht, hast du gut aufpassen.»

«Einen Augenblick», unterbrach der Professor, «war es ein unauffälliger Mensch oder hatte er was Besonderes an sich?»

«Ein Mann wie wir alle.»

Der Professor holte das Bild aus dem Objektträger heraus und zeigte es. Es stellte eine Reklamefigur aus Pappe dar, von der Leipziger Messe.

«Mensch, ärgere dich nicht», sagte Griguszies aufgeräumt.

Der Professor führte ihn nunmehr an ein Kästchen, das ihm wie eine kleine Telefonzentrale vorkam, mit einer Reihe Fensterchen und Stöpseln.

«Beobachten Sie mal diese Fenster.»

Ein Motor begann zu surren, ein schwarzes Band schoß unter den Fenstern vorbei, ab und zu waren weiße Punkte darin. Der Professor stellte den Motor ab. «Nun, sehen Sie. Zu jedem Fenster gehört ein Stöpsel. Jedesmal wenn durch irgendein Fenster eine von den weißen Marken geht, drücken Sie auf den entsprechenden Stöpsel. Los!»

Der Motor surrte, das Band schnurrte vorüber. Adam drückte auf die Stöpsel.

«Genug, nun wollen wir uns mal das Ergebnis ansehen. Der Apparat hat nämlich selbsttätige Zählwerke. Hier bitte, das ist die Zahl der tatsächlich durchgelaufenen weißen Marken, einundzwanzig. Und dies hier ist die Zahl der von Ihnen bemerkten und durch Stöpsel registrierten Durchgänge, vierzehn. Es ist ein Aufmerksamkeitsprüfer. – Was sind Sie von Beruf?» wandte er sich an Fries. «Former, so. Dann wird das Tremometer für Sie das Richtige sein. Ein Former braucht Ruhe und Sicherheit der Hand. Kommen Sie her.»

Da stand ein Metallkasten mit S-förmigen Schlitzen im Deckel.

«Nehmen Sie diesen Metallstift und fahren Sie damit durch diese Schlitze hindurch, ohne die Ränder zu berühren.»

Fries entgegnete, als Former sei er gewohnt, in Löchern zu hocken. «Ich muß mich wenigstens auf den Boden knien, sonst bin ich nervös.»

«Ja, gewiß. Stellen wir den Kasten herunter.»

Der Professor hatte ein Mikrofon. «Sie berühren», stellte er fest. «Jetzt wieder. Und jetzt. Und jetzt. Es gibt nämlich jedesmal einen elektrischen Kontakt, wenn Sie berühren.»

«Alles, was recht ist», sagte Griguszies, «jedenfalls ist er einer der besten Formarbeiter, die ich kenne, trotz Ihrem Apparat.»

«Trotz Ihrem Apparat», wiederholte Fries. «Und das vorhin mit den Stöpseln – wer garantiert dafür, daß das Zählwerk nicht mal versagt?»

Der Professor blähte sich auf.

«Das technische Instrument kann wohl irren, aber sogar dann ist es noch zuverlässiger als der Mensch, und vollends in Verbindung mit der Psychologie ist es unwiderlegbar.»

Schließlich stand die erste Lokomotive zur Probefahrt bereit, eine schwere Güterzuglokomotive, die mit voller Ausrüstung fast ihre hunderttausend Kilo wog; der Tender allein faßte sechs Tonnen Kohlen und zwanzig Kubikmeter Wasser und hatte ein Gewicht von achtundvierzigtausend Kilo. Es war ein ganz neues Modell.

Ruhig und ohne Dampf fuhr sie aus der Halle heraus, Puffer, Rahmen, Kessel und Führerstand mit Fichtengirlanden bekränzt. Auf dem Platz waren Aufsichtsrat, Direktorium, Betriebsrat und die Belegschaft der Werkstatt vollzählig versammelt, neben dem Freiherrn stand sein Sohn Arnulf, angetan mit einer blauen Werkstattschürze. Als die Lokomotive hielt, geleitete der Freiherr ihn zum Führerstand. Arnulf stieg auf das Trittbrett, der Freiherr sprach festliche Worte, zuletzt rief er aus: «Auf dem jungen Deutschland beruhen unsere Hoffnungen; so ergreife denn du, Arnulf, als sein Vertreter den Hebel zum Regler und leite das erste Risch-Zandersche Stahlroß seiner aufbauenden Bestimmung entgegen. Seid beide pünktlich, zuverlässig und unermüdlich und seid auch mäßig im Rauchen und Qualmen, seid gute Rischianer!»

Der Arbeiter auf der Lokomotive führte Arnulf die Hand, langsam überwanden die geschmeidigen Pleuelstangen die Totlage, die Räder gehorchten ihnen ohne einen Laut. Der Freiherr und Neufeind fuhren mit, es war eine tadellose Fahrt, der «Blaufuchs» hatte Glück.

An anderen Stellen gab es natürlich auch Fehlschläge, viele Fehlschläge, doch hatte er nicht schon Hachenpoot davor gewarnt, mehr als fünfzehntausend Arbeiter zu behalten? Der Zwang, allen Beschäftigung zu verschaffen, führte zu einer fürchterlichen Kräftezersplitterung. Manche Betriebe, in die große Summen gesteckt wurden, waren nichts weiter als Versorgungsanstalten. Es war logisch, Maschinen zu bauen, weil man den Stahl und die Halbfabrikate ohnehin erzeugte. Nur daß die alten Fabriken einen mächtigen Vorsprung hatten und fest auf den Märkten saßen. Nur daß die Kirchturmpolitik der Risch-Zanderschen Betriebe die Fertigfabrikation ungeheuer verteuerte.

In Wirklichkeit zerfiel die Fabrik nämlich in viele Fabriken, von denen gewissermaßen jede einem anderen kleinen Machthaber gehörte, von denen jede ihre Gestehungskosten berechnete und einen Nutzen daraufschlug. Jede Werkstatt hatte ihren Etat für sich und war besorgt, günstig abzuschneiden, was einzig auf Kosten der übrigen geschehen konnte. Bei den Bergwerken fing es an und hörte bei den Lokomotiven und Automobilen auf; darüber war nun nichts mehr, an diesen blieb alles sitzen. Die Gießerei verdiente am Walzwerk, das Walzwerk verdiente an der Blechbearbeitungswerkstatt, die Blechbearbeitungswerkstatt verdiente am Kesselbau, der Kesselbau verdiente am Lokomotivbau. Neufeind konnte es nicht abstellen, der Finanzrat erklärte, jeder Betriebsführer müsse zur Arbeitsrentabilität erzogen werden, anders sei eine Finanzkontrolle nicht möglich; er schätze die technische Seite keineswegs gering, aber gerade darum sei Geld mehr als je die Hauptsache, und wer denn schließlich für die Finanzen verantwortlich sei? Es wäre sicher billiger gewesen, die Halbfabrikate von außerhalb zu beziehen, aber nun kam es wieder darauf hinaus, daß die vielen Fabriken eben doch eine Fabrik bildeten und der Maschinenbau gegenüber den anderen notleidenden Betrieben die Rolle eines regulären Abnehmers spielen mußte.

Um so schlimmer, daß er auch noch durch Neufeinds Ehrgeiz belastet wurde. Überall wollte er neue Modelle haben, wenn möglich Sensationen. Dutzende Spezialtypen von Waggons und Automobilen wurden zugleich gestartet; der Markt, der erst gewonnen werden sollte, wurde schon zu Beginn in Verwirrung gebracht, und dies alles zu einer Zeit, in der die Stellen, die als Abnehmer für diese Dinge in Frage kamen, für Neuanschaffungen weder Lust noch Geld hatten.

Auch innerhalb des Werkes kam es zu Mißhelligkeiten. Um den Ruhm der Erfindung eines nichtrostenden Stahls stritten sich der Betriebsführer und der Assistent des Laboratoriums. Der Betriebsführer wurde zum Doktor ehrenhalber promoviert, der Assistent quittierte daraufhin seinen Dienst und begann einen öffentlichen Feldzug um seine Erfinderehre. Dies nahm den Betriebsführer derart in Anspruch, daß die Schellhases unterdessen Zeit gewannen, eine epochemachende Verbesserung herauszubringen. Monatelang währte der Streit um die Patente. Um die Scharte auszuwetzen, warf der Betriebsführer sich mit einem kostspieligen Eifer auf die Ausnutzung der neuen Stahlsorte. Er ließ daraus Gebißplatten verfertigen, ärztliche Instrumente, Röhren für chemische Destillation, Spiegel, Kochtöpfe, Bestecke – das ganze Werk war besessen davon, die ganze Stadt war es, jedermann suchte einen Taschenspiegel aus nichtrostendem Stahl zu erhaschen, von Risch-Zander und nicht von Schellhase, der Lokalpatriotismus schäumte auf, dieser Werkstoff schien ein neues Zeitalter einzuleiten. Er trieb Frau Ella noch einmal aus der «Kemenate» hinaus, sie begab sich zur Siegerländer Verwandtschaft, in eigener Person besuchte sie die weitläufig verschwägerten Prinzipale der Schneidwaren- und Schloßindustrie im Bergischen und schnappte den Schellhases die fettesten Aufträge weg. «Das wäre ja noch schöner», sagte sie, «daß wir das Bett machen und andere sich hineinlegen.» Gewiß hatte das plumpe Übervorteilen in der Wirtschaft aufgehört, aber auch der solide zwangsläufige Wettbewerb hatte nicht minder sein scharfes, ungeschriebenes Gesetz.

Ach, es war noch die vertraute Siegerländer und Bergische Landschaft, es war noch dasselbe Patronatsverhältnis zwischen Herren und Tagelöhnern, unberührt von Revolution und Kommunismus, immer noch stand der Prinzipal mitten unter seiner Handvoll Arbeiter am Schraubstock, es waren noch dieselben kleinen Gesenkschmieden, Drahtziehereien, Kaltwalzwerke und Tempergießereien in stillen Tälern, unberührt von den wirtschaftlichen Umwälzungen der verflossenen Jahrzehnte, nur daß sie Elektromotoren hatten an Stelle der Wasserräder, dieselben kleinen Lagerschuppen mit der Sorglosigkeit der alten Zeit, ein Stück Naturschutzpark des Unternehmertums – der Himmel mochte wissen, wovon sie jetzt lebten.

Jenseits der märkischen Grenze war ein neuer Name aufgetaucht, der mit Argwohn aufgenommen wurde: Siegfried Hillgruber, der vor kurzem in der dortigen Gegend ein Feinblechwerk erworben hatte. Es hieß, er sei Kriegsgewinnler und führe in einer rheinischen Stadt ein großes Haus.

Nun, das waren die Aufregungen der Leutchen im Siegerland.

So wechselten Erfolge und Mißerfolge. Bierfässer aus nichtrostendem Stahl waren kein Geschäft, die Brauereien waren zu konservativ, Bier müsse in Holz lagern, das sei echter deutscher Brauch, Metall erzeuge keinen Kellergeruch. Dann wieder erregte ein Risch-Zanderscher Trockenbagger für Braunkohlengewinnung großes Aufsehen, beinahe soviel wie die erste Dampfmaschine, die vor hundert Jahren im Revier gebaut worden war. Achtzig Quadratmeter Heizfläche hatte der Kessel des Baggers, der zwölf Atmosphären Dampf erzeugte, 265 Umdrehungen leistete die Maschine in der Minute, 7500 Kubikmeter gewachsenen Boden schöpfte der Bagger in vierundzwanzig Stunden. «Wühlt und schleudert so boshaft wie der Rüssel eines gereizten Elefanten», sagten die Ingenieure, die alle ihre Maschinen als lebende Wesen betrachteten.

In der Hauptverwaltung wurden neue Namenschilder aus nichtrostendem Stahl für die Türen der Direktoren und Prokuristen verfertigt. Lediglich vom Handlungsbevollmächtigten abwärts verblieb es bei den alten Schildern aus Messing.

Der Freiherr hielt sich im allgemeinen an Hiebenstein. Auf Empfehlung wurde ein Doktor van der Gathen aus dem Statistischen Reichsamt ins Direktorium berufen und mit der Aufsicht über die Wohlfahrtseinrichtungen betraut, deren steigender Zuschußbedarf Sorge machte.

Dr. van der Gathen wurde von seinen künftigen Kollegen mit höflicher Geringschätzung empfangen. Wenn sie unter sich waren, sprachen sie von ihm als dem «Konsumverwalter», und obwohl er neunundvierzig Jahre zählte, war er für den Finanzrat stets «der junge Mann». Er wollte dadurch der Wortbildung «der neue Mann» zuvorkommen, die immerhin einen giftsüßen Beigeschmack hatte.

An sich hätte Dr. van der Gathen, der über großes Wissen und großen Fleiß verfügte, es leicht gehabt, sich zum Herrn der Sechs aufzuwerfen. Was ihn daran hinderte, war ganz einfach, daß er es nicht wollte, und dies war seine Stärke und seine Schwäche zugleich. Seine Stärke, weil ihm keine Minute durch die Einfädelung oder Hintertreibung von Kabalen gestohlen wurde; seine Schwäche, weil seine bescheidene und ein wenig skurrile Natur für den Umgang mit Menschen anderen Schlages überhaupt untauglich war. Er konnte noch von Glück sagen, daß er einen gutmütigen Sekretär hatte, der ihm seinen sonderbaren, plötzlich ausbrechenden Jungenhumor nicht verübelte. Es kam nämlich vor, daß der Sekretär in seinem Sitzkissen Stahlfedern mit der Spitze nach oben stecken hatte, oder daß die Blätter seines Schreibblocks verklebt waren. Zuerst hatte er die Laufjungen in Verdacht – bis er eines Tages Dr. van der Gathen bei dieser undirektorialen Beschäftigung ertappte. So kam dieser obendrein in den Geruch eines sonderbaren Kauzes. Hätte er seine Ellbogen zu gebrauchen gewußt, so hätte er mit seiner Veranlagung zur Gründlichkeit trotzdem das ganze Direktorium an die Wand drücken können. Nun jedoch lächelten sie nur über seine Arbeitswut, die ihn unter den gegebenen Umständen bei Risch-Zander gänzlich ungefährlich erscheinen ließ.

Wenn er gelegentlich einmal über die Aufgaben seines Ressorts hinausgriff und Denkschriften verfaßte über die allgemeine Schwierigkeit des Werkes, und wie ihr vielleicht abzuhelfen wäre, so geschah es nicht aus Streberei, sondern aus schöpferischem Drang. Es war eine Angelegenheit für ihn allein, und er bewahrte diese Denkschriften, die auf detaillierten statistischen Erhebungen beruhten und mitunter kühne und weitreichende Gedanken enthielten, lange Zeit in seiner Schublade auf – wie ein verschämter Dichter, der im Schreibtisch ein Tagebuch mit seinen Herzensbekenntnissen liegen hat. Aber eines Tages brachte ein Gespräch mit dem Freiherrn es dahin, daß er sich verriet; er wußte nicht, wie er einen geordneten Rückzug antreten könne, und mußte seine Manuskripte hervorholen.

Es ereignete sich das Merkwürdige, daß der Freiherr sie las, ohne vorher einem Menschen ein Wort davon zu sagen, so sehr hatte ihn die leise Art des Doktors gefangengenommen. Er war auch gebildet genug, um den düsteren Ernst dieser methodischen Denkarbeit zu erkennen, und obwohl die allzu schlüssigen und für einen Rischianer geradezu revolutionären Folgerungen sein Empfinden verletzten, obwohl er sogar etwas enttäuscht darüber war, daß ein so in sich gekehrter Mensch so temperamentvoll aus sich herausgehen konnte, sobald er etwas niederschrieb – so glaubte er doch aus der Besorgtheit des

Beamten um das Gesamtwerk eine Übereinstimmung mit der Tradition herauszulesen. Dies veranlaßte ihn, nachträglich mit Hiebenstein darüber zu sprechen.

Der Finanzrat murmelte etwas von «zügellosem Ungestüm», den man «in seine Schranken verweisen» müsse, der aber durch den Übertritt aus der Enge der Staatsbürokratie in die unbegrenzten Möglichkeiten der freien Wirtschaft zu erklären sei. Der Freiherr hatte schon die Bemerkung auf der Zunge, er wünsche solchen Ungestüm gar nicht beseitigt zu sehen, unterdrückte sie aber, als er im Türrahmen den kahlen Schädel seines Sekretärs von Scheeven auftauchen sah, wie ein mahnendes Zeichen, von der gewohnten Bahn nicht abzuweichen. Hiebenstein ging also zum Doktor und bedeutete ihm, daß es besser sei, wenn er seine Sachen in Zukunft dem Finanzrat vorlege, bevor sie dem Freiherrn zu Gesicht kämen.

«Aber es war doch gar nicht meine Absicht . . .» stotterte der Doktor.

«Schon gut, schon gut.»

Man nahm den Fall nicht ernst, beschloß aber vorsichtigerweise, dem Neuling die Flügel zu stutzen. Dies geschah, indem man ihn in seinem eigenen Ressort unsicher machte. Als er die Mietverhältnisse in den Werkswohnungen regeln wollte, sagte Hiebenstein, das sei eine Finanzfrage und folglich *seine* Domäne. Als er im Bildungsverein Vorträge über den Friedensvertrag veranstalten wollte, behauptete der sozialpolitische Kollege, das müsse mit dem Betriebsrat besprochen werden, und dafür sei *er* zuständig. Als er Läden für neue Konsumfilialen mieten wollte, hieß es, das sei eine juristische Frage. Als er sich um die Beheizung der Badeanstalten kümmern wollte, meldete der Techniker Neufeind seine Ansprüche an. Kein Gegenstand war zu winzig, als daß sich die angeblich überlasteten Herren nicht hätten damit befassen können. Der kaufmännische Direktor behielt sich den Verkauf alter Zeitungen vor, die in einem Lesesaal ausgelegen hatten, und Wackerlein wollte als Personalchef durchaus in das Engagement eines energischen Konsumleiters hineinreden, das sich infolge verschiedener Vorkommnisse als notwendig herausgestellt hatte.

Im Werkskonsum war man mit den Kunden niemals liebenswürdig verfahren. Als Objekte der Wohlfahrt wurden sie schlecht und recht abgefertigt. Seit dem Krieg war zwar dank der Preistreiberei und dem Verteilungssystem allenthalben ein unverschämter Geschäftston eingerissen, aber der Werkskonsum, in dem man es schon als Beleidigung aufzufassen schien, daß überhaupt ein Käufer die Ruhe des Personals zu stören wagte, hatte kaum seinesgleichen. Es lag wohl daran, daß die Verkäuferinnen, die überall sonst nach Tarif entlohnt wurden und auch noch mit einem halben Prozent an ihrem eigenen Tagesumsatz beteiligt waren, hier noch willkürliche Bezüge hatten – doch was fragt der Käufer nach solchen Ursachen, wenn ihm ein Packen Schuhe einfach vor die Füße geworfen wird mit der Aufforderung, sich die passenden selbst auszusuchen? Er ist böse auf die Verkäuferin, die mittlerweile den Freundinnen im Lagerraum ihren Freund beschreibt.

Solange dergleichen in Lokalitäten geschah, in denen keine Direktors- und Prokuristengattinnen Einkäufe machten, war alles gut. Als jedoch auch hier die Aufmerksamkeit nachzulassen begann und (sei es aus Gleichgültigkeit, sei es aus klassenkämpferischer Gesinnung) das System der bevorzugten Bedienung ins Wanken geriet, war es klar, daß etwas dagegen geschehen müsse. Ein Vorfall, der sich eines Mittags in einer Manufakturwaren-Verkaufsstelle der westlichen Villenstadt zutrug, schlug dem Faß den Boden aus, und es muß leider gesagt werden, daß ein Mädchen namens Paula Griguszies, welches erst kürzlich durch Vermittlung des zweiten Betriebsratsvorsitzenden Adam Griguszies hier angenommen worden war, die Schuldige gewesen ist.

Der Konsum schließt mittags um zwölf, es ist fünf Minuten vor. Paula Griguszies räumt ein paar Reste von der Theke und geht nebenan ins Zimmer, um sich ein bißchen zu frisieren. Sie ist nie sehr bei der Sache, sie will sich hier nur noch ein wenig Aussteuer verdienen. Tags vorher hat sie sich einen Bubikopf schneiden lassen – «es steht mich doch reizend, ich habe gewonnen dadurch, nich?» fragt sie das andere Mädchen, während sie sich im Spiegel betrachtet, «mein Bruder hat gemeint, mein Verehrer täte ein Gesicht darüber schneiden, weil er im Deutschnationalen Handlungsgehilfenverband is, dort täten sie sagen, ein deutsches Mädel müßte lange Haare und kurzen Verstand haben, ich habe bloß gelacht, weißt du, mein Verehrer is nämlich gar nicht so». Mit einemmal dreht sie sich um und wirft einen Blick zur Tür hinaus in den Laden, da steht eine altfränkisch gekleidete Frau mit einem Rock bis auf die Zehenspitzen, und über dem Haarknoten schaukelt ein Federhut. Das Zeug, das sie anhat, scheint nicht billig gewesen zu sein, aber was nützt das; wenn es unmodern ist, sieht es doch nicht fein aus, und wer heutzutage unmodern gekleidet ist, hat eben kein Geld, sich Modernes zu kaufen. So blitzschnell klassifiziert Paula diese Frau; es ist also nicht viel dran, man braucht sich ihretwegen nicht zu inkommodieren, um fünf Minuten vor zwölf schon gar nicht, und Paula sagt ganz ungeniert laut zu dem anderen Mädchen: «Du, geh mal raus, da is noch so 'ne Ollsche gekommen.»

Das Mädchen schlappst widerwillig hinaus, die Frau verlangt ein Paar schwarzwollene Damenstrümpfe. Schwarzwollene Damenstrümpfe? Die liegen oben im letzten Fach, um fünf Minuten vor zwölf kann man keine Leiter mehr holen. Deshalb sagt das Mädchen kalt: «Die haben wir nicht, so was trägt man nicht mehr.» Die Frau sagt «Danke» und geht. Das Mädchen blickt ihr nach, die hat sie doch schon irgendwo gesehen.

«Du, die kommt mich so bekannt vor», sagt sie zu Paula.

Paula ist schon in ihren neuen Gabardinemantel geschlüpft und erwidert sorglos: «Gott ja, die wird wohl schon öfters hiergewesen sein.»

«Nee», beharrte das Mädchen, «ich muß sie mal auf ein Bild gesehen haben.»

«Nu, vielleicht war's die Kaiserin», lacht Paula.

Gegen Abend wird sie vor den Abteilungsvorsteher zitiert. Sie erfährt, daß die alte Frau keine «Ollsche» gewesen ist, sondern eine wirklich große und noch immer große Dame, nämlich Frau Ella. Aufgeregt erzählt sie es ihrem Bruder, man weiß noch nicht, was nachkommen wird. Adam ist wütend.

«Grad erst habe ich dich die Stelle besorgt, man mault sowieso drüber, ich hätte schon Beziehungen, das wäre die Art, wie das Kapital seine Feinde so langsam kauft, das schleichende Korruptionsgift wär das . . .»

«Hab dich doch nicht so, Mann, dich mit dein Radikalismus müßt es doch recht sein, wenn man gegen ein Burschwa respektlos is!»

«Das hat da gar nichts mit zu tun, in dem Augenblick war die Ollsche kein Burschwa, sondern ein Geschäftskunde, Angestelltendisziplin muß auch im sozialistischen Staat sein, grad so gut hätt's eine Arbeiterfrau sein können, dann hätt'st du sie genauso verächtlich behandelt!»

Aber der Zank war überflüssig. Frau Ella, der aus ihren alten patriarchalischen Zeiten das Wort «Ollsche» noch vertraut im Ohr klang, war darüber gar nicht so entsetzt gewesen. Nur über die Art der Bedienung hatte sie sich beschwert, und seltsamerweise mit dem Argument des Adam Griguszies: es hätte ja auch eine Arbeiterfrau sein können. Wie man sie, Frau Ella, behandle, sei ihr gleichgültig; aber daß die Rischianerinnen einer solchen Behandlung ausgesetzt seien, das wolle sie nicht. Sie wolle auch nicht, daß ein einzelnes Mädchen deswegen bestraft werde – nein. Von oben herunter müsse Remedur geschaffen werden.

So wurde Paula nicht entlassen und statt dessen ein Chef aus einem Berliner Warenhaus engagiert, ein propagandistisches Talent und ein durchgreifender kaufmännischer Geist mit neuzeitlichen Ansichten über Kundenwerbung.

Es wurde viel gekauft. Die meisten kauften aus gedankenloser Begierde, denn die Lust, Waren zu erwerben, war groß nach all der Entberhung, und die Lockung der Schaufenster unwiderstehlich nach der langen Zeit der leeren Geschäfte. Einige kauften auch schon mit Berechnung, weil sie die Wertlosigkeit der prahlerischen Geldnoten einsahen und in die Realität der SACHWERTE zu flüchten gedachten, aber die Masse des Volkes vertraute noch immer auf die Ziffern, welche die Geldscheine vorspiegelten, ja sie trug davon noch auf die Sparkasse, und viele hungerten freiwillig weiter, weil sie das Hungern einmal gewohnt waren, und legten möglichst viel «auf die hohe Kante» und rechneten sich aus, wie mühelos sie in einiger Zeit zu Millionären würden, einmal müßten die alten Geldverhältnisse ja wiederkehren, und dann könnten sie sich mit ihren Guthaben zur Ruhe setzen. Andere machten zu Papier, was sie noch an Gold und Silber hatten, und glaubten in ihrer Verblendung, unwahrscheinlich hohe Werte dafür einzuheimsen. Zwiefach wurden sie betrogen: von der Notenpresse und von den Aufkäufern, die den Publikumskurs niedrig hielten und sich in Holland hohe Guldenkonten anlegten. Im übrigen machte niemand sich viel Gedanken, solange nur in Abständen die Löhne hinaufgingen (man nannte es eben immer noch «hinauf», obwohl man längst hätte gewitzigt sein sollen).

Man störte sich nicht daran, daß die Reparationsforderung jetzt auf 226 Milliarden gestiegen war, das brauchte man ja nicht zu zahlen, man besaß doch nichts, da mußten mal die Schieber und Kriegsgewinnler bluten. Adam Griguszies wurde ausgelacht, als er fragte, ob sie denn immer noch nicht gelernt hätten, daß alles auf die Schultern der ARBEITENDEN MASSEN abgewälzt werde. Former Fries, erster Betriebsratsvorsitzender, machte dagegen geltend, daß die Genossen in der Regierung dies zu verhindern wüßten, aber wenn es so weitergehe mit dem Siegerwahnsinn der Entente, dann hätten Arbeiter wie ein Mann hinter die Industriellen zu treten und zu rufen: «Hände weg von unsern Arbeitsstätten!»

«Und wer», fragte Adam, «wer is schuld, daß die Franzosen uns jetzt auf 'n Kopp tanzen können? Keiner wie die, die halb Frankreich fressen wollten, falls sie den Krieg gewonnen hätten, und außerdem die Sozialdemokraten, die ihre Begeisterung und ihre Habgier mitgemacht haben.»

Aber weder der eine noch der andere hatte viel Zuhörer, man hatte andere Sorgen, man lebte darüber hinweg, das war höchstens ein Problem für diskutierende Gewerkschaftssekretäre, die vor sich selber ihren Verstand zeigen wollten, und für die Industriellen, die von Berufs und Gesetzes wegen für andere zu denken hatten.

Diese tagten jetzt häufig in der Villa, welche die Union einem Geheimen Medizinalrat abgekauft hatte; sie war so reich verziert, daß sie aus allen Steinen zu bluten schien. Der Staatssekretär a. D. lud die Presse zu Empfangsabenden ein und bewies in kraftvollen Verlautbarungen Einigkeit nach außen hin. Hinter dieser schönen Kulisse entzweiten die Industriellen sich mehr und mehr über dem Reparationsproblem, das als solches anzuerkennen sie sich so lange gesträubt hatten. General von Grußenbaum war immer in Berlin. Faulstich veröffentlichte lange Artikel. Wirtz riet dem Außenminister, die Forderungen abzulehnen. Geheimrat Püschel vom Reichsverband schüttelte den Kopf: das sei keine Art, sich mit Gläubigern auseinanderzusetzen. Schellhase junior verbat sich diese Redeweise, hier gebe es keine Gläubiger und Schuldner, sondern nur Shylocks auf der einen Seite und Tributpflichtige auf der anderen.

«Da wir ohne Entrichtung des Tributs nicht vor der Welt davonkommen werden, haben wir eine geeignete Form zu finden», sagte Püschel. «Es war ein Fehler der Regierung, daß sie die Sache immer an sich herankommen ließ, statt selbst die Initiative zu ergreifen.»

Wirtz hörte aufmerksam zu. Es schien ihm richtig, sich auf Püschels Seite zu stellen. Es war eine Gelegenheit, sich seiner gegen Kropf zu versichern. Vielleicht war Püschels Weg auch tatsächlich klüger. Er überlegte, wie er die Schwenkung vollziehen könne.

Der Freiherr wandte gerade ein, die Regierung habe doch ein klares Angebot gemacht.

«Gewiß, fünfzig Milliarden, nachdem schon zweihundertsechsundzwanzig gefordert waren. So etwas geht natürlich nicht.»

Kropf verlangte sofortigen Abbruch aller Verhandlungen – das bestärkte Wirtz in seinen Absichten. Krogoll sagte, er glaube immer noch, daß das Ganze nur ein Bluff der alliierten Staatsmänner sei, um ihren Völkern, die sich mit *«Le Boche payera tout»* getröstet hätten, Sand in die Augen zu streuen, der beste Beweis dafür sei das haltlose Schwanken der geforderten Summe. Desto mehr verspreche er sich von einer internationalen Finanzkonferenz; man müsse die Bankiers voranlassen, um erst einmal das finanzielle Gleichgewicht herzustellen. Aber Hugo Mehren erklärte, so sehr diese Ansicht ihn ehre, so müsse er doch sagen, daß es mit theoretischen Gutachten, die in die Aktenkammern wanderten, nicht getan sei, wo es sich um eine konkrete Notwendigkeit handle.

Ja, nickte Wirtz, und die sei eben, Reparationen zu leisten, ohne sie zu zahlen.

«Und dafür demütigen und erniedrigen Sie sich!»

«Bismarck, Herr Schellhase, hat gesagt: wo ich sitze, ist immer oben ... Übrigens ist es weniger schlimm, wenn ich mich demütige, als wenn das Vaterland gedemütigt wird ... Die Situationen ändern sich ... Man will unseren guten Willen sehen. Nun gut ... Der englische Admiral Sir John Fisher hat auf der ersten Haager Konferenz über die Kriegführung gesagt: Als Vertreter Ihrer Britischen Majestät werde ich alle Verbote unterzeichnen, die man unterzeichnet haben will, aber als Führer der englischen Flotte werde ich im Kriegsfalle mit allen sich bietenden Mitteln den Sieg zu erringen suchen ... Wissen Sie, wer mich daran erinnert hat? Ausgerechnet der Marquis ... Die wirtschaftlich Denkenden verstehen sich zuletzt über alle Abgründe hinweg, sie haben zwar verschiedene Arten zu sprechen, aber nur eine Sprache in der ganzen Welt ... Der humane Gedanke wird heute selbst bei der Raubtierdressur zur Anwendung gebracht ... Warum soll man, wie mit dem Säbel, nicht auch mit der Friedenspalme rasseln können? Treiben wir also eine ERFÜLLUNGSPOLITIK, wie sollten wir schließlich sonst beweisen können, daß die Erfüllung unmöglich ist? Nehmen wir das letzte Ultimatum mit 132 Milliarden und sechsundzwanzig vom Hundert der Ausfuhr an und überlassen wir das weitere der Entwicklung ...»

«Hm», sagte Krogoll, «vielleicht bieten wir der Regierung einen Kredit der Industrie zu Reparationszwecken an?»

«Dieses Kreditangebot ist ein Angebot derjenigen, die selbst keinen Kredit haben!» rief Kropf, und während Krogoll entgegnete: «Aber es wird einen guten Eindruck machen ...» verließ er mit Schellhase junior unter Protest das Beratungszimmer.

Das ist ein sturer Kopf, dachte Wirtz, er merkt nichts, er merkt nichts, er nimmt alles für bare Münze.

Püschel sagte: «Inzwischen müssen wir den gesunden Wirtschaftsverstand der Engländer und Amerikaner mobilisieren. Kleinigkeit – bei meinen Beziehungen.»

Zwölftes Kapitel

Der Dollar notierte 271, als Otto Wittkamp in Paula drang: er wolle heiraten. Sie fragte: «Bei der unsicheren Zeit?» Er sah sie sonderbar an. «Ach so», sagte sie. «Aber das kannst du doch auch so haben, was willst du noch mehr?»

«Ja, ich will es aber nicht immer so flüchtig und heimlich haben, und dann soll doch auch nichts passieren, jetzt kann man so was nicht gebrauchen, wo man kaum für sich selber sorgen kann.»

«Siehst du. Also viel weniger für zwei.»

«So mein ich das nicht.»

«Laß man. Und was das andre anbelangt, keine Bange, ich habe Lehrgeld gegeben, mein Rezept ist sicher. Gott, wenn ich an die dummen Weiber in die Kolonie denke, die immer schwarzen Kaffee trinken und glauben, davon geht's weg.»

«Laß uns wenigstens Möbel kaufen, die können ja auf Lager bleiben.»

«Gut, machen wir.»

Sie legten zusammen und zahlten ein Viertel an, Küche und Schlafzimmer. Die Küche hieß beim Möbelhändler «Elfriede» und das Schlafzimmer «Ruth».

Paula war oft bei der Kestermannschen, die den kleinen Jungen hatte. Bald zwei Jahre war er jetzt alt. Paula hielt ihn auf dem Schoß und dachte viel und dachte auch wieder nichts. Es kamen viele Leute zu der Kestermannschen, auch ehemalige Munitionsarbeiterinnen, die Paula kannte, und alle sagten «Bruder» und «Schwester», wenn sie einander anredeten. Sie waren aus der Landeskirche ausgetreten und verabscheuten die Pfarrer, die sie «Lohnprediger» schalten; dafür sprachen sie viel von der Wiederkunft Christi, von Aposteln und Hirten und Zungenreden, und die Kestermannsche, die sonst keineswegs freigebig, ja fast hartherzig und duckmäuserisch war, wurde in dieser Gesellschaft ein gutes Seelchen und beschenkte ihre Gäste mit Blumensträußen. Sie hatte ein Harmonium in der Stube und einen Vierfarbendruck nach Gebhardts Gemälde von der Himmelfahrt Christi und setzte ihren Ehrgeiz darein, Paula Griguszies zu bekehren, denn dies war, wie sie sagte, ihre Pflicht als Mitglied der apostolischen Gemeinde.

Schließlich willigte Paula ein, sie einmal zum Gottesdienst zu begleiten. Es war ein verschleierter Oktobersonntag, eine Säule weißlichen

Schimmers und der Duft ausgeglühter Früchte standen über der Erde. Sie mußten eine Anlage durchqueren, der Wind war in den Bäumen, aber seine Leidenschaft war hin, zittrig fuhr er in das gelöste Haar der Trauerweiden und tauchte es in das müde Wasser des Teiches. Dann kamen sie durch ein paar Straßen, ausdruckslose Straßen mit zweistökkigen Kleinstadthäusern aus den siebziger Jahren, nun eine Lichtung mit halb abgeernteten Schrebergärten. In der Nähe erblickten sie acht Zechen. Den Rain hinab lief ein Pfad zwischen Sonnenblumen und Margeritengesichtern hindurch, was für große, wissende, verlangende Augen die hatten! Eine Hummel saugte an den süßen Eutern der Trichterwinde, Paula scheuchte sie auf, da summte sie böse. Der Pfad lief weiter, an verwahrlosten Höfen vorbei, die von den Zechen aufgekauft und wieder verpachtet waren, manchmal sogar an die vormaligen Besitzer. Das gebräunte Gras war naß und voll schmierigem Ruß, auf den Wäscheleinen hingen blaue Hosen und Blusen. Auf einer Halde balgten sich alte Leute und barfüßige Kinder um Kohlenbrocken, eine Gänseherde schnatterte in einem grünen Tümpel, unter einem Apfelbaum war mit drei Tischen und einer Kinderschaukel eine Gartenwirtschaft errichtet. Trübe Dünste lagerten in Schichten. Das rauchte, stank und ätzte. Eine neue Straße kam, die Anmarschstraße von vielen tausend Bergleuten, in der Frühe des Sonntags leer, schwarz und fettig. Eine Straßenbahn bimmelte, als wolle sie die Einöde verscheuchen. An der Böschung lag verbrauchter Hausrat, Kommißstiefel, Schnurrbartbinden, bronzierte Engelsköpfe, verwanzte Matratzen.

«Sieh mal da, das Bergmannsklavier», sagte Paula und stocherte mit dem Fuß an einer Ziehharmonika herum, die mitten im Weg lag, «sieht noch ganz gut aus.»

«Wird ein Besoffener verloren haben, komm, wir müssen uns eilen.»

Hoch oben stand die Sonne, sie schien durch ein berußtes Glas. Auf der anderen Straßenseite war eine lange Zechenmauer, die hellen Schnittflächen der aufgestapelten Grubenhölzer glänzten dahinter wie Flaschenböden. Nun mußten sie über einen freien Platz mit kargem Baumbestand, zertretenem Gesträuch, Sandhaufen und vielen Bänken. Alles krabbelte voll Kindern. «Hier hat auch der Teufel seinen Sack ausgeleert», sagte Paula. Invaliden und Pensionäre, die sogar sonntags früh aufstanden, weil sie nicht mehr schlafen konnten und an diesem Tag, an dem alles daheim war, der Hölle des Hauses entfliehen wollten, saßen auf den Bänken herum. Hier gab es keine Absonderung, auch das Ausruhen war Massenschicksal, man saß eng aufeinander, kein Luftraum lag zwischen den Bänken. Diese Erholung in der freien Natur war Ausdünstung, weiter nichts. Es waren friedfertige Menschen, die hier saßen, sie kannten sich alle, seit Jahren erzählten sie sich dieselben Geschichten. Alle waren sie gezeichnet mit der graugelben Gesichtsfarbe der Bergleute und den blauen Pünktchen auf der von Schweiß und Kohlenstaub zerstörten Haut.

Plötzlich ein Hügel mit einer uralten, zutraulichen Kirche. Paula dachte, die Geheimnisse ihrer Beichtkinder müßten da drinnen in dem welken Gemäuer gut aufgehoben sein. Die Straße fiel, wieder eine Kirche, neu und drohend wie eine Festung oder wie ein Hauptverwaltungsgebäude. Paulas Auge lief durch eine schräge Gasse hindurch, sie war eng und dunkel, und die Häuser waren wohl seit zehn Jahren ohne Anstrich; am Ende der Gasse stand ein Betonkoloß, Paula mußte stehenbleiben und das Auge immer langsam an der riesigen, glatten weißen Wand auf und ab wandern lassen. Sie dachte darüber nach, wie wenig sie eigentlich von der Stadt und dem Revier kannte; die Kolonie «Flammende Scholle», ein Stück von der Risch-Zanderschen Fabrik, ein paar Geschäfte und Anlagen und die Ausflugslokale am Fluß, das war alles, und jedes dieser Dinge hatte in ihren Augen für sich bestanden. Jetzt erst fing sie an, sie miteinander in Verbindung zu bringen und in eine einzige Landschaft einzureihen.

«Was ist das für ein Betonklotz?» fragte sie die Kestermannsche. «Ist das ein Schlachthaus oder ein Zuchthaus?»

Die Kestermannsche, die diesen Weg oft machte, rannte weiter: «Das ist die neue Kokerei von Risch-Zander.»

Ach so, ja, Adam hatte davon erzählt, das war also Schacht III von «Glücklicher Morgenstern». Komisch, so hing also dieses Kohlenfeld zusammen, nachtschwarze Gänge tief unter der Stadt hindurch. Ja – und da war nun diese Gasse verschlossen, die Bewohner konnten nicht entrinnen, es blieb nur die Zuflucht in die Kirche, die sie im Rücken hatten.

«Das sieht ja aus, wie's in die Illustrierte immer von Amerika steht.»

«Ja, ja, komm nur, komm, ist höchste Zeit.»

Sie gerieten jetzt in viele Trupps eiliger Leute hinein, alles Kirchgänger und Sektierer, Apostolische, Adventisten, Baptisten, Bibelforscher. An Toreinfahrten klebten kleine Zettel, da waren die Versammlungslokale. Die Mystik stieg, wie der Dollar stieg. Die Apostolischen hatten einen Saal im Hof eines Grünkramhändlers, die Einfahrt lag voll Papier, nebenan war der Stall, eine Handkarre mit Obst stand da, es roch nach Pferdemist und gärenden Birnen. Aus dem Saal kam inbrünstiger Gesang, es hatte also schon angefangen. Rasch schlüpften sie durch einen Türspalt hinein in die letzte Bank, niemand beachtete sie, diese Versunkenheit übertraf die Andacht in einer Kirche. Paula blickte herum, es waren sicher ebenso viele Männer wie Frauen da, fast alle aus dem Arbeiterstand; sie dachte flüchtig an die Männer in ihrer Kolonie, nun ja, die meisten waren tranig und weibisch und redselig, schlimmer als Waschweiber. Die Kestermannsche schlug ihr Gesangbuch auf und legte kräftig los. Die Wände waren weiß getüncht und ohne Schmuck, die Bänke ansteigend, es war wie in einer Schule, Schule des Glaubens, dachte Paula und wurde immer ungläubiger.

Als der Gesang aufgehört hatte, bestieg ein Mann den Katheder, ein Mann mit Bratenrock, weißer Chemisette, altertümlichem Umlegekragen und runden Manschetten, die er während seiner Predigt ständig zurückstreifte, weil sie immer wieder bis über den Handballen vorrollten. Er sprach in einem trockenen Berichtston, von menschlichen Sympathien oder Antipathien gleich weit entfernt; seine eintönige, niemals erhobene Stimme schläferte Paula. Sie verstand nur, daß jedes Haus eine Vordertür und eine Hintertür habe, so auch das Herz des Menschen, und wenn ein Bösewicht Christum durch die Vordertür hinauswerfe, so schleiche er sich durch die Hintertür wieder ein. Paula schaute zu der Kestermannschen hinüber und flüsterte: «Das ist doch dasselbe, was die Pfarrer sagen.»

Die Kestermannsche hatte die Brille auf der Nase, sah sie oben drüberweg unwirsch an und gab zurück: «Das ist doch gerade der Unterschied, bei uns kann es jedermann sagen – da hörst du», und sie deutete mit dem Kopf zur Seite, wo plötzlich ein alter Mann mit einer weinerlichen, aber schneidenden Stimme den Redestrom des Predigers zerriß.

«Der Geist ist über ihn gekommen», erklärte die Kestermannsche.

«Oh, du Tochter Jerusalem, was soll aus dir werden», weinte der Greis, «was soll aus dir werden, oh, du Tochter Jerusalem!»

Das möchte ich auch wissen, dachte Paula nicht gerade gottesfürchtig, aber im nämlichen Augenblick fingen vier Frauen auf einmal zu reden an – sie sah scharf hin, abgehärmte Frauen waren es mit schmalem Mund und tiefen tuberkulösen Gruben hinter den Ohren; man hätte nicht geglaubt, daß sie bis drei zählen könnten, und hier hatten sie ein helles Pathos und setzten ungewohnte Worte zierlich und geläufig. So ging das fort, ein anderer bestieg den Katheder, andere redeten mit prophetischen Zungen, dieser Gottesdienst wollte kein Ende nehmen. Die Luft roch nach Schimmel, irgendwo mußte eine feuchte Wand sein, dieser Saal war eine nahrhafte Weide für Tuberkeln und Grippebazillen. Paula wurde übel, sie schlängelte sich hinaus und wartete draußen das Ende ab. Die Kestermannsche wußte, daß sie für die Bekehrung verloren war, wechselte sofort den Ton und wurde einsilbig und hochfahrend.

Die Mystik stieg, wie der Dollar stieg. Wie, hatte Deutschland keine Zeit, kein Geld und keine Kraft mehr für anderes als den Kampf um das tägliche Brot? Wenn unser Kampf um das Brot so furchtbar ist, behaupteten die Propheten, dann brauchen wir eben etwas mehr als dieses Brot, um bei Kräften zu bleiben, denn wenn die Herzen blutleer sind, nützen auch volle Schüsseln dem Magen nichts. Die Rischianer hatten wenigstens ihren Bildungsverein, dessen Kunstabende jetzt immer überfüllt waren, weil sie (so wurde verkündet) dem Erwerb eines tieferen Verständnisses für alles Schöne dienten und der Erholung nach des Tages Last und Häßlichkeit; ihr Ziel war «das gesteigerte Lebensgefühl, ein Mehr an Lebensfreude und Lebensbejahung.»

Dort begegnete Paula der Witwe Thomeszat. Sie entsann sich sofort des Eisenbahners, den diese gehabt hatte, und war neugierig: «Na, was ist daraus geworden?»

«Mein Mann is daraus geworden», antwortete die Witwe Thomeszat. «Er war doch auch Witwer.»

«Ach?»

«Ja, er hatte eine Dienstwohnung an die Zandershöher Strecke, hör du, ich muß dich das vorlesen.»

Damit öffnete sie ihre Handtasche, die einen Kamm, ein Taschentuch, eine Geldscheinmappe, einen Bodensatz Brotkrumen, vier alte Straßenbahnfahrscheine, zwei Knöpfe, ein Schlüsselbund, einen angebissenen Riegel Schokolade, ein zerlesenes Traktätchen und mehrere Warenhauszettel enthielt, und nachdem sie das alles mit einer unnötigen Hast um und um gewendet hatte, zog sie ein bröckliges Papier hervor und entfaltete es.

«Hier hab ich's: daß die Person – das bin ich, verstehste, die Person – nach einem in nicht mehr völlig aufklärbarer Gesellschaft unternommenen Sonntagsausflug an einem im Flußtal belegenen, mittels Eisenbahn erreichbaren Ort den letzten fahrplanmäßigen Zug versäumte und von dem Streckenwärter angeblich aus Mitleid das Angebot erhielt, in seiner Dienstwohnung zu übernachten. – Das is nämlich das amtliche Protokoll über unsere Liebesnacht, da mußte er also von die Bahn weg, und nachm Umsturz konnte er bei Risch-Zander ankommen, da haben wir gleich geheiratet. Schöner Steckbrief, das hier, wat?»

«Wo hast du denn den Wisch her?»

«Och, den haben sie beim Putsch aus die Eisenbahndirektion geklaut, da lagen ja die Akten nur so rum. 'n Schlosser namens Walkowiak hat 'ne ganze Menge solcher Dinger gefunden und an die, wo's angeht, verkauft. Wir haben fuffzig Mark für gegeben, 's is doch 'n Andenken.»

«Walkowiak? Walkowiak? Is das der, wo im Arbeiter- und Soldatenrat war?»

«Klar, der wo nachher gebrummt hat. Beim Putsch sollen sie ihn befreit haben, und jetzt is er, glaub ich, amnestiert. Aber du, mein Mann is so häuslich, der trinkt und raucht nich mehr, du mußt uns mal besuchen, Grusonstraße sechzehn wohnen wir, in meiner alten Wohnung, selbstredend, wir wollen mal sehen, vielleicht kaufen wir das Haus. Du, noch 'ne Neuigkeit. Ich bin bei die Jünger des Heiligen Amtes.»

«Bist du plemplem, was ist das denn?»

Frau Aldenhövel, verwitwete Thomeszat, tat beleidigt. «Wir haben die Kraft, Kranke zu heilen, wir müssen jeden Mittwoch ins städtische Krankenhaus beten.»

«Darf ich da mal mit?»

«Du bist noch nicht geweiht, komm heut abend mit zum Meister.»

«Ich komme, klar, den Hokuspokus will ich sehn.»

Der Meister der Jünger des Heiligen Amtes wohnte im dritten Stock eines Hauses, das unten eine Gold- und Silberankaufstelle und im ersten Stock eine Tanzbar beherbergte. Böse Zungen sagten, daß er auch der Besitzer dieser weltlichen Lokale sei und von diesen Einkünften den Luxus seiner Heiligkeit bestreite. Die Wohnung war dick voll orientalischer Teppiche, man lagerte sich darauf, Stühle gab es nicht, eine Art Absinth wurde in grünen Schalen gereicht. Paula nippte nur daran, dennoch drehte sich nach einiger Zeit alles mit ihr herum. Es waren nur Frauen da, sie umschlangen und küßten den Meister, der sich ihrer kaum erwehren konnte. Pfui, wie unappetitlich, dachte Paula, haben die denn alle den Samenkoller? Als nach einer Weile der Meister einwilligte, an ihr die Weihe zu vollziehen, und sie aufforderte, sich zu entkleiden, schwindelte ihr.

«Wie soll ich die Reinheit deines Herzens sehen können, wenn ich dich nicht so, wie Gott dich erschaffen hat, prüfen kann?» rief er salbungsvoll, ergriff ihren Rock, warf ihr ihn über den Kopf, es war das Werk einer Sekunde, die Frauen hielten sie fest und schrien schrecklich: «Das ist der böse Geist, der böse Geist sitzt noch in ihr, treib ihn aus, Meister, treib ihn aus!» Paula stand schon im Hemd, der Meister drückte einen mitleidigen Kuß auf ihre Stirn, während er ihr über Brust und Schenkel strich – verflucht, hatte sie denn keinen Willen mehr? War das nicht die Witwe Thomeszat, die ihr das Hemd auszog? Stieg da nicht ein blauer betäubender Rauch aus einer Vase? Sie war ganz benommen.

«Sie schämt sich noch, sie schämt sich noch, der böse Geist ist noch in ihr», schrien die Weiber, und der Meister sprach: «Weiche, Scham, aus diesem Körper, erkenne dich selbst und gewinne die Wunderkraft im Gebet!» Er fiel vor ihr nieder und schien zu beten, alle schienen zu beten. Paula stand nackt und frei und rührte sich nicht. Das bläuliche Licht des Rauches stach ihr in die Augen. Mechanisch dachte sie: ich muß stillhalten, damit ich wieder zu meinen Kleidern komme.

Nun erhob der Meister sich, alle erhoben sich und umstanden sie im Kreis. Eine nach der anderen trat heran, jede legte ihr ein Kleidungsstück um, der Meister selbst das Hemd, da machten wieder seine ekligen, feuchten Finger Abdrücke in ihre Haut. Sie schüttelte sich wie ein Huhn, das eben der Hahn verlassen hat. Endlich sagte er: «Du bist geweiht zum Dienst einer Jüngerin des Heiligen Amtes und sollst hinfort den Namen Virginia tragen.»

Frau Aldenhövel, verwitwete Thomeszat, belehrte sie, daß jede Jüngerin einen besonderen Namen habe und sie selbst Amanda heiße. «Seid kommenden Mittwoch gerüstet», mahnte der Meister noch, dann brachen sie auf.

Als Paula die bittersüße Nachtluft um die Schläfen spürte, war sie belustigt. Das Abenteuer muß ich ganz auskosten, dachte sie, das ist mir ja ein schöner Heiliger.

Zwanzig Jüngerinnen stehen vor der Pforte des Krankenhauses und begehren Einlaß. Der Pförtner aber ist durch die früheren Besuche der Gesundbeterinnen vorbereitet und hält das Tor verschlossen. Die Frauen werfen sich zur Erde und murmeln Gebete, Paula Griguszies wirft sich gleichfalls hin, um nicht aufzufallen. Der Pförtner steht hinter dem Tor und lacht. Jetzt springen die Frauen auf, schwingen die Regenschirme über ihren Köpfen und rennen dreimal gegen das Tor an, indem sie rufen: «Wir sind die Kraft Gottes! Wir sind die Kraft Gottes! Wir sind die Kraft Gottes!» Der Pförtner beruhigt sie: «Na, dann geht mal heim und kocht eure Männer wat zu Mittag und paßt auf, daß eure Blagen nicht verlausen, dat is gescheiter», doch das Lachen vergeht ihm, als ihm ein Stein an den Kopf fliegt. Das sind keine Frauen mehr, das sind Besessene, das sind Hexen. Der Meister jedoch ist wohlweislich in seinem Teppichgemach geblieben.

Paula drückt sich zur Seite hinter einen Baum, das sieht hier nicht geheuer aus. Auf der Straße sammeln sich Menschen an. Die Frauen raffen ihre Röcke hoch und machen sich zum Sturm bereit, die ahnungslose Menge auf der Straße johlt, sie ist immer auf der Seite derjenigen, die an eine versperrte Tür pochen. Einige klettern über das Gitter, entreißen dem Pförtner den Schlüssel und öffnen, herein bricht wie eine wandernde Mauer die Schar der Jüngerinnen des Heiligen Amtes, schwirrt durch die Gänge, verteilt sich dahin und dorthin, reißt die Türen zu den Krankenzimmern auf, auf jeder Schwelle hockt mit irren, rollenden Augen eine Frau und betet irre, rollende Worte. Die Schwestern flüchten entsetzt, vergeblich intervenieren die Ärzte, der Pförtner alarmiert die Polizei.

Das Präsidium ist in der Nähe, sogleich saust eine Bereitschaft an und geht mit gefälltem Bajonett gegen die Menge vor. «Bluthunde!» und «Nieder!» wird gerufen. Paula steht klopfenden Herzens hinter dem Baum. Die Polizisten rennen in das Gebäude und ergreifen die Jüngerinnen, die sich mit beiden Händen an den Türpfosten anklammern und eher sterben wollen als weichen. «Wir sind von Gott gesandt, wir müssen ihm gehorchen!» Zureden hilft nichts, bei Kopf und Beinen werden sie gepackt und hinaus auf ein Lastauto geschleift, ein paar Schuhe und falsche Zöpfe gehen dabei verloren. «Ho, ho, der Wilhelm geht sitften!» grölt die Menge, die endlich weiß, worum es sich handelt. Das Auto fährt an, mit Märtyrerstolz knien darauf die Jüngerinnen hinter den grünen Röcken der Polizei, die Menge pfeift und tobt und verläuft sich nach und nach in angeregtem Geplauder.

Paula steht noch immer da, kalt am ganzen Körper. «Nu aber Schluß», sagt sie zuletzt laut zu sich selbst, «jetzt hab ich genug davon, jetzt blast mich an 'n Kopp, ins Kittchen will ich nu doch nicht.»

Auf Umwegen kam sie nach Hause. Virginia hätte ich heißen sollen, dachte sie noch einmal, ehe sie einschlief, und lachte. Sie schlief aber gut, und das Lachen war noch morgens auf ihren Lippen. Es hat mir nichts geschadet, dachte sie, mir schadet überhaupt nichts – wie sagt der Adam? Auf das Mädel ist Verlaß, sagt er, aber hiervon will ich ihm doch lieber nichts verraten.

Frau Aldenhövel, verwitwete Thomeszat, wurde mit den übrigen wegen Hausfriedensbruchs zu vierzehn Tagen Gefängnis verurteilt. Der Meister war unterdessen mit seinen Teppichen ins Ausland gereist.

Dreizehntes Kapitel

Otto Wittkamp, Paulas Bräutigam, hatte die dienstliche Obliegenheit, Zeitungsausschnitte im Archiv des Presse- und Propagandabüros der Risch-Zander AG zu registrieren.

Die Abteilung Propaganda kam einstweilen über den fortgesetzten Kollisionen mit der Tradition nicht zur Wirksamkeit. Angefangen von der Erwägung, ob es überhaupt vornehm sei, Waren anzupreisen, und ob eine zugkräftige Reklame nicht schon zu marktschreierisch sei, bis zur strengen Weisung, unter allen Umständen dezent zu bleiben, war es eine einzige lange Kette von Hindernissen. Jeder Entwurf des Büros mußte durch dreißig Hände von Ingenieuren, jeder traf mit autoritativer Geste auf, jeder stelzte wichtigtuerisch und prall von Sachkenntnis daher, und der Effekt war nach vielen sauren Wochen ein Inserat, dem man nichts entnehmen konnte, außer daß es ungemein teuer und ungemein schlecht sei.

Hingegen war es in der Abteilung Nachrichtendienst und Presse sehr lebendig. Sie war das andere Kalkulationsbüro des Unternehmens: das Kalkulationsbüro für die öffentliche Meinung. Sie säte Pressestimmen aus und fuhr Pressestimmen ein in die Scheuer der Archive: nicht zur Aufklärung war sie da, sondern zur Verschleierung. Durch ausgiebige Erörterung des Nebensächlichen hatte sie das Wesentliche dem Kreuzfeuer der Meinungen zu entrücken. Da sie nun einmal existierte, veröffentlichten die Redaktionen keine Mitteilungen über die Vorgänge im Werk, ohne vorher bei ihr anzufragen; andererseits wurde sie selbst über diese Vorgänge so wenig unterrichtet, war sie in ihren Auskünften so sehr auf den vorgeschriebenen Instanzenweg angewiesen, daß eindeutige Informationen nie zu erlangen waren. So blieb ihren Angestellten zwischen Pflicht und Verantwortung ein Schwebezustand, welcher ihnen gestattete, über das bloße Pflichtbewußtsein hinauszukommen, ohne ihnen zu erlauben, in ein höheres Verantwortungsbewußtsein hineinzuwachsen.

Das Pressebüro war aber nicht allein die Durchgangsstation vom Werk in die Welt, es war auch die Durchgangsstation von Ressort zu

Ressort. Man sagt es am leichtesten mit einem Vergleich aus der Chemie: im ersten Fall wirkte es als Filter, im zweiten als Katalysator. Im ersten Fall bezweckte es, möglichst viel aufzunehmen und möglichst wenig abzugeben. Im zweiten Fall diente es dazu, gewisse Aufbau- oder Zersetzungsprozesse innerhalb des Werkes zu beschleunigen. Es hielt die Fiktion vom Geschäftsgeheimnis, von der Spionagegefahr, von der Unwissenheit der Konkurrenz aufrecht. Es griff aber auch mittelbar in den Gang der Produktion, in die Buchhaltung, in die Finanzwirtschaft ein, indem es brüchige Positionen mit alarmierenden Statistiken und Gegenüberstellungen sturmreif machte.

Manchmal griff es sogar in die geistige und soziale Anschauung der Machthaber hinüber. Gewiß entstanden keine Erschütterungen, aber die Tatsache, daß die Direktoren in allem, was die Spiegelung der Wirtschaft in der Welt betraf, sich auf das Pressebüro verließen, konnte schon von einem Angestellten minderen Ranges (wie es zum Beispiel Otto Wittkamp war) ausgenutzt werden. Die Direktoren lasen nämlich keine Zeitungen, sondern ließen sich daraus Ausschnitte vorlegen, in deren Auswahl die Angestellten des Pressebüros ein zwar schwaches, doch dauerhaftes Mittel der Beeinflussung hatten. Sie machten schon aus Bosheit, wenn nicht aus Spekulation, gern Gebrauch davon, und die Vermutung, daß die Direktoren dies sehr genau wußten, ist nicht von der Hand zu weisen. Wenn sie nicht dagegen einschritten, so hatte es seinen Grund darin, daß sie schließlich keine subalternen Naturen waren, die nur dasaßen und abwarteten, bis eine Insubordination mit fristloser Entlassung geahndet werden könne. Sicher waren sie auch nicht weltmännisch und weitherzig; aber sie waren ein jovialer Mittelstand, der in allen Sachen, die nicht geradewegs das kapitalistische System untergruben, dem Laissez faire huldigte.

Der Pressechef selbst war zugleich Horchposten und Fachberater in der Stadtverordnetenversammlung und im Presbyterium der evangelischen Gemeinde. Ohne eine Spur journalistischer Begabung, niemals herausfordernd, niemals überlegen tuend, war er gut gelitten; er wußte, daß er nicht als ehemaliger Kollege auftreten durfte, der nunmehr Autorität erlangt hatte; er wußte, daß er am besten fahren werde, wenn er sich in allen Pressefragen als Laie hinstellte; er wußte, wovon sein Erfolg abhing, wußte, daß er nicht immer lügen durfte, sondern im geeigneten Augenblick auch einmal den Eindruck unbedingter Ehrlichkeit machen mußte. Mischung aus Zechkumpan, Magister und Philosoph, hielt er zwischen speckiger Glätte und geriebener Trockenheit eine verführerische Mitte. Depeschenbote und Befehlsempfänger in einer Person, Zwischenträger, Parolenschmied, Intimus, Stafettenläufer zwischen Konferenzen, Heimlichtuer, Werksgewissen, plapperndes Faktotum – so hatte er viel geschäftig zu sein und wenig zu arbeiten.

Er begann jeden zweiten Satz mit «Wenn ich reden dürfte» und «Wenn Sie wüßten, was ich weiß». Was seiner Überredungskunst nicht gelang, gelang seiner Spekulation auf Mitgefühl; er brachte es dahin, daß peinliche Fragen nur auf eine verklausulierte Art angeschnitten wurden, welche die schuldige Rücksicht sowohl auf die Unabhängigkeit der Presse wie auf die menschlich nahegerückte Person des Pressechefs wahrte. Er repräsentierte in Journalistenkreisen die Industrie, aber er galt trotzdem noch als ihr Angestellter, und die Zeitungsleute, welche die Industrie nicht schonen wollten, mußten doch die Angestellten schonen – hier wurde dieselbe Taktik verfolgt, die mittelalterliche Feldherren anwandten, indem sie vor ihren eigenen Reihen die Gefangenen hertrieben.

Der Tisch des Pressechefs war immer voll von Zeitungen, Aktendekkeln, nationalökonomischen Schriften und gelehrten Jahrbüchern. Obenauf lag gewöhnlich ein hektografiertes Blatt mit einem breiten Stempel: «Streng vertraulich! Nur zum Gebrauch innerhalb des Werkes!» Es lag so, daß der Blick des Besuchers unbedingt darauf fallen mußte. Meistens war es bloß eine Abschrift aus den jedermann zugänglichen Publikationen des Statistischen Reichsamtes, aber die Besucher waren Journalisten, die, auch wenn sie hundertmal davon überzeugt waren, daß vertrauliche Dinge nirgendwo in der Welt offen herumliegen, dem Magnetismus dieses Wortes verfallen blieben. Da saßen sie dann, unruhig, zerstreut, fortgesetzt mit dem Gedanken beschäftigt, wie sie an das vermeintliche Geheimdokument herankommen könnten; sie vergaßen darüber die bohrenden Fragen, die sie hatten stellen wollen, und die, wären sie gestellt worden, vom Pressechef zweifellos bis an die Grenze der Offenheit beantwortet worden wären. Unterdessen erhielten sie einen Überblick über die allgemeine wirtschaftliche Lage, den sie sich ebensogut aus ihren eigenen Zeitungen hätten verschaffen können, und der Pressechef schüttelte ihnen kameradschaftlich die Hand und sagte: «Wenn Sie wieder eine Auskunft brauchen, stehe ich zur Verfügung, aber lassen Sie, bitte, Ihre Kollegen nicht merken, daß ich Sie bevorzuge.»

Einmal im Jahr, drei Tage bevor der Geschäftsabschluß publiziert wurde, lud er die ortsansässigen Presseleute zum Diner in den «Grußenbaumschen Hof», wo sie zwischen Gänsebraten, Wein und Zigarren über die Risch-Zandersche Bilanz derart ihre *private* Meinung sagten, daß sie sich jede weitere Glosse in den Organen der *öffentlichen* Meinung schenken konnten.

Dies also war Wittkamps Vorgesetzter. Er saß in einem Raum, der durch Glaswände von einem schmalen, unförmig langen Saal abgeteilt war, und überwachte von hier aus seine Untergebenen, die vor ihm in einer schönen offenherzigen Gemeinschaft an vierzehn Tischen verteilt waren. Es war das dienstliche Leben aller Angestellten.

Fortwährend liefen Bewerbungsschreiben studierter Leute ein, beinahe allwöchentlich sprach irgendein blutjunger Mensch vor, der aussah wie ein Unterprimaner, dabei aber auf der Universität ein Kriegs-Notexamen gemacht hatte und eine Visitenkarte mit dem Schnörkel «Dr. rer. pol.» vor seinem Namen abgab. So groß war der Andrang von Volkswirtschaftlern, daß dieser Schnörkel täglich wertloser wurde, fast in schnellerem Tempo als das Geld, und alle diese Leute stammten aus verarmten Familien. Sie boten sich für eine Papiersumme an, die monatlich noch nicht vierzig Mark in Gold ausmachte, verzichteten freiwillig auf den Acht-Stunden-Tag und wirkten aus sozialer Not und menschlicher Unreife mit, den ganzen Angestelltenstand zu Boden zu drücken. Ihre theoretischen Kenntnisse waren gering, ihre praktischen Arbeiten blamabel. Neben Wittkamp saß einer von ihnen «aushilfsweise» (denn eine feste Anstellung wurde ihnen selten zuteil), der während der Dienstzeit Übersetzungen aus dem englischen *Economist* anfertigte und diese als seine Originalaufsätze an ein Lokalblatt verkaufte, welches sie mit der Einleitung «Unser Londoner Korrespondent berichtet» versah.

Scharenweise lungerten diese vorzeitig entlassenen Schüler auf dem Arbeitsmarkt herum, und noch war kein Ende des Zustroms abzusehen, denn die Wirtschaft, die früher nur an der Peripherie der romantischen Kaiser-Idylle «Deutsches Reich» geduldet worden war, wurde jetzt zum allmächtigen Götzenbild republikanischer Gläubigkeit. Das Pressebüro war überhäuft mit Gesuchen naiver, lebensfremder und willensschwacher Studenten, die nicht mehr aus und ein wußten und daher ihre Zuflucht zu einer nationalökonomischen Doktorarbeit nahmen, die sie in ihrer Bedrängnis auf den abgeweideten Äckern industrieller Archive zusammenzustoppeln gedachten. Vielen gelang zuletzt der Einbruch mit der Gewalt der Verzweiflung und der Protektion; sie setzten sich fest, klebten an, bildeten Zellen, fraßen um sich, bliesen sich selbstherrlich auf und standen endlich da mit dem geschwollenen Bauch einer triumphalen Wirtschaftsbürokratie. Geschäftsführer waren nicht mehr für die Organisationen da, sondern Organisationen für die Geschäftsführer: neue Ziele, neue Weltanschauungen, neue Arbeitsmethoden wurden erfunden, um Verbände dafür zu gründen, neue Verbände wurden gegründet, um neue Perspektiven für die Akademiker zu eröffnen, und all diese stinkende Betriebsamkeit wurde als amerikanischer Weg zum Erfolg plakatiert.

Ottokar Wirtz nannte diese Krankheit die «Syndikuspest», aber die meisten Industriellen begünstigten sie, und wenn sie in den stellenlosen Doktoren auch nicht gerade die heranwachsenden Klassengenossen erblickten, so sahen sie in ihnen doch zumindest die gutwilligen und rasch geschirrten Pferde, die sich diensteifrig vor ihren Wagen spannen ließen. Auch die Skeptiker, die ein wenig über die Hitze lächelten, womit hier der kleine Mann den Großen gefällig zu sein trachtete, fanden es immerhin der Anerkennung wert. Konnten sie doch um so nüchterner und elastischer sein, je fetter und boshafter die Leute waren, die eine Ehre darin sahen, einen Schild über sie zu halten, den sie gar nicht bemötigten, der ihnen aber nicht übel anstand. So erschien die Industrie als Leidtragender und Schutzbedürftiger, so hatte sie eine Garde vor sich, die gleichzeitig Sturmtrupp und Kugelfang war, und die Welt sagte: «Die Industriellen selbst sind ja gar nicht so schlimm, es sind nur die Syndizi, die päpstlicher sind als der Papst.»

Es war die Zeit, in der die akademisch gebildeten Stände auch in die Arbeiterschaft eindrangen, einerseits in Gestalt der ehemaligen Boheme, jener Intellektuellen, die sich durch schlechte Anzüge, schmutzige Kragen, unrasierte Gesichter und ungekämmte Haare einen proletarischen Anstrich zu geben vermeinten, andererseits in Gestalt der Werkstudenten, jener Bildungsbeflissenen, die (sei es aus Geldnot, sei es aus Wißbegierde, sozialem Drang oder Blasiertheit) während der Ferien in Zechen und Hütten Arbeit suchten. Die erste Kategorie überließen die Industriellen getrost dem Schicksal, das die Arbeiterschaft ihnen zu bereiten sich anschickte; über die zweite hatten sie verschiedene Ansichten. Ein Teil fürchtete, daß die jungen Leute von den Arbeitern angesteckt würden, ein anderer hoffte, daß die Arbeiter von ihnen angesteckt würden, ein dritter dachte nur praktisch, daß der Leistungsnutzen, in Tonnen ausgedrückt, zu gering sei gegenüber dem moralischen Aufwand, der dafür vertan werde. Der Freiherr wiederum begrüßte die Vermischung der Volksschichten, die nach seiner Meinung im Schützengraben begonnen hatte und hier eine glückliche Fortsetzung finden konnte. Alle vier mochten auf ihre Art und hinsichtlich einzelner Fälle recht haben, doch war all dies nicht maßgeblich, weil Arbeiter wie Werkstudenten die ganze Geschichte nach anfänglicher gegenseitiger Reserviertheit nur noch amüsant fanden. Die Werkstudenten betrachteten die politischen und sozialen Diskussionen als interessante Abwechslung, und bei den Arbeitern überwog die kindliche Freude, einem Fremden ihr Milieu zeigen zu können, so wie jemand, der in einer sehr lebhaften und charakteristischen Stadt wohnt, sich darauf freut, einen Ortsfremden durch ihre Straßen und Sehenswürdigkeiten zu führen. Es war eine nette Episode, sonst nichts.

Zugleich war dies die Zeit, in der die Angestellten nach den Perioden des Hochmuts und der Anbiederung zur Feindschaft gegen die Arbeiter übergingen. Wenn sie sich nachmittags um vier nach Hause trollten, abgespannt und mit teigigen Gesichtern und eingetrockneten Augen, seit der Frühe nichts im Magen als ein Margarinebrot und einen Teller Reis mit Pflaumen oder Erbsen mit Sauerkraut, der ihnen während der halbstündigen Mittagspause in den ehemaligen Kriegsmenagen verabreicht wurde, kahlen Räumen, deren frostige Wandflächen durch einen gerahmten Steindruck noch drückender und trauriger wurden – so begegneten ihnen viele jüngere Arbeiter der Morgenschicht, die schon im Sonntagsanzug frisch und lustig auf den Bummel gingen, in die Kinos, in die Tingeltangels, in die Bordelle. Sie wußten, daß diese Arbeiter ebensoviel oder gar mehr verdienten als sie selbst, und waren darüber entrüstet. Die Arbeiter sind also schuld an unseren niedrigen Gehältern, folgerten sie, die Arbeiter powern die Werkskasse aus, so daß für uns nichts übrig ist, dabei faulenzen sie, und wir müssen uns plagen. «Kopfarbeit wird nicht mehr bezahlt in Deutschland», sagte mancher, «ich nehme meinen Jungen vom Gymnasium und lasse ihn Schlosser werden . . .» doch sie taten es nicht und hungerten lieber, als daß sie etwas aufgaben, was zum guten Ton gehörte. «Die Regierung will uns mit Gewalt proletarisieren, aber das wird sich noch rächen.» Dies war ihr Trost.

Zwischen den Polen Kapital und Arbeit hatten sie eine unglückselige Mittelstellung inne, die Flankenfeuer von beiden Seiten bekam. Sie mußten zur Abwehr nach unten bereit sein, ohne eine Anlehnung nach oben dafür zu gewinnen. Obwohl sie eine abgetrennte Gruppe waren, richteten sie auch noch Grenzpfähle untereinander auf. Ihre Gesamtheit trat nicht für den einzelnen ein, wenn er seine Existenz verlor, nur die Existenz der Kaste durfte nicht aufs Spiel gesetzt werden. Die

Jüngeren waren organisiert, die Älteren konnten es noch immer nicht fassen, daß man dergleichen jetzt ungestraft tun dürfe, sie waren überzeugt, daß die Herrlichkeit nicht lange dauern werde, deshalb versuchten sie es gar nicht. Aber auch die Organisierten machten nicht viel Aufhebens von ihrem Mut und waren froh, wenn es nicht herauskam, daß sie organisiert waren; nicht wenige zahlten insgeheim ihre Beiträge und sagten, wenn sie gefragt wurden, nein, sie seien nicht dabei. Selbstverständlich war das Koalitionsrecht unbeschränkt; nur war es eben ratsam, keine großen Worte darüber zu machen, denn die Vorgesetzten hatten so viele Druckmittel in Händen, die durchaus nicht ungesetzlich, doch darum nicht weniger schmerzhaft waren.

Daß Otto Wittkamp organisiert war, war nur ein Zufall. Daß er im Deutschnationalen Handlungsgehilfenverband organisiert war, war erst recht ein Zufall. Von einem Werber hatte er «sich breitschlagen lassen» – so sagte er selbst. Er war aus Gutmütigkeit, weil er schlecht nein sagen konnte, nicht aus Prinzip dabei; es ging den meisten so. Abermals aus Gutmütigkeit nahm er die Wahl zum Obmann des Büros an. Abermals aus Gutmütigkeit hielt er still, als der Pressechef sich seiner Vertrauensstellung bediente, um ihn über den ganzen Stand der Angestelltenbewegung auszuhorchen.

So lebten die Risch-Zanderschen Beamten im neuen Deutschland. Die Konstrukteure behandelten die Verkäufer mit Geringschätzung, und ebenso machten es die Kassenbeamten mit den Buchhaltern, die Buchhalter mit den Korrespondenten, die im Hauptverwaltungsgebäude Beschäftigten mit den in Nebengebäuden Beschäftigten. Sogar die Bürodiener im Hauptverwaltungsgebäude erhoben sich über ihre Kollegen, sie waren sauber und blitzblank und glatt rasiert, hatten ein bißchen Backenbart wie ein amerikanischer Austauschprofessor, sahen stets wie frisch gebadet aus und trugen Bügelfalten in der Hose. Die Lehrlinge standen unter der Fuchtel der Stenotypisten, die Stenotypisten unter der Fuchtel der Bürovorsteher, die Bürovorsteher unter der Fuchtel der Abteilungsvorsteher, die Abteilungsvorsteher unter der Fuchtel der Gruppenvorstände, und alle zusammen standen unter der Fuchtel der Hausmeister, welche die Hauspolizei ausübten.

Dienstvergehen wurden bis zum Bürovorsteher mit Bestrafungen geahndet, darüber hinaus mit vorbeugenden Maßnahmen, die eine Wiederholung verhindern sollten. Zum Ausgleich war verfügt, niemand dürfe mit einem Titel angeredet werden. Alles andere bestimmte ein Generalregulativ, das Pünktlichkeit, Fleiß, Gehorsam und Verschwiegenheit in Gehaltsfragen vorschrieb. Verbesserungen und Erfindungen, die ein Beamter in der Fabrik machte, waren Eigentum der Firma, die sich eine Belohnung des Erfinders nach Gutdünken vorbehielt, und außerhalb der Fabrik war jede Nebenbeschäftigung untersagt, selbst die Ehefrau durfte kein Geschäft betreiben. So war die Strenge der Berufsauffassung über allen Zweifel erhaben.

Auch sonst war die Firma bemüht, das Privatleben ihrer Angestellten zu ordnen. Otto Wittkamp zahlte zum Beispiel niemals Kirchensteuern und ließ es stets auf eine Gehaltspfändung ankommen. Von Zeit zu Zeit empfing der Pressechef ein Schreiben Wackerleins: dieser Angestellte sei dahin zu belehren, daß er seine Kirchensteuer pünktlich entrichten müsse, weil die Kasse bei der Pfändung zuviel Schreiberei habe. Hierauf erwiderte Wittkamp jedesmal, er besitze nicht Geld genug, und der Personalchef bewilligte ihm eine kleine Zulage, damit er nicht aus der Kirche auszutreten brauche.

Dies war Wittkamps Originalrezept, bei Risch-Zander in den Genuß einer Gehaltserhöhung zu gelangen.

Lange hatten die Angestellten nämlich auf einen Gehaltstarif warten müssen; die Industriellen waren gegen die «Gleichmacherei durch die Tarife», das sei unerhört bei einem so gehobenen Stand, wie es die Angestellten seien, hier sei nur eine individuelle Behandlung am Platze. Auch hätten sie ein übriges getan, indem sie ihre Beamten in Gemeinschaft mit der Unfallberufsgenossenschaft gegen alle Schädigungen durch politische Unruhen versichert hätten – vorausgesetzt natürlich, daß die Beamten nicht gegen die Interessen der Unternehmer tätig seien.

Als endlich dennoch über einen Tarif verhandelt wurde, standen sich die Angestelltenverbände und die Unternehmergruppe Westen gegenüber, und obgleich beide Teile in sich uneins waren, so waren doch die Angestelltenverbände insofern benachteiligt, als sie mit ihren Zwistigkeiten offen und ungedeckt vor einem Gegner saßen, der sich wenigstens von Fall zu Fall zusammenfand und dann in eiserner Geschlossenheit anrückte. Zeigte sich bei ihm nur von fern eine Meinungsverschiedenheit, so wurde die Sitzung aufgehoben, die Unternehmer zogen sich zurück und bereinigten die Streitfrage unter sich. Auch die Angestelltenverbände versuchten dies, jedoch vergebens, denn ihre materiellen Differenzen beruhten auf weltanschaulichen Differenzen und außerdem auf propagandistischen Gesichtspunkten für die Mitgliederwerbung, und solche Risse waren nicht einmal notdürftig zu verkitten.

Die Industriellen tischten haufenweise Statistiken auf, zu deren Widerlegung die Angestelltenvertreter zeitraubende Untersuchungen mit unzulänglichen Unterlagen anstellen mußten. Die Industriellen waren auch von gewiegten Juristen umgeben, die in allen einschlägigen Paragraphen und noch mehr in den Lücken zwischen diesen Paragraphen bewandert waren. Der Syndikus der Gruppe Westen war Dr. Krewett, ein früherer Staatsanwalt, der aus dem Justizdienst ausgeschieden war, weil er von einer «sozialistisch regierten Republik» (vorsichtigerweise sagte er nicht bloß «von einer Republik») kein Geld annehmen wollte. Er war der Gegenspieler des Generals von Grußenbaum und ersetzte durch advokatischen Zungenschlag und sachverständiges Auftrumpfen, was ihm an Verschlagenheit und psychologischen Rechenkünsten abging. Hinter ihm stand der rechthaberische Kropf, wie der tüftlerische Wirtz hinter Grußenbaum stand. War es immer fesselnd, dem erfinderischen General zuzuhören, und nicht immer ungefährlich, auf ihn zu hören, so verstand es der schmiegsame Krewett meisterhaft, seine Gegner mattzusetzen, indem er ihren Einwänden so weit stattgab, wie er es wagen konnte, ohne seine Linie direkt zu verlassen, und indem er zuletzt mit einem kühnen Salto alle die kleinen Ausbuchtungen, die auf diese Weise entstanden, als seine ursprüngliche Idee reklamierte.

«Die deutsche Volkswirtschaft», sagte Finanzrat Hiebenstein, der in den Tarifverhandlungen den Vorsitz hatte, «gleicht zur Zeit einem wohlgefüllten Faß, aus dem man jetzt am Boden den Hahn herausgeschlagen hat, um schneller zu dem süßen Inhalt zu kommen. Aber man vergißt, oben zum Spundloch das Nötige an produktiver Arbeit wieder hineinzugießen. Die Kohlenförderung im Revier betrug im Frieden 114536000 Tonnen jährlich, heute nur 70885000, der Fehlbetrag ist also 44 Millionen, das Überschichtenabkommen aber ergibt nur zwölf. Mitten in unseren Werken sitzt die interalliierte Kohlenkommission, viele unserer Angestellten haben aus ihren altvertrauten Büroräumen ausziehen müssen, damit Engländer und Franzosen es sich bequem machen können. Auch hätten die Bergleute erwarten können, daß ihnen die Kameraden in anderen Erwerbszweigen mit erhöhter Arbeitszeit gefolgt wären. Ist es nicht ein Unrecht, nur einer einzigen Berufsschicht Opfer aufzuerlegen? Wie, meine Herren?»

«Ich bin erstaunt», sagte der «Brillengucker», der so dick geworden war, daß er kaum noch aus den Augen sehen konnte, «ich bin erstaunt, eine solche Frage aus dem Munde eines Unternehmers zu hören. Ich erlaube mir die Gegenfrage: wo sind *Ihre* Opfer? Wie, meine Herren?»

«Oh», erwiderte Hiebenstein, «dreißig Mark Löhne und Gehälter pro Kopf im Monat mehr, das macht bei fünfzigtausend Mann im Jahr fünfzehn Millionen. Ein hübsches Opfer, ob Sie wollen oder nicht wollen. Immerhin denken Sie an das Bild vom Faß. Bald wird das Faß leer sein, und kein Knuff und kein Fußtritt wird daran was ändern.»

Der Mann von Deutschnationalen Handlungsgehilfenverband fragte, weshalb diese Schwierigkeiten immer den Angestellten so drastisch entgegengehalten würden, die Bewilligungen für die Arbeiter schienen der Industrie viel leichterzufallen. Hiebenstein antwortete, das liege daran, daß die Arbeiter unvernünftig seien, da habe es keinen Zweck, und die Angestellten vernünftig, da habe es einen Sinn, an ihre Vernunft zu appellieren. Der «Brillengucker» sah an sich herunter und strich sich den Bauch, der Deutschnationale Handlungsgehilfe verbeugte sich geschmeichelt, während der demokratische Gauführer Zahlen auspackte.

«Immerhin», sagte Hiebenstein. «Achtzig Prozent unserer Werksangehörigen haben noch Geld auf der Werkssparkasse.»

Der «Brillengucker» fuhr auf: «Ich dächte, nach dem Versprechen des Freiherrn sollte die Werkssparkasse niemals ein Argument für Lohndrückerei sein?»

«Dieses Versprechen wird gehalten», entgegnete der Finanzrat, «hier handelt es sich nur um eine Tatsachenfeststellung.»

Der Demokrat beharrte bei seinen Zahlen; der Finanzrat habe die wertlosen Restguthaben von drei Mark mitgezählt. Hiebenstein blickte ironisch in die Runde: «Nun, ohne die kleinen Restguthaben sind es noch immer sechzig Prozent der Werksangehörigen, die zur Zeit sparen – und von den Beamten sind es sogar achtzig Prozent.»

Er lächelte. Der Demokrat schwieg erschöpft, Dr. Krewett nahm den Faden auf: «Dieser Bestand an Spareinlagen spricht unbestreitbar für sich selbst.»

«Also doch Lohndrückerei?»

Dr. Krewett machte eine bedauernde Handbewegung. «Ich muß es natürlich prinzipiell ablehnen, daß die Industrie der Lohndrückerei bezichtigt wird, aber ich muß andererseits betonen, daß ein Versprechen des Herrn von Zander, welcher Art immer es sei, für die übrigen der Gruppe Westen angeschlossenen Werke in keiner Weise bindend ist. Es ist hier nicht allein die Rede von Risch-Zander. Die Industrie hat von der Arbeitnehmerschaft gelernt, Einzelinteressen zurückzustellen und Solidarität zu üben. Wollen Sie mich bitte nicht mißverstehen. Diese Solidarität erstreckt sich einzig und allein auf das Bestreben, alle Fragen zwischen Arbeitgeber und Arbeitnehmer in einem Geiste gegenseitiger Achtung zu regeln.»

«Nun, nun», beschwichtigte der Deutschnationale Handlungsgehilfe. «Wir Angestellten haben wirtschaftliche Einsicht, wir erheben keine überspannten Forderungen, wir wissen nur zu gut, daß die Unternehmungslust in Deutschland infolge der Unruhen gelähmt ist.»

«Das eben ist es, meine Herren. Bedenken Sie, wie viele Aufträge den Werken verlorengehen. Bitte, hören Sie genau zu. Otto-Heinrich-Hütte, Numro Schm-Le 119/21, Schiffswellenleitung für eine holländische Werft. Abteilungsdirektoren reisen eigens nach Holland, verhandeln mündlich. Antwort der Holländer: die andauernden Streiks haben das Vertrauen in der Lieferungsfähigkeit der deutschen Industrie vollkommen untergraben, Auftrag wird zu einem zwanzigtausend Gulden höheren Preis nach England vergeben. Weiter. Stahlwerk Risch-Zander, Numro Rdw-P 2004/22, Radsatzlieferung für die norwegischen Staatsbahnen. Auftrag geht nach Amerika, weil pünktliche Lieferung Deutschland nicht zugetraut. Weiter. Krogollsche Eisenhütte, Numro Ks-Gor 17/21, zweihundert Dampfkessel nach Spanien. Der Krogollsche Preis ist äußerst günstig, ein Drittel Anzahlung wird verlangt, weil das Betriebskapital zu sehr erschöpft ist. Ablehnung, Spanien hält unter den heutigen Verhältnissen alle an Deutschland vorausbezahlten Gelder für verloren, Auftrag geht zum dreifachen Preis nach England. Immer dasselbe, bitte, eine ganze Mappe voll solcher Beispiele, hier, sehen Sie es sich an. Und zusammen mit diesen Aufträgen entgeht uns nicht nur ein wirksames Mittel zur Stützung unserer Valuta, sondern auch zur Schaffung von Guthaben im Ausland, mit denen wir Lebensmittel kaufen könnten. Sie haben das schon oft gehört, aber gerade das Selbstverständliche muß man immer wieder sagen, weil es schon so bekannt ist, daß es nicht mehr beachtet wird.»

«Sehen Sie», bekräftigte der Finanzrat, während sie gespannt in Dr. Krewetts Mappe schauten. «Die Hauptstadt unseres Steinkohlenreviers bekam vor dem Krieg täglich 130000 Liter Milch, das war auf den Kopf ungefähr ein halber Liter. Heute bekommt sie zwanzigtausend Liter täglich, das ist auf den Kopf ein Zwanzigstel Liter. Wenn nun das Einkommen der Bevölkerung verdreifacht würde – wieviel Milch entfiele dann auf den Kopf?»

«Selbstverständlich immer noch ein Zwanzigstel», erwiderten die

Angestelltenvertreter, «das ist doch klar – solange nicht mehr Milch in die Stadt geschafft wird . . .»

«Statt mehr Geld, da haben Sie's.»

«Und da es an Kühen und auch an Futter bei uns fehlt, müßte die Milch eben aus dem Ausland herein», ergänzte Dr. Krewett.

«Was ich Ihnen sagte – da haben Sie's. Immerhin, wie ist es in Wirklichkeit? Nur immer mehr Geld wird beschafft, die staatliche Notenpresse reicht schon nicht mehr, Länder, Städte, Handelskammern, Fabriken müssen Notgeld drucken, um Löhne und Gehälter zahlen zu können. Denn welches sind die normalen Voraussetzungen dieser Zahlung? Der einfache bürotechnische Vorgang, daß der Arbeitnehmer eine Lohntüte in die Hand kriegt, ist ein sehr komplizierter volkswirtschaftlicher Vorgang. Erstens müssen die erforderlichen Summen durch Warenverkäufe oder aber durch Kredite auf künftige Erlöse hereingebracht sein; jenes besorgt die kaufmännische, dieses die Finanzverwaltung. Zweitens müssen die notwendigen Zahlungsmittel, die Banknoten, verfügbar sein. In gewöhnlichen Zeiten ist dies nur eine Sache zweckmäßiger Disposition; die Geldeingänge müssen eben so verteilt werden, daß sie dem Geldbedarf zeitlich entsprechen, und für alle Fälle muß ein sofort greifbares Bankkonto bereitgehalten werden, das jeweils in Zahlungsmittel umgewandelt werden kann. Keine dieser Voraussetzungen trifft heute noch zu, keine dieser bewährten Einrichtungen hat heute noch Gültigkeit – und andere gibt es noch nicht. Was ist also zu tun, meine Herren?»

Ja – was war wohl zu tun? «Wir schlagen vor, eine Kommission einzusetzen.»

«Das heißt, daß wir das Fragezeichen in einen Punkt verwandeln sollen. Immerhin. Wir werden aber trotzdem vor dem Fragezeichen nicht eher Ruhe haben, als bis es beseitigt ist.»

Nachdem die Kommission eingesetzt war, teilte sie die Angestellten zwecks Festsetzung der Gehaltssätze in vier Gruppen. Gruppe I waren die mit unselbständigen Arbeiten; Gruppe II die mit unselbständigen, jedoch teilweise verantwortlichen Arbeiten; Gruppe III die mit vorwiegend selbständigen Arbeiten; Gruppe IV die mit selbständigen und vorwiegend verantwortlichen Arbeiten. Die Eingruppierung erfolgte durch eine paritätische Kommission; etwa neunzig Prozent aller Angestellten wurden zu den Gruppen I und II geschlagen. Die oberen Beamten blieben «außer Tarif». Dem Widerwillen der Unternehmer gegen eine schematische Regelung wurde Rechnung getragen, indem die Tarifsätze für Mindestgehälter erklärt wurden, die bei guter Führung durch Leistungsprämien erhöht werden sollten. So entstand unter den Angestellten ein Wettrennen nach Gruppenzugehörigkeit und Leistungszulagen, das sie mit gegenseitigem Neid und Mißtrauen erfüllte. Es war in veränderter Form der alte Zustand.

Otto Wittkamp, Paulas Bräutigam, kam in Gruppe II. Da der Tarif um einen Monat zurückdatiert war, erhielt er eine Nachzahlung. «Damit können wir gerade das Schlafzimmer und die Küche fertig bezahlen», sagte Paula. Er schämte sich ein bißchen, als er die Schuld beim Möbelhändler tilgte, denn er hatte das Gefühl, als seien es lauter gefälschte Scheine, die er aufzählte. Aber auch der Händler glaubte noch, eine Mark sei eine Miark, überdies fürchtete er die Wucherpolizei, und so sagte er «Besten Dank».

So kamen die Geschäftsleute immer mehr herunter, weil sie für das Geld, das sie vereinnahmten, ihre Lager nicht mehr auffüllen konnten. Etliche verkauften nur noch hintenherum gegen Dollarkurs, obwohl sie, wenn sie angezeigt wurden, ihre Bestrafung gewährtigen mußten, denn es war verboten. Aber es war kein Halten mehr. Nach der Rebellion der Konsumenten begann die Rebellion der Kaufleute; sie schlossen die Geschäfte, man mußte Bittgänge machen, wenn man eine Kleinigkeit haben wollte; sie sagten, «Gehen Sie doch woanders hin», wenn man sich bescheidentlich über die schlechte Beschaffenheit einer Ware beklagte, sie waren die Herren, jeder kleine Schuppen eines Kohlenhändlers war ein größerer Machtbereich als das Regierungsviertel in Berlin. Vor den Läden bildeten sich wieder Schlangen wie im Krieg. Jeden Freitag stand im kommunistischen Blatt ein Verzeichnis der Geschäftsleute, die ihre Angestellten ausbeuteten und ihre proletarische Kundschaft mißachteten; jedem Freitag wurde aufgefordert, keine ARBEITERGROSCHEN mehr dorthin zu tragen; jeden Samstag standen die Proletarierfrauen dicht gedrängt bis auf die Straße hinaus in ebendiesen Läden. Die Inhaber sagten: «Habt ihr nicht gelesen, daß ihr bei uns nicht mehr kaufen sollt? Also packt euch nur, wir reflektieren nicht auf euch, wir werden unsere Waren ohne euch los» – und die Frauen baten: «Ach, laßt die doch schreiben, seien Sie so gut, geben Sie nur.» – «Kost heut aber mehr!» – «Schad't nix, geben Sie nur.»

Überall schwirrte das Wort «Devisen», wieder ein neues Wort, dessen Sinn die wenigsten verstanden, von dem man nur wußte, daß es soviel wie Kaufkraft und Reichtum und Glück bedeutete. Es war verboten, Devisen zu besitzen, deshalb wollte jeder sie besitzen. Aus dunklen Straßenwinkeln flüsterte es: «Gulden – Dollars – Gulden – Dollars.»

Wilde Händler, wilde Preise. Wer Verbotenes kauft, muß dreifach zahlen. Nur in Berlin herrschte Ordnung, in Berlin saß ein Kommissar, der einen amtlichen Kurs festsetzte – wofür man sich freilich die Devisen malen konnte. Wer einen längstvergessenen Verwandten oder Bekannten in Amerika hatte, schrieb ihm jetzt freundliche Briefe. Mutter Griguszies hatte eine Schwester in Concinnati (Ohio) wohnen, sie waren böse auseinandergegangen und hatten nie mehr voneinander gehört. Eines schönen Morgens stand die Amerikanerin in der «Flammenden Scholle». Vierzehn Tage wohnte sie bei ihrer Schwester, kaufte Porzellan und Garderobe für ihre ganze Familie, aß und trank in den besten Restaurants, beschenkte die Schwester und dampfte wieder ab, ohne einen Cent mehr als zwanzig Dollar, alles in allem, verbraucht zu haben.

Die Frauen holten die Löhne und Gehälter schon morgens bei ihren Männern in der Fabrik ab, und dann setzte der Sturm auf die Läden ein, aus Furcht, daß mittags alles wieder teurer sein werde. Immer schwieriger wurden die Lohnverhandlungen; bis die neuen Tarife herauskamen, waren sie schon überholt, Vorschüsse wurden gefordert, jeden dritten Tag war Löhnung, jeden achten Gehaltszahlung. Freie Vereinbarungen kamen nicht mehr zustande, der staatliche Schiedsrichter mußte eingreifen, die Schiedssprüche wurden nicht anerkannt und vom Arbeitsminister dennoch für verbindlich erklärt. Auf der einen Seite schrie man: Schluß! und auf der anderen: Weitermachen! Auf der einen: Festbleiben! und auf der anderen: Nachgeben! Keiner wußte in dem Taumel eine wirkliche Hilfe, einen wirklichen Rat. Alle Behörden arbeiteten fieberhaft und nach bestem Wissen und Gewissen, aber sie arbeiteten ahnungslos am Zusammenbruch. « Wir müssen einen Zahlungsaufschub für die Reparationen beantragen», sagte Geheimrat Püschel, «es liegt uns fern, die Zahlungen hintertreiben zu wollen, die Gegner haben unsere ehrliche Anstrengung gesehen, sie werden uns das Moratorium nicht verweigern.»

Jede Werkstatt hatte jetzt ihre eigenen Lohnforderungen, ihre eigenen Streiks. Alle Tage rückte ein Trupp Rischianer vor das Hauptverwaltungsgebäude und demonstrierte mit Pfiffen und erregtem Geschrei. Das Direktorium hielt ihnen vor, die gesetzliche Vertretung der Arbeiterschaft sei der Betriebsrat; sie dürften sich nicht über die berufenen Vertrauensmänner hinwegsetzen; wilde Streiks würden auch von den Gewerkschaften mißbilligt. Fries und Griguszies waren ständig unterwegs, um zu vermitteln. Wohin sie kamen, mußten sie hören: «Ihr – ja ihr. Ihr habt gut reden, ihr seid ja immer in feiner Kluft.» Sie besänftigten hier und besänftigten dort. «Kollegen», sagten sie, «aber Kollegen, wir tun doch, was wir können.» Dabei hatten sie beide das Gefühl einer gewissen Geborgenheit. Eine kleine Sprosse waren sie doch auf der sozialen Leiter gestiegen, als Mitglieder des engeren Betriebsausschusses waren sie sogar von der Arbeit befreit, und selbst Griguszies hatte seinen grauen Sweater abgelegt und einen reinen Gummikragen an, weshalb sollte er nicht? Es war gewiß nichts dabei, dennoch wurde es ihm verdacht. «Aber wir!» jammerten die Arbeiter. «Wir haben ja nie große Sprünge machen können, früher aber hat man wenigstens gewußt, wann man vor die Hunde ging, heute weiß man nicht mal das mehr.»

Das Elend stieg, wie der Dollar stieg – und auch die Fröhlichkeit stieg, wie der Dollar stieg. Die Tanzdielen und Cafés füllte eine eigentümlich gemischte Gesellschaft, die vom Abteilungsvorsteher und Winkelbankier bis zum Lohnbuchhalter und Bürohilfsarbeiter, von der Stenotypistin und Druckereiarbeiterin, KINDERN ACHTBARER ELTERN, bis zur berufsmäßigen Dirne alle Nuancen umfaßte. Was nicht hier war, trieb sich auf den Kirmesplätzen herum, in die alle unbebauten Ecken verwandelt worden waren. Einzig die Industriellen selbst, die Prokuristen, die Handlungsbevollmächtigten, die Syndizi, die besseren Finanziers sah man nirgends bei Lustbarkeiten.

Leni Milius war der Betrieb mit dem «ollen Knoop», ihrem Bürovorsteher, zu eng geworden. Auch war sie das Gerede und die Sticheleien und Anzüglichkeiten der jüngeren Angestellten satt. Wenn der «olle Knoop» nicht da war, kam alle Augenblicke einer unter einem dienstlichen Vorwand herein und fing eine zweideutige Unterhaltung an. Zuweilen ging sie darauf ein, zuweilen auch nicht, je nachdem, wie sie aufgelegt war.

Der «olle Knopp» hatte von alters her ein Sofa im Büro stehen, worum ihn alle Kollegen beneideten. Jeder dieser unteren Chefs suchte nämlich den anderen in seiner Büroeinrichtung zu übertreffen, jeder wollte in seinem kleinen Reich ein kleiner Direktor sein. Nun, der «olle Knopp» im Rechnungsrevisionsbüro hatte also ein Sofa, und eines Tages höhnte ein junger Mann, dem Leni verbot, sich darauf zu rekeln: «Machen Sie doch keinen Fez, Fräulein Milius, das Sofa hat doch schon lang seine Unschuld nicht mehr.» Da wurde sie giftig und spedierte ihn hinaus. «Ich meinte, ich hätte zuviel gekriegt», erzählte sie dem «ollen Knopp». Nein, hier blieb sie nicht mehr, unter keinen Umständen. Der «olle Knopp» nahm beruhigend ihre Hand, da schrie sie: «Herr, was erlauben Sie sich?» Er stand da und sperrte Mund und Nase auf. Warum nur auf einmal diese Unnahbarkeit? Er verstand, nach berühmten Mustern, die Welt nicht mehr.

Leni ging und trat bei der Metallhandelsfirma «Spirabo» ein. Das war eine Abkürzung von Spiralbohrer, dem Spezialartikel der Firma, die, glatt herausgesagt, ein gewerbsmäßiges Hehlernest war, mit der Teilhaberschaft des vormaligen Assistenten Schäfer; und siehe da, wen traf Leni noch dort an? Friedrich Bilgenstock, der nach der Revolution vor den Arbeiterfäusten in das besetzte Gebiet geflohen und jetzt zurückgekehrt war, in der ruhigen Gemütsverfassung eines Menschen, der nach einem Gewitter das Fenster öffnet, und die klare Luft einatmend, sagt: «Ach, es regnet ja gar nicht mehr.» Bei der «Spirabo» war er als Vermittler auf Provision angestellt, allerdings war die polizeiliche Kontrolle verschärft, auf den Werken wurde zuviel gestohlen. Kropf betrieb seit geraumer Zeit durch den Reichsverband ein Gesetz über den Handel mit Metallen. Bei Schichtende wurden die Arbeiter an den Toren visitiert. Lauter widrige Umstände, zudem war auch dieses Gewerbe überbesetzt. Einem Inserat der «Spirabo» wurde von den Zeitungen die Aufnahme verweigert. Als Schäfer erfuhr, daß er auf Wunsch von Risch-Zander geschehen war, verfaßte er ein «Eingesandt», das in der sozialistischen Zeitung unter der Überschrift «Wem gehört die bürgerliche Presse?» erschien. Risch-Zander sandte eine Berichtigung des Inhalts, daß die Firma zur bürgerlichen Presse keine finanziellen Beziehungen habe und diese daher völlig unabhängig sei; ihr Vorgehen sei durch die redliche Bemühung veranlaßt, den Anreiz zu Diebstählen aus der Welt zu schaffen. Die Zeitung druckte die Berichtigung mit dem Zusatz, daß sie, obschon sie nicht den pressegesetzlichen Bestimmungen entspreche, «um des lieben Friedens willen» aufgenommen worden sei. Dieses Geplänkel war ja nun ganz schön, doch wurde das Geschäft davon nicht gehoben. Es war eine peinliche Lage – bis plötzlich der Schlosser Walkowiak sich als Lieferant gestohlener Ware meldete.

Leni Milius wurde Schäfers Geliebte. Abends hatte sie ihr wundervolles schwarzes Samtkleid und den Hermelinmantel mit Nerzkragen an, und dann saßen sie in der schäbigen Vornehmheit des Weinhauses Trocadero, wo eine dezente Musik gemacht wurde und der Jazz die schluchzende Weichheit des Walzers hatte.

Sie wohnte ziemlich weit vor der Stadt, in einem Kotten, der ihrem Onkel gehörte. Dieser hatte einen Stand auf dem Marktplatz und eine

Milchfuhre, aber die Milch wurde ihm nicht von seinen Kühen, sondern von der städtischen Milchzentrale geliefert. Die beiden Söhne arbeiteten schon im Pütt, doch setzten sie ihre bäuerlichen Lebensformen fort, und die Tochter war mit einem Bergmann in einer Zechenkolonie verheiratet, wo nebenbei wieder Landwirtschaft betrieben wurde, denn während die Industrie in den ländlichen Haushalt eindrang, ohne ihn aufzulösen, siedelte sie viele ihrer Arbeiter wieder ländlich an, ohne sie aus dem Kasernement der Schachtanlage zu entlassen. Diese Bewegung glich der Bewegung der Abraumhalden: dort, wo zuviel taube Steine in der Grube waren, entstanden neue Halden und deckten ein paar Felder zu, aber daneben wuchsen Klee und Hafer weiter, wenn auch die Frucht oft schorfig und brandig war; dort, wo Versatzberge in der Grube fehlten (und das war hauptsächlich bei den jüngeren Zechen der Fall), wurden alte Halden fremder Gruben abgetragen und auf abgebaute Sohlen geschafft, hunderttausend Tonnen im Revier Tag für Tag, aber der Acker darunter ward nicht wieder fruchtbar.

Schäfer haßte die Straße, die dort hinausführte, eine jener breiten, dennoch drückenden und traurigen Straßen des Arbeiterviertels, in denen man sich so unnütz vorkommt, in denen man bei jeder Laterne ängstlich auf seinen Schatten achtgibt, ob er auch mitgeht, und in denen die Rauchschwaden wie Nebel über die Dächer ziehen und die Luft verpesten. Es gab auch Läden in dieser Straße, Grünkram, Ramschbazare, trüb und schmuddelig, Flaschenbier, Schnaps, ein Kino, einer Scheune ähnlich, mit luxuriösen Gesellschaftsfilmen, ein gutsituiertes Fahrradgeschäft, «Unternehmen der Gewerkschaften» stand daran. Nahrungsmittel, Betäubungsmittel, Transportmittel. Daraus bestand hier das Leben.

In einer kalten Nacht geht er wieder hier hinaus, er hat Leni um den Leib gefaßt und die Finger dabei auf ihrer rechten Brust liegen, da ist es schön warm. Der Mond leckt gierig die Häuserfronten, die Sterne sind unruhig und entsetzlich fern. Die Schritte dröhnen, als gingen sie über einen trockenen, auf hohlen Tonnen ruhenden Steg. Kein Mensch ist auf der Straße, kein Hund rührt sich. Hie und da dunstbeschlagene Scheiben vor matten Lampen, das werden wohl die Küchen sein. Da sind sie also in der Enge zusammengepfercht und verfolgen sich mit lauernden Augen; da essen die Proleten also ihren Pannas, ein zementfarbenes, in Wasser dick gekochtes Gemengsel aus Blutwurst, Buchweizenmehr und Grieben. Er sieht sie, die Männer, sie glühen böse, sie haben die Karten und die Schnapsflaschen vor sich, und die Frauen trinken aufgewärmten, übelriechenden Kaffee aus unförmigen Tassen und gehen gleich wieder an die Windelwäsche, wenn sie getrunken haben. Die Männer husten, fluchen und trinken, trinken, fluchen und husten.

Er schrickt zusammen, unablässig kaut er kalte Luft.

«Was hast du?» fragt Leni.

«Nichts», sagt er, «diese verdammten Drinks im Trocadero liegen mir so schwer im Kopf. – Sag mal, diese Straße ist schauderhaft. Ich wollte dir doch ein möbliertes Zimmer mieten in der Stadt, warum nimmst du es nicht an?»

«Danke, ich werde mich doch das schöne Heim bei meinen Onkel nicht verscherzen und mir so 'ne Last machen mit 'nen möblierten Zimmer, wo ich schön in die Klemme sitze, wenn du mich aufgibst.»

«Ich geb dich nicht auf.»

Sie wiegt sich in den Hüften und erwidert nichts.

«Ich sehe immer dahinten einen Arbeiter stehn», hebt er wieder an.

«Wo siehst du einen Arbeiter stehn?»

«Nicht so, vor dem geistigen Auge, verstehst du. Einen Arbeiter vor dem Feuerkessel, der sich langsam hin und her dreht und ihm Glut ins Gesicht funkt . . . Das ist Phantasie, was?»

«Das is 'ne nervöse Magenstörung, du mußt dich in die Apotheke mal Baldriantinktur holen.»

«Oder hier, hier laufen wir übers Pflaster, und da drunter – hier drunter», er stampft mit dem Fuß auf, «fünfhundert, sechshundert, siebenhundert Meter hier drunter liegen sie halbnackt auf dem Rücken . . .»

«Wär's nicht schöner, wenn *ich* so läge?» fragt sie, um ihn auf andere Gedanken zu bringen, aber er fährt unbeirrt fort: «Mach keine Witze jetzt, Leni, das mag ich jetzt nicht. Siehst du, da hauen sie mit dem Preßlufthammer in die Kohle, und der Schweiß kocht Suppe aus dem Pech auf ihrer Haut . . . Hier drunter . . . Merkwürdig, in der Straße werd ich melancholisch.»

«Du meiner Güte, bist du 'nen Seltenen.»

Er hat doch einen Gehörigen sitzen, denkt Leni und läßt ihn in Ruhe. Er sagt auch nichts mehr und strengt sich an, durch ihren dicken Mantel hindurch die Brustwarze zu tasten. Leni sagt sich: es ist nicht Liebe, es ist bloß Nervosität, dafür bin ich mich doch zu gut, da kannst du dich woanders austoben, spiel, wo du willst, mit deinen Fingern, aber nicht bei mich, runter damit. Sie macht sich frei, sie geht sogar einige Schritte voraus, er merkt es gar nicht. Was, wird er schon kalt?

Sie biegt um die Ecke, wo die Lagerplätze von Risch-Zander sind, er ist ein wenig hinter ihr. Als er ebenfalls um die Ecke will, liegt sie ihm mit einem kleinen Schrei im Arm. Drei Meter vor ihr ist ein Mann über den Bretterzaun eingestiegen.

«Sei doch still», sagte Schäfer, «der will bloß stehlen, das ist nichts Schlimmes.»

Sie hakt ihn ein, sie setzen den Weg fort. «Halt!» ruft es. Erschrokken stehen sie. «Mein Gott, gilt das uns, wo ist das?»

«Das ist da drin, ein Wächter.»

«Halt!» ruft es wieder. «Stehenbleiben, Hände hoch oder ich schieße!»

Fliehende Schritte sind hinter dem Zaun; ein paarmal stocken sie, da nimmt der Verfolgte wohl Deckung. Ganz nahe kracht ein Schuß, dem sofort ein anderer weiter drüben antwortet. Ein rasendes Feuergefecht bricht los, Schäfer und Leni halten sich starr und gefaßt umschlungen, als gelte es, gemeinsam in den Tod zu gehen. Es ist kaum eine Minute, aber es scheint eine Ewigkeit. Ein Mann keucht den Zaun hinauf, schießt, schon im Sprung, noch einmal nach rückwärts, aber der andere schießt nicht blindlings, der Flüchtling plumpst auf die Straße, ein magerer, zappelnder Körper, Schäfer beugt sich zu ihm hinunter.

«Helfen Sie mich schleunigst fort», sagt der Mann, verflucht, was für eine Stimme, sie sehen sich ins Gesicht . . .

«Walkowiak?»

«Herr Schäfer?»

Blut sickert den Oberschenkel hinab. «Los, Leni, faß ihn unter, ich pack ihn hier . . .»

Alarmpfiffe gellen, der Wächter springt über den Zaun, einen Augenblick denkt Schäfer daran, ihn niederzuschlagen. Wenn man wüßte, wo Walkowiaks Revolver hingefallen ist . . . dummes Zeug. Es sind ja zwei, und ein dritter kommt gerade im Laufschritt heran. Sie müssen alle mit zur Polizeiwache. So eine Unvorsichtigkeit von dem Walkowiak, an dieser Stelle in mondheller Stunde einzubrechen. Aber wenn es so lange gutgeht, werden sie eben dreist.

Das war nun auch wieder aus. Leni Milius fand Unterkunft bei Herrn Edelbert Körschgen im Büro des Nationalen Arbeiterbundes. Schäfer wanderte wegen Hehlerei auf drei Monate ins Gefängnis, der andere Teilhaber lebte schon seit einiger Zeit in der Schweiz. Walkowiak wurde nur wegen versuchten Einbruchdiebstahls bestraft. Er kam mit vier Wochen davon. Bilgenstock blieb wieder eine Zeitlang verschwunden.

Der Zufall wollte es, daß am Tage der Verhandlung gegen Schäfer und Walkowiak auch der Berufungstermin gegen Johann Bermel, den Räuber der dreißig alten Ziegelsteine, stattfand. Während des Putsches hatte er als unbeteiligter Zuschauer einen Bauchschuß abbekommen, mehrfach war er operiert worden. Jetzt bezog er eine kleine Unterstützung von der Stadt. Er hatte bei seinem alten Chef um Arbeit vorgesprochen; Herr Körschgen sagte, es sei nichts zu machen, bevor er nicht vom Gericht herunter sei. Deshalb hätte er die Strafe von vierzehn Tagen, die ihm nun zudiktiert wurde, gern angenommen, um nur die Sache endlich vom Hals zu haben; doch der Staatsanwalt meldete Revision an, weil auch das Landgericht irrigerweise «Ziegelsteine als zur Hauswirtschaft gehörig» betrachtet habe. Im übrigen hatte es freilich grundsätzlich anerkannt, daß man Ziegelsteine nur gebrauchen, nicht verbrauchen könne; von einem Verbrauch habe die Vorinstanz nur sprechen dürfen, wenn der Dieb keine Ziegelsteine, sondern Zement oder Kalk gestohlen hätte.

So gingen die gewichtigen Akten Bermel zum Oberlandesgericht.

Vierzehntes Kapitel

Siegfried Hillgruber, von dessen Existenz Frau Ella zum erstenmal im Siegerland gehört hatte, war ein Außenseiter. Gebürtiger Böhme, hatte er kurz vor dem Krieg einen Handel mit industriellen Produkten angefangen. Obwohl er es als einfallsreicher, wagemutiger und entschlußkräftiger Kaufmann zu einem großen Vermögen gebracht hatte, war ihm die Gesellschaft der Industriellen verschlossen geblieben, weil er nur ein Händler war und keine Bodenschätze besaß. Er war keiner von denen, die öffentliche Anerkennung suchen; mitunter hatte er eine grenzenlose Angst, wenn er von seinem Schreibtisch aufstehen mußte, um einen Besucher zu begrüßen. Im Theater saß er oft in der Loge und verbarg in den Pausen sein Gesicht hinter dem Programmheft. Er glaubt, er sei so populär, daß alle ihn erkennen und mit Fingern auf ihn zeigen müßten.

Klein und rundlich von Statur, hatte er hängende Arme und unbefriedigte Augen. Wenn er sich im Spiegel sah, tat er, als kenne er sich nicht, aber wenn er an seinem Schreibtisch saß und den Schutzwall von Kaufverträgen und Börsenpapieren vor sich aufgerichtet hatte – dann wiederum war er für den Beobachter unkenntlich, entstellt von einer grauenvollen Unerbittlichkeit zu unterjochen, um sich zu greifen, sich irgendwo hineinzuzwängen und sich auszubreiten und einen Teil der Welt in sich einzuverleiben, nicht um ihn zu verdauen, sondern um ihn mit seinem Magensaft zu ätzen und dann wieder auszuspucken.

Obgleich er es scheute, unter Menschen zu gehen, war er keineswegs scheu, wenn er sich unter Menschen befand. Meistens bestand sein Umgang allerdings aus jungen Künstlern, expressionistischen und futuristischen Malern, Schauspielern und Dichtern, die ihn schröpften. Aus erster Ehe hatte er einen Sohn, der Filmregisseur war, nicht weil er Talent, sondern weil sein Vater Geld hatte; seine zweite Frau war eine Tänzerin aus der Labanschule, die vor ihrer gymnastischen Ausbildung Klavierspiel und Aquarellmalerei betrieben hatte. Er selbst hatte eine Passion für Musik und sagte oft, wenn er nicht Kaufmann geworden wäre, hätte er Kapellmeister werden mögen. Er sagte es so oft, daß er schließlich auf die Idee kam, einen privaten Konzertsaal zu bauen, damit er vor geladenen Gästen eine Hauskapelle dirigieren und seine Frau tanzen könne. Ein Berliner Architekt stellte ihm auf seinen Wunsch eine dämmerige Tropfsteinhöhle her, voll Üppigkeit und barockem Geriesel, verschwenderisch ausgestattet und die Pracht ehemaliger Fürstenschlösser weit übertreffend. Es war eigentümlich, daß er, der auf allen anderen künstlerischen Gebieten einem beängstigend wirren und unfundierten Radikalismus huldigte, in der Musik das Epigonenhafte und Benebelnde bevorzugte; folglich war auch dieser Konzertsaal in entsprechender Weise hergerichtet, und es konnte nicht ausbleiben, daß er ein Tummelplatz eitler Nichtskönner wurde, die sich hier als verkannte Genies spreizten oder als die STILLEN IM LANDE umwerben ließen.

Aber, was noch eigentümlicher war, die Zeit verhallte nicht etwa weit draußen, sobald die Türen zu dieser Weihestätte geschlossen waren, im Gegenteil, gerade hier hielt sie wispernd ihren Einzug. Hillgruber wurde leicht und beflügelt, nachdem er einmal auf dem Podium den Magnetismus des Taktstocks verspürt hatte, das elektrisierende Gefühl eines Wünschelrutengängers. Der Kreis der Gäste wurde weitergezogen und immer weiter, die Bankwelt fand sich ein, die ganze Kaufmannschaft, der Beamtenkörper der staatlichen und städtischen Verwaltung. In dieser von Luftgeschäften lebenden Zeit wurde Hillgrubers Konzertsaal ein Börsenplatz für die Auswertung von Beziehungen. Nirgends war der Umsatz so gut wie bei ernster Musik, in der Intimität eines schummerigen Raumes. Jedermann, der in dieses Allerheiligste hineingelangen konnte, begrüßte daher Hillgrubers Initiative, zumal man einander versicherte, die Eintrittspreise der öffentlichen Konzerte seien unerschwinglich und könnten nur noch von Arbeiten aufgebracht werden.

Hillgrubers Gesellschaft wurde Geschäft. Nur die Industrie fehlte noch.

Mit dem Ankauf des märkischen Feinblechwerks hatte der Händler den ersten Vorstoß in die Produktion unternommen. Bald folgten neue und größere, ein Eisenwerk an der Saar und Braunkohlenfelder in Mitteldeutschland. Hier erschreckte er die Konkurrenten durch eine betriebliche und organisatorische Konzentration, die noch nicht dagewesen und daher, wie die Handelskammer des dortigen Bezirks verlautbarte, auch nicht am Platze war. Man rief um Hilfe, weil «dieser ausländische Privatmann» dabei sei, sich eine monopolähnliche Stellung zu verschaffen. Geheimrat Püschel gab ein Rundschreiben heraus, das auf den Eindringling hinwies; er sei um so mehr im Auge zu behalten, als er nicht wie alle Unternehmer vor ihm, regional beginne, sondern sprunghaft gleich in ganz Deutschland Fuß fasse. Da sei also ein neuer, wendiger Typ, der vorläufig an das organisch Gewordene (wie es scheine, absichtlich, darum sei es so gefährlich) keinen Anschluß suche.

«Wenn er ihn sucht, wird er verweigert», befahl Schellhase junior mit dem Selbstgefühl seiner Dynastie.

«Warum?» fragte Wirtz.

«Komische Frage, dieser . . . dieser . . . Ausländer!»

«Ja, so . . . Aber warum sagen Sie das eine Mal, Böhmen sei deutsch trotz des SCHANDVERTRAGS, und das andere Mal, es sei Ausland?»

«Ach was», rief Kropf wütend. «Sie haben nur wieder was mit dem Kerl vor, das ist immer so, wenn Sie mit Ihren Spitzfindigkeiten und Sophismen kommen.»

«Ja – nein, Herr Kropf. Es ist ein bißchen dumm, entschuldigen Sie . . . es gibt Leute, die jede Rede eines Menschen damit abtun wollen, daß sie sagen: das ist zugespitzte Dialektik . . . Das sind gewöhnlich Leute, die selbst keine Dialektik haben, weder eine zugespitzte noch eine abgestumpfte . . .»

«Solche Argumente dulden wir nicht! Dieser Ton darf in der Union nicht einreißen!»

«Wissen Sie was? Ich habe oft darüber nachgedacht, warum das bei uns immer so gemacht wird . . .»

«Was?»

«Nun, daß ein Mensch, der uns stört, weil er auf eine andere, womöglich intensivere Art arbeitet als wir, als Ausländer oder Jude abgemurkst werden muß . . .»

«Mich stört er nicht!» behauptete Schellhase junior.

Krogoll strich die Asche von seiner Zigarre. «Ich weiß nicht, es ist hier im Hause der Union so gemütlich, aber sobald wir sprechen, ist es, als sei eine Sauerstoffbombe geplatzt. Warum die Aufregung?»

«Wenn Herr Wirtz einen Händler hier einschmuggeln will!»

«Ich will ihn nicht einschmuggeln . . .»

«Sondern einführen», ergänzte Schellhase junior, «wie, so ist es doch? Sie machen ja alles legal, bekanntlich.»

«Bei Gelegenheit, vielleicht, ja, will ich ihn einführen.»

«Nun und nimmer!»

«Hören Sie zu. Ein Händler kann ein Mann sein, der die Verteilung der Ware als Selbstzweck betrachtet, er muß es nicht sein . . . Ein Produzent wiederum kann ein Mann sein, der vor lauter Produktion den Absatz seiner Ware vergißt, er muß es nicht sein . . . Handel bedeutet Verwertung der Produktion und Versorgung der Verbraucher, diese zwei Pole bestimmen seine Preisgestaltung . . . Reichtum ist keine Schande, warum soll Reichwerden eine Schande sein? Hillgruber ist ein bescheidener Mann, der seinen Vergnügungen innerhalb seines Hauses nachgeht . . . Er ist kein gewöhnlicher Schieber, der seine Feste auf dem Parkett der großen Hotels feiert, wo jeder Zahlungsfähige willkommen ist . . .»

«Der Mann kommt hoch durch Minderwertigkeitsgefühle», sagte Grußenbaum, der diesen zwanglosen Gedankenaustausch in der Union zu einer ständigen Einrichtung gemacht hatte, denn es war seine Aufgabe, alle unter einen Hut zu bringen und allen gerecht zu werden. Kropf ging auf einen Augenblick hinaus, der junge Schellhase folgte ihm: «Was sagen Sie hun? Der Wirtz wird gemeingefährlich.»

«Kann nicht mehr so lange mit ihm dauern.»

«Sollen wir nicht lieber den Austritt aus der Union erklären?»

«Aber Herr Schellhase, wegen einer solchen Lappalie? Austreten, das wäre! Wie sollten wir die Union dann jemals in die Hand bekommen?»

«Je nun, der Krogoll läßt sich ja ganz in Schlepptau nehmen.»

«Eben darum.»

«Aber im Fall Hillgruber Widerstand bis zum äußersten, nicht wahr? Er gehört nicht zu uns.»

«Das ist sicher.»

Etliche Wochen nach dieser informatorischen Besprechung in der Union fanden zwei denkwürdige Begegnungen statt; denkwürdig insofern, als sie eine Interessenverlagerung einleiteten, die zunächst im Programm der handelnden Personen nicht vorgesehen war.

Die erste Begegnung fand zwischen Hillgruber und Wirtz statt, der Bankier Mehren hatte sie vermittelt. Siegfried Hillgruber saß noch immer an seinem Schreibtisch wie ein zusammengerollter Igel. Er lehnte es schlankweg ab, in die Union einzutreten, falls nicht sämtliche Mitglieder ihre Zustimmung gäben.

«Aber was macht Ihnen denn das bißchen Opposition unserer beiden Fanfarenbläser Kropf und Schellhase aus?» fragte Wirtz geradewegs, jedoch ein wenig lauernd. «Sie als Musiker sollten solche sporadischen Fortissimi nicht überschätzen . . .»

Hillgruber zog die Stirn kraus. «Nun ja», fuhr Wirtz fort, «ich verstehe gar nichts von Musik, aber daß man ein großes Orchester nicht ohne Pauken musizieren lassen kann, ist doch gewiß . . .»

«Bitte, nicht solche Vergleiche, Herr Wirtz, sie tun mir weh.» Hillgruber hob abwehrend die Hand, sie war innen in den stark eingetieften Furchen voll winziger Schweißtropfen, wie Stecknadelköpfe saßen sie dort.

«Dann sage ich Ihnen unverblümt, daß Kropf ein gutmütiger Polterer ist und Schellhase ein grüner Junge.»

«Es bleibt bei meiner Antwort, Herr Wirtz.»

«Und das Geschäft?»

«Darüber läßt sich eher reden.»

Ottokar Wirtz hatte eine Interessengemeinschaft vorgeschlagen, bei welcher im allgemeinen nur lose Bindungen bestehen, alle bedeutenden Pläne aber gemeinsam durchgeführt, oder wo dies nicht angängig wäre, gegeneinander abgegrenzt werden sollten.

«Oh, ich verstehe», sagte Hillgruber, «Sie wollen mich kleinhalten.»

Wirtz gedachte jener Worte des Generals: «Der Mann kommt hoch durch Minderwertigkeitsgefühle.» Bevor er jedoch antworten konnte, machte Hillgruber einen Gegenvorschlag.

«Ein Aktienpaket des größten metallurgischen Werkes in Rumänien ist durch den Zusammenbruch einer Bank frei geworden, man hat es mir angeboten. Gute Kohlengruben, etwas Eisenerz, zwei Hochöfen,

Lokomotivfabrik und neunzigtausend Hektar Wald. Neunzigtausend Hektar Wald, Herr Wirtz! Ich liebe Wald. Taufrischer rumänischer Wald, da macht man sich ja gar keinen Begriff davon.»

«Man könnte ihn in einer Papierfabrik verwerten.»

«Und mit dem Papier eine Zeitung begründen, wie?»

«Nicht übel.»

«Schlechte Finanzwirtschaft da unten, kostspieliger Beamtenapparat.»

«Wäre rasch aufgeräumt. Nichts leichter für deutsche Industrielle, als abzubauen.»

«Ja, wenn man die Mehrheit hätte.»

«Wie steht es denn damit?»

«Passen Sie auf. Ein Drittel des Kapitals hat ein französisches Konsortium, das gern an die Saar möchte. Wäre es dort, könnte man Rumänien von ihm haben. Ich kann meine Saarhütte nicht abgeben, aber ich kenne eine holländische Beteiligung, die zu haben wäre, wenn sie etwas anderes in Deutschland dafür bekäme. Nun, ich biete ihr ein Eckchen mitteldeutsche Braunkohle. Soweit ist alles klar – ich gebe Braunkohle an die Holländer, die Holländer geben mir die Saarbeteiligung, ich gebe die Saarbeteiligung an die Franzosen, die Franzosen geben mir Rumänien, das jeweilige Aufgeld wird entweder in bar oder in Form von anderen Beteiligungen entrichtet. Nur – ich brauche einen Partner für Rumänien, für mich ist die Sache zu umfangreich.»

«Welches sind Ihre Bedingungen?»

«Tauschen Sie mir ein Eckchen Felgenhauer-Wirtz-Elektro-Allianz gegen ein Eckchen Braunkohle ein, das ich auch noch abhacke, und wir machen das rumänische Geschäft mit Zeitung und allem zusammen. Ist das nicht verlockend?»

«Sehr», sagte Wirtz und dachte: Aha, so machst du das. Du hast also ein internationales Verschachtelungsverfahren, um die Besitzverhältnisse undurchsichtig zu machen, es geht dir nicht bloß um die Besitztümer, es geht dir vor allem darum, überall hineinzuschnüffeln, überall liiert zu sein, von allem fremden Gut einen Brocken mitzuhaben. Bist du nicht ein potenzierter Ottokar Wirtz? Wie? Da muß ich einschlagen. «Ich bin prinzipiell bereit», erklärte er und sah lauter Linien vor sich, die wie bei einem Stammbaum ausstrahlten und sich immer von neuem teilten. «Ich komme miß Näßler wieder, dann untersuchen wir die Details.»

«Sobald wie möglich, bitte, die Sache eilt.»

Näßler war nicht entzückt, er fand irgend etwas nicht in Ordnung.

«Was ist es denn?» forschte Wirtz.

«Wenn ich es nur wüßte . . .»

«Na also, es ist nichts», sagte Wirtz ärgerlich, «es ist doch wirklich keine abgefeimte Schurkerei dahinter.»

Näßler sah ihn von unten herauf an und senkte rasch den Blick. Beide hatten sie denselben Gedanken. Bereits zum zweitenmal hatte Wirtz sich an einen anderen angeschlossen, statt ihn sich anzuschließen. Das erstemal war es mit Püschel gewesen. Ja, ja.

«Ich glaube nicht an Vorbedeutungen», sagte Wirtz schroff.

«Aber wieso denn auch?» fragte mit gezwungenem Lachen Näßler und dachte: Siegfried Hillgruber beherrscht Verbindungen von Osten nach Westen, ein guter Händler ist auch ein guter Unterhändler.

Es blieb trotz aller Zuversicht eine dumme Geschichte.

Die zweite Begegnung fand zwischen Oberst von Leutwitz, dem Freiherrn, Kropf und Schellhase junior statt, Grußenbaum hatte sie vermittelt. Man entsinnt sich, daß die beiden Militärs zusammen im Gefolge des Kaisers gewesen waren.

Leutwitz saß in der Reichsleitung der Nationalsozialistischen Arbeiterpartei und hatte Verbindung mit allen Geheimbünden und mit vielen Offizieren des alten und neuen Heeres. Hierfür interessierte sich besonders der junge Schellhase, der dieser Partei mir reichen Spenden unter die Arme griff. Kropf stieß sich an dem Wort «Sozialismus», Schellhase junior hingegen meinte, ein Firmenschild müsse nicht immer gleich gestatten, dem Inhaber ins Herz zu sehen.

«Ach?» sagte Kropf. «Seit wann denken Sie so diplomatisch?» Daß das Wort nur zum Köder für die Arbeiter diene, sei doch wohl ein holder Wahn; er wolle nicht bezweifeln, daß dies allein die Absicht der Partei sei, aber jenes Wort habe nun einmal das Böse in sich.

«Na, wenn sie wirklich mal revolutionär werden sollten, sperren wir ihnen eben die Gelder!» lachte der junge Schellhase.

Kropf hob die Schultern und hielt den Kopf scharf auf die rechte Seite. Es sei fraglich, ob das alsdann noch genügen werde, ob man nicht sagen müsse, die Geister, die ich rief, die werd ich nun nicht los. Nein. Der Kampf um die deutsche Seele des Arbeiters könne nur dann Erfolg versprechen, wenn er von vornherein jeden Gedanken an Sozialismus verbanne. Nun zuckte Schellhase die Achseln: er halte es für wichtiger, daß erst einmal der Gedanke an Nationalismus hineingebracht werde, gerade jetzt sei die Zeit günstig, da die Arbeiter infolge der Reparationserpressung den Glauben an die Internationale zu verlieren begännen. Kropfs erste Frage an Leutwitz war daher: «Was ist nationaler Sozialismus?»

«Die Front gegen das internationale Judentum und das internationale Finanzkapital.»

«Das Judentum interessiert mich nicht, in der Schwerindustrie gibt es keine Juden. Aber das Finanzkapital.»

«Ich bitte um Verzeihung, aber ebendieses besteht doch aus Juden.»

«Ein Jude, der Bankier ist, ist kein Jude mehr, sondern ein Wirtschaftler. Sie wollen also das Finanzkapital beseitigen?»

«Das nationale nicht.»

«Das nationale Finanzkapital ist ein integrierender Bestandteil des internationalen. Ebensogut können Sie sagen, Sie wollten den Erdball vertilgen und Europa leben lassen.»

«Wir sehen das nicht so an . . .»

«Sie scheinen überhaupt nichts anzusehen. Aber –» fügte Kropf in völlig verändertem Ton hinzu – «deshalb können wir ruhig miteinander Umgang pflegen. Ihre Partei ist noch jung, sie wird – das heißt: sie kann sich entwickeln.»

Die Betonung war leicht, doch sinnfällig. Leutwitz versicherte: «Die Partei wünscht nichts sehnlicher, Herr Kropf.» Schellhase junior erkundigte sich nach irgendwelchen Vorgängen beim Heer.

«Treibt denn die Reichswehr tatsächlich Politik?» ließ der Freiherr sich vernehmen.

Der Oberst machte eine Verbeugung, die Überraschung und Ahnungslosigkeit ausdrückte. «In der Reichswehr gibt es keine politischen Strömungen, sondern nur Gehorsam gegen die erlassenen Befehle.»

«Aber wer erläßt die Befehle?»

«Diejenigen, denen die Reichswehr gehorcht . . .»

Der Freiherr fühlte einen Zwang zu schlucken, aber er kämpfte dagegen an.

«Sie sprechen von politischen Strömungen, ich sprach von Politik schlechthin, das könnte ein Unterschied sein, es muß natürlich keiner sein.»

«Was ist überhaupt Politik?» lachte Schellhase. Leutwitz erwiderte: «Politik? – Politik ist nie das, was die Reichswehr tut.»

«Gut gesagt, Herr Oberst. Ich halte es für gefährlich, alles offen auszusprechen.»

«Halten Sie einen Augenblick.» Der Freiherr war von einer sonderbaren Hartnäckigkeit. «Wem dient die Reichswehr nach Ihrer Meinung?»

«Dem Staat – der Idee des Staates», verbesserte sich der Oberst.

«Ich möchte Sie nicht examinieren, ich frage das nur, weil der ernste Wirtschaftler die Pflicht hat, sich von Extremen fernzuhalten.»

Sie starrten den Freiherrn verblüfft und unhöflich an; interessant, wie die Zeit auch an ihm arbeitete.

«Unsere Werke», sprach der Freiherr unterdessen fort, «unsere im Wiederaufbau begriffenen Werke können keine Erschütterung vertragen. Ehe wir an anderes denken, muß die Arbeitslust wieder zu einem behüteten Hausschatz werden. Es liegt vielleicht in der menschlichen Natur begründet, daß in dieser erregten Zeit namentlich die jüngeren Elemente, teils getragen von idealen Bestrebungen, teils aber auch nur von dem Willen, sich ein Abenteurerleben zu verschaffen, über die Stränge schlagen. Darum müssen alle erfahrenen Männer zusammenstehen, um auch unter den veränderten politischen Verhältnissen das ausgleichende Element zu bilden.»

Er sagte niemals «die Republik» oder auch nur «der neue Staat», sondern immer «die veränderten politischen Verhältnisse». Als er geendet hatte, verbeugte Leutwitz sich abermals: die Nationalsozialisten hätten in richtiger Würdigung dieses Standpunkts einen erfahrenen Mann zur Leitung der Partei im Revier berufen, einen ehemaligen Schlosser, der gute Fühlung mit der Arbeiterschaft, aber auch mit anderen Kreisen der Bevölkerung habe. Walkowiak heiße er.

Niemand erinnerte sich dieses Namens. Lang, lang war's her, daß er unter den Erlassen des Arbeiter- und Soldatenrats gestanden hatte.

Es war kurz vor Weihnachten, der Dollar notierte 7425. Spiritisten und Sektierer, Devisenschleichhändler und Wucherer, Bettler und Hungrige vagabundierten in den Straßen. Dazwischen schob sich eine Menge ehrsamen Mittelstands mit fadenscheinigen Kleidern aus anständiger Gesinnung. Sie wurde langsam aufgerieben.

Aber nicht allein das Leben, auch das Sterben war kaum noch erschwinglich. Fast jeder Betrieb, fast jedes Büro gründete daher zwei Kassen, eine Begräbniskasse und eine «Schmalzkasse». Die Sterbekassen nannten sich «Treue Genossen» oder «Kranzspende» oder «Pietät» und brachten die Beerdigungsgelder jeweils durch eine Umlage auf. Was aber die «Schmalzkassen» betraf, so sollten sie die Beteiligten wenigstens ein einziges Mal in den Genuß einer Goldmarksumme setzen, die eine größere Anschaffung ermöglichte, den Einkauf eines Kleidungsstücks oder eines Haushaltungsgegenstands. Jeder gab von seiner Gehalts- oder Vorschußsumme einen vollen Dollar ab, nach dem

Tageskurs berechnet, jeweils zugunsten dessen, der nach dem aufgestellten Turnus empfangsberechtigt war. Es waren keine Versicherungsmathematiker dazu nötig, es war die primitive Selbsthilfe der Verzweiflung.

Märkte und Läden wurden geplündert. Die Polizei schoß. Der Staat, der die Ruhe mit Papiergeld störte, stellte sie mit Metallkugeln wieder her. Die Landeswährung verschwand aus dem Verkehr, Gesetze und Polizeiverordnungen hoben sich gegenseitig auf, und beide zusammen wurden von der Wirklichkeit lächerlich gemacht.

Die Schiedssprüche des staatlichen Schlichters waren ein politisches Lotteriespiel. Da der Treffer notgedrungen auf einen Punkt fiel, der zwischen den Forderungen der Parteien lag, gingen diese, um die Chancen zu verbessern, beiderseits bis zum äußersten. Anfangs bewilligte der Schlichter Dreiviertel der Gewerkschaftsforderungen; später zog er ein gerechtes Mittel; zuletzt entschied er sich für Dreiviertel der Unternehmerforderungen. So zeichnete sich auch in dieser Linie das Wunder ab, das man in Deutschland «Wiederaufbau» nannte.

In den Hütten und Zechen wurde entweder gestreikt oder passive Resistenz geübt. Sirenen zeigten den Zusammentritt von Betriebsversammlungen an, die regelmäßig mit einem Marsch auf die Verwaltungsgebäude endeten. Risch-Zander erlebte seine zehn bis zwölf Demonstrationen pro Tag. Die Arbeit des Direktoriums bestand nur noch in Verhandlungen mit dem Betriebsrat. Eines Morgens rückte der ganze Lokomotivbau vor die Hauptverwaltung und forderte statt der bisher gewährten Produktionsprämien einen festen, einheitlichen Stundenlohn. Das Direktorium antwortete, es werde nur mit der gesetzlichen Vertretung der Arbeiterschaft verhandeln, die durch diese Arbeitsniederlegung ebenfalls überrascht worden sei. Hierauf brach der Lokomotivbau in die Werkstätten rechts und links der Straße ein und legte die gesamte Strom- und Wasserversorgung still. Das Hauptverwaltungsgebäude wurde erstürmt, Direktoren und Prokuristen flüchteten in den Keller. Hiebenstein wollte standhalten; der Freiherr beschwor ihn, sein Leben nicht unnütz der rohen Gewalt auszuliefern. Er selbst begab sich mit Herrn von Scheeven in den Fahrstuhl und ließ ihn mitten im dunklen Schacht zwischen zwei Stockwerken anhalten. Ein Glück, daß die Ersatzleitung zum städtischen Elektrizitätswerk intakt war.

So horchen sie. Rack, rack, rack, hallen die genagelten Schuhe auf dem Linoleum. Rufe zerstreuten sich in den tiefen, gewölbten Gängen.

Türen knallen auf und zu. Mit einemmal schreit jemand etwas wie ein Kommando, alles rennt zurück, eine letzte Tür fällt ins Schloß. Großer Gott, was ist geschehen?

«Hoffentlich kein Totschlag», sagt Herr von Scheeven.

«Fürchten Sie?»

«Das nicht, jedenfalls war es das Tollste, was ich hier erlebt habe.»

Der Freiherr horcht noch zwei Minuten, dann fährt er wieder hinauf, sucht selbst die Zimmer der Direktoren ab – noch keiner zurück, natürlich nicht, aus dem Keller können sie noch nicht wieder oben sein. Wie vom Blitz getroffen steht er still: «Sie werden die Herren doch nicht im Keller entdeckt haben?» Plötzlich erblicken sie einen Bürodiener am Korridorfenster, Herr von Scheeven eilt zu ihm hin.

«Die Polizei kommt.»

«O Gott», sagt der Freiherr, «was wird nun werden? Sind noch viele Leute auf der Straße? Gehen Sie, Herr von Scheeven, sprechen Sie mit dem Offizier, damit nicht geschossen wird, ich will kein Blutbad in der Fabrik.»

Herr von Scheeven hat es nicht so eilig, was soll diese dumme Humanität, er ist dafür, daß man die Polizei nicht hindert, ein Exempel zu statuieren; doch wagt er keine Widerrede, als er des Freiherrn vibrierende Backenknochen sieht, ein Zeichen, daß es sehr innerlich bei ihm sitzt. Da kracht auch schon eine Gewehrsalve. «Himmel», sagt der Freiherr und wankt in sein Zimmer, «das habe ich nicht gewollt.»

Eine schwangere Frau ist getötet, einsam liegt sie mitten auf der Straße, die Markttasche hält sie an sich gepreßt, mit der anderen Hand scheint sie die blutigen Eingeweide hineinzustopfen, die aus dem offenen Leib hervorquellen. Der Polizeioffizier entschuldigt sich beim Freiherrn: er habe keinen Befehl zum Schießen erteilt, er könne seinen Leuten aber auch keinen Vorwurf machen; schon in der Stadt seien sie mit Steinen beworfen worden, und dann dieses ewige Gebrüll «Bluthunde!» und «Nieder!» – da müsse man ja Nerven aus Eisen haben, um das auszuhalten, schließlich seien die Polizisten doch auch Menschen.

Unterdessen haben große Teile der Menge sich wieder gesammelt und ziehen zur Otto-Heinrich-Hütte in die Nachbarstadt. Fünf Kilometer sind es bis dahin, ununterbrochen strömen Menschen zu.

In den vordersten Reihen geht ein Mann, der von den anderen ein wenig absticht. Er hat eine kurze Pfeife im Mund und die Hände auf dem Rücken. Er hat einen blauen Anzug mit weit heruntergerutschten Hosen an und einen schwarzen, hoch zugeknöpften Sweater unter dem Rock, wie ein Metzger. Er hat eine braune Sportmütze auf und eine große Hornbrille über den Augen und ein rundes Medaillon mit Sichel und Hammer am Rockaufschlag – und dieser Mann ist niemand anders als Friedrich Bilgenstock, einstmals Vorsitzender des Risch-Zanderschen Werkvereins.

Vor dem Portal der Hütte wogt es hin und her, ein Lastauto bahnt sich, immerzu hupend, den Weg. Papierballen hat es geladen. Es fährt ganz langsam, ein paar Jungen steigen hinauf und treiben Allotria. Einer hat das Papier untersucht und ruft: «Das ist ja die Hüttenzeitung!» Hüttenzeitung – das ist ein verhaßtes Wort. Hüttenzeitung – das ist journalistischer Schmuggel, das ist die Arbeiterpresse von Unternehmers Gnaden. Schon fliegt ein Ballen auf die Straße. Das Auto kann nicht weiter. Der Chauffeur schimpft, der Beifahrer schimpft ebenfalls. Sie werden herausgeholt und durchgewalkt, da gibt es kein Erbarmen, sind Chauffeure vielleicht auch Arbeiter? Bilgenstock schreit: «Alles runter, den ganzen Mist, runter auf die Straße!» Ein Scheiterhaufen liegt da. «Kohlenglut her!» schreit Bilgenstock. Jungen rennen in die Schmiede. «Platz da, Platz!» Eine schwere Schaufel blakender Glut, hinein damit in den Papierstoß. «Platz da, Platz, es geht an!» Sie geben etwas Raum, der Wind fegt durch. Es flammt auf. Ruhig und ohne zu knistern, aber mit furchtbarer Geschwindigkeit läuft die Flamme fort, als wenn es Pulver wäre. Hoch über die Dächer weg fliegt das verkohlte Papier. Die Straße hinauf klingelt die Feuerwehr.

«Wir wollen Brot, keine Werkszeitungen! Keine Werkszeitungen, Brot wollen wir!»

Der Wasserstrahl löscht Brand und Geschrei.

Nach diesen Vorfällen fuhr Kropf nach Berlin und bot der Regierung an, die Otto-Heinrich-Hütte zu sozialisieren. Bald nahte der Zeitpunkt, da das Werk überhaupt nicht mehr bestehen könne, und er werde den guten Namen bis zuletzt hochhalten und lieber freiwillig den Betrieb einstellen als es dahin kommen lassen, daß die Verbindlichkeiten nicht erfüllt würden. Die notwendigen Schritte habe er schon unternommen, damit die Liquidation in Ehren geschehen könne.

Die Ministerialräte machten lange Gesichter, der Wirtschaftsminister schüttelte den Kopf und erklärte im Namen der Regierung, eine Auflösung des Unternehmens sei mit Rücksicht auf die Arbeiterschaft, aber auch im Interesse der Allgemeinheit sehr bedauerlich. Die Regierung könne indessen nicht daran denken, ein Unternehmen zu sozialisieren, das nicht mehr lohnend arbeite. Selbstverständlich müsse die Arbeiterschaft auskömmliche Löhne haben, andererseits müssen sie sich an die Lohnvereinbarungen halten und dürfe nicht durch Unruhen und Streiks dem Werk unermeßliche Verluste zufügen.

Diese Erklärung ließ Kropf durch Anschlag in der Otto-Heinrich-Hütte verbreiten; sie wirkte abkühlend. Hiebenstein dagegen erzielte denselben Erfolg ohne besondere Anstrengung. Er versprach, über die Forderungen des Lokomotivbaus mit sich reden zu lassen, wenn die Arbeit wiederaufgenommen sei. Die Bedingung wurde nach einigem Zögern erfüllt, das Ergebnis der Verhandlungen mit dem Betriebsrat aber lautete dahin, daß für die Prämienermittlung neue Grundlinien festgestellt werden sollten. Der einheitliche Stundenlohn und die Bezahlung der ausgefallenen Schichten wurden abgelehnt, weil die Belegschaft in ungesetzlicher Weise in den Streik getreten sei.

Alles dies wurde «mit Zustimmung des Betriebsrats» bekannt gemacht. Man kann nicht sagen, daß seine Autorität dadurch gestärkt wurde. Der Finanzrat sagte: «So schlägt man zwei Fliegen mit einer Klappe.»

Kropf hatte sich vergeblich bemüht, den Nationalen Arbeiterbund tariffähig zu machen und beim Arbeitsminister seine Anerkennung als Gewerkschaft zu erreichen. Wäre es gelungen, so wäre der Nationale Arbeiterbund berechtigt gewesen, an den Lohnverhandlungen teilzunehmen – «ein Pfahl im Fleische der Gewerkschaftssekretäre wäre das», meinte Kropf. Da es nicht gelungen war, verfolgte er eine neue Idee. Sie ging von der Behauptung aus, die Gewerkschaften hätten für das einzelne Werk und seine Arbeiter kein Verständnis und seien ohne Einblick in die individuellen Bedürfnisse, Möglichkeiten und Notwendigkeiten. Deshalb, folgerte Kropf, müßten die Betriebsräte auf eine andere Basis gebracht werden; sie sollten nicht auf Grund gewerkschaftlicher Listen gewählt werden, sie sollten ein Gremium der vertrauenswürdigsten Angestellten ohne jede gewerkschaftliche Bindung sein. Oberstes Gebot habe nicht die Berufung auf Gesetzesparagraphen zu sein, die doch von außerhalb, und dazu mit Unverstand, hineingetragen seien, sondern die Berufung auf den Konnex mit dem Werk, auf die Vertrautheit mit seiner Eigenart und seiner Geschichte.

Dieses Programm nannte er die «Werksgemeinschaft». Ihm diente auch jene Hüttenzeitung, die alle vierzehn Tage herauskam, Bilder und Aufsätze aus dem Werk enthielt und an alle Arbeiter und Angestellten umsonst ausgeteilt wurde. Es war erst ein Anfang. Die Redaktion hatte Herr Drees – das waren nun auch schon vier Jahre her seit jenem Auftritt in der Risch-Zanderschen Eisengießerei, an dessen günstigem Ausgang Herr Drees seinen Anteil gehabt hatte.

Ottokar Wirtz hatte gegen den Gedanken der Werksgemeinschaft vieles einzuwenden, auch die Form schien ihm noch sehr unklar zu sein. «Es ist zu durchsichtig», sagte er, «jedermann wird darin mühelos die übliche Beherrschung der Kleinen durch die Großen erkennen . . . Vor allem muß die Wohlfahrt hinaus, ich habe keine einzige Wohlfahrtseinrichtung in meinen Werken. Das unglückliche Beiprodukt der Wohlfahrt ist der Argwohn . . . Wenn sie sich bezahlt machte, wäre sie eine gute Kapitalanlage, aber wir haben es ja erlebt, daß diejenigen unter uns, die die meisten Wohlfahrtseinrichtungen haben, auch die meisten Arbeiterunruhen haben . . . Man soll für niemanden etwas tun, was er gescheiter für sich selbst täte, und organisierte Menschenfreundlichkeit ist noch viel unangenehmer als spontane . . .»

«Immerhin», parierte Hiebenstein, «wer zuletzt lacht, lacht am besten. Ich bin sehr für die alten Sprichwörter.»

Eine große öffentliche Tagung der Union, zu der auch der Reichsverband geladen war, beschäftigte sich mit diesem Ideenkreis. Zum erstenmal sprach hier der General: der Klassenkampfstandpunkt der Gewerkschaften habe erst den Herr-im-Hause-Standpunkt der Unternehmer zur Folge gehabt; sie möchten ihn von Herzen gern aufgeben, nur die Existenz der Gewerkschaften hindere sie daran; es sei Zeit, die Arbeiter daran zu erinnern, daß ihre Führer unmittelbar nach Kriegsschluß das Gelöbnis abgelegt hätten, Deutschlands Wiederaufbau mit den Unternehmern, nicht gegen sie durchzuführen; die Unternehmer, die ihnen geglaubt hätten, seien jetzt schändlich betrogen, denn die Gewerkschaften erstrebten die Diktatur ihrer Klasse in Staat und Wirtschaft, die Gewerkschaftspolitik schließe die Vertretung der Kapitalinteressen von vornherein aus, während – welche Ungerechtigkeit! – die Unternehmerverbände auch die Interessen der Arbeiter wahrnähmen; auf Arbeitgeberseite werde sicherlich nicht der Gedanke erwogen, eine Mitwirkung an Einrichtungen zu verlangen, deren Kosten allein die Arbeitnehmer trügen; dagegen die Gewerkschaften! Obwohl doch die Beiträge zur Unfallberufsgenossenschaft ausschließlich von den Unternehmern aufgebracht würden, rührten die Gewerkschaftsbeamten so lange im Arbeitsministerium herum, bis sie auch in die Unfallverhütung dreinzureden hätten; man solle sich vergewärtigen, welche Steigerung der Verwaltungskosten damit verbunden sei, ganz von der Frage abgesehen, wo der Nachweis für die sachliche Eignung dieser Leute bleibe; wenn nun auch noch die Unfallberufsgenossenschaften zum Tummelplatz weltanschaulicher Kämpfe gemacht würden, sei es mit der objektiven Durchführung des Gesetzes vorbei; nun, die Unternehmer hätten ja nichts davon, nur im Interesse der versicherten Arbeiter sei es zu bedauern.

Da also die Gewerkschaften auf der ganzen Linie versagt hätten, meinte Dr. Krewett, an die Ausführungen des «verehrten Vorredners» anknüpfend, so müßten andere Wege beschritten werden. «Die Erkenntnis, daß eine großzügige Lohnpolitik eine Frage des wirtschaftlichen Erfolgs ist, kann nur in einer WERKSGEMEINSCHAFT von Menschen gefördert werden, die das gleiche Tätigkeitsfeld haben. Nicht länger darf die Arbeit als ein Mittel zur Befriedigung der leiblichen Notdurft betrachtet werden, sie ist ein seelischer Wert, sie hat einen ethischen Boden, der den Menschen als verantwortliches Wesen packt. Diese Arbeit wird nicht geleistet, damit irgendwer einen Lohn davonträgt; sie wird geleistet in dem Bewußtsein, daß sie der Gesamtheit des Werkes gilt. Die Stärkung dieses Zusammengehörigkeitsgefühls ist aber die allerpersönlichste Angelegenheit jedes einzelnen.»

Nachdem der Applaus verklungen war, ein donnernder Applaus, der von ganz Deutschland gespendet zu sein schien, wurde Professor Jodoci vorgeschickt. Währenddessen schlich der Staatssekretär a. D. auf Zehenspitzen durch den Saal, um den Presseleuten die Manuskripte der Reden auszuhändigen.

Gebannt lauschte die Versammlung; die Sozialdemokratie sei eine Lehre der Verneinung, sagte der Professor, und es könne nicht anders werden, bevor der MARXISMUS überwunden sei. Der Marxismus verneine die Staatsordnung, deshalb habe er die Monarchie durch die Republik ersetzt; er verneine die Wirtschaftsordnung, deshalb habe er den Privatkapitalismus durch den Fiskalismus ersetzt; er verneine die Arbeitsordnung, deshalb habe er das Zusammenwirken durch die Diktatur ersetzt. «Was tut not? Wir müssen die Städte abreißen und die Arbeiterschaft auf dem Lande ansiedeln, wir müssen ihr Heimstätten schaffen für Gartenbau und Kleinviehzucht, Häuschen mit Wohnküche und Kochnische, einem Elternschlafzimmer, einem Kinderschlafzimmer und einem Baderaum, und vor allem zweitausend Quadratmeter Land, alles ohne den alten Werkswohnungscharakter und doch zur Seßhaftigkeit anreizend –» beinahe hätte er gesagt «verdammend» – «nehmen Sie, meine Herren vom Bergbau, einen Aufschlag auf den Kohlenpreis, um das Projekt zu finanzieren! Genügt es nicht, so ist das Zivildienstjahr für Männer und Frauen einzuführen, ferner müssen Männer aus Arbeitgeber- und Arbeitnehmerkreisen, deren Sachkenntnis über allen Zweifel erhaben ist, die vom Vertrauen ihrer Berufskollegen getragen und ohne Sonderinteressen sind, einen Wirtschaftssenat bilden, in dem diejenigen Fragen in aller Aufrichtigkeit und mit aller Offenheit beraten werden, die das Wohl der Gesamtwirtschaft betreffen!»

«Ja, lieber Professor, wo wollen Sie denn die Männer mit solchen Eigenschaften finden?» fragte der Bankier Mehren nachher beim Abendessen. «Entweder haben sie Sachkenntnis – dann haben sie nicht das Vertrauen der Kollegen; oder sie haben das Vertrauen der Kollegen – dann haben sie keine Sachkenntnis.»

«Lassen Sie's gut sein», sagte der Staatssekretär a. D., «der Eindruck auf die Presse war vorzüglich. Glänzende Regie, dieser Abend, und ein ganz großartiges Aufbauprogramm, Professor Jodoci, gratuliere, gratuliere.»

«Hinterher schreiben die Presseonkels ja doch wieder, was sie wollen», warf Grußenbaum ein, «sie müssen noch viel mehr an die Kandare genommen werden. Die Kunst ist eben, sie zu streicheln, ohne ihnen das Bewußtsein zu geben, daß sie gestreichelt werden. Schließlich sind doch nicht lauter Esel unter ihnen, aber irgendwo ist jeder zu packen, irgendwo hat jeder seine verwundbare Stelle – eine, warten Sie mal, wie sagte doch mein Oberst Leutwitz immer? So was Griechisches war's . . .»

«Vielleicht eine Achillesferse?» half Professor Jodoci nach.

«Eine Achillesferse, jawohl. Also mehr individuelle Behandlung, den einen rupfen, den anderen zupfen, den einen dreimal einseifen, den anderen gleich rasieren – Herr Pressechef, Sie müssen sich noch die Sporen als Schaumschläger verdienen, Sie hartgesottener Zivilist!»

Der muntere Ton, in dem er sprach, deutete auf einen Spaß, aber etwas Borstiges, das in seiner Stimme mitschwang, ließ gleichzeitig eine gewisse Bosheit vermuten. Der Staatssekretär a. D. versuchte, auf den Ton einzugehen: «Ja, links hat man es eben leicht, von Generalsattacken, Kürassierstiefeln und scharfmacherischen Pensionären der Republik zu schreiben . . .»

«Ich weiß gar nicht, was die Leute wollen. Dabei war ich schon als General Realpolitiker. Auf welchem Posten ich auch stehen mag, in vorderster Linie stehe ich immer auf dem BODEN DER TATSACHEN!»

«Der ungefähr aussieht wie das Gestade der Lotophagen, wo man alles Frühere durch Lotosessen vergißt, ohne deswegen mehr von der Zukunft zu wissen – um bei dem Griechischen Ihres Herrn Kameraden zu bleiben», sagte der Staatssekretär a. D., immer in der kitzelnden Manier fortfahrend.

Mehren lachte übermäßig laut: «Oder wie das Labyrinth des Minos», und selbst Jodoci wurde witzig und meinte, daß dann der Herr General die Wahl habe, sich als listigen Odysseus, menschenfressenden Minotaurus oder auch als Theseus mit dem rettenden Faden zu betrachten.

«Gott», unterbrach ihn der General, gleichsam um die Nutzanwendung aus dieser Mythologie zu ziehen, «wenn ich links wäre und die Macht gehabt hätte, die die Linksleute nach dem Umsturz hatten . . .»

«Dann wäre der Sozialismus durchgekommen», vollendete Mehren.

Hiebenstein kam dazwischen und nahm den Professor in Beschlag. «Ich höre, Ihre Universität ist sehr in Bedrängnis wegen geeigneter Räume für das volkswirtschaftliche Seminar . . .»

«Wenn Sie etwas tun könnten, Herr Finanzrat – der Dank der Universität wäre Ihnen gewiß.»

Die Unterhaltung lockerte sich, Jodoci hatte schon zuviel Wein getrunken und erzählte überall herum: «Finanzrat Hiebenstein will den Doctor honoris haben.»

Ich muß den Schwätzer im Zaum halten, dachte der Pressechef und ging ihm nach.

Püschel berichtete, der englische Chemietrust habe eine Liga für Industriefrieden gegründet. «Sie wollen die soziale Frage nicht durch Zerstörung des Kapitals lösen, sondern durch die Verwandlung der Arbeiter in Kapitalisten. Nach fünfjähriger Beschäftigung sollen sie Anrecht auf Beförderung haben und Gesellschaftsanteile unter Marktpreis erstehen dürfen. Auch Tanzsäle und Sportpaläste werden für sie angelegt – schließlich ist ein neuer Lebensstil da, der vom sachlichen Geist der Technik beeinflußt wird, da muß sich alle Welt umstellen.»

Der junge Schellhase war knurrig. «Dergleichen kann sich bloß die Chemie erlauben, die hat's ja dazu.»

Nein, erwiderte Geheimrat Püschel, was Deutschland betreffe, leider gar nicht. «Der Düngerabsatz ist sehr schlecht. Wir müssen die Regierung veranlassen, die Landwirtschaft zu stützen. Ich denke, daß die Herren von der anderen Fakultät ihr doch auch Maschinen verkaufen wollen?»

«Selbstverständlich! Selbstverständlich!»

So blieben sie auch nach dem Essen noch lange in kleinen Zirkeln beisammen. Ottokar Wirtz wies immer von neuem darauf hin, welch großartige Exportprämie die Inflation darstelle. Mehren warnte vor der Überschätzung einer Konjunktur, die nur scheinbar eine sei, aber Wirtz wollte davon noch nichts wissen.

«Und wie hat man die Regierung dabei in der Hand!» rief er lebhaft. «Man braucht doch ein Kabinett nur zu fragen: wo stand bei eurem Amtsantritt die Mark, und so steht sie jetzt?»

So redeten sie Weises und Törichtet, Verschmitztes und Naives durcheinander, wie alle Menschen, die ein Tagewerk, eine Versammlung und ein Abendessen hinter sich haben.

Von den Reparationen wurde wenig gesprochen. Der Freiherr gab der allgemeinen Ansicht Ausdruck, als er sagte: «Infolge der gewaltigen Abgaben an den Feindbund kann nicht einmal die deutsche Wirtschaft genügend mit Kohlen beliefert werden, und so können wir gar nicht in die Lage kommen, die uns durch den Friedensvertrag zugemuteten Lasten auf uns zu nehmen.»

Trotzdem warf er die Frage auf, ob jemand ernstlich glaube, daß der Franzose sich selbst im deutschen Land die Pfänder holen werde, wie er angedroht habe.

«Er wird es nicht wagen», entgegnete Geheimrat Püschel, «die Engländer werden es nicht dulden, sie werden uns beistehen. Wir müssen uns mehr und mehr nach England hin orientieren. Kleinigkeit – bei meinen Beziehungen.»

Bericht des *Generalanzeigers*

Freitag, den 12. Januar 1923

Gegen elf Uhr vormittags erschien auf der Landstraße eine Patrouille der französischen und belgischen Besatzungstruppen. Bald darauf folgte die Vorhut, bestehend aus Radfahrern und Kavallerie. Die Truppen marschierten sämtlich mit äußerster Vorsicht und Sicherung. Das Gros traf am späten Nachmittag in der Stadt ein, abends waren alle Plätze und Straßen mit Artillerie besetzt. Die Arbeitgeber und Arbeitnehmer haben beschlossen, sich angesichts der Gefahr der Stunde solidarisch zu erklären, alle Streitfragen zurückzustellen und einen Burgfrieden zu schließen. Die Arbeit in den Werken soll in Ruhe fortgesetzt werden, im Fall einer Betriebsbesetzung sollen die Sirenen in Tätigkeit gesetzt werden und die Belegschaften in den Proteststreik treten, ein Lohnausfall soll dadurch nicht entstehen. Die Franzosen erklären, daß die Besetzung sich nicht gegen die Arbeiter richte, sie solle dem Schutz einer aus Franzosen, Belgiern und Italienern zusammengesetzten Ingenierkommission dienen, welche zur Beaufsichtigung des Kohlensyndikats und zur Durchführung des Reparations- und Sachlieferungsprogramms entsandt worden sei. Die Besatzung besteht aus fünf Divisionen, fünfundsiebzig Tanks und mehreren hundert Flugzeugen. Der Dollar notiert 10425.

Sonntag, den 21. Januar 1923

Die Regierung hat eine feierliche Protestnote an alle Staaten der Welt gerichtet und den passiven Widerstand verkündet. Kein Beamter darf unter französischen Bajonetten Dienst tun, keine Zeche darf Kohlen liefern. England hat seine strikte Neutralität in dem Konflikt erklärt. Einige Industrielle und Gewerkschaftssekretäre sind wegen der Befolgung der Gebote der deutschen Regierung von den Franzosen verhaftet worden. Die Beamten, die sich weigern, mit der Besatzungsbehörde zusammenzuarbeiten, werden ausgewiesen. Der Dollar notiert 21 000. Dieser Kurs wird stabil bleiben, da die Regierung ihn stützt.

Donnerstag, den 3. Mai 1923

Aus vielen Orten werden blutige Zusammenstöße gemeldet. Auch Kommunisten und Separatisten versuchen Aufstände, die jedoch dank der Besonnenheit der Bevölkerung unterdrückt werden. Infolge der zahlreichen Sprengversuche an den Bahnlinien haben die Franzosen Repressalien ergriffen, Straßensperren und Geldbußen auferlegt und Lichtkabel durchgeschnitten. Die französischen Kriegsgerichte arbeiten ununterbrochen. Die deutsche Regierung anerkennt die vaterländischen Beweggründe der Gewalttaten gegenüber den Anordnungen der Besatzung, bedauert sie aber lebhaft im Interesse der leidenden Bevölkerung und der Politik des passiven Widerstands, deren Erfolg dadurch in Frage gestellt werde. Sie hat einen neuen Vorschlag auf der Grundlage einer deutschen Gesamtschuld von 120 Milliarden gemacht. Der Dollar notiert 74750.

Montag, den 7. Mai 1923

Alle Kohlen- und Geldtransporte werden von den Franzosen beschlagnahmt. Es herrscht großer Mangel an Nahrungsmitteln, die Sterblichkeitsziffer ist erschreckend. Die Stadt ist ohne Gas und Licht. Frankreich verlangt die Aufgabe des passiven Widerstands, bevor eine Diskussion über den neuen deutschen Vorschlag eröffnet werden könne, die deutsche Regierung verlangt dagegen die Wiederherstellung des vorigen Zustands. Der Dollar notiert 154500.

Freitag, den 15. Juli 1923

Die Regierung kündigt an, daß Unternehmungen, die infolge der Besetzung brachliegen, aus öffentlichen Mitteln unterstützt werden sollen. Hierfür werden wöchentlich 3500 Billionen benötigt. Der Dollar notiert 284000.

Montag, den 13. August 1923

Die Regierung ist zurückgetreten. Ein neues Kabinett der Großen Koalition wird gebildet unter der Losung: Wehrpflicht des Besitzes, der Arbeit und des Beamtentums. Die Industrie hat sich entschlossen, mit den Franzosen Verhandlungen anzubahnen. Der Dollar notiert 3700000.

Donnerstag, den 27. September 1923

Die Regierung erklärt den passiven Widerstand für beendet, gleichzeitig wird der Ausnahmezustand verhängt. Der Dollar notiert 121 Millionen.

Mittwoch, den 3. Oktober 1923

Finanz- und Wirtschaftsminister sind zurückgetreten. Die Regierung verlangt ein Ermächtigungsgesetz für ernährungs-, sozial- und wirtschaftspolitische Maßnahmen. Die Arbeitszeit soll auf der Grundlage des Acht-Stunden-Tages neu geregelt werden, und zwar in der Weise, daß weitgehende Erlaubnis zur Überschreitung des Acht-Stunden-Tages erteilt wird. Der Dollar notiert 838 Millionen.

Dienstag, den 16. Oktober 1923

Zwecks Sanierung der Währung wurde eine Rentenbank gegründet, deren Notenausgabe auf 3,2 Millionen beschränkt ist. Das bisherige Papiergeld wird daneben in Umlauf bleiben. Der Dollar notiert 3 Milliarden 760 Millionen.

Dienstag, den 30. Oktober 1923

Gegen Sachsen wurde die Reichsexekutive eingeleitet und die dortige Regierung der republikanischen und proletarischen Verteidigung mit militärischer Gewalt entfernt. Um zu verhindern, daß die Erregung der bayrischen nationalen Kreise über die Beendigung des passiven Widerstands die staatlichen Bande sprengt, hat die bayrische Regierung den Belagerungszustand verhängt und mit der nationalsozialistischen Opposition Fühlung genommen. Der nationalsozialistische Führer gab sein Ehrenwort, daß er keinen Umsturz versuchen werde. Der Dollar notiert 130 Milliarden.

Samstag, den 10. November 1923

Der Minister des Innern ist zurückgetreten. In München kam es zu umstürzlerischen Aktionen der Nationalsozialisten. Der Generalquartiermeister war als Haupt der künftigen nationalen Armee ausersehen. Die Reichswehr erwies sich jedoch als zuverlässiges Werkzeug der Reichsgewalt, da ihre Offiziere mit der Gesamtheit aller guten Patrioten der Meinung sind, daß der gegenwärtige Augenblick zu Putschversuchen nicht geeignet ist. Die Reichswehr stand schußbereit vor der Münchener Feldherrnhalle, wo infolgedessen die Revolution der Nationalsozialisten zum Erliegen kam. Der Dollar notiert 630 Milliarden.

Samstag, den 1. Dezember 1923

Die Lieferungsverträge zwischen der französischen Regierung und den deutschen Industriellen sind unterzeichnet worden. Unter dem Vorsitz eines amerikanischen Generals soll eine internationale Sachverständigenkommission zusammentreten, um die Mittel zum Ausgleich des Staatshaushalts und die Maßnahmen zur Stabilisierung der Währung zu erwägen. Der Dollar notiert 4,2 Billionen.

Viertes Buch

Sammlung

Fünfzehntes Kapitel

Nach einem schwülen und gewitterreichen Frühsommer war der Fluß voll von olivgrünen und stahlblauen Treibstücken, die in trägen Kringeln daherschwammen und zuweilen, im Geschaukel des Windes oder im plötzlichen Hinschnellen durch eine Drift, von der Seite her weißlich aufleuchteten. Aus der Ferne sah es wie eine seltsame Wanderung entwurzelter Seerosen aus, etwas wächsern und gespenstisch, doch wie alle Abenteuerlichkeit fließender Gewässer unheimlich körperhaft und gemästet mit der Hinterlassenschaft eines übersatten Lebens. Je näher man kam, desto mehr erschrak man über die von Regengüssen aufgeschwemmte Starre des Flusses und über den glitzernden Tod, den er mit sich führte. Das Wasser war lehmig und rostbraun verfärbt und roch brenzlig wie Rauch und verglimmende Asche; es biß auf der Zunge, wenn man sie damit netzte, und in den fahlen Gebilden, die da ziellos trieben, erkannte man alsbald die glasigen Leiber toter Kaulbarsche, Stichlinge und Salme.

Zu Hunderten starben die Fische, die ahnungslos und ihrer Gewohnheit treu den Fluß hinaufgerudert waren, um an den grasigen Ufern zu laichen.

Woran starben sie? – Die Fischer, die sich um den Ertrag ihrer Gerechtsame betrogen sahen, sagten, das Wasser sei vergiftet; jawohl, sagten die Städter, die aus den Strandbädern schmutziger herauskamen als sie hineingegangen waren, jawohl, es ist eine Phenolvergiftung durch die Trockendestillation der Kohle, die Kokereien sind schuld, allen Dreck lassen sie in den Fluß ablaufen. So, antwortete der Bergbauverband, ihr sucht wohl nach einem zahlungsfähigen Sündenbock, ist es nicht genug, daß wir euch für jedes brüchige Mauerwerk, für jede Ritze in euren Dalleshäusern entschädigen müssen? Ein Kommando namhafter Gutachter trat an. Allerdings, berichteten die Professoren, sind in dem Wasser Spuren von Phenol, das kann ja auch gar nicht anders sein. Aber, fuhren sie fort, das Phenol wird durch die biologische Selbstreinigung unschädlich gemacht, dieses Gift wird durch die nämlichen Bakterien abgebaut, die alle Abfallstoffe aus Niederschlägen und Überschwemmungen zersetzen. Wie es kommt, daß trotzdem die Fische sterben? Nun, das ist ganz natürlich. In Gewittersommern ersticken sie durch die Verschmutzung des Wassers mit Erde. Sie gehen an Sauerstoffmangel zugrunde, weil jene Bakterien bei ihrer Arbeit große Mengen von Sauerstoff verbrauchen. Sie werden durch Schwefelwasserstoffgase getötet, die bei niedrigem Luftdruck von der schlammigen Fäulnis unter den Wasserpflanzen ausgeschieden werden. Sie werden durch die Wasserblüte ausgezehrt, die in warmen Nächten, in denen viel Plankton nach oben steigt und Sauerstoff veratmet, eine dichte grünliche Decke über sacht strömendes Wasser zieht und vor Sonnenaufgang schon wieder verweht, so daß sie die Fischer nicht einmal wahrnehmen. Lauter natürliche Ursachen. Die Zechen sind unschuldig daran. Die Zechen sind nicht haftbar. Es ist höhere Gewalt.

Diese Gutachten kosteten dreihunderttausend Goldmark, denn obwohl die Mark stabilisiert war, rechneten vorsichtige Gelehrte noch mit Inflationsbegriffen. «Ein teurer Spaß», meinte Ottokar Wirtz, als er den Umlagebescheid vom Bergbauverband in Händen hielt; er konnte sich an die Geldknappheit nicht gewöhnen und knauserte jetzt wie ein Pfennigfuchser. Kropf dachte hämisch: da sieht man, wie eine Inflationsblüte zerfällt.

Aber wenngleich es ein Zerfall war, so entwickelte er sich doch langsam und nicht ohne aufbegehrende Zuckungen. Kropf übersah, daß die Blüte zwar durch die Inflation begünstigt, indessen nicht von ihr gezeitigt worden war. Er übersah den flüssigen Geist, der dahinter wirkte, der vielleicht etwas eingedickt war, der aber mindestens den Willen zur Beweglichkeit nicht eingebüßt hatte. So sann Wirtz jetzt auf Mittel, die Kosten des Gutachtens produktiv zu machen. Nachdem er die Gemeinden hatte aufwiegeln lassen, bis sie andere Professoren mit der Anfertigung eines Gegen-Gutachtens beauftragten, arbeitete er zusammen mit Näßler und Faulstich das Projekt einer Flußgenossenschaft aus, die unter Beteiligung der Union, der Handelskammern und der Kommunen die Klärung des Wasserlaufs betreiben sollte. Durch unverdächtige Mittelspersonen bewog er Abgeordnete verschiedener Parteien, den Plan zur Grundlage eines Initiativantrags zu machen; der entsprechende Gesetzentwurf, den die Regierung bald darauf vorlegte, fand in allen Lesungen eine große Mehrheit, und die Organe der öffentlichen Meinung unterstrichen den Sieg der Naturfreunde über den Vielfraß Industrie. Niemand ahnte, daß der Hintermann ein Industrieller war, der hier seine Klassengenossen hinterging und ihren Widerstand schwächte, um sich auf allgemeine Kosten zu bereichern.

Auf nichts anderes lief das Projekt hinaus. Zwar stand es im Einklang mit der Wirtzschen Methode, Vorwürfen durch halbes Entgegenkommen den Boden zu entziehen, und daher auch, im Rahmen der Anschauungen seines Urhebers, durchaus im Einklang mit den Interessen der Industrie; aber außerdem hatte es ein persönliches Raffinement, das erst im allerletzten Stadium ans Licht kam. Außer den Extraktionsanlagen, die das Phenol auslaugten, umfaßte es nämlich eine riesige Kläranlage, die etwa 250000 Tonnen Schlamm aufhielt, eine Fräsmaschinenstation, die unter Wasser festen Mergel ausschnitt, mehrere Pumpwerke und eine Trocknungsanlage, die den Wassergehalt des Schlamms auf zwei Prozent reduzierte. Dies nun war es, worauf es Wirtz hauptsächlich ankam, denn diese Anlagen waren in unmittelbarer Nähe jenes neuen Kraftwerks der Felgenhauer-Wirtz-Elektro-Allianz vorgesehen, welches auf schlanken Überlandmasten den Strom durch das ganze Revier und in die angrenzenden Berge und Ebenen trug, und ebenhier sollte der Schlamm, zu Brennstaub gemahlen, verfeuert werden. Näßler hatte eine Ersparnis von fünfundzwanzig Prozent errechnet.

Es war der letzte große Schlag, den Ottokar Wirtz noch eigenhändig führte, und er wurde sich nicht einmal bewußt, daß er damit eigentlich die Durchlöcherung seiner Lehre von der Allmacht der Kohle persönlich sanktionierte.

Komisch – bisher war nie genug Kohle dagewesen, jetzt war auf einmal zuviel da. Binnen weniger Monate wuchsen die unverkäuflichen Haldenbestände auf sieben Millionen Tonnen an. Der für Rechnung des Syndikats erfolgende Versand der Zechen belief sich auf höchstens 200000 Tonnen pro Tag, Koks und Briketts eingeschlossen; schon wurden hie und da Feierschichten eingelegt. Nun hieß es wieder, die Löhne seien zu hoch, daher sei man auf dem Weltmarkt nicht konkurrenzfähig. Die Gewerkschaften hingegen behaupteten, die veralteten Einrichtungen trügen die Schuld, seit zehn Jahren habe der deutsche Bergbau für technische Verbesserungen keine Zeit gehabt. Und jetzt haben wir kein Geld dafür, entgegneten die Grubenherren, ruht denn nicht auf uns die ganze Last der Lieferungsverträge mit den Franzosen? Ja – wie kommen wir eigentlich dazu, dem Staat seine Reparationspflichten abzunehmen? «Der Staat ist unser Schuldner», verkündete der Pressechef der Union, «der Staat muß zahlen.»

Wirtz, Krogoll und Grußenbaum präsentierten in Berlin die Rechnung: «Wir haben getan, was der Staat hätte tun müssen. Wir haben der Regierung 577 Millionen gestundet – so hoch belaufen sich unsere

Lieferungen an Frankreich, für die wir bis jetzt keinen Pfennig gesehen haben. Wir sind am Ende unserer Kraft.»

Der Wirtschaftsminister tat erstaunt: «Ich hatte allerdings geglaubt, die Herren wollten dem Vaterland ein Opfer bringen. Wenn wir geahnt hätten, daß Sie mit Forderungen nachkämen, hätten wir Ihr selbständiges Vorgehen mit diesen Verträgen damals nicht gebilligt.»

«So», sagte der General, «pfeift der Wind aus dem Loch. Damals, als sie dastand wie ein verlassenes Kind, wußte die Regierung genau, daß unsere Verträge die einzige Rettung waren. Jetzt, da eine anderweitige Regelung bevorsteht, zu der wir den Weg geebnet haben, sitzt sie wieder auf dem hohen Pferd. Nun, wohl, der Mohr hat seine Schuldigkeit getan. Aber wenn er geht, verlassen Sie sich drauf, dann werden noch verschiedene Positionen wackeln.»

«Soll das eine Drohung sein?»

«Das ist die Konstatierung wirtschaftlicher Zusammenhänge.»

Der Minister bewahrte seine Haltung. Ohne mit der Wimper zu zucken, bat er um die Einzelheiten der Forderung. Der General setzte sich befriedigt und legte Rechnung. Wirtz stieß heimlich Krogoll in die Hüfte: «Da haben Sie nun den Volksparteiler in der Regierung. Wäre es ein Sozialdemokrat, so hätten wir längst unser Geld. Grußenbaum hat nicht unrecht, wenn er sagt, daß die Pferde am meisten bocken, die man selbst gezüchtet hat.»

«Er sagt aber auch, daß man sich trotzdem mit Pferdezucht beschäftigen muß», erwiderte Krogoll.

Der Minister war aufgestanden. «Ich werde dem Kanzler Bericht erstatten. Wie das Kabinett sich dazu stellen wird, weiß ich nicht, bisher war nirgendwo von Stundung die Rede. Weshalb haben die Herren das nicht gleich gesagt?»

General von Grußenbaum antwortete, indem er ihm fest ins Auge sah: «Weil es unter ehrlichen Leuten selbstverständlich ist, daß man seine Schulden nicht von Dritten bezahlen läßt.»

Als sie sich verabschiedet hatten, kam Krogoll noch einmal zurück. «Vergessen Sie bitte nicht», sagte er, «dem Kanzler auch zu berichten, daß wir zu Arbeiterentlassungen großen Umfangs gezwungen wären, wenn wir hier mit diplomatischen Redensarten abgespeist würden. Die Verantwortung fiele auf die Regierung. Das ist unser letztes Wort.»

Drei Tage nach dieser Audienz traf bei der Union die Mitteilung ein, das Kabinett habe beschlossen, in Anbetracht der außergewöhnlichen Umstände den Industriellen eine Beihilfe von siebenhundert Millionen zu gewähren.

Das Geld wurde zum Ankauf neuer Maschinen für die Bergwerke verwandt. Viele Arbeiter wurden infolgedessen überflüssig, und es wären ihrer noch mehr zum Feiern genötigt worden, wäre nicht die Anwendung von Maschinen durch die unregelmäßige Lagerung, die unreine Beschaffenheit und die gefährliche, Schlagwetter und Kohlenstaubexplosionen begünstigende Tiefe des Kohlengebirges erschwert worden. Vergebens fragten die Gewerkschaften, welchen ökonomischen Sinn die Rentabilitätssteigerung durch Maschinen haben solle, wenn nicht den, vermehrte Arbeitsgelegenheit zu schaffen; vergebens wiesen sie darauf hin, daß die Berkwerke imstande seien, ihre Belegschaften bis zu dem Zeitpunkt durchzuhalten, da sich die Auswirkung der neuen Maschinen zu zeigen beginne; vergebens appellierten sie an das Zusammengehörigkeitsgefühl zwischen Kapital und Arbeit, das in der Franzosenzeit so schöne Früchte getragen habe. «Solche Friedensschalmeien von Gewerkschaften», sagte Griguszies, «dahin mußte es kommen!»

Die Haldenbestände verminderten sich nicht. Geheimrat Püschel erklärte es damit, daß die Kohle überhaupt ihre Rolle ausgespielt habe.

«Es ist eine internationale Krise. Es ist mehr Kohle da als früher, aber es wird weniger benötigt als früher. Neue Kohlenvorkommen sind erschlossen worden, aber die Technik bedient sich lieber anderer Stoffe, wie der Öle oder der Wasserkräfte. Man kehrt wieder mehr zur Natur zurück, die von der Industrie bisher vergewaltigt wurde. Die Natur rächt sich an den Kohlengräbern, die ihr Antlitz befleckt haben. In Zukunft wird die Chemie dominieren, schon sind elf Prozent des deutschen Gesamtexports Chemikalien, schon wird im Außenhandel mit chemischen Produkten ein Ausfuhrüberschuß von einer Milliarde erzielt. Die Ernährungswirtschaft, die wissenschaftliche Forschung – alles ist abhängig von der Chemie. Sie hat einen Stamm tüchtiger Arbeiter, deren Fleiß ein wertvolles Gut ist, das von ihr auch dann gepflegt wird, wenn einmal weniger Arbeit vorhanden ist.»

«Das ist ein Hieb gegen uns», sagte Näßler.

Wirtz hörte ruhig zu. Er brauchte jetzt Stützpunkte – Hillgruber war der eine, Püschel der andere. Näßler freilich sah es etwas anders an, er dachte: Ottokar Wirtz verflüchtigt sich, seine Bestandteile machen sich selbständig und überwuchern ihn, seine Gedanken werden Fleisch in fremden Körpern. Erkannte er in Püschel und Hillgruber sein zweites, überhöhtes Ich? War es ein Versuch der Selbstbehauptung, wenn er vor dem einen kapitulierte und vor dem anderen auf den Knien lag? Einerlei, ein Zögern, ein Ausweichen war nicht mehr möglich.

Näßler drängte: «Gut, wenn die reine Kohle keine Zukunft hat – desto mehr Zukunft haben die Nebenprodukte. Teer, Ammoniak, Naphthalin, Karbolineum, Benzol, damit kann man doch was machen. Setzen wir gegen Püschels indirekte Chemie die direkte Chemie der Kohle. Destillieren wir sie in großem Ausmaß gleich hier im Revier.»

Wirtz faßte sich an den Kopf, er wußte jetzt, wie es mit ihm stand, und in seinen Augen war ein Kummer, den auszusprechen er sich schämte.

«Mehren disponiert jetzt so zurückhaltend ... Er will kein Geld in neue Anlagen stecken. Ich kann ihn nicht zwingen. Ich kann doch meine eigene Bank nicht ruinieren.»

«Ich gehe zu Hillgruber», sagte Näßler mitleidig und beobachtete den dankbaren Blick, der ihn traf.

Woher nur dieser Niedergang? Es war für Näßler beinahe ein wissenschaftliches Problem. Gewiß war die Stabilisierung für ein Geschäft, das sich allmählich daran gewöhnt hatte, vom Währungsverfall zu leben, eine schwere, aber doch keine unheilbare Verletzung; gewiß wurde die Theorie der Sachwerte Blödsinn in dem Augenblick, da ein holländischer Gulden weiter nichts mehr war als eine lächerliche Umschreibung für eine Mark und siebzig, aber unter der Auferstehung dieser halbverschollenen Schulweisheit litten doch alle Inflationsgewinne gleichmäßig, jetzt wurde eben alles mal wieder umrangiert. Überstand nicht auch der menschliche Organismus die heimtückischsten Krankheiten, indem man ihm ein Serum aus abgeschwächten Formen eben derselben Bakterien einimpfte, die den Ausbruch der Krankheit hervorgerufen hatten? War das Fieber, das alsdann mit momentanen Schrecknissen entstand, nicht heilsam – vorausgesetzt, daß der Organismus im Kern gesund war?

Halt, das war nun wohl die Frage. War die Wurzel der Wirtzschen Unternehmungen gesund? Ottokar Wirtz hatte sich ein bißchen übernommen, das war richtig. Aber allen Utopien war er, Generaldirektor Näßler, rechtzeitig entgegengetreten. Wirtz hatte Seitensprünge gemacht, ja, aber ein paar Exzesse mußte man ihm eben zugeben, wenn man ihn zügeln wollte. Er hatte in Berlin ein Hotel gekauft, schön, es war nicht notwendig, es war vielleicht sogar verrückt, doch es war nicht sehr schlimm, wenn der Fall vereinzelt blieb. Er blieb es nicht ganz, denn eine Margarinefabrik war hinzugekommen. Gleichviel. Es waren keine Objekte, um deretwillen man sich die Haare ausraufen mußte, sie konnten mit Verlust abgestoßen oder verschrottet werden, was lag daran? Wirtz hatte freilich weitergehen wollen, das Hotel braucht Bier und Wein, hatte er gesagt, also muß ich Brauereien und Weinberge haben, es braucht Fässer und Gläser, also muß ich Sägewerke und Glashütten haben, es braucht Kartoffeln, Gemüse und Fleisch, Brot, Butter, Eier und Käse, also muß ich Landwirtschaft, Mühlen, Bäckereien und Schlachthöfe haben, es braucht Kaffee, also muß ich Kaffeeplantagen haben, es braucht Möbel, Vorhänge und Decken, also muß ich Tischlereien und Webereien haben, die Webereien brauchen Baumwolle, also muß ich Baumwollpflanzungen haben, Kaffee und Baumwolle müssen herüber, also muß ich Frachtschiffe auf See haben. So phantasierte er ins Unendliche hinein, so lief er sich förmlich heiß, und während er glaubte, daß die Dinge sich verbänden, strebten sie auseinander. Sie gewannen an Ausdehnung statt an Festigkeit, an Sprunghaftigkeit statt an Stetigkeit, an Ballung statt an Dichte. Nirgends schloß sich die Kette. Schon während Ottokar Wirtz redete, verlor man die Übersicht, wie hätte es erst in der Wirklichkeit gehen sollen? Und es war ihm ja Ernst damit, es waren ja seine Ideale.

Aber Näßler gebot Einhalt, bevor die Dinge weiter gediehen. «Glauben Sie», fragte er kühl, «daß eine so heterogene Produktion durch eine Verwaltungsbürokratie zusammengehalten werden könnte? Um dies möglich zu machen, müßten Sie für jede einzelne dieser Unternehmungen wiederum einen Ottokar Wirtz zur Verfügung haben.» Und der Mann, mit dem er es zu tun hatte, wäre nicht Ottokar Wirtz gewesen, wenn er das nicht eingesehen hätte.

Kam aber ein so peinlich abwägender und so materiell denkender Kopf wie Näßler zu dem Ergebnis, daß die Hauptzellen des Wirtzschen Organismus frei von Krankheitskeimen waren – mußte es dann nicht Wahrheit sein? Die Situation erforderte nur, daß das Steuer mit Entschlossenheit herumgeworfen wurde; und schloß nicht gerade das Wirtzsche System folgerichtig eine ständige Revision der Ansichten in sich? Warum nur brachte Wirtz diese Entschlossenheit und Folgerichtigkeit nicht mehr auf? Warum stellte er sich lieber dermaßen in den Schatten anderer, daß er bald bloß noch als Schatten weiterleben konnte? Die Zeit war rasch und hart und duldete Kronen nur so lange, wie sie Glanz hatten. Heute der, morgen der. Warum zerfiel Wirtz? Näßler wußte genauer als irgendeiner, daß seine Krise tatsächlich lange vor der Stabilisierung begonnen hatte. Er war der nächste Tat- und Augenzeuge. Aber zu erklären vermochte er es nicht, und schließlich blieb ihm nichts übrig als das Wort des einfachen Mannes: alles hat seine Zeit.

Alles hat seine Zeit, einmal muß jeder Platz machen, jeder ist nur Vorläufer, Schrittmacher und Wegbereiter. Mit diesem Gedanken trat Näßler bei Hillgruber ein. Als er nach zwei langen und ziemlich bitteren Stunden wieder herauskam, hatte er schwerwiegende Vorschläge in der Tasche. Vorschläge? Man sagte wohl besser: Bedingungen. Sie lauteten: Rücktritt Felgenhauers vom Präsidium des Kohlensyndikats und von allen aktiven Geschäften, Auflösung der Felgenhauer-Wirtz-Elektro-Allianz, Umtausch von Aktien des Westdeutschen Bergwerksvereins gegen solche der Mitteldeutschen Braunkohle in einem noch näher zu bestimmenden Verhältnis, Wahl Näßlers zum Präsidenten des Kohlensyndikats, Entschädigung Felgenhauers durch eine prozentual stärkere Beteiligung an der neu zu gründenden «Aktiengesellschaft für Kohlebewirtschaftung».

Was hieß das? – Es hieß, daß die Bedingungen sich eigentlich kaum gegen Wirtz richteten, doch gerade das war bezeichnend, gerade das war desto böser. Es war klar, daß Hillgruber auf diesem Umweg den Einfluß von Felgenhauer zurückdämmen wollte, und Felgenhauer – Christian Felgenhauer war zwar ein alter Mann, der außer Aktienbesitz keine Ambitionen mehr hatte, der jedoch mit dem, was er seine Schöpfung nannte, verwachsen war wie die Blutgefäße mit dem Herzen. Was für eine Operation, dies zu trennen! Näßler schüttelte sich. Hillgruber war ein Vampyr, bei Gott, aber mit ihm war die Hoffnung, da gab es keine Wahl.

Die Ereignisse überstürzten sich. Jeder wollte sich schleunigst konsolidieren. Püschel, der bisher seinen Bedarf an Kohle teils bei Wirtz, teils bei Kropf gedeckt hatte, überraschte die Industriellen des Reviers mit dem Kauf mehrerer Gruben im westlichen Grenzkohlenbecken. Das Patent für Kohleverflüssigung, das ihm auf unabsehbare Zeit noch nicht rentabel erschien, trat er gegen fünfzig Millionen Dollar an eine amerikanische Ölfirma ab. Er hatte nur Bankguthaben, keine Bankschulden.

Kropf ergrimmte: «Er darf uns nicht über den Kopf wachsen!»

Wirtz blieb lässig: «Ich war es nicht, der den Chemiker an die Spitze des Reichsverbandes gestellt hat.»

«Wollen Sie Ihren Liebling, die Kohle, unsere Kohle, so schnöde im Stich lassen?»

«Es ist vorläufig nichts zu machen . . . Die Zeit, da Deutschland und

Großbritannien den europäischen Kohlenexportmarkt beherrschten, scheint für immer dahin zu sein ... Der gegenwärtige Wettbewerb führt dazu, daß Kohle in den kohlearmen Ländern billiger angeboten wird als in den produzierenden ... Nur eine internationale Vereinbarung über die Absatzgebiete könnte einen geordneten Zustand herstellen, aber dafür ist es noch zu früh ... Haben wir nicht aus den Erfahrungen des letzten Jahrzehnts gelernt, daß internationale Vereinbarungen immer erst dann zustande kommen, wenn das Faustrecht sich ausgetobt hat? Wissen wir nicht, daß der Mensch erst dann die Vernunft willkommen heißt, wenn die Willkür Verheerungen angerichtet hat, die kaum wiedergutzumachen sind?»

«Aus Ihnen spricht schon der Geheimrat Püschel!»

Wirtz war müde und gramvoll und wischte sich die Augen, wie um sie aufzufrischen.

«Wie Sie wollen», antwortete Krogoll an seiner Statt, «jedenfalls ist es die Wirklichkeit. Sehen Sie sich doch um. Die holländischen Gruben in Limburg sind Meisterwerke modernster Technik. Während wir mit der Liquidation der Kriegsfolgen beschäftigt sind, hat sich die Kohlenförderung dort versiebenfacht. Unsere tüchtigsten Hauer, verstehen Sie, solche, die wir nie entlassen würden, wandern dorthin ab. In der Kohlenstadt Heerlen wohnen die Bergleute wie im Paradies, der holländische Staat bettet die Kohlenzone in blühende Gärten ...»

«Ach, gehen Sie doch. An Ihnen ist ja ein sozialistischer Wanderprediger verlorengegangen!»

«Begreifen Sie denn nicht. Herr Kropf, daß wir den Reichtum der anderen mindestens in ebenso krassen Farben malen müssen wie unsere Armut? Aber unter uns gesagt, es ist Tatsache, daß unsere Bergmannssiedlungen keinen Vergleich mit den holländischen aushalten. Nun schön, sie sollen es gar nicht, nach meiner Meinung. Das ist ja auch Nebensache. Aber sehen Sie weiter: die belgische Campine! Gerade erst erschlossen, liefert sie schon vier Millionen Tonnen im Jahr! Überall neue Angebote, überall verringerte Nachfrage. Die polnische Kohle will Skandinavien erobern, alle wollen sich ein hohes Exportkontingent verschaffen, ein anspruchsvolles Unterpfand für den Fall, daß es einmal zur internationalen Aufteilung der Exportgebiete kommt.»

«Und warum», fiel ihm Kropf ins Wort, «warum diese Vorteile der anderen Länder? Doch nur, weil sie die billigen Wasserfrachten bis zu ihren Häfen haben. Wir haben die teure Eisenbahn, unsere Kanäle sind unzulänglich, heute schon ist die englische Kohle in den Nordseehäfen billiger als unsere. Das geht nicht, es brennt uns auf den Nägeln, es muß etwas geschehen.»

«Was das anbelangt, so ist Abhilfe in Sicht. Bei der Neuordnung der Eisenbahn wird die Industrie den Präsidenten des Verwaltungsrats stellen.»

«Ach, was Sie nicht sagen.» Kropf tat harmlos. «Wer wird es sein? Sie, Herr Krogoll? Das wäre ein Vorschlag.»

«Kein guter», versetzte Krogoll und dachte: er will mich auf seine Art aus dem Vorsitz der Union herauslotsen, das soll ihm nicht gelingen. «Mich dünkt, daß vielmehr Sie der geeignete Mann sind, Herr Kropf, da Sie sich mit der Materie schon näher befaßt zu haben scheinen.»

«Es wird ein undankbares Amt sein, aber wenn es so gewünscht wird, werde ich mich nicht entziehen.»

«Wozu der Streit um des Kaisers Bart?» sagte der junge Schellhase, der bisher sich still verhalten hatte, weil er an Kohlenvorräten nur wenig mehr besaß, als er selbst in seinen Hütten verbrauchte; nun jedoch befürchtete er, daß Kropf als Eisenbahn-Manager den Löwenanteil an Schienenlieferungen der Otto-Heinrich-Hütte zuschanzen werde. Kropf, der ihn durchschaute, bemerkte obenhin, daß er seine Zusage gewissermaßen auf Vorschuß gebe, und sprach dann rasch und mit einem übermütigen Blick auf Schellhase weiter: jedenfalls sei ein neuer Kanal nach den Nordseehäfen notwendig, denn auf dem Wasser werde der Transport von Kohle und Eisen nur halb so teuer sein wie mit der Bahn; auch die Hanseaten seien sehr daran interessiert, sei doch Hamburg schon von Antwerpen und Rotterdam überflügelt und hätten doch schon alle ausgehenden deutschen Seeschiffe eine passive Tonnenbilanz; für die Öffentlichkeit könne man die Sache ja damit schmackhaft machen, daß man sie als ARBEITSBESCHAFFUNGSPROGRAMM für die Erwerbslosen aufziehe, sozial, sozial, das wirke immer.

«Wir denken Sie sich die Linienführung des Kanals?» fragte mißtrauisch Schellhase junior, der mit seinem Instinkt für Nebengeräusche auch bei diesem auf das allgemeine Wohl zielenden Plan sogleich einen unreinen Ton heraushörte. Kropf gewundene Auskunft, die deutlich genug durchblicken ließ, daß die neue Wasserstraße besonders günstig für die Otto-Heinrich-Hütte verlaufen solle, gab ihm recht. Näßler schmunzelte daher, als er sagte, zur Zeit seien nicht einmal die vorhandenen Verkehrsanlagen voll ausgenutzt, und der Güterverkehr auf den deutschen Bahn- und Kanallinien mache kaum vier Fünftel des

Verkehrs vor dem Krieg aus; und Krogoll, der eine diebische Freude daran hatte, den ehemaligen Widerpart der Union jetzt, da er um ihren Beistand verlegen war, zappeln zu lassen – Krogoll also meinte, man dürfe sich nicht mit jenen Wasserstraßenpolitikern identifizieren, die von der Kanalbauwut befallen seien und nirgendwo ernst genommen würden. Dagegen kehrte der junge Schellhase auf einmal den Techniker hervor; der Kanalbau sei unwirtschaftlich, wenn man nicht maschinell arbeite, mit ganzen Geschwadern von Baggern, und tue man dies, so sinke wiederum die Zahl der Menschen, die dabei Arbeit finden könnten. Kurz, jeder äußerte seine grundsätzliche Zustimmung und zugleich seine augenblicklichen Bedenken.

Aber Kropf ließ nicht locker, sagte: «Wer nicht für mich ist, ist wider die ganze Industrie», und wandte sich mit dieser Parole an die kleineren Werksdirektoren, die sich die Handelskammern zur Domäne erkoren hatten, da sie in der Union nur Piedestal oder Folie für die Größeren sein konnten. Wozu die Großen sich bisher zu schade gewesen waren, das tat nun Kropf: er ließ sich zum Vorsitzenden der Handelskammer wählen, engagierte einen Reichstagsabgeordneten als Syndikus und baute diese allgemeine Berufsvertretung der Kaufmannschaft zu einem politischen Forum der Industrie aus. Bald gab es keine Angelegenheit des sozialen, wirtschaftlichen, politischen und kulturellen Lebens mehr, in welche die Handelskammer des Kohlenreviers sich nicht ungefragt hineinmischte. Ihre gewerblichen Befugnisse, die Vereidigung von Sachverständigen, die Überwachung der Börsen, die Betätigung als Einigungsamt oder als Zoll- und Steuerberatungsstelle, die Mitwirkung bei der Führung des Firmenregisters, bei Ausstellungen, Messen und Hafenverwaltungen, die Erteilung von Ursprungszeugnissen im internationalen Warenverkehr und was sonst noch unter den dehnbaren Begriff einer «Selbstverwaltung der Wirtschaft» fallen mochte, die einer Verwaltung der Öffentlichkeit durch die Wirtschaft gleichkam – alles wurde dank Kropfs straffer Personalpolitik zum privaten Machtinstrument, und General von Grußenbaum fing an, sich zu ängstigen.

Persönlich war er Kropf seit seiner Rede gegen die Gewerkschaften eigentlich nähergekommen. Kropf war ja viel zu hausbacken, um zu ahnen, daß sie ein für das Echo der Öffentlichkeit und den Widerstand der Linie Kropf–Krewett berechnetes Täuschungsmanöver war. So gut Grußenbaums Dialektik zwischen öffentlicher und interner Wirkung unterschied, so gut wußte sie beides, wo es notwendig erschien, in Übereinstimmung zu bringen. Indem er den Anschein erweckte, daß er mit Dr. Krewett einer Meinung sei, nahm er diesem die Oppositionsmotive fort. Begreiflich, daß er sich ärgerte, wenn diese Entwicklung nun wieder unterbrochen wurde. Seiner stets auf die ausführenden Organe gerichteten Denkweise hatte es gewiß nie entsprochen, daß die Union das Gros der Werksdirektoren vernachlässigte. Es hatte im Anfang nur immer an Zeit gefehlt, aber jetzt blies er energisch zum Sammeln. «Gemeinnützigkeit gegen Eigennutz!» war sein Feldgeschrei, das den Vorzug der Verwendbarkeit auf allen Fronten hatte. Glücklicherweise half auch hier Kropfs Primitivität; er polterte viel zuviel, als daß er einen Überfall, einen Husarenstreich kriegsgerecht hätte durchführen können. Der General bot den ganzen Einfluß Hiebensteins, Näßlers und Faulstichs auf, um alle jene krankhaft eitlen und ehrgeizigen Halbgötter herüberzuziehen. Er machte ihnen Avancen aller Art und richtete neben den Chefbesprechungen ständige Ausschüsse ein, in denen die nachgeordneten Persönlichkeiten praktische Arbeit leisten durften. Konnte Kropf soviel Ehre bieten? Nein, das konnte er nicht.

Unterdessen nahmen die Dinge eine unvorhergesehene Wendung.

Kaum hatte Kropf seinen Kanalplan publiziert, als die Handelskammer des Grenzkohlenbeckens ihrerseits einen außerordentlich detaillierten Antrag auf Bau eines Kanals in *ihrem* Hoheitsgebiet an die Regierung richtete. Was anders war dies als ein Versuch, dic Industrie dcs Steinkohlenreviers aus dem Sattel zu heben? Sofort wurden alle Fehden abgeblasen, sofort rückte die Union in geschlossener Phalanx vor. Es konnte kein Zweifel darüber sein, daß dieser Kanalwettstreit ein Teil des Kampfes der Chemie um die Vorherrschaft war und Püschel dahintersteckte, obwohl er als Vorsitzender des Reichsverbandes seine Neutralität betonte; nur gab er Kropf in aller Freundschaft zu verstehen, daß gerade die gebotene Neutralität seines Amtes es erforderlich erscheinen lasse, die Interessen des Grenzkohlenbeckens ebenso zu berücksichtigen wie alle übrigen, und daß man ihm deshalb nicht zumuten dürfe, so ohne weiteres in das Revanchegeschrei der Union einzustimmen.

«Sind Sie vielleicht unparteiisch, wo Sie da hinten jetzt Gruben haben?» fragte Kropf, aber Püschel überhörte ihn geflissentlich und sagte: «Sie argumentieren, daß jede Tonne, um die das Grenzkohlenbecken seinen Absatz erhöht, Ihnen verlorengeht. Das macht keinen guten Eindruck, das sieht aus, als duldeten Sie nichts und niemanden neben sich – oh, ich weiß, was Sie erwidern wollen», fügte er hinzu, als Kropf unwillig mit der Hand quer durch die Luft strich, «Sie wollen sich nicht beklagen, wenn all dies sich im Rahmen des freien Wettbewerbs hält und die Kohle des Konkurrenten nicht mit Staatsgeldern verbilligt wird. Richtig, aber können die anderen nicht dasselbe gegen Ihren Kanalplan einwenden?»

«Sie verkennen, Herr Geheimrat, daß es sich bei uns um ungleich größere und überhaupt um volkswirtschaftliche BELANGE handelt. Das Revier ist identisch mit der Volkswirtschaft schlechthin.»

«Ich weiß, ich weiß», lächelte Püschel, «das Revier verteidigt die Gemeinnützigkeit gegen den Eigennutz, das ist allgemein anerkannt. Aber eben darum. Ihr Revier erzeugt hundertvier Millionen Tonnen im Jahr, das Grenzkohlenbecken drei Komma fünf. Angesichts einer solchen Überlegenheit, verzeihen Sie gütigst, ist es ein bißchen komisch, wenn Sie vor dieser winzigen Konkurrenz Angst haben. Sie könnten es sich wirklich leisten, mit einer noblen Geste darüber hinwegzugehen.»

Kropf wies ihn barsch zurück: «Wir haben Ihnen unsere Wünsche gemeldet, Herr Geheimrat, aber wir haben Sie nicht um Belehrungen gebeten.» Der Zorn riß ihn fort. «Schließlich bin ich es, von dem Sie Ihr Amt haben.»

Ohne eine Spur von Gereiztheit, eher voll Nachsicht, richtete der Geheimrat sich auf.

«Ich bedaure, daß ich trotzdem meine Meinung von niemandem als von mir selbst beziehen kann. Im übrigen muß eine gegnerische Meinung nicht von vornherein die schlechtere sein, und über Wert oder Nutzlosigkeit der vorliegenden Pläne kann nur die Untersuchung ihrer Wirtschaftlichkeit entscheiden.»

So endete diese Unterredung mit allen Anzeichen unversöhnlicher Gegnerschaft, doch überschätzte Püschel wohl seine Position und das zahlenmäßige Übergewicht der anderen im Reichsverband vertretenen Industrien. Die Wucht der Union wog alle Majoritäten auf, und sein Gegenspiel hatte nur so lange einen realen Hintergrund, wie innerhalb der Union selbst sich Gegenspieler befanden.

Hart auf hart ging es jetzt, Sentiments und Ressentiments wurden zum alten Eisen geworfen. Die Zeit eilte. Als der Kanalstreit die Öffentlichkeit erregte, war er schon nicht mehr um der Sache selbst willen da, sondern nur noch als eine willkommene Schutzdecke, um wesentlichere Vorgänge der Belichtung zu entziehen. Während die begutachtenden Kapazitäten beider Lager mit gewichtigem Ernst ihre vortrefflichen und gewiß nicht wohlfeilen Gründe Für und Wider vortrugen, während die Eisenbahn in zu Herzen sprechenden Sätzen das Versagen der Schiffahrt bei Frost, Nebel, Hoch- und Niedrigwasser schildern ließ, während die technischen Beiräte des Verkehrsministeriums mit der Autorität der Mathematik und der konzessionierenden Behörde die Linienführung der beiderseitigen Kanäle bemängelten und die Organe der öffentlichen Meinung, soweit sie nicht infolge innerer Verbindlichkeiten nach dieser oder jener Richtung festgelegt waren, die Verleugnung des Solidaritätsgefühls zwischen zwei Wirtschaftsgebieten beklagten: Während dieser ganze kreischende Jahrmarkt einer entfesselten Interessentenmeute auf und ab wogte, war die Union mit Problemen beschäftigt, hinter denen das Kanalprojekt selbst in den Augen seines Urhebers bis zur Unsichtbarkeit verblaßte.

Schon lange hatte Christian Felgenhauer sich mit der Absicht getragen, das Präsidium des Kohlensyndikats niederzulegen. Näßler war sein Vertrauter geworden; Näßler war nirgendwo unbeliebt, denn er war ruhig und konzentriert und ohne jede ausfallende Dämonie, die man seinem Herrn und Meister so schwer ankreidete. Seine Wahl zum Nachfolger Felgenhauers ging daher glatt vonstatten.

Auch die Auflösung der Felgenhauer-Wirtz-Elektro-Allianz bereitete keine sonderliche Schwierigkeit. Die Situation, die sie zusammengefügt hatte, war längst umgewandelt; diese Vereinigung von Fanatismus, Phantasie und Logik, von altem und neuem wirtschaftlichen Denken war mit dem Abschluß der inflationistischen Geld- und Geistperiode zum Anachronismus geworden. Jeder wartete nur darauf, daß der andere den Anstoß zur Lösung gebe. Sanierungsbedürftig war jetzt Ottokar Wirtz, nicht mehr die Elektrizitätsgesellschaft; kein Wunder, daß die Auseinandersetzung auf seine Kosten ging. Um bares Geld zu bekommen, hatte er seine Bankbeteiligung an Hillgruber und Mehren verkauft, mithin wanderte auch der größte Teil seiner Elektrizitätsaktien dorthin; umgekehrt blieb die Beteiligung der Elektrizitätsgesellschaft an seinen Zechen bestehen.

Es war eine trübe Bilanz. An seinem Tisch aßen Felgenbauer, Hillgruber, die Elektrizitätsgesellschaft und Hugo Mehren mit, und was hatte er noch dagegen? Knapp zehn Prozent Elektrizität, fünfzehn Mitteldeutsche Braunkohle und fünfzehn Westdeutscher Bergwerksverein, aber die wurden bereits von Hillgruber reklamiert. Das rumänische Aktienpaket, das gut florierte, war der einzige Lichtblick, doch verhehlte er sich nicht, daß Siegfried Hillgruber, so gut er ihn hineingebracht hatte, auch jederzeit und gegen irgendeine fragwürdige Abfindung ihn wieder hinausdrängen konnte. Wenn es vorläufig noch nicht geschah, so unterblieb es nur deshalb, weil Hillgruber ihn noch als Vorspann für seine Transaktionen benötigte; darum, allein darum wurde er einstweilen über Wasser gehalten.

Sein Geschäft war auf der Kohle aufgebaut – und die Kohle sackte ab. Die Binnenschiffahrt lag darnieder, seine Schleppdampfer und Kähne waren tot. Seine Hütten und Maschinen nahmen nur einen verschwindenden Bruchteil seiner Kohlenförderung auf, und obwohl die Stokkung in der Erzverhüttung allgemein war, so war doch bei ihm der Geschäftsgang besonders miserabel. Dies freilich hing mit Dingen zusammen, die außerhalb aller wirtschaftlichen Erwägungen lagen.

Es war bekannt, daß Ottokar Wirtz gelegentlich pessimistische Äußerungen über die Qualität des Nachwuchses tat, weil er einen mißratenen Sohn hatte. Wie es häufig vorkommt, daß diejenigen, welche in der Welt rücksichtslose Neuerer sind, im Familienkreis einem schematischen Konservativismus huldigen, so hatte auch Wirtz ohne viel Überlegung dem Sohn gegenüber die Erziehungsart angewandt, die sein Vater an ihm selbst geübt hatte. Schon dem kleinen Schuljungen hatte er nicht die deutschen Hausmärchen erzählt, sondern wahre Begebenheiten aus der Wirtschaft, die sich freilich wie Märchen anhörten, zumal er, um sie dem Verständnis des Kindes anzupassen, die gravierenden und sehr komplizierten Einzelheiten fortlassen und sich auf die Wiedergabe zauberhafter Handlungen beschränken mußte. So glaubte der Junge, daß in diesen Geschichten doch wieder die alten Ritter, Feen, Hexen und Heinzelmännchen aufträten, lustig verkleidet und mit tollem Gerät.

Vielleicht war Ottokar Wirtz zu dieser Zeit auch selbst noch nicht zu der Einsicht gekommen, die er später mit Vorliebe kundtat: daß nämlich die offenbaren Handlungen der Industrie weniger interessant seien als ihre geheimbleibenden Voraussetzungen und daß das Wesen der Industrie sich in Sitzungen hinter verschlossenen Türen erschöpfe. Wie immer dem sein mochte, der Sohn besaß nicht die Gabe des Vaters, Eindrücke aus Gehörten durch Gegenüberstellung mit Gesehenem zu vervollständigen, und je mehr der Vater die Sorgen betonte, desto mehr stellte der Sohn sich die Industrie als das Reich der unbegrenzten Möglichkeiten vor – denn war nicht das Ende aller Sorgen doch immer wieder der Erfolg? Und war für ein Erfolg! Immer besser lernte er ihn kennen, als er heranwuchs und der Vater ihn in die Büros mitnahm; Mühe und Arbeit und alle Zwischenstufen beachtete er nicht, nur das Gewaltige berauschte ihn.

Hernach hatte er bei knappem Taschengeld als Volontär im Zollbüro der väterlichen Werke arbeiten müssen, und wie das unter solchen Umständen zu gehen pflegt, er hatte mehrfach als zollpflichtiges Einfuhrgut solche Waren deklariert, die einem niedrigeren Zolltarif unterlagen, während die tatsächlich eingeführten Waren mit einem höheren Betrag zu verzollen gewesen wären, den er denn auch der väterlichen Firma mittels gefälschter Zollpapiere in Rechnung stellte. Den Unterschied steckte er in seine Tasche. Nach und nach hatte er dreißigtausend Mark verdient, soviel wie sein Vater sich einst geborgt hatte, als er sich selbständig machte.

Ottokar Wirtz hatte der Zollbehörde den Schaden sofort ersetzt, und die Sache war nicht weiter verfolgt worden. Mehr als die Tat schmerzte den Vater der Leichtsinn, womit der Junge das Geld verspielt, verwettet und verhurt hatte. «Man wird dein genießerisches und müßiggängerisches Leben der ganzen Industrie zur Last legen», hatte er gesagt und ihn kurzerhand in eine Kohlengrube gesteckt, wo ein strenges Regiment über ihn geführt wurde. Sichtlich besserte er sich, ja er wurde sogar besonnen und männlich. Eines Tages jedoch wurde er wegen Beleidigung eines Bergmanns, dem er «Du trübe Lampe!» zugerufen hatte, zu zwanzig Mark Geldstrafe verurteilt; zwar verteidigte er sich damit, daß er es nicht habe mitansehen können, wie dieser Mann unter zehn Wagen Kohle immer zwei Wagen Berge gehabt habe, aber die Zeugen sagten aus, die ganze Kameradschaft habe keine besseren Kohlen laden können, weil das Flöz zu unrein gewesen sei, und der Amtsanwalt bot ein schönes Beispiel sozialer Gerechtigkeit, indem er erklärte, daß gerade der Sohn des Besitzers sich den Arbeitern gegenüber ebenso anständig zu benehmen habe, wie es umgekehrt von den Arbeitern verlangt werde.

Diese geringfügige Geschichte war es, die den jungen Wirtz mehrere Jahre später, als sie längst in Vergessenheit geraten war, von neuem aus der Bahn warf. Bis dahin hatte er, von etlichen Anläufen zu einer Art Kronprinzenfronde abgesehen, zur Zufriedenheit des Vaters in der Verwaltung mitgewirkt. Schon wurde er für den Aufsichtsrat eines befreundeten kleineren Unternehmens vorgeschlagen, als dort ein gegnerischer Bankier aufstand: man dürfe sich nicht mit einem Mann belasten, der wegen persönlicher Beleidigung eines Arbeiters vorbestraft sei, eines Vergehens, das in Industriekreisen auf das strengste beurteilt werde und für einen Industriellensproß, der die Qualifikation zum Wirtschaftsführer zu erwerben habe, außerordentlich schimpflich sei; ja, er möchte sagen, weit schimpflicher, als wenn ein Angestellter eine Unterschlagung oder ein Arbeiter einen Diebstahl begehe. Außer Sinnen vor Wut, verschaffte der junge Wirtz sich die Gerichtsakte und vernichtete sie – eine Affekthandlung, die unter Zubilligung mildernder Umstände und scharfer Geißelung des Verhaltens jenes Bankiers mit drei Tagen Gefängnis geahndet wurde.

Von nun an war es gänzlich aus mit ihm. Er wurde in so viele ehrenrührige Affären verwickelt, daß der Vater ihn nirgends mehr zeigte.

Auch diese bange Frage, wessen Händen sein Lebenswerk einmal überantwortet werde, trug im jetzigen Stadium nicht wenig zu seiner Müdigkeit und vorzeitigen Zerstörung bei. Das Schlimmste aber geschah erst jetzt. In der Inflationszeit hatte der Sohn allerlei faule Spekulationen auf eigene Rechnung gemacht, Gründungen zweifelhafter Geldinstitute und Handelsgesellschaften, die alle in der Stabilisierungskrise insolvent wurden und ihre Gläubiger mit dem Namen Wirtz betäubten. Zahlreiche Anfragen gelangten dieserhalb an die Direktion des väterlichen Unternehmens. Der Sohn fing sie im Postbüro ab und beantwortete sie namens der Direktion mit trostreichen Auskünften. Als diese Manipulationen ruchbar wurden, schädigten sie natürlich auch das Geschäft des Vaters, viele alte Kunden sprangen ab, entdeckten plötzlich Mängel in den Waren, meinten, wo so eine böse Sache sei, müsse auch das Vertrauen zu allem übrigen schwinden – denn nirgends beruhte das Verhältnis zur Kundschaft so sehr auf alten Gewohnheiten und festen Anschauungen von Solidität und Korrektheit und auf einer solchen Pedanterie der Formen wie in der Eisen- und Stahlindustrie. Ein Wechsel im Briefstil oder in der Farbe der Briefumschläge hätte es schon stören können, und nun gar dies, nun gar dies! Es war nicht auszudenken.

So stand es mit Ottokar Wirtz.

Aber Felgenhauer?

Alles kam darauf an, ob man ihn für die von Hillgruber geforderte Transaktion zwischen dem Westdeutschen Bergwerksverein und der Mitteldeutschen Braunkohle gewinnen konnte.

Um ihn dafür empfänglich zu machen, hatte Näßler ihn bei der Auflösung der Allianz sehr geschont, ihm sogar einige Vorteile eingeräumt. Näßler sagte sich auch, daß Hillgruber die Auflösung wohl hauptsächlich darum verfügt hatte, weil Felgenhauer an der Börse isoliert werden sollte. Gewiß würden die Kurse seiner Aktien, losgelöst vom Nimbus des großen Blocks Kohle–Eisen–Elektrizität und umschwirrt von dunklen Mutmaßungen, keinen leichten Stand haben – aber würde das genügen? Würde das genügen?

Der erste Versuch schlug fehl. Zwar war Felgenhauer von der Aktiengesellschaft für Kohlebewirtschaftung begeistert, doch wies er die Preisgabe des Westdeutschen Bergwerksvereins weit von sich. Er werde doch nicht von dem Kriegsschauplatz desertieren, auf dem er so lange befehligt habe!

An diesem Tag standen die Aktien des Westdeutschen Bergwerksvereins noch auf 194. Vierzehn Tage später standen sie auf 132, wogegen der Mitteldeutsche Braunkohlenkurs 241 war. Näßler wagte einen präzisierten Vorschlag: 11,7 Millionen Mitteldeutsche Aktien sollten in Westdeutsche umgetauscht werden.

Felgenhauer rechnete: «Das hieße, bei diesem Börsenkurs, daß elf Komma sieben Millionen Mitteldeutsche einundzwanzig Komma fünfunddreißig Millionen Westdeutschen entsprechen, nicht wahr?»

«Jawohl, und da Ihr Aktienkapital hundert Millionen beträgt . . .»

«Würde ich mit Wirtz zusammen die Majorität behalten, stimmt das?»

«Vollkommen, das Angebot ist durchaus vorteilhaft für Sie, zumal Sie dann mit Wirtz zusammen auch in der Mitteldeutschen einen nicht ganz unmaßgeblichen Einfluß haben werden.»

«Lassen Sie noch einmal sehen, wie die Sache sich bei mir verteilen würde. Etwas über zwanzig Prozent würde dieser Hillgruber haben, fünfzehn die Elektrizität, fünf die Holländer, noch mal fünf liegen bei einem Schock von Kleinaktionären, blieben fünfundzwanzig für mich und Wirtz, falls . . .»

«Falls?» fragte Näßler.

Felgenhauer sah ihn durchdringend an, entdeckte aber keine Arglist. «Falls Wirtz zuverlässig ist», sagte er dann.

«Sie brauchen keine Benachteiligung zu befürchten, denn selbst wenn er es nicht wäre, so wäre es doch äußerst unwahrscheinlich, daß jemals eine qualifizierte Mehrheit gegen Sie zustande käme, bei so verschieden gearteten Aktionärinteressen auf der Gegenseite.»

«Nein, Herr Näßler. Nein. Auf eine so vage Wahrscheinlichkeitsrechnung kann ich nicht eingehen. Die absolute Mehrheit muß mir gesichert sein.»

Näßler sah durch das offene Fenster in die Halbnacht des Waldes hinaus, auf den Wallgraben der «Trutzburg», wo im Schilf die Wildenten girrten. Tief in die Lunge drang der Geruch von Lauberde und Moos. Dabei dachte er: man muß ihm die Schlinge der eigenen Ehrenhaftigkeit über den Kopf werfen. Er sagte: «Nun wohl, Herr Felgenhauer. Daran soll ein Plan nicht scheitern, der allen am Herzen liegen muß, die die Kohle lieben. Wir geben das Aktienpaket, das sich in unserem Besitz befindet, an Sie zurück.»

«Wollen Sie das wirklich!» rief Felgenhauer erfreut und reichte ihm seine sehr spitze und schmale, aber noch immer starkknochige Hand. «Dann ist ja alles gut, dann ist ja alles in Ordnung.» Er hatte die Gewohnheit, seine Uhr zu ziehen, sobald der glimpfliche Ausgang einer Sache in Sicht war. Er tat es auch jetzt. Es war eine schwergoldene, altertümliche Uhr, die mit einem Schlüsselchen aufgezogen werden mußte. «Sie ist bald fünfundsechzig Jahre alt», sagte er, «ich bekam sie von meinem Paten zur Konfirmation.»

«Ja», scherzte Näßler, «die Uhrenindustrie ist nicht auf der Höhe. Wie kann sie gute Gewinne machen, wenn ihre Erzeugnisse in alle Ewigkeit hinein haltbar sind? Rascher Umlauf des Geldes, rasche Abnutzung der Ware, nur dann blüht die Produktion.»

Beide lachten, Felgenhauer fragte: «Dann kann unsere Sache also vorangehen?»

«Freilich», erwiderte Näßler und erwog inzwischen, daß da ja noch die Elektrizitätsgesellschaft war, für welche die Zersplitterung ihrer Kohleninteressen einen Schönheitsfehler bedeutete. Jedenfalls konnte man ihr das suggerieren. Wie wäre es, wenn sie ihre Beteiligung bei Felgenhauer gegen eine vermehrte Beteiligung bei Wirtz abgäbe? Das mußte gehen, so konnte für das, was Hillgruber entgangen war, Ersatz geschafft werden, und Felgenhauer war doch betrogen.

Es wurde ein Ringtausch, ganz nach dem Muster jener Leute, die auf diese Weise ihre Wohnungen tauschten, wobei auch immer mindestens zwei über das Ohr gehauen wurden. Hillgruber tauschte mit Felgenhauer, Felgenhauer mit Wirtz, Wirtz mit der Elektrizität, und die Elektrizität auf dem indirekten Weg über Wirtz wieder mit Hillgruber. Da dieser obendrein die holländischen Anteile erwarb, saß er nunmehr mit vierzig Prozent im Westdeutschen Bergwerksverein; die Macht schien ihm ausreichend zu sein, um Felgenhauer nahezulegen, daß sie ausbaufähig sei und die Klugheit daher gebiete, ihn nicht zu überstimmen. Er wurde denn auch zum Vorsitzenden des Aufsichtsrats gewählt.

Was die Gesellschaft für Kohlebewirtschaftung betraf, so wünschte er sie auf die breiteste Basis zu stellen. Näßler trat an Krogoll und Kropf heran, der Augenblick war in jeder Hinsicht günstig, der Syndikatsvertrag lief ab, die Erneuerung machte Schwierigkeiten. Die von Risch-

Zander und Schellhase geführten Hüttenzechen standen als starke Selbstverbraucher gegen die übrigen, die ihre Kohle ganz oder vorwiegend in den Handel brachten.

Ein Verrechnungspreis war den Syndikatsmitgliedern für ihre Kohlenlieferungen garantiert, das war der im *Reichsanzeiger* veröffentlichte Preis abzüglich Handelsnutzen und Umsatzsteuer. Da jedoch infolge der Marktlage dieser Preis selten erzielt wurde, wenn überhaupt etwas verkauft werden sollte, so wurde die Spanne zwischen dem wirklichen Erlös und dem Verrechnungspreis durch eine allgemeine Umlage ausgeglichen. Damit müsse nun Schluß gemacht werden, forderte Schellhase junior, das sei doch grotesk, daß die Selbstverbraucher helfen müßten, den Kohlenhändlern die Defizite zu decken; «jedes industrielle Unternehmen muß seine Daseinsberechtigung selber nachweisen, es kann nicht Aufgabe der Hütten sein, den Syndikatsabsatz zu subventionieren, wir wollen frei sein wie unsere Väter waren».

Er drohte mit dem Austritt. Ein Kampf zwischen Eisen und Kohle schien bevorzustehen, obwohl es ganz sicher war, daß er niemals ausgetragen werden konnte, denn da es unter den Großen keinen gab, der nur auf *einem* dieser Flügel stand, hätte jeder sich selbst bekriegen müssen. Aber wie stets im industriellen Leben, so waren auch diesmal nicht die Kampfresultate, sondern die bloßen Kampfmomente das Wesentliche – so wie es Wirtz in seinen guten Zeiten gesagt hatte: «Der Sieg des einen und die Niederlage des anderen ist nur eine Beigabe zu den industriellen Kämpfen, ausschlaggebendes Ziel ist allein der Ausbau von Kampfstellungen . . . Es kommt weniger darauf an, daß man einen Kampf bis zum Ende durchficht, als darauf, daß man in Bereitschaft ist.»

Schnell, sehr schnell sehen Krogoll und Kropf ein, daß die Gesellschaft für Kohlebewirtschaftung eine Bereitschaft in diesem Sinne darstellen wird, eine bedeutende Position in den Syndikatsverhandlungen, ein besonderes Druckmittel gegen die Hüttenzechen. Also muß man dabei sein. Aber es heißt auch, schon hier eine günstige Beteiligungsziffer zu erlangen. Wirtz spornt zur Eile, Wirtz redet mit einer höllischen Logik auf sie ein. Die Lage verschlechtert sich zusehends, es gibt kein Zurück mehr, auch dann nicht, als sie erfahren, daß Hillgruber sogar seine Mitteldeutsche Braunkohle mit in die Waagschale wirft, um sich die Herrschaft zu sichern. Näßler führt die Verhandlungen mit einer Robustheit, die alles in den Schatten stellt, was je dagewesen ist; bevor Kropf unterzeichnet, bleibt ihm gerade noch Zeit zu sagen: «Erlauben Sie, das ist eine Unverschämtheit.» Dennoch muß er unterzeichnen.

Wer, zum Teufel, hat ihm eigentlich die Feder in die Hand gedrückt? Dennoch ist er überzeugt, daß dieser Schritt vor dem wirtschaftlichen Gewissen der Otto-Heinrich-Hütte bestehen kann. Jetzt hat er nur noch sein privates Gewissen zu beschwichtigen, und er tut es, indem er sich sagt, daß man Siegfried Hillgruber, obgleich er in seinen Augen nach wie vor ein «Händler» bleibt, nicht mehr gut abweisen kann, nachdem der Sohn eines Industriellen die Etikette des Reviers selbst so scheußlich verletzt hat. Es ist der letzte Stich, den er, wenigstens im stillen, Wirtz versetzt. Von nun an werden sie treue Gefährten sein, und überdies, denkt er weiter, ist eine Arbeitsgemeinschaft noch keine Gesinnungsgemeinschaft. Zwischen ihm und Hillgruber wird es so sein, wie es zwischen Wirtz und Felgenhauer war.

«Kommen Sie, Herr Kropf», sagte Krogoll. «Gehen wir in die Union und begraben wir allen Hader bei einer Flasche Bernkastler Doktor. Sie alter Kämpe lieben doch Mosel, nicht wahr?»

«Das will ich meinen», antwortete Kropf, «er hat eine rauhe Schale und einen süßen Kern, das mag ich.»

Ottokar Wirtz faßte ihn unter. Er ist ganz fröhlich. «Schade nur, daß Hillgruber nicht bei uns ist . . . Sie müßten ihn einmal kennenlernen.»

Näßler denkt: das werden sie früh genug und mehr, als ihnen lieb ist. Aber diese Ausgelassenheit von Wirtz mißfällt mir, bei solchen Naturen pflegt sie vor dem Sterben zu kommen . . .

«Meine Herren», sagte Näßler in der Versammlung der Zechenbesitzer, «was wir bei der Neuordnung des Syndikats unter allen Umständen erreichen müssen, ist die Unterdrückung des Hangs zu Neubauten.»

Er steht da, gestrafft und gebieterisch, so wie in der Geburtsstunde des Syndikats Christian Felgenhauer vor den Gewerken gestanden hat. Sein Haar ist aufwärts gebürstet, in der Art, die im Volksmund «Stiftenkopf» heißt. Dadurch erscheint seine Stirn höher, als sie in Wirklichkeit ist.

«Die Überkapazität im Bergbau muß beseitigt werden – natürlich darf die Kapazität den normalen Konjunkturschwankungen entsprechen, aber es muß verhindert werden, daß man neue Schächte abteuft. Für solche Neuanlagen darf es keine Beteiligungserhöhung mehr geben, zumal die heutigen Verkaufsbeteiligungen bestenfalls zu siebzig Prozent ausgenutzt werden können. Neubauten wären also höchstens zulässig, wenn sie einer besseren Ausnutzung dienten, Beteiligungserhöhungen nur dann, wenn die Beschäftigung einer Zeche über dem zweijährigen Durchschnitt aller Syndikatsmitglieder läge. Meine Herren! Wir müssen auf Reinlichkeit achten. Es hat sich leider ereignet, daß eine Zeche die Beteiligung für eine Doppelschachtanlage verlangt, obwohl sie nur einen einzigen Schacht niedergebracht und an Stelle des zweiten einen Querschlag mit einer befreundeten Grube durchgeführt hat. Solche Praktiken dürfen nicht einreißen. Meine Herren! Wir müssen auch auf Gerechtigkeit achten. Die Hüttenzechen sollten von der strittigen Umlage entbunden werden, aber wir werden als Hüttenzechen nur noch diejenigen anerkennen können, die mindestens einundachtzig Prozent ihrer Förderung dem eigenen Verbrauch zuführen, und vor allem wollen wir das westliche Grenzkohlebecken in unser Syndikat einbeziehen; auf dieser Basis, denke ich, werden wir über die Beteiligungsziffern handelseinig werden . . .»

Aber man kommt schlecht vom Fleck, jeder Teilnehmer hat die Landkarte der wirtschaftlichen Interessensphären genau im Kopf und steckt seine Fähnchen so weit wie möglich vor. Mit ihnen sitzen Selbstgefühl und Furcht am Verhandlungstisch. Mit möglichst großem Gepäck will jeder durch das Ziel gehen, jeder ist wachsam, jeder ist zäh. Als sie sich vollständig festgefahren haben, droht die Regierung mit Zwang. Sie atmen auf, jetzt hat jedermann vor sich selbst eine Entschuldigung für Konzessionen. Ein Zwangssyndikat der Regierung, da wäre ja die Sozialisierung perfekt! Die Preise setzt der Reichskohlenrat, die Löhne der staatliche Schlichter fest. Noch ein staatlicher Eingriff, das wäre das Ende der Unternehmerverantwortlichkeit, dahin darf man es nicht kommen lassen. Der Wirtschaftsminister ist kein Unmensch, er erleichtert ihnen die Entscheidung, indem er die Einbeziehung des Grenzkohlenbeckens dekretiert. Die Rivalen Kropf und Püschel haben beide auf das Ministerium eingewirkt; nur wenige sind davon unterrichtet, daß Kropf durch unterirdische Kanäle von Hillgruber mit scharfer Munition versorgt wird. So wird der Geheimrat besiegt, so akzeptiert man Näßlers Grundlinien, so gibt dieser hier und jener dort ein wenig nach, so schließt man auf zehn Jahre ab.

Siegfried Hillgruber hatte nur darauf gewartet, um anfangen zu können. «Wissen Sie», belehrte er Näßler, «jetzt erst können wir richtig davon profitieren, daß die elastisch geprägte Form dieser Kartelle durch mannigfaltige Strukturänderungen verhärtet worden ist und unrentable Quetschen künstlich durchgeschleppt worden sind. Da wollen wir also jetzt mal rangehen. Wir kaufen eine Portion davon auf, legen sie still und übernehmen ihre Syndikatsbeteiligung auf den Westdeutschen Bergwerksverein.»

«Quotenramsch» nannte er das selbst. «Werke kaufen?» sagte er. «Fällt mir nicht ein. Ich kaufe Quoten. Die Quoten stellen ja den einzigen Kapitalwert dieser Werke dar, ihre Existenz geht infolgedessen zu unseren Lasten, darum – verschrotten, nichts als verschrotten!»

Die anderen machten es nach, und es begann eine Jagd auf die kleinen Zechen, die freilich ständig teurer wurde, weil die Kaufreflektanten sich gegenseitig überbieten mußten und die Kaufobjekte die Situation weidlich auszunutzen verstanden. Bei diesem ganzen Hin und Her, den Käufen, Interessengemeinschaften, Freundschaftsabkommen, Verschmelzungen, Tauschhändeln in Aktien und Aufsichtsräten, bei all diesen wechselnden Beziehungen, diesem verschlungenen Fädenspiel, diesen gauklerischen Variationen ein und desselben Themas, diesem Gemenge aus Intrigen, Eifersucht und Streberei verlor die Öffentlichkeit vollends den Überblick. Die Persönlichkeiten schienen sich in Konzerne zu verwandeln, aber war es nur Expansion oder war es auch Konzentration? Wer wollte das feststellen? Außer einigen sicheren Zahlen und einigen unsicheren Schätzungen hatte man wenig Anhaltspunkte. Der Westdeutsche Bergwerksverein hatte im Syndikat eine Verkaufsbeteiligung von acht Millionen Tonnen und eine Eigenverbrauchsbeteiligung von einer halben Million; Wirtz hatte noch immer vier Millionen dort, eine Million hier: Krogoll viereinhalb und anderthalb Millionen; Kropf dreieinhalb und zwei; Schellhase eine und vier; Risch-Zander zwei und drei. Das Vermögen des Freiherrn wurde auf zweihundert Millionen geschätzt, das der Schellhases auf hundertachtzig, das von Hillgruber auf hundertdreißig, das von Wirtz noch auf hundert, das der übrigen auf je hundertzwanzig. Die Zahl der im Revier beschäftigten Bergleute war 370000, die der entlassenen 110000.

Das war der nackte Tatbestand. Die Ziffern sagten viel, aber wer konnte wissen, ob sie nicht noch mehr verschwiegen, als sie aussprachen? Lesen konnte man sie, sehr wohl, aber war es nicht vermessen zu behaupten, daß man sie deuten konnte?

In Amerika wußte man mehr darüber. Den Amerikanern mußte man gründlichere Aufschlüsse geben als den Deutschen, denn Amerika bekundete seine Bereitwilligkeit, den Wiederaufbau des Kohlenreviers zu fördern, Amerika sandte seine Bankiers. Die Gesellschaft für

Kohlebewirtschaftung nahm eine Zehn-Millionen-Dollar-Anleihe auf.

«*Well*», sagte der Amerikaner, «bei Ihnen will man Kapital durch Sparen bilden, bei uns durch Ausgeben; Sie denken so, wir so reich zu werden. Das ist eine Sache des Temperaments – oder des Geschmacks. Ihre Leute haben wie die Bettler gelebt, um sich ein Sparkassenbuch anlegen zu können. Nachher – was hatten sie nachher davon? Ihre Hunderter und Tausender waren weniger wert als ein faules Ei, das enthält wenigstens noch Schwefelwasserstoff, hahaha! *And now?* – Nun fangen sie geduldig und gehorsam wieder von vorn an, leben wie die Bettler und tragen ihre Marks zur Sparkasse. Es ist eine bewunderswert gute Moral, *of course*, aber eine erstaunlich schlechte Wirtschaft. Sehen Sie das blühende Amerika, *the States, my glorious country!* Jeder kauft sich für sein Geld, was sein Herz und das Herz des Fabrikanten begehrt. *Prosperity first!* Was nutzt es, wenn der einzelne knausert und die Nation nichts hat? *That's what I say*. Privatvermögen sind bei uns gar nicht geachtet, aber auf den Reichtum der Nation sind wir stolz! Wir Amerikaner haben genügend Industrieführer, doch wenig große Politiker, ihr Europäer habt viele Politiker, doch keine großen Industrieführer.»

«Wie?» rief Kropf. «Höre ich recht? Kann der deutschen Wirtschaft der Vorwurf gemacht werden, daß sie es an den nötigen Vorstellungen und Vorschlägen haben fehlen lassen?»

«*Well*», versetzte der Amerikaner, «Ihr altes Deutsches Reich ist an der Uneinigkeit, Selbstsucht und Kurzsichtigkeit der Fürsten zugrunde gegangen. Wenn Sie nicht bald zur Einsicht kommen, wird das Deutsche Reich des 20. Jahrhunderts zugrunde gehen an der Uneinigkeit, Selbstsucht und Kurzsichtigkeit der Industrieführer!»

Näßler bemerkte, man wolle sich über Geldfragen unterhalten, nicht über Geschichtsfragen.

«*Well, well – that's good enough*, aber Geldfragen kann man ohne historische Erkenntnisse nicht beantworten.» Wie eine Gouvernante hob er den Zeigefinger auf. «Im Geld ist Wahrheit, meine Herren. Darum haben wir in Amerika ein tiefes Mißtrauen gegenüber einer Machtstellung des Geldes und senden unseren Überfluß nach Europa. Unsere wirtschaftlichen Ideale sind Freiheit, Unabhängigkeit und DIENST AM KUNDEN. Well, deshalb bin ich hier. Das amerikanische Volk kennt das deutsche seit sechs Jahren als ein fleißiges und hart arbeitendes Volk. Das Eindringen des deutschen Handels in die Vereinigten Staaten hat unsere Aufmerksamkeit auf die formidablen Fortschritte Ihrer Industrie gelenkt, *yes*, meine Herren, es gibt kein Land, dessen Kapitalansprüche mehr von uns anerkannt werden als das Ihre – *allright*, es ist geradeso, als wenn Sie den Krieg gewonnen hätten, und ich schätze mich glücklich, Ihnen diese Botschaft vom Glauben an Deutschland überbringen zu dürfen ...»

«Was muß man nicht alles schlucken, wenn man Geld haben will!» sagte Kropf nachher zu Näßler. «Was für Sottisen und Impertinenzen, entschuldigen Sie, ich gebrauche nicht gern Fremdwörter, aber hierfür ist mir die deutsche Sprache doch zu schade. A propos, demnächst ist die Neuwahl für das Präsidium im Reichsverband fällig. Haben Sie schon darüber nachgedacht? Ah ... Sie haben noch nicht darüber nachgedacht. Püschel dürfte doch auch für Sie nicht mehr in Frage kommen?»

«Was uns betrifft, Herr Kropf, wir sind nie aus der Reihe getanzt.»

«Nun ja. Nun ja. Ich habe mich seinerzeit geirrt ...»

«Verspekuliert», unterbrach kaltschnäuzig Näßler, aber es erregte in Kropf keinerlei Bitterkeit, und er sagte sanft: «Meinetwegen auch das», und dann etwas lauter: «Lassen wir es ruhen. Es war ein kleines Intermezzo mit der Chemie. Die Schwerindustrie gibt wieder den Ton an. Strafe genug für mich, daß ich jetzt überall genauso gegen den Geheimrat Stimmung machen muß, wie ich es ehedem für ihn tat. Wissen Sie auch noch, daß er uns immer falsche Tips gegeben hat? Daß er gesagt hat, England werde nicht Gewehr bei Fuß stehen, wenn die Franzosen deutsches Industrieland okkupierten? ‹Kleinigkeit – bei meinen Beziehungen›, wissen Sie noch?»

«Ja – und?»

«Na, das werde ich jetzt gehörig ausschlachten, falscher Prophet, das ist ein schlechter Leumund.»

«Tun Sie das lieber nicht, Püschel ist nicht der einzige, es sind zu viele unter uns, die nie im richtigen Augenblick bremsen können und immer auf dem falschen Fuß Kommandos geben ...»

Kropf erwiderte nichts. Nach einer Weile sondierte er zaghaft: «Ob Krogoll eine Wahl zum Präsidenten des Reichsverbandes annehmen würde ...»

«Krogoll? – Der verdiente Führer der Union? Weshalb wollen Sie den abschieben?»

«Wie Sie gleich alles auffassen», sagte Kropf gekränkt und ließ das Thema fallen.

Abends war in der Union ein Bankett zu Ehren des amerikanischen Bankiers. Mit bewegten Worten toastete Kropf auf den Überbringer der Botschaft von Amerikas Glauben an Deutschland.

Spät in der Nacht war Näßler dann noch bei Hillgruber.

«Präsident im Reichsverband wird Kropf», bestimmte der. «Alle Ehrenämter, die wir noch zu vergeben haben, und alle Pöstchen, auf denen Katze und Maus zu spielen ist, kriegt Kropf, damit er eine gesunde Beschäftigung hat. Dagegen der Verwaltungsrat der Reichsbahn, das ist kein Ehrenamt und kein Katz-und-Maus-Pöstchen, das ist eine Realität, da werden Aufträge vergeben, dahinein kommen Sie, Herr Näßler. Wie geht es Wirtz?»

«Er ist sehr krank, eine Herzbeutelentzündung, Perikarditis . . . Ich glaube nicht, daß er wieder aufkommt.»

«Tut mir leid. Aber dann müssen wir eben mit seinem Ableben rechnen. Der Sohn wird froh sein, wenn er bares Geld bekommt. Die Erbschaft der Werke . . .»

«Haben Sie bereits angetreten, Herr Hillgruber.»

«Nicht schmeicheln. Hören Sie zu . . .»

«Ich höre.»

«Der Amerikaner hat von der Uneinigkeit und Kurzsichtigkeit der deutschen Industriellen gesprochen, sagen Sie?»

«Und von der Selbstsucht . . .»

«Das tut nichts zur Sache. Jene beiden Fehlerquellen aber werden wir abstoppen.»

«Aus Nächstenliebe, hoffe ich.»

Hillgruber sagte, er habe sich in seiner böhmischen Heimat nie träumen lassen, daß die deutschen Industriellen von Haus aus so talmudisch wären. Dabei faltete er eine Karte auseinander, die so groß war, daß sie alsbald den ganzen Tisch bedeckte.

«Das Steinkohlenrevier und seine Nebenfelder.»

Ein weither rollendes Geräusch spaltete die Ruhe der Nacht und brandete wider die Fenster.

«Der Expreß Paris–Warschau mit Kurswagen nach Prag.»

Hillgruber hatte den Kopf ein wenig erhoben und horchte, seine Gedanken schienen sich zu entfernen.

«Jetzt ist er über die Rheinbrücke hinüber.»

Das Geräusch war nur noch ein brechendes Murmeln. Die Stille schloß sich wieder zusammen wie das Meer hinter dem Kielwasser eines Schiffes.

«Wie weit man nachts hört . . .»

«Ja, es ist ungeheuer poetisch», sagte Näßler flüchtig und etwas unsicher.

Hillgruber zeigte auf die Fensterscheiben: «Wie sie nachtönen. Ich liebe diese musikalischen Reflexe.»

Näßler fragte: «Die schwarzen Punkte auf der Karte, das ist wohl die Kohle?»

«Die blauen das Eisen und die roten das Erz.»

Sie schauten beide in der gleichen Sekunde von der Karte auf und blickten sich weigend an.

«Es liegt nicht überall beisammen, was zusammengehört», sagte Näßler.

«Das lehrt die Karte. Muß das so bleiben, wie der Zufall es zusammengewürfelt hat?»

Hillgruber wurde lebhaft, in seine Augen trat ein selbstvergessener Schimmer, sie dunkelten langsam nach wie eine Lackpolitur.

«Verfassen Sie einen Zeitungsartikel, Herr Näßler. Ihr Name darf aber nicht genannt werden, ‹von besonderer Seite›, muß es heißen. Schreiben Sie ungefähr folgendes: Die Forderung der Gegenwart sei, ohne Mehraufwand an Kraft, Stoff und Zeit mehr zu erzeugen; rasche Ausdehnung oder Einschränkung der Produktion ohne erheblichen Verlust an Zeit und Geld, billige Herstellungskosten, wirtschaftlicher Nutzen und daher bessere Löhne durch präzise Einspannung des Arbeiters in einen auf die Minute geregelten Fertigungsprozeß – das seien die Ziele eines organisierten menschlichen Produktionswillens. Gebrauchen Sie das Wort ‹Rationalisierung›, der Deutsche fliegt auf wissenschaftliche Ausdrücke wie der Falter aufs Licht. Machen Sie ein Beispiel, etwa so: Ein Hochofenwerk, ein Walzwerk, dicht beisammen, aber verschiedene Besitzer. Das Hochofenwerk hat Erzgruben weit weg. Das Walzwerk besitzt eine Erzgrube in der Nähe, dafür ist ein Hochofen weit weg. Was muß da geschehen? Sie müssen sich vereinigen. Das Hochofenwerk legt seine entfernten Erzgruben still und bezieht seinen Rohstoff von der Grube des Walzwerks, dafür legt das Walzwerk seinen entfernten Hochofen still und speist sich mit Roheisen und mit Gasen des benachbarten Hochofenwerks. Weisen Sie darauf hin, daß schon vor dem Krieg zwanzig Prozent des Aktienkapitals aller deutschen Maschinenbauanstalten ohne Dividende blieben und das Nominalkapital unserer sämtlichen Aktiengesellschaften, das damals vierzehn Milliarden betrug, nur einen Gewinn von einer Milliarde und hundert Millionen abwarf. Fragen Sie: ‹und heute›? Malen Sie schwarz. Sprechen Sie von der Verschuldung, von dem Debakel, das selbst über alte Industriefamilien hereinzubrechen droht. Kündigen Sie das Emporkommen eines Überstaates der Finanziers an, der mächtiger als der Völkerbund sein werde. Betonen Sie, daß, wer heute von ökonomischen Problemen redet, schon nicht mehr die Industrie, sondern die Bankwelt meint. Gebrauchen Sie das Wort ‹Zinsknechtschaft›. Flechten Sie dann ein, daß eine Last leichter wiegt, wenn sie von vielen Schultern gemeinsam getragen wird. Geben Sie endlich zu bedenken, was für Geld und was für Nerven ein Kampf aller gegen alle koste, gerade wenn er, wie es in unserer Industriewelt zu sein pflege, in den freundschaftlichsten Formen geführt werde. Die Folgerung . . .»

«Also die Notwendigkeit einer Trustbildung», fiel Näßler ein.

Hillgruber neigte den Kopf etwas auf die rechte Schulter und äußerte sich nicht dazu. «Die Folgerung», fuhr er fort, «überlassen Sie den Lesern. Wenn Sie aus Gelehrsamkeit und Gemeinverständlichkeit, aus Biedermeier und standardisiertem Amerikanismus die richtige Mischung treffen, kann es nicht fehlen. Verstehen Sie, der Artikel muß so abgefaßt sein, daß man dahinter eine interessierte Persönlichkeit, aber keinen Interessenten vermutet. Der Unterschied wiegt nur wenige Gramm, und auf die kommt es an.»

«Und mir trauen Sie das zu?»

«Ihnen traue ich das zu.»

«Wo soll der Artikel erscheinen?»

«Nun – in einem respektablen Blatt, das uns sehr nahesteht und doch unabhängig geleitet wird.»

Als der Artikel erschien, summte es in der Union wie in einem aufgescheuchten Wespennest. Der General glaubte seine Parole «Gemeinnützigkeit gegen Eigennutz» darin wiederzuerkennen. Der Freiherr aber sagte zu Hiebenstein: «Rationalisierung? Hat das nicht schon vor sechzig Jahren mein hochseliger Schwiegervater im Generalregulativ niedergelegt?»

Der Finanzrat las in dem kleinen grauen Heft, welches das Brevier für die Risch-Zanderschen Beamten darstellte: «Rohstoffe sind stets in bester Qualität anzuschaffen, die möglichst vollkommene Fabrikationsmethode ist anzuwenden, jede Verschwendung von Materialien muß vermieden werden, keine Maschine und keine Kraft darf unbeschäftigt sein, immer muß erfinderische Ökonomie in Erscheinung treten . . .» Ein Lächeln glitt über sein gepflegtes Gesicht. «Wahrhaftig», sagte er, «welch simple Gebote der Prosperität! Jetzt werden sie als Wirtschaftsmetaphysik neu entdeckt und wandeln mit geistigem

Aufputz einher. Was ich immer sage, die Alten haben die Probleme gelöst, ohne zu wissen, daß es welche waren. Immerhin. Immerhin.»

Die erste Rationalisierungsmaßnahme ging von der Gesellschaft für Kohlebewirtschaftung aus. Sie bestand darin, daß die Gaswerke der westdeutschen Städte von den Zechenkokereien mit Leichtgas beliefert wurden. Es hieß, daß es Verschwendung sei, die Umwandlung in Energie fern von den Rohstoffen vorzunehmen. Es hieß, daß es Landesverrat sei, wenn manche Gaswerke billige englische Kohle verarbeiteten. Es hieß, daß es Unsinn sei, wenn die Gaswerke, die Koks als Nebenprodukt gewännen, bei erhöhtem Gasbedarf auf ihrem erhöhten Koksanfall sitzenblieben, während umgekehrt die Kokereien jederzeit imstande seien, die erforderlichen Mengen Gas als Nebenprodukt zu besorgen. Es hieß, daß es eine Verrücktheit sei, wenn die neun Milliarden Kubikmeter Gas, welche die Kokereien jährlich erzeugten, zur Beheizung von Koksöfen und Dampfkesseln vergeudet würden, wozu mindere Gassorten ebensogut seien. Eine Zeitlang wehrten die Städte sich. Die Sozialisten betrachteten das Vorhaben der Gesellschaft für Kohlebewirtschaftung als einen Schlag des Hochkapitalismus gegen die Gemeinwirtschaft. Einige Kommunen erwarben sogar Kohlenfelder und Mutungen.

Siegfried Hillgruber machte ein fröhliches Gesicht dabei. «Diese Oberbürgermeister», sagte er, «mögen mit gepumptem Geld, das sie teuer zu stehen kommen wird, kaufen, was und soviel sie wollen. Zechenbesitzer werden sie nie sein. Unter dreißig Milliönchen erschließt man heutzutage keine rentable Ausbeute, da werden sie gaffen, wenn sie aus ihrem Bluff mal was Ernstes machen sollen.»

Aus seiner Schublade holte er ein Manuskript hervor. Dem Gaswerk einer großen Stadt wurden darin Mißwirtschaft und Millionenverluste nachgewiesen. Er ließ es vervielfältigen und an dreihundert Zeitungsredaktionen senden.

«So», sagte er, «die Seifenblase der Oberbürgermeister mit Unternehmergelüsten ist geplatzt.»

Alsbald schoben sich die Landstraßen entlang bleigraue Stahlrohre, gewaltig und glatt wie Nilpferdbäuche und zusammengeschweißt zu Schlangenleibern von zweihundert Metern Länge; Kompanien von Erdarbeitern warfen die Gräben aus, worin diese Ungetüme versenkt werden sollten, Ingenieure mit Plänen und Meßgeräten patrouillierten auf und ab, hemdsärmelige Meister brüllten Befehle, Vorarbeiter schwenkten rote Fahnen, wenn die Sprengschüsse dumpf ins Gestein hieben. Viele tausend Meter liefen die Ferngasleitungen, immer neue Städte ergaben sich, die städtischen Werke funktionierten nur noch als örtliche Verteilungsstellen und hatten pro Kubikmeter bloß drei Pfennig zu zahlen, was sie nicht abhielt, vom Verbraucher zwanzig zu nehmen.

Hillgruber sagte zu Näßler: «Sehen Sie. Hätte ich die Felgenhauer-Wirtz-Elektro-Allianz nicht gesprengt, so wäre dieses Geschäft nicht zu machen gewesen, wir hätten der Elektrizitätsgesellschaft doch nicht mit dem Gas in die Quere kommen dürfen.»

«In der Tat», entgegnete Näßler, «ich bewundere Ihre konstruktiven Ideen. Wie Ihr ganzes Werk, so ist auch dieses dem Fortschritt gewidmet, zunächst der technischen Entwicklung und durch sie dem wirtschaftlichen und ethischen Aufstieg.»

Bei alldem blieb Siegfried Hillgruber, er, der Konzernbaumeister, der zurückhaltende Mann des Hintergrunds. Er ließ die anderen sich als die Großen fühlen, denn er, er *war* der Große. Sein Siegerländer Feinblechwerk baute er zur Holdinggesellschaft aus, die alle seine Beteiligungen zu verwalten hatte, und er erreichte damit eine vollkommene Undurchdringlichkeit seines Besitzes. Zwischendurch gründete er eine deutsch-französische Kolonialgesellschaft, die deutsche Industrieprodukte in den französischen Kolonien und französische Kolonialerzeugnisse in Deutschland vertreiben sollte; hier saß er mit Mehren zusammen im Aufsichtsrat; auch gliederte er sich eine holländische Erzhandelsgesellschaft an und zwei Motorenfabriken mit dreiundfünfzig Millionen Jahresumsatz, welche Summen ungefähr dem Verkauf von neunzehntausend Motoren entsprach. Von Risch-Zander erwarb er die Majorität der ehemaligen Geschützfabrik Romeike, die in eine schlechtgehende Lokomotivbauanstalt umgewandelt worden war. Herr Romeike war inzwischen verstorben, die Erben bewirtschafteten ein Gut in Mecklenburg.

«Sie sind heimgekehrt», sagte Hillgruber, «von der Scholle kamst du, zur Scholle sollst du wieder gehen.»

Es gelang ihm, von der Regierung eine Subvention von fünfzehn Millionen zu ergattern – «ja, da kräht kein Hahn danach, ist Romeike als Geschützfabrik nicht eigentlich immer ein verkappter Staatsbetrieb gewesen?» Mittels dieser fünfzehn Millionen unterbot er im Auslandsgeschäft alle übrigen Lokomotivfabriken. Die schrien um Hilfe: das sei eine nette Geschichte, einen kranken Betrieb zu subventionieren, damit er die gesunden auch noch krank mache! Das wirke ja direkt demoralisierend, wenn man einen Lebensunfähigen mit Unterstützungen am Leben erhalte, statt die Ursache seiner Lebensunfähigkeit zu beseitigen! Na schön, sagte Hillgruber, eben das will ich ja. Bilden wir mal einen Ring, wir Lokomotivfabriken, und regeln wir unseren Absatz entsprechend unserer Kapazität. Dann könnt ihr mir meine Quote abkaufen und nachher meine Bude zumachen.

Warum sollte er sein Verfahren nicht auch einmal am eigenen Leibe ausprobieren lassen, wenn es zu seinen Gunsten ging? Denn selbstverständlich hatte er nicht versäumt, mittels jener fünfzehn Millionen vorher noch schnell seine Kapazität zu erhöhen. Und siehe da, sein Wille geschah.

So lebte er im Schutz eines persönlichen, wirtschaftlichen und finanziellen Geheimnisses. So war er mit Näßlers und Mehrens Freundeshilfe überall da, wo Entscheidungen fielen, ohne daß er jemals hervortrat. Die Fernwirkung ging von seinem Schreibtisch aus. Die Bilanzen seiner Holdinggruppe zeigten keine Spuren von Aktienkäufen. Er operierte mit nicht ausgeschütteten und nicht ausgewiesenen Gewinnen. Wer hundert Millionen Aktien hat, dem werden noch weitere hundert gegeben, pflegte er zu sagen; die Bilanz für den internen Gebrauch ist schnell gemacht, das ist nur eine fachliche Angelegenheit, aber eine Bilanz für den öffentlichen Gebrauch herzustellen, das treift schon das Gebiet des Künstlerischen, das ist eine Angelegenheit der Psychologie; ob man mit Gewinn oder Verlust abschließt, ist meistens keine kaufmännische Frage, sondern eine Frage der Einfühlung in die jeweilige öffentliche Atmosphäre; zum Glück hat man in dem Posten «Abschreibungen» immer einen beweglichen Koeffizienten zur Verfügung.

Dreimal im Winter dirigierte er in seinem Konzertsaal. Meisterhaft handhabte er die Telekinese.

Schon nannte man ihn die «Montansphinx».

Die Kohle trat in eine neue Epoche ein. Nach gefährlichen Schwankungen triumphierte sie über Öle und Wasserkräfte.

Als die Ferngasversorgung in vollem Gange war, starb Ottokar Wirtz. Seine letzten Worte waren: «Es wird geglaubt, daß die Führer industrieller Werke diese Unternehmungen tatsächlich leiten . . . In Wirklichkeit werden wir von den Werken geleitet . . . Sie verfügen über unsere Person und unsere Zeit mit einer Despotie, die ohnegleichen ist . . .»

Seine Angestellten widmeten ihm einen Nachruf, worin sie gelobten, das Andenken an diesen vorbildlichen Führer in Ehren zu halten.

An seinem Grab legte Krogoll einen Kranz aus Maréchal-Niel-Rosen nieder. Auf der Schleife las man: «Die Soldaten der Union von Kohle und Eisen neigen sich vor dem Sarg ihres Waffenbruders.»

Sechzehntes Kapitel

Schacht III der Risch-Zanderschen Zeche «Glücklicher Morgenstern» gehörte zu den modernsten im Kohlenrevier. Der Koloß des Kohlenturms der Kokerei, derselbe, der Paula Griguszies in eine seltsame Unruhe versetzt hatte, sah von weitem wie das Felsplateau eines kriegerischen Bollwerks aus; und die Turmförderanlage, die, um Platz zu sparen, unmittelbar über dem Schacht errichtet war und in fünfzig Meter Höhe das Maschinenhaus trug, fügte der Silhouette der Stadt neue Züge ein von einer bestürzenden Wucht. Dreihundert Tonnen Eisen staken in dem Turm, achthundert Tonnen Hochofenzement und sechstausend Tonnen Rheinkies, und in seinem Verlies war Raum für dreitausend Tonnen Feinkohle und dreihundert Tonnen Löschwasser. Dabei ruhte dieses furchtbare Gewicht samt den Koksöfen, in denen die Kohle unter Luftabschluß erhitzt wurde, auf einem rissigen und wackligen Baugrund, und ein einziger Bruch in der Ofenwand hätte schon verstärkten Heizgasverbrauch und verringerte Gewinnung von Teer und Ammoniak aus den entweichenden Dämpfen bedingt; aber die mürbe Erde war gestrafft durch ein orthopädisches Fundament, ihr ausgehöhlter Leib gegürtet mit einem Streckkorsett aus lauter einzelnen Drahtkästen, die untereinander gitterförmig verstrebt und mit Beton ausgestopft waren.

Obgleich Pessimismus die große Mode war, drosselte Neufeind nicht das Bauprogramm. Er sagte: «Alle unsere Neuanlagen dienen der Verbesserung unserer Erzeugnisse und der Verbilligung unserer Selbstkosten, beides Ziele, die um so erstrebenswerter sind, je unbefriedigender der Markt ist.»

Das Fördermaschinenhaus hing da in der Luft wie eine Keule; es war ganz verglast, taghell war es drinnen; der elektrische Antriebsmotor verbürgte eine Zugleistung von fünftausend Pferdekräften. Auf einem Stuhl sitzend, bediente der Maschinist mit der rechten Hand den Steuerhebel, der den Gang des Motors leitete, und den Bremshebel mit der linken. Achtzehn Meter in der Sekunde war die Geschwindigkeit des Förderkorbs für Güter, zehn für Personen; und unabhängig von der Muskelkraft, der Nervosität und dem Temperament des Maschinistenarms setzte der Korb sich in Fahrt, beschleunigte und verlangsamte er sie, denn dieser Arm, mochte er zart oder grob, ruhig oder zitternd sein, berührte den Steuerhebel nur mittelbar durch einen Druckknopf, der sofort eine automatische, gleichmäßige und langsam schleifende Bewegung auslöste. Ohne die gefahrvollen Stöße, welche die Seile so schnell abnutzten und so leicht zum Rutschen brachten, ohne Pendeln und Klopfen sausten die Körbe in den Schacht hinunter. Mit einer übermenschlichen Sicherheit setzten sie an den einzelnen Schachtsohlen auf.

Für einen Menschen war die Verantwortung zu schwer, Tag für Tag in der surrenden, flimmernden Einsamkeit dieses Maschinenhauses zu leben, Tag für Tag in der zerstörenden Angst vor einem kleinen Fehlgriff, einem winzigen Nachlassen der geistigen Spannkraft – in jeder Ladung saß das Unglück, saß der Tod und wartete nur darauf. Die technische Energie trug die Verantwortung leichter. In jeder Sekunde meldete der Teufenzeiger die Stellung der Körbe im Schacht. In jeder Sekunde schrieb ein automatischer Zeichenstift die Geschwindigkeit an. In jeder Sekunde vermerkte ein anderer die von Hängebank und Füllort, den verschiedenen Haltestellen, eingehenden Signale, die sich gleichzeitig durch Glocken und aufflammende Lichter ansagten. So war der Maschinist entlastet, so stand er aber auch unter Kontrolle. Seine Unachtsamkeit war jederzeit ablesbar. Jedes Versagen des Stromes, jede Fahrlässigkeit, jede Abweichung vom Regelmäßigen wurde von der Maschine mit einer mechanischen Einschaltung der Sicherheitsbremse beantwortet. Die Förderkörbe waren vierstöckig und mit vierundsechzig Mann besetzt, acht Sätze zu je acht Mann, die ihre Plätze zu gleicher Zeit von besonderen Bühnen aus einnahmen; auf jeder Bühne stand ein «Anschläger», so hieß der Melder, der ohne Rücksicht auf die anderen sein Signal auf «Fertig» stellte, sobald sein Satz fahrbereit war; aber erst wenn alle acht fertig gemacht hatten, erschien selbsttätig beim Maschinisten das Signal zur Anfahrt, löste sich selbsttätig die Bremse, die bis zu diesem Zeitpunkt automatisch gesperrt war. Das Gehirn, das Gefühl, das Nervensystem dieser Maschine, die für jede Störung ein Heilmittel in sich trug, war vollkommener, als es bei einem Menschen je sein könnte.

Trotzdem, vergessen wir es nicht, trotzdem war sie nichts ohne die Überwachung durch den Geist des Menschen, aus dem sie geboren war. Der Maschinist fühlte sich weder als ihr Herr noch als ihr Sklave. Er fühlte sich als ihr Genosse. Er ging mit ihr um, wie er mit dem Mechanismus seiner Familie umging, er schläferte sie ein, wie er seine Kinder einschläferte, und er feuerte sie an, wie er seine Frau in der Umarmung anfeuerte. Es war ganz alltäglich, es war keine Unnatürlichkeit dabei und auch keine außergewöhnliche Empfindung.

Vom Maschinenhaus überblickte man den gesamten Betrieb, Gebäude, Kräne, Ofenbatterien, Kohlenwäsche, Gleisdreiecke, Lokomotiven, Kohlenverladung, Seilbahnen, an denen die Kippwägelchen wie Regentropfen am Telefondraht schwebten, und ganz am Ende, bereits in das Dächergetümmel der wie ein plastisches Spielzeug ausgebreiteten Stadt übergehend, die neue Brikettfabrik.

Fast die Hälfte der Förderung im Revier war kleinkörnige Feinkohle, die in den Kokereien verarbeitet wurde, wenn sie aus Fettflözen stammte, und in den Brikettfabriken, wenn sie aus Magerflözen kam.

Auf «Glücklicher Morgenstern» war die Brikettfabrik ein schmales, sehr hohes und langes Gebäude, an welches drei rechteckige Holztürme angeklebt waren, die unten noch ein schräges Nebengelaß hatten: Becherwerke, welche die Rohstoffe, Baggern gleich, an den Zubereitungsort beförderten. In jenen Türmen lagerte die aufbereitete Brikettkohle, um von dort in die Mischteller zu rieseln, die wir unförmige, aufrecht stehende Schalltrichter waren. Ein Schneckengang knirschte, ein zähnefletschender Rachen spie Pechmehl hinein, das wurde nun miteinander ein zäher Brei; durch überhitzten Dampf zu Teig geknetet, rollte er fort in die Presse, die mit zwei Stempeln von oben und unten darauf drückte, bis es harte Kuchen wurden; endlich ausgestoßen, fielen sie auf ein Band, das sie flatternd aufgriff und fortschob, hops, über eine Rutsche weg, gleich in den Waggon.

Hier, an der Brikettpresse, arbeitete Helmut Fries, der Sohn des Betriebsrats, ein schwächlicher Mensch mit träumerisch umflorten und ein wenig schräggestellten Augen. Seine schäumende Sehnsucht, der Industrie zu entfliehen, wurde gezähmt durch den Zwang, sich mit ihr abzufinden, weil sie das tägliche Brot hergab. Er war ein Lyriker und sang Hymnen auf die Maschinen, die er mit Kirchenorgeln verglich; er sagte, Arbeit heiße die neue Religion, ein Leben in Arbeit, Schönheit und Liebe sei der Dreiklang in Harmonie; aber seine Hymen waren im Grunde nur eine andere Art zu hassen.

Wenn die Presse keuchte, wanderte er ruhelos herum, hörte die schwarzen Kuchen wimmern unter dem greulichen Druck, das Blut strömte ihm zu Herzen, eine unirdische Verwandlung ging mit ihm vor, seine Stirn schmerzte, auf einmal fühlte er sich aller Schwere ledig und begann in fremden Zungen zu reden. Was er redete, das schrieb er nieder; es war ihm, als sei etwas Innerliches von ihm gefallen, als hätten seine Adern sich geöffnet und verspritzten in ekstatischen Strahlen sein Blut, wenn es in ihm sang:

«Hei – mein Brikett! Wie schwarz es funkelt,
Gepreßt in Schmerzen und in Not;
Und wenn es abendlich nun dunkelt,
Glüht im Kamin die Wunde rot –

So wie in alten Märchentagen
Des Helden Wunde neu entbrannt,
Wenn der, so tückisch ihn erschlagen,
Im Dom vor seiner Leiche stand.

Der Schwärze trotzt dein Lichtgefunkel,
In dir pulst noch die Lebenskraft:
Doch mein Herz ist voll tiefem Dunkel,
Ein Dornenhag ohn' Wunderkraft.»

Sie wußten es alle, und der Vater, der sich selbst eines großen künstlerischen Empfindens bezichtigte, erzählte es voller Stolz: Helmut Fries machte Gedichte, die Lokalzeitungen waren voll davon, Helmut Fries war der Arbeiterdichter von Risch-Zander. Er selbst sagte von sich, er sei aus Seelennot, Kraftgefühl und Stolz zum Dichten gekommen. Einerlei – ein Volksschüler konnte Reime schmieden, ein ungebildeter Mann beherrschte das Versmaß, ein einfacher Arbeiter hatte die Gabe, Werkstattschuppen mit derselben Wehmut zu sehen wie ein Kornfeld, und ein Gemisch aus Kohlenstaub und Pechmehl ebenso human zu betrachten wie ein menschliches Herz – was für soziale Errungenschaften, was für Umwälzungen auf dem Markt der Literatur! Bald, bald mußte es so weit sein, daß es für vornehm galt, eine schwielige Faust zu haben und eine ungeschlachte Ausdrucksweise.

«Unser der Sieg!» sagte Fries.

Auch der Freiherr war gerührt, als er davon vernahm, ließ sich den Dichter vorstellen, sah ihm lange in die schöpferischen Augen und beauftragte ihn mit der Erschaffung einer Nationalhymne für die Rischianer.

Bis zur Siebenhundertfünfzig-Meter-Sohle war Schacht III jetzt abgeteuft. Auf der siebenten Sohle war eine warme, radioaktive Quelle angeschlagen worden, die auf Vorschlag des Wohlfahrtsdirektors van der Gathen in ein Badehaus geleitet wurde und den Kassenpatienten zur Kur gegen Rheumatismus und Ischias diente. Die Aufsicht darüber wurde dem Waschkauenwärter Jakob Kalinna übertragen, einem feuerfesten Rischianer, der schon die Siebzig hinter sich hatte und von allen Bergleuten, Übertagarbeitern und Steigern «Opa» genannt wurde. Er war Mitwisser aller Vorfälle, die sich irgendwo auf der Schachtanlage zutrugen, und schlichtete alle Streitigkeiten ohne Ansehen der Partei, denn als Überbleibsel aus der Patriarchenzeit durfte er sich vieles herausnehmen. Auch über die Steiger hatte er die Gerichtsbarkeit. Da war zum Beispiel einer, der die Gewohnheit hatte, vollbeladene Kohlenwagen umzukippen, bevor sie zum Förderschacht kamen, und die schlecht beladenen damit auffüllen zu lassen. Es sei ein gutes Erziehungsmittel, sagte er, wenn die Allgemeinheit für die betrügerischen Schufte büße, die ihre Wagen nicht ordentlich voll machten – denn nach der Zahl der zum Schacht geschickten Wagen richtete sich der Akkordlohn, das «Gedinge», wie es bei den Kumpels hieß. Jakob Kalinna aber war es, der den Steiger stellte: «Ihr nehmt ja den guten Arbeitern die Wagen fort, das ist doch nicht recht, das ist doch Diebstahl, da werden die ja um ihr Sauerverdientes gebracht! Mein seliger Herr, der alte Herr Risch, hätte euch eins mit dem Krückstock gegeben!»

Jakob Kalinna sprach salomenisches Recht, Jakob Kalinna, der Opa, war besser als das Berggericht. Sein Kopf war wie aus unbehauenem Granit, sein Bart sah aus, als sei er aus Barbarossas Steintisch herausgezogen worden, von der Mitte aus war er nach unten in zwei lange Zotteln geteilt, die ihr Ende erst unterhalb der Brust erreichten. Als ganz junger Arbeiter in der Reparaturwerkstatt des Bessemerwerkes beschäftigt, hatte er im Jahre 1876 das Glück gehabt, unter den Auserwählten zu sein, die mit dem alten Risch zur Weltausstellung nach Philadelphia fuhren; später hatte er immer am Tisch der großen Herren von der Schützengesellschaft «St. Sebastianus» sitzen dürfen, die ihn als Spaßmacher gern hatten – er freilich glaubte, daß sie den Standesunterschied aufheben wollten, «das sind noch Herren!» sagte er. Während des Krieges hatte er mit einem Soloquartett eine Reise in die Etappe gemacht und in Lazaretten und Quartieren seine kernigen Lieder erklingen lassen, aus welcher Zeit er jetzt noch ein persönliches Dankschreiben des Feldmarschalls Hindenburg in der Brusttasche und «den Sängerschlapphut kecklich im Genick» trug, wie dergleichen in der Landessprache genannt wurde. Immer hatte er diesen Hut auf. Es war ein unabsetzbarer Hut.

Opa Kalinna besaß auch den Ehrenbrief des Deutschen Sängerbundes für fünfzigjährige Sängertätigkeit. Er war Mitglied des Trainvereins und Kassierer des Theatervereins «Heideblümchen», außerdem Ehrenvorsitzender der Freiwilligen Sanitätskolonne Risch-Zander. Als solcher hatte er bei der Fahnenweihe eine schöne Ansprache gehalten; «eigentlich ist das hier keine Zeit, für Feste zu feiern», hatte er gesagt, «aber wir haben dem vielseitigen Wunsch der Kameraden nachkommen müssen, und so möchte die Feier auch getragen sein in aller Ehrfurcht vor die gute Sache, weil das liebe rote Kreuz auf die weiße Fahne doch bedeuten soll, daß der Mensch edel, hilfreich und gut ist.» Aber so schön das war, so war doch der letzte Rosenmontag in der Karnevalsgesellschaft «Hahnenköppen» noch schöner gewesen, hatte doch endlich das Narrenlicht der Fastnachtsbräuche wieder aufgehen dürfen. Mit neun jungen Burschen hatte der Opa auf dem Karrenrad gesessen, das auf einem Pfahl wie eine Drehscheibe befestigt war; von dort aus mußte während des Rundlaufs mit dem Holzsäbel der Kopf eines toten Hahns abgeschlagen werden, der über dem Rad an einem Galgen baumelte. Es war eine gar ehrwürdige Sitte, und unter neun schneidigen Mitbewerbern hatte Jakob Kalinna, der Alte und Ewigjunge, die Würde des Hahnenkönigs errungen. Dafür hatte er allerdings «einen ausgeben» müssen, doch Mutter Kalinna, die sonst knickrig war, sah so etwas gern und hielt tüchtig mit.

Von seinen Kindern gehörten zwei Sohne und zwei Schwiegersöhne ebenfalls zum Volksstamm der Rischianer, und auch mit dem dritten Schwiegersohn sollte es nicht anders sein. Dieser war nämlich, o Ironie des Schicksals, dieser war Adam Griguszies.

Seit einem Jahr ging er nun mit Alma Kalinna. Sie war älter als er, fast dreißig, gefallsüchtig und ein wenig hochstaplerisch veranlagt; ebendies war auch der Grund, weshalb sie noch keinen Mann hatte. Zwar hatte es ihr an Freiern nicht gefehlt, aber ein gewöhnlicher Arbeiter war ihr nicht fein genug, hu, jede Woche blaue Hosen und Kittel waschen und jedes Jahr ein Kind kriegen! – und die kleinen Angestellten, nach denen sie angelte und die auch mit ihr anbändelten, zogen sich zurück, sobald sie merkten, daß sie nicht einmal eine Wäscheaussteuer hatte. Wie sollte sie auch, sie stand in jenem Werkskonsum, in dem auch Paula Griguszies bediente, an der Packtheke, und da sie immer sehr nobel herausgeputzt war, ging ihr Lohn natürlich drauf. Obwohl heimlich froh, wenn die Kavaliere ihr auf der Straße nachstiegen, ließ sie sich doch nicht mit solchen ein, die sie nur zum Vergnügen haben wollten. «Ehrbar ist sie», erzählte Paula Griguszies von ihr, «ganz andere Rasse wie Leni Milius, alles was recht ist, und häuslich, kann kochen und nähen, wenn sie bloß nicht den hochtrabenden Sparren hätte, nich! Denk mal, ihr Vadder heißt Jakob, der Name is ihr aber zu proletarisch, da gibt sie an, daß er Viktor hieße, Mann, is dat 'ne Prahlschickse!»

Auf einem Spaziergang war Adam mit ihr zusammengetroffen, in den ergrünenden Wäldern am Fluß. Der Kuckuck rief, und Alma sagte schelmisch: «Hoffentlich haben Sie jetzt Geld in der Tasche, Herr Griguszies, da haben Sie nämlich das ganze Jahr welches.» Ihre melodische Stimme lockte ihn, sie erinnerte von fern an die Stimme seiner Schwester, er verliebte sich gleich in sie; und Alma dachte: der wäre eine Partie für mich, ein Betriebsrat ist schon was Besseres, der braucht wenigstens nicht zu arbeiten und kann sich immer anständig anziehen.

Ringsum eilten die Menschen den Gartenwirtschaften zu, Schuhkartons in der Hand, worin sie die Butterbrote verpackt hatten; Adam fragte, ob sie auch irgendwo Kaffee trinken sollten, und Alma nannte ein Lokal, in dem keine Musik war, aber über jedem Tisch ein Sonnenschirm, und in dem infolgedessen nur gute Bürger sich niederließen. Die «Gewöhnlichen» suchten nämlich jene Etablissements auf, in denen ein Lautsprecher grunzte, ein Vereinskomiker Couplets vortrug und der Garten abends bunt illuminiert war (doch gab es auch hier noch Absonderungen nach Farbe und Art der Tischdecken); und die Proleten schreckten überhaupt vor gedeckten Tischen zurück und gingen nur in jene kleinen Bauernwirtschaften, in denen ungehobelte Bänke rund um ebensolche Tische liefen. Nebendran hatten sie dann die Kinderwagen stehen, und die griesgrämigen Frauen schütteten Milch in die Schreihälse hinein aus Flaschen, die dick in Zeitungspapier eingewikkelt und zwischen den Federkissen warm gehalten waren. Puh, wie ordinär, Alma rümpfte die Nase. Einmal hatte sie mit ihrem Bruder in einem solchen «Bums» gesessen, der Tisch roch sauer von den Rückständen der Biergläser und war voll Brotgebröckel; ein Stück Torte hatte sie verlangt, und der Sonntagskellner mit seinem schmierigen Wischtuch hatte gesagt: «Torte is keine da, haben wir früher mal gehabt, is uns immer verdorben, Torten können se ja in die Stadt haben, laß se Bauernstuten essen, wenn se hier rauskommen.» Es war zum Lachen, solch eine Anmaßung, den Gästen vorzuschreiben, was sie essen sollten; na, einmal und nicht wieder, dachte Alma.

So saßen sie jetzt im Ratsgarten am Fluß, unter blühenden Kastanien, und die kleinen Motorboote furchten das Wasser, taktmäßig pochend wie Spechte an den Bäumen, und an den Landebrücken, die bei diesen eingekapselten Binnenländern «Wasserbahnhöfe» hießen, quetschten sich schwarze Menschenhaufen, eingeschüchtert von dem rohen Geschrei schnauzbärtiger Schiffer.

Alma beobachtete Adam, er gefiel ihr, er wußte sich zu benehmen. Wenn er auch Kommunist ist – pah, die Politik ist mir schnuppe.

Und Adam? War für ihn etwa die Politik erquicklich? Seit der Vereinigung der Unabhängigen mit den Mehrheitssozialisten war die Partei voll unsicherer Kantonisten, die nicht wußten, wohin sie gehörten, voller Überläufer und Nutznießer der Konjunktur aus allen Lagern. Ein Bilgenstock war Redakteur des Parteiblatts geworden, Friedrich Bilgenstock, jener Lump, der im Krieg der niedrigste unter den Kapitalsvögten gewesen war! Vergebens hatte Griguszies versucht, die Erinnerung daran aufzufrischen und die verhängnisvolle Meinung der Genossen zu bekämpfen, daß die Vergangenheit eines Menschen gleichgültig sei; sie hatten ihm entgegnet: «Wir haben in die Partei so viele frühere Unteroffiziere, die ihre Rekruten in 'n Arsch getreten haben, wenn wir die alle rausschmeißen wollten! Das System hat eben die Menschen so gemacht, Schwamm drüber, wir haben einen Mann nötig, der federgewandt ist und ein bißchen repräsentieren kann, und überhaupt – unserer Idee können sogar die Mitläufer nichts schaden.»

Das also war die Antwort, und im Fall Bilgenstock mußte Griguszies sich sogar in acht nehmen, daß sie ihn nicht noch einer persönlichen Rachsucht verdächtigten. Bilgenstock aber gab eine verrückte Parole nach der anderen aus, putschte die Arbeiter auf und jagte sie von Niederlage zu Niederlage. Adam, der doch alles übersehen konnte, wurde nicht gefragt; es wurde einfach von ihm verlangt, daß er mit dem Kopf durch die Wand renne. Im Betriebsrat hatte er einen ewigen Zweifrontenkrieg zu führen, gegen die menschenunmöglichen Parolen Bildenstocks und gegen den verbrecherischen Revisionismus des «Sozialfaschisten» Fries. Es war so dumm, es ekelte ihn an. Der eine denunzierte den anderen, der eine nannte unbesehen alles unvernünftig, was von dem anderen kam; lehnte Fries eine Forderung ab, weil sie zuerst von den Kommunisten aufgestellt worden war (obwohl er ihre Richtigkeit bei sich selber nicht bestreiten konnte), so wurde Griguszies von Bilgenstock gezwungen, eine Forderung, mochte sie noch so richtig sein, abzulehnen, wenn sie von den Sozialdemokraten erhoben wurde. Entrüstete Fries sich: «Was würden unsere Arbeitgeber sagen, wenn wir uns von Moskau ins Schlepptau nehmen ließen!» – so entrüstete sich Bilgenstock: «Unsere Genossen würden sagen, wofür seid ihr Kommunisten, wenn ihr mit den Sozialfaschisten gemeinsame Sache macht!» Es war so dumm, es ekelte an.

Der lachende Dritte war der Finanzrat Hiebenstein. Allmonatlich einmal empfing er den Betriebsausschuß zu einer Besprechung über die wirtschaftliche Lage, und gleich das erste Mal, als wieder von der Erhöhung der Arbeitszeit die Rede war und Griguszies etwas Programmatisches vorbringen wollte, schnitt Fries ihm das Wort ab: ihm stehe gar kein Widerspruchsrecht zu, da doch in Sowjetrußland die zwölfstündige Arbeitszeit mit Zwangsmitteln eingeführt sei. Der Finanzrat schob die Hände in seine Rocktaschen und sagte: «Immerhin. Mehrarbeit ist das einzige Mittel, die Arbeiterschaft vor Entlassungen und die Wirtschaft vor dem Abgrund des Bankrotts zu bewahren.»

Betriebsrat Fries wohnte in der Grusonstraße, in einem Stadtviertel, das ungefähr fünf Jahre vor dem Krieg entstanden war. Der damalige Stadtbauplan hatte diese Gegend als Übergang vom proletarischen zum bürgerlichen Klima vorgemerkt. Die Straßen waren meist kurz, hatten breite Bürgersteige und neben dem Fahrdamm noch einen freien Streifen Erde, der mit Gras besät und mit Bäumen bepflanzt werden sollte. Die Häuser waren zwar aus dem billigsten Material erstellt, suchten sich aber mit Erkern, Kuppeln, Löwenköpfen und Stuckgirlanden dem vornehmen Geschmack der Zeit anzupassen. Sie hatten kein elektrisches Licht, keine Badezimmer und keine Klosetts mit Wasserspülung, aber sie hatten abgeschlossene Türen mit Schnitzereien und Glasfüllungen, und in manchen waren die Treppen sogar mit Kokosläufern belegt und die Flurfensternischen mit Blumenkrippen und künstlichen Palmen dekoriert.

Das Viertel war noch im Bau begriffen, als sich eine Konjunkturstokkung ankündigte. Es war auf einmal schwer, bei dem ungeheuren Angebot von Wohnungen etwas zu vermieten. Die fertigen Häuser in der Grusonstraße standen monatelang leer, die Mieten wurden unerträglich gedrückt, Konkurse der Spekulanten waren die Folge. Von den ursprünglichen Bauherren, Wirten, Rentnern, Krämern, blieb fast keiner mehr übrig. Die Bauten wechselten mitunter schon ihre Besitzer, bevor die Zimmerleute das Richtfest gefeiert hatten. Zuletzt mußten die Gläubiger, Brauereien, kleinere Privatbanken und Grossisten, die ganze zweifelhafte Masse übernehmen. Ihre einzige Sorge war,

Geld aus diesen Häusern einzutreiben und keines mehr in sie hineinzustecken. Darum waren sie hinsichtlich der Beschaffenheit der Mieter nicht wählerisch und hinsichtlich notwendiger Reparaturen völlig zugeknöpft. Es bedurfte in der säurehaltigen Luft, bei der Unzahl auswaschender Regengüsse in dieser meteorologischen Zone und bei der Unbedachtheit und dem Kinderreichtum vieler Mieter nur einer kurzen Zeitspanne, um den schnellen Verfall einzuleiten.

Waren also die Aussichten dafür, daß der im Stadtbauplan vorgesehene Charakter dieses Viertels gewahrt werden konnte, schon außerordentlich ungünstig geworden, so kam nun noch der Krieg hinzu, der alles über den Haufen warf. Die Straßen hatten einen notdürftigen Schotterbelag, von vielen Gaslaternen standen nur erst die Pfosten da, neben dem Fahrdamm lag noch die öde Lehmkruste, mit welcher die Kinder die Häuserwände beschmierten. Es gab Häuser mit vierzig Kindern; die Verheirateten wohnten wieder bei den Eltern und brachten erneut Kinder zur Welt, so daß die Verbindung zwischen den Generationen nicht abriß.

Als Krieg und Inflation vorüber waren, wurde mit aller Gewalt die Verschönerung des Stadtbildes betrieben. Die Straßen waren nun mit Hochofenschlacke bestückt und obendrüber geteert, aber sie sahen dennoch unsauber aus. Von den Senkschächteln der Kanalisation rissen die Kinder die Roste fort, schöpften die schwarze Schlammbrühe heraus und spritzten sie umher. In unaufhörlichen Zügen durchfuhren die fliegenden Händler das Viertel und erfüllten es mit ihrem Gebell: «Ko-o-o-ohlen! Ko-o-o-ohlen! Brennho-o-oolz! Neue Heringe! Blutapfelsinen, herrliche süße Ware, Leut, zehn Stück für fünzig Pfenni-je! Kar-toffe-le, echte Thüringer Mäuse, Leut, schöne gelbfleischige Ware, achtzehn Pfund für eine Mark noch! Weinsaure Äpfel, Leut! Saftige Birnen zum Austrinken!»

In allen Tonarten erschollen diese Rufe, endlos, von morgens bis abends; manchmal waren sie von Schellen begleitet, manchmal hörten sie sich an wie energische Kommandos, manchmal wie Klagelaute und Wehgeschrei. Alle diese Wagen hatten gute Kundschaft. Man litt hier nicht gerade Not, man brachte sich nur durch Bequemlichkeit in Bedrängnis. Man speicherte keine Vorräte auf, und so war oft nichts da, wenn man etwas brauchte. Man lebte von der Hand in den Mund, kaufte sich um zehn Uhr einen Eimer Kohlen, um das Mittagessen zu kochen, um elf Uhr ein paar Pfund Kartoffeln, um zwölf einen Packen grüne Heringe, um eins etwas Obst. Und der Kohlenstaub bedeckte in Rinnsalen die Straße; das tranige Zeitungspapier, worin die Heringe eingepackt waren, tummelte sich im Wind, die Schalen von Orangen und Erdnüssen setzten sich an den Bordsteinen fest, vermischt mit den Abfällen einer Gemüsebude, die in einer Baulücke aufgeschlagen war, und mit den gefärbten Federn, welche die Kinder von den «Klüngelskerlen» eintauschten, den Lumpensammlern, die Flöte blasend vor ihren Kleppern einherschritten.

Der Rasen war nun gesät, die Bäume waren gepflanzt. Jener wurde zertrampelt, ehe er aufging, diese wurden abgebrochen, ehe sie ausschlugen. Neue Bäume wurden eingesetzt, Schutzgitter um die Stämmchen gelegt; die Kinder kletterten daran in die Höhe und zerstörten die Kronen. Danach gab man es auf. Dieses Stadtviertel, mit dem man eigentlich höher hinaus gewollt hatte, gliederte sich augenscheinlich von selber ein. Bestimmt zur künstlichen Heranzüchtung einer Zwischenschicht, bewies es jetzt nur die unglückliche Existenz eines Bündels haltlos treibender Menschen, die eine Schicht weder bilden konnten noch wollten.

Fünf Straßen weiter stand das Gewerkschaftshaus, ein Renaissancebau aus den ersten Jahren des 20. Jahrhunderts, mit Miniaturpyramiden, die wie Ausrufungszeichen über die Giebelspitzen ragten. Bald nach der Revolution hatte einer jener reichen Bürger, denen das Herz plötzlich proletarisch schlug, damit ihr Verstand um so ungestörter seinen kapitalistischen Geschäften nachgehen konnte, diesem Haus das Gemälde zweier Proletarierfrauen von Otto Dix geschenkt; aber kaum war es aufgehängt, so mußte es schon wieder entfernt werden, weil die Frauen der Gewerkschafter behaupteten, das sein eine Verhöhnung, und die Männer sagten, wenn sie ihre Weiber die ganze Woche leibhaftig vor sich hätten, wollten sie im Gewerkschaftshaus nicht auch noch ihr Bild an der Wand sehen, man solle lieber etwas Deftiges aufhängen, ein Motiv aus der Kaschemme oder aus dem Kientopp.

Auf Betreiben von Fries wurde dann vor dem Portal die Statue eines Bergarbeiters aufgestellt. Sie stand da, mit vorgestrecktem rechtem Bein, wie ein Generalsdenkmal, nur ohne Sockel, und statt des Degens hing eine Grubenlampe im Gürtel; da man jedoch mit der Grubenlampe nicht gut eine ebenso herausfordernde Bewegung machen kann wie mit dem Degen, so hatte der Bildhauer die trotzige Siegeszuversicht auf andere Weise zum Ausdruck gebracht: die Hände waren in den Hosentaschen zur Faust geballt, und die Augen schleuderten gewissermaßen der bürgerlichen Gesellschaft den Fehdehandschuh hin. Griguszies fragte: «Fangt ihr jetzt eine Siegesallee an?», und Fries antwortete:

«Der Arbeitsmann kann auch einmal eine saubere Jacke anhaben, dafür soll das hier ein Sinnbild sein.»

Zu Hause hatte Fries ein Studierzimmer, wie er es nannte, mit Diplomatenschreibtisch und Marmorgarnitur und Vasen aus imitiertem Bleikristall und einem Bücherbrett, auf dem man die Titel folgender Werke las: Karl Marx, Die Klassenkämpfe in Frankreich; Lassalle-Brevier; Friedrich Engels vergessene Briefe; Das geheimnisvolle Zimmer; Der Mann mit der Narbe; Käthe und ihre Zehn; Der lustige Zitaterich; Die Tragödie Trotzki; Myrte, Silber und Gold; Wirtshaushumor; Aus Welt und Wald von Eichendorff; Betriebsrätegesetz nebst Wahlordnung und Ausführungsverordnungen; Baumbachs Lieder von der Landstraße.

In diesem Studierzimmer verfaßte Helmut Fries spätnachts bei Kerzenschein die Nationalhymne der Rischianer, die mit den Worten begann: «Risch-Zander-Stahl und deutscher Sang, die beiden haben guten Klang.»

Um diese Zeit beging Jakob Kalinna sein fünfzigjähriges Dienstjubiläum und gleichzeitig auch das Fest seiner goldenen Hochzeit.

Als er morgens in die Waschkaue kam, wo die Kumpels sich reinigten und umkleideten und der feuchtwarme Schwaden der Brausen die Grubenkamisole dämpfte, die, mit den zugehörigen Fabriknummern versehen, an Seilen bis dicht unter die Decke gezogen waren, da fand er einen Tisch aufgebaut mit Blumensträußen, und dabei lag eine halblange Pfeife. Die Tränen traten ihm in die Augen, als er sinnend den Deckel aufklappte und auf dem Porzellankopf die eingebrannte Widmung «Unserm Opa» entdeckte; und als er später über den Zechenplatz ging, dankte er jedem, dem er begegnete, und sagte:

«Ja, ja. Da habt ihr mich wat Schönes geschenkt. Da kann ich jetzt wohl ruhig abkratzen, das soll wohl sein. Da wird die alte deutsche Gemütlichkeit wiederkommen, wenn ihr mal alle wieder halblange Pfeife raucht.»

Den darauffolgenden Sonntag saß er unter sechshundert Mitjubilaren, die freilich meistens erst fünfundzwanzig Jahre hinter sich hatten, im großen Saal der Stadthalle. Rechts vom Rednerpult, das mit dem Fabrikwappen geschmückt war, stand eine Büste des alten Risch, die Wedel einer Phönixpalme bogen sich wie eine Glorie über seine Schläfen.

Jakob Kalinna saß an einem bevorzugten Platz, denn es war ihm die Ehre zugedacht, den Dank der Jubilare auszusprechen. Gleich neben sich hatte er den Betriebsrat, die «Arbeiteraristokratie», wie die Kumpels sagten, und ihm gegenüber, um den Standort des Freiherrn geschart, sollten Frau Ella, Frau Alice von Zander, die Kinder und die Direktoren sich niederlassen. Krampfhaft hielt er zwischen den blutleeren Händen das Manuskript seiner vom Pressechef aufgesetzten Rede.

Gewichtig und auch ein wenig verlegen, rückten die Köpfe der Jubilare hin und her, es war doch eine große Sache, so gefeiert zu werden und nachher an dem Freiherrn vorbeizudefilieren und seinen Handschlag zu empfangen, da durfte man sich nicht durch tapsiges Benehmen blamieren, das mußte man männlich aushalten. Durch die Reihen summte aufgeregtes Geflüster, jene selige Unruhe der Kinder vor der Bescherung; jeder jatte seinen Nachbar noch schnell etwas zu fragen, ob man von links herantreten müsse oder von rechts, ob man eine Verbeugung machen müssen, wenn man so dicht vor dem Freiherrn stände, und ob wohl auch die Frau und die Kinder von Zandershöhe so nahe dabei wären, daß man sie deutlich sehen könne. Einige taten, als wenn sie hier zu Hause wären und festen Boden unter den Füßen hätten, großspurig und übertrieben sicher, und gaben sich den Anschein, in allem Bescheid zu wissen. Ach, es war ja nur, um ihr klopfendes Herz zu übertönen. Ab und zu standen auch welche auf und blickten sich neugierig um. Vier Meter waren zwischen dem Podium und der ersten Sitzreihe frei für eine lange, weiß gedeckte Tafel, auf welcher sechshundert Krawattennadeln aus nichtrostendem Stahl aufgereiht waren; darauf ruhten nun die Blicke, auf diesen Nadeln mit den kleinen, grell glänzenden Kreisen, worin drei Pfeile um eine Zahl, fünfundzwanzig oder fünfzig, Ringelreihen tanzten, und auf dem fremden Herrn in Schwarz, der hoffärtig danebenstand und noch eine Kleinigkeit ordnete. Ihn kannten selbst diejenigen nicht, die alle Direktoren zu kennen behaupteten. Es war der gelassene Einsiedler und Großsiegelbewahrer, des Freiherrn Privatsekretär von Scheeven.

Punkt elf Uhr zogen durch die Mitteltür Frau Ella, der Freiherr, Frau Alice und die Kinder mit den Paladinen aus dem Direktorium ein. Alle Hälse reckten sich zu ihnen hinüber. Kein Laut war mehr vernehmbar. Da sah man nun Licht und Menschen und einen Ausschnitt aus der großen schönen Welt.

Der Orchesterverein intonierte den Marsch aus dem «Sommernachtstraum», Fräulein Erika Neufeind deklamierte einen Vorspruch (sie war noch immer ledig und hieß in den oberen Beamtenregionen schon die «Hofschauspielerin von Risch-Zander»), und der Vorspruch besagte, daß die scharfen Schwerter in der Glut des Feuers hingeschmolzen seien und friedliche Pflugscharen jetzt die Schmieden verließen, und da man imstande sei, Eisenschlangen durch Walzenstraßen hinzuleiten, so müsse es auch gelingen, ein neues Leben zu bereiten. Jakob Kalinna glotzte immerzu auf die schwellenden Halsmuskeln von Fräulein Erika Neufeind, er brauchte irgendeinen beruhigenden Punkt, um sich innerlich vorzubereiten, und nun hub auch schon der Freiherr an mit einer fernen, schwelgerischen Stimme:

«Am heutigen Sonntag ruht der Hammer und die Zange, ruht die Esse und das Schwungrad, ruht das ganze äußere Getriebe des immer noch gewaltigen deutschen Wirtschaftslebens zumal in sozialer Hinsicht ist Deutschland der Riese unter den Zwergen. Wie wenig Ruhe aber finden wir in unserem Inneren! Da dröhnt und faucht es, da drängt ein Zweifel den anderen, so oft auch das arme Herz nach einem Ausschalten sprühender Funken sich sehnt. Ganz ausschalten läßt sich nun freilich unser Gedankengang nicht, denn Leben und Denken ist eins, aber die Ruhestunden, zu der wir hier vereint sind, kann unseren Gedanken eine neue Richtung weisen und kräftigend auf uns wirken. Als äußeres Zeichen der Dankbarkeit meiner ganzen Familie ist es uns zur Gewohnheit geworden, daß sich meine Schwiegermutter, meine Frau und meine Kinder zur Ehrung der Jubilare einfinden, und besonders wünsche ich, daß meine Kinder sich an dieser Stelle über die Bedeutung der gemeinsamen Arbeit klarwerden.»

Dabei weilten seine Augen zärtlich auf Arnulf, dem ältesten, der jetzt als Lehrling in der Fabrik war. Der Freiherr hatte streng darauf geachtet, daß er eine ebensolche weiße Emaillekaffeekanne, eine ebensolche Steinguttasse und einen ebensolchen derbblauen Werkstattanzug aus dem Konsum bekam wie die anderen Lehrlinge. Frau Alice grämte sich im stillen darüber, doch widersprach sie nicht, sie war eine duldende Natur und fügte sich in allem der Fabrikraison.

Langsam zum Manuskript zurückkehrend, fuhr der Freiherr fort:

«Die Stellung des Stahlwerks Risch-Zander innerhalb der deutschen Wirtschaft hat sich seit dem Krieg von Grund auf geändert. Früher war es sehr selbständig und gewährte seinen Angehörigen Schutz gegen die Stürme, die draußen irgendwo wehten. Heute ist es ein Industrieunternehmen wie jedes andere auch, heute ist es allen Schwankungen der Konjunktur ausgesetzt, und alle wirtschaftlichen Kämpfe werfen ihre Wellen auch an die Mauern unserer Fabrik. Es sind dies Nöte, die ich nicht erwähne, um zu klagen, denn ich glaube, Sie wissen von mir, daß ich jede noch so schwere Verantwortung gern auf mich nehme – nein, die ich erwähne, weil sie die Grundlagen der Werksgemeinschaft berühren und jeden einzelnen von Ihnen angehen, weil sie zeigen, daß wir in einem Abgrund zwischen Wollen und Können leben. In diesem Sinne wird die Werksleitung bemüht bleiben, der Werksgemeinschaft den Stolz der Mitarbeit und Mitverantwortung zu erhöhen. Es gibt ja auch trotz allem noch Labsale in dieser Zeit. Kürzlich ging die Nachricht durch den Blätterwald, im Waschraum einer Fabrik sei eine Arbeiterin beim Stillen ihres Kindes angetroffen worden. Der Ehemann war arbeitslos und hatte das Baby während der Mittagspause in den Betrieb gebracht, damit die Mutter ihrer Pflicht genüge. Ist das nicht ein geradezu religiöses Bild, ein köstliches Zeichen, daß unser Volk sich die Seelenkraft bewahrt hat? Müßte nicht ein neuer Meister, auf den wir alle noch warten, so die Mater Dolorosa malen? Alles Leid im menschlichen Leben kann zum Guten ausschlagen, sofern nur der Mensch in sich selbst gut ist. So wird auch Arbeitslosigkeit Segen, so wird auch Sorge zum Gebet.»

Seine Sprache steigerte sich ins Balladeske.

«Als auf tückischem Korallenriff der deutschen Seemacht letzter Auslandskreuzer, das Segelschiff Seeadler, auseinanderbrach, da hörte sein Kommandant Graf Luckner, als er schon alles verlorengab, den frohen Ruf aus der Meeresbrandung: De Eikboom, de steit noch! Das gab ihm neuen Mut, und bald hatte er seine Mannschaft auf trockenem Boden. Meine Herren Jubilare! Die deutsche Eiche, sie steht auch heute noch, sie soll auch künftig stehenbleiben.»

Der große Augenblick des Namenaufrufs war gekommen. Sechshundert Jubilare marschierten nacheinander unter dem Gesang des Liedes «Stimmt an mit hellem hohem Klang» an den Tisch, wo der Freiherr unter Assistenz von Frau Alice und Herrn von Scheeven die Jubiläumsnadeln verteilte. Jakob Kalinna war der letzte, der Pressechef griff ihn sogleich beim Ärmel und führte ihn auf das Podium; er machte sich stark, die Befangenheit war von ihm gewichen, er war jetzt wieder der Opa, der von Jugend an mit hohen Herren vertrauten Umgang gepflogen hatte. Wie der Berggeist Rübezahl lugte er mit seinem härenen Antlitz zwischen den Lorbeerpyramiden hervor.

«Hochgeehrte Frau Risch! Hochgeehrte Herr und Frau von Zander!» begann er. «Ich bitte um Erlaubnis, Ihnen im Namen der diesjährigen Jubilare den herzlichsten Dank für die Feier und die Ehrengaben auszusprechen. Die veränderten politischen Verhältnisse haben den Arbeitern und Angestellten Rechte eingeräumt, die wir früher nicht kannten, und wir müssen dafür sorgen, daß wir darüber unsere Pflichten nicht vergessen. Wir wollen es nicht verschweigen, daß die letzten schweren Jahre in uns Rischianern die Erkenntnis einer ernsten Schicksalsgemeinschaft haben reifen lassen. Die Taten des Menschen, wenn sie aus redlichem Willen geboren sind, gehen nicht verloren, und so wollen wir auch fernerhin mitschaffen an unserer Arbeitsstätte, damit die Industrie bald wieder zur Blüte kommt. So rufen wir Jubilare dem Hause Risch-Zander zu: Ihre Sorge soll unsere Sorge sein, Ihre Not unsere Not, und so wollen wir alles, was wir für unseren obersten Chef an Wünschen und Hoffnungen in unseren Herzen hegen, zusammenfassen in den Ruf: Das Haus Risch-Zander, die Firma und die ganze Familie, sie leben hoch! Hoch! Hoch!»

Tapfer hielt Jakob Kalinna durch, obwohl die ungewohnte Sprache des vom Pressechef verfaßten und vom Freiherrn persönlich durchgesehenen Manuskripts es ihm nicht leichtmachte. Er atmete auf, und seine verwitterten Augen leuchteten, als die Nationalhymne der Rischianer, die der Dirigent des Männergesangvereins «Polyhymnia» in aller Eile vertont hatte, machtvoll durch den Saal brauste: «Risch-Zander-Stahl und deutscher Sang, die beiden haben guten Klang!»

Nachmittags erschien der Freiherr mit Frau Alice in der «Flammenden Scholle». Sie kamen zu Fuß und traten in die Wohnung Kalinnas ein, um ein Diplom des Reichspräsidenten für treu geleistete Dienste und außerdem ihre persönlichen Glückwünsche zum goldenen Ehejubiläum zu überbringen. Der Jubelbräutigam wurde vom Freiherrn mit einer goldenen Uhr beschenkt, die Jubelbraut von Frau Alice mit einem Bild der Familie von Zander. Währenddessen trat vor dem Haus der Männergesangverein «Polyhymnia» zum Ständchen an. Noch viele andere alte Leute besuchte der Freiherr. Frau Alice befragte sie über diese und jene Einzelheit des Haushalts, bescherte kleine Lebensmittelpakete und empfahl ihnen, sich in allen Fährnissen des Lebens an die Risch-Zandersche Familienberatung zu wenden.

Wie eine gütige Fee und Landesmutter schien sie dahinzuschweben. Als die beiden die Kolonie verließen, blickten ihnen hinter den feldgrau gestrichenen Hofzäunen (denn vom Krieg her waren noch unermeßliche Vorräte dieser Farbe da) viele hundert Augen nach. «Was für ein guter Herr», schienen sie zu sagen, «was für eine gute Frau. Und sie sind zu Fuß zu uns in die Kolonie gekommen.»

Was der Freiherr in seiner Rede poetisch umschrieben hatte, war Wahrheit: es ging im Augenblick nicht gut im Werk. Neufeinds Umstellung war zu weitschweifig gewesen, man hatte sich übernommen, und es war nichts eingewurzelt. Das krause Durcheinander moderner und veralteter Fabrikationsanlagen, ein ineinandergeschachtelter Haufen hochstrebender Dächer und verbauter Winkel, war schon äußerlich ein Zeichen der Konfusion, des unorganischen Gemischs aus Rückständigkeit und Fortschritt.

Es galt jetzt, sich auf eine schmalere Basis zurückzuziehen, Betriebe zusammenzulegen, von manchem schon halb ausgeführten Projekt Abstand zu nehmen und eine weit intensivere Arbeit zu leisten, als bisher geschehen war. Hiebenstein hatte bis zum äußersten gewartet, ehe er den Freiherrn einweihte; dieser nahm es mit Gefaßtheit auf, und als der Finanzrat vorschlug, für die nächsten Jahre auf Dividende zu verzichten und die Rücklagen zu vermehren, das Vermögen bleibe ja doch im Werk – da konnte er am Freiherrn sogar eine unverhohlene Opferfreudigkeit konstatieren, denn er bestimmte aus freien Stücken, daß von nun an die Verwaltung von Zandershöhe nicht mehr aus der Geschäftskasse bezahlt werden solle; er wolle sich einschränken, so gut es gehe, eingedenk seines Schwiegervaters, der in den Anfängen einmal sein Silberzeug verkauft habe, um seine Arbeiter entlohnen zu können.

«Etwas Ähnliches müssen wir auch tun», sagte Hiebenstein, «nur daß wir gleich das halbe Werk verpfänden müssen. Kurz und gut, wir müssen eine Anleihe aufnehmen.»

Sacht erschrocken, faltete der Freiherr die Hände.

«Das ganze deutsche Volk lebt sozusagen auf Abzahlung. Es ist nicht gut, wenn man sich großborgt, statt sich großzuhungern, wie es im alten Preußen üblich war.»

«In einem industrialisierten Land kann man sich den Luxus der Entbehrung nicht mehr leisten, Herr von Zander. Um die Anleihe zu bekommen, werden wir zu etlichen organisatorischen Änderungen genötigt sein. Zunächst wird das aufgeschwemmte Aktienkapital in der Goldmarkbilanz auf hundertfünfzig Millionen heruntergesetzt. Alsdann werden wir die Fabrik in drei Gesellschaften mit beschränkter Haftpflicht aufteilen. Stahlwerk, Maschinenbau, Bergwerke. Jede wird selbständig bilanzieren, da werden wir ja sehen, wie sie arbeiten können und was überhaupt dahintersteckt. Die Aktiengesellschaft bleibt obendrüber als Finanzierungsinstitut. Die Untergruppen kriegen eine Stammeinlage von zwanzigtausend Mark, nachher geben die Gesellschafter, das werden als Strohmänner unsere Prokuristen sein, ein paar Millionen Darlehen. Das bietet uns bedeutende steuerliche Vorteile.

Unsere Gewerbesteuerschuld an die Stadt tragen wir durch Übereignung von unverwertbarem Grundbesitz ab, außerdem engagieren wir den Steuerdirektor der Stadt, da bleibt alles in der Verschwiegenheit der Familie. Herr Wackerlein und der Pressechef haben das schon in Ordnung gebracht.»

Der Freiherr sah ihn voll Erstaunen an, als er so ungewöhnlich exakte Pläne entwickelte. Hiebenstein seinerseits hielt es für nützlich zu verschweigen, daß sie van der Gathens geistiges Eigentum waren. Der Freiherr sagte, es sei ihm unangenehm, einen Bankier im Aufsichtsrat zu haben, was sich dann doch wohl nicht vermeiden lasse.

«Schließlich war Herr Hachenpoot doch auch eine Art Bankier», versetzte arglistig Hiebenstein und fuhr, als der Freiherr zusammenzuckte, schnell fort: «Ich werde vorher versuchen, einen Reichskredit herauszuschinden, wenngleich seit dem Fall Hillgruber nicht mehr viel zu wollen ist. Ich werde sagen, daß der Staat, der uns seinerzeit zu einer Rüstungsfabrik erniedrigte, jetzt die Konsequenzen ziehen muß. Ich werde mit Arbeiterentlassungen drohen. In einem sozialen Staat ist dies die bewährteste Methode, seinen Willen durchzusetzen.»

Der Freiherr entsetzte sich und mußte ein paarmal schlucken. «Aber Herr Finanzrat», warnte er. «Das geht doch nicht. Ich bin immer gegen das Spiel mit Menschenleben gewesen.»

Hiebenstein antwortete: «Es war eben noch nie so ernst wie jetzt, da werden wir nun mal in den sauren Apfel beißen müssen.»

Mittlerweile waren auf Grund des Näßlerschen Zeitungsartikels die Verhandlungen über den Stahltrust in Gang gekommen. Hillgruber wollte die interne Verwaltung der Gründerwerke selbständig lassen, der Trust sollte nur die Vertretung nach außen und die Regelung von Produktion und Absatz haben.

«Ich gründe doch keinen Trust», sagte er, «um dem Westdeutschen Bergwerksverein die Operationsfreiheit zu rauben! Der Rationalisierungsgedanke wird ein Vorwand sein, um die anderen zu schwächen. Krogoll zum Beispiel hat ein Kabelwerk, das muß er stillegen, weil es an unsere Kapazität nicht heranreicht. Kropf walzt Feinbleche, das muß er aufgeben, das wird in Zukunft nur bei mir im Siegerland gemacht. Und so weiter. Die ausgebooteten Ingenieure und Kaufleute berufen wir in den Vorstand des Trusts.»

Näßler meinte, das werde ja eine schöne Hydra werden.

«Eben», erwiderte Hillgruber. Er rechne mit fünfzig Direktoren im Trust. «Sie werden sich gegenseitig munter machen, jeder wird ausreichend damit beschäftigt sein, wie er seinen Posten erhalten und dafür den Lebensbaum des Kollegen annagen kann. Es wird ein ehrenwertes KOLLEKTIV sein, besonders wenn wir ihm von Zeit zu Zeit einen Schrecken mit Unkenrufen über den hohen Personaletat einjagen. Wir werden auch ein pikfeines Verwaltungsgebäude erbauen lassen, modernste Architektur, außen ganz Sachlichkeit und Zweckbau, innen ganz Schönheitssinn mit Marmor und Rosenholz. Unterdessen werden wir hier, in diesem kleinen Zimmer, die eigentliche Arbeit tun: Sie, Herr Näßler, als Generaldirektor und Faulstich als Verbindungsmann und Einpeitscher in der Union.»

«Allerdings», sagte Näßler, «pflichte ich Ihnen darin bei, daß der Trust nur einen überragenden Mann braucht, aber er hat großen Bedarf an gutem Mittelmaß.»

Siegfried Hillgruber kniff ein Auge zu, das andere hatte eine dunkle, unbewegliche Pupille, wie eine Murmel aus Glas. «Er hat Bedarf an hervorragenden Werksbeamten mit großem Privatvermögen», sagte er und schaute Näßler, der aus der Wirtzschen Erbmasse mancherlei an sich gebracht hatte, prüfend an. «Wirtz hat zuweilen geweissagt, daß aus der Suppenterrine der Arbeiterschaft die Fettaugen nach oben kämen, um an die Stelle der verbrauchten Familien zu treten. Falsch. Den Nachwuchs stellen die Generaldirektoren, und ich habe eine Garnitur davon in meinen Unternehmungen.»

Schellhase junior hatte kategorisch abgewinkt. Er trieb eine ausgesprochene Hausmachtpolitik und war gegen alle Fusionsbestrebungen; er sagte: «Diese vornehmlich von finanziellen Interessen diktierten Veränderungen und die dem Fabrikat gefühllos gegenüberstehenden Verbände bedingen eine verhängnisvolle Zurückdrängung der Persönlichkeit.»

Hillgruber mußte lachen, als er das hörte. «Ja», sagte Näßler, «die dümmsten Bauern haben die dicksten Kartoffeln. Er hat als einziger von allen schon vor dem Krieg modernisiert und arbeitet rationell auch ohne uns, mit hundertprozentiger Ausnutzung und gesteigertem Arbeitseffekt, alles am laufenden Band, von der Grube in die Kokerei und weiter zum Hochofen, von da direkt ins Martinwerk und weiter ins Walzwerk, sozusagen binnen vierundzwanzig Stunden und in einem Arbeitsgang exportfähig, und alles mit Gichtgas aus den Hochöfen gespeist.»

Eine Zeitlang beteiligte Risch-Zander sich an den Verhandlungen, dann sprang er ab. Vielleicht war Näßler hier doch etwas ungeschickt, indem er die Risch-Zanderschen «Salondirektoren» (wie er sie nannte) unterschätzte und sie bei der Wertfeststellung des in den Trust einzubringenden Besitzes allzusehr zu übertölpeln suchte. Vielleicht hatte Risch-Zander von vornherein nur teilgenommen, um zu horchen – wie hätte auch der Freiherr die verpflichtende Überlieferung der Rischianer preisgeben können, und was hätte wohl Frau Ella dazu gesagt! Der Freiherr hätte so etwas tun sollen, der Freiherr, der keine unvornehmen Effekte wünschte, für den es schon ein Problem war, ob es nicht zu wenig zurückhaltend sei, Kataloge mit Fotomontage zu drucken, ob es nicht aufdringlich sei, leuchtende Transparente an den Werkstätten neben den Eisenbahnlinien anzubringen, wie Kropf es schon lange tat! Auch machte es einen tiefen Eindruck auf ihn, als Dr. van der Gathen bewies, daß jeder Arbeiter eine ebensolche Kapitalanlage sei wie eine Maschine. «Für jeden Rischianer sind, wenn man die Einrichtung seines Arbeitsplatzes, die Werkzeuge, die Wohlfahrt rechnet, sechstausend Mark investiert. Seine Erziehung in Schule und Lehrlingswerkstatt hat zweitausend gekostet, von den Ausgaben für Volkshygiene und öffentliche Ordnung entfallen mindestens achttausend Mark auf ihn. Somit schädigt jeder Mensch, der durch die Maschine vertrieben wird, das private und allgemeine Vermögen um vierzehntausend Mark.» Wunderbar, wie dieser Doktor alles betrachtet. Ganz neue Seiten wußte er dem Wirtschaftsleben abzugewinnen. Seine Statistik hatte Leib und Leben. Wunderbar.

Schließlich blieben von den großen Konzernen als Verhandlungspartner für Hillgruber nur Krogoll und Kropf übrig, die beide in eine gewisse Lethargie verfallen waren und eie Aufrüttelung nötig hatten, die der Trust gewähren sollte.

Das Aktienkapital wurde auf achthundert Millionen festgesetzt. Hiervon übernahm der Westdeutsche Bergwerksverein ein Drittel, Krogoll und Kropf jeder ein Viertel. Das restliche Sechstel entfiel auf die kleineren Trabanten. Das Geld kam aus Amerika.

Ein Bündnis Hillgruber–Krogoll, das leicht herzustellen war, kontrollierte mit vierhundertsechzig Millionen den Trust. Kropf teilte dem Freiherrn mit, er habe schweren, aber festen Herzens nach reiflicher, gewissenhafter Prüfung die Gründungsakte mit seinem Namen unterschrieben.

Der Freiherr sagte kein Wort dazu.

Jene paar Zahlen waren das einzige, was über den Trust zuverlässig bekannt wurde, und sie stimmten schon nach wenigen Monaten nicht mehr. Die in sich wandelbare Form, die man gewählt hatte, gestattete keinen Einblick von außen und erleichterte die Ableugnung jedes zufällig in die Öffentlichkeit dringenden Details. Sie war einer Steinplatte vergleichbar, die auf Humuserde liegt, und unter deren Schutz zahlreiche Insekten und Mikroben eine verzehrende Tätigkeit entfalten.

Faulstich redete viel, aber er redete nur, um die Dinge unter Verschluß zu halten. Es sei einfältig, sagte er, vom Quotenhunger der großen Werke zu sprechen, denn damit spreche man an der Ursache des wirtschaftlichen Elends, der falschen Sozial- und Finanzpolitik nämlich, vorbei; erst diese habe die Existenz der kleinen Werke, die jetzt zum Verkauf kämen, untergraben.

Indem er redete, wurde man fortgesetzt überrascht durch Meldungen über Vorgänge, deren Antrieb rätselhaft und deren Wirkung unabsehbar war. Bald hieß es, an der Börse seien langandauernde Käufe von Chemie-Aktien beobachtet worden, dahinter stehe Hillgruber, der Püschel mattsetzen wolle; bald hieß es, der Trust habe im Interesse des Stahlabsatzes «beratenden Einfluß» auf eine große Automobilfirma genommen, das sei ein Schlag gegen Risch-Zander. Dann wieder erfuhr man, daß der Trust mehrere Unternehmungen aus dem Reich, die im Revier Fuß gefaßt hatten, hinausgedrängt und die betreffenden Werke aufgesaugt habe, dafür werde er bei den Muttergesellschaften im Reich seinen Bedarf an Fabriklokomotiven und Lastkraftwagen decken; und noch ein andermal kam die Nachricht, daß zwei Verwandte des Inhabers einer Firman, die im Trust «aufgegangen» war, einen Handelsbetrieb unter dem alten Namen eröffnet hätten und dafür vom Trust verklagt worden seien.

Dieser Trust fraß also nicht nur die Gegenstände, er fraß auch die Namen. Was er nicht vom Erdboden tilgte, das tilgte er wenigstens aus dem Gedächtnis. Auch in diesem Fall siegte er, und der alte Firmenname mußte gelöscht werden. Die Organe der öffentlichen Meinung schrieben: «Daran erkennt man den starken Arm der Industrie.»

Manche kleinere Unternehmung machte den Versuch, ihre Selbständigkeit zu bewahren, indem sie sich rasch vergrößerte und eine eigene Stahlbasis schuf, um nicht mehr als begehrenswertes Angliederungsobjekt zu erscheinen. Sie stürzten sich jedoch darüber in solche Schulden, daß sie dem Trust nach einiger Zeit wie überreife Früchte dennoch in den Schoß fielen. Es war kein Entrinnen. Der freie Handel mit Werksprodukten wurde unterbunden. Der Trust gründete seine eigenen Handelsgesellschaften.

Es war kein Entrinnen. Alles zerging.

Bald wußten die Arbeiter nicht mehr, wem ihr Arbeitsplatz eigentlich gehörte. Sie interessierten sich auch nicht dafür, wohin die Dinge gingen, die sie herstellten. Von der Union vollends war ihnen so gut wie nichts bekannt.

Sicher war jedenfalls, daß man unterscheiden mußte zwischen den Aktionen, die der Trust gegen Außenstehende unternahm, und denjenigen, welche die Trustgründer gegeneinander unternahmen. Hillgruber, Krogoll und Kropf wetteiferten darin, die kleinen Gesellschaften an sich zu ziehen, in deren Portefeuille ebenfalls Trust-Aktien ruhten. «Bäumchen wechsel dich» spielten die Aufsichtsräte. Jeden Tag aufs neue mußte das Direktorenkollektiv raten, welcher von den Triumvirn nun wieder ein paar Prozent mehr gewonnen hatte. Eine Stillegung folgte der anderen, eine Massenkündigung der anderen. Mit der Gründung einer «Gesellschaft zur Verschrottung industrieller Unternehmungen» setzte der Trust seiner Wirksamkeit die Krone auf.

Die Stillegungsverhandlungen bei der Regierung waren eine reine Formsache. Nichts war leichter als der Nachweis der Unrentabilität, wer wollte da hineinsehen? Der Regierungspräsident verharrte in verantwortungsvoll zustimmender Haltung; Faulstich sagte von ihm in seiner überspitzenden Manier: «Dieser Sozialdemokrat ist der beste Deutschnationale, der mir je begegnet ist.»

Alles wurde genormt, Büropapier, Maschinenteile, Begriffe, Menschen. In zehn Monaten stieg die Tagesleistung der Hochofenarbeiter um siebenunddreißig Prozent auf anderthalb Tonnen, die der Walzwerksarbeiter um vierundvierzig Prozent auf einunddreiviertel Tonnen. Die Arbeiter trieben einander an, weil jeder auf die Produktion des anderen warten mußte und der Langsame die Leistung und mithin den Verdienst der Flinken minderte. Es war wie bei den Soldaten, wo die Schwächlinge, um deretwillen die Kompanie gebimst wird, nachts von den Kameraden verprügelt werden. Wie dort die Korporale, so brauchten hier die Aufseher nur zu sagen: «Bedankt euch bei dem und dem . . .»

Wer an Hilfsmaterial, Schmirgel, Putzwolle, Bleistiften, Notizblökken und dergleichen mehr als den vorgeschriebenen Durchschnittssatz verbrauchte, mußte für das Überschießende selbst aufkommen, wer weniger verschliß, dem wurde ein entsprechender Betrag vergütet. In allen Betrieben hingen Zettelkasten zur Aufnahme von Verbesserungsvorschlägen, vermöge deren jedermann seiner Selbstgefälligkeit genugtun konnte, auch wenn nichts davon durchgeführt wurde, ja dann erst recht, denn nun konnte jeder sich einbilden, dieser oder jener

Fehlschlag rühre nur daher, daß aus seinem persönlichen Scharfsinn kein Nutzen gezogen worden sei. So konnte man sagen, hier sei der große Wurf gelungen, jeden Arbeiter und Angestellten mit der Denkart und dem Gefühl des selbständigen Unternehmers zu versehen ... Auch wurde jeder Gegenstand nur noch dort produziert, wo er am besten und billigsten produziert werden konnte, aber die Anzahl der besten und billigsten Produktionsstätten wurde nicht durch technische, sondern durch finanzielle Verhältnisse bestimmt, nämlich durch den Umfang der Aktienpakete.

Näßler schuf eine zentrale Betriebsstatistik, eine Stelle, an die alle Angaben über Produktion nach Menge und Wert, Belegschaft, Löhne, Ein- und Verkäufe, Lagerbestände. Ausfuhr und den Anteil der einzelnen Länder daran wöchentlich zu melden waren. In jeder Rubrik wurde ein graphisches Blatt geführt, auf dem die Kurve von Monat zu Monat weiterging, und dessen Größe so bemessen war, daß es den Überblick über ein Jahrzehnt gestattete. Alsdann begann die produktive Verarbeitung dieser Statistik, alle Zahlen wurden untereinander in Beziehung gesetzt, das Verhältnis von Kapital und Umsatz wurde fortlaufend ermittelt, von Produktion und Belegschaft, von sozialen Ausgaben und Umsatz, von Steuern und Umsatz, von Löhnen und Umsatz. Eine zweite Blattreihe verglich die einzelnen Produktionszweige miteinander, eine dritte beleuchtete an Hand der Bilanzen und Prospekte die Lage fremder Werke.

Die Betriebsstatistik war dem Chef der Hauptbuchhaltung unterstellt. Näßler ermahnte ihn maßzuhalten und sich nicht von den Zahlen verführen zu lassen, vielmehr Nebensächliches von Bedeutendem zu unterscheiden; wenn jede Zahl nur da sei, um eine neue zu gebären, wirke die Statistik leicht einschläfernd, man rede dann nur noch mit ihr statt mit den Tatsachen, die sie zu erkunden habe. In bestimmten Zeiträumen ließ er sich die Blätter vorlegen. Er begnügte sich nicht damit, die Tabellen zur Kenntnis zu nehmen; er schmunzelte nicht, wenn er eine Anschauung, die er sich schon gebildet hatte, durch sie bestätigt fand; er zog nicht nur seine Schlüsse daraus, er handelte auch demgemäß, systematisch und unverzüglich.

Innerhalb eines Vierteljahres erreichte der Trust einen Umsatz von 407 Millionen Mark und eine Produktion von 6960000 Tonnen Kohle, 2608000 Tonnen Koks, 1719000 Tonnen Roheisen, 1882000 Tonnen Rohstahl. Jedermann warf sich in die Brust, als er diese Zahlen vernahm, jedermann tat, als habe er teil daran. Endlich sah man wieder einen leibhaftigen Zipfel Macht und Größe. Es war ein ähnliches

Gefühl, wie es früher die Köchinnen hatten, wenn sie einen Wachtmeister von der Kavallerie sahen.

Die Außenseiter Risch-Zander und Schellhase waren unterdessen nicht müßig; beide schnappten dem Trust Fabriken weg, auf die er ein Auge geworfen hatte, doch das war nicht alles. Der Trust besaß ein Röhrenwerk, das vordem seinen Stahl von den Schellhases bezogen hatte, jetzt war es natürlich aus damit. Sofort baute Schellhase junior ein eigenes Röhrenwerk; der Trust antwortete mit der Auflösung des Röhrensyndikats und stellte die Freiheit der Preisbildung wieder her. Sicherlich wurden den Schellhases Verluste zugefügt, aber sie wußten wohl, daß die Kampfpreise des Trusts auf die Dauer nicht zu halten waren, und zu guter Letzt zogen sie in ein neues Syndikat mit einer starken Quote ein.

Risch-Zander erstellte zwei neue Hochöfen von äußerster Vollkommenheit, die sich als Wunderwerke der Technik rechtfertigten und die gesamte Energiewirtschaft des Stahlwerks auf eine neue Grundlage hoben. In ihrer Umgebung entstand ein Hafen von achthundert Meter Länge, mit elf Ausladebrücken und drei Verladekränen. Das Ziel war überall eine erhöhte Beteiligung in den Eisen- und Stahlverbänden, die jetzt erneuert und internationalisiert werden sollten. Die Umrisse dieser Verträge standen seit langem fest, aber auch diese Entscheidung blieb wieder in der Schwebe, bis die Verzögerung einen neuen Konjunkturrückgang bewirkte; denn die Abnehmer waren schlau genug, keine Aufträge zu erteilen, da vielleicht in wenigen Wochen, wenn die Syndikate nicht erneuert wurden, die plötzliche Freiheit des Marktes einen Preissturz veranlassen konnte. Monatelang wurde gefeilscht, der Abschluß schien eine schiere Unmöglichkeit zu sein, und zuletzt war binnen zwölf Stunden alles geordnet – war man nicht daran gewöhnt, war es nicht immer so?

«Ich bin kein unbedingter Freund der Verbände», sagte Kropf einem Interviewer, «und ich glaube, daß es gut gewesen wäre, für ein paar Jahre dem Individualismus Raum zu geben, aber die Preise wären dann sehr stark geworfen worden, und das konnte jetzt, da die öffentliche Hand die Wirtschaft wie eine Zitrone auspreßt, niemand auf sich nehmen, der sich für die Allgemeinheit mitverantwortlich fühlt.»

In diesen Tagen wurden die Direktionen der Werke mit Bitten bestürmt, Besichtigungen der Betriebe zu genehmigen. Drei Führungen wöchentlich waren bei Risch-Zander die Regel. Die Bittsteller waren Professoren, die ihre Studenten in die Geheimnisse der Rationalisierung einweihen wollten, und Reporter, die unbedingt dahinterkommen und ihren Lesern erzählen wollten, wie schlau sie es angefangen hatten. Wackerleins Schwägerin empfing sie alle mit der gleichen Liebenswürdigkeit, mochten sie verdächtig oder unverdächtig sein, mochte ihnen von den Akten des Pressebüros das Prädikat «Ohne Gefahr» oder «Vorsicht!» vorausgeschickt sein. Wenn sie lächelte, war sie anzuschauen wie ein Kind, das träumt, und sie lächelte oft und gern, ein unverfängliches Lächeln inmitten des interessantesten Geplauders, ein Lächeln, das ansteckend war. Ihr schwarzes Haar hatte einen solchen Glanz, daß es von weitem dunkelblau erschien, nur dicht über der Stirn waren ein paar weißlich gekräuselte Strähnen, so daß es aussah, als trage sie einen Kranz aus Sternblumen. Daher begannen alle Feuilletons über das Stahlwerk Risch-Zander mit einer Ode auf den Silberstreifen am Haupt der Empfangsdame. Auf diese Weise schlugen sie dem neugierigen Leser ein Schnippchen; sie fesselten ihn mit einer gleichgültigen Sache, indem sie behaupteten, daß es eine Merkwürdigkeit sei.

Etliche Besucher kamen auch mit radikalen Absichten, schnaubend vor Selbstsicherheit; aber sie wurden leicht gezähmt und zu langsamer Gangart erzogen, sobald einer der professionellen «Bärenführer» sie an die Leine nahm. Es waren immer dieselben tumultuarischen Werkstätten, in die sie geführt wurden, und dort kamen sie vor lauter Feuer und Gekreisch, das sie umbrandete, nicht zu sich. Die Arbeiter sahen diese Aufzüge, an die sie sich allmählich gewöhnten, stolz und verächtlich an; sie freuten sich, daß ihre Arbeit zum Demonstrationsobjekt wurde, aber zugleich verschmähten sie die Freundschaft dieser Zaungäste und «Nassauer». Kein Besucher durfte ein Wort mit ihnen wechseln, und das war ihnen nur lieb. So manches Mal standen oben an der Brüstung der Galerien die Männer der Feder bereit, die arbeitenden Brüder da unten vor den Öfen in die Arme zu nehmen, derweil diese nur den schlichten Gedanken hatten: «Leckt uns doch am Arsch.» Sie kamen nie zusammen, weil beiden Teilen, während sie die Wirklichkeit zu betrachten wähnten, die kritische Erkenntnis ebendieser Wirklichkeit fehlte . . .

Jene «Akte wirtschaftlicher Notwehr», als die Hiebenstein die Neuerungen bezeichnete, waren teuer. Eine Rentabilität der neuen Anlagen war vorläufig nicht zu erzielen. Sonderabschreibungen in der Bilanz suchten ihren Bilanzwert dem tatsächlichen Nutzungswert anzunähern. So ging das überall. Man prüfte nicht lange, ob ein Bedürfnis zur

Errichtung neuer Anlagen oder zur Erweiterung der alten vorhanden sei. Die Sache war nun einmal im Zuge, jeder wollte mitgehen, jeder wollte Staat machen, auch auf die Gefahr hin, daß er seinen Stammbesitz selbst entwertete. Die maßlosen Investitionen verursachten eine verhängnisvolle Überkapazität: nutzte man das Leistungsvermögen aus, so überstieg die Menge der erzeugten Waren die Nachfrage der Käufer, deren Verhältnisse sich ja nicht verändert hatten; paßte man die Erzeugung dem Bedarf an, so war man wieder dort angelangt, von wo man ausgegangen war, nur daß man inzwischen große Summen zum Fenster hinausgeworfen hatte. So scheiterte die Idee der Rationalisierung, soweit sie überhaupt einen wirklichen Inhalt hatte, an jener Eigenschaft der Industriellen, die der amerikanische Bankier Selbstsucht genannt hatte, und es war charakteristisch genug, daß Siegfried Hillgruber, soviel er sonst auch ausstreichen wollte, diese Eigenschaft ausdrücklich stehengelassen hatte. Indem die Rationalisierung proklamiert wurde, geschah nichts, als daß die unrationelle Wirtschaft auf eine andere Ebene projiziert wurde. Die Technik war fortgeschritten, und der Geist war ihr nicht gefolgt; aber statt daß diese Menschen den Geist anklagten, weil er säumig war, klagten sie die Technik an, weil sie den Säumigen überrannte.

Das allgemeine Dilemma zeichnete sich in der finanziellen Bedrängnis der Risch-Zander AG ab. Durch eine vorzeitige Indiskretion war der Staatskredit vereitelt worden, im öffentlichen Anleiheprospekt hatte das Bankkapital genaue Auskünfte verlangt. Was ging die Börsenjuden der Familienbetrieb Risch-Zander an, dessen Aktien keiner Börse ausgeliefert waren? Publizität, das war der neueste Fimmel, alle Welt drängte darauf. Der Finanzrat ärgerte sich, der Bankier sagte sanft: die Obligationen müßten doch nachher gehandelt werden, und das sei bei der Zulassungsstelle zu beantragen.

Risch-Zander gewissermaßen vor einer Paßkontrolle!

Der Bankier – ein hagerer Mensch mit fünf angeklebten Haarsträhnen, durch welche die Glatze hindurchschimmerte, mit schlenderndem Gang und formloser, schwach gebogener Nase, jedoch bis auf die jüdische Urgroßmutter arischen Geblüts – war von einer gewissenhaften und eigensinnigen Neugierde. Er sagte: «Die Bilanzierungsgewohnheiten der Werke sind sehr verschieden, Herr Finanzrat. Die Zulassungsstelle erachtet daher die Bilanzangaben, namentlich der kapitalmäßig verflochtenen Unternehmungen, nicht als genügende Grundlage für ein Urteil über die Rentabilität.»

Hiebenstein wandte ein, die verlangte Publizität könne die Beziehungen zu den Kunden stören, es könnten unrichtige Schlüsse auf das Preisgebaren gezogen werden.

«Diese Möglichkeit besteht in der Wirtschaft allgemein, Herr Finanzrat. Sie ist für die Börse weniger unangenehm als ein Fehlurteil über die Rentabilität. Aus Ihrer letzten Gewinn- und Verlustrechnung geht beispielsweise nicht die Höhe des Umsatzes und der Zins- und Beteiligungserträgnisse hervor . . . Es gehen daraus auch nicht die Betriebsunkosten und die Verwaltungsunkosten hervor . . .»

«Das wollen Sie alles wissen?»

«Nicht ich, die Zulassungsstelle . . . Ja», zwinkerte der Bankier, «die Börse ist das wahrhafte Wirtschaftsministerium. Die Regierung ist nur Attrappe, oder auch das Adoptivkind der Börse, wenn Sie wollen. Die Wirtschaft ernährt den Staat – na, wem sage ich das? Wenn die Regierung von links zu einer Enquete über die Kalkulationsbasis der Wirtschaft veranlaßt wird – was macht Ihr Statistiker? Er beweist, daß die Kostenrelationen für die einzelnen Produkte Ihrer Fabrik derart wechseln, daß überhaupt nichts festzustellen ist, daß Sie also mit Schätzungen und Gefühlsmomenten arbeiten müssen und die Sicherheit immer erst nach der vollzogenen Tatsache gewinnen . . . Aber an der Börse hat man für Ihre Gefühlsmomente nicht den Sinn, den man in der Regierung hat. An der Börse müssen Sie Rede und Antwort stehen. Übrigens müssen Sie wissen, halte ich eine gute Aufklärung auch für eine gute Verteidigung in Lohnfragen.»

Sie lächelten einander an und schwiegen.

Dem Freiherrn berichtete Hiebenstein, dieser Finanzgewaltige sei doch ein ganz anderer Typus als der Bankier Hugo Mehren von Wirtzschen Gnaden, «lebendig und weise, ohne doch überlegen zu sein, sprühend, ein wenig ritzend – gerade soviel, wie die Personen der Legende die Haut ihres Armes ritzen mußten, wenn sie ihre Seelen dem Teufel vermachten und das Testament mit Blut unterschrieben».

Das stimmte. Der Bankier von Risch-Zander war ein gemütvoller Humorist und daher der populärste Mann an der Börse. Er war gegen alle «Gebote der Stunde» und für den «Stempel der Persönlichkeit». Er hatte nirgendwo in der Provinz Depositenkassen und Filialen. Er war der letzte Privatbankier, der letzte Nachfahr Rothschilds, Mendelssohns und Bleichröders. Wenn man ihn über sein Leben befragte, antwortete er, er sei einmal in Südamerika gewesen. Wenn man ihn bat, seine Eindrücke von dieser Reise zu schildern, erzählte er, die Deutschen in Brasilien schmückten zu Weihnachten Christbäume, aber leider krümmten sich infolge des heißen Klimas die Kerzen. Alles in allem, durfte man behaupten, nahm er sich im Aufsichtsrat am Platz des Herrn Romeike und auch im Lichthof von Zandershöhe sehr gut aus.

Nach all den Kämpfen war niemand geschwächt und jeder gestärkt, nur die Kleinen, mochten sie heimliche Feinde, Neutrale oder Mitläufer sein, waren auf der Strecke geblieben. Abermals trafen sich die Großen in verständnisvoller Freundschaft auf einer gemeinsamen Linie.

Den Konsum der gewaltigen Stahlmengen zu fördern, bedurfte es einer diktatorischen Herrschaft über die eisenverarbeitende Industrie. Diese bescheidenen, über das Land verstreuten und in viele widerstreitende Lager zerfallenden Fabrikanten von Schlössern, Schlüsseln, Möbelbeschlägen, Schrauben, Werkzeugen, Schneidwaren und Armaturen aller Gattungen waren die Puffer zwischen Erzeugern und Verbrauchern. Jeder Ton, den die Eisenindustriellen anschlugen, verursachte im Geschäft der Verarbeiter die umgekehrte Resonanz; jede Vergünstigung, die jenen zustatten kam, war eine Erschwerung für diese; jeder Mißgriff dort rächte sich an ihnen zuerst. Russen und Polen, vor dem Krieg ihre besten Kunden, wurden dauernd vor den Kopf gestoßen, alle ausländische Konkurrenz wurde durch die Exportinteressen der Union von Kohle und Eisen ermuntert. Gewiß hatten auch sie ihren Verband, aber die Firmeninhaber hatten nicht die Zeit zu Sitzungen, die auf der anderen Seite die Legion der Direktoren aufbrachte, sie verfügten auch nicht über die Finanzen, womit jene nicht bloß die materiellen, sondern auch die geistigen Waffen zu schärfen verstanden, sie waren nie klar zum Gefecht, wenn geblasen wurde, den Zeitpunkt bestimmten ja die anderen: da war es wohl nicht ratsam, in wortreichen, doch rasch verhallenden Kundgebungen ein Dasein zu heucheln, das nicht mehr existierte. Jedenfalls war es erträglicher, sich zu unterwerfen und unter weit ausgespannte Flügel zu schlüpfen, die, obzwar sie Raubvögeln gehörten, darum nicht weniger oder am Ende sogar besser wärmten und schirmten.

Wo Tyrannen regieren, bleibt zwischen Leben und Tod immer der Ausweg schmarotzen.

Die Union wurde Treuhänder der Eisenverarbeiter.

Die außerordentliche Generalversammlung des Westdeutschen Bergwerksvereins fand in einem Saal des Hotels «Riesen-Fürstenhof» statt und wurde von der Opposition der kleinen Aktionäre zu Vorstößen gegen den Vorsitzenden des Aufsichtsrats benutzt.

Das Hotel lag an einem runden Platz, der wie ein Luftschacht in der Altstadt wirkte, welche jetzt von den aufstrebenden Bürgern, Modesalon- und Gaststättenbesitzern, nach Londoner Vorbild «City» genannt wurde. Links führte eine Straße vorbei, verdunkelt von den massiven Baulichkeiten der Großbanken, die breit und wuchtig wie eingerammte Brückenpfeiler im beizenden, räuchernden Strom der Industriedämpfe standen, welche der Wind zu Boden drückte, so daß die Straßenpassanten immerzu blinzeln und die Rußkörner aus den Augen reiben mußten. Gegenüber wurde ein Grundstück für ein Hochhaus von vierhundertfünfzig Büroräumen ausgeschachtet. Alte, grindige Bäume hatten früher dort gestanden, Reste eines Patriziergartens, jetzt war ein hoher Bretterzaun da mit aufgemalten bunten Figuren, die neugierig durch ein Loch auf den Bauplatz blickten. Von weitem konnte man sich täuschen und sie für wirkliche Menschen halten, denn sie hatten Lebensgröße und waren sehr plastisch, aber schon befleckt von den Lehmfuhren. Rechts war eine ganz schmale Gasse mit niedrigen Lädchen, und das Eckhaus war ein gelbes, zweistöckiges Kästchen und hatte seine Treppe mitten im Bürgersteig; es trug ein viereckiges Schild, das neben der Treppe befestigt war wie ein Kratzeisen für schmutzige Schuhsohlen, nur ein bißchen zu hoch. «Bank» stand darauf, Bank, weiter nichts. Es mochte noch aus einer Zeit stammen, als es in der Hauptstadt des Kohlenreviers nur diese eine Bank gegeben hatte, und der Inhaber war sicherlich so vergilbt wie das Haus.

Dazwischen stand der «Riesen-Fürstenhof» mit der Fassade eines besseren Stadttheaters.

Der Platz davor war jetzt voller Autos, es waren blitzblanke, rassige Limousinen, Horchs und Protos, denn es war Ehrensache bei den Industriellen, keine ausländischen Wagen zu fahren, aber ihrerseits so viel wie möglich ins Ausland zu exportieren. Vermutlich machten es ihre Kollegen in der ganzen Welt ebenso. So war die Aufgabe gelöst, national und international zugleich zu sein, wie die Zeit es befahl.

Die Kleinaktionäre kamen mit der Straßenbahn an und quetschten sich durch die Auffahrt des Autos hindurch, was ihren Oppositionsgeist beträchtlich vermehrte. Es waren vierschrötige, verbissene Haudegen einer dahingeschwundenen Epoche. Manche hatten es vorgezogen, ihre Stimmen einem Rechtsanwalt zu übertragen, der sich dazu durch Zeitungsinserate angeboten hatte.

Im Vestibül grüßte die Eintretenden aus sprechenden Augen ein Porträt des letzten Kaisers. Die Palme hingegen, die früher darunter gestanden hatte, war unter das Bild des Feldmarschalls Hindenburg versetzt.

Generaldirektor Näßler saß am Verwaltungstisch inmitten des Vorstands. Durch die Wände wühlten sich ab und zu Musiktakte vom Tanztee einer wohltätigen Mittelstandsvereinigung. Eine Garbe Sonnenstrahlen brach durch die Fensterbekleidung und hob Köpfe wie vergoldete Kugeln aus der matten Beleuchtung des Saals.

Der Geschäftsbericht war von Näßler auf ein Minimum beschränkt worden. Zwar hatte die Börsenzulassungsstelle angesichts des großen Kapitalbedarfs der Gesellschaft auf Bilanzerläuterungen Gewicht gelegt, aber Näßler gedachte sie erst nachträglich bei der Publikation im *Reichsanzeiger* zu geben, wenn die Generalversammlung vorüber war. Hätten die Opponenten das gewußt, so wäre ihre Empörung noch eruptiver gewesen, doch wußte außer Hillgruber, Mehren und Näßler überhaupt kein Mensch etwas von der Geschäftsgebarung des Westdeutschen Bergwerksvereins.

Ein Rechtsanwalt im Marengo-Cutaway sprang sogleich voll Erregung auf und streckte den Arm aus wie die Statisten auf der Bühne, wenn sie einem Römerhelden huldigen. «Dinge», rief er, «Dinge, Dinge werden hier offen zur Sprache kommen, die bisher nur gerüchtweise ventiliert wurden. Die Verwaltungsmitglieder fusionierter Gesellschaften sind mit Abfindungssummen bedacht worden, ich ersuche um Auskunft über die Höhe!»

Näßler erwiderte ruhig, es sei bedauerlich, wenn solche Anschuldigungen vorgebracht würden.

«Es handelt sich nicht um Anschuldigungen!» schrie der Rechtsanwalt. «Es handelt sich um die Feststellung von Tatsachen!»

«Ich weiß nicht, was man eigentlich will», sagte Näßler, «es ist lediglich in einem Fall eine Vergütung an einen Herrn gezahlt worden, der in Berlin ständige Arbeit im Interesse der Gesellschaft verrichtet, was doch nur zugunsten der Aktionäre ausschlagen kann.»

«Der Rohüberschuß ist um vier Millionen gestiegen, die Abschreibungen sind ganz ungerechtfertigterweise um nahezu zwei Millionen erhöht worden, es könnte eine bessere Dividende gezahlt werden, wenn es mit rechten Dingen zuginge!»

«Die erhöhten Abschreibungen erklären sich aus den Neuanlagen. Später kann man vielleicht eine höhere Dividende ausschütten, heute muß die Gesellschaft für kommende Aufgaben finanziell gerüstet sein.»

Ein alter Herr mit weißem Bart stand auf und stützte sich auf den silbernen Knauf seines Ebenholzstockes. «Wenn nicht die Interessen des Aufsichtsratsvorsitzenden mit den Aktionärinteressen im Widerspruch stünden», sagte er, «dann könnte der Gewinn weit größer sein.» Er wippte dabei mit dem Kopf vorwärts und rückwärts, abwechselnd liefen Striemen von Schatten und Licht über sein Gesicht, so daß es aussah, als sei es aus Bast geflochten.

«Ganze acht Druckzeilen stehen im Bericht über die Stahltrust-Transaktion», fing der Rechtsanwalt wieder an, «nichts an Zahlen und kein Wort der Würdigung dieses in die Struktur des deutschen Wirtschaftslebens tief einschneidenden Vorgangs. Reinweg nichts findet man von der Liierung mit der Mitteldeutschen Braunkohle. Auf Grund der in der letzten ordentlichen Generalversammlung beschlossenen Statutenänderung konnte niemand annehmen, daß eine derartig weittragende Sache damit gemeint war. Der Blankowechsel, den die Aktionäre der Verwaltung gegeben haben, ist nicht in ihrem Interesse benutzt worden, jetzt werden sie vor vollendete Tatsachen gestellt. In der Bilanz sieht man nur ein Anwachsen des Kontos ‹Rechnung der Tochtergesellschaften›, das ist alles! Das ist alles!» Er knallte seine Mappe auf den Tisch. «Man muß annehmen, daß die Verwaltung Beträge dafür aufwandte, die sie nicht über die Gewinn- und Verlustrechnung geleitet hat! Jahrelange stille Reserven, von denen keiner was ahnte! Geheime Thesaurierungspolitik! Publizität im Sinne des Aktiengesetzes war ja nie eine starke Seite der Verwaltung. Die Gewinnrechnung war immer undurchsichtig, sie läßt auch jetzt wieder keine Unkosten erkennen!»

Näßler entgegnete, eine andere Gliederung der Gewinnrechnung sei nicht ohne Mißverständlichkeiten durchzuführen, man solle der Konkurrenz nicht ohne Not etwas offenbaren, auch in Amerika gebe es viel weniger Publizität, als die Herren Aktionäre in Deutschland glaubten.

«Es fehlt jegliche Begründung für die Aufgabe der materiellen Selbständigkeit des Unternehmens, es sei denn, daß man sie in der eindeutigen Unterstützung der persönlichen Pläne des Aufsichtsratsvorsitzenden erkennt. Die Erklärungen der Verwaltung sind ein Appell an die Leichtgläubigkeit der Aktionäre!»

«Die Entscheidung darüber, wie der Vorstand sich verhalten sollte, als die Anregung zum Stahltrust erging, war schwer, aber mit seinem Amt hat er es auch übernommen, sie zu treffen.»

«Das ist eine nichtssagende Ausrede!»

«Eine gesunde Opposition fördert das Gedeihen der Gesellschaft, die

Verwaltung sieht sie nicht ungern. Aber schließlich muß man doch fragen, wer denn eigentlich die Opposition ist . . .»

«Das ist unerhört! Das Ideal der Verwaltung scheint die aktionärlose Aktiengesellschaft zu sein!»

«Man muß zwischen berechtigter und unberechtigter Opposition unterscheiden. Was sich hier als Minderheitsschutz hinstellt, ist in Wirklichkeit Minderheitsterror und Entrechtung der Majorität. Es gibt berufsmäßige Opponenten . . .»

«Ich stelle den Antrag auf Vertagung der Generalversammlung gemäß § 264 des Handelsgesetzbuches.»

«Bitte sehr . . . der Antrag kommt zur Abstimmung.»

Er wurde mit 33 804 Stimmen gegen 1040 abgelehnt.

«Wenn gefragt worden ist», sprach Näßler weiter, «warum wir in den Stahltrust gegangen sind – so ist mir das unverständlich. Wichtig wäre allein die Frage gewesen, ob unser Vorgehen gut war. Ich kann daher nur solche Fragen beantworten, die praktisch für den Aktionär von Interesse sind.»

Der alte Herr, den Näßler im stillen den Weihnachtsmann getauft hatte, stand wieder da.

«Dann frage ich, wie die Aktien des Stahltrusts in der Bilanz gewertet sind . . .»

«Da es sich um einen Dauerbesitz handelt, stehen sie al pari zu Buch.»

Hierauf meldete sich das in den Aufsichtsrat entsandte Betriebsratsmitglied.

«Vorhin ist hier von einem Herrn gesagt worden, das Ideal der Verwaltung wäre die aktionärlose Aktiengesellschaft. Man kann auch sagen, was einer von den Wirtschaftskritikern neulich gesagt hat, daß das Ideal der Verwaltung der arbeiterlose Betrieb ist, aber für die entlassenen Arbeiter hat keiner der Herren Aktionäre ein Wort übrig gehabt.»

Verbindlich wandte sich Näßler ihm zu: bei der Vielgestaltigkeit des Geschäftes würden Einschränkungen in dem einen Betrieb durch Produktionserhöhung im anderen gewöhnlich ausgeglichen, doch konnten die Schwankungen natürlich auf die Belegschaft nicht immer ohne Einfluß bleiben. Der Betriebsrat fragte noch, woher es komme, daß die gesetzlichen Sozialbeiträge gesunken, die freiwilligen Aufwendungen aber auf sechs Millionen gestiegen seien, und welche Kreise von diesen freiwilligen Aufwendungen erfaßt würden. Näßler entgegnete, der Rückgang der gesetzlichen Beiträge erkläre sich ohne weiteres aus der

Verringerung der Arbeiterzahl; und die freiwilligen Aufwendungen kämen allen bedürftigen Arbeitern und Angestellten zu.

Inzwischen hatte der Rechtsanwalt sich wieder gesammelt.

«Die geschäftlichen Beziehungen zur Handelsfirma des Aufsichtsratsvorsitzenden sind unklar. Herr Hillgruber hat sich Übergewinne verschafft, die hinterher von der Verwaltung sanktioniert worden sind. In den Originalrechnungen sind Abzüge vorgenommen worden, Millionenbeträge, die ein Mehrfaches der vereinbarten Vermittlerprovision bedeuten. Außerdem sind reich dotierte Lager zu Schrottpreisen der Handelsfirma des Aufsichtsratsvorsitzenden übergeben worden. Ich beantrage zu beschließen, daß die Verwaltung . . .»

«Ich beantrage Schluß der Debatte», sagte Hugo Mehren.

Die Opponenten wurden niedergestimmt. Unter ungeheurem Lärm gab der Rechtsanwalt Protest zu Protokoll.

«Wie jedes Jahr», sagte Näßler und klappte seine Akten zu. «Herr Mehren – der Sieg ist wieder einmal unser.»

«Gott», versetzte dieser, «es ist ja nur pro forma, daß man der Opposition antwortet und ihr einen gewissen Spielraum gibt. Es liest sich nämlich gut in den Organen der öffentlichen Meinung.»

«Gewiß. Die Hauptsache für unsereins ist das Tastgefühl.»

Siebzehntes Kapitel

Adam und Paula Griguszies hatten Hochzeit auf einunddemselben Tag. Bei Mutter Griguszies sollte nachmittags Kaffee getrunken, bei Vater Kalinna der Abend verbracht werden. Schon drei Tage vorher war Mutter Griguszies beim Teigmachen, sie hatte den Kopfhörer des Radios über den Ohren und wiegte sich zur Musik in den Hüften, während sie mit den weißflaumigen Armen den Schmand aus Milch und Mehl mengte und die Eier auf dem Schüsselrand aufschlug und den Dotter hineinklatschte; aber außerdem bestellte sie noch Torten in der Bäckerei des Werkskonsums.

«Schon wieder so 'n deutsches Frischei», knurrte sie, wenn eines schlecht war. «Da meinen d'r Leut, wenn d'r Stempel drauf wär, wär's gutt. Das wissen d'r Schwindler auch schon, da haben se d'r eben alles gestempelt. Nu, ich werd d'r kein Respekt mehr vor 'n Stempel haben.»

Auch Kalinnas trafen ihre Vorbereitungen. Einen Tag vor Löhnung ging Frau Kalinna in den Konsum und ließ dort eine lange Liste aufschreiben von allem, was sie brauchte. Die Verkäuferinnen machten es ihr in einem Korb zurecht, sie brauchte dann nur noch zu zahlen und abzuholen. Jakob Kalinna schleppte fünf Kasten Bier nach Hause und Flaschen voll «Klarem», einem billigen, wasserhellen Schnaps, der im Konsum wie Petroleum aus dem Keller heraufgepumpt wurde. In beiden Häusern waren die Treppen mit Blumen bestreut, und über der Tür hing in einer Papiergirlande ein rotes, herzförmiges Schild mit der Aufschrift «Hoch lebe das Brautpaar!»

In der Waschkaue hatten sie ihn zuerst gehänselt: «O weh, Opa, auf deine alten Tage noch 'n Feuerroten für 'n Schwiegersohn!» Was er geantwortet hatte? Adam Griguszies sei kein Kommunist, sondern ein Betriebsrat. «Ich kenne doch den Jungen genau, so 'n alter Kolonist wie ich sieht jeden ins Herz, und in dem seinen Herz is nichts Rotes, genau nix.»

Nur das eine war ihm nicht angenehm, daß keine kirchliche Trauung sein sollte, aber deswegen allein konnte er doch wohl kein Spielverderben sein? Schließlich mußte die Alma mal unter die Haube kommen, damit ihr die Grillen vergingen, und wurde nicht so vieles in dieser wunderlichen Zeit über Bord geworfen? Dagegen konnte ein einzelner sowieso nicht an. Genug, daß man sich selber treu blieb: mochten die anderen in Gottes Namen nach ihrer Fasson selig werden.

Man weiß bereits, daß Jakob Kalinna noch flink war; man sieht nun, daß er auch noch flink genug war, um sein Gewissen zu beruhigen, wenn es der Vorteil so wollte.

Abends vorher sammelten sich nach Eintritt der Dunkelheit Haufen von Kindern vor den Häusern an. Jedes hatte einen alten Kochtopf oder eine Blechbüchse für den Polterabend bei sich. Plötzlich brach das Geklapper los, es war ein exakter Einsatz wie bei einem Orchester. Die Bleche donnerten gegen die Hauswand. Schulentlassene mischten sich drein und warfen Flaschen in Scherben, die sie vorher mit Wasser gefüllt hatten, damit es einen schrilleren Knall gab. Das dauerte so lange, bis jemand aus dem Haus kam und Kuchen austeilte. Den Zeitpunkt zu bestimmen, wann dies zu geschehen habe, war eine Sache, die im Gefühl liegen mußte; es wäre gleich anstößig gewesen, das Gepolter zu früh zu unterbrechen oder die Kinder zu lange warten zu lassen. Auch die «Flammende Scholle» hatte ihre Etikette.

Am Morgen lasen die Frauen die Scherben auf, dann fuhren die Paare mit den Trauzeugen in zwei Mietautos zum Standesamt. Als sie zurückkamen, sahen sie sich abermals von einer großen Kinderschar umringt. Vor der Tür war ein Seil gespannt, und nicht eher wurde ihnen Einlaß gewährt, als bis sie ein paar Geldmünzen in die Luft geworfen hatten, die mit streitsüchtigem Jubel aufgefangen wurden.

Nach dem Kaffee spielten die Kinder auf der Straße mit den Tortenschachteln, die von den Hochzeitsgästen zum Fenster hinausgefeuert wurden.

Bei Kalinnas gab es Heringssalat und Schnittchen mit Käse, Wurst und Speck. «Dat is hiesigen», sagte Frau Kalinna empfehlend, «von unser Ferkel, eigenes Wachstum, nu frett man feste.» Es wurde aber mehr getrunken als gegessen. «Is schon wieder alles am Supen», seufzte die bekümmerte Frau Kalinna. «Frett mal gescheiter noch wat, sonst räum ich gleich ab. Is beste Butter aufs Brot, hier, Herr Dinges, nehmen Sie sich mal wat!»

Kalinnas hatten einen Lautsprecher gebastelt, einer der Söhne stellte ihn an. In abgehackten, kurzatmigen Sätzen sprach eine hohle Stimme über die Diät während des Haarwechsels der Rinder. Es hörte sich an, als esse der Sprecher zwischendurch immer Reibekuchen. «Mann, halt die Klappe! Der hat wohl 'n Stich in die Birne! Dreh ab, Mensch, dreh ab!» Die Stimme sagte: «Angebracht ist vor allem eine Melasse aus Kleie und Runkelrüb . . .» – knacks, da war sie erledigt. «Großartige Erfindung», sagte Griguszies, «wo man die Quasselköpfe so schnell't Maul stopfen kann.»

Die Mädchen sangen ein sentimentales Lied, heiliger Ernst war auf ihren Gesichtern. «Und dennoch hab ich harter Mann die Liebe auch gefühühühlt . . .» Die Männer redeten über Löhne. «Die haben eher keine Ruhe, als bis sie die Schiedssprüche ganz beseitigt haben, bald werden die sich 'nen Dreck um die Verbindlichkeitserklärung scheren.»

«Die» – das waren die Unternehmer. Worte wie «Kapitalisten» und «Schlotbarone» gebrauchten die Arbeiter seltener, als sie in den Parteiblättern standen. «Die» – das genügte. Von wem sollte sonst die Rede sein?

«Aber in die Kokerei und an 'n Hochofen kriegen wir jetzt wenigstens wieder die Acht-Stunden-Schicht.»

«Dafür wird dann immer von drei Mann einer abgebaut, damit die anderen zwei mehr schuften müssen, weißt dat auch?»

«Mein Junge is in die Lehrwerkstatt, der macht seine zehn Stunden ab, da heißt't einfach, zwei Stunden wär er mit Saubermachen und so beschäftigt, dat fällt ja nich unter die gesetzliche Arbeitszeit.»

«Ich will euch mal wat sagen», meinte Griguszies. «Wat die Gesetze angeht, nämlich. Da ist doch für die Betriebe mit mehr wie acht

Stunden Arbeitszeit eine Stunde Mittag vorgeschrieben. Da is aber eine ganze Reihe, die haben freiwillig auf ihren Mittag verzichtet, bloß damit sie früher heimkommen. Wat sagt't Direktorium, wenn der Betriebsrat vorstellig wird? Die Arbeiter wollen diese Gesetze ja gar nicht, heißt't. Da schlag doch einer lang hin. Mal wollt ihr alles kaputtmachen, mal seid ihr euch selbst in 'n Weg. Der Sinn von einer Revolution is eigentlich, daß't keine faulen und fetten Drohnen mehr geben soll. Bei uns haben sie aber einfach mal die Rollen vertauschen wollen, hatten sie denn Ideale? Wat wollten sie denn? Satt werden? Scheiße! Auch mal überfressen wollten sie sich, wie die Wänste da oben. Am Profit beteiligt sein? Scheiße. Auch mal den Nichtstuer wollten sie spielen, wie die Wänste da oben.» Er sprach beinahe wie Hiebenstein. «Wißt ihr», rief er, indem er klirrend die Gabel auf den Teller warf, «wenn ich Unternehmer wäre, ich gäbe jeden Arbeiter freiwillig zwanzig Pfennig die Stunde mehr und 'ne Pulle Doppelkorn alle Lohntage, dann täten sie auf alle Mitbestimmungsrechte und auch auf die Gewerkschaften wat pfeifen.»

«Du hast gerade nötig, so wat zu sagen», rief einer mit einem buschigen Schnurrbart, an dem der Bierschaum klebte, «ihr Kommunisten seid doch die Spaltpilze in die Gewerkschaften!»

«Quatsch nich so dumm», erwiderte Griguszies, «wir sind immer gegen die Anarchisten und Syndikalisten gewesen, die die Gewerkschaften vernichten wollen, wir wollen sie bloß von innen her reformieren.»

«Kein Zank nich», mahnte Jakob Kalinna.

«Nu ja», remüsierte Griguszies, «dat bißchen Leben, wat wir noch haben, dat haben wir nur, weil die Unternehmer immer noch zu dumm sind. Sie glauben, der Lohn wär schon 'n Rechtsanspruch von die Arbeiter und sie vergäben sich wat, wenn sie ihm nachkämen, und dat is 'ne Dummheit.»

«Man kriegt aber noch sein Recht», sagte ein junger Hauer, «man muß't nur richtig anstellen. Mich haben sie die Deputatkohlen abgelehnt, nich, weil ich noch einen Bruder hätte, der auch bei meine Mutter wohnt, nich. Achtzehn Mark Rente bezieht meine Mutter im Monat, nich. Da bin ich vors Arbeitsgericht gegangen, nich, aber jetzt kriege ich mein Deputat.»

«Und beim nächstenmal wirst du gekündigt!»

«Dann geh ich eben noch mal vors Gericht.»

«Wird dich nix helfen, Meister, beweis die mal, daß sie dich nur aus Schikane gekündigt haben!»

«Ich habe so viel Deputatkohlen», sagte einer ganz verschmitzt, «daß ich noch immer wat davon verkaufen kann.»

«Laß dich nich erwischen, Männeken, sie sagen, 't wär Betrug, das Deputat wär kein Teil vom Lohn, da könnt man nich mit machen, wat man will . . .»

«Warum bloß alles noch so teuer is, wo't alte Geld doch wieder da is?»

«Is kein altes Geld, is neues, viel weniger wert, alles Dreck.»

«Der Fries hat für mich gesagt, in die ganze Welt wär alles teuer, die Goldvorräte wären zu knapp, man rechnet nur noch nach Silber, da muß man eben mehr Geld für hergeben.»

«Der Fries, so, der, da kauf ich mich nix für, wat der sagt. Bei mich war gestern 'n Zeitungsfritze aus Berlin, von die Zentrale, der hat ganz wat anders gesagt, ich hab's bloß vergessen.»

Griguszies horchte auf. «Ein Reporter war da? Weiß ich nix von.»

«Der Bilgenstock war mit.»

«Wat war das denn für 'n Mann?»

«Och, so einer mit 'ne Hornbrille, hatte 'ne Windjacke an . . . Wenn ich soviel Geld verdiente, tät ich mich aber 'nen feinen Mantel verpassen . . . Na, trotz die Windjacke war't ja auch 'nen Feinen, Edelkommunist, wird auch von die Burschwas geschätzt . . .»

«Die behaupten, er wär 'n einflußreicher Mann, wat denn sonst? Damit sie sagen können: das Bürgertum is in Gefahr.»

«Nach uns is er auch gekommen», sagte eine Frau, «es wär 'ne Schande, daß wir so kleine Fenster hätten, mehr Licht, Luft und Sonne müßten wir haben. Lieber Mann, hab ich für ihn gesagt, ich kann so't Geld nicht aufbringen für die Gardinen, da brauchte ich ja noch mehr Stoff, wenn die Fenster größer wären, und alle Augenblick wären Löcher im Vorhang von die Sonne, und wie lang sollt mich dat Scheibenputzen denn aufhalten?»

«Denkt euch an», berichtete eine andere, «wir haben doch einen Drahtzaun gegen unseren Nachbar hin, da hat er gesagt, der müßte weg, der tät't Gemeinsamkeitsgefühl untergraben. Feines Wort, wat? Gemeinsamkeitsgefühl? hab ich ihn gefragt, wir haben den Zaun gesetzt, weil der Hund von nebenan uns immer die Beete ruiniert hat, wollen Sie mich vielleicht die Sämereien ersetzen? Der Ärger, wo man damit hat, der zehrt doch an die Gesundheit!»

Die Köpfe schwirrten ihnen von all dem Geschnatter. Das Grammophon krähte das «Mädel vom Rhein». Der Geruch des Zigarettenrauches haftete an den Kleidern wie zerstäubtes Parfum.

Gegen neun Uhr ging einer fort zum Krämer außerhalb der Kolonie, um noch Zigaretten zu holen. Da der Laden geschlossen war, ging er hintenherum. Dieser Krämer lebte nur von dem, was er nach sieben Uhr abends oder sonntags «hintenherum» verkaufte, und von den «drei Kröten», die er ins Buch schreiben durfte, wenn es kurz vor Lohntag war, denn im Konsum wurde nicht geborgt. Dabei zahlte der Konsum nicht einmal Gewerbesteuer, er war ja nur ein Teil vom großen Ganzen, und alle Welt konnte dort kaufen; die Vorschrift, daß ein Ausweis vorzuzeigen sei, stand nur auf dem Papier. Die Krämer gifteten sich gewaltig, aber ihre Proteste waren nutzlos: weder die Aufklärung durch Inserate, nur der selbständige Fleischermeister könne fachmännische Bedienung garantieren, noch der Boykott Risch-Zanderscher Lieferautos fruchtete etwas. Auch vereint waren die Schwachen nicht stark gegen den Mächtigen.

Ein älterer Mann sagte: «Ich habe zwanzig Jahre Beiträge in die Krankenkasse berappt, mit Zinsen und Zinseszinsen waren dat mindestens dreitausend Mark. Ich bin nie krank gewesen. Jetzt hatte ich einen Furunkel in die Achselhöhle, da war ich bein Arzt. Da werde ich genau so schofel behandelt wie einer, der nur zwei Jahre Beiträge bezahlt hat, der säuft und fortwährend blaumacht und krank feiert. Billigste Salbe, 'n Fingerhut voll wird verschrieben. Einmal Verbandszeug, können Sie ja waschen, heißt't. Nach die Mindestsätze von die preußische Gebührenordnung! Überall muß man für die Faulenzer zahlen, auch in die Erwerbslosenfürsorge. Wenn ich arbeitslos werde, kriege ich nich mehr, ob ich zwanzig oder zwei Jahre gearbeitet und Beiträge geleistet habe. Alles wird über einen Kamm geschoren, verdammte öde Gleichmacherei, keine gestaffelten Leistungen, wie't Gerechtigkeit wäre!»

«Nu ja, 't bleibt dabei, wer't Geld hat, hat die Macht.»

«Nein, dat is't nich allein. Die Dickbäuche haben mehr Einigkeit wie wir und mehr Raffiniertheit.»

«Damals nach dem Krieg wär Zeit und Gelegenheit für uns gewesen.»

«Ja, ja», betonte langsam Adam Griguszies. «Da habt ihr den Schlüssel für die heutigen Zustände.»

Alma saß bei Wittkamp und Paula, von der Gesellschaft mußte sie sich doch soviel wie möglich distanzieren! Wittkamp war doch ein gebildeter Mensch, ein Beamter! Die Paula hatte Glück. Sie hatte ja auch eine Aussteuer. Aber sie hatte nicht so feine Kleider.

«Ich gehe nächstens in den Stahlhelm», sagte Otto Wittkamp gerade, «da braucht man keine Angst mehr zu haben, daß man abgebaut wird. Es sind auch schon viele Arbeiter drin. Wißt ihr, die Arbeitslosigkeit befördert eine nationale Welle herauf.»

Ein Bergmann erzählte, Walkowiak sei bei ihm gewesen. «Pfui!» schrien einige, und «Nieder!» Der Bergmann sagte: «Na, na, is 'n netten Jungen geworden, der Walkowiak, sieht jetzt aus wie 'n Langstreckenläufer. Ich überlege mir, ob ich nich bei die Nationalsozialisten eintreten soll, da hat man allerhand Vorteile. Wählen kann ich deshalb doch noch kommunistisch. Die Kommunisten vertreten meine Interessen im Reichstag und die Nationalsozialisten bei die Zechenleitung.»

«Nu hör aber bloß auf, wer die einen Finger gibt, der is verratzt.»

«Du, dat is noch lange nich so dumm, wat der sagt, dat is 'n pfiffigen Jungen.»

Auf dem Bergmannsklavier spielte einer die «Post im Walde». Das Flötensolo pfiff er mit dem Mund. Die Mädchen bildeten noch eine Gruppe für sich. «Du», sagte eines von ihnen zur Freundin und wies mit den Augen auf den Burschen, der zu den Nationalsozialisten gehen wollte, «sieh mal, wie der feurig is. Mit den möcht ich . . . Ich möchte mit jeden, der 'n hübsches Gesicht hat.»

«Och du, du bekämst ja Senge von deine Brüder!»

«Haha, wat du nich sagst. Die machen't ja selbst, ich merk't doch jeden Montag, wenn ich ihre Hosen ausbürste.»

«Auf meine Morgenstelle, nich», sagte eine andere, «da hab ich ein Buch gesehn, da stehn Sachen drin, wat man alles machen kann, dat weiß meine verheiratete Schwester nich mal.»

«Hör auf jetzt», versetzte die erste, «ich bin schon ganz naß.»

Der Lautsprecher wurde wieder eingeschaltet. Es war eine sanfte Musik, die aus dem Kasten kam, es waren ausschwingende Töne, als sollten sie einem Sterbenden die Augen zudrücken.

«Schade, dat heut nich der Lustige Abend im Radio is», sagte Jakob Kalinna.

«Nee, der kommt nachher im Bett, die Paula . . .»

«Oho, dat heißt jetzt Frau Wittkamp, bitte schön!»

«. . . is schon ganz ungeduldig.»

«Wat ihr euch einbildet», entgegnete Paula, und ihre schaumweißen Zähne glitzerten, «wir haben't nich so eilig, wir kennen uns schon lange.»

«Das 's aber mal recht», sagte Jakob Kalinna, «man kauft doch nich die Katze im Sack, man muß wat vorarbeiten, dat haben wir auch so gemacht, wat, Mutter? Laß mal die Politik sein, Adam, denk dran, was dich mit die Alma bevorsteht, alles andere is Kappes!»

«Adam treibt jetzt die Politik des Erreichbaren.»

«Na, bei seine Frau wird er schon 'n paar schöne Sächelchen erreichen können!»

Es war elf Uhr, der Alkohol wirkte auch auf die Trinkfesten, es wurde immer toller. Die Frauen rückten näher an die Männer heran. «Es war mal eine Müllerin, ein wunderschönes Weib», sangen sie. Einer faßte seinem Mädchen unter den Rock, sie hielt seine vorwitzige Hand fest, kreischte auf und schüttelte die Beine heftig hin und her. Ein Jüngelchen ergriff eine Blutwurst und schwenkte sie gegen Alma: «Hier – 'n Negerbimmel!» – «Schnösel!» rief Alma verächtlich und ging hinaus.

Um zwölf Uhr wurde die Küche ausgeräumt. Sie begangen zu tanzen. Der Gesang ging in Gebrüll über. Die Frauen boxten mit den Männern, rangen mit ihnen, ließen sich auf die Erde gleiten, sprangen davon, die Männer ihnen nach, durch alle Zimmer hindurch, über Tische und Stühle hinweg. Die Türen knallten zu, der Kalk bröckelte von den Wänden. Es ging die Treppe hinauf, in die Mansarde, auch dort wurde getanzt. Ein Mädchen taumelte zum Fenster und mußte sich übergeben. Sie tanzten die Treppe hinunter und tanzten auf die Straße. Einer hatte Kalinnas Sängerbrief aus dem Rahmen gerissen, er zerzauste das Papier in viele kleine Stücke, die er in der hohlen Hand behielt und zuletzt mit mächtigem Atemstoß in die Luft streute. Der Wind, der die Straße hinunterging, nahm sie ein Stück mit. Jakob Kalinna sah nichts mehr, er sah diese Schändung eines teuren Andenkens nicht mehr, er hockte in der Küche und hatte das Diplom des Reichspräsidenten in der Hand und war selig und schwatzte von Philadelphia.

Um ein Uhr saßen sie wieder alle da, tranken aus den Flaschen und sangen schmerzliche Lieder, «Wenn die Hoffnung nicht wär auf ein Wieder-Wiedersehn», wohl fünfzigmal hintereinander.

Um zwei Uhr liebten sich einige Paare an der Wand im Hausflur. «Schweinebande», sagte Mutter Kalinna morgens, als sie die Spuren wegwusch.

Um drei Uhr wurde wieder getanzt. Um vier krakeelten etliche und stießen Drohungen gegen das Leere aus. Um fünf torkelten sie mit den käsigen, übernächtigten Gesichtern, die von der Morgendämmerung unbarmherzig angeprangert wurden, in vereinzelten Gruppen nach Hause, wie eine geschlagene Armee. Die Neuvermählten schliefen vor Erschöpfung ein, ohne einander berührt zu haben. Sie holten es nach, als sie erwachten.

Der Lohntag war bei Kalinnas draufgegangen. Der Opa mußte Abschlag holen. Nun, das war man so gewohnt. Mutter Kalinna gab immer gleich das ganze Geld aus, sie wußte, daß sie nicht disponieren und nicht rationell wirtschaften konnte. Sie hatte auch beim Einkaufen kein Augenmaß, nicht weil sie zu verschwenderisch war, sondern weil sie zu wenig Geld in die Finger bekam. Sie wurde übervorteilt, wertlose und überflüssige Dinge wurden ihr aufgeschwatzt; wenn sie nicht in den Konsum ging, ging sie in unreelle Geschäfte, weil sie die reellen für zu teuer hielt und auch die Begegnung mit der wohlhabenden Kundschaft fürchtete. Sie kaufte immer Geschenke, Teekannen, Tortenplatten, Blumenvasen, keine Gebrauchsgegenstände; als ob alle Tage in einem Arbeiterhaushalt Verwendung für diese Dinge wäre, als ob alle Tage Verlobung, Hochzeit und Kindtaufe wäre. Im Laden standen die Sachen auf der mit Zeitungsmakulatur ausgeschlagenen Theke herum, nachher standen sie ebenso zum Ansehen auf den Schränken. Der Verkäufer hatte Solides und Einfaches neben süßem Kitsch. Er sagte: «Dies ist sehr praktisch», und: «Dies ist auch sehr schön», und Mutter Kalinna wandte die Dinge zehnmal um und um und tat wählerisch, obgleich es feststand, daß sie das Vergoldete und Bemalte nehmen würde, weil es billig war und doch nach teuer und vornehm aussah. Erst der ständige Umgang mit einer ausreichenden Summe, die nicht zum Rechnen zwingt, lehrt wirklich rechnen.

Wittkamps zogen in eine Beamtensiedlung. «Drei Räume», sagte Otto, und Paula: «Aber wir haben ja bloß Brocken für zwei.»

Sie fingen also an, ein Möbelstück nach dem anderen zu kaufen. War das eine abgezahlt, kam das andere dran. Sie aßen schlecht und sparsam. Otto Wittkamp meinte, daß ihm ja niemand in den Magen sehen könne, wohl aber in die Wohnung.

Sein Bruttogehalt war zweihundertsieben Mark, einschließlich Frauen- und Leistungszulage. Er sagte: «Wenn wir erst ein Kind haben, werden es acht Mark mehr.»

Die Siedlung war ein großer, viereckiger Block, im Innenhof befand sich die Rasenbleiche. «Sie können hier Ihre Teppiche klopfen», sagte schnippisch die Frau von oben, «da sind die Stangen.»

«Ich?» stotterte Paula und log: «Ach ja, ich hab's besser, ich habe einen Staubsauger.»

Die Frau von oben legte sich mit dem Ohr auf den Fußboden, ob sie den Staubsauger surren hörte. Sie hörte ihn nicht surren, niemals. Bald darauf wußte das ganze Haus, daß Wittkamps nicht einmal einen Teppich besaßen.

Aber was sie denn nun besaßen, wußte es noch nicht. Die Frau von oben schellte an: «Es ist wegen das Treppenputzen . . .» und dabei zwängte sie sich in den Korridor hinein. Paula vertrat ihr den Weg, unglücklicherweise stand die Tür offen in das leere Zimmer.

«Mein Mann ist in Gruppe III», sagte die Frau nebenbei, als sie wieder ging.

Eine Stunde später wußten es alle, daß Wittkamps noch keine Möbel für das dritte Zimmer hatten, was übrigens schon vermutet worden war, denn man hatte beim Einzug aufgepaßt, obwohl er zwischen Tag und Dunkel stattfand. Ein Glück nur für Paula, daß sie schöne Wäsche und besonders schöne Nachthemden hatte.

Sie hatte sich vorgenommen, ganz für sich zu bleiben, aber das war einfach unmöglich. Unausgesetzt klingelte es. Jede der Hausbewohnerinnen wollte der jungen Frau unaufgefordert irgendeine Auskunft über die Hausordnung geben. Paula konnte es nicht mehr verhindern, daß sie in die Küche vordrangen. Da zeigte sie ihnen die ganze Wohnung und legte ihnen alles wahrheitsgemäß dar; dann werden sie mich bemitleiden und austragen, dachte sie, aber ich habe wenigstens Ruhe vor ihnen. Doch sie hatte keine Ruhe, denn jetzt wurde sie ihrerseits mit den Verhältnissen der Hausbewohner bekannt gemacht. Sie erfuhr, wer Silber hatte und wer nicht, wer Kristall und wer eine Standuhr, wer einen Kachelofen und wer eine chinesische Tischlampe, wer Korbmöbel aus Weide und wer aus Peddingrohr. Alle Einzelheiten wurden beobachtet. Ging jemand aus, so lauerten die Mitbewohner hinter den Gardinen, und dann gingen die Klingeln: «Haben Sie gesehen, was die wieder anhatte? Wovon die das bloß machen . . .?»

Was sollte Paula tun? Ihnen die Tür vor der Nase zumachen? «Bloß nicht», sagte Otto, «da wäre gleich der Krach da.» Natürlich, man mußte in Frieden leben. Otto tröstete: «In unserer Zeit gehört man nun mal zusammen, da ist alles Masse, da kann sich keiner 'ne Extrawurst braten.»

«Aber wenn die Masse so eklig ist? Die Weiber da sind doch alle duckmäusig, hochnäsig, doof und verfressen, soll ich denn auch so werden?»

Er drohte im Spaß mit dem Finger: «Du verdrehst mir ja das Wort im Mund! Die Hauptsache ist, daß sie nicht merken, daß du nicht so bist. Meinst du, die Männer wären anders? Die sind bestimmt feig und kriecherisch, wo käme ich hin, wenn ich mich da strack vor sie hinstellen wollte! Kollegialität is die Hauptsache, weißt du, KAMERADSCHAFT, weißt du, mit die Wölfe muß man heulen, wofür wären wir denn sonst im Krieg gewesen?»

«So», sagte Paula und richtete sich danach. Sie sah den anderen den Zuschnitt der Gardinen ab, sie ging in die Wohnungen, und wenn ihr etwas gefiel, mochte es eine Kakteenbank sein oder ein Lampenschirm oder ein Kaffeewärmer oder ein Sofakissen, so sagte sie zu Otto: «Du, das muß ich auch haben – aus Kameradschaft.»

Abends schlug er Nägel ein, zimmerte Wandschränke, besohlte Schuhe.

Pünktlich ein Viertel vor fünf legte er im Büro den Federhalter weg, zog den Bürorock aus, wusch sich, bürstete sich ab, trödelte herum, bis es fünf war. So machten es alle. Dann gingen sie zwei und zwei nach Hause und teilten einander aus ihrer Arbeit, den Gehaltsverhältnissen und der übrigen Tageschronik der Rischianer mit. Jeden Nachmittag war das so, Zeit, Gangart, Vokabeln – immer dieselben; die Augen sahen nicht rechts, nicht links, nicht geradeaus, sie sahen immer nur auf einen imaginären Punkt, der ihre Heimat war, die Atmosphäre des Risch-Zanderschen Generalregulativs. Viele tausendmal hatten sie nun den Weg zurückgelegt, aber sie kannten ihn nicht, und hätte sie jemand auf irgendeine Eigentümlichkeit der Straße aufmerksam gemacht, so wären sie verängstigt gewesen wie eine Waise in der Fremde.

Wer aber dächte, daß sie das stumpfsinnig fanden, wäre im Irrtum. Es war für sie ein Genuß, vielleicht ein selbstquälerischer Genuß, jedenfalls ein Genuß. Es waren alles normale und durchaus befähigte Staatsbürger, die im Männergesangverein oder im Kegelklub oder im Militäravanciertenverein organisiert waren. Sie haßten die Arbeiter, weil sie sie für Sozialisten hielten; sie haßten den Sozialismus, weil sie meinten, er sei bereits verwirklicht; sie haßten die Verwirklichung, weil sie ihr außer der Schuld an ihren schlechten Gehältern die Schuld an der geringeren Achtung zuschrieben, der ihr Stand allenthalben jetzt begegnete.

Einige aßen mittags in einer Speisewirtschaft in der Nähe der Fabrik. Auch Arbeiter aßen da, aber diese wurden von der Wirtin in die hinterste Ecke gesetzt. Eines Mittags jedoch, als es sehr voll war, wies der Kellner einem Arbeiter seinen Platz am Tisch der Angestellten an; die Angestellten beschwerten sich bei der Wirtin, und der Kellner wurde fristlos entlassen. Später verurteilte das Arbeitsgericht die Wirtin zur Zahlung des Lohns bis zum Ablauf der ordnungsmäßigen

Kündigungsfrist. In der Begründung stand folgender Satz: «Man vermag wahrhaftig nicht einzusehen, warum die Arbeiter für ihr gleiches Geld nicht die gleichen Rechte in einer Gaststätte beanspruchen können wie die Angehörigen anderer Stände.»

Immer älter, statt moderner wurden die Büros, manche glichen einer Rumpelkammer. Bestellungen auf Tische, Stühle, Schreibmaschinen oder Telefone wurden durch Lieferung jener ehemals überzähligen Wracks erledigt, die an Hachenpoots Sparausschuß abgegeben worden waren. Immerfort mußte daher etwas in Reparatur geschafft werden. Das wurde langsam und teuer gemacht und taugte doch nichts. Nur wer den Hausmeister karessierte und seine allmächtige Vermittlung gewann, erfreute sich eines brauchbaren Inventars. Übrigens wurde behauptet, der Hausmeister des Hauptverwaltungsgebäudes nehme mehr und mehr die Gesichtszüge des alten Risch an.

Die Kündigungen der Beamten begannen, als eines Tages Dr. van der Gathen dem Finanzrat vorrechnete, daß nunmehr auf drei Arbeiter ein Beamter entfalle. Hinsichtlich der Art, wie der Abbau erfolgen solle, bildete Wackerlein vier Schichten. Schicht eins erhielt einfach ein Schreiben des Inhalts, daß die Firma angesichts der wirtschaftlichen Lage leider auf weitere Dienste verzichten müsse, oder wenn es glimpflicher ausgedrückt war, daß der Empfänger sich mit Gehaltskürzung und Arbeitszeitverlängerung einverstanden erklären möge, widrigenfalls er dieses Schreiben als Kündigung zu betrachten habe. Schicht zwei bestand aus den Angestellten mit vielen Dienstjahren, meistens aus den Gruppen III und IV. Ihnen wurde eröffnet, die Firma sei bereit, sie weiter zu beschäftigen, falls sie selbst ein Unternehmen in einem anderen Büro des Werkes fänden.

Im Pressebüro war ein technischer Lektor, den dieses traf. Ein Konstruktionsbüro wollte ihn übernehmen. Er bat um seine Versetzung. Der Pressechef ließ die Eingabe bis zum Entlassungstermin liegen, erwiderte aber auf die Frage, ob noch keine Antwort vom Personalchef da sei, stets: es sei wohl alles auf dem besten Wege. Plötzlich, am letzten Tag, kam dann der Bescheid: da der Entlassungstermin schon da sei, erledige das Gesuch sich von selbst.

Die dritte Schicht rekrutierte sich aus den Beamten «außer Tarif». Ihnen wurde zunächst nicht gekündigt, sondern es wurde ihnen allmählich die Arbeit entzogen. Jeden Morgen war das Häufchen ihrer Eingänge kleiner auf dem Bock. Schließlich mußte die Selbstachtung sie dazu treiben, über Mangel an Arbeit zu klagen, und dann hieß es:

«Ja, wenn Sie das selbst sagen . . .! Da müssen wir zu unserem Bedauern die Konsequenzen ziehen.»

Meistens wurde diese Aktion mit dem Auftrag eingeleitet, eine Geschichte der Werksfeuerwehr zu schreiben. Es war eine Kennzeichnung, ähnlich jener Anschälung, mit der ein Förster die zu fällenden Bäume markiert. Der nächste setzte die Historie dort fort, wo der inzwischen abgebaute Vorgänger aufgehört hatte. Das bedeutsame Werk wurde infolgedessen vom Sekretariat Wackerlein die «Armesünderchronik» genannt.

Endlich die oberste Schicht, beginnend mit den Handlungsbevollmächtigten. Hier wurde nicht abgebaut, hier wurde nur kaltgestellt. Es geschah durch Überweisung an die Berliner Vertretung «zur besonderen Verwendung». Das Sekretariat Wackerlein ließ in der Aussprache das «w» weg. «Verendung» hieß es alsdann.

Otto Wittkamp entging dem Abbau. Er hatte sich durch den Pressechef beim Stahlhelm anmelden lassen. Die Geländeübungen machten ihm Freude, wie den Reservisten die Manöver. Sie führten in ländliche Gegenden, wo man den «Bauernlümmels» die Mädels ausspannen und ohne Ängstlichkeit «fremdgehen» konnte. Obwohl seinem Rang eigentlich nur der Beamtenverein «Unter uns» angemessen war, wurde Wittkamp der Mitgliedschaft in der höheren Stufe des Vereins der Risch-Zanderschen Beamten würdig befunden, und auch an ihm erwies sich die Darlehenskasse als segensreiche Einrichtung. Insgesamt gewährte der Verein jährlich fünfzigtausend Mark an zinslosen Darlehen. Das Vereinsvermögen betrug 100051 Mark, die Mitgliederzahl 3137, der Beitrag zwei Mark im Monat einschließlich Sterbekasse. Zwar hatte Hiebenstein verkündet, die Wohlfahrtseinrichtungen müßten sich selbst tragen, doch hatte auch das ja wohl seine Grenzen. An gewissen Punkten hört jede Unbedingtheit auf.

Adam Griguszies bekam eine Wohnung in der Grusonstraße Nummer sechzehn. Das Haus gehörte jetzt dem Werkseisenbahner Aldenhövel, der die Witwe Thomeszat geehelicht hatte.

Nach Verbüßung ihrer Strafe war sie keineswegs vom Gesundbeterinnenwahn geheilt gewesen. Die «Jünger des Heiligen Amtes» hatten einen neuen Meister gefunden, einen Rohköstler mit nackten Waden und schwärmerischem Haarschopf, der ihnen sogar einen Tempel versprach; der Herr selbst werde erscheinen, um den Grundstein zu legen, nur müßten sie ihr Scherflein zu den Baukosten beitragen. Sie opferten, soviel sie nur konnten. Als der Meister genug beisammen hatte, führte er sie in der Mitternachtsstille auf einen Berg am Fluß. Von unten herauf sank der Nebel, und in der Ferne brannten die Fackeln der Hochöfen. Dem rötlichen Dunstkreis der Stadt entstiegen schneeweiße Wolkenballen, das waren die Kühltürme der Kokereien, aber die Jüngerinnen hielten es für überirdische Erscheinungen und kauerten sich eng aneinander. Zweimal schlug der Meister mit einem kleinen Hammer an einen Stamm, das dritte Mal sollte Gottvater herabschweben; in stummer Verzückung hockten sie da, als der dritte Schlag verklang, und harrten in Geduld. Endlich wurden ihre Knie auf dem feuchten Boden wie Eis, sie wagten aufzustehen, der Miester war fort. «Unser Geld!» war das erste, was sie schrien, dann jagten sie voll Entsetzen in die Stadt zurück.

Wie manche Menschen durch ein unfaßbares Glück irrsinnig werden, so fanden die «Jünger des Heiligen Amtes» durch diese unfaßbare Enttäuschung ihre Besinnung wieder. Frau Aldenhövel, verwitwete Thomeszat, beglaubigte ihre geistige Erholung durch den Ankauf des Hauses in der Grusonstraße, wo sie ja schon mit ihrem Seligen gewohnt hatte. Nur die Verzückung stand ihr noch mit einer durchscheinenden Zartheit, einer friedlichen Blässe auf den Wangen.

Während der Inflation waren die meisten Häuser dieser Straße in andere Hände übergegangen. Handwerker, kleine Händler, hie und da auch Arbeiter waren die Käufer. Aldenhövels hatten Unternehmungsgeist, nicht für Kinder zu sorgen, und konnten daher «etwas machen». Den kleinen Leuten erschien Hausbesitz als der Inbegriff der kapitalistischen Gesellschaft. Sie zahlten also an und gerieten selbst in die größte Verwunderung darüber, daß ihre Schuld sozusagen unter den Händen wegschmolz; aber obwohl sie nicht begreifen konnten, wie dies zuging, wußten sie doch die Gelegenheit beim Schopf zu fassen und die wenig erfreuten Gläubiger in aller Eile mit Papiergeld abzufinden. Das dicke Ende kam freilich nach: Aufwertungsgesetz, Feierschichten, Aufnahme von Goldmarkhypotheken.

Aber diese Arbeiter verteidigten ihren Besitz mit einer Verbissenheit und einer Ausdauer, deren die mittelständischen Bürgergeschlechter kaum noch fähig waren. Sie opferten alles, um die Häuser behalten zu können. Sie opferten die Behaglichkeit des Haushalts und die Erholung des Sonntags und die Befriedigung bescheidener Wünsche. Sie waren nicht gesonnen, sich aus dem Kleinbürgerstand, in den sie eben hineingerutscht waren, wieder verdrängen zu lassen. Sie ließen die Häuser neu herrichten, anstreichen und mit elektrischer Beleuchtung, Türschließern und Spülklosetts versehen, damit sie beim Mieteinigungsamt den Antrag auf Erhöhung der Friedensmiete stellen konnten. Es war jetzt alles im Schuß. Sie paßten auf, daß die Flure ordentlich gereinigt wurden und die Kinder nichts verdarben. Sie wandten ausgeklügelte Methoden bei der Umlegung des Wassergeldes und der Grundvermögensteuer an und widmeten ihre Freizeit der Frage, wie sie die Mieter heranziehen könnten, um die Kosten des Besitzes aufzubringen.

Obschon immer noch Arbeiter, waren sie geschworene Feinde der Gewerkschaften und jeder Sozialpolitik, von der sie glaubten, daß sie ihr soziales Avancement als Hausbesitzer verhindere. Nicht daß sie hochmütig auf die anderen Arbeiter herabsahen oder den «dicken Wilhelm markierten»; der Hausbesitz war für sie kein Genuß, er war eine teuer bezahlte Genugtuung. Aber die Vorstellung, zu jedem Haus gehöre ein Hauspascha, war dermaßen in ihnen eingewurzelt, daß sie diesen Anspruch, nun sie selbst dazu in der Lage waren, unter allen Umständen geltend machen wollten. Es war merkwürdig, daß ihre Mieter, allesamt Arbeiter und zum Teil revolutionär, von ihnen sich gefallen ließen, was sie sich von keinem Hausherrn irgendwelchen anderen Standes hätten gefallen lassen. Aber es war so, und es war auch so bei Aldenhövels.

Schon bald nach dem Einzug wurde Adam Griguszies durch ein ganz banales Erlebnis tief erschüttert. Eines Samstagnachmittags nämlich kündigte Aldenhövel an, er wolle die Flurtreppe streichen, und zu diesem Behuf dürfe ab sechs Uhr niemand mehr seine Wohnung verlassen. Die Mieter murrten innerhalb ihrer vier Wände, fügten sich aber, wie sie sich hundert anderen Dingen gefügt hatten. Die Treppe wurde also gestrichen. Mitdem kam die Gattin eines Werkmeisters herauf, um bei einer im Haus wohnenden Schneiderin ein Kleid anzuprobieren. Frau Aldenhövel fuhr sie an: Wer sie sei? Was sie wolle? Zu wem sie wolle? Die korpulente Dame schnaufte vor Empörung. Das ginge denn doch zu weit, sie sei Frau Werkmeister, und eine solche Anrempelung könne sie sich nicht bieten lassen. Auf der Stelle machte sie kehrt, und die Schneiderin verlor ihre Kundschaft. Ihr Vater schwieg dazu. «Ich will mit dem Mann keinen Krach haben», sagte er.

Alle wollten sie keinen Krach haben, alle wollten sie in Frieden leben. Alma war das nur angenehm.

Trotzdem wurde sie hier nicht heimisch. Ihre großen Töne imponierten in dieser Straße niemandem, weil sie fast alle um so größere

Töne machten, je weniger große Sprünge sie machen konnten. Diese Arbeiter hatten in den Augen ihrer Frauen alle einen höheren Beruf; während sie selbst wahrheitsgemäß von sich sagten, sie seien Dreher oder Elektriker oder Speditionsfuhrmann, nannten ihre Frauen sie «Techniker» oder «Ingenieur» oder «Faktor», und ihre Kinder hießen nicht mehr wie die Eltern Karl und Johann und Anna und Maria, sondern Wilfried und Hans-Günther und Waltraut und Ingrid.

Wenn Alma sich «Frau Betriebsrat» nannte, fiel sie nicht einmal auf. Wenn sie sagte: «Wir reisen ins Bad», indem sie Adams Urlaub bei einer Tante im Lippischen verbrachten, wo sie das Essen mit Erntearbeit abdienen mußten – so sagte sie nur, was alle sagten.

In der Nachbarschaft wohnte auch Johann Bermel, dessen Ziegelsteingeschichte mit vier Monaten Gefängnis geendet hatte. Griguszies behauptete, in diesem Geschick spiegle sich das Geschick der Arbeiterschaft. Nach Ansicht des Oberlandesgerichts hatte der Angeklagte sich eines ganz groben Vertrauensbruchs schuldig gemacht: der Bestand der vermoosten Steine habe ihm um so heiliger sein müssen, als er anscheinend der einzige gewesen sei, der von der Existenz dieses Werksguts wußte; auch habe er keineswegs die Absicht gehabt, die Ziegelsteine «alsbald» zu verbrauchen, da er nicht eher seinen Garten aufgesucht habe, als bis gutes Wetter eingetreten sei.

Nachdem er auf die Revision beim Reichsgericht verzichtet hatte, war ihm für drei Monate Bewährungsfrist bewilligt worden. Alsdann war er dem Nationalen Arbeiterbund beigetreten und auf Herrn Körschgens Fürsprache in die Werksfeuerwehr von Risch-Zander aufgenommen worden. «Man muß mal einen sichtbaren Strich unter jene anormalen Jahre ziehen», hatte Herr Edelbert Körschgen gesagt, der jetzt richtig in Fahrt war. Denn der Grossist war gestorben, und Eva hatte ihn beerbt.

Herr Körschgen war selten zu Hause. «Du hast ja das Kind», sagte er zu seiner Frau. «Du hast häusliche, ich habe nationale Pflichten.»

Im Büro war die mollige Leni Milius. Zum Reinbeißen war die, ganz was anderes als Eva, «das Säugetier», knirschte Herr Körschgen, «ihre Brüste hängen auf den Nabel herunter, es ist noch schlimmer geworden jetzt, wo sie das Kind gesäugt hat, der Leni ihre sind Paradiesäpfel dagegen». Aber als Führer der Arbeitsgemeinschaft Vaterländischer Verbände, wozu er etlicher splendiden Stiftungen halber gewählt worden war, sprach er anders. Das Familienleben sei das Rückgrat der Nation, sagte er dort – und dies traf ja auch insofern bei ihm zu, als seine Ehe ihm die kostspielige nationale Existenz ermöglichte. Herr

Edelbert Körschgen praßte. Er hatte eigentlich seiner Frau nichts mehr vorzuwerfen, denn auch seine gute Figur ging dahin. Er trug einen spitzen Bauch vor sich her wie ein Kängeruh ihr Junges, und Leni sagte zu Schäfer, den sie nun ihrerseits aushalten mußte: «Mit dem kann man schon nicht mehr normal verkehren.»

Der Nationale Arbeiterbund war reich, doch er florierte nicht. Die Arbeiter des Kohlenreviers wollten von allem, was nach Gewerkschaft aussah, nicht mehr viel wissen. Kaum ein Viertel war noch organisiert. Edelbert Körschgen? Da gingen sie lieber gleich zu Walkowiak, da war wenigstens Klamauk dabei. Außerdem war Walkowiak aus dem Arbeiterstand hervorgegangen. Hatte er nicht schon früher für sie gekämpft und bewiesen, daß er vor nichts zurückschreckte? Der hatte den richtigen Dreh heraus, mit Hammer und Sichel war es nichts, man mußte es einmal mit dem Hakenkreuz versuchen. Nur nicht festlegen, das war ganz falsch, freibleibend mußte man sein, ein auswechselbares Programm haben. Halfen auch die Nationalsozialisten nichts, mußte man wieder mal Sozialdemokrat und auch wieder mal Kommunist werden. Jedenfalls war Walkowiak lustig, jedenfalls hatte er kein eingeschworenes Programm und war doch Partei, jedenfalls war er uneigennützig und unabhängig.

«Bei den Nationalsozialisten sind doch sogar Söhne vom Kaiser bei», hieß es, «da kann't doch nix Schlechtes sein.»

Herr Körschgen dagegen war trocken, war «überparteilich», also ein Sölding des Kapitals. Herr Körschgen war ein Parasit, mit dem man nichts zu schaffen haben konnte. Soweit, nein, soweit konnte man sich nicht erniedrigen. Sollte denn die Revolution umsonst gewesen sein?

Für die Tagungen des Nationalen Arbeiterbundes genügte die Schwankwirtschaft «Zur Hütte» am Rande der Fabrik. Alle Richtungen verkehrten hier, der Wirt war unparteiisch. An Lohntagen war das Lokal überfüllt. Die Frauen standen mit den Einkaufstaschen an den Fabriktoren und nahmen den Männern das meiste Geld ab, damit sie nicht die ganze Lohntüte versoffen. Zuweilen wurden mit den Rufen «Rotfront!» oder «Deutschland erwache!» oder «Tod dem Faschismus!» die Fensterscheiben eingeschlagen und die Biergläser zertrümmert. Die Sieger kamen dann an die Theke «einen heben». «So 'n Haß», sagte der Wirt gedankenvoll. «Ja, ja, die politische Zwietracht is 'n Erbübel der Deutschen. Aber so 'n bißchen Krawall hebt den Umsatz. Prost!»

Wenn die Luft rein war, faßte Herr Edelbert Körschgen im «Gesellschaftszimmer» nebenan, wo die Tische mit ehemals weißen, jetzt grau getupften Leinentüchern bedeckt waren, im trauten Kreis seine Resolutionen zur Lohnfrage, «Entlassungen und Feierschichten», hieß es da, «vermindern das Einkommen der Arbeiterschaft. Die Lohnpolitik der Monopolgewerkschaften führt in den Abgrund. Der Nationale Arbeiterbund ist willens, eine neue Lohnpolitik einzuleiten. Jetzt werden die Tariflöhne durch die Erwerbslosigkeit illusorisch gemacht, daher fordern wir die Beiseitigung der Tarife, damit eine verstärkte Produktion einsetzen kann, die allen Arbeitern Brot gibt. Die Gewerkschaftsbürokratie, die nicht die Zusammengehörigkeit aller schaffenden Stände vom Unternehmer bis zum Tagelöhner fühlt, muß verschwinden! Dem Versklavungsplan des Feindbundes muß ein einmütiges Nein entgegengesetzt werden! Die Arbeiterschaft muß von ihrem ideologischen Klassenkampfstandpunkt abkommen! Ist das geschehen, dann wird der Nationale Arbeiterbund mit friedlichen Mitteln dafür sorgen können, daß die Arbeitgeber uns Arbeitnehmer als gleichberechtigte Faktoren im Wirtschaftsleben betrachten.»

Finanzrat Hiebenstein hatte eine solche Resolution auf dem Tisch liegen, als er gemäß § 72 des Betriebsrätegesetzes den Betriebsausschuß zur Bilanzerläuterung empfing.

In diesem Zimmer war Adam Griguszies stets ein wenig befangen, aber Fries bewegte sich selbstsicher, saß er nicht etwa mit im Aufsichtsrat, an der Repräsentationstafel des reichen Mannes? War er dorthin nicht durch das Vertrauen der Arbeiterschaft berufen? Hatte ihm nicht der Freiherr sogar eine Kur gegen seinen Gelenkrheumatismus in Bad Oeynhausen ermöglicht, damit er sich in alter Frische seinem Amt hingeben konnte? Ja – man rechnete mit ihm, er stand nicht unbeachtet irgendwo in der Ecke. Burschikos griff er nach dem Papier auf Hiebensteins Tisch: «Die Resolution da, Herr Finanzrat? Keinen Schuß Pulver ist die wert. Aber was von den friedlichen Mitteln drin steht, das kann Herr Körschgen auf seinen Eid nehmen. Das ist bestimmt ehrlicher, als wenn der Nationalbolschewist Walkowiak sein Ehrenwort gibt, daß sie die Verfassung auf legalem Wege beseitigen wollen.»

Er lachte breit, vertraulich. Am Fenster saß stumm Dr. van der Gathen und betrachtete die Kamine draußen.

Wenn man geradeaus sah, erblickte man nur Luft und Kamine. Die Werkstätten lagen tief darunter, man mußte sich vorbeugen, um sie zu sehen. Die Direktionsetage atmete gleichsam die Höhenluft der Industrie. Hier oben war die Materie idealisiert und stilisiert. Man bemerkte nicht mehr die Anstrengung, nur noch den Rhythmus, nicht mehr die pressende Kraft, nur noch den Extrakt. Die SYMPHONIE DER ARBEIT war es, eine ratternde Sphärenmusik, jene großartige Poesie, welche die Arbeiterdichter in ihren Werkstattschürzen einsammelten.

Hiebenstein nahm einen Bleistift und bohrte die Spitze in eine lederne Schreibunterlage, bis sie abbrach. «Immerhin», sagte er dann plötzlich, als hole ihn das Knacken der brechenden Bleistiftspitze aus weiten Fernen in die Gegenwart zurück, «es ist ein schmerzliches Bewußtsein, daß Zechen stillgelegt werden müssen, weil es der Belegschaft gesetzlich verboten ist, die liebgewordene Arbeitsstelle durch Mehrarbeit zu retten. Es ist ein bedauerliches Zeichen der Politisierung unserer Wirtschaft, daß das Arbeitszeitgesetz und die vom Staat diktierten Löhne zum Ersatz menschlicher Arbeit durch Maschinen zwingen.»

«So?» sagte Fries. «Der Lohnanteil ist aber von sieben Mark achtzehn die Tonne auf sechs Mark vierundsiebzig gesunken, weil die Leistungssteigerung von 1133 Kilo auf 1335 pro Schicht und Mann alle Lohnerhöhungen wettmacht.»

«Und warum?» fragte der Finanzrat. «Warum? Die Steigerung des Arbeitseffekts ist eine Folge der Mechanisierung, und die Mechanisierung bedingt vermehrte Zinsen und vermehrte Abschreibungen.»

«Ohne Rationalisierung könnte die Wirtschaft das gar nicht aushalten», sagte van der Gathen. «Vierzehn Milliarden beträgt die Mehrbelastung in Deutschland in einem einzigen Jahr.»

Hiebenstein wiederholte: «Vierzehn Milliarden in einem einzigen Jahr!» Er schüttelte den Kopf, als könne er es selbst nicht glauben. «Die Wirtschaft ist den Gewerkschaften schutzlos preisgegeben. Die Schiedssprüche sind nur in der Färbung ökonomisch, im Wesen sind sie politisch. Wird ein Schiedsspruch für verbindlich erklärt, muß die Wirtschaft zahlen, weil sie die Gesetze achtet und ja auch haftbar gemacht würde; paßt aber den Arbeitern eine Verbindlichkeitserklärung nicht, dann fangen sie seelenruhig einen Streik an, man kann sie ja nicht auf Schadenersatz verklagen, sie haben nichts.»

Griguszies war es schwer und dumpf im Kopf, wie wenn sich etwas in seinem Hirn wälze, was nicht Form werden konnte. Das Niederträchtige an diesen Unternehmerworten war, daß sie eine so konsequent verbohrte Logik hatten und nur mit sehr verzwickten Gedankengängen, die allzuleicht Irrgänge wurden, zu umfassen waren.

«Ich meine», sagte er, «das hätte alles nichts zu bedeuten, wenn die Generalunkosten nicht so hoch wären. Das steht da so mir nichts, dir nichts in die Bilanz, neunundsiebzigeinviertel Millionen, als wenn das ein Pappenstiel wäre. Wo kommt das Geld denn alles hin? Ich möchte wissen, was für Gehälter der Vorstand hat. Wer alles Pension kriegt. Was für Reisespesen bezahlt werden. Können Sie mich das sagen, Herr Finanzrat?»

Hiebenstein erwiderte, nein, das könne und dürfe er nicht. Griguszies behauptete, nach § 2 des Betriebsbilanzgesetzes sei über die Bilanzposten Auskunft zu geben, Fries belehrte ihn: nur insoweit, als es mit dem Zweck der Betriebsräte in Einklang stehe. «Das Reichsarbeitsgericht hat verkündet, daß die Vorstandsgehälter und Reisespesen im Interesse des Betriebs geheimgehalten werden müssen», sagte er gewichtig. «Ich bin ja auch anderer Meinung, aber die Gerichte der Republik respektiere ich selbstverständlich.»

«Vielleicht wird die Zeit kommen», bemerkte der Finanzrat, «in der auch die Gewerkschaften den Staatseingriff wegen seiner moralischen Gefahren ablehnen. Das Hineindrängen der Staatsgewalt zwischen die beiden sozialen Partner ertötet die wertvollsten Impulse zu einem Gemeinschaftsleben auf höherer sittlicher Grundlage, die Staatsgewalt aber wird dann am sichersten sein, wenn beide soziale Gruppen zu ihr das Vertrauen haben dürfen, daß sie unabhängig über den Parteien steht.»

Dr. van der Gathen gab bekannt, daß Risch-Zander jährlich fünfzehneinhalb Millionen für Steuern und zwölf Millionen für Soziallasten aufwende.

«Wo bleibt da die Kapitalbildung?» fragte Hiebenstein. «Das muß doch alles von der Substanz genommen werden! Wir haben die Armut eine Zeitlang mit Wagenladungen voll Auslandsgeldern übertüncht, aber eine Wirtschaft, die keine Rücklagen mehr machen kann, läßt sich durch Anleihen ebensowenig ankurbeln wie ein Motor, bei dem die Handbremse angezogen ist. Die Zwangsbewirtschaftung der Löhne verhindert die Erziehung einer Wirtschaftlichkeit, die den großen Kapitalaufwendungen entspricht, und durch die öffentliche Hand, die den Verdienst vorwegnimmt, wird die Schaffung von Reserven und die Überwindung schlechter Zeiten unmöglich gemacht. Wo soll das noch hin, wenn das Sozialrentnerideal bei uns Mode wird? Nächstens wird jedem Säugling ein Bündel Versorgungsscheine in die Wiege gelegt werden!»

Griguszies sagte: «Wer hat denn die Arbeiter gelehrt, sich als Wohlfahrtsempfänger zu fühlen?»

Hiebenstein war über diese Anzüglichkeit nicht ungehalten, er sagte: «Wir haben menschliche Fragen niemals mechanisch betrachtet, das ist der Unterschied. Jetzt wird die soziale Initiative des deutschen Unternehmertums, seine innere Hingabe an die Idee des Vorrangs der Allgemeinheit, durch die Paragraphen des sozialen Obrigkeitsstaates gelähmt.»

Als Fries auf den Vorschlag der Gewerkschaften zu sprechen kam, allgemein die Arbeitszeit zu verkürzen, um die Erwerbslosen wieder in den Produktionsprozeß einzufügen, sagte Hiebenstein: «Das Ei des Kolumbus. Leider reagiert das komplizierte Getriebe der Fabriken sauer darauf, ganz sauer. Es kommt darauf an, mehr und billiger zu produzieren, das ist das A und das O. Nicht ein Happen Wert wird mehr geschaffen, ob zwei Arbeiter zusammen sechzehn Stunden arbeiten oder vier je vier. Im Gegenteil, das treibt die Unkosten hinauf. Aber wenn zwei zusammen zwanzig arbeiten, dann flutscht es.»

Fries bemerkte, desto mehr liege es doch im Interesse der Arbeitgeber, daß die Sozialversicherung leistungsfähig erhalten werde.

«Leistungsfähig?» sagte der Finanzrat. «Sie müssen sich mal von Ihren Kollegen informieren lassen, wie miserabel die Pflichten gegenüber den Versicherten erfüllt werden.»

Griguszies dachte an das, was der Mann auf der Hochzeit erzählt hatte, und schwieg. Van der Gathen hauchte seinen Kneifer an und wischte ihn eifrig. «Jetzt schon macht die Erwerbslosenfürsorge fünf Prozent des deutschen Aktienkapitals aus», sagte er, worauf der Finanzrat ausrief: «Bedenken Sie, wenn diese Summe auf dem Kreditwege der Wirtschaft zugeführt werden könnte, welche Belebung wäre das!»

Fries meinte, Kapitalbildung erfolge durch Warenumsatz, Warenumsatz durch Kaufkraft, Kaufkraft durch Löhne. «Also!» schloß er mit einem schlauen Gesicht, aber Hiebenstein übertrumpfte ihn: «Sie betrachten den Lohn immer bloß als Einkommen des Arbeiters, der Lohn ist aber doch auch ein Teil der Erzeugungskosten und beeinflußt die Preise! Ihre Theorie von der verbrauchssteigernden Wirkung der Löhne ist nur in Amerika richtig, wo der zusätzliche Konsum aus Inlandsmaterial hergestellt wird. Aber bei uns? Was kauft der Arbeiter bei uns mehr, wenn er mehr Lohn hat? Mehr Baumwolle – die kommt aus Amerika. Mehr Fett – das kommt aus Amerika. Mehr Schmalz – das kommt aus Sibirien. Mehr Butter – die kommt aus Dänemark. Mehr Tabak – der kommt aus Asien, Amerika und vom Balkan. Mehr Margarine – die kommt von den Kokospalmen aus den Tropen.»

«Donnerwetter!» staunte Fries.

«Ja, meine Herren. Wie Sie sehen, hat die schematische Einführung des Acht-Stunden-Tages die Verwalter des Kapitals gezwungen, den Ausfall an Arbeitsleistung durch erhöhte Geistestätigkeit wettzumachen. Stabeisen ißt der deutsche Arbeiter doch nicht, wie? Wie sollte also da mit den Löhnen unsere Rentabilität steigen?»

Van der Gathen fragte: «Meinen Sie nicht, daß der Staat mindestens achthundertfünfzig Millionen Erwerbslosengelder sparen könnte, wenn er der Wirtschaft einen Kredit von einer Milliarde zuleiten würde? Es wären nur hundertfünfzig Millionen für die Rohstoffe abzusetzen, alles andere würde in Löhnen für die Nebenindustrien investiert – beispielsweise Ziegeleien, Installationsgeschäfte, Zementwerke, Steinbrüche, Papierfabriken, denn selbst der Hauptwert des Papiers, das in den Büros verbraucht wird, besteht in Löhnen.»

«Sie haben bloß einen Posten ausgelassen», versetzte Griguszies, «wo bleibt denn der Profit der Unternehmer in den Nebenindustrien?»

Fries ärgerte sich über diese Schlagfertigkeit und fing schnell von etwas anderem an, statt den gemeinsamen Vorteil wahrzunehmen: es sei eben kurzsichtig von den Unternehmern gewesen, nach der Währungsstabilisierung die Löhne unter das Existenzminimum zu drücken und jeden Revisionsversuch der Arbeiter mit eiligen Preissteigerungen zu beantworten; Sabotage sei es, wenn der Starke vom Schwachen Opfer verlange, um selbst verschont zu bleiben.

Hiebenstein entgegnete: «Wir verkennen nicht die treibende Bedeutung der Lohnpeitsche für den ökonomischen Fortschritt. Aber wenn das Rennpferd unterernährt ist, bringt keine Peitsche und kein Sporn es über die Hürde weg. Die Kapitalknappheit bedingt einen hohen Kapitalpreis, also einen hohen Zinsfuß, und den überspringt die ausgesaugte Wirtschaft nicht mehr.»

«Und der Amerikaner?» fragte Griguszies. «Der jetzt in Deutschland angefangen hat, Automobile zu bauen? Er zahlt Löhne, die sechzig Prozent über die Tarife liegen.»

«Ford? Immerhin. Dafür hat seine Belegschaft in Berlin auf die gesetzliche Betriebsvertretung verzichtet.»

Griguszies war betroffen und erwiderte nichts; Fries sagte, dieser Verzicht sei natürlich eine Masse wert, das könne er sich denken.

Im übrigen, fuhr der Finanzrat fort, sei die Anwesenheit dieses Amerikaners auch eine sehr ernste Gefahr für den Risch-Zanderschen Automobilbau.

Adam wollte noch sagen, die Unternehmer hätten ja immer nach Zöllen geschrien; wenn es ihnen in den Kram passe, höben sie auf einmal die Gesetze des freien Wettbewerbs auf; dann verlangten sie, daß man teure und schlechte Inlandsware kaufe, statt der billigeren und besseren Auslandsware; die hohen Zölle hätten den Amerikaner erst gereizt herüberzukommen und den Kampf im Land selbst aufzunehmen.

Das alles wollte er sagen. Er sagte es nicht. Plötzlich dachte er: Was für einen Zweck hat es? Es ist alles schön und gut, aber was erreicht man mit allen Argumenten, solange man sich selbst nicht geändert hat? Zuerst muß man mal gegen den Bürger kämpfen, den man selber in sich hat.

Fries sagte noch, als sie gingen: «Man lernt doch manches hier oben, wenn man sich so näher kennt. Beide Teile lernen was, meine ich. Wir sollen ja nicht bloß glauben, wir sollen auch wissen, wir Arbeiter. Wir brauchen das Wissen, damit wir den richtigen Weg erkennen, und den Glauben, damit wir den Schwierigkeiten trotzen können.»

Abends lag Adam wach im Bett, und während seine Hand warm auf Almas Schoß ruhte, grübelte er. Da war der Fries; berufsmäßiger Vermittler zwischen Proletariat und Bourgeoisie; er sprach nicht die Sprache der Massen, er hatte Edelmut, körperliche und moralische Sauberkeit und eine die sogenannte Fahne tragende Nachkommenschaft. Die Armut jedoch – wohin man sah, was sie unsauber, unedelmütig, fahnenflüchtig. «Du bist nicht bei der Sache», sagte Alma verdrießlich, drehte sich um und schlief ein. Gab es überhaupt eine Sprache der Massen? War nicht alles bloß verpuffendes Geschwätz? Sollte man proletarisierte Spießbürgerlichkeit als Etappe der Weltrevolution verkünden?

Ungefähr um dieselbe Stunde sagte Hiebenstein zu Dr. van der Gathen: «Sie wollten diese Leute ja mal kennenlernen. Ich kenne sie nicht erst seit der Revolution, aber nach der Revolution, als sie doch Chancen hatten, haben sie sich bestätigt: wandelnde Reallexika der Gemeinplätze aus der Parteipresse. Was nicht drin steht, haben sie nicht gehabt. Aus drei Elementen, Doktor, bestand ihr sozialer Kampf: aus dem Gefühl, ein gefährlicher Gegner des Bürgertums zu sein, aus dem Bewußtsein, von ihm gefürchtet zu werden, und aus der Hoffnung, ihm bald selber anzugehören. Alle schicken sie jetzt ihre Kinder auf das Gymnasium oder mindestens zur Mittelschule. Die Arbeiter wollen in den Angestelltenstand, die Angestellten wollen in den Akademikerstand.»

«Nun», sagte van der Gathen, «das höhere Streben ist nicht gerade ein schlechtes Zeichen. Der alte Staat hat ihnen so viele Bildungsmöglichkeiten verschlossen . . .»

«Und heute sind sie offen, da fallen sie hinein, wie das Wasser in die Schleuse. Immerhin, was ist das Ende? Bald wird jeder Dachdecker Aristoteles und Kant gelesen haben, aber durch die Dächer, die von ihm gedeckt sind, wird es durchregnen. Alle Handwerker wollen ihren Stand heben, aber nicht durch bessere und praktischere Arbeit, sondern durch Bildung. Uns wirft man vor, daß wir keine Volksschüler mehr als Bürolehrlinge einstellen. Aber wir wären doch Esel, wenn wir das Massenangebot der sogenannten höheren Schüler und den natürlichen sozialen Druck, der dadurch entsteht, uns nicht zunutze machten. Lieber Doktor, nach dem Lebenszuschnitt der Väter ist es ausgeschlossen, daß sie ihre Söhne etwa nur deshalb ins feindliche Lager senden, damit sie dort spähen und sich bewaffnen. Das Argument der Väter ist: der Junge soll es mal besser haben als ich, das heißt doch, daß er ins Bürgertum überlaufen soll. Eine Klasse, die über eine andere triumphieren will, müßte sich doch mit allen Mitteln als solche erhalten und zur Geschlossenheit heranbilden. Selbstverständlich, daß die Arbeiter aufrücken wollen, aber nur dann selbstverständlich, wenn sie als Klasse, in ihrer Gesamtheit, aufrücken wollen. Dazu fehlt ihnen nun die menschliche Haltung, deshalb erliegen sie auch weltanschaulich. Die Arbeiterklasse, behaupte ich, ist gar nicht existent. Die Arbeiter sind eine abgesprengte Gruppe. Sie suchen ihre Ausdrucksvorbilder und ihre Anknüpfungspunkte im bürgerlichen Lager auch dann noch, wenn die Schuppen der Schulzeit von ihnen abgefallen sind. Glauben Sie mir, Doktor, sie werden niemals andere Mittel besitzen als diejenigen, die ihnen das geistige Arsenal der Bildungsschicht zu liefern geruht. Die Elemente des Bürgertums bleiben die ewigen Lehr- und Zuchtmeister, sie durchdringen den vierten Stand und saugen ihn wieder auf – denn was ist er anders als degradiertes Bürgertum? Weit davon entfernt, einen Klassenkampf zu führen, hat er nur das Bedürfnis, das Exil zu beenden und seinen Nachwuchs in den Schoß der großen, weltbeherrschenden Klasse zurückkehren zu sehen, aus dem seine Vorfahren ausgestoßen worden sind.»

Dr. van der Gathen war verwundert, von Hiebenstein ein so ausführlich begründetes Urteil zu vernehmen. Es war sonst nicht die Art des Finanzrats, in der Erklärung seiner Taktik über eine zynische Bemerkung hinauszugehen. Vielleicht hatte die wissenschaftliche Mathodik des Doktors bereits auf ihn abgefärbt; sicher war, daß sich zwischen beiden ein kameradschaftliches Verhältnis anbahnte. Dr. van der Gathen war als einziger Junggeselle des Direktoriums von den Frauen der Direktoren schlecht gelitten, für Einladungen konnte er sich nicht revanchieren, und als Objekt einer Heiratsstiftung war er schon zu alt. Hiebenstein jedoch suchte seine Gesellschaft; oft rief er ihn mitten in der Nacht an und bat ihn, zu einem Gespräch zu kommen; der Finanzrat liebte nächtliche Gespräche, einmal infolge eines Hangs zu mittelalterlicher Scholastik, der ihm zweifellos im Blut lag, sodann infolge seiner Neigung zu Schlaflosigkeit. Van der Gathen war Wohlfahrtsdirektor nur noch dem Namen nach; in Wahrheit war er Hiebensteins Lieferant für programmatische Ideen, wofür er seinerseits soziologischen Aufklärungsunterricht genoß.

Nicht sehr lange nach jenem Gespräch wurde der Finanzrat zum Ehrendoktor der kleinen süddeutschen Universität promoviert, die vom Licht des Professors Jodoci erleuchtet wurde. Die Promotion geschah wegen einer verdienstlichen Schrift über den Kapitalbedarf der Wirtschaft, die vom Pressebüro entworfen und von Dr. van der Gathen redigiert worden war.

Die Redaktion einer Zeitung, die sich neuerdings häufig Zweifel daran erlaubte, daß die Äußerung der Industriellen von ihnen selbst herrührten, nahm von dem Ereignis keine Notiz. Der Pressechef fragte, ob man mit Annoncenentzug drohen solle. «Was fällt Ihnen ein!» sagte Hiebenstein. «So was macht doch höchstens ein Kinobesitzer. Schreiben Sie, die Redaktion verkenne offenbar die Tragweite des Ereignisses. Kürzen Sie, wenn der Annoncen-Akquisiteur vorspricht, unter Berufung auf die schlechte Wirtschaftslage unseren Auftrag um ein Drittel.»

Achtzehntes Kapitel

Das Heim der Union stand in der Straßenflucht etwas zurück, in einem Vorgarten mit Platanen und ellipsenförmigen Blumenbeeten, durch welchen breite Steinstufen zur Eingangstür geleiteten. Hatte man diese passiert, so befand man sich in einer jener Empfangshallen, die darauf angelegt sind, dem Besucher das Herz so schwer zu machen, daß er sein Anliegen kaum noch über die Lippen bringt, weil jedes Möbelstück von der Reserviertheit eines hochherrschaftlichen Papageis ist und fortgesetzt zu plappern scheint: der Herr ist beschäftigt, bedaure sehr, es sind noch viele vor Ihnen angemeldet, wollen Sie bitte hier warten, bis Sie an der Reihe sind, der Herr läßt bitten, bedenken Sie, daß Zeit Geld ist . . . Rechts war ein kleines Rauchzimmer, in dem von einem Sekretär im Vorübergehen diejenigen abgefertigt wurden, um die es sich keiner Mühe verlohnte, zum Beispiel die Redakteure der Lokalzeitungen, die hier im Ansehen von Schnupftabakhändlern standen, welche Gewürznäpfe in das Fenster stellen, um als feine Leute zu gelten; links lag die Bibliothek, die mit Gemälden und Graphiken, industriellen und militärischen Sujets, tapeziert war und nur den Ehrengästen gezeigt wurde, vornehmlich links gerichteten Publizisten. Geradeaus führte eine Treppe zum Vortragsraum und in den angrenzenden Speisesaal, wo außer intimen und einfachen Banketten solche mit exquisitem Menu für Behörden, Professoren und Journalisten veranstaltet wurden; diese Räumlichkeiten waren erst durch einen Anbau gewonnen worden. Oben lagen die Arbeitsräume der Geschäftsführung, einige Sitzungszimmer und das Pressebüro.

In dieser Heimstatt derer, von welchen es hieß, daß sie das Tempo und die Unrast der Zeit fabrizierten, war von Unrast und Tempo nichts zu spüren. Eine feierliche Kälte war hier, eine schweigsame Andacht, eine gelassene Größe. Es wimmelte nicht von fliegenden Botenjungen, es liefen keine verzweifelten Menschen, auf deren Gesichtern schreckhafte Visionen von Überlastung und Verantwortung ihre Runen gezeichnet hatten, von einer Tür zur anderen, keine Rohrpostpatronen unterbrachen den klaren Geschäftsgang, keine Telefone hatten sich selbständig gemacht – die Menschen, welche die Zeit besiegen wollten, nahmen sich Zeit dazu und sputeten sich nicht und erlagen nicht der Hetze des Tagewerks oder der Tyrannei des toten Materials.

In demselben Maße, wie von Grußenbaum darauf drang, daß die Industriekapitäne selbst als öffentliche Redner auf dem Forum der Union erschienen, in demselben Maße wuchs die Bedeutung des Pressechefs der Union. Vielleicht war Christian Felgenhauer in der Blüte seiner Jahre der letzte Machthaber von Genie gewesen, der nicht nur das Recht des Herrn im Hause ausübte, sondern auch der Herr im Hause war, kraft seiner elementaren Natur, die niemals das Bedürfnis fühlte, sich zu rechtfertigen. Das war nun vorbei, dieser Christian Felgenhauer hatte sich selbst überlebt, mehr und mehr tobte sich jetzt der Despotismus des von den Pressebüros gesammelten Materials aus, jener Institutionen, die als Gegenspieler der Publizistik und Jongleure der Logik funktionierten. Die neuen Machthaber kamen nicht mehr ohne Projektionsapparate aus. Während sie faszinierende Reden zu halten anfingen, verwandelten sie sich in Diapositive, die hinter das Objektiv des Pressebüros geschoben wurden und als riesengroße Schatten auf die Leinwand fielen.

Der Staatssekretär a. D. hatte viele Fäden in der Hand, er vereinigte sie zu einem Netz von Kanälen und Querkanälen, die teils im Sand verrannen, teils unterirdisch weiterliefen, je nach dem Bedarf und je nach den Erfordernissen einer guten TARNUNG. Sein Büro war wie einer jener handlichen Koffer, die man mit wenigen Griffen in ein Grammophon verwandeln kann. Schnell war eine Platte aufgelegt, schnell war sie abgeschnurrt, und ebenso schnell war der Deckel zugeklappt und die Herkunft der verräterischen Töne verdeckt.

Oft war es nur die Begleitmusik zu den Reden der Industriellen. Am meisten sprach Kropf, denn er hörte sich gern sprechen, und die anderen überließen ihm neidlos das Odium, das mit dieser öffentlichen Stellungnahme unweigerlich verknüpft war. Er wetterte gegen die Steuern, gegen die soziale Belastung, gegen die Ausgaben der Städte für werbende Anlagen, gegen ihre wirtschaftliche Betätigung in städtischen Fuhrparks, städtischen Molkereien, städtischen Straßenbahnen und Gärtnereien, die er die «kalte Sozialisierung» nannte. Aber die eigenen Taten kehrten sich wenig daran. Ebenso wie Risch-Zander den Gastwirten Konkurrenz machte und den «Grußenbaumschen Hof» zu einem öffentlichen Hotel umgestaltete, richtete Kropf, unbekümmert um die privatwirtschaftliche Lage der Gärtner, Treibhäuser ein, die er mit dem überschüssigen Dampf seiner Kesselanlagen heizte, und deren Produkte, Frühgemüse, Gurken, Tomaten und Blumen, er zum allgemeinen Verkauf stellte.

Als die Gärtner gegen diese neue Bedrückung des Mittelstands von einer Seite, von der man es nicht hätte erwarten sollen, protestierten, ließ der Staatssekretär a. D. einen prinzipiellen Aufsatz verfassen, worin nachgewiesen wurde, daß die Kropfschen Treibhäuser eine großzügige Aktion zum Schutz der Privatgärtner gegen die holländische Einfuhr darstellten. «Politik und Geschäft sind zweierlei», schloß dieser Aufsatz, «und müssen es bleiben, soll die Weste rein gehalten werden. Aber eine kluge Geschäftspolitik treiben, heißt wahrhaftig noch nicht: mit der Politik verwerfliche Geschäfte machen. Wollte man diese beiden Dinge auf eine Stufe stellen, so hätte es nichts mit Objektivität und noch weniger mit dem gebotenen Kampf gegen Korruption zu tun; es wäre vielmehr die Korruption der Objektivität.»

Der Verfasser dieses Aufsatzes war Privatdozent an einer rheinischen Universität. Er versandte ihn an die Zeitungen als private Arbeit und bezog dafür von der Union ein Honorar von zweihundert Mark unter der Bedingung, daß in mindestens fünf Organen der öffentlichen Meinung ein Abdruck erzielt würde; bei jedem weiteren Abdruck stieg es um zwanzig Mark. Grußenbaum sagte: «Man muß die Pferde knapp halten, damit sie nicht der Hafer sticht.» Außerdem erhielt der Autor natürlich auch Zeilenhonorar von den Zeitungen, die seine geheime Verbindung mit der Union nicht kannten.

Dieser Gelehrte war von Frau Wackerlein an den General empfohlen worden. Frau Wackerlein führte nämlich den Vorsitz in der Ortsgruppe des Königin-Luise-Bundes, einem Kaffeekränzchen ehrgeiziger und unbefriedigter Frauen. Sie erklärten, ihre Ehre verlange, daß ein Deutscher keine Apfelsinen äße, denn die deutsche Erde bringe an Früchten so viel Gutes und Edles hervor, daß man nicht auf das charakterlose Ausland angewiesen sei, und ferner dürfe ein Siebzig-Millionen-Volk nicht willen- und tatenlos in der Knechtschaft eines Tributplans untergehen. Indessen hatten ihre Zusammenkünfte keinen verschwörerischen Inhalt, vielmehr wurden sie durch Liedervorträge einer Singschar heiter wie ein Häkelmuster.

Hier nun hatte der Privatdozent einen instruktiven Vortrag über die Presse gehalten, vom technischen, historischen, kulturellen und religiösen Standpunkt. Die Zeitung sei die Haut des Menschen, hatte er gesagt, eine Haut mit Poren, durch die nur ganz bestimmte Einflüsse hindurchwirkten. Beim Schlafengehen erzählte Frau Wackerlein ihrem Mann davon; sie glühte wie eine junge Braut; man müsse etwas für die nationalen Journalisten tun. Der Personalchef sagte, im Werk halte man sich die Finger sauber: diese heiklen Geschichten überlasse man der Union. Am Morgen schrieb Frau Wackerlein an den General.

Der Staatssekretär a. D. sagte: «Wir haben schon einige Schriftsteller an der Krippe, die mehr Hafer fressen als sie verdienen. Was sie schreiben, ist so hundsföttisch schlecht, daß man es erst noch ins Deutsche übersetzen muß.»

«Sehr verehrte gnädige Frau», lautete demzufolge Grußenbaums Antwort, «wenn Sie mir einen nationalen Journalisten nennen können, der nicht bloß ein plumper Schildknappe, sondern auch ein Stilist ohne Furcht und Tadel ist, bin ich Ihnen dankbar.»

Darauf ging die Bewerbung des Privatdozenten ein.

«Wir werden prüfen, ob er sein Visier so schließen kann, daß man ihn nicht schon auf tausend Meter erkennt. Wenn die Industrie einen Ritter mietet, soll er auch reiten können, und seine Waffen sollen scharf und durchschlagend sein und nicht rostig und voll Scharten.»

«Sie vergessen nur eins», lächelte der Pressechef, «daß es nie die beste Qualität sein wird, die sich uns zur Auswahl stellt.»

«Unsinn, wir hatten früher beim Militär auch immer erstklassige Spione.»

«Das weiß ich nicht, aber das ist nach Art der Tätigkeit gar kein Vergleich.»

«So sagen Sie, weil es was Militärisches ist. Widerspruchsgeist ist der ganze Schneid des Zivilisten.»

Sie lachten beide und stellten den Privatdozenten ein. Er sah aus wie ein Studienassessor mit der Lehrbefähigung für Geschichte und Deutsch in der Unterstufe.

«Es ist nicht immer nötig, daß Sie in der Sache recht haben», belehrten sie ihn, «auf keinen Fall aber darf man merken, in welcher Absicht Recht gesucht wird.» Aber der Privatdozent war von einem krankhaften Ehrgeiz und sprach nach einer Weile die Bitte aus, ihm eine Professur zu verschaffen. Jodoci, der ihn tödlich haßte, gab ein vernichtendes Gutachten ab; der Privatdozent hatte zu einer Zeit, da er noch nicht wußte, ob er zweckmäßiger rechts oder links Anschluß suchen solle, Jodocis Buch in einer Rezension als «schwülstig und verquollen» abgetan. General von Grußenbaum sagte, als er das Gutachten gelesen hatte: «Den Professor macht uns keiner nach, tüchtiger Kerl, militärisch, erinnert mich an den Generalstab.»

«So wollen Sie im Ernst auf dieses Gutachten hören?» fragte der Staatssekretär a. D.

«Weil es mich an den Generalstab erinnert?» Ein dröhnendes Lachen entfuhr dem General. «Sie ahnungsloser Zivilist! Ganz im Gegenteil, der Fetzen besteht doch nur aus Neid und Eifersucht. Wir schicken den Privatdozenten nach Rußland, damit er sich die Sporen verdient. Wir müssen mal wieder einen Groschen in den geistigen Automaten werfen. Wir brauchen mal ein richtiges Volksbuch über den Bolschewismus, das soll er schreiben. Den Verlag finanziert die Union.»

Es zeigte sich, daß der Privatdozent seiner Sendung gewachsen war. Er bot eine glänzende Schilderung der bolschewistischen Greuel und malte die Szenen, in denen Karbolmäuschen Gefangene bespuckten, die Tscheka politische Gegner nackt in die Erde verscharrte und Rotgardisten den Bauern große Stücke Fleisch aus dem Gesäß schnitten, mit so realistischer Wucht, daß man ihm die Professur nicht vorenthalten konnte.

«Der Krieg war doch nicht umsonst», sagte der General, «wir haben von Belgien gelernt.»

In den Organen der öffentlichen Meinung erschienen von Zeit zu Zeit kurze Nachrichten von jener etwas obskuren Interessantheit, wie sie früher, als noch nicht jeder Bluff von fetten Lettern wichtig genommen wurde, unter der Rubrik «Vermischtes» zu lesen waren: Die Überschriften lauteten: «Steiger sind vogelfrei!»; «Übergriffe der Betriebsräte»; «Ein sozialistischer Musterarbeitgeber»; «Kommunistische Aufmarschpläne»; «Brennende Zigarettenstummel im Kohlenklein»; «Eine neue Krankheit – die Weihnachtskrankheit». Man erfuhr daraus, daß die Grubenkatastrophen von leichtsinnigen Bergleuten verschuldet würden, daß die Arbeiter die Krankenkassen ausbeuteten, um sich vergnügte Feiertage zu machen, daß die Vorgesetzten ständig bedroht seien und niemals vor den Gerichten Recht bekämen, daß sozialistische Parteiunternehmungen die unsozialsten Arbeitgeber und alle Verbrecher Kommunisten seien («der verhaftete Falschmünzer soll früher in der Kommunistischen Partei tätig gewesen sein», hieß es zuweilen) – kurz, daß es eine Lust sei, als Arbeitnehmer, und ein Kreuz, als Arbeitgeber zu leben.

Dann wieder erschienen Statistiken über Löhne und Renten, die angeblich «im Mittel» errechnet waren, so daß der Leser glauben mußte, es handle sich um die Durchschnittszahl, während es in Wirklichkeit nur die Mitte zwischen dem höchsten und niedrigsten Betrag war. Auf diese Weise sahen sich Löhne und Renten höher an als sie waren, denn wenn man etwa die Zahlen acht, sechs, fünf und vier hätte, dann wäre sechs die Mitte, der Durchschnitt aber nur 5,75 – das ist ein einfaches Beispiel, das leuchtet doch ein, nicht wahr? Beim Vergleich der deutschen Löhne mit den englischen wurden das eine Mal die Versicherungsbeiträge der Arbeitgeber hinzugerechnet, das andere Mal weggelassen, wodurch die deutschen Schichtlöhne fast sechzig Pfennig über den englischen zu liegen schienen. «Jetzt schlägt's aber dreizehn!» entrüstete sich der Leser des *Generalanzeigers* und nahm noch ein Stück Zucker in seinen Morgenkaffee, «so eine Schweinerei! Das kann doch nicht so weitergehen, die deutsche Wirtschaft wird ja ruiniert!» Und dieser Aufschrei war ein Effekt der Maschinerie, an deren Hebel im Pressebüro der Union der Staatssekretär a. D. stand. «Wirft man Steine in den Teich, so hört man die Frösche quaken», sagte er.

Als er noch in der Regierung war, hatte er zuweilen gesagt: «Die Tätigkeit der westdeutschen Industriellen ist vorwiegend politischer Natur», und wenn Kropf die Verantwortung des Unternehmers in die Waagschale werfen wollte, hatte er vertraulich gelacht: «Ja, ja, man spricht am liebsten über das, was man nicht besitzt.»

Um so sachkundiger konnte er sein Amt nun ausüben. General von Grußenbaum erinnerte sich unterdessen seines Schulfreundes Alfons Hachenpoot. Dieser lebte seit seiner Verabschiedung als Aufsichtsratsvorsitzender der Märkischen Landesgenossenschaftsbank, deren Direktor er vordem gewesen war. Grußenbaum ernannte ihn zum politischen Direktor der Union und verschaffte ihm die Mittel für die Gründung eines «Rings nationaler Zeitungen». Sie geschah, indem eine große Anzahl von Provinzblättern aufgekauft und von einer Korrespondenzzentrale mit politischem und wirtschaftlichem Stoff beliefert wurde. Am Ort selbst bestand immer nur eine Lokalredaktion. Nebenher wurden mehrere Wochenblätter neu geschaffen und aus ganzseitigen Matern der Zentrale zusammengesetzt.

Eines davon wurde in die Dienste des Nationalen Arbeiterbundes des Herrn Körschgen gestellt. Es hatte den Titel *Die freie Meinung* und enthielt jede Woche Sätze wie: «Clémenceau hat gesagt, er wünsche den Deutschen die Pest und freue sich darum über die vielen Sozialdemokraten im Reichstag», oder: «Das Arbeitslosenproblem kann nur durch einen Befreiungskrieg gelöst werden, dessen Menschenopfer uns von der Qual der Übervölkerung befreien», oder: «Der Sportenthusiasmus der Bevölkerung ist der beste Beweis dafür, daß unserer Jugend das fehlt, was ihr früher die militärische Dienstzeit schenkte», oder: «Es ist absolut sicher, daß es in zwei Jahren keinen Arbeitslosen mehr geben würde, wenn die siebzigtausend Arbeitersekretäre verschwänden und die Wirtschaft von einem Diktator geführt würde», oder: «Auch für die Außenpolitik brauchen wir einen erfahrenen Fachmann, der sich auf die Geistesverfassung der Ausländer und das Ränkespiel diplomatischer Verhandlungen besser versteht als unsere Gewerkschaftssekretäre», oder: «Die Gewerkschaften wollen den Arbeitern ihren unschuldigen Branntweingenuß an Lohntagen verbieten, das ist der Geist des alten Obrigkeitsstaates».

Die Berliner Zentrale leitete Hachenpoot. Oberst von Leutwitz war der Assistent, der die politischen Konspirationen besorgte. Nun war der abgedankte Generaldirektor wieder in seinem Fahrwasser. Er legte besonderen Wert auf Mitleidsreportagen, jede Nummer mußte eine enthalten, über das Verschwinden eines Zeitungsverkäufers oder über die Abweisung eines bettelnden Alten, der bessere Tage gesehen hatte, durch die mondänen Gäste eines Cafés. «Das lesen die Leute gern», sagte er, «das ist in der Feuilletonistik so zeitgemäß, wie es sonst das Leben von Prinzen und Baronen war.»

Das Papier für die Zeitungen lieferte Hillgrubers rumänische Fabrik.

So wurde, ein wenig spät und auch in veränderter Form, aber vielleicht mit desto größerem Gewinn ein Plan verwirklicht, der noch zusammen mit Ottokar Wirtz gefaßt worden war.

Nicht immer vollzog sich die Redaktion reibungslos. Während der Ring nationaler Zeitungen das neue Reparationsstatut bekämpfte und alle Andersdenkenden insultierte und verleumdete, schrieb der Jahresbericht der Märkischen Landesgenossenschaftsbank, daß einzig die Annahme dieses Plans die wirtschaftliche und politische Unsicherheit beenden könne. Die gegnerische Polemik stürzte sich darauf. Hachenpoot entließ einen Redakteur, weil er den Zwiespalt nicht genügend kaschiert hatte.

Als der Ring nationaler Zeitungen die bedingungslose Rückgabe des Saargebiets von Frankreich forderte, sandte Kropf ein Telegramm an den Staatssekretär a. D.; welcher Esel denn das wieder angerührt habe, ob man nicht wisse, daß die ganze deutsche Kohlenerzeugung Not leide, und was denn werden solle, wenn auch noch die elf Millionen Tonnen Saarkohle darauf drückten? Der Staatssekretär fuhr nach Berlin und sprach noch einmal die eindringliche Mahnung aus, daß die Agitation vor den Interessen der Wirtschaft haltmachen müsse. Hachenpoot entließ den schuldigen Redakteur.

Um ganz sicherzugehen, stattete der General die beiden entlassenen Journalisten mit einem Kapital von zwanzigtausend Mark aus. Unter dem Namen *Wirtschaftlicher Hilfsdienst* riefen sie daraufhin eine unabhängige Korrespondenz ins Leben, die vom Pressechef der Union mit Nachrichten beliefert wurde. Grußenbaum meinte, es sei immer gut, wenn die Leute sich nicht auf ein Angestelltenverhältnis berufen könnten. «Man muß sie finanziell selbständig machen. Die beiden sind jetzt in ihrer Eigenschaft als Herausgeber unbeschränkt. Woher sie ihre Nachrichten beziehen – das ist nur noch eine Frage der moralischen Verpflichtung. Gott sei Dank gilt im Journalistenstand die Moral noch etwas. Wem sie Dank schulden, dem statten sie ihn auch ab. Man soll niemanden hindern, sich erkenntlich zu zeigen, man muß nur dafür sorgen, daß man nicht das Gefühl hat, ihn dazu veranlaßt zu haben. Ich für mein Teil habe nicht das Gefühl.»

In einer Zeit, da die Wirtschaft zum Mittelpunkt des politischen Kampfes geworden war und die Parteien die günstigsten Plätze auf ihren Wahllisten meistbietend an die Wirtschaftsgruppen versteigerten, hatte die Liaison mit jener Volkspartei, die (wie Faulstich sich ausdrückte) «nicht dem Interesse der einen oder anderen Gruppe, sondern der

Gesamtwirtschaft diente und daher ihre Entschließungen nur im Einverständnis mit der Kohlen- und Eisenindustrie faßte», für die Union nicht mehr die Bedeutung wie ehedem, als über dem Kampf um die Plätze der Kampf um die Platzinhaber noch nicht in Erscheinung trat. Nunmehr kam es zu einem hitzigen Guerillakrieg der Syndizi. Auch Doktor Krewett von der Gruppe Westen gelüstete es nach einem Reichstagsmandat, und wäre es dem General nicht gelungen, ein paar andere Vertrauensmänner auf der Liste vorzuschieben, so daß Dr. Krewett an eine ganz aussichtslose Stelle rückte, so wäre er imstande gewesen, der Volkspartei die Wahlgelder der Union zu sperren.

An taktischen Verbindungen aller Art war kein Mangel, und im Grunde waren sie wertvoller, denn hier konnte man balancieren, weil hier alles labiler und der jeweiligen Situation gemäß verschiebbar war. Im Notfall konnte man ein solches Seil, auf dem die gedungenen Landsknechtsmarionetten tanzten, einfach abreißen lassen. Politik könne nur durch Politik überwunden werden, sagte Grußenbaum. Das Ziel sei die Zerschlagung der Gewerkschaften – dies involviere eine Anfechtung des Wirtzschen Testaments der Arbeitsgemeinschaft, weil sich herausgestellt habe, daß die Konkurrenz der gewerkschaftlichen Richtungen untereinander seine sachliche Durchführung verhindere; man müsse sagen, daß die Christen, diese Zentrumsbolschewisten, sich noch weniger zügelten als die Sozialdemokraten. Es frage sich, ob man auf dem bisher eingeschlagenen Weg weiterkomme. Ein Block der bürgerlichen Parteien sei nicht möglich, weil die Mehrzahl der Wähler nun einmal aus Arbeitnehmern bestehe und die Parteien darauf Rücksicht nehmen müßten. Die Sozialdemokratie sei in der Regierung abgenutzt worden, in dieser Hinsicht habe sich die Voraussage von Ottokar Wirtz erfüllt; jetzt sei der Augenblick da, sie hinauszustoßen, und dazu brauche man einen Popanz, der die Bürgerlichen in Schach halte. Zur Verfügung stünden die Kommunisten und die Nationalsozialisten, aber ein Bündnis mit dem Bolschewismus komme natürlich nicht in Frage, weil er unsympathisch sei und die Grundlagen der abendländischen Kultur bedrohe. Abgesehen davon sei es freilich gleichgültig, denn die Wählermassen dieser beiden Parteien seien, was die Arbeiterschaft betreffe, die gleichen, die gleichen Ideologen und die gleiche unzufriedene, hin und her schwimmende Hefe, die heute dort lande und morgen dort.

Mit großer Umsicht und ebenso großer Vorsicht betrieb General von Grußenbaum diese Dinge. Es war ihm bekannt, daß einige Mitglieder

der Union einer offenen Unterstützung der Nationalsozialisten aus Ängstlichkeit oder Zweifelsucht abgeneigt waren. Es stand auch nicht in seiner Absicht, die einzelnen Werke damit zu befassen, denn die Entschuldigung mit dem angespannten Finanzstatus lag zu nahe für sie. Aus dem großen Topf der Union, der ohnehin, und einerlei wofür, stets mit Geld gespickt sein mußte, ließ sich weit angenehmer schöpfen.

Bevor jedoch die Sache spruchreif erschien, kam ihm, obgleich verschiedentlich verwarnt, der Tolpatsch Walkowiak in die Quere. Eines Tages fand Siegfried Hillgruber unter seiner persönlichen Post folgenden Brief:

«Sehr geehrter Herr! Die Nationalsozialistische Deutsche Arbeiterpartei hat außer vielen anderen Punkten auch den Schutz des rechtmäßig erworbenen Eigentums auf ihr Programm geschrieben. Leider ist die wirksame Vertretung nicht ohne bedeutsame Geldmittel möglich. Die Kassen des reichen Judentums sind uns verschlossen und dienen ausschließlich der Finanzierung linksradikaler Umsturzvorbereitungen. Es bleibt uns daher nichts anderes übrig, als uns an die deutschgesinnten Kreise aus Industrie und Handel zu wenden. Wenn uns auch einmalige größere Spenden willkommen sind, so legen wir doch besonderen Wert auf regelmäßige Wiederholung derselben, da wir nur dadurch in die Lage kommen, unsere laufenden Unkosten zu bestreiten. Für eine gute Verwendung der Gelder bietet Ihnen die Ehrlichkeit unserer Bewegung und die selbstlose Hingabe ihrer Anhänger volle Gewähr. Wer rasch gibt, gibt doppelt.

Mit völkischem Gruß
Walkowiak
Gauführer im Steinkohlenrevier.»

Hillgruber, der diesen Brief im ersten Schreck für eine Verhöhnung hielt, rief Mehren an: der hatte ihn auch bekommen. Mehren rief Näßler an: auch der. Näßler rief Krogoll an, dieser Kropf, dieser den Freiherrn: auch der, auch der, auch der. Der Freiherr endlich rief Schellhase junior an: der sagte nein, ihm sei nichts zugegangen. Das war eine Unvorsichtigkeit. Man schloß daraus, daß er bereits laufend zahle, so daß sich bei ihm ein Bettel erübrige.

Grußenbaum wurde gestellt, und nach einigem Hin und Her, wobei zunächst dem Walkowiak der Kopf gewaschen wurde (aber er war standhaft wie ein Märtyrer), ward eine inquisitorische Verhandlung angesetzt, um den Fall endgültig zu klären.

Neben Oberst von Leutwitz erschien Walkowiak. Er war ein gestählter Mann geworden und sah in seinem braunen Hemd martialisch aus, wie ein britischer Kolonialsoldat. Noch immer war er ein wenig mager, doch erschien die Magerkeit jetzt als der Effekt einer sportlichen Dressur und nicht mehr als der Effekt der Unterernährung und der seelischen Verzweiflung. Nur wenn man ihm schärfer in die unstäten Augen blickte, erkannte man jenen Schlosser Walkowiak wieder, der über dem Meister Kurbjuhn die Axt geschwungen, den Polizeioffizier niedergeschlagen, Akten und Metall geraubt hatte.

Er glaubte jetzt an Astrologie, und die Bittbriefe hatte er geschrieben, nachdem er sich bei einem Astrologen vergewissert hatte, daß sie ihm Heil bringen würden. Das Horoskop war günstig, die Konstellation der Planeten zu seinem Punkt der Ekliptik besonders vortrefflich in den Häusern des Reichtums und der Würden. So stand er hier im Schutz seiner guten Sterne und erzählte, daß die tiefsten Quellen des deutschen Menschen aus unklarem Ahnen und dunklem Erfühlen genährt seien.

Dem Freiherrn gefielen diese Worte weit besser als das, was er früher vom Oberst vernommen hatte, und er bewegte sie in seinem Herzen. «Ist es das», fragte er, «worauf Ihre Bewegung beruht? Eine blutvolle Seelenarchitektonik? Ein inneres Lebensbekenntnis?»

«Ein inneres Lebensbekenntnis nordischen Volkstums schlechtweg», antwortete Walkowiak.

Faulstich fragte lakonisch: «Was ist Nationalsozialismus?»

«Aber Sie haben es doch schon gehört», sagte Schellhase junior, «es ist der Mythos des 20. Jahrhunderts von der Rassenseele», und der Oberst fügte noch hinzu: «Der gestaltende Geist, entstanden aus dem deutschen Wesen und der damit verbundenen Eigenstämmigkeit.»

«Ja, ja, natürlich», sagte Krogoll, «aber das alles muß doch wohl in irgendein Staatsgefüge hineinpassen?»

«Der Staat», entgegnete Leutwitz, «der Staat ist ein Zweck an sich. Die Erhaltung des Staates ist ein Zweck an sich. Die Erhaltung des Staates dient der Armee. Die Armee wird aber auch selbst wieder zum Zweck.»

«Einen Augenblick», unterbrach Näßler, «das muß ich doch noch mal in Gedanken rekapitulieren, das scheint sehr schwierig zu sein.»

«Ich kann es vereinfachen. Für den völkischen Gedanken ist der Staat ein Mittel zum Zweck. Staatliche Formen können sich ändern. Der Volksgedanke, das Fleisch, das Blut kann sich nicht ändern, höchstens sich verbessern. Damit ist der völkische Gedanke an den Begriff Volk gebunden.»

Faulstich sagte: «Sie lieben, scheint's, die Unbestimmtheit der Begriffe. Sie sprechen abwechselnd vom Volksgedanken und vom völkischen Gedanken. Wissen Sie, daß Sie das tun?»

«Es geschieht bewußt. Der völkische Gedanke hat nichts zu tun mit der parteipolitischen Überzeugung.»

«Also auch nichts mit der Nationalsozialistischen Partei?»

«Wenn wir die Mehrheit haben, wird der Nationalsozialismus eben der völkische Gedanke sein. Der staatliche Gedanke ist gebunden an den Begriff Staat. Der völkische Gedanke ist gebunden an den Begriff Volk. Wenn der Staat zerbricht, zerbricht der staatliche Gedanke, nicht der völkische.»

«Hm, hm.»

«Der Nationalsozialismus setzt an die Stelle des bestehenden Systems der Schamlosigkeit und der Korruption die sittliche Idee des Bismarck-Reiches», sagte Walkowiak.

«Dann wollen Sie also das alte Deutsche Reich wieder aufrichten?» fragte Mehren. «Die Industrie hat kein Interesse an der Wiederherstellung der Monarchie. Ihre Belange sind in der Republik viel besser aufgehoben.»

«Die Verfassung kann nicht das Ziel sein. Das Ziel ist die Erhaltung der Nation.»

«Das ist sehr gut», applaudierte der junge Schellhase, «nicht Reaktion, sondern Gesundung. Nicht paragraphierte Gesetze, sondern die Imponderabilien völkischen Empfindens sollen maßgebend sein.»

Kropf sagte, für seine Stellungnahme könnten nur die praktischen Interessen des Kohlenreviers maßgebend sein, und da müsse er allerdings sagen, daß ihn ein allzu gesteigerter proletarischer Kampfeswille am Nationalsozialismus irre mache. «Man hat mir berichtet, daß Sie den Leuten in den Versammlungen die Enteignung der großen Vermögen versprechen. Sagen Sie endlich klipp und klar: gehören Sie zum Bürgertum oder zu den Marxisten?»

«Wir gehören zum neuen Typ des deutschen Menschen.»

«Aber damit kann man doch nichts anfangen!» Kropf schlug auf den Tisch. «Wenn Sie so weiter reden, hat unsere Unterhaltung keinen Zweck.»

General von Grußenbaum vermittelte: die Agitation im Revier sei natürlich erfolglos, wenn sie nicht der Eigenart des Reviers Rechnung trage, das sei aber doch keine Schwierigkeit. Man könne einen Satz einfügen des Inhalts, daß die schöpferischen Unternehmer von der Enteignung ausgenommen werden sollten.

Der Oberst und Walkowiak versprachen gehorsam, das zu tun. «Im Grunde», sagte Leutwitz verbindlich, «haben wir überhaupt kein Wirtschaftsprogramm. Das ist unsere Stärke. Idealisten geben sich mit so materialistischen Dingen eben nicht ab . . .»

«Es liegt doch an uns, ihre Phasen zu biegen», sagte der General, als sie gegangen waren.

«Was meinen die Herren dazu?» fragte Krogoll. Schellhase junior erwiderte, es gebe nur eine Meinung: der FRONTGEIST der FRONTGENERATION müsse entschieden gefördert werden.

«Sagen Sie, Herr General, warum berufen die Soldaten sich immer darauf, daß sie ihr Leben eingesetzt haben?» fragte Näßler. «Ist das nicht selbstverständlich? Ebensogut könnten unsere Hochofenarbeiter sich was darauf zugute tun, daß sie vor dem Feuer stehen.»

«Und tun sie das etwa nicht?» parierte der General. «Werden sie nicht mit Arbeitszeit und Löhnen bevorzugt?»

«Aber außer Dienst sind sie nicht mehr als jedes andere Kontingent der Arbeiterarmee.»

«Frontgeist», sagte Mehren, «ist eine komische Sache. Ich kann noch keinen Befähigungsnachweis darin erblicken, wenn einer Uniform, Waffen und ein verantwortungsloses Leben vom Staat bezieht.»

Schellhase junior sprang auf und machte Miene, ihn an der Kehle zu packen. Faulstich ging zwischen ihnen hindurch und blieb stehen wie ein Schild. Kropf drängte: «Wir müssen zu einem Resultat kommen.»

Der Freiherr sprach von der Achtung der Gesetze. Grußenbaum antwortete, es gebe in jedem Gesetz entsprechende Bestimmungen, die selbst den Behörden die Übertretung ebendieses Gesetzes gestatteten.

«Und die Reichsverfassung?» fragte Mehren.

Gegen diesen Vorstoß einer bisher sorgfältig umgangenen Formel war keiner gewappnet – außer dem General. Wofür man denn die Kabinettsorders der preußischen Könige habe? Zum Glück habe diese Republik noch keine Luft gehabt, die autokratischen Verordnungen des Vormärz außer Kraft zu setzen, jetzt könne man damit umgekehrt die Reichsverfassung außer Kraft setzen.

«Also», resümierte Näßler. «Dieses Sammelbecken für germanische Romantik, das sich Nationalsozialismus nennt, ist ein Irrsinn, aber wir brauchen es. Irgendein Schauspiel, irgendein Spielzeug, sei es ein Zeppelin oder ein abgelegter Kronprinz oder ein Braunhemd, muß man dem Volk zeigen können, irgendeine Attraktion, bei der Blumenmädchen und Fahnenjungfern in Aktion treten können, blendet immer. Die Nationalsozialisten ziehen einher wie die Quacksalber des Mittelalters, von Markt zu Markt, darum haben sie den gleichen Zulauf. Realitäten dürfen daraus natürlich nicht entstehen, aber als unsere Bajazzi werden sie vorzüglich verwendbar sein.»

Der General sagte, anders habe es doch auch niemand gemeint. Er sah fragend zum jungen Schellhase hin, selbst der nickte jetzt. «Sammlung», fuhr der General fort. «Wir können sie jederzeit aufputschen und abquetschen wie einen Gummiball. Politik der indirekten Einwirkung auf die übrigen Parteien und auf das Ausland, meine Herren. Ihren Nerv», dabei rieb er den Daumen und die Spitze des Zeigefingers der rechten Hand gegeneinander, «ihren Nerv haben wir in der Gewalt. Schlimmstenfalls, wenn sie zu üppig ins Kraut schießen und den Spieß gegen uns kehren sollten, werden wir die Machtmittel des Staates anrufen. Sie sind vollkommen ausreichend.»

«Immerhin», wiederholte Hiebenstein. «Ob sozialistisch, kommunistisch oder nationalsozialistisch – regieren tun *wir*, um es mit den Worten unseres großen Ottokar Wirtz zu sagen: die Union der festen Hand.»

Hugo Mehren lächelte: «Wie wäre es, Herr General, mit einem Antrag: der Reichstag wolle beschließen, daß Deutschland den Krieg gewonnen hat?»

Kleine, krumme Furchen krochen von seinen Mundwinkeln zu den rosigen Ohrläppchen hinüber, der General folgte ihnen mit seinen Augen, während er ernst und sachlich antwortete: «Die Finanzwelt, Herr Mehren, hat ein vitales Interesse an der Erhaltung des Friedens.»

Schellhase junior griff das auf und sagte, die Finanzwelt sei für die Industrie der böse Geist, die Finanzwelt sei schuld daran, daß der Tributplan akzeptiert worden sei, der Kinder und Kindeskinder zur Sklavenarbeit verdamme «und uns von den fremden Bajonetten befreit!» rief Mehren dazwischen – das eine Mal veranlasse die Finanzwelt die Industrie, Schulden zu machen, die sie nicht zurückzahlen könne, das andere Mal bedrohe sie den Anleihemarkt mit Restriktionen; schließlich trage sie auch die Schuld daran, daß der Elan des Volkes während des passiven Widerstands nicht produktiv gemacht worden sei. «Die Leute waren so begeistert und geduldig wie im Krieg, es war rührend, mit welch gesundem Humor sie wieder nach Mehl und Kartoffeln anstanden! Da hätte man der schleichenden Krise durch die reinigende Krise den Garaus machen sollen!»

Der Bankier lächelte wieder: «Warum haben Sie's denn nicht getan?

Ihre Gefühle, Herr Schellhase, in Ehren. Sie denken damit. Das ist Ihre Privatsache. Aber Sie widerlegen sie selbst, indem Sie es bleiben lassen, auf Grund dieser Gefühle zu handeln.»

«Man läßt mich ja immer allein!»

«Jedes kapitalistische Wirtschaftssystem hat turnusmäßig Krisen, die eine natürliche Auslese bewirken.»

Schellhase blieb im Ungewissen, worauf das gemünzt war.

«Aber sollte man nicht annehmen», rief lebhaft der Freiherr, «daß die Öffentlichkeit bei dieser Sachlage auf seiten der Unternehmungen stünde? Das Gegenteil ist der Fall, man ist den heftigsten Angriffen ausgesetzt.»

Faulstich erklärte dazu, man müsse die vulgäre Auffassung des Kapitalismus bekämpfen, wonach nur der Kapitalbesitz des einzelnen geschützt werden solle, man müsse mehr die Garantie für nutzbringende Arbeit hervorheben, die in der Kapitalinvestition und der Übernahme des Risikos durch den Unternehmer liege.

«Das geht also Sie an, Herr Pressechef», sagte Grußenbaum, doch der Staatssekretär a. D. meinte, man dürfe vor allem nicht zu viel von der Krise reden; er sei ja, was die Erzeugung von Psychosen betreffe, nicht gerade von heute und habe im Orgeln und Auswechseln der suggestiven Walzen eine langjährige Erfahrung. «Schreibt eine Zeitung: gestern wurden drei Autos gestohlen, so schreibt die Konkurrenz: dauernd werden Autos gestohlen. Folge: es werden wirklich überall Autos gestohlen. So geht es mit Zugunglücken, Selbstmorden, Konkursen. Es ist die Ursache, weshalb alle diese Dinge epidemisch auftreten. Sagt man dauernd: die Geschäfte gehen schlecht, so gehen sie eben wirklich schlecht, weil jedermann plötzlich nicht mehr bestellt und nichts mehr bezahlt. Er kann es nicht, weil es doch heißt, daß die Zeiten so schlecht seien.»

Diese Ansicht des Staatssekretärs wurde nur von wenigen geteilt und rief eine Auseinandersetzung hervor, in deren Verlauf sich zeigte, daß die Industriellen hinsichtlich der Beurteilung der Wirtschaftssituation in zwei Lager gespalten waren. Pessimisten wie Kropf und Schellhase sagten, der Eintritt in die Depression habe erst begonnen, und das Reparationsstatut sei unausführbar – «kaum angenommen, schon zerronnen», witzelte Schellhase. Die Optimisten fanden, daß die Preise dank den internationalen Kartellen allmählich fester würden und die neue Koksproduktion der belgischen und französischen Hüttenwerke keine Gefahr sei, weil ihnen die geeignete Kohle fehle. Kropf sagte, ein Volk, in dessen Land drei Millionen Menschen mit einem Durchschnitts-Jahreslohn von zweitausend Mark bloß für die Sozialpolitik arbeiteten und vierzig Prozent des Einkommens für öffentliche Zwecke konfisziert würden, habe keine Ursache zum Großtun; worauf Krogoll entgegnete, ein Volk, das in einem Jahr für drei Milliarden Mark Tabak und für drei Milliarden und zweihundert Millionen Mark Bier konsumiere, habe auch keine Ursache zur Kleinmütigkeit und Verzagtheit. Der Freiherr schloß sich ihm an: «Ja, es ist richtig, pflegen wir das zarte Pflänzchen jungen Vertrauens, das im Ausland zu sprießen beginnt.»

«Ach», sagte Mehren, «da fällt mir was ein, was für Sie nützlich zu wissen sein wird. Bei den Erörterungen des Reparationsstatuts hat nämlich das Sachverständigenkomitee erwogen, den Metallbestand der neuen deutschen Notenbank und die Notendruckstelle nach Holland zu verlegen.»

Sie waren bestürzt.

«Ja – meine Herren. So mißtrauisch war man. Aber dann hat man ein Zeichen des Vertrauens gegeben und einer Fortsetzung der alten Reichsbank zugestimmt. Überlegen Sie sich, ob Sie dieses Vertrauen enttäuschen wollen. Übrigens glaube ich, daß Frankreich in kurzfristigen Krediten noch große Bedeutung für den deutschen Geldmarkt erlangen wird. So führt die Reparationsregelung zu einer indirekten Belebung der deutschen Wirtschaft.»

«Nicht, solange dieser Friedensvertrag besteht», widersprach Schellhase junior.

«Unter uns», warf Faulstich mit einer absichtsvollen Derbheit ein, «ich bin froh, daß dieser Friedensvertrag existiert. Da hat man doch etwas, dem man jederzeit an allen bösen Dingen die Schuld geben kann. Es ist ja auch reinweg nichts darin vergessen, und die ganze Welt leidet darunter, also paßt es immer. Das Friedensdiktat übernimmt die Verantwortung für alles.»

«Dieses Kapital ist wohl ernster, als es von Ihnen gemeint ist», versetzte Mehren. «Wo es früher hieß: das kommt von der Ideenlosigkeit, das kommt von der Unsolidität, da heißt es heute: das kommt vom Friedensdiktat. Nicht nur bei uns, in aller Welt. Vielleicht ist das der tiefere Sinn dieses Dokuments: Schwierigkeiten zu schaffen, hinter denen sich die Unfähigkeit des Zeitalters verschanzen kann.

Eine Weile schwiegen sie, jeder spürte die Stille. Jeder suchte darüber hinwegzukommen; der eine, indem er sich eine Zigarre anzündete, der andere, indem er ein Stäubchen vom Ärmel blies, der dritte, indem er sich über die Haare fuhr, der vierte, indem er die Stellung seiner Füße oder die Haltung seiner Arme änderte. Dann sagte plötzlich Kropf: «Der bestehende Zollschutz ist unzureichend für große Teile der Industrie.»

Krogoll fragte: «Und die Landwirtschaft?»

«Die Landwirtschaft ist mit Maschinen gesättigt», antwortete Näßler, «sie ist technisch modernisiert und dennoch überschuldet, weil ihre Produktion nicht den Bodenverhältnissen und ihr Absatz nicht den herrschenden Wirtschaftsbedingungen angepaßt ist. Den Leuten ist nicht zu raten und nicht zu helfen. Wir haben nur noch indirekt an ihnen Interesse, auf dem Umweg über die Düngerindustrie, der wir Kessel und Röhren liefern. Jedenfalls dürfen ihnen keine Zölle bewilligt werden, die unsere Exportinteressen gefährden könnten.»

«Wir müssen aber etwas für sie tun», mahnte der Freiherr, für den Erdnähe und Schollengeruch die Nährsäfte der Kultur blieben.

«Wir werden die Propaganda für Roggenbrot mitmachen», erwiderte Grußenbaum, «und in den Zechen und Fabriken Milchausschänke errichten. Zwecks Hebung der Volksgesundheit. Bei Milch bedarf es ja keiner Erklärung. Für das Roggenbort haben wir die Wissenschaft. Wissenschaft und Wirtschaft gehören nun einmal zusammen. Hier wenigstens ist das Primat der Wirtschaft unbestritten.»

Krogoll machte ihm das Kompliment, daß er ein vollendeter Demagoge sei: «Welch ein Segen, daß Sie nicht auf seiten unserer Feinde stehen!» Kropf ärgerte sich, daß sein Dr. Krewett immer mehr verdunkelt wurde; er suchte nach einem Anlaß, dem vorzubeugen, und brachte die Rede wieder auf Arbeitsstreitigkeiten. Dr. Krewett, sagte er, werde beim nächsten Streik die Gewerkschaften auf Schadenersatz verklagen, das werde eine großartige juristische Aktion; der General jedoch versetzte kaltblütig, es sei die Aufgabe der Union, Streiks unmöglich zu machen, und er hoffe, die Union werde unter seiner Geschäftsführung nicht solche Stümperarbeit tun, daß Herr Dr. Krewett in die unliebsame Lage komme, die Gruppe Westen mit derartigen Gerichtskosten brandschatzen zu müssen. Kropf mußte husten, sein Gesicht war gerötet. Es war ein cholerischer Husten, der durch das Zimmer schallte, wie ein abziehender Donner durch einen schwülen Abend.

Die Stunden verstrichen, Mitternacht war da, die Unterhaltung gewann an Reiz und verlor an Kraft. Der General sprach vom Befreiungskrieg der Wirtschaft. Mehren kam auf das Reparationsstatut zurück und betonte immer wieder, daß der Gegner nur durch wirtschaftliche Argumente zu überzeugen sei.

«Aber gewiß doch», sagte Faulstich endlich. «Erinnern Sie sich noch an das, was Ottokar Wirtz, auf jenem Stuhl dort saß er, über die Bedeutung der Geldentwertung als Kabinettsstürzer gesagt hat? Was damals die Inflation war, ist heute die Arbeitslosigkeit. Man braucht eine Regierung nur zu fragen: wieviel Arbeitslose waren es bei eurem Amtsantritt, und wieviel sind es jetzt? Es ist ein Erziehungsmittel ersten Ranges. Es ist die Zuchtrute, die über den Städten und über den Versicherungsämtern geschwungen wird und ihnen die Etats, die sie eben erst mühsam ausbalanciert hatten, wieder durcheinanderwirft. Bis es anders wird. Bis es anders wird!!»

Zigarrenrauch umflorte die Lampen, ihr Licht war karg, die Gesichter verschwammen. Etwas Nächtiges, Blutdürstiges war in der Atmosphäre, eine verhaltene Spannung, eine leidenschaftslose Gewaltsamkeit, eine unmenschliche Schrecklosigkeit – der vielgestaltige Wille und die schlafwandlerische Sicherheit der Unbeirrbaren und Unbelehrbaren, denen selbst eine falsche Prognose noch als Unfehlbarkeit ausgelegt wurde.

«Püschel ist aus der Union ausgeschieden», sagte Krogoll.

«Es war eine Episode», antwortete Kropf, der neue Präsident des Reichsverbandes, und zerdrückte seine Zigarre in der Aschenschale.

Als sie hinaustraten, war die Luft neblig und roch durchdringend nach Kohlenoxyd. Die Chauffeure waren auf ihren Sitzen in den Wagen eingeschlafen.

Grau und taub war die Wölbung des Himmels über dem schnarchenden Schwall der Stadt.

Bericht des *Generalanzeigers*

Freitag, den 31. Juli 1925

Die fremden Truppen haben die Stadt verlassen. Das Revier ist frei.

Die Begeisterung des gestrigen Tages war das Urgewaltige, das alle Schranken sprengen ließ, Polizeiketten und politische Gleichgültigkeit. Lange vor Mitternacht setzte der Zug durch die reich beflaggten Straßen ein. In den Gasthäusern war schon alles in Hochstimmung. In den großen Hotels bereitete sich die vornehme Welt durch Musik und Tanz auf die vaterländische Stunde vor. Interessanter und echter war es in den kleinen Restaurants und Kneipen; überall spielte eine Kapelle oder ein Grammophon Militärmärsche, einzig begehrte, lange entbehrte Musik.

Sonntag, den 2. August 1925

Die am Abend angekommenen Hundertschaften der Schupo bekamen schweren Dienst am ersten Tag ihrer Tätigkeit, und sie versahen ihn mit Geduld und Hingabe, die voll Verständnis für das bevorstehende Erlebnis war. Punkt zwölf Uhr stieg auf dem Marktplatz die erste Rakete in die Höhe, die Weihestunde hatte begonnen. Die illuminierte Stadt war ein Glutmeer, und die feurige Lohe aus den Essen der modernen Nibelungen, der Bezwinger von Stahl und Eisen, schlug wie ein Sonnwendfeuer zum Himmel. Zehntausende trugen den Taumel der Begeisterung durch die Straßen. Zum Schluß sprach der Oberbürgermeister das letzte Wort. Durch Arbeit zur Freiheit, sei die Losung gewesen. «Wir wissen uns frei von unfreundlichen Gefühlen, wenn wir in dieser festlichen Stunde unserer Freude darüber Ausdruck geben, daß der Nachbar endlich wieder Nachbar geworden ist.»

Dienstag, den 18. August 1925

Von den 30000 arbeitsuchenden Metallarbeitern des Reviers dürfte ein beträchtlicher Teil wegen endgültiger struktureller Verschiebungen auch bei gebesserter Konjunktur nicht wieder im Beruf unterkommen.

Die Organisationen der Angestellten haben den zwischen ihnen und dem Arbeitgeberverband bestehenden Rahmentarifvertrag gekündigt. Über das Ziel der Maßnahme erfahren wir, daß der Deutschnationale Handlungsgehilfenverband die Schaffung eines tarifvertraglichen Schlichtungsamtes unter Ausschluß des staatlichen Schlichtungswesens beantragt.

Donnerstag, den 10. September 1925

Der Reichsarbeitsminister hat erklärt, daß wir nicht so viele Erwerbslose hätten, wenn sich die offizielle Lohnpolitik in den letzten Jahren nicht auf falschem Wege befunden hätte. Die Gestehungskosten der deutschen Wirtschaft müßten herabgedrückt werden, denn das deutsche Preisniveau stehe an der Spitze von allen Ländern. An Löhnen und Gehältern zahle die deutsche Wirtschaft jährlich 45 Milliarden, an Ausgaben im Reich, Ländern, Gemeinden und Sozialversicherungen mehr als 27 Milliarden, davon entfielen 25 auf die Industrie und nur 2 auf die Landwirtschaft, die unrentabel sei, nur den vierten Teil der Bevölkerung ausmache und auch nur den vierten Teil aller volkswirtschaftlichen Werte erzeuge.

Fünftes Buch

Befestigung

Neunzehntes Kapitel

Nachdem Adam Griguszies einige Zeit in der Grusonstraße gelebt hatte, gewöhnte er sich an, diese die «Dopslaffstraße» zu nennen, und es hatte damit folgende Bewandtnis.

An die hundert gelernte Arbeiter wohnten hier, Anstreicher, Klempner, Sattler, Schreiner, die alle bei Risch-Zander als ungelernte Tagelöhner beschäftigt waren. Nicht daß sie in ihrem Fach keine Arbeit mehr hätten finden können oder Pfuscher gewesen wären. Nein, sie wollten ganz einfach nicht. Wiewohl sie sich bei keiner Tätigkeit weh zu tun pflegten, waren sie nicht im alltäglichen Sinne faul. Sie machten sogar mehr Stunden am Tag, als sie in ihrem Handwerk nötig gehabt hätten, denn nachdem ihr Tagewerk in der Fabrik vollbracht war, beschäftigten sie sich daheim noch als Unternehmer auf eigene Rechnung. Es war ein Stück Bauernschlauheit von ihnen. Sie rechneten so: als Handwerksgesellen sind wir qualifizierte Arbeiter, aber die Bezahlung ist in Anbetracht der spezifischen Leistung durchaus unqualifiziert, und selbständig können wir uns nicht machen, dazu haben wir weder Lust noch Geld. Als Handlanger in der Fabrik sind wir unqualifizierte Arbeiter, aber die Bezahlung ist in Anbetracht der generellen Leistung durchaus qualifiziert, denn ob gelernt oder ungelernt, der Tarif ist gleich. Somit haben wir als gewöhnliche Tagelöhner ein viel bequemeres Leben und obendrein eine einigermaßen sichere Grundlage – so sicher, wie sie unsereins eben haben kann, und nach Feierabend verbleibt uns Zeit genug, Facharbeit anzunehmen, die wir alsdann billiger liefern können als die Zunft, weil wir kein Risiko und keine Unkosten haben.

Es stand nicht so deutlich, nicht so nackt in ihren Köpfen, wie es hier niedergeschrieben ist, aber ihre umständlichere und verhülltere Berechnung lief doch eben darauf hinaus. Sie bildeten die Hauptmasse des Heeres der «Schwarzarbeiter», gegen welches der gewerbliche Mittelstand einen gewaltigen, jedoch aus seinen eigenen Reihen sabotierten Feldzug eröffnet hatte. Im Haus- und Grundbesitzerverein kam es darüber beinahe zu einer Spaltung, weil die Hausherren, die zugleich Handwerksmeister waren, von den anderen verlangten, daß sie keine Schwarzarbeiter unterstützten, während die anderen das Gewerbesteuer zahlende Handwerk beschuldigten, die Hausbesitzer durch seine ungerechtfertigten Preise geradezu den Schwarzarbeitern in die Arme zu treiben.

Adams Hauswirt Aldenhövel hörte sich das alles an und befolgte, Prinzipien hin, Prinzipien her, in aller Ruhe die Taktik eines eingefleischten Genießers. Alle Reparaturen im Haus ließ er von Schwarzarbeitern ausführen, wobei er sich bis zu vierzig Prozent billiger stand, und gleichzeitig schickte er einem seiner Mieter, der ebenfalls Schwarzarbeiter war, einen eingeschriebenen Brief: die von ihm bewohnte und teilweise als Sattlerwerkstatt benutzte Mansarde falle nunmehr unter den gesetzlichen Begriff der «zu gewerblichen Zwekken vermieteten Räume» und sei daher mit einem entsprechenden Aufschlag zu bedenken.

In den Verhandlungen, die hierauf folgten, erklärte sich jener Mieter bereit, Matratzen, Sofa und alte gepolsterte Sessel den Aldenhövels unentgeltlich aufzuarbeiten, wogegen diese von der angedrohten Maßnahme Abstand nahmen, ja, in ihrer Freude über die schönen, wie neu aussehenden Sachen sich zu einem Versprechen verstiegen, das sie selbst nie für möglich gehalten hätten. Die Zeche war nämlich angemeldet, das heißt, der Westdeutsche Berkwerksverein, dessen Stollen die Grusonstraße unterminierten, besserte wieder einmal die dadurch an den Häusern verursachten Schäden aus. In Wänden und Decken wurden die Risse ausgekratzt und verschmirt, das Weißen und Tapezieren blieb den Inhabern überlassen; hierfür wurden pro Zimmer siebenundzwanzig Mark vergütet. Bisher hatten Aldenhövels immer das gesamte Geld eingesteckt, das machte bei siebzehn Zimmern im Haus 459 Mark, und die Reparatur verschlang beim Schwarzarbeiter höchstens zweihundert. Wenn man diesen netten Gewinn berücksichtigt, kann man den Wert der Vergünstigung ermessen, die darin bestand, daß der Sattler ausnahmesweise die einundachtzig Mark für seine drei Zimmer bekam und diese selbst tapezieren durfte.

Der fragliche Mieter hieß Heinrich Dopslaff. Er war gelernter Sattler und Polsterer und als Handlanger in der Ofenmaurerei des Stahlwerks Risch-Zander beschäftigt. Er wollte weder ein kleiner noch ein großer Mann sein und hätte nur gern im kleinen den Großen gespielt; und wenn ihm dies nicht vollendet glückte, so lag es bloß daran, daß er sogar dazu noch zu phlegmatisch war. Vielleicht war es für ihn bezeichnend, daß er die Arbeit in der Risch-Zanderschen Sattlerei verschmäht hatte, weil ihm der Umgang mit Transmissionsriemen zu gefährlich und ruhestörend erschien; jedenfalls sah Adam Griguszies in ihm den

Typus jener zahlreichen Arbeiter, die sich weder über die bestehende noch über die künftige Wirtschaftsform irgendwelche Gedanken machten.

Die Wahrheit zu sagen, hatten die meisten von wirtschaftlichen Dingen überhaupt nur eine unvollkommene Vorstellung. Heinrich Dopslaff zum Beispiel hatte die Ofenmaurerei und die Grusonstraße. Dahinter hörte alles auf, mindestens war ihm dahinter alles gleichgültig. «Mich betrifft das nicht», meinte er. Diese Arbeiter (und sie waren, wenn man's bei Licht besah, die Mehrheit) verharrten auf dem Standpunkt der mittelalterlichen Bürger, die es sich, wie ihr Dichter sagte, beim Gespräch von Krieg und Kriegsgeschrei behaglich sein ließen, wenn in fernen Erdteilen die Völker aufeinanderschlugen. Ofenmaurerei und Grusonstraße waren Dopslaffs Dorf; was er mit den Augen von seinem Mansardenfenster aus sehen konnte (und selbst da sah er selten hinaus), war sein Horizont. Die Weltwirtschaft war für ihn ein so entfernter und sagenhafter Begriff wie das Karibische Meer oder das Hochland von Iran.

Manche Leute, die mit den Verhältnissen weniger vertraut waren, wunderten sich, wie dieses im angeblichen Zeitalter einer straff organisierten Arbeiterschaft möglich sein könne. Nun, Heinrich Dopslaff war seit Kriegsende dreimal in die Gewerkschaft ein- und wieder ausgetreten. Solange die Inflation dauerte und die sogenannten Lohnerhöhungen durchgesetzt wurden, war Dopslaff organisiert. Als dann nach der Markstabilisierung die Löhne mäßig, aber fest wurden, schimpfte seine Frau jede Woche über die abgeführten Beiträge. «Wofür denn? Da hätten wir uns allerhand für kaufen können. Alles rausgeschmissenes Geld, ihr bringt doch nichts fertig, bloß Geldmacherei von die Kerle, die euch in die Versammlungen Brei ums Maul schmieren. Nachher wirst du noch gekündigt, die im Verband sind, kommen doch immer zuerst dran.» Um das nicht mehr anhören zu müssen, trat er aus. Bald darauf spitzte sich die Lage zu, ein Streik schien zu drohen, er bekam Angst. Den Streikbrecher zu machen, schämte er sich noch, und außerdem hieß es, in Zukunft sollten für die Unorganisierten die Tarife keine Gültigkeit mehr haben. Zwar war nicht gut anzunehmen, daß sich die Unternehmer so in das eigene Fleisch schneiden würden, wie sie getan hätten, wären sie auf solche Bedingungen eingegangen. Aber Dopslaff spitzte die Ohren und dachte: besser ist besser. Er trat wieder bei, bis die Gefahr beseitigt war. «Siehst du», sagte seine Frau, «die haben ja nich mal die Courage zu streiken», und er antwortete: «Ja, ja, ich gehe ja schon wieder raus.» Doch ließ er sich nochmals beschwatzen, als der

Sprecher seines Betriebsrayons ihn bearbeitete, und da er immer noch nicht recht zog, sogar den Betriebsrat Fries mitbrachte. Da konnte er nun nicht widerstehen, als der Vorsitzende des Betriebsrats sich selbst um ihn bemühte und ihn mit gönnerhafter Miene als «Kollegen» ansprach, und diesmal blieb er dabei, bis die Arbeitszeit heraufgesetzt wurde. Diesen Anschlag auf seine Freiheit aber quittierte er sofort damit, daß er denen den Rücken kehrte, die versucht hatten, ihn zu vereiteln.

Allmählich begann es aus einem Schimpf eine Mannhaftigkeit zu werden, wenn man ein Unorganisierter war.

Heinrich Dopslaff hatte neun Kinder, acht Mädchen und einen Jungen, und bewohnte in Aldenhövels Haus drei Mansardenzimmer. Das kleinste diente als Schlafraum; hier standen drei Betten für seine Töchter, weiter war auch kein Platz da. In der Küche, die so geräumig war, daß in der Mitte eine große leere Fläche übrigblieb, wo die Älteste (eben jene Schneiderin, zu der die Frau Werkmeister gewollt hatte) nähte, Dopslaff polsterte und die jungen Leute bei Familienfesten und auf Silvester tanzten, stand ein Ledersofa, auf welchem der Sohn schlafen mußte. Dann hatten sie noch das «gute Zimmer» mit Kleiderschrank, Vertikow und Sesseln, wie ein Heiligtum dunkel gehalten und tagsüber kaum berührt. Da Vater und Mutter Dopslaff jedoch darin schliefen, andererseits die Anwesenheit eines Betts für unschicklich erachtet wurde, weil die Älteste hier ihre Kundschaft empfangen und auch ihren Verehrer in die Familie einführen wollte, so hatte Dopslaff einen zweischläfrigen, bauschigen Matratzenkasten gearbeitet, dessen aparte Konstruktion es ermöglichte, bei Tag als Chaiselongue und bei Nacht als Bett zu dienen.

Die Küche war ein schmuddeliges Durcheinander von Koch-, Arbeits-, Spiel-, Bade-, Frisier- und Wohnraum. Man bedenke, daß elf Menschen ihren Tag darin verbrachten, man bedenke den Staub, den das Nähen und Polstern verursachte, man bedenke das Getrappel all dieser Kinderfüße und das Geflock ausgekämmter Frauenhaare, man bedenke die ranzigen Rückstände auf dem Spülstein, wo die Essenreste von elf Menschen aufgewaschen wurden. Frau Dopslaff war einmal eine propere und leidlich fleißige Frau gewesen, aber neun Kinder und zwanzig Jahre in der Mansarde der Grusonstraße hatten sie in eine gleichgültige verwandelt. Früher hatte sie resolut den Kampf gegen Schmutz und zerrissene Kleider aufgenommen, hatte gescheuert und geflickt, doch jedesmal wenn sie über den Berg zu sein glaubte, kam sie wieder ins Wochenbett, und der ganze Kram fing von vorn an. Hatte sie morgens den Kindern frisch gestopfte Strümpfe und Röcke angezogen, so saßen abends zwei neue Löcher daneben, und das wiederholte sich so lange, bis sie müde wurde und die Lumpen sie nicht mehr genierten.

Jetzt machte sie es anders. Sie fragte sich, wofür sie sich eigentlich abrackern solle, da das Ergebnis doch kein anderes war, als wenn sie sich schöne Tage machte. Nichts wurde mehr geflickt. Waren die Strümpfe durchlöchert, so schnitt sie kurzerhand sie an den Fersen ab und ließ die Kinder mit blanken Füßen in die Schuhe treten. Neue Sachen durften sie sofort sonntags und alltags anziehen und schonungslos drauftreiben, bis die Fetzen herunterhingen. Die Kommunionkleider schenkte die Karitas, die Schulbücher das Wohlfahrtsamt.

Frau Dopslaff hatte jetzt einen Bubikopf und erlebte eine zweite Jugend. Ihr Mann nannte sie immer «die» Frau, wenn er von ihr sprach. Ebenso sagte er «die» Kinder und nicht «meine» Kinder, «die» Wohnung und nicht «meine» Wohnung, «die» Arbeit und nicht «meine» Arbeit. Alles war für ihn unpersönlich und beziehungslos, wie er selbst unpersönlich und beziehungslos war.

Die Schneiderin arbeitete überhaupt nicht für die Familie, weil sie alles abgeben mußte, was sie verdiente. «Dafür könnt ihr euch ja gut kaufen», sagte sie. Frau Dopslaff war es zufrieden. In diesem Stadium der Dinge wäre sie nicht mehr davon zu überzeugen gewesen, daß nicht bloß das eingenommene, sondern auch das nicht ausgegebene Geld einen Verdienst darstelle; sie wollte einen Lohn in barer Münze sehen, Arbeit im eigenen Haushalt veranschlagte sie nicht mehr, das mußte nebenbei gemacht werden, wenn es ging, und wenn es nicht ging, mußte es eben liegen bleiben. Deshalb hatte sie der Zweitältesten zwei Halbtagsstellen besorgt, eine morgens, die andere nachmittags; in den Zwischenpausen konnte sie daheim das Nötigste tun.

Die kleineren Kinder, «Blagen» genannt, lagen bis spät in die Dunkelheit hinein und selbst bei Regenwetter auf der Straße.

In Dopslaffs Haushalt war der einzige feststehende Einnahmeposten der Lohn, den die Zweitälteste draußen empfing. Was ihren Mann anbetraf, so war Frau Dopslaff in all den Jahren noch nicht dahintergekommen, was er eigentlich verdiente. Zwar war ihr bekannt, daß sein Stundenlohn zweiundsiebzig Pfennig betrug, und sie konnte sich daher sehr wohl ausrechnen, was er alle acht Tage hätte nach Hause bringen müssen. Aber was sie ausgerechnet hatte, stimmte fast nie, obgleich es richtig gerechnet war.

Jeden Donnerstag hatte Heinrich Dopslaff Zahltag. Er entnahm seiner Tüte auf der Stelle drei Mark, begab sich in die Gaststätte «Zur Hütte» und setzte sie dort, keinen Pfennig mehr und keinen weniger, in Bier und Schnaps um, wovon er bald, da er alles durcheinander trank, heftig berauscht wurde. Jedoch hatte die lange Gewohnheit es mit sich gebracht, daß er trotzdem für gewisse Momente einen völlig nüchternen Sinn bewahrte: so ließ er sich nie verleiten, nachdem er drei Mark vertrunken waren, noch einen Griff in die Tüte zu tun; so konnte er, wenn er kurz vor Mitternacht nach Hause wankte, mit ziemlich ruhiger Hand die Haustür aufschließen; so besaß er, oben angelangt, die Geistesgegenwart, mit einer scheinbar klaren Haltung die Lohntüte auf den Tisch zu legen. Sogar in diesem Zustand machte es sich bemerkbar, daß er von Natur ein braves Haustier war. Erst nachdem er jene drei wichtigen Momente überstanden hatte, erschlaffte sein Wille, überließ er sich ohne inneren Widerstand den Wirkungen des Alkohols.

Längst hatte die Frau sich abgewöhnt, ihm Vorwürfe zu machen, im Gegenteil, sie verteidigte ihn bei Bekannten, indem sie sagte: «Soviel muß an einem Zahltag dransitzen, daß er sich mal besaufen kann.» Dennoch war das erste, was er in die Nacht hinausschrie, eine geharnische Antwort auf imaginäre Vorwürfe. «Ich verdiene meinen Suff – ja! Geht kein Mensch was an, wieviel ich saufe – ja! Ich verdiene meinen Suff – ja!» Dieses trotzig und kurz hervorgestoßene «Ja», womit er jedem der sich wörtlich wiederholenden Ausrufe Nachdruck verlieh, rollte hinterher wie eine eingefrorene Fanfare. Dabei ging er rastlos auf und ab, stieß zuweilen an ein Möbelstück an, torkelte und fing seinen Körper mit schwerem Gepolter wieder auf. Bis zwei Uhr dauerte das, dann plumpste er auf den Fußboden und schlief ein.

Die Regelmäßigkeit dieses wöchentlichen Vorgangs war in der Tat verblüffend; jedenfalls steht fest, daß die Ungewißheit, worin Frau Dipslaff sich hinsichtlich der von ihrem Mann heimzubringenden Wochensumme befand, nicht etwa daher rührte. Vielmehr rührte sie von einer Entlohnungsmethode her, die einerseits dem Wunsch der Arbeiter, öfters Geld in die Finger zu bekommen, Genüge tat und sie andererseits infolge der unberechenbaren Schwankungen in der Höhe der Auszahlungen unter beständigem Druck hielt.

Man kann sagen, daß Heinrich Dopslaff im Monat über hundertsechzig Mark netto hätte verfügen müssen. Dieser Betrag lag auch im Prinzip fest, nur kam er wegen der dauernden Verrechnungen, die sich von einem Monat in den anderen hineinzogen, praktisch niemals zustande. Dies war es zuletzt, was den sozialen Vorzug der Angestellten gegenüber den Arbeitern ausdrückte; einen Vorzug, der durchschnittlich nicht so sehr in der finanziellen Differenz, den längeren Kündigungsfristen und der Bezahlung der Sonn- und Feiertage begründet war, denn solche Dinge wurden zum Teil schon dadurch aufgewogen, daß den Angestellten gemeinhin die Überstunden nicht angeschrieben wurden. Der Vorzug, den sie genossen, wurde im Grunde durch die Tatsache bestimmt, daß sie in ihrem Haushalt zu einem festen Termin mit einem unverschiebbaren Posten rechnen konnten.

Nehmen wir an, daß Dopslaff am Zwanzigsten eines Monats Zahltag hatte: Das war ein «Abschlag», ein Vorschuß auf den im laufenden Monat zu erwartenden Verdienst. Meistens eine glatte Summe: zwanzig Mark. Frau Dopslaff gab sie bis zum Siebenundzwanzigsten aus, dazu gehörte nicht viel. Dann kam ein zweiter Abschlag, der schon nicht mehr glatt war, sondern sich nach der in der ersten Monatshälfte geleisteten Stundenzahl richtete. Er bewegte sich zwischen dreißig und vierzig Mark, davon ab die Miete mit sechsundzwanzig, blieb so gut wie nichts übrig bis zum Vierten. Diesmal war der Abschlag kein Vorschuß mehr, sondern die Abtragung einer bereits fälligen Schuld, nämlich des vorhergehenden Montaslohns, der indessen erst beim nächstenmal endgültig festgestellt wurde, weil die Meldezettel aus den Betrieben über Leistungen und Lieferungen nicht früher gesichtet werden konnten. Fünfzehn bis zwanzig Mark machte dieser Abschlag in der Regel aus. Am Elften endlich folgte die Quittung für den vergangenen Monat: Gesamtverdienst abzüglich dreimal Abschlag, Versicherungsbeiträge (Steuern brauchte Dopslaff bei seinem Einkommen und mit neun Kindern nicht zu zahlen), manchmal auch Rate für Kohlen, Rate für Holz, Rate für Kartoffeln – es war vorgekommen, daß ihm dabei noch sechzig Mark auf einen Schlag zufielen, dann war Kirmes in der Grusonstraße, es war aber auch in der Zeit der Feierschichten vorgekommen, daß auf der Lohntüte stand: «Bleiben zu zahlen 0 Mark 0 Pfennig.» Doch schon wenn der Restbetrag zwanzig Mark unterschritt, wurde ein Sonderabschlag gewährt, der dann gleich an den folgenden Zahltagen einbehalten wurde und den Unsicherheitsfaktor vermehrte.

Was sollten die Leute tun? Sich einteilen, natürlich. Aber über dem Versuch, die hierfür erforderlichen Logarithmen ausfindig zu machen, wären sie voraussichtlich ins Irrenhaus gekommen. Sicherlich war es der Gesundheit weniger abträglich, wenn sie jeden Zahltag bis zum nächsten verwirtschafteten. Übrigens verhalfen schon die Hausierer dazu, die in großer Zahl an die Tür klopften. Sie hatten nämlich so günstige Zahlungsbedingungen, daß es geradezu leichtsinnig gewesen wäre, wenn man diese Angebote nicht wahrgenommen hätte. Auch handelte es sich meist um fesch gekleidete Herren, die von guter Lebensart waren und überaus verständig zu reden wußten. Man konnte sich nicht die Blöße geben, ihren zwingenden Gründen zu widersprechen. Man konnte sich auch nicht arm stellen, das wäre unhöflich gewesen. Man konnte diese feinen, flotten Herren einfach nicht abweisen, die, kaum daß ihnen geöffnet worden war, wie alte Bekannte schnurstracks eintraten und erst loslegten, nachdem sie im «guten Zimmer» Platz genommen hatten. Diese Überlegenheit! Diese Beredsamkeit! Dieser Schliff und diese Kenntnisse der Gepflogenheiten besserer Kreise! Man konnte nicht schäbig dastehen vor ihnen, sie hatten nun auch schon so lange dagesessen, da mußte man ihnen ein Schnäpschen anbieten, und es ging ganz und gar nicht, daß sie so viele und schöne Dinge etwa umsonst geredet haben sollten.

In Mutter Dopslaffs Herz regte sich so etwas wie eine soziale Verpflichtung: Schließlich mußten doch auch diese Leute ihr Geld sauer verdienen, und sie hatten schon zuviel von ihrer kostbaren Zeit bei ihr zugebracht, als daß ihnen noch mit einigem Anstand eine Enttäuschung hätte zugemutet werden dürfen. So wurde denn jedesmal der Kaufschein unterschrieben.

Allerdings hing unten an der Haustür ein Schildchen: «Betteln und Hausieren verboten»; aber das war nur dekorativ gemeint, es gehörte zum guten Ton eines Hausbesitzers. Dem Schildchen eine praktische Bedeutung beizumessen, war um so weniger angebracht, als auch Frau Aldenhövel, um die durch den Besitz hervorgerufene Belastung zu vermindern, mit Damenbinden hausieren ging. Sie selbst sagte freilich diskret, daß sie damit «reise».

Im Laufe eines Jahres hatte Mutter Dopslaff bei den Hausierern folgende Verbindlichkeiten: vier Meter dunkelgrünen Medras zur Fensterdekoration im «guten Zimmer», das Meter zu fünf Mark, machte zwanzig Mark, zahlbar in wöchentlichen Raten von zwei Mark; ein versilbertes und durch eine Glaskugel gegen Staub geschütztes Kruzifix mit Konsole zu fünfzehn Mark, zahlbar in monatlichen Raten von fünf Mark; ein Öldruck in Goldrahmen, darstellend ein in schwellender Landschaft gelagertes und von tanzenden Liebesgöttern, anregend umkreistes Paar, zu zwölf Mark, zahlbar in wöchentlichen Raten von fünfzig Pfennig; ein Schrankgrammophon ohne Fabrikmarke, mit sechs Platten, zu hundertfünfzig Mark, Anzahlung zehn Mark, der Rest zahlbar in monatlichen Raten von vier Mark; eine Mandoline für den Jungen, der im Wanderklub der Lehrlingswerkstatt war, zu vierzehn Mark, zahlbar in wöchentlichen Raten von zwei Mark; für die Aussteuer der Ältesten Paradekissen aus Linon mit riesigen Klöppelspitzen und passenden Scheinlaken, zusammen vierundzwanzig Mark, zahlbar in monatlichen Raten von vier Mark; fertige Mäntel für die beiden Jüngsten, das Stück zu dreißig Mark, machte sechzig Mark, zahlbar in monatlichen Raten von sechs Mark; ein kunstseidener Pullover für die Zweitälteste, zu fünfundzwanzig Mark, zahlbar in wöchentlichen Raten von einer Mark; eine Teepuppe in stilechtem Rokoko, zur Zierde für das Vertikow, zu acht Mark, zahlbar in monatlichen Raten von zwei Mark; ein handgemaltes Sofakissen aus schwarzem Samt mit einem Pfauhahn darauf, das immer erst weggelegt wurde, wenn jemand sich setzen wollte, zu achtzehn Mark, zahlbar in wöchentlichen Raten von einer Mark fünfzig; außerdem mehrere Abonnements auf christliche Sonntagsblätter und Versicherungszeitschriften im Gesamtbetrag von zwei Mark fünfundzwanzig monatlich.

Es war alles dreifach überzahlt – vielleicht merkten es die Dopslaffs in der Grusonstraße nicht, sicher machten sie sich keine Gedanken darüber. Denn die Hauptsache blieb, daß es bequem war. So bequem!

Nach und nach setze Frau Dopslaff Fett an, wie fast alle Frauen der Grusonstraße, die aus den Wechseljahren heraus waren und viele Kinder gehabt hatten. Möglich, daß sie von einer Rasse waren, die von Natur zum Dickwerden neigte, und daß die Natur sich desto ungestümer durchsetzte, je mehr die durch die jährliche Schwangerschaft veranlaßte Hemmung entfiel. Zweifellos wirkte aber auch die Lebensweise mit, die geringe Bewegung, die muffige Luft, die ewig gleichbleibende Stampfe aus Kartoffeln und Hülsenfrüchten, welche die Hauptnahrung darstellte, der heimliche Genuß von Süßigkeiten, die sie ergänzte. Alle diese Frauen waren naschhaft, und wenn sie dem Mann bei den Mahlzeiten die Fleischbissen zukommen ließen, so entschädigten sie sich dafür unter der Zeit mit Schokolade, Rahmkaramellen und leckerem Gebäck, wovon «Vadder» nichts sah.

Einmal wöchentlich, wenn Lohntag war, trafen sich die Nachbarinnen im Erfirschungsraum des Konsums. Der befand sich in der Hauptverkaufsstelle und war eine Schöpfung des Chefs aus dem Berliner Warenhaus. Früher hatte es hier ausgesehen wie in einem orientalischen Basar. Jetzt war jede Spur des Trödelkrams verwischt, ein modernes Warenhaus war entstanden mit Schaufenstern, Lichtreklame,

Rolltreppen, Weihnachtsausstellungen, Weißen Wochen und Inventurausverkäufen bei doppelten Rabattmarken und Eilzustellung nach allen Stadtteilen. Außer darin, daß der Konsum nicht inserierte, unterschied er sich in nichts mehr von den großen Geschäftshäusern der Stadt. So hatte er auch seinen Erfrischungsraum, in dessen heller Glanzlacktäfelung man sich spiegeln konnte, und in dem Mädchen in Schwarz mit weißer Stirnkrause bedienten.

Der Warenhausbrodem, Dunst von Stoffen, Leder und Menschen, mischte sich mit dem Geruch von Fleisch, Kartoffelsalat, Torten, Kaffee, Sahne und Bier zu einer beklemmenden, klebrigen Hitze, die Trockenheit in den Luftwegen und Enge auf der Brust bewirkte. Kein Platz war frei. So dicht saßen die Frauen an den kleinen runden Tischen, daß sie, indem sie aßen, die Ellbogen vor den Leib pressen mußten. Schwedenplatten und Kuchenteller waren aufeinandergetürmt. Viele hielten in dieser Raumnot ihr Bierglas oder ihre Kaffeetasse mit der linken Hand über dem Schoß, während sie mit der rechten die Gabel führten. Der Schweiß perlte in ihren Kinngruben und brach unter den Achseln durch ihre Kleider. Er bildete dort gelbgrüne, nach ranzigem Öl riechende Ränder.

Adam Griguszies, der eines Nachmittags auf einem Rundgang des Konsumausschusses hier vorüberkan, sah Frau Dopslaffs Schellfischaugen inmitten vieler unbekannten Gesichter, die aber dank ihrer Einbettung in schwammige Fettwülste sich alle glichen. Er sah sie kauen und schwatzen und ihm zuwinken. Bei diesem ganzen Schauspiel traute er seinen Augen nicht, und eine Weile blieb er stehen, um sich zu vergewissern.

Frau Dopslaff hielt ihm eine Tüte hin, aus der sie zwischendurch naschte: «Auch paar Makrönches haben? Leckere Nußmakrönches, Herr Griguszies!»

«Danke», sagte er.

«Nu zieren Se sich mal nich so.»

Er nahm eine Makrone und zerbiß sie krachend.

So war das also: irgendwo wurde für das ausgebeutete Proletariat die Trommel gerührt, und hier . . .? Hier wurde von Angehörigen desselben Proletariats ohne Scham gefressen. Ohne Scham: nicht weil sie fraßen, o nein, das gönnte er ihnen, es waren ja doch nur Henkersmahlzeiten jeweils zwischen den Hungerperioden von Lohntag zu Lohntag, und das Elend wurde darum nicht weniger, daß sie es nicht fühlten oder sich selbst für eine kurze Zeitspanne vergaßen; sondern ohne Scham: weil es unmittelbar unter den Augen des Ausbeuters geschah, in seinem eigenen Haus; weil es ihm Argumente lieferte, weil er mit dem Finger darauf zeigen konnte: wie, diesen da soll es schlechtgehen, seht doch an!

Und wieder wurde für diese da die Trommel gerührt, er selbst war Trommler, und die Menschen hörten es höflich, doch mit ungläubigem Lächeln an: wie, diesen da soll es schlechtgehen, seht doch an!

Und immer wieder wurde die Trommel gerührt, noch immer war er selber Trommler, die Undankbarkeit und der Unverstand der Massen durfte ihn nicht beirren; aber wenn sie schon zu träge, zu gedankenlos, zu genußsüchtig und zu feige waren, diese Arbeit einzuschätzen und zu achten – mußten sie darum gleich sie hintertreiben und verraten?

Während ihm der Schädel davon brummte, kaute und schwatzte Frau Dopslaff und winkte ihm zu, und es schien ihm, als kaue und schwatze die ganze Grusonstraße und winke ihm zu, als kaue und schwatze die ganze Stadt und winke ihm zu.

Ist das nun alles so? fragte er sich, oder nehme ich es zu schwer? Wie ist es? Wie ist es?

Heinrich Dopslaff nahm es nicht schwer und fragte sich nichts. Er wollte in Ruhe gelassen sein. Er regte sich nicht einmal auf, wenn Tabak und Bier besteuert wurden, höchstens daß er gelegentlich auf die Bauern schimpfte, die nach seiner Meinung habgierige, geizige und sich arm stellende Kanaillen waren, denen das Korn vom Himmel fiel, und die, da sie es teuer verkauften, einen Strumpf nach dem anderen, mit Geld gefüllt, ins Bett stecken konnten. Er war auf ein Lokalblatt abonniert, worin alle sensationellen Vorkommnisse, sei es das Verschwinden einer Minderjährigen oder ein Raubmord oder ein Nachtgewitter, mit der gleichen gefühlvollen Poesie und fast mit den gleichen sprachlichen Wendungen abgehandelt wurden. Die Arbeitslosen verachtete er und hielt sie für arbeitsscheu. In die Kirche ging er rein aus Bequemlichkeit nicht mehr, aber er beobachtete die Formalitäten seiner Konfession, wenigstens soweit sie sich auf das Familienleben erstreckten. Zwei- oder dreimal im Sommer machte er mit der Frau einen Sonntagsspaziergang, dann war er gut und zurückhaltend angezogen, die Frau dagegen billig und geschmacklos und mit fürchterlichen Farbenzusammenstellungen; sonst schlief er bis zehn und nach dem Essen noch einmal bis vier, und polsterte die übrige Zeit.

Wenn er die Eisenbahn benutzen mußte, stieg er in die alten Vierteklassewagen ein, die aus Sparsamkeitsgründen noch zwischen den Wagen dritter in den Zügen liefen, als die vierte Klasse offiziell schon aufgehoben war. Anders hätte er sich nicht heimisch gefühlt, hätte er sich unbehaglich, bedrückt und an die Existenz eines Weltbildes erinnert gefühlt, dem er sich nicht zugehörig und nicht ebenbürtig glaubte, und demgegenüber er nach seiner Ansicht zu nichts verpflichtet war. Seine Existenz trugen die Dinge in sich, mit sich: die Ofenmaurerei, die Grusonstraße, die Stadtbauplan, die fliegenden Händler, die besondere Gattung der Hausbesitzer, die Mansardc, die Hausierer, die Frau und die «Blagen». Er war nicht zufällig zwischen diesen Dingen zu Hause, er und sie bestimmten einander wechselseitig.

Er ging mit einer Aktentasche zur Fabrik, angetan mit einem sehr hohen Stehkragen von der Sorte, die vor zwanzig Jahren modern war und damals «Vatermörder» hieß. In diesem Kragen mußte er den Hals so steif halten, als habe er Furunkel im Nacken. Sein dreieckiges Gesicht mit dem stuppigen Schnurrbart und den abstehenden Ohren bekam dadurch ein zugleich schneidiges und leidendes Aussehen.

Abends machte die Frau die Butterbrote und den Henkelmann zurecht, damit sie am Morgen nicht aufzustehen brauchte. Seine Schicht war von sechs bis dreiviertel vier, eine Viertelstunde Frühstückspause, eine halbe Stunde Mittag.

Handlanger in der Ofenmaurerei – das war mehr als die mechanische Tätigkeit, die man unter dieser prosaischen Bezeichnung vermuten wird. Dieses Dasein entbehrte nicht einer gewissen Zufuhr an Phantasiestoffen. Man muß wissen, daß die Ofenmaurerei kein zwischen vier Werkstattwänden eingekerkerter Betrieb war. Die Leute kamen viel herum, in das Hochofenwerk, in die Gießereien, Walzwerke und Glühhäuser, überallhin, wo Öfen zum Schmelzen, Schmieden, Trocknen, Frischen und Härten zu mauern und instandzuhalten waren. Da waren zum Beispiel die Schachtöfen, plumpe, bauchige Schlünde, worin das Eisen mitten unter dem Brennstoff lag und vom pfeifenden Gebläse zur Weißglut entfacht wurde. Da waren die Flammöfen, breite Platten wie Herde, wo das Eisen gepuddelt und geschweißt wurde, nur von der Flamme bestrichen. Da waren dic Tiegelöfen, quadratische Schränke, in die ein Chamottetiegel mit dem Gußstahl eingelassen wurde, so daß diesen weder das Brennmaterial noch die Feierungsgase berührten. Da waren endlich die feuerfest ausgekleideten elektrischen Öfen, die mit Drehstrom beheizt wurden und die flüssigen Stahle veredelten. Heinrich Dopslaff machte sich aber nichts daraus. Er legte auch keinen Wert darauf, den Abstich des Eisens mitanzusehen oder die schnell hinwandelnde Helligkeit der Blöcke, an welcher die verschiedenen Phasen der Erhitzung abzulesen waren: wie sie zuerst in dunkler Röte aufschäumten, dann in ein brennendes Gelb übergingen und zuletzt so weiß zerflossen, daß es den Augen weh tat.

Zwar waren sehr viele, ja die meisten Menschen unfähig, an solchen Färbungen die physikalischen Erscheinungen zu erkennen (nicht weil sie es nicht wußten, sondern weil sie keine Empfindung dafür hatten), aber dann wurden sie immerhin von dem bunten Spiel der Reflexe angezogen. Nicht einmal das war bei Dopslaff der Fall. Er sah es, wo es sich aufdrängte und sein Blick nicht ausweichen konnte, doch sah er es ohne Verständnis, und die Arbeiter, die dort beschäftigt waren, blieben ihm völlig fremd. Er pochte hartnäckig darauf, daß er nur Tagelöhner und gewissermaßen als Gast hier sei und mit der eigentliche industriellen Materie nichts zu tun habe. Die Spezialarbeiter wiederum sahen ihn von vornherein nicht für voll an und gaben sich auch keine Mühe, ihn für ihren Beruf zu interessieren. Daraus darf man freilich nicht schließen, daß er abseits gestanden und keine Gespräche geführt hätte. Im Gegenteil, um Gespräche zu führen, war er da. Er war etwas Ähnliches wie der wahre Jakob, eine Art Offiziersordonnanz und Kalfaktor; er spionierte und drangsalierte überall herum, ließ sich für jeden Botendienst verwenden, lief hin und her, hatte fast stets eine Kaffeekanne in der Hand (denn er kochte dem Meister den Kaffee und war schon darum mehr als die anderen), trug hier ein paar Worte hin und dorthin ein paar Worte. Nun, wenn man als Handlanger in einem Dutzend Betriebe herumwandert, dann kommt es schon von selbst und ohne besondere Veranlagung, daß man mit der Zeit die Flöhe husten hört. Die Ohren summen von all den Geschichten und Parolen, die man mit sich herumschleppt, und für die Geringschätzung, der man begegnet, entschädigt wohl die Macht, die man insgeheim ausübt: Als ein Mensch, der nach Gutdünken Geheimnisse hüten oder ausplaudern kann.

Die Summe solcher Einzelzüge war das, was Griguszies unter «Dopslaffstraße» verstand. War nicht das ganze Kohlenrevier eine einzige Dopslaffstraße? War nicht der Grundriß überall derselbe? Zählten die paar Abweichungen in der Fassade, die hie und da bemerkbar waren? Konnten die Versuche der wenigen, einen wirklichen Charakter zu bilden, überhaupt etwas bedeuten, da sie in all den Dopslaffstraßen versprengt waren, alle tausend Häuser einer? «Die Bewegung marschiert», sagten in seltener Einmütigkeit Fries und Bilgenstock. Wie aber marschierte sie? Wie ein Mann, der in einem Sumpf steckt und zu waten vermeint, während er die Beine immer auf dem gleichen Fleck hochzieht und niedersetzt. Oder wie ein Mensch, der Meilen zurückzulegen glaubt, wenn er hinter einem Vordermann hertrottet, der nur in seiner Einbildung existiert.

Es gab Leute, die das Revier als einen Krisenherd betrachteten. Diese Leute waren wohlmeinend und scharfsinnig, nur blieben sie auf halber Strecke stehen. Es war ein Herd – aber es war ein Herd, der keinen richtigen Zug hatte, und die Krisen kamen mehr von oben als von unten, indem nämlich viel falsche Luft durch die Schornsteine eingeblasen wurde. Das Feuer schwelte; doch nicht wie ein Feuer schwelt, das im Begriff ist aufzulodern, sondern wie ein Feuer, das im Erlöschen ist. Hatte es je geflammt, so war es eine Flamme jener Art gewesen, die sich rasch selbst verzehrt. Es wurde gemeldet, die Kommunisten hätten bei den letzten Betriebsratswahlen eine schwere Niederlage erlitten; in dieser Form war das allerdings irreführend; der Stimmverlust war darauf zurückzuführen, daß bei den Entlassungen immer zunächst mit den Kommunisten aufgeräumt wurde – aber blieb es nicht dennoch eine Niederlage? Von jeher waren einzelne Zechen dafür bekannt gewesen, daß Gruppen von Anarchisten sich dort zusammenrotteten; sie waren es auch heute noch, doch hätte niemand mit Bestimmtheit sagen können: dieser Kumpel da ist ein Anarchist. Was bedeuteten sie also? Nichts. Für das Schicksal ihrer Kameraden nichts. Sie waren ein Komplott, und es liegt in der Natur des Komplotts, den Kreis der Mitwisser klein zu halten, damit es nicht aufgedeckt wird. Sie waren eine Geheimwissenschaft. Sie befriedigten sich selbst mit Attentaten der Phantasie. Aber sogar ein wirkliches Attentat, soviel stand jetzt für Griguszies fest, sogar ein wirklicher Anschlag auf Leben und Eigentum eines Kapitalisten wäre belanglos gewesen, kein Fanal, kein Warnungszeichen, nur eine Bagatelle, nur eine Torheit, nur ein Dummerjungenstreich.

Auch die Grusonstraße war schließlich nichts anderes als die Kolonie «Flammende Scholle», die er verlassen hatte. Jede Straße im Industriebezirk, mochte sie erbaut sein, von wem sie wollte, mochte darin wohnen, wer wollte, jede Straße hatte den dürftigen Charakter und das einfältige Leben einer Kolonie. Almas Sorge war die Ausstattung ihrer Wohnung. Sie hatten nur zwei Zimmer, aber dafür sollte es auch vornehmer darin aussehen als bei ihrer Schwägerin Paula. Paulas Schlafzimmer was aus Eiche, Almas Schlafzimmer war aus Birke. Paulas Küche war weiß lackiert, Almas Küche war aus Pitchpine. Was Paula sich nach und nach anschaffte, wurde von Alma sogleich überboten. Sie hatte im Flur eine orangefarbene Dielengarnitur, Garderobehalter, Schirmständer, Spiegel, Konsölchen in Schleiflack, in der Küche einen kombinierten Tiefbauherd mit einem Aufsatz voll Nickeltöpfen, im Schlafzimmer eine Wäschetruhe aus Peddigrohr mit seidengepolstertem Deckel. Stets widerriet Adam, doch Alma wußte, daß er ihr nicht gut etwas abschlagen konnte, wenn sie ihn mit feucht schimmernden und wollüstig getrübten Augen ansah, und außerdem wußte sie, daß er heimlich auf seine Frau stolz war, die keinen Pfennig für Näschereien ausgab und um der Vornehmheit der Kleider und der Einrichtung willen mit einem wahren Finanzgenie an allen Ecken und Enden sparte, so daß man es zwar gewahr wurde, jedoch nicht einschneidend fühlte. Die erste Zeit fragte Adam sorgenvoll, wie das alles abbezahlt werden solle? Nun, es wurde abbezahlt, er gewöhnte sich daran und fragte nichts mehr.

Im zweiten Jahr ihrer Ehe gebar Alma ein Mädchen. Sie lag zehn Tage im Risch-Zanderschen Entbindungsheim, und das Kind wurde dort in der Kapelle getauft. «Sie machen es hier alle so», beharrte Alma, «wir können uns nicht ausschließen, was brauchen wir jedem auf die Nase zu binden, wie wir denken? Das ist doch nur eine Zeremonie, das hat doch mit Glauben und Unglauben nichts zu tun.»

Paula war Patin und hielt das Kind über die Taufe. Es bekam den Namen Melitta. «Sauber Schicksken», sagte Paula anerkennend.

Otto Wittkamp war traurig. Der Neid plagte ihn. Vorläufig war Paula unfruchtbar. Anfangs, als die Periode bei ihr aussetzte, hatte sie gedacht, sie sei schwanger, aber sie hatte gar keine anderen Zeichen an sich verspürt und war schließlich zum Kassenarzt gegangen. Der hatte gesagt: «Es kann am Eierstock sein», und er hatte Diathermie verordnet. So mußte sie jede Woche dreimal zur Behandlung ins Krankenhaus, und das wurde ihr bald zuviel. Die Frauen in der Beamtensiedlung rieten ihr, zu einem Homöopathen zu gehen, und erzählten Ungeheures von seinen Kenntnissen und seiner Hilfe. Fast alle Frauen waren beim Homöopathen, aber auch viele Männer. Die Frauen hatten Gebärmutterleiden und die Männer Magengeschwüre, deren homöopathische Behandlung darauf abzielte, sie «vertrocknen» zu lassen, während die Kassenärzte gebrannte Magnesia verschrieben.

Für Homöopathen jedenfalls war das Industrierevier ein Paradies. Paula suchte den berühmten Mann auf, und daß sie sich nicht vor ihm auszuziehen brauchte, daß er keinen Mutterspiegel hatte und ihren Leib nicht betastete war ihr angenehm. Er blickte ihr nur in die Augen, fragte, ob sie schon beim Arzt gewesen sei, und sagte dann, nachdem er alles erfahren hatte: «Ihr ganzer Unterleib liegt brach.» So trank sie nun seinen Tee, saß allmonatlich einmal in seinem Sprechzimmer und zahlte für die Konsultation zehn Mark. Geholfen hatte es noch nicht, aber der Homöopath verlangte Vertrauen und Ausdauer, und merkwürdig, hier hatte sie das Vertrauen und die Ausdauer, die sie beim Arzt nicht aufbringen wollte.

Sie besprach sich mit Otto wegen des Patengeschenks für die kleine Melitta Griguszies. Er schlug einen Kinderwagen vor.

«Hast du's so dick sitzen?» fragte sie.

«Für so 'n Kindchen könnte ich alles hergeben.»

Da schwieg sie beunruhigt und ging in ein Kaufhaus, welches das «Haus der Beamten» hieß und die Eigentümlichkeit hatte, daß man in ein Büro mußte, ehe man an den Ladentisch trat. Dafür brauchte man nachher nicht an die Kasse, denn hier wurde alles ohne Anzahlung in Raten abgetragen, und die erste Rate war erst zwei Monate nach dem Kauftag fällig. Nur mußte man sich legitimieren. Paula zeigte am Schalter ihren Ausweis vor, und nachdem der Beamte sich überzeugt hatte, daß ihr Mann fest angestellt war, empfing sie einen Armvoll Formulare. Sie füllte sie gewissenhaft und geduldig aus, es war wie eine amtliche Personenstandsaufnahme. «Das Kreditfinanzierungs-Institut verlangt das», sagte zuvorkommend der Beamte, gleichsam als Beteuerung, daß nicht er der kleinliche Bürokrat sei, aber doch mit einer gewissen Freude über die schönen Formulare.

Unzählige Frauen spazierten am Arm ihrer Männer durch das Kaufhaus, zeigten auf dies und zeigten auf das. Aus Höflichkeit teilten die Männer ihre Bewunderung, aber sie wollten nicht zugeben, daß man von den Herrlichkeiten etwas nötig habe. «Sie brauchen doch erst in acht Wochen zu zahlen», sagten die Verkäuferinnen mit berückenden Augen, «wir sind hier gar nicht so, mein Herr.» Die Frauen pflanzten sich vor die Auslagen hin, bohrten und nörgelten, welchen Vorgang sie «wirtschaftliche Überlegung» nannten. Die Männer kratzten sich hinter den Ohren. «Es sind neue Schulden», sagten sie und schauten in die berückenden Augen der Verkäuferinnen. «Wir haben eigentlich gar keinen Bedarf» – und dieses «Eigentlich» war schon der Beginn ihrer Kapitulation.

Paula kaufte einen Promenadewagen, ein breites, tief gebautes Modell, das wie alles wirklich Praktische erst jetzt aus Amerika herübergekommen war, während das, was am Amerikanischen bloße Schwarmgeisterei war, schon langsam abebbte. Der Wagen war resedagrün und hatte Glasfenster am Verdeck. Otto war ganz verrückt, legte die kleine Melitta in die Kissen, gondelte mit ihr durch die Stube, holte plötzlich einen Regenschirm, spannte ihn auf, sagte: «Hu, jetzt regnet's auch noch», schloß die Fenster am Verdeck, sagte: «So, nu laß man regnen», fuhr wieder weiter, hielt den Schirm von sich weg, blickte zur Decke, sagte: «Hat schon wieder aufgehört, gleich kommt die Sonne», klappte den Schirm zu, öffnete das Verdeck, gondelte abermals durch die Stube und rief in einem fort: «Melitta geht teita, geht Melitta teita?» Adam lachte vergnüglich dazwischen, und Otto improvisierte Wiegenlieder, sehr lustig, und derweilen saß Paula bei Alma am Bett und sagte: «Ich kriege auch noch eins, bestimmt kriege ich noch eins.»

Einige Tage versorgte sie Adams Haushalt, da Alma noch sehr hinfällig und schonungsbedürftig war. Sie lag gern im Fenster, die Arme verschränkt und auf das Fensterbrett gestützt. Das Treiben auf der Grusonstraße amüsierte sie. Sogar die fliegenden Händler waren jetzt kameralistisch gebildet und riefen: «Kauft Obst, Leute, das ist keine unnötige Ausgabe, Obstessen ist gesund, die paar Groschen rentieren sich!» Sie lachten über sich selbst, die Frauen lachten mit, und dabei wurden jene ihre Ware, diese ihr Geld los. Auch Paula kaufte. Wie raffiniert, dachte sie, was für 'ne unwiderstehliche Zudringlichkeit, man is ja wie hypnotisiert. Unter den Kindern fielen ihr welche mit Mützen aus schwarzem Samt auf, ausgezeichnet durch eine in Grün gebettete Goldlitze; Adam erklärte ihr, es seien Zöglinge der Rudolf-Steiner-Schule.

«Mensch, wat is dat denn?» fragte sie.

«Ja, das wissen die auch nicht. Sie haben gehört, daß 'n Kumpel sein Kind da hatte, jetzt machen sie's eben nach.»

«Was lernen die denn da? Chinesisch?»

«So wat Ähnliches. Sie tun die Buchstaben nicht schreiben, weißt du, sie tun sie tanzen.»

«Junge, Junge, wie fein!»

«Ja, das sagst du man gut. Feiner wie die Volksschule auf alle Fälle. Darum geht's die ja bloß. Und doch nicht so teuer wie's Gymnasium.»

Schräg gegenüber, vor dem Haus Nummer 13, steht eines Morgens eine Gemüsekarre mit einem kleinen, dürren Gaul davor, der schwarze Klappen über den Augen hat und sich vergebens abmüht, mit dem kurzgeschorenen Schwanz die Fliegen zu verscheuchen. Der Wagen hat altes Möbel geladen, zwei Bettstellen, Matratzen, Schrank, Sofa, Tisch, Herd und vier Stühle. Ein Mann und eine Frau sind dabei, beide elegant angezogen, der Mann mit gestreifter Hose und schwarzer Jacke, die Frau mit Baskenmütze und dunkelblauem Taffetkleid. Sie verhandeln mit zwei Arbeitslosen, die sich angeboten haben, die Möbel ins Haus zu schaffen.

«Zwei Mark pro Mann», fordern die Arbeitslosen so laut, daß man es über die Straße hinweg hören kann, «darunter arbeiten wir überhaupt nicht, das ist unter Stempelbrüdern Taxe.» Der Mann neigt sich lässig vornüber und wippt ein bißchen mit den Fußspitzen: «Drei Mark das Ganze.» Es dauert noch lange, bis sie handelseinig werden, alle Frauen der benachbarten Häuser liegen in den Fenstern und sehen zu, etliche sprechen von Fenster zu Fenster: «So 'n Staat, wie die anhaben, und dabei so 'n Klüngelszeug auf 'n Wagen.»

Die Frau da unten blickt herausfordernd umher, Paula kann jetzt in ihr volles Gesicht sehen. Ach nee, denkt sie, ist das nicht ... wer ist das bloß? Das muß sie doch wissen, sie nimmt die Einkaufstasche und geht hinunter. Sie geht auf die andere Straßenseite hinüber und dicht an die Frau heran. Dann zögert sie: das Gesicht ist es, aber die Haut ist so ledern und um die Augen sind so tiefe blaue Ringe. Nun sieht auch die Frau scharf nach ihr hin, unwillkürlich bleibt sie vor ihr stehen.

«Leni?»

«Paula?»

«Frau Wittkamp, geborene Griguszies.»

«Frau Schäfer, geborene Milius.»

Leni Milius ... Also doch!

«Du hast dich nicht viel verändert», sagt sie. Paulas Blick schätzt sie ab, sie bemerkt es und fährt fort: «Aber ich wohl? Ja – das kommt vom guten Leben.»

Es soll ein unbefangenes Lächeln sein, aber halb und halb wird es ein Seufzer, und noch in das Lächeln hinein bricht sie voll Bitterkeit los: «Hast du 'ne Ahnung, ich habe auch immer geglaubt, ich zöge die Männer aus, zuletzt sind sie es doch, die einen drauftreiben. Jetzt ist auch noch etwas unterwegs von dem ollen Bullen. Da habe ich den Schäfer eben geheiratet, ernähren muß ich ihn ja sowieso.» Ihre Stimme ist ein huschendes Geflüster. «Von welchem ollen Bullen?» sagt Paula ahnungslos. «Und warum mußt du ihn ernähren?» Aber da schreit im Hausflur der Mann: «Sind denn die verdammten Brocken bald drin? Na wat denn, wat denn, wat denn! Du bist hier schon wieder am Quatschen, und ich soll mich um den Kram kümmern!»

Ist das ein Prolet, denkt Paula, was für brutale Augen, was für sinnliche Augen, die können einen knebeln, so 'n rohen Kerl. Ängstlich sieht sie nach Leni, die wendet sich ab und fängt an zu husten, o welch kurzer, trockener Husten, o welch verdächtiger Husten.

«Ich komme ja schon», sagte Leni, «ich habe hier 'ne Freundin getroffen, wir haben uns so lange nich gesehen, nämlich . . .»

«Ah . . .»

Leise lachend nähert er sich und sagt mit einer frechen Galanterie: «Deine Freundin soll auch meine Freundin sein, guten Morgen, gnädiges Fräulein, Schäfer ist mein Name.»

Paula ist wie gelähmt, weil sie das alles nicht versteht, das sind ja lauter Rätsel, am Ende träumt sie gar? Leni jedoch deutet ihren entgeisterten Blick anders und macht eine Bemerkung, so hämisch, wie nur Schwindsüchtige sie machen können: «Vielleicht kennt ihr euch schon . . .? Mein Mann war nämlich früher Assistent bei deinem Bilgenstock.»

Ungeduldig lauert sie auf die Wirkung, aber jetzt ist die Reihe zu erstaunen an ihr: Wie das von Paula abprallt, wie sie ihnen die Hand gibt und hell auflacht: «So? Da kann man euch ja füreinander gratulieren», und wie sie leichtfüßig weitergeht wie eine Prinzessin und die beiden in Verblüffung vor ihrem Gerümpel stehenläßt!

Unterwegs noch lacht Paula. So eine sagt «dein Bilgenstock» – so eine. Jetzt, nach zehn Jahren, sagt die das noch, ausgerechnet die. Was ist in den zehn Jahren nicht alles vergessen worden! Mord und Totschlag ist von heute auf morgen vergessen worden. Was einer an Schlechtigkeiten in der Zeit begangen hat, ist ausgewischt. Mörder und Diebe dieser Zeit werden geehrt, und viele davon sind in Amt und Würden. Es war ja gar keine Zeit, heißt es, die Zeit war aus den Fugen, da darf man keinem Schuft was nachrechnen, und so ein Allerweltsliebchen will mich an Bilgenstock erinnern. Weiß wohl jeder, wie das damit gewesen ist. – Jeder? Nein, eben nicht jeder. Das ist ja gerade das Amüsante daran. Aber vier Menschen wissen es, sie selbst, Bilgenstock, Adam und Otto. Das genügt, um frei zu sein.

Und jetzt hört sie auch wieder den Klang von Ottos Stimme, den Klang von damals, als er mit ihr gehen wollte und sie ihm alles beichtete, von den Nachstellungen Bilgenstocks an bis zur Fehlgeburt, und wie sich die Liebschaft in eine politische Sphäre hob. «Daran sehe ich», hatte Otto Wittkamp gesagt, «daß man zu dir Vertrauen haben kann. Du hast ihm ja gar nicht angehört. Dir hat er gehört. Dich mag anfechten, was will, du wirst dich immer wiederfinden, du bist unter all den aufgespießten Schmetterlingen ein richtiger Mensch.» Seltsame Reden führen die Männer beim erstenmal. Ja, das tun sie. So einen Satz brächte Otto jetzt nicht mehr zusammen, denkt Paula, so gewählt kann er sich gar nicht mehr ausdrücken, obgleich er sich in seinem Sinn doch gar nicht geändert hat.

Das letzte Jahr, das Leni Milius bei Herrn Edelbert Körschgen verbracht hatte, war es dort hoch hergegangen. Dem Nationalen Arbeiterbund war vom Arbeitsgericht bescheinigt worden, daß er mit den früheren Werkvereinen nichts zu tun habe, und Herr Körschgen hatte etwas voreilig daraus gefolgert, daß seine Tariffähigkeit als Gewerkschaft nunmehr anerkannt sei.

Seine neue Formel war: der Bund sei nicht «wirtschaftsfriedlich», sondern «wirtschaftsfördernd». Er berief mehrere Versammlungen ein, die jedoch von Walkowiaks und Bilgenstocks Anhängern gesprengt wurden. Er besaß ein Auto und war immer «auf Tour», bald für den Nationalen Arbeiterbund, bald für die Arbeitsgemeinschaft Vaterländischer Verbände, bald für das Wochenblatt aus dem Hachenpoot-Ring.

Die Redaktionsarbeit der *Freien Meinung* bestand hauptsächlich darin, daß Leni Milius Briefe an Geschäftsleute, Bauunternehmer und Konfitürenfabrikanten schreiben mußte, die alle folgendermaßen begannen: «Es sind uns einige Artikel nebst den erforderlichen Unterlagen zugegangen, worin schwere Vorwürfe gegen Sie erhoben werden. Wir möchten diese Artikel jedoch nicht veröffentlichen, ohne in einer vorherigen Rücksprache mit Ihnen die Dinge geklärt zu haben.»

Manchmal kam überhaupt keine Antwort darauf – dann erschienen die Artikel nicht. Manchmal wurde erwidert: die Veröffentlichung des Ihnen vorliegenden Materials wird ergebenst anheimgestellt – dann erschienen die Artikel ebenfalls nicht. Manchmal aber fand sich der Adressat auf der Redaktion ein; Leni hatte bald heraus, daß dies entweder die Überängstlichen waren oder solche, die wirklich «Dreck am Stecken» hatten. Nebenan hätte sie die Unterredungen abhorchen können; darum fuhr Herr Körschgen mit diesen Besuchern immer in seine Wohnung. Sie sah nur, daß auch diese Artikel nicht erschienen. Das Aas kriegt Schweigegeld, dachte sie zähneknirschend, dafür muß er bei mir bluten, dafür soll er mir Haare lassen.

Herr Edelbert Körschgen dagegen wurde zerstreut und nervös und klagte über Geldmangel. Einmal bekam sie ihr Gehalt erst am Zehnten, einmal gar erst am Zwanzigsten. Sie glaubte ihm nichts. Eines Tages fuhr er nicht mehr Auto; er sagte, es sei gepfänget worden. Auch das glaube sie nicht. «Sie wollen mich verkohlen, Sie? Da müssen Sie sich eine Dummere aussuchen.» Doch hielt sie es für geraten, ihm keinen Vorwand für einen Bruch zu liefern. Sie war ihm sofort zu Willen, als er es verlangte, sie war diesmal sogar besonders gefällig und tat einiges, was er gern hatte, ohne Aufforderung. Es war das letzte Mal, und sie empfing ein Kind von ihm.

Denn am nächsten Morgen war er flüchtig. Statt seiner erschien die Kriminalpolizei im Büro. Leni wurde eingehend vernommen, dann wurde das Unterste zu oberst gekehrt und eine Menge Papiere beschlagnahmt. Gegen Herrn Körschgen war ein Haftbefehl wegen Erpressung, Unterschlagung und Wechselfälschung erlassen worden, und noch am nämlichen Tag wurde er in Bremerhaven verhaftet. So minuziös er seine Flucht vorbereitet hatte – um zwölf Stunden hatte er sich verrechnet.

In seinem Besitz fand man noch fünfzigtausend Mark. Der Nationale Arbeiterbund war um siebzigtausend geschädigt, der Ring nationaler Zeitungen um zwanzigtausend und die Kasse der Arbeitsgemeinschaft Vaterländischer Verbände um sechstausend. Dazu kamen die Erpressungen und gefälschten Wechsel. Alles in allem hatte er weit über hundertfünfzigtausend Mark ergaunert.

Frau Eva Körschgen, der die Wohnungseinrichtung gehörte, erbot sich, alles zu veräußern und mit dem Kind betteln, ja sogar arbeiten zu gehen. Gutherzig sagte der Untersuchungsrichter: «Gnädige Frau – wenn ich Ihnen einen Rat geben darf, verwenden Sie, was Sie noch haben, für sich. Sie würden sich zugrunde richten, ohne Ihres Mannes Lage bessern zu können.» Sie hörte auf zu weinen und fing an zu schreien, daß sie das Elend ihres Mannes zu teilen wünsche. Der Richter machte mit der Hand eine Bewegung der Unwissenheit und Machtlosigkeit, wie um anzudeuten, daß er für solche Erörterungen nicht zuständig sei. Darauf flossen ihre Tränen wieder, leise tasteten ihre Hände den Raum ab, und die Leere wurde fühlbar. Indem Frau Eva von Herrn Edelbert Körschgen sprach, war sie anzusehen wie ein Hündchen, das sich von seinem Herrn treten läßt, wenn es ihm nur nachlaufen darf.

General von Grußenbaum sagte zu der Geschichte nur: «Das kommt davon, wenn man die Industriellen sich ihre Dienstboten aussuchen läßt. Jetzt nehmen *wir* die Sache in die Hand.»

Auch Dr. Krewett meldete seinen Anspruch auf die Besetzung des Postens an und präsentierte einen Kandidaten.

«Kommt nicht in Frage», erklärte unwirsch der General.

«Ich erinnere Sie, daß der Nationale Arbeiterbund eine Schöpfung von Herrn Kropf ist!»

«Ein Geschöpf, Herr Doktor, ist noch keine Schöpfung. Hier kann nicht jeder seinen eigenen Laden aufmachen. Hier ist die Union.»

Er hatte sein Auge auf einen jungen Volksparteiler geworfen, der in einem unabhängigen, der Eisenindustrie nahestehenden Blatt gemäßigt fortschrittliche Ideen über Werksgemeinschaften vertrat. Den gedachte er unter der Vorspiegelung, daß er seine Ideen verwirklichen könne, zu kaufen. «Wer die Jugend hat, hat die Zukunft», sagte er. «Diese Jungliberalen sind nach ihrem geistigen Wesen zur Jugendgruppe der Union prädestiniert.» Der Staatssekretär a. D. pflichtete ihm bei: «In dem Blatt ist er uns tatsächlich unbequem. So kindlich das Ganze ist, so läuft doch gelegentlich ein Satz unter, den unsere Gegner ausschlachten können. Nichts ist peinlicher, als wenn ein Zitat beginnt: selbst der und der, der gewiß ein unverdächtiger Zeuge ist ... Ist er aber erst mal im Netz, wird er sich abzappeln, bis er mürbe ist.»

Immer mehr wuchs der Pressechef in sein Amt hinein, immer mehr nahm er den Renaissancegeist des Generals in sich auf. Schon verstand er sich in seinen Polemiken vorzüglich auf die Kunst, einer Darstellung Zwecke zu unterschieben, die sie nicht hatte, und dann nicht gegen die Darstellung zu polemisieren, sondern gegen die unterschobenen Zwecke. Mit seiner Scheinlogik entwischte er allen Angriffen. Er war so wenig anfechtbar, wie Kautschuk anfechtbar ist. Er glitschte aus, wenn man ihn fassen wollte. Er blies einen Nebel vor sich her, dem man nicht zu Leibe rücken konnte. Er war zu klug, um zu berichtigen, was in den Organen der öffentlichen Meinung erschienen war, aber geschickt genug, um es zu beschwichtigen. Er war nicht mehr allein Pressechef, er war auch Rundfunkchef. Er hatte entdeckt, daß vor dem Mikrofon zuweilen Wahrheiten über wirtschaftliche Dinge gesagt wurden, und deshalb schleunigst den Privatdozenten (so nannten sie ihn immer noch, obgleich er die Professur hatte) beordert, um die völlig unverfängliche Einsendung von Vorträgen zu veranlassen, deren Inhalt er mit einem gelinden Sarkasmus als neutral bezeichnete. Seine ganze publizistische Organisation war gut abgedunkelt.

Dr. Krewett wurde geschlagen. Kropf selbst unterstützte ihn nicht, weil er nach dem Fall Körschgen der Meinung war, jetzt mußten einmal andere sich die Finger verbrennen. Überdies beschäftigten ihn gerade Schwierigkeiten, die er mit den Familiengruppen hatte, welche hinter der Otto-Heinrich-Hütte standen. Sie zogen nicht an einem Strang. Er mußte sehen, wie er sich hindurchschlängelte.

Der neue Mann brachte seine Sekretärin mit, und Leni Milius wurde entlassen. Mit zehn Mark achtzig wöchentlicher Erwerbslosenunterstützung, vierzig Prozent von siebenundzwanzig Mark Wochenlohn, lag sie auf der Straße, wo Schäfer schon längst beheimatet war.

In der Grusonstraße handelten sie beide mit Flaschenbier und Zigaretten. Zu jeder Tages- und Nachtzeit verkauften sie. Auch waren immer zechende Männer in ihrer Wohnung, die indessen (wie die Hausbewohner sich zuraunten) auch noch etwas anderes dort machten. «Verdorrte Bäume brennen am besten», sagte Adam Griguszies, wenn von Leni die Rede war.

Morgens schliefen Schäfers bis zehn. So ziemlich alles, was bei ihnen vorging, war durch das Gesetz verboten: es war der allgemeine Gesprächsstoff, aber keiner dachte etwa daran, es der Behörde zu melden – gewiß nicht aus Mitgefühl oder Wohlwollen, sondern weil sie mit der Behörde nichts zu schaffen haben wollten, und weil es angenehm war, einen Platz zu wissen, wo sie Bier und Zigaretten haben konnten, wann immer sie danach gelüstete.

Es ging das Gerücht, daß Frau Schäfer Haare auf der Zunge habe, und wenn man Kinder schicke, immer zu wenig Zigaretten oder zu wenig Wechselgeld gebe und nachher behaupte, sie müßten es verloren haben. Leni behauptete aber auch (und das wenigstens war die reine Wahrheit), daß manche Kinder sie mit Spielgeld zu betrügen suchten. Ihr liebstes Schimpfwort war «Pollacken». Die Pollacken blieben ihr nichts schuldig. Vor ihrem Parterrefenster spielten sich fortwährend keifende Auftritte ab. «Du Schwindsuchtskandidat kannst froh sein, daß du d'r ollen Kerl noch gekriegt hast, keine Flasche Bier, keine Zigarette verkaufst du mehr an d'r Sonntag!» So schimpften die «dikken Pollacken» die wie wandelnde, vollgestopfte Marktkörbe aussahen, und Leni schrie dagegen: «Der Pöbel!» und wenn sich die Frauen ein Stück entfernt hatten, kamen sie wieder zurück, so würgte es in ihnen, und dann ging es von neuem los: «Keine Flasche Bier verkaufst du mehr an d'r Sonntag, du Schwindsuchtskandidat», und: «Der Pöbel, die Pollacken, die Pollacken, der Pöbel», und wer die gehässigen Mienen sah, hätte geschworen, hier werde fortan die grimmigste Feindschaft herrschen. Aber all dies hinderte nicht, daß sie schon nach wenigen Stunden wieder friedlich beisammenstanden und klatschten oder, wie Adam Griguszies sich ausdrückte, «ein Kopp und ein Arsch» waren.

Leni war bei einem tüchtigen Spezialisten in Behandlung und fühlte sich kräftiger. Dieser Arzt war im Revier wegen seiner wirksamen Tuberkulosebekämpfung bekannt, aber er beging einen Fehler: er machte keinen Unterschied zwischen Privatpraxis und Kassenpraxis. Der Prüfungsausschuß der Krankenkasse stellte fest, daß seine Medikamente zu teuer seien, und verlangte eine Abkürzung der Kuren. Der praktische Arzt, der mit in diesem Ausschuß saß, stimmte der Forderung zu. «Wie können Sie darüber entscheiden, Herr Kollege», sagte der Spezialist, «wo meine Erfahrung klipp und klar beweist, daß kürzere Kuren absolut nutzlos sind?» Der Herr Kollege berief sich auf die Richtlinien. «So!» gab der Spezialist zur Antwort. «Diese Richtlinien bestimmen also, daß die Krankenkasse Geld zum Fenster hinauswirft, ohne den Patienten auch nur ein Jota zu helfen, denn darauf läuft das Verfahren doch schließlich hinaus. Das kann ich mit meinem Gewissen nicht länger vereinbaren.» Danach lehnte er jede Behandlung für Rechnung der Krankenkasse ab. Der Herr Kollege referierte in der nächsten Sitzung des Ärztevereins über die Verletzung der Standesehre durch ärztliche Reklameschilder, die das zulässige Maß um zwei Zentimeter überschritten.

Wie sie einst von Mann zu Mann gewandert war, so wanderte Leni jetzt von Arzt zu Arzt. Die meisten saßen über ihren Büchern und trugen Zahlen ein, während sie fragten: «Haben Sie Appetit? Können Sie schlafen? Haben Sie viel Verkehr? Haben Sie Auswurf? Müssen kräftig essen, gemischte Kost, viel Butter, frische Luft . . .» Sie waren nur noch die Buchführer der Krankenkassen. Sie beschwerten sich über die Bettelpfennige, die die Krankenkassen ihnen zahlten, und über die Unpünktlichkeit und Nachlässigkeit, womit gezahlt wurde; sie traten auch einmal in den Streik, aber sie konnten sich trotzdem nicht entschließen, auf diese Groschen zu verzichten. Die Kassendirektoren wiederum beklagten sich, weil so viele Leute krankgeschrieben und so viele Arzneien verordnet würden. So verpflichtete das ganze System diese Ärzte zur Oberflächlichkeit. Sie wurden lässig und übertrugen die Lässigkeit, denn schließlich waren sie genausogut Berufsmenschen wie Kanzlisten, Richter und Geschäftsreisende, gewohnheitsmäßig auf ihre Privatpraxis, verloren infolgedessen Kundschaft und mußten desto mehr an den Kassen kleben. In diesem mysteriösen Kreislauf, der unter der Hülle einer für die ganze Welt vorbildlichen Sozialpolitik vor sich ging und den Unternehmern die breitesten Angriffsflächen bot, wurden die Versicherten mitgeschleift, wie zur Zeit der Christenverfolgungen die Märtyrer des Glaubens, die mit den Füßen an den Schwanz wilder Pferde gebunden waren.

Der Neubau der Krankenkasse war eines der luxuriösesten Gebäude der Stadt. Bevor den Versicherten ein Krankenschein ausgehändigt wurde, mußten sie fünfzig Pfennig entrichten.

Vom ersten Tag an zahlten Schäfers keine Miete. «Laß sie für uns sorgen», sagte Leni. Nach einiger Zeit erwirkte der Hausbesitzer ein Räumungsurteil, aber jedesmal, wenn es vollstreckt werden sollte, lagen Leni oder Schäfer krank zu Bett und zeigten ein ärztliches Attest vor. Als dann Leni mit einem skrofulösen Knaben niederkam, war überhaupt nicht mehr an Räumung oder Mietekassieren zu denken. Dafür schaffte sie sich einen ebensolchen Kinderwagen an, wie Alma Griguszies ihn hatte, und ihre Kleider waren aus feinstem Stoff und von erlesenem Schnitt. Die Leute hielten sich darüber auf, daß das alles von Wohlfahrtsgeldern gemacht werde. In der Tat bezog Leni monatlich fünfundzwanzig Mark vom städtischen Wohlfahrtsamt, nachdem sie aus der Erwerbslosenfürsorge ausgesteuert worden war. Zudem wurde sie von der Karitas betreut, und nur aus diesem Grunde behielt sie außer der Kahlheit der Zimmer die Dürftigkeit der Althändlermöbel bei, aus denen die Not hervorschrie.

Die Leute im Revier sprachen darüber, daß die evangelischen Pfarrer es mit den Unternehmern und die Kapläne mit den Arbeitern hielten. Ein Jesuitenpater hatte sich in Zeitungsartikeln auf die Seite der Unterdrückten gestellt und verlangt, daß ihr Kampf gegen die Unterdrücker moralisch und materiell unterstützt werde. In den katholischen Arbeiter- und Knappenvereinen wurde jene praktische Kleinarbeit geleistet, ohne welche die Verkündung von Ideen ein Ruf in den Wind ist. Der Bezirkspräses setzte sich für diejenigen ein, denen die Invalidenrente abgeschlagen wurde, weil sie noch eine leichte Arbeitsfähigkeit hätten, und die dann doch keine leichte Arbeit fanden – denn war dies eine Zeit, wo es Arbiet zum Aussuchen gab? Es war wahrhaftig keine solche Zeit. So waren die sozialen Gesetze: sie wußten für alles ein Mittel, nur war das Mittel nirgends zu haben. Aber der Bezirkspräses war klüger als alle Schlangen auf dem Gewerkschaftsfeld. Er hatte den Erfolg, der anderen versagt blieb. Er wußte, daß auch beim Arbeiter nicht die Arbeit das ganze Leben ausmacht. Er wies das Sekretariat an, alle privaten Streitsachen, Miet-, Pacht-, Erbrecht- und Zivilprozeßsachen zu übernehmen. Der Wert der siegreich vertretenen Strietfälle belief sich auf 75 000 Mark im Jahr. Das waren Sachen, das waren Ziffern, das waren reale Werte.

Übrigens wollten die Leute im Haus bemerkt haben, daß Lenis Husten sich verschlimmerte, wenn eine Schwester oder ein Kaplan zu Besuch war. «Wohlfahrtshusten», sagten sie dazu. Die Kleider, Anzüge und Schuhe, die sie sich von der Karitas schenken ließ, wurden nur im Haus getragen, weil sie ihnen für die Straße nicht gut genug waren, und dann stand Leni treuherzig und verschämt vor der Schwester und machte sich so dünn, daß ihr Rücken nur noch ein Strich war, und beteuerte mit Augen, in die sie eine Totenstarre hineinzaubern konnte:

«Ja, Schwester. Wir müssen Ihre Sachen immer anziehen, wir haben sonst nichts . . . gar nichts . . .»

«Das ist so ungerecht wie nur was», hieß es darüber in der Straße, «andere, wo's brauchen, kriegen nix, und die da spielen die Feinen damit» – und in jeder Straße, nicht allein in dieser, gab es mehrere Fälle sowohl der einen wie der anderen Art. Alma kam eines Sonntags in heller Empörung vom Milchholen: «Wat meinst du, Adam, was ich eben gesehen habe! Kommen da zwei Männer in den Laden mit Wohlfahrtsmarken, weißt du, wo die Geschäftsleute Ware drauf geben und dann beim Wohlfahrtsamt einlösen. Denkst du, sie hätten Milch dafür haben wollen? Vielleicht für ihre armen Würmer daheim? Keine Spur. Bares Geld wollten sie haben. Die Frau sollte ihnen die Wohlfahrtsmarken abkaufen. Sie hat gesagt, das darf ich nicht, da sind sie, ohne zu mucksen, abgezogen, aber anderswo haben sie womöglich Glück, und dann versaufen sie es. Nun gibt ihnen das Wohlfahrtsamt schon Marken, weil sie das Geld immer gleich versoffen haben, und nun wollen sie auf *die* Art drankommen.» So entrüstet war sie, daß sie sich vergaß und «versaufen» sagte statt «vertrinken», wie es sonst ihre Gewohnheit war. «Und für diese Bande reibst du dich auf», setzte sie vorwurfsvoll hinzu.

Adam kratzte sich einen kleinen Pickel von der Nase, holte Melitta, die eben zu plärren begann, aus dem Wagen und schickte sich mit ungelenken Bewegungen an, sie trocken zu legen.

«Nein, Alma», sagte er bedächtig. «Die Sorte ist es sicher nicht, wo ich für arbeite. Es gibt überall schlechte Elemente, und überall haben sie die Nase vorn. Wie willst du sie aus der Welt schaffen? Das arbeitsscheue Gelichter hat jetzt gute Zeit, wo man's äußerlich von die ehrlichen Arbeitslosen nicht mehr unterscheiden kann. Die kommt der Arbeitsmangel gerade zupaß. Da haben sie 'n Freibrief für ihre Sauereien, da machen sie 'ne Gelegenheit zur Anmaßung draus. Ich sehe das ja in die Versammlungen. Was der Bilgenstock quatscht, das geht auf keine Kuhhaut, aber für die da ist das gerade richtig. Die ganzen ernst gemeinten Demonstrationen werden von den Lumpen versaut. Jeder Gewohnheitsverbrecher entschuldigt sich mit Arbeitslosigkeit, die hätte ihn auf die Rutschbahn gebracht, bis runter im Keller. So is es ja immer, von die Kerle da wird gleich auf das Ganze geschlossen, und die Ordentlichen, wo von ihre paar Unterstützungsgroschen lieber die Miete bezahlen, als daß sie auch nur ein Glas Bier trinken gehen, die lieber nichts fressen, als daß sie ein Stück Brot annehmen, wo nicht bezahlt ist, die sich genieren, weil sie da so untätig rumhocken müssen, die sich auf die Ämter rumschubsen lassen, während die anderen 'ne freche Schnauze riskieren und damit durchdringen, siehst du, die müssen drunter leiden, die werden verunglimpft, die werden dauernd mit das Pack verwechselt. Was will man dran machen, Alma?»

«Na ja, das sagst du so, weil du ein gutes Gemüt hast, Adam. Aber ich brauche mir ja nur die Bettler anzusehen, die hier alle Tage klingeln, was die für Märchen erzählen, da habe ich genug. Vorige Woche war einer zweimal hier. Einmal war er zehn Monate arbeitslos, mit sechs kleinen Kindern, und seine Frau gestorben. Das andere Mal hatte er einen Unfall bei der Arbeit gehabt und seine Frau in der Nacht das achte Kind bekommen. Die Tage hat Vater mir erzählt, daß sich auf seinem Schacht einer freiwillig gemeldet hat, weil er für einen anderen entlassen werden wollte. Und warum? Er hatte seinem Mädchen ein Kind gemacht und wollte sich an die Alimente vorbeidrücken und die Unterhaltspflicht dem Wohlfahrtsamt zuschieben.»

«Ich sage dir ja, Alma . . . ja, was soll ich sagen? Die Erwerbslosigkeit, die die Unternehmer gemacht haben, setzt die Faulwämse instand, daß sie sich mit 'n Heiligenschein von unverdiente Armut und mißbrauchte Kreaturen rausputzen.»

Alma fügte sich noch nicht darein. «Da drüben wohnt einer, da, da kannst du ihnen gerade in die Fenster sehn, die haben ein Leben wie Gott in Frankreich, und der Mann geht schon jahrelang betteln.»

«Ja, Alma, ja, ja, ja . . . Ich gebe zu, daß das Gesindel in der Mehrzahl is. Selbstverständlich gebe ich dat zu. Du mußt aber doch auch bedenken, wat dat heißt, ein Jahr ohne Arbeit sein. Dat kann 'n besten Familienvater zum schoflen Kerl machen.»

«Von mir kriegt kein Bettler mehr was, basta. Überhaupt . . .»

«Überhaupt? Raus damit, du hast schon lang was auf 'n Herzen, dat habe ich doch gemerkt.»

«Ich will hier raus, Adam. Ich will in eine andere Gegend. Ich will in eine Neubauwohnung.»

«Alma! Alma! Wie sollen wir denn die hohe Miete aufbringen?»

«Es muß gehen, es geht alles, is nicht alles gegangen?» Sie nahm das Kind auf den Arm und lehnte sich an ihn. «Weißt du, Adam. Und den Pollackennamen könnten wir auch ändern lassen.»

Adam sah in ihre heißhungrigen Augen und erbebte. Er fühlte sich schwach, verloren, niedergemäht.

Während sie dies noch beratschlagten, kam aus England die Nachricht, daß die Bergleute dort in den Streik getreten seien. Für das Revier bedeutete es einen unerwarteten Konjunkturaufschwung. Zechen und Hütten rüsteten sich. Rapide ging die Arbeitslosigkeit zurück, ohne freilich ganz aufzuhören. Unternehmer und Arbeiter sympathisierten gleich herzlich mit den Streikenden, fürwahr ein seltener Fall. Die Redakteure des Hachenpoot-Rings mußten journalistische Eiertänze vollführen, damit es nicht gar so sehr nach Streikverherrlichung aussah. Sie mußten täglich zweimal über ihre Schatten springen.

Sechs Wochen währte der englische Streik, sechs Monate die Konjunktur des Reviers. In der Union wurde man allmählich wieder skeptisch; der junge Schellhase meinte, es sei überhaupt nur eine MENGENKONJUNKTUR gewesen, an der man nichts verdient habe, und wenn man die Produktion zu einer Rekordhöhe gesteigert habe, so sei das bloß ein Akt der Selbstlosigkeit gewesen. Nur Kropf rieb sich die Hände: «Sagen Sie, was Sie wollen, der englische Wettbewerb kehrt so schlimm nicht wieder wie er war. Die staatliche Subvention von drei Komma fünf Shilling die Tonne ist weggefallen, das ist auch durch die Lohnherabsetzung und Arbeitszeitverlängerung nicht auszugleichen. Außerdem das Psychologische, meine Herren! Glauben Sie denn, daß die englischen Bergknappen nach ihrer Niederlage mit dem früheren ETHOS an die Arbeit gehen werden? Ich nicht, bitte unterschätzen Sie das Ethos nicht. Ich halte die deutsch-englische Kohlenverständigung für unmittelbar bevorstehend.»

Die Hoffnung, die in dieser Zeit alle Herzen erfüllt, trug das ihrige dazu bei, daß Adam seinen Widerstand gegen Almas Wünsche aufgab. Durch Vermittlung eines Freundes aus der Stadtverordnetenfraktion wurde ihm eine Wohnung in einer neuen städtischen Siedlung zugesprochen, die nach modernen hygienischen und wohnungswirtschaftlichen Prinzipien – ein Äußerstes an Raum, Luft, Licht, Bequemlichkeit – erbaut war und hauptsächlich kinderreiche oder sonstwie bedrängte Familien aufnehmen sollte. Da die Häuser gleichförmig strenge und unverzierte Fassaden hatten, sagten die Arbeiter, es sei eine «Zuchthaussiedlung», es kämen ja auch nur kleine Leute hinein, die achte man natürlich für nichts, für die sei das Einfachste gut genug. Daher bemühten sie sich, den Raum durch eine Fülle von Möbelstükken, Wandschonern, Sprüchen in Holzbrand, Blumenbänken und Nippsachen zu verkleinern und die Helligkeit mit dekorativen Flittern, Immortellensträußchen und speckigen Stoffgarnituren hinauszujagen. Sie überklebten die einfarbig getünchten Wände mit bunten Tapeten und behingen die in die Wand eingelassenen Schränke mit Portieren. Die Spülküchen benutzten sie zum Wäschewaschen und die Balkons zur Müllablagerung, weil ihnen der Weg in die Waschküche und den Hof zu weit war. Viele füllten auch noch die Badewanne mit Kohlen, um nicht so oft in den Keller hinunter zu müssen. So trieben sie Raumökonomie auf *ihre* Art.

«Na also», sagte Adam. «Da treffen wir ja die Dopslaff-Gesellschaft wieder an, die wir eben verlassen haben.»

Die Namensänderung wurde vom Regierungspräsidenten genehmigt. Sie hießen jetzt Grieghöfer und wohnten in einem Neubau: Alma tat es wohl, ein so neues Reich vor sich zu haben, und sie übersah dafür die Umgebung.

Paula war sprachlos. Sie konnte nur den Bruder anstaunen und sagen: «Du bist dich auch noch 'nen Dussel.» Adam hob die Arme waagerecht bis zur Höhe der Schulterblätter, ließ sie wieder sinken und wußte mit Ausnahme dieser Gebärde der durch die Luft fahrenden, Leere greifenden Arme keine Entgegnung.

Als die Nachwehen des englischen Streiks in der ganzen Welt abgeklungen waren und sich herausstellte, daß Großbritannien nicht von den Märkten zu verdrängen war, ja, daß nicht nur die von Kropf prophezeite Kohlenverständigung in weitere Fernen rückte als je, sondern auch das noch riß, was an internationaler Bindung vorhanden war, da begann im Steinkohlenrevier ein sozialpolitisches Kampfjahr erster Ordnung. Es war in der Union von langer Hand vorbereitet worden.

Die Arbeitslosenziffern stiegen erneut. Wer arbeitslos wurde, wurde aus den Werkswohnungen exmittiert. Der Winter stand vor der Tür und flößte den Menschen Schrecken ein, weil sie das Leid und den Schmutz, der es begleitet, bei Sonnenschein und Vogelsang weniger trüb und stinkend und gefahrdrohend fanden als bei Schnee und Kälte. Die ungeheure Verbreitung jener Gemütskrankheit, welche die «schlechte Zeit» genannt wurde, und die Unzahl der Strolche und Gewohnheitssäufer, die vom allgemeinen Mitleid profitierten, führten zu einer großen Abstumpfung und gefühlsmäßigen Abwehr. Ein hungernder Mensch konnte nicht mehr ohne weiteres auf Glauben rechnen, aber einem frierenden Menschen wurde noch jederzeit der Hunger geglaubt; denn im Unterbewußtsein auch des primitivsten Gehirns schlummerte der Kalorienbegriff, wonach ein Mann, dem es warm ist, nicht viel zu essen braucht, und ein Mann, dem es kalt ist, essen muß, um warm zu werden.

Das Schneegestöber, das in der braunen, verstockten Novemberluft hing, erschien jedermann wie ein unsiniger Zündstoff. Jedermann fürchtete die Lunte, die gewiß irgendwo und von irgendwem unter einem schäbigen Mantel versteckt gehalten wurde. Jedermanns Gesicht war bedenklich wie eine Warnungstafel: Achtung! Feuergefährlich! Diese Welt darf nicht mit offenem Licht betreten werden!

Viele Umstände kamen zusammen. Das internationale Stahlkartell brach auseinander, weil ein Teil der angeschlossenen Länder dazu neigte, die eigenen Verhältnisse auf die ganze Welt zu projizieren, und ein anderer wiederum dazu, die fremden Verhältnisse auf sich selbst zu projizieren. Der eine Teil ließ sich von einem günstigen Bild blenden, der andere täuschte ein günstiges Bild vor. Die Tendenz des Kartells ging dahin, die Preise gewaltsam in die Höhe zu drücken, aus den Konsumenten soviel wie möglich herauszuholen und das Risiko angehäufter Lager auf die Produzenten abzuwälzen. Mit anderen Worten: es schaltete sich nicht als Kontrollstelle zwischen zwei Parteien ein, sondern etablierte sich als dritte, regierende Partei. Das Instrument kehrte sich gegen seine Schöpfer – und zerbrach daran, aber es war nicht die Intervention der Schöpfer, die seine Unbotmäßigkeit strafte, es war vielmehr das latent wirkende Gesetz der Weltwirtschaft.

Obgleich das Kartell die Inlandspreise in den einzelnen Ländern steigerte, konnte es doch nicht jenem immanenten Gesetz zuwiderhandeln, das auf lange Sicht arbeitete, und dem es gerade jetzt gefiel, die Weltmarktpreise der Rohstoffe zu senken. Es mochte in der Weltwirtschaft Willkürliches geschehen – durchgesetzt werden konnte es nicht. Es war schwerer, einen Platz zu halten, als ihn zu erobern. Nach den Wirren des Krieges, worin jeder Maßstab ausgemerzt worden war, hatte man das Preisniveau einfach mit hundertfünfzig Prozent der Friedenspreise bestimmt: aus jenem Gefühl der Unsicherheit, aus jener Furcht vor einer ungewissen Zukunft, aus jenem Mangel an Halt, wofür man zusammenfassend die imaginäre Größe «Weltteuerung» erfunden hatte. Langsam trat nun der Regulator in Tätigkeit, von niemandem mit Willen in Schwung gebracht, unsichtbar und ohne jemandes Zutun getrieben von der Wechselseitigkeit der aus Anziehung und Abstoßung resultierenden Kräfte.

Zwar entstand der Weltmarktpreis aus Menschenwerk, aber er war kein Menschenwerk. Die nationalen Industrien mußten sich zurechtfinden, wenn er stieg und wenn er stürzte. Sie fanden sich jedoch lediglich auf Kosten ihrer Landsleute zurecht, sie waren starre, beschränkte Punkte in der grenzenlosen Bewegung. Barst auch das internationale Kartell, so verblieb mit denselben Ansprüchen und denselben

Manieren die Vielheit der nationalen Kartelle, die sich um so rachsüchtiger auf den Inlangsmärkten austobte, je nachgiebiger sie auf dem Weltmarkt sein mußte.

Was das Kohlenrevier anbelangt, so genoß es im internationalen Pakt den Schutz eines Territorialabkommens, das ihm eine monopolistische Stellung auf dem deutschen Markt sicherte. Die Spanne zwischen dem deutschen Eisenpreis und dem Weltmarktpreis betrug nicht weniger als neunundfünfzig Mark die Tonne; hundertdreiundvierzig kostete die Tonne Eisen aus dem Revier, und vierundachtzig war der Weltmarktpreis. Von allen Seiten bestürmt, warum das so sei, erwiderte die Union, sie müsse unter ihren Gestehungskosten exportieren und sich für die Verluste im Inland schadlos halten, und es liege nur an den hohen Steuern, Löhnen und sozialen Lasten, wenn sie teurer produziere als die übrigen Länder. Andererseits wurde durch die Gebietsschutzabkommen gerade jene Strömung in der Union gestärkt, die von Kropf ausging und immer den Konnex mit dem Weltmarkt vernachlässigte, solange das Inlandsmonopol existierte.

Der Widersinn dieser Bestrebung kam daher, daß das zweite eben nicht ohne das erste möglich war – worüber ihrem Vorkämpfer alsbald die Augen geöffnet wurden. Als nämlich das internationale Kartell erledigt war, stand sogleich wieder Belgien vor den Toren, war sogleich wieder Schweden auf dem Sprung, sahen sogleich wieder alle Länder in den hohen deutschen Eisenpreisen einen Anreiz, in den deutschen Markt einzubrechen, juckte sogleich wieder den Eisenverarbeitern im Land das Fell. Diesmal wollten sie klüger sein. Sie traten nur einzeln hervor, nach Branchen, und wenn irgendein erfolgversprechender Faktor von außen den Anstoß gab oder zu Hilfe kam.

So schlossen sich plötzlich die Rasierklingenfabrikanten zusammen, um die Konkurrenz der Amerikaner zu bekämpfen, die Deutschland mit neuen Patenten bedrohten. Sie verhandelten mit einem schwedischen Edelstahlwerk über den Bezug von Rohklingen, die hernach in ihren eigenen Werken geschliffen und poliert wurden.

«Verstehen Sie diese Logik?» sagte Kropf zu Näßler, als ihre Absicht im Trust bekannt wurde. «Zum Krieg gegen Amerika wollen sie sich schwedischer Waffen bedienen! So etwas haben früher nur die Militärs gemacht! Sind diese Scherenschleifer denn ganz verrückt geworden! Wenn sie uns zum Feind haben wollen – gut, das können sie haben. Aber dann bis aufs Messer! Und kein Pardon!»

Näßler sah seine sanguinischen Stirnadern aus der Haut rutschen und begütigte ihn.

«Nur jetzt nichts auf die Spitze treiben . . . Immer zwei Flaschen Selterswasser trinken, bevor man heute in eine Verhandlung geht. Natürlich ist es Humbug, wenn die Klingenfabrikanten sagen, ihr Facharbeiterstamm sei an die schwedische Ware gewöhnt, weil sie schon gehärtet geliefert wird . . .»

«Als wenn wir das nicht auch könnten!»

«Ja doch, natürlich, aber in Wirklichkeit will der Klingenverband ja nur die Lieferanten von vornherein gegeneinander ausspielen, um ganz billig bedient zu werden.»

«Was heißt das für uns?»

«Es heißt, daß wir im Augenblick keine Prinzipien reiten können und ein bißchen vom Pferd herunter müssen, bis wir durch die Schlucht hindurch sind. Kurz und gut, wir liefern die Klingen. Wir liefern zum schwedischen Preis. Wir verpflichten uns, die Patenterteilung an die Amerikaner zu verhindern. Das heißt . . . so wird's de jure im Vertrag stehen. De facto sorgen wir dafür, daß die Sache einfach in der Schwebe gehalten wird. Der Klingenverband verpflichtet sich uns gegenüber zu einem zehnjährigen Rohstoffbezug. Die Preiskonvention unterliegt einer jährlichen Nachprüfung. In diesem Moment werden wir dann jedesmal die amerikanische Gefahr wieder auftauchen lassen.»

«Nur jetzt nichts auf die Spitze treiben» – warum hatte er das gesagt? Der Stahltrust lag im Augenblick beim Rennen der großen Konzerne nicht in Front, der Auftragsbestand war im Rückgang, die Warenvorräte waren im Fortschreiten begriffen. Mithin schien er gerade das nicht zu erreichen, wozu er nach Meinung Kropfs, Krogolls und der Öffentlichkeit gebildet worden war. Seit langem war der Kurs der Trustaktien im Fallen. Eingeführt zu 136, während der ersten Zeit einer selbst von der Börse niemals ganz durchforschten Rührigkeit auf 164 hinaufgeschnellt, litten die Aktien jetzt unter einer chronischen Baisse um 96 herum. Mehrfach hatte Kropf eine Stützungsaktion gefordert. Zuletzt hatte er gedroht, er werde den Kurs noch mehr herunterhauen, wenn nichts geschehe. Es war eine seiner üblichen Rodomontaden, bei denen er sich selbst nichts dachte; demzufolge hatte Näßler geantwortet: «Tun Sie das nur, Herr Kropf.» Er kannte von Kropf viele pralle Losbrüche wildwüchsiger Kraftmeierei, aber er konnte sich nicht erinnern, daß er je etwas getan hatte, was, ob böse oder gut, den Namen einer Tat verdiente.

Clemens Faulstich hatte alle Hände voll zu tun, das öffentliche Getuschel in Schach zu halten. Der Trust war das redseligste deutsche

Unternehmen – wie Püschels chemische Werke das schweigsamste waren. Der Trust redete, damit die Börse schwieg, und Püschel schwieg, damit die Börse redete.

Selbstverständlich wußte niemand so gut wie der Hillgrubersche Kreis, warum der Trust weniger gesund war als die Außenseiter Schellhase und Risch-Zander. Es lag an der Kapitalverwässerung, es lag daran, daß gewisse Besitztümer, deren Inhaber nicht weit zu suchen waren, mit einer ungebührlichen Überbewertung eingebracht worden waren, es lag an der Höhe der Anleihen und Genußschein-Operationen, welche die fünfhundertste Million erreichten und zusammen mit dem Kapital jährlich vierzig Millionen Zinsen vom Gewinn vorwegfraßen. Hätte der Trust einen volkswirtschaftlichen Zweck erfüllen sollen, so hätten alle Beteiligten bei der Gründung ihre Einzelinteressen hintanstellen müssen. Darüber gab Näßler sich keinen Illusionen hin, denn es war wohl klar, daß Hillgruber nicht den Trust, sondern am Trust sich gesund machen wollte, daß er die stolzen Selnstherrschernaturen der Magnaten rösten und die Industriehierarchie nicht durchbrechen, nur auspumpen wollte, daß es ihn reizte, ihre vielgerühmte Energie mit seiner Ausdauer zu vergleichen. Näßler wußte auch genau, daß man Krogoll und Kropf nicht hätte fangen können, wenn sie sich damals in der Lage gesehen hätten, ihre Schulden abzuverdienen, oder wenn sie den englischen Streik hätten voraussehen können. Jetzt hatte der Trust schon seine Patina angesetzt, jetzt war er, mochte da und dort auch eine Kleinigkeit abblättern, aus der Tradition des industriellen Westens schon nicht mehr wegzudenken, jetzt waren sie alle in Hillgrubers Zange, jetzt konnte keiner mehr ausbrechen.

Das Direktorenkollektiv war ein kampfunfähiges Konglomerat persönlicher Interessenzonen. Es versuchte die Frage zu lösen, wer schob und wer geschoben wurde. Jede Woche einmal traten diese Nager und Bohrer, die innerhalb ihrer Sphäre keineswegs der Begabung und Geschicklichkeit ermangelten, bei dem Denker und Planer Näßler an, der daraufhin feststellte, die Zusammenarbeit verlaufe harmonisch. Zwischen den Gründerwerken und den großen Banken wurden die Aufsichtsräte ausgetauscht, so ähnlich wie ehemals die Dynastien miteinander vermischt wurden, um die Rivalitäten desto ungestörter unter dem Deckmantel der Verwandtschaft austragen zu können.

Eine östliche Eisenbahndirektion schrieb einen Wettbewerb für eine neue Strombrücke aus. Sowohl der Trust wie Risch-Zander beteiligten sich. Der Entwurf mit dem Kennwort «Jedem das Seine» wurde mit dem ersten Preis bedacht. Es war der Entwurf des Trusts.

«Sieh da», sagte Dr. h. c. Hiebenstein. «Jedem das Seine. Ausgerechnet der Trust! Immerhin. Er stiehlt jedem das Seine.»

Er fuhr zu dem Präsidenten der Eisenbahndirektion, der ein Onkel von Dr. van der Gathen war. Das Projekt des Trusts kostete 11,2 Millionen, das von Risch-Zander 14,6.

Der Eisenbahnpräsident hetzte seine Techniker auf den Plan. Sie erkundeten: die Beschaffenheit des Bodens sei derart, daß bei Ausführung des preisgekrönten Entwurfs vier Millionen Mehrkosten für Bodenbefestigungen entstehen würden, während das Risch-Zandersche Projekt sofort ausführbar sei. Näßler hingegen drückte im Verwaltungsrat auf den Generaldirektor der Reichsbahn. Druck und Gegendruck, Gutachten und Gegengutachten schienen sich die Waage zu halten. Nicht allein die Kunst, auch die Wissenschaft geht nach Brot. Der Finanzrat kam mit einem Vorschlag: auf Grund der letzten Bodenuntersuchungen sollten beide Teile zur Einreichung eines neuen Entwurfs aufgefordert werden. Nach einigen unfreundlichen Erörterungen wurde der Vorschlag angenommen.

Beide hatten jetzt eine Basis im früheren Kostenanschlag des Gegners. Jeder bespitzelte den Gegner, der eine im Verwaltungsrat, der andere beim Präsidenten der Eisenbahndirektion. Der Finanzrat war immer um eine Weglänge voraus, die genauso weit war wie die Entfernung von der östlichen Direktion bis zum Verwaltungsrat in Berlin.

Endlich lagen die neuen Entwürfe vor: 9,8 Millionen forderte der Trust, 9,3 Risch-Zander. Wie das zugegangen war, konnte sich niemand denken. Die Organe der öffentlichen Meinung wunderten sich nur ein wenig über eine Kalkulation, die zwischen einem früheren und einem späteren Projekt, das nach Lage der Dinge eher hätte verteuert sein müssen, solche Preisunterschiede zuließ.

Näßler betonte im Verwaltungsrat die technische Überlegenheit des Trustentwurfs. Man gab sie zu, ohne ihr die Bedeutung einer halben Million zuzubilligen. Den Auftrag erhielt die Risch-Zander AG.

Auch hier zeigte sich wieder, daß die Meinung des Generals: es sei wichtiger, sich eines Kleineren zu versichern als eines Größeren, nicht von der Hand zu weisen war.

Jahr für Jahr zahlte der Stahltrust sechs Prozent Dividende. Es war eine Prestigedividende, die der verhältnismäßig geringen Liquidität des Unternehmens nicht immer entsprach. In betontem Gegensatz stellte Finanzrat Hiebenstein ab und zu Verlustabschlüsse her und gab sie, während er das Unternehmen innerlich festigte, mit deutlichem Seitenblick als «Bilanzwahrheit» aus.

Eine Zeitlang wurde die Ausschüttung der Dividende durch Anleihemittel erleichtert. Daher erwartete man auch jetzt, der Trust werde wieder an den Kreditmarkt herantreten, aber Näßler überraschte mit der Erklärung, daß in absehbarer Zeit keine neuen Gelder aufgenommen würden. Zwar sagte der Ironiker Mehren, diese Erklärung habe einige Beziehung zur Fabel vom Fuchs und den Trauben, aber das sagte er nur, weil er jeden Anlaß benutzte, um eine kleine satirische Bemerkung anzubringen; natürlich war ihm bekannt, was gespielt werden sollte: daß die Schellhases für siebzig Millionen die Kuxe einer Gewerkschaft erwerben sollten, die in der Nähe ihres Grundbesitzes lag und dem Trust gehörte. So zahlten sozusagen die Schellhases die Dividende des Stahltrusts, so wurden auf diesem Terrain die Feindseligkeiten eingestellt und Annäherungswege beschritten. So übten Hillgrubers Jägeraugen, ungesehen und unbehindert brennend, zwei feurige Augen inmitten eines spukhaften Dickichts, auch diesmal ihre eigentümliche Gewalt; mit dem eiskalten Gleichmut dessen, der abwarten kann, mit der sengenden Gier dessen, der einen Widerstrebenden zur Anerkennung zwingen will.

Freilich war in diesem Zeitpunkt die Befestigung der wirtschaftlichen Macht von derberen Handgriffen abhängig, und Näßler bestand darauf, denn er wollte nicht ein zweites Mal erleben, wie jemand Siege errang, ohne imstande zu sein, sie auszunutzen. «Nur jetzt nichts auf die Spitze treiben» – dieser Satz betraf die kaufmännische Politik. Er ergänzte ihn durch einen anderen, der die Sozialpolitik betraf: «Nur jetzt keine falschen Sentimentalitäten.»

Soweit Siegfried Hillgruber überhaupt noch privatim existierte, war er ein wehleidiger Mensch, der keinen Bettler sehen konnte und sich mitunter, wenn er auf seinem Ruhebett lag und mit den Händen an den schönen Tänzerinnenbeinen seiner Gattin entlangfuhr, Gewissensbisse machte. Er sprang dann plötzlich auf und seufzte: «Wie weich liegen wir hier, Juanita, und wie viele arme Menschen haben nicht einmal einen Stuhl, um sich darauf zu setzen!» Es war kein Gegensatz hierzu, wenn er sich um Sozialpolitik keinen Deut kümmerte, es war vielmehr dieselbe delikate Scham, die ihn anhielt, in Geschäften altruistisch zu denken; es wäre ihm als Entweihung eines sehr feinen Gefühls erschienen, das ihm zu hoch stand, um es in irdischen Angelegenheiten von der Robustheit der seinigen zu betätigen. Deshalb hatte sein Generaldirektor Näßler in sozialer Hinsicht freie Hand, und die Entwicklung trieb ihn zwangsläufig in den scharfen, einseitigen Kurs hinein, der bereits Schellhase, Kropf, Grußenbaum und Dr. Krewett vereinigte.

Mit Absicht übernahm Näßler selbst das Referat in der Jahresversammlung der Union, die vor fünfzehnhundert Teilnehmern stattfand und durch die Anwesenheit des Wirtschaftsministers, des Arbeitsministers und des Präsidenten der Reichsnotenbank das Gepräge einer großen öffentlichen Aktion und eines gesammelten Vorstoßes aller ökonomischen Kräfte des Westens erhielt.

Wer sonst hätte in dieser Stunde sprechen sollen? Kropf? Er wäre wirkungslos geblieben – «die alten Schlagworte, die man von dem Redner seit Jahren gewohnt ist», hätte es geheißen. Eine Entlarvung der Vokabulatur eines Wirtschaftlers war je stets ein Schlag gegen das Wesen der Wirtschaft. Schellhase junior? Seine süffisante Miene hätte genügt, die Phantasie aller Witzblattzeichner zu beflügeln. Der Freiherr und Professor Jodoci waren Schönredner, die man mißverstand. Finanzrat Hiebenstein war nicht bekannt genug, Clemens Faulstich von Wirtz her zu bekannt als Beller. Ein Finanzmann wie Mehren kam nicht in Frage. Krogoll hielt grundsätzlich keine Vorträge. Also – wer sonst als Näßler? Näßler, der als zurückhaltend und diplomatisch galt, jedenfalls nicht als scharfmacherisch. Wenn nun auch er eine freie Sprache für notwendig hielt, so mußten die Dinge schon weit gediehen sein. Dieser Eindruck mußte haftenbleiben.

So redete er denn. Pointiert, doch unpathetisch. Prägnant, mit innerem Impuls, dröngend, ohne illustrative Bewegung, doch Raum lassend für individuelle Abtönung beim Hörer. Kein Satz kam geschauspielert an. Kein Satz ging geschauspielert ab. Kein Akzent kam dem Wort zuvor, keiner hinkte ihm nach. Nichts von dem schamlosen Wortschwall, nichts von dem zänkischen Lärm, der immer eine Maske für Temperamentlosigkeit ist.

Eine Gestalt wurde sichtbar an einer Stelle, wo man bisher höchstens Mosaik an Mosaik gereiht sah.

«Meine Herren! – Wir konstatieren eine traurige Genugtuung. Die Überzeugung wird Allgemeingut, daß wir heute nicht diese Rekordziffern von Feierschichten, Erwerbslosigkeit, Kapital- und Zinsverlusten hätten, wenn man unseren Vorstellungen gefolgt wäre und uns ermöglicht hätte, zu den alten, bewährten Methoden zurückzukehren, die mittels Beweglichkeit von Lohn und Arbeitszeit auf die Erhaltung der Arbeitsstätten für unsere Arbeiter gerichtet waren.

Die Statistik beweist, daß sich die Zunahme der Arbeitslosigkeit, abgesehen von Saisoneinflüssen, parallel mit den Lohnerhöhungen entwickelt hat. Der teure Arbeiter und Angestellte wird durch die Maschine ersetzt, weil Verzinsung und Amortisation der Anschaffungskosten weniger ausmachen als Lohn und Gehalt. Die Mechanisierung dient nicht vergrößerter, sondern nur verbilligter Gütererzeugung. Die Konjunktur, die wir vorübergehend hatten, war eine Konjunktur der Nachholung dringender Bedürfnisse, keine Konjunktur eines regelmäßigen Verbrauchs, geschweige denn eines angesammelten und gesicherten Wohlstands, wie man das von Amerika sagen kann. Wenn zuweilen Neu- und Umbauten der Fabriken, durch die maschinelle Erneuerung bedingt, einigen Arbeitslosen wieder Beschäftigung geben, so kann dies nicht darüber hinwegtäuschen, daß das, woran sie arbeiten, nach seiner Fertigstellung nur eine vermehrte Arbeitslosigkeit herbeiführen wird. Die Arbeiterschaft sägt den Ast ab, auf dem sie sitzt, und glaubt sich genug belohnt, wenn sie vorläufig noch für das Sägen bezahlt wird. Die Weltteuerung der Rohstoffe ist gewichen, aber unsere Löhne, Steuern und Soziallasten, folglich auch unsere Preise, stehen noch immer auf dem Niveau der Weltteuerung.

Wie soll die Wirtschaft ihrer Aufgabe genügen, ihr Haus gesund zu erhalten, um seine finanzielle und technische Stellung in der Welt zu behaupten? Reden nicht tausend Konkurse im Monat eine deutliche Sprache? Die direkten Steuern müssen abgebaut werden. Sie sind eine Ausnahmegesetzgebung gegen denjenigen Volksteil, der die Wirtschaft des Landes unterhält. Die indirekten Steuern müssen aufgebaut werden. Sie verteilen sich gleichmäßig auf alle Schichten des Volkes und treffen in erster Linie diejenigen, die den Konsum von Genußmitteln über eine gesunde Lebenshaltung hinaus vermehren.

Meine Herren! – Sozialpolitik und allgemeine Politik stehen im heutigen Staatswesen mehr als je in engstem Zusammenhang. Der Staatssozialismus bedeutet nicht mehr wirtschaftliche Tat, sondern wirtschaftliche Ausbeutung und Nutznießung. Wir haben einen Interessenstaat. Das eigentliche Staatsinteresse, das sich von je im westlichen Unternehmertum verkörperte, ist vogelfrei. Parteiinteressen werden mit Hilfe der Staatsallmacht durchgesetzt. Es ist der Berliner Pfründengeist, der den wirtschaftlichen und sozialen Aufstieg hemmt, das Volk vergiftet und endlosen Hader um die Verteilung der Güter züchtet. Die Arbeiterschaft aber sucht heute noch ihren Gegner in der Produktionswirtschaft, statt in den Nutznießern der Demokratie, als welche die Sozialbürokratie, die Parteibürokratie und die von den Parteien beherrschte Staatsbürokratie sich darstellen.

Mittlerweile schleicht das Übel der Massenarbeitslosigkeit weiter und wird chronisch. Die Arbeitslosenversicherung wird früher oder später dem Druck dieser Schraube ohne Ende erliegen. Was dann, wenn sie nun aufhört, der Puffer zu sein, der für die Arbeiterschaft alle jene schweren Schläge auffangen und schmerzlos machen sollte, welche der Wirtschaft von der gewerkschaftlichen und staatlichen Lohnpolitik versetzt werden? Man muß diesen ganzen Wirrwarr einmal auf eine Formel bringen, aus welcher der dumpfe Ton der Verzweiflung deutlich herausschallt. Wie geht die Kette? So geht sie: Lohnerhöhung und verkürzte Arbeitszeit; überteuerte Produktion; Rationalisierung und Zinsverpflichtung; Arbeitslosigkeit; Konsumverminderung; Einschränkung der Produktion; Feierschichten; erhöhte soziale Lasten; Unfähigkeit zum Wettbewerb auf dem Weltmarkt; Substanzvernichtung und Ruin. Es geht auf die zehn Finger. Jeder Deutsche sollte diese Kette jeden Tag beim Aufstehen und Schlafengehen abzählen, damit jeder erkennt, wie an einem laufenden Band des Irrtums Widerspruch und Widersinn einer vorgeblich sozialen Politik eine der unsozialsten Erscheinungen unserer Tage zeitigen.

Notstandsarbeiten, Arbeitsdienstpflicht oder Lohnzuschüsse aus öffentlichen Mitteln sind eine Charlatanerie, nichts weiter. Wollte man eine Politik der künstlichen Konjunkturbelebung einschlagen, so müßte die Vergebung staatlicher Subsidien ein Ausmaß haben, das bis jetzt noch niemals von irgendeinem Land zu irgendeiner Zeit erreicht worden ist. Und noch jetzt, da Deutschland ein zur Hungerausfuhr verurteiltes Industrieland ist, noch in dieser Lage melden die Gewerkschaften, wie jener Mann, der zwischen Leben und Tod an der abbröckelnden Felskante über dem Abgrund hangend, noch Brombeeren schleckt, ihre Ansprüche an: die Rationalisierung müsse auch den Arbeitern zugute kommen! Es wäre zum Lachen, wenn es nicht zum Weinen wäre. Als ob wir die Rationalisierung gemacht hätten, damit die Arbeiter Früchte pflücken können! Wir haben sie gemacht als Notmaßnahme, wir waren gewissermaßen die Flurschützen, weil die Arbeiter den Baum leerplünderten.

Meine Herren! – Man hat nicht auf uns gehört, als wir vor weiteren Lohnerhöhungen warnten. Jetzt kommt die Befolgung dieser Warnung schon zu spät. Jetzt ist die Lohnreduktion schon unumgänglich. Ein Ersatz wäre allenfalls die Verlängerung der Arbeitszeit, natürlich bei gleichbleibenden Löhnen. Der gängige Einwand, nicht einmal das vorhandene Arbeitsquantum gestatte eine volle Beschäftigung – dieser Einwand, meine Herren, entspringt einem Köhlerglauben, jener naiven Denkweise, daß das Arbeitsquantum etwas Feststehendes und nicht nach der jeweiligen Höhe der Produktionskosten veränderlich sei. Das ist ein ebensolcher Unverstand, wie wenn jemand in einem Binnenhafen die Legion der Schleppkähne sähe, die dort leer liegen und vergebens auf Fracht warten, und dann sagte: Oh, was sind wir reich, was haben wir viele Schiffe! Wenn ein Mann bei einem Tagelohn von acht Mark in acht Stunden vier Stück einer Ware fabriziert, so ist der Lohnanteil zwei Mark am Stück. Wenn er bei demselben Tagelohn zehn Stunden arbeitet, so fabriziert er fünf Stück, und der Lohnanteil am Stück ist nur noch eine Mark und sechzig. Das ist eine Verbilligung von zwanzig Prozent. Das bedeutet erhöhte Absatzmöglichkeit und in ihrem Gefolge langsame Steigerung der Erzeugung, Wiedereinstellung von Arbeitern. Ein klares Exempel. Was zeigt es? Es zeigt, daß die scherzhaften Paradoxe anfangen, rauhe Wirklichkeit zu werden, daß die Arbeitslosigkeit nämlich daher rührt, daß zu wenig gearbeitet wird. Meine Herren! Es ist, mit Respekt zu melden, ein verdammter Scheißdreck. Ich bitte vielmals um Entschuldigung, aber wenn schon der Inhalt unserer Darlegungen so unpopulär ist, dann wollen wir wenigstens eine volkstümliche Sprache führen.

Wir müssen wieder frei gehen lernen. Wir müssen heraus aus der Bevormundung. Wir müssen los vom staatlichen Gängelband. Uns treibt keine Gewinnsucht. Aber die Wirtschaft droht von den sozialen Kräften überrannt zu werden. Jedes Prozent Lohnerhöhung macht beim Stahltrust ungefähr ein Prozent Dividende aus. Nicht genug, daß die Werke die Obligationen, die sie während der Inflation auf Treu und Glauben ausgegeben hatten, wider Treu und Glauben haben aufwerten müssen – jetzt verlangen die Obligationäre auch noch zusätzliche Sicherungen, weil die Gefahr bestünde, daß die eben erst sanierten Werke durch Stillegungen entwertet werden könnten! Wir werden der weiteren Verfolgung solcher Irrwege unweigerlich einen Riegel vorschieben. Wir lehnen uns nicht gegen die Staatsautorität auf. Von vielen Seiten ist schon früher verlangt worden, wir sollten auftrumpfen. Nein, meine Herren. Die Wirtschaft erstrebt nur solche Maßnahmen, die ihr die notwendige Erleichterung verschaffen, ohne einem anderen Volksteil zu schaden. Eben darum lehnen wir den vielberufenen Geist der Zeit ab. Wir sagen, was nicht zeitgemäß ist. Wir sagen: Laßt die Wirtschaft endlich einmal in Ruhe!»

Die Resonanz dieser Rede war ein Tumult im ganzen Land. Ein Tumult in Worten, wie das «Rhabarber» auf dem Theater, ein leeres Geräusch, das sogar akustisch undeutlich blieb. Der Deutschnationale Handlungsgehilfenverband faßte eine Resolution, worin er unerbittlich die Verantwortung für alle Folgen einer Gehaltskürzung den Arbeitgebern zuschob. Die christlichen Gewerkschaften forderten einen lebendigen Gemeinschaftswillen, eine öffentliche Belehrung der Schuljugend über Berufsaussichten und die Bevorzugung deutscher Waren durch die deutschen Käufer. «Deutsche, laßt nur auf deutsche Schirme regnen!» wurde ein verbreiteter Reklamespruch, denn die Fabrikanten hofften, durch Spekulation auf patriotische Instinkte der Untersuchung ihrer kaufmännischen Fehler zu entgehen. Die freien Gewerkschaften behaupteten, die Unternehmer müßten zunächst einmal ihre Verdienstspanne kürzen. Sie entsandten an den Arbeitsminister eine Deputation aus dem Revier, die von Fries und dem «Brillengucker» geführt wurde.

Der Minister begrüßte sie mit den Worten: «Nun, Genossen? Wozu habt ihr euch entschlossen? Ich rate euch zur Arbeitszeitverlängerung, sie erscheint mir tragbarer als die Lohnsenkung.» Und als Fries ganz starr fragte: «Ist es wirklich an dem, Genosse?» – da fuhr er fort: «Ja, kann man denn mehr für euch tun, als zu erwirken, daß man euch die Wahl läßt? Das Opfer, das ihr bringt, wird auch von der Industrie als solches anerkannt, aber es trägt den höchsten Lohn in sich selber.»

«Und die Direktoren mit ihrem Einkommen von fünfzig- bis hunderttausend Mark?» fragte der Brillengucker.

«Sie haben zugesagt, daß sie auf fünf Prozent ihrer Gehälter verzichten werden.»

«Fünf Prozent! Sie werden sich irgendwo neu in den Aufsichtsrat wählen lassen, die Tantieme bringt den Ausfall doppelt wieder rein. Was sind auch drei- oder fünftausend Mark für sie? Nicht soviel wie drei oder fünf Mark für einen kleinen Angestellten!»

Der Minister machte ein Zeichen, daß seine Langmut zu Ende sei. «Was ihr nur immer mit den Direktoren habt! – Natürlich sitzen sie nicht den ganzen Tag auf dem Drehschemel und schreiben Kolumnen von Zahlen, aber schließlich müssen sie doch die Arbeit tun, damit ihr die Kolumnen schreiben und auf dem Drehschemel sitzen könnt . . . Fähige Köpfe sind eben nicht billig. Wenn man sie mit finanziellen Pedanterien belästigt, ziehen sie sich einfach in den Schmollwinkel zurück – und was dann? Ich meine, die Revolutionspraxis sollte uns gerade in dieser Hinsicht eine Lehre gegeben haben . . .»

Einen schwierigeren Stand hatten die Industriellen beim Wirtschaftsminister. Er meinte, daß er nun von ihnen sehr viel gehört habe, was nach ihrer Ansicht unmöglich sei; es verlange ihn, noch mehr von dem zu hören, was nach ihrer Ansicht möglich sei. General von Grußenbaum erwiderte, durchgreifende Hilfe könne nur durch eine organische Gesundung der Wirtschaftsgrundlagen in planmäßigem Zusammenwirken aller die Wirtschaft tragenden Kräfte geschafft werden.

«Ach so», versetzte der Minister, «ja, ja», und versuchte angestrengt, sich etwas dabei zu denken. «Aber unsereiner läßt sich so manches durch den Kopf gehn», sagte er dann. «Herr Näßler erwähnte die Masse der Konkurse, in denen es selten eine Masse gibt –» diesen Scherz glaubte er den Großindustriellen schuldig zu sein – «ja, man kann nicht bestreiten, daß die meisten Zusammenbrüche auf den Lauf der Dinge zurückzuführen sind, die der Herr Generaldirektor gezeichnet hat. Aber daneben, scheint mir, kann doch nicht verkannt werden, daß die Privatwirtschaft sich oft zu spät den Wandlungen der Zeit anpaßt und auch zu spät den Weg zur Sparsamkeit findet. Der Herr Generaldirektor mag mit Fug und Recht den Staatssozialismus gebrandmarkt haben, aber haben Sie, meine Herren, sich nicht unterdessen in Form der Kartelle Ihren Privatsozialismus zugelegt? Herr Näßler hat die Glieder der nicht abreißenden Kette aufgezählt – aber gibt es nicht noch andere, die da heißen: privatwirtschaftliche Überproduktion, gleichbleibender volkswirtschaftlicher Bedarf, Verstopfung des Marktes, Feierschichten, Verarmung, Leerlauf der ungebührlich ausgedehnten Fabrikanlagen, neue Feierschichten und so fort –? Wobei dann immer ein Zuviel an Produktion einem Zuwenig an Nachfrage gegenübersteht –? Viele Schäden, die in der Verlustliste der Wirtschaft aufgedeckt werden, sind eigentlich in ihrer psychologischen und moralischen Auswirkung bedenklicher als in der materiellen.»

«Darüber brauchen wir nicht zu reden», meinte Kropf und bog der angreifenden Lanze die Spitze um. «Mißverstehen Sie uns nicht, Herr Minister. Zwischen gesunden und ungesunden Unternehmungen haben auch wir einen Trennungstrich gezogen. Innerhalb eines einzigen Monats hat das Rohstahlkartell die Erzeugung um 260000 Tonnen vermindert. Wir gesunden Unternehmer des Westens haben den Glauben an den Wiederaufstieg keineswegs verloren. Bei uns gibt es keine Überdimensionen. Man hat uns nur fünfzehn Prozent unserer Elastizität gelassen, und doch haben wir durchgehalten. Geben Sie uns wenigstens achtzig Prozent zurück – und die Welt wird ein Wunder erleben.»

«Worin wird das Wunder bestehen?»

«In der Stärkung des Tatwillens.»

«Und die Stärkung des Tatwillens?»

«Darin, daß die Menge der uns anvertrauten Arbeiter sich in einer Front mit uns zur Wirtschaftsbefreiung zusammenschließt.»

Der Präsident der Reichsnotenbank eilte Kropf zu Hilfe, indem er sagte, wenn die Lohnerhöhungen früher den Preisen nachgefolgt seien, so sei es jetzt nur ein gerechter Ausgleich, wenn die Lohnsenkungen den Preisen vorausgingen; die Einkommensenkung entthrone das laufende Band der Irrtümer, wie Herr Näßler es so treffend genannt habe, und gebe speziell den kleinen Sparern und den kulturell wichtigen Schichten der geistigen Arbeiter neue Hoffnung. Er wußte, daß der Minister für derlei Argumente empfänglich war, wie alle gebildeten Deutschen, die den brennenden Wunsch haben, daß die Not ihrer Dichter und Denker gelindert werde, ohne daß sie sich im einzelnen mit ihnen befassen müßten.

Dieser Bankpräsident war gegen den Willen der Industriellen in sein Amt gekommen und buhlte desto mehr um ihre Gunst. Sie nahmen seine Dienste an, wo es ihnen tunlich erschien, doch wurde er nie rückhaltlos anerkannt. Sie bescheinigten ihm bestenfalls den guten Willen, doch fanden sie immer einen Haken dabei. Später, als er über eine vorlaute Glosse zu den außenpolitischen Maßnahmen der Regierung stürzte, fühlten sie jedenfalls keine Verpflichtung, ihn zu schützen oder dem Gestürzten einen Posten anzutragen. Manchmal berührte sein Wirkungskreis sich mit dem ihren, das war sehr erfreulich, doch kein Anlaß zur Solidaritätserklärung. Ein Stück Weges gingen sie mit ihm zusammen, da er den ihrigen kreuzte, und empfahlen sich dann.

Lange Zeit war er bei vielen Industriellen unbeliebt wegen der Anleihesperre, die er über Deutschland verhängt hatte, und wegen des damit verknüpften Zwangs, in den kritischsten Jahren alte Schulden zu tilgen. Siegfried Hillgruber war noch immer darüber aufgebracht, obwohl Mehren ihm dargetan hatte, es sei ein ehrlicher und gutgemeinter Plan gewesen, um die Zinsfüße und den Diskont herunterdrücken zu können. «Und so etwas begrüßen Sie als Bankier?» hatte Hillgrubers Entgegnung gelautet. «Was ehrlich, was gut gemeint! Geld ist billig, Kapital ist teuer in Depressionszeiten. Die sinkenden Zinssätze graulen noch die ganzen ausländischen Anleger aus dem Land hinaus. Anleihedrosselung ist Konjunkturdrosselung. Es ist heller Wahnsinn.»

Nur einmal applaudierte die Wirtschaft vorbehaltlos dem Präsidenten, als er die Revision des Reparationsstatuts forderte, denn die Union erklärte ebenfalls, daß eine zeitlich unbegrenzte Annuität von 2500 Millionen Mark, ohne daß man eine Endsumme wisse, nicht länger diskutabel sei, zumal die Industrie durch die aufoktroyierten Obligationen mit dreihundert Millionen im voraus belastet sei und das Damoklesschwert eines Wohlstandsindexes über dem Land hänge, nach dem die Annuitäten bei einer Besserung der Wirtschaftslage jederzeit erhöht werden könnten. Die Arbeitnehmer wußten zwar wenig davon: «Annuität», das war für sie nun wiederum so ein neues, unverständliches Wort wie ehedem die Valuta, obwohl es viel leichter übersetzbar war und nur die jährliche Zahlung meinte; aber auch bei ihnen hatte zumindest das Wort «Index» keinen guten Klang. Das war noch ein Gefühlsrest aus der Inflationszeit. «Index» war der Inbegriff alles Trügerischen. Der Index war ein Amtsgeheimnis, eine Erfindung, die unter dem Vorwand, eine greifbare Bezeichnung der Teuerung zu sein, bloß lehrte, mit wie wenig der Mensch auskommen könne.

Die Bankiers stimmten im Endeffekt mit diesen Urteilen überein, aber nicht ausnahmslos mit der Wahl des Zeitpunkts einer Revision. Der Bankier von Risch-Zander sagte zum Beispiel: «Wohlstandsindex . . . Nun sehen Sie. Aber wir haben das doch in der Hand, wie? Ich und noch ein Dutzend von uns, wir machen uns stark dafür, daß es in Deutschland keinen Wohlstand geben wird, solange das Statut mit dem Wohlstandsindex da ist.» Der Freiherr bat ihn jedoch, nicht so frivol zu sprechen, und Schellhase junior sagte: «Kein Wohlstand? Das wird auch wahr werden, ohne daß Sie dafür sorgen. Die Reparationen sind unerträglich. Lieber eine Provinz mehr verlieren – Land kann man zurückerobern, aber unser gutes Geld ist unwiederbringlich dahin.»

Nur Hugo Mehren meinte: «Solange wir keine Ordnung im Staatshaushalt haben, solange wir in Ländchen von der Einwohnerzahl einer Mittelstadt eine kostspieligere und arrogantere Verwaltung haben als in Großstädten von einer halben Million, solange dort zu Arbeiten, die an Bedeutung von den Arbeiten des jüngsten unserer Buchhalter übertroffen werden, Großväterstühle für großsprecherische, flunkernde, zwitschernde Pseudominister stehn, solange Stahlhelmparaden und Heereserlasse für kriegerischen Geist eintreten – so lange bin ich sehr, sehr skeptisch, was die Aussichten für eine Regelung der Reparationen betrifft, die nicht mehr aller Vernunft Hohn spricht. Es sei denn, daß Frankreich eines Tages in dem zufließenden Goldstrom zu ertrinken fürchtet, wie es schon einmal an den Materiallieferungen auf Reparationskonto zu ersticken drohte. *Embarras de richesse*, wie man so sagt. Aber sonst? Wissen Sie, es hat auf mich einen unauslöschlichen Eindruck gemacht, daß gewisse nationale Kreise, die immer so tun, als empfänden nur sie allein den Friedensvertrag als ein himmelschreiendes Unrecht, damals bei ihrem Putsch nichts Eiligeres zu tun hatten, als den Franzosen ihre absolute Anerkennung des Vertrags untertänigst zu Füßen zu legen.»

Als er das sagte (natürlich sagte er dergleichen nur in der Union, wenn man unter sich war, nicht draußen oder vor Zuhörern, wo es vielleicht Folgen gehabt hätte) – da gingen sie mißtrauisch um ihn herum, wie Kinder um ein ausgestopftes Tier, dessen wild zurechtgemachten Augen sie die Leblosigkeit nicht glauben wollen. Seine Stimme verlor an Gewicht, weil sie ihn bereits einrangiert hatten. Sie nannten ihn den «roten Mehren». Es war der kluge Krogoll, der einmal sagte, man mache einen klugen Menschen am besten dadurch unschädlich, daß man ihn für einen Schalk ausgebe; die vielen bissigen Satiren, die über gesellschaftliche Zustände seit hundert Jahren geschrieben worden seien, hätten diesen längst den Garaus gemacht, wenn die Gesellschaft nicht auf den Ausweg verfallen wäre, sich an diesen Satiren legitim zu vergnügen.

Was er selbst von Fall zu Fall über diese und jene Sache dachte, muß freilich dahingestellt bleiben. Sicher war nur, daß er neue Streitigkeiten in der Union um jeden Preis verhindern wollte. Auch hier, nicht nur bei Dopslaffs, wollten sie keinen Krach mehr haben, auch hier wollten sie in Frieden leben. In jenem bewaffneten Frieden, der vor dem großen Krieg gewesen war.

Auf dem sozialpolitischen Kriegsschauplatz war ihnen der Präsident der Reichsnotenbank ein willkommener Bundesgenosse, solange sie seinen Reden vom Parkett aus Beifall zollen konnten. Er war für sie freiwillig dieselbe Hetzpeitsche, die Oberst von Leutwitz und Walkowiak auf Befehl des Generals waren, samt ihrer Partei, die das DRITTE REICH zu errichten versprach. Übrigens durfte er nur bei Kropf im Reichsverband reden, aus der Union hielt ihn des Generals untrügliche Witterung fern: er war ihm nicht genug Dunkelmann, er hängte ihm aus Geltungsbedürfnis zuviel an die große Glocke. Wie sich am Beispiel des Kaisers gezeigt hatte, liebte Grußenbaum zwar die Autokraten, aber er liebte sie nur, wenn er selbst mithelfen konnte, sie zu machen; unzugängliche Autokraten waren ihm dagegen ein Greuel, und ein solcher war der Präsident, den man nicht einmal davon abbringen konnte, aller Welt das Sprengpulver vorzuweisen, das er gegen die Regierung mischte. Dummes Erfindergespreize, wo eigentlich gar keine Erfindung war. Nein; wo einer Dinge öffentlich machte, die unveröffentlicht wirken konnten, da mußte die Union wenigstens so weit zurückbleiben, daß sie jederzeit sagen konnte, sie sei nicht dabeigewesen.

So verstrich der Winter in explosiven Diskussionen. Wohl hatten die Arbeiter in Bilgenstock einen Mann von der Art des Präsidenten der Reichsnotenbank, doch hatten sie keinen General von Grußenbaum, der Personen zu benutzen wußte, ohne daß er sich mit ihnen kompromittierte. Sie meinten, sie müßten, wenn sie jemanden einspannten, auch gleich mit ihm fahren. Einige von ihnen waren die Gegner der Industriellen. Aber keiner von ihnen war ihr Partner.

Die «Gewerkschaftsdämmerung» (ein Wort, das Dr. Krewett erfunden hatte) war Tatsache. Wer seiner Stelle verlustig ging, konnte nicht mehr unterkommen – dagegen half keine Gewerkschaft, und das war das stärkste Argument. Die Angestellten des Stahltrusts ließen sich nicht nur die Gehälter kürzen, sondern auch einen Teil des Urlaubs streichen. Der Brillengucker ersuchte Dr. Krewett, den Trust zur Tariftreue anzuhalten. Dr. Krewett legte ihm nahe, das Arbeitsgericht anzurufen. Grußenbaum pflegte zu sagen, die Arbeitsgerichte könnten von Ottokar Wirtz erfunden sein: sie verschafften dem Arbeitnehmer Gerechtigkeit in jenen Details, die sein bißchen Leben ausmachten, und den Arbeitgebern in jenen großen Maximen, auf denen der ewige Triumphzug privatkapitalistischer Wirtschaft beruhe. Es sei das Wirtzsche Prinzip, jemanden einen Ring an den Finger zu stecken und ihm unterdessen die Hand abzuhacken.

Nach und nach wurden jene Maßnahmen der Fabrikanten, die von den Gewerkschaften «Übergriffe» gescholten wurden, zum Gewohnheitsrecht. So nahmen auf den Kropfschen Zechen auch die Betriebsführer und Inspektoren an der Betriebsratswahl teil, obwohl sie im strengen Sinne des Gesetzes nicht als Arbeitnehmer gelten konnten, und ebenso die Wohlfahrtsdamen und Handarbeitslehrerinnen, die nur im Nebenamt dort beschäftigt waren. So wurde bei Schallhase den Arbeitern, die zur Entlassung kamen, für die schon abgediente Zeit des Jahres kein Anteil an Deputat und Urlaub gewährt. Allein bei Risch-Zander hielt man sich, wenn nicht an den Geist, so doch an den Buchstaben des Gesetzes; jedes andere Verhalten wäre mit der Vornehmheit des Freiherrn unvereinbar gewesen.

Dr. Krewett entfaltete eine auffallende Aktivität. Während er sonst in allen Lohnverhandlungen gegen das Schema der Tarife aufgetreten war, machte er jetzt gerade für den Abbau der Leistungslöhne Stimmung. Er hatte auch eine Begründung dafür: die Akkordverdienste lägen schon achtzig Prozent über den Tariflöhnen und seien größtenteils nicht durch den Fleiß der Arbeiter, sondern durch die technischen Verbesserungen bedingt. Man könne nicht warten, bis die Tarife selbst gesenkt würden, dieser Fatalismus sei unbrauchbar. Die Angestellten ließen sich zwar leicht aufs Glatteis führen, aber die Arbeiter, für Schleichwege zu widerspenstig, müsse man in aller Offenheit zähmen. Man müsse die Situation endlich rücksichtslos ausnutzen. Die öffentliche Meinung sei gut bearbeitet und auf alles vorbereitet. Man könne es sich jetzt sogar leisten, die Löhne zu ermäßigen, ohne an den Preisen zu rühren. Es werde genügen, eine staatliche Preissenkungsaktion um zwei oder drei Pfennig zum Tagesgespräch zu machen und die kindlich dräuende Faust eines Reichskommissars aufzudecken, dann werde dank der glücklichen Veranlagung des deutschen Volkes zur Anspruchslosigkeit jedermann befriedigt sein und sich geborgen fühlen. Wenn man aber noch obendrein die letzte Preiserhöhung rückgängig mache, weiter nichts, weiter gar nichts, so werde man als Retter des Vaterlandes gefeiert werden. Inzwischen präpariere er den nächsten Schritt: den Abbau der Tariflöhne. Sollten die staatlichen Schlichtungsstellen nicht willfahren, so werde er in der Gruppe Westen die Aussperrung der Arbeiter verfügen. Der General sagte, er habe nichts dagegen; es frage sich nur, ob man dadurch die Arbeiter nicht wieder in die Arme der Gewerkschaften treibe; das sei zu überlegen.

«Es ist überlegt», antwortete Dr. Krewett. Dieses eine Mal wollte er den General ausstechen. Es sollte seine Rache für die Niederlage bei der Postenvergebung im Nationalen Arbeiterbund sein. Daher trug er sich kämpferisch. «Der Hauptschlag muß gegen die Unabdingbarkeit der Tarife geführt werden», erklärte er. «Allmählich werden wir wieder zu getrennten Lohnverträgen mit den einzelnen Belegschaften kommen. Divide et impera. Es geht natürlich nicht auf einmal, wir müssen Zellen bilden – sehen Sie, selbst von den Kommunisten kann man was lernen. Um die Arbeiter zu angeln, habe ich einen Köder, die ARBEITSGARANTIE. Jeder Belegschaft, die in einen zwanzigprozentigen Lohnabbau einwilligt, garantieren wir für sechs Monate den Status quo: keine weiteren Entlassungen, keine weiteren Feierschichten. Im siebenten Monat haben wir dann wieder Freiheit zum nächsten Angriff.»

Auch er hatte den goldenen Lebensregeln des Generals etwas entnommen: daß man in der Öffentlichkeit einen ungerechten Angriff selten von einer gerechten Verteidigung zu unterscheiden vermag.

Es kommt wieder der 1. Mai heran. Die Arbeiter sind nicht in Stimmung, Lohnausfall kann man jetzt nicht gebrauchen. Wer weiß, ob nicht auch eine Kündigung nachfolgt, wenn man feiert – und überhaupt, vor dem Krieg hatte der Weltfeiertag einen Sinn, da war er polizeilich verboten und getaucht in die Morgenröte des Frühlings und von Kampflust durchschmettert und von Siegesjubel, wenn man der Polizei ein Schnippchen geschlagen hatte; aber jetzt –? Jetzt hat es keinen Sinn mehr, jetzt ist er staatlich erlaubt, jetzt hat der Kampf tatsächlich stattgefunden, worüber soll man sich also noch freuen? Jetzt muß man darauf achten, daß einem kein Bein gestellt wird. Außerdem regnet es jetzt gewöhnlich an dem Tag, so daß man von der Morgenröte nichts sieht, und der Frühling ist jetzt immer so merkwürdig kalt, als sei man unversehens in eine andere klimatische Zone geraten.

Friedrich Bilgenstock erläßt einen Aufruf, um ihnen Mut zu machen. Im Komitee hat er durchgedrückt, daß «gegen den Gewaltfrieden» demonstriert wird, «für die nationale Befreiung Deutschlands, gegen die Reparationsversklavung, für die soziale Befreiung von internationaler Zinsknechtschaft». Adam Grieghöfer hat protestiert: «Lauter Wörter von Walkowiak, na ja, gut, wenn ihr meint, daß die Arbeiter sonst alle zu ihm überlaufen und auf das Gefasel reinfallen, dort und hier, wo sie's gerade lesen . . . Aber weshalb setzt ihr kein Wort gegen die Kriegspolitik der Industrie dabei, is die nicht schuld, daß wir jetzt die Reparationen bezahlen müssen?» Es hat ihn nichts genützt. «Wir sind keine Pazifisten», sagt Bilgenstock ein wenig rätselhaft. «Wir haben dem internationalen Bankkapital den Kampf angesagt, das ist deutlich genug.» Sie stimmen ab. Bilgenstock siegt, zumal er verspricht, daß das Revolutionäre trotzdem nicht zu kurz kommen soll.

Was hat er vor? – Eine aufrüttelnde Aktion, wie er das nennt. Am 1. Mai soll das Elektrizitätswerk von Risch-Zander stillgelegt werden. Adam sträubt sich, eine Rolle dabei zu übernehmen; er läßt es geschehen, daß sie ihn einen Abtrünnigen heißen, daß sie ihm mit dem Ausschluß aus der Partei drohen. Er sagt, für Walkowiaks Programm opfere er sich nicht, wolle er auch keinen Arbeiter opfern, das sei es wahrhaftig nicht wert. Sie stutzen nun doch ein wenig, aber Bilgenstock redet, redet, redet.

«Wenn wir an der Macht sind, erklären wir alle Verträge für null und nichtig. Dem Treiben der blutsaugerischen Finanzbanditen, die heute dem Land ihren Willen aufzwingen, werden wir schonungslos Einhalt gebieten. Wir werden die proletarische Nationalisierung der Banken durchführen und die Verschuldung an die deutschen und ausländischen Kapitalisten annullieren . . .»

«Er macht euch besoffen, aber nachher ist er nicht dabei!»

«Maul halten, abwarten!»

Bilgenstock redet. Seine Sätze kriegen Junge, sobald sie ihm aus dem Mund kommen. Die dreiste Selbstverständlichkeit aller Lebenslagen schaut ihm aus den Augen. Er redet von vorn nach hinten und von hinten wieder nach vorn. Er setzt plötzlich ab, holt zu Vergleichen aus und ist schon beim dritten, vierten Argument, ehe sie das erste begriffen haben. Er ist wieder der Bilgenstock von Geschoßdreherei III. Zuletzt zeigt er ingrimmig auf Adam und schreit: «Ein Genosse, dem sein Name nicht national genug war, wirft uns vor, daß wir nationalistisch wären! Kapiert ihr das?»

Adam wird bleich, packt seinen Stuhl, man hält ihn fest. Er spuckt verächtlich auf den Fußboden. Bilgenstock zeigt noch auf ihn.

«Laßt mich, Genossen», sagt Adam matt und verbraucht. «Ich – und der da. Wenn ihr kein Einsehen habt. Wenn ihr von nichts ein Verstehstemich habt. Was bin ich, und was ist der da. Ich – und der!»

Grell stößt sein Gelächter gegen Bilgenstocks fleischigen Körper, so daß er erschrickt und sich starr zusammenkrümmt, die Beine nach hinten und den Oberkörper nach vorn, das typische Bild eines Feiglings, der hinter einem Schutzwall mutig ist und gleichzeitig von einer jähen Angst überfallen wird, der Schutz werde am Ende doch nicht haltbar sein. Aber Adam steckt die Hände in die Taschen und geht zwischen den Funktionären hindurch zur Tür.

«Was jetzt?» rufen sie ihm nach.

Er antwortet ruhig: «Ich will mich eurer Meinung nicht widersetzen. Vielleicht kann ich das Ärgste verhüten.» Das sagt er auch zu Hause noch: «Vielleicht kann ich das Ärgste verhüten.»

Alma erzittert, als sie dies alles erfährt. «Hab ich mich erschreckt», ist zuerst alles, was sie sagen kann. Sie fleht ihn an, zu den Sozialdemokraten überzugehen. «Du bist jetzt so lange Betriebsrat, du hast Erfahrung, die stellen dich sicher bei der nächsten Wahl ebensogut wieder auf wie die anderen, vielleicht noch eher.»

Er sieht sie mit so grauenerregenden Augen an, daß sie verstummt.

«Man müßte erst mal bei sich daheim anfangen zu revolutionieren . . .» Er spricht mit sich selbst, seine Stimme ist gepreßt, er stiert vor sich hin. «Ich weiche nicht vom Platz. So 'ne ahnungslose Parteigröße. Ich stehe noch, wo ich immer gestanden habe. So 'ne Bonze. Ich bleibe da stehn. So 'ne ahnungslose Parteigröße. Vielleicht kann ich das Ärgste verhüten . . .»

Alma schielt nach ihm. Wo ist seine Mannhaftigkeit? Sie hat stets geglaubt, er sei nicht verwundbar. Wo ist seine Mannhaftigkeit? Ihr schwant Unheil. Sie versteht das nicht. Hat sie nicht einen gangbaren Ausweg gezeigt?

Otto Wittkamp, Paula, der Opa, Mutter Kalinna, Mutter Griguszies – alle dringen in ihn. «Was das geben wird, was das bloß geben wird. Es ist doch nicht mehr wie früher, wo immer Krawall war, da war's egal, da ging alles in einem hin . . .»

Er wehrt sie ab. «Ihr –? Geht ihr nur mal alle im Bett.» Seine Bedrängnis begreifen sie ja nicht, auch Paula begreift sie nicht mehr, sie ist eine Hausfrau geworden, das ist ein neuer Beruf. «Mit dich werden sie auch noch Schlitten fahren», sagt sie. «Bist du denn total meschugge? Wie kann ein Mensch bloß so überschnappen, wenn er so 'ne schöne Häuslichkeit hat.»

Von den fünfundzwanzigtausend Rischianern fehlen am 1. Mai noch keine tausend an ihrem Arbeitsplatz.

Die freien Gewerkschaften machen keinen Umzug. Sie haben nachmittags um fünf ein Fest in einem Vergnügungspark. «Die Blume im Knopfloch wird das einzige Rote sein, was da sein wird», meint Adam. «Sie werden Achterbahn fahren und die Kellnerinnen im Bayrischen Braustübl in die Arschbacken petzen.»

Morgens um neun ziehen die Kommunisten. Viele von ihnen haben rote, grüne und weiße Blusen an und den Sowjetstern darauf. Fast alle sind sehr jugendlich. Das wäre kein Fehler, sagt sich Adam, wenn sie etwas taugten und nicht schon so greisenhaft borniert wären. Eine Kindergruppe deklamiert ab und zu im Chor: «Wir sind der Vortrupp des klassenbewußten Proletariats.» Damit, daß man sich als irgendwas vorstellt, ist es nicht getan, denkt Adam. Einige Nachzügler humpeln fähnchenschwenkend daher. Die Bereitschaftswagen der Polizei fahren mittendrin. Es wäre bei dieser Ruhe und bei diesen Parolen wahrhaftig nicht notwendig, es wirkt sogar auf die bürgerlichen Zuschauer provokatorisch, aber das bißchen Gruseln haben sie ja gern.

Bilgenstocks nationalbolschewistische Phrasen leuchten von den Schildern. Adam schämt sich, darunter herzulaufen. Er geht als Ordner mit. Als der Zug am Büro des Betriebsrats vorbeikommt, sieht er Fries höhnisch lachen. Nur so weiter, nur so fort. Bilgenstock gibt die Partei dem Gespött ihrer Feinde preis. Bilgenstock macht politischen Karneval. Mal was Neues. Ich hätte mich auch maskieren sollen. Bilgenstock vereinigt das feige Zitternde und das zügellos Wütende. Taschenspieler. Halunke.

Halunke! – So rollt ein dampfender Zorn in Adam herauf, seine

Brust meint er auswerfen zu müssen, so peinigt sie ihn. Wenn es nicht bald aufhört, muß er sich an etwas vergreifen.

Der Zug geht weiter, an der Fabrik vorbei, Friedrich Bilgenstock frank und frei vorneweg, ein feistes Gesicht auf einer plebejischen Fleischmasse.

Wie ich gesagt habe, dachte Adam, er wird nicht dabei sein, das weiß er noch vom Krieg her, daß das unersetzliche Leben der hohen Führer nicht in Gefahr kommen darf.

Er blieb nun zurück, begab sich in die Nähe des Elektrizitätswerks und wartete.

Es mochten zwanzig Minuten vergangen sein, da ratterten aus der Richtung der Straße, die dem Stadtinneren entgegengesetzt war, nacheinander fünf Lastautos heran. Die Insassen, ungefähr hundert an der Zahl, waren in Arbeitskleidung und ohne jedes Abzeichen, damit sie sich rasch unter den Arbeitern verlieren konnten. Blitzschnell sprangen sie herunter, überwältigten den Pförtner, brachen mit dem Ruf «Nieder die nationale und soziale Sklaverei!» in den Betrieb ein und rissen die überraschten Arbeiter von den Maschinen weg.

Und nun geschah etwas ganz Komisches. Es rief: «Motore abstellen!» Wer rief das? Natürlich einer von Bilgenstocks Sturmtrupp, aber sei es, daß seine Stimme eine Ähnlichkeit mit der eines Meisters hatte, sei es, daß die Arbeiter sie in der Verwirrung für diese hielten, einige begaben sich mit dienstlichem Gehaben an die Maschinen und stoppten sie vorschriftsmäßig. Waren sie nicht berechtigt zu glauben, es sei ein ordentlicher Befehl ergangen? War es nicht einleuchtend, daß man die Maschinen lieber selbst abstellte, als daß man sie dem unsachgemäßen Zugriff der Eindringlinge auslieferte? Diese waren denn auch über ihren raschen Erfolg so verblüfft, daß sie tatenlos herumstanden und beinahe auf Zureden Adams nach Hause gegangen wären. Aber in etlichen siedete es, weil sie ohne Gewaltanwendung ihre Expedition beenden sollten, und für diese kam gerade im rechten Augenblick das Geschrei des Betriebsführers: wer sich unterstanden habe, die Maschinen zu stoppen, was das für eine Schweinerei sei, die ganze Fabrikation im Stahlwerk zu stören, jede Minute sei ein Schaden von Tagen, ob sie noch alle auf die Straße fliegen wollten? – Man sieht, daß der Betriebsführer des Elektrizitätswerks leider weniger schlau war als Herr Drees oder der Diplomingenieur Hollerbach; er war nur streng, nicht auch gerecht dabei, und wäre nicht Adam Grieghöfer gewesen, so wäre ihm dieser Mangel übel bekommen.

Aus Bilgenstocks Sturmtrupp stürzt sich einer auf ihn, zückt ein Dolchmesser und brüllt: «Du? Komm mal hier. Komm mal hier, wenn du wat willst!» Da schießt nun Adam wie ein Wiesel los, beißt sich an dem Angreifer fest, entreißt ihm das Messer. Ein Handgemenge entsteht, eine irritierende Keilerei, eine Wildnis bluttrunkener Menschenleiber. Adam hört eine klirrende Stimme: «Alles hört auf mein Kommando!» – er merkt noch, wie alles aufeinander einhaut, er teilt Fausthiebe aus, soviel er austeilen kann, dann sieht er auf einmal nichts mehr in all dem schweißigen Dunst. Er hat einen Schlag auf die Nase bekommen, das ist ein merkwürdiges Gefühl, so als schwelle sie augenblicklich zu einem riesigen Ball an. Das Blut tropft herunter und verklebt ihm den Mund. Der süßliche Geschmack seines Bluts ist das letzte, was er spürt, ehe es ganz dunkel um ihn wird.

Inzwischen hat das Überfallkommando den Betrieb umzingelt. Die Verletzten werden weggeschafft. Es hat Hautabschürfungen, Armbrüche, Kieferzertrümmerungen und Messerstiche abgesetzt. Vom Sturmtrupp werden fünfzehn Verwundete an Ort und Stelle verhaftet, die übrigen haben noch flüchten oder sich im Fabrikgelände verstecken können. Nach Schicht hoffen sie, unbemerkt unter den Arbeitern durch die Tore zu kommen. Doch an jedem Tor stehen zwei Schupos, und es wird scharf revidiert. Abermals werden einige festgenommen. Manche aber nächtigen in der Fabrik, klettern über niedrige Dächer und Lagerplätze weg und entkommen nach Mitternacht.

Friedrich Bilgenstock wird noch am Abend von der Polizei gesucht. Es heißt, daß die Aussagen der Verhafteten ihn nicht nur im Licht des intellektuellen Urhebers, sondern auch des materiellen Anstifters erscheinen lassen. Auch die Parteigenossen suchen ihn. Er ist nicht aufzufinden. Er ist nicht in seiner Wohnung, nicht im Parteibüro, nicht in der Redaktion. Niemand weiß etwas von ihm. Einige wollen ihn in der Schankwirtschaft «Zur Hütte» gesehen haben, zusammen mit Walkowiak, da es aber sehr voll dort war und der übliche Streit ausbrach, kann sich niemand genau erinnern. Walkowiak bestreitet es übrigens, und der Wirt gibt an, auf nichts geachtet zu haben, außer auf Bier und Schnaps.

Mit Adam ist es nicht so schlimm, er hat bloß ein zerschundenes Gesicht und eine geschwollene Nase, das Nasenbein ist unverletzt. Es war mehr der Aufruhr der Gefühle, der ihn ohnmächtig gemacht hat, und der plötzliche Schrecken beim Anprall der fremden Faust, der ihm weh getan hat.

Vom Hof der Schankwirtschaft «Zur Hütte» konnte man auf ein unbebautes Grundstück gelangen, von wo ein schmaler und selten begangener Pfad an der Schmiedepresse und einem Martinwerk vorüberwalzte und in öde Gassen mit Häusern aus Lehmwänden mündete. Die Straßenmädchen führten ihre Kundschaft dorthin. Da gab es Kuppelquartiere, geheime Spielhöllen, Schwarzbrennereien, Diebesnester. Alle Laster, alle schmierigen Lüste zogen einen Kranz um die Fabrik; von den Freuden, deren Menschen teilhaftig werden können, lagerte hier der häßliche schale Bodensatz mit der Würze des Schmutzes.

Diesen Pfad ging Bilgenstock in der Nacht. Aus niederhängenden Wolken regnete es dicke Tropfen, und der kräuterige Duft der Maierde entquoll selbst den rußgedüngten, zählebigen Gräsern, die unter den Latten des Fabrikzauns jedes Frühjahr erneute Atmungsversuche machten, mit ihren vergifteten Lungen. In einem schwarzen Sack ruhte der Koloß der Zehntausend-Tonnen-Presse. In den Fenstern des Martinwerks blakte lautloser Feuerschein, konvulsivisch zuckend, wie von einer Flamme, die unter einem Wasserstrahl verendet. Wie merkwürdig vegetationslos eine Fabrik ist, wenn ihr Dasein nicht ins Gehör, nicht in die Nerven dringt, wie traumhaft ein Betrieb, wenn er nicht in Betrieb ist. «Ach was», murmelte Bilgenstock zwischen den Zähnen, «das Parteigetriebe macht einen so abscheulich romantisch.»

Er ging langsam und unschlüssig. Er überlegte, was aus den Ereignissen des Tages werden mochte. Walkowiak hatte ihm eben in der Kneipe angekündigt, sein Kopf werde noch rollen; er hatte ihn daraufhin einen Seelenverkäufer und Arbeiterhenker geheißen, und wieder daraufhin hatte ihm Walkowiak eine Abrechnung für jene Gemeinheiten in Aussicht gestellt, die er als «fliegender Betriebsführer» begangen hatte. Walkowiak, der Nationalsozialist, trachtete ihm nach dem Leben. Und von den Kommunisten wurde er, Friedrich Bilgenstock, gehätschelt.

Verkehrte Welt, dachte er fröhlich. Aber er war nur darum froh, weil man aus der «Hütte» hinten hinausschleichen und sich in Sicherheit bringen konnte.

Er fuhr zusammen, lauschte und vermeinte, laufende Tritte zu hören, von einer Weichheit, als seien die Füße in feuchte Tücher gewickelt, stumpfe, aber hurtige Tritte, weit oder nah, vor oder hinter ihm – die sickernde Nässe hatte alle Schallhöhen eingeebnet, Entfernungen und Richtungen waren nicht mehr meßbar. Soll er sich umsehen? Er war gelähmt. Der Regen klatschte jetzt stärker auf, ein grauer, quietschender Ton der Verlassenheit. Fern schwammen rote Eisenbahnsignale wie Bojen im Dunst.

Indem er seinen Weg fortsetzte, begann er vor sich hin zu pfeifen, um sich selbst zu beweisen, daß er furchtlos sei. Etwas in ihm wollte ihn zwingen, sich doch noch umzusehen. Er rang mit diesem Etwas: wenn man in solchen Lagen umblickt, entdeckt man immer Gespenster; wenn man also nicht umblickt, ist nichts da. Er widerstand, und es plagte ihn, und er widerstand, und es plagte ihn. Zuletzt schloß er ein Kompromiß mit sich und drehte den Kopf zur Hälfte herum. Da hing ein triefendes Gewebe von Schatten und Regen, das sich listig heranpirschte; nun ja, wenn man so will, die Natur hat viele Gesichter und ist immer ein unmenschliches Rätsel, wieviel mehr mitten in der unterirdischen Nacht des Industriereviers.

In diesem Augenblick vernahm er auf der anderen Seite des Weges das Geräusch eines kräftigen Sprungs und verspürte im Rücken einen Anschlag wie von einem wuchtigen Steinwurf, und fast in der gleichen Sekunde verlor er das Bewußtsein dessen, was war und was geschah. Ein irres Gezwitscher entfuhr seinem Mund. Seine Augen stießen an Finsternis. Seine Brust war eingekesselt von jenem triefenden Gewebe aus Schatten und Regen, klaffend von durchbluteten Löchern, seine Lunge ein Geröll von erstickendem Getöse. Er lag mit dem Gesicht im klebrigen Kohlenschlamm. Ein Bach Blut floß durch den Rock und den Rücken hinunter und mündete in das Meer des Regens.

Walkowiak zog das Messer, das er bis ans Heft eingestoßen hatte, mit langsamen Umdrehungen wie eine Schraube heraus. So blieb er gedankenvoll stehen.

Eine ferne Zeit wälzte sich auf ihn zu.

Er war wieder der Schlosser Walkowiak von der vierten Reparaturwerkstatt, und der Tote war der Meister Kurbjuhn, und das Messer in seiner Hand war eine geschwungene Axt.

Dann ging er vorsichtig nach Hause, erwog für alle Fälle sein Alibi und tilgte alle Spuren.

Spielende Kinder fanden am nächsten Mittag Bilgenstocks Leiche. Sie glaubten erst, er sei ein Betrunkener, der sich zu einem Schläfchen hingelegt habe, und wollten ihn aufwecken mit Lärm; aber dann sahen sie die Blutkrusten und die glasigen Augen und wurden entsetzlich still.

Die Polizei nahm viele Fährten auf. Für einen politischen Mord ergaben sich keine Anhaltspunkte. Der Täter blieb unentdeckt.

Jene Arbeiter, die die Motoren abgestellt haben, sollen fristlos entlassen werden. Die Betriebsleitung schenkt ihren Beteuerungen, sie seien mit den Putschisten nicht im Bunde gewesen, keinen Glauben. Sie lacht über die Erklärung, die sie für ihr Verhalten geben, denn diese Erklärung kann sich nur auf Unerklärliches stützen, auf Mißverständnisse, die vielleicht menschlich, doch nicht betrieblich plausibel sind. Der Betriebsrat verhandelt mit dem Direktorium. Fries verliest eine Resolution der Vertrauensmännersitzung: demnach werden «die von unverantwortlichen Drahtziehern heraufbeschworenen Ausschreitungen von den besonnenen Elementen mit aller Entschiedenheit verurteilt». Adam Grieghöfer weist nach, daß keiner der beschuldigten Arbeiter des Elektrizitätswerks der Kommunistischen Partei angehört. Dr. h. c. Hiebenstein blättert in den Akten.

«Drei davon waren früher eingeschriebene Mitglieder», stellt er fest.

«Das ist doch kein Grund», erwidert Adam, und Fries ergänzt: «Das spricht doch mehr für sie wie gegen sie, das beweist doch, daß sie Vernunft angenommen haben. Außerdem ist auch ein Sozialdemokrat dabei, für den kann ich gradestehn.» Seine Stimme ist ungewöhnlich hart und zornig. «Wärst du nur immer so gewesen», sagt Adam, «hättest du nicht so viel gekatzbuckelt, dann hätten wir vielleicht die Geschichte hier nicht am Hals.»

Der Betriebsführer, durchdrungen von der Bedeutsamkeit der Affäre, in deren Mittelpunkt er seinen Betrieb und sich selbst sieht, entzieht ihnen das Wort: «Mitgefangen, mitgehangen. An der getroffenen Entscheidung ist meines Erachtens nicht zu deuteln.»

«Sie!» schreit Adam außer sich. «So kalt bestimmen Sie über Arbeiterleben. Und Ihnen habe ich Blödmann gestern das Leben gerettet, Sie! Ich bin vielleicht ein Blödmann gewesen, Sie!»

Der Finanzrat ist sehr ernst.

«Die besänftigende Einwirkung auf Ihre Kollegen und die Erhaltung des regelmäßigen Produktionsgangs ist Ihre gesetzliche Pflicht als Betriebsrat. Unsere privatwirtschaftliche Pflicht ist es, das Weitere zu veranlassen. Immerhin. Die Firma wird Ihnen ihre Anerkennung für Ihre tapfere Tat nicht versagen, Herr Grieghöfer.»

«Mit so 'n Schmus wollen Sie mich einreiben? Die Hand hier soll mich verdorren, ehe ich so 'n dreckigen Speckkopp noch mal helfe. So 'n Kapitalistengesocks! So 'n Dividendenpöbel!»

Er ist grün angelaufen, und sein Leib ist krampfig wie bei einem Menschen, der Galle erbricht. Bewußtlos stößt er alles aus, was seit Wochen in ihm gärt.

«Es tut mir leid um Sie», sagt der Finanzrat. Er spricht um so leiser, je mehr Adam schreit; er hält Flüstern für das sicherste Mittel, schreiende Menschen zu beruhigen. «Ich habe immer geglaubt, besonders nach Ihrer Namensänderung habe ich das geglaubt, daß Sie noch ein brauchbares Glied der menschlichen Gesellschaft werden könnten, aber wir können nun darauf nicht warten.» Etwas Ähnliches hat schon einmal Herr Drees zu seinem Assistenten gesagt, als Adam noch Kranführer in der Eisengießerei war. «Danke, die Herren», schließt der Finanzrat, «wir sind fertig.»

So verdattert sind alle, daß sie nicht einmal «Guten Morgen, Herr Finanzrat» sagen, als sie sich hinausdrücken.

«Herr Grieghöfer . . . Noch auf ein Wort, wenn ich bitten darf.»

Das Zimmer dreht sich mit Adam. Er sinkt zusammen wie ein Haufen Asche.

Hiebenstein drückt auf den Klingelknopf. «Eine Flasche Sprudel», trägt er dem Bürodiener auf. Es wird weiter nichts gesprochen. Adam hockt da, fahl und frierend auf einen Stuhl geheftet, der Finanzrat steht mit dem Rücken gegen das Fenster und forscht in Adams Gesicht. Der Bürodiener bringt Glas und Flasche, Hiebenstein gießt ein und reicht es Adam. «Danke», sagt der hastig und trinkt.

«Herr Grieghöfer, Sie sind erfahren genug, um selbst zu wissen, daß die Schwere Ihrer Beleidigungen uns berechtigt, Sie fristlos zu entlassen, ohne die Zustimmung des Betriebsrats einzuholen. Setzen Sie nicht Ihrer Unvernunft die Krone auf, sondern der Vernunft, die Sie ebenso reichlich haben, und die nur manchmal verschüttet ist. Immerhin. Wir sind alle Menschen und können selten ergründen, was einen Menschen treibt, da wollen wir uns lieber gar nicht erst auf psychologische Untersuchungen einlassen. Trotz allem, was vorgefallen ist, wollen wir Ihnen eine letzte Chance geben. Wir Kapitalistengesocks, Herr Grieghöfer. Legen Sie Ihr Betriebsratsmandat nieder und kehren Sie an Ihren früheren Arbeitsplatz zurück. Wollen Sie?»

«Ja, gewiß, was soll ich denn sonst machen. Ich meine nicht wegen Sie, ich meine wegen mich. Ich meine wegen, daß ich nicht weiß, wo mich der Kopf steht.»

Hiebenstein verstand ihn nicht ganz. Er war im Zweifel, ob es Demut war oder Demütigung, was aus ihm sprach.

Wenige Tage darauf, kurz nach acht Uhr morgens, der Bürodienst hatte gerade begonnen, läuteten drei Beamte der Kriminalpolizei am Portal der Union und wünschten den General zu sprechen.

«Der Herr General kommen erst gegen neun», antwortete der Hausmeister.

«Es darf niemand das Haus betreten oder verlassen. Ist ein Bürovorsteher da?»

«Josef», sagte der Hausmeister, «führ die Herren nach 'n Herrn Bürovorsteher.»

Der Laufjunge, der «Josef» gerufen worden war, ging voran. «Hier ist der Herr Bürovorsteher.»

Die Kriminalisten legitimierten sich. «Das gesamte Personal muß sich unten in der Halle versammeln. In den Zimmern darf nichts mehr berührt werden.»

So warteten sie auf die Ankunft des Generals. Zehn Minuten vor neun kam er.

«Was ist denn das?» fragte er zurückprallend, während militärische Vorstellungen von Meuterei sein Gehirn kreuzten.

«Herr General ... Wir müssen eine Durchsuchung Ihrer Räume vornehmen.»

«Haussuchung in der Union? Bitte, kommen Sie mit auf mein Zimmer. Lassen Sie die Leute an die Arbeit gehen.»

«Das können wir nicht erlauben.»

«Nicht erlauben? Herr, was erlauben Sie sich! Diese Leute haben ein Pensum produktiver Arbeit vor sich. Soll die Unproduktivität des Staates sie zum Nichtstun verführen?»

«Das steht nicht in Ihrer polizeilichen Vorschrift», sagte der Staatssekretär a. D., der darüber hinzukam und vom Bürovorsteher schnell informiert wurde.

«Unsere Vorschrift besagt, daß wir die Durchsuchung in einer Weise vorzunehmen haben, die ihre Zwecke sicherstellt.»

«Dann verlieren Sie nichts von Ihrer kostbaren Zeit», versetzte bissig der General. Oben angelangt, fragte er: «Also worum handelt es sich? Womit kann ich Ihnen dienen?»

«Der nationalsozialistische Gauführer Walkowiak ist mit achtzehntausend Mark Parteigeldern geflüchtet.»

«Was schert uns das?»

«Nichts, Herr General. Nur daß der Walkowiak, bevor er flüchtete, gewisse hochverräterische Pläne seiner Partei uns mitgeteilt hat. Eine daraufhin stattgehabte Durchsuchung des Parteibüros hat Schriftstükke zutage gefördert, die auf eine Verbindung mit Ihnen schließen lassen. Die gegenwärtig angeordnete Durchsuchung soll diesen Verdacht klären.»

«Wo haben Sie die richterliche Verfügung?»

«Nach Paragraph hundertfünf der Strafprozeßordnung ist die Vornahme der Durchsuchung ohne richterliche Verfügung zulässig, wenn Gefahr im Verzug ist.»

«Das ist für diesen Fall eine recht weitherzige Interpretation», bemerkte der Staatssekretär a. D., doch Grußenbaum machte eine lässige Geste: «Wenn der Staat in Gefahr ist, bietet die Industrie selbstverständlich alles auf, ihn zu retten. Das hat sie tausendfach bewiesen. Es sei fern von mir, die Tradition zu brechen. Aber wenn Sie sich unnütze Mühe sparen wollen, fragen Sie getrost alles, was Sie wissen wollen. Ich bin bereit, alles zu beantworten. Ich bin bereit, alles zu beeiden.»

«Dazu haben wir keinen Auftrag . . .»

«Beachten Sie», sagte der Pressechef, «hier steht ein General und ist bereit, alles zu beeiden.»

«Wir müssen eine Durchsuchung vornehmen . . .»

Der General kehrte ihnen den Rücken. «Bitte», sagte er kühl. «Wer sucht, wird finden.»

Die Beamten wußten nicht, ob das Höflichkeit war oder Ironie. Sein Gesichtsausdruck verzeichnete keine Antwort auf diese Frage. Sie machten sich nicht ohne Befangenheit ans Werk, aber bald riß sie das Metier hin, und sie wühlten bis Mittag. Sie bezweckten nichts anderes als einen Schutthaufen durchkramter Papiere und einen untätigen Vormittag gelangweilter Angestellten. Sie lasen viele Papiere, steckten sie ein, weil sie den Inhalt nicht verstanden, und entschlossen sich endlich, sie wieder herauszugeben, weil kein Zusammenhang mit ihrem Auftrag ersichtlich war.

So verlief die ganze Aktion ohne Resultat. «Von A bis Z ohne Resultat», konstatierte Grußenbaum. «Solange ich die Ehre habe, die Union zu vertreten, wird jede Aktion gegen die Industrie ohne Resultat bleiben. Dreckspritzer besudeln uns nicht.»

«Nein», prahlte der Pressechef, «unsere Weste ist rein.»

«Aber zugeknöpft, wie der gesellschaftliche Anstand es erfordert, und was wir darunter tragen, sieht nur, wer mit uns schlafen geht.»

«Dieser Walkowiak . . . Nein, dieser Walkowiak . . .»

«Ich wußte, daß er ein Lump ist. Ich weiß, daß ein anderer Lump an seine Stelle treten wird. Darauf kommt es bei unseren Absichten nicht an. Vernünftige Dinge werden geschädigt, wenn schlechte Menschen mit ihnen befaßt sind. Tollheiten werden dadurch nur gefördert. Der

Wasserkopf Nationalsozialismus, den wir züchten, verträgt Stöße von allen Seiten, nur nicht von uns.»

Schellhase junior war ganz konsterniert und konnte nichts sagen, dem Freiherrn aber, der meinte, man hätte doch lieber die Finger davon lassen sollen, erwiderte der General: «Sie respektieren die Gesetze, Herr von Zander, und die Verfassung. Sie sind der beste Bürger des Staates. Hätten wir unsere Volkspartei lieber mit den Kommunisten verkoppeln sollen, von denen sogar beim Obersten Gerichtshof des Reiches als erwiesen gilt, daß sie die Verfassung stürzen wollen? Dabei haben Sie doch in allen Prozessen gegen Nationalsozialisten gemerkt, daß dem Obersten Gerichtshof des Reiches wahrhaftig so leicht nichts als erwiesen gilt.»

«Na», sagte Hugo Mehren trocken, «wie wär's denn, wenn unser Geld in den Arbeitsstätten investiert würde, statt bei politischen Betrügern?»

«Seien Sie nur zufrieden. Sie können rechtens beanspruchen, daß Ihr Geld Zinsen trägt. Wo und wie, das kann Ihnen gleich sein. Warten Sie also ruhig ab, Sie sollen uns in punkto Zinsen nichts vorzuwerfen haben.»

Als Walkowiak hinter Schloß und Riegel saß, sagte Clemens Faulstich zu Krogoll: «Jetzt ist wohl auch Ihre Neugierde zufriedengestellt, nicht wahr?»

«Wieso?»

«Nun, jetzt müssen Sie doch wissen, was das Dritte Reich ist.»

«Mitnichten, Herr Faulstich.»

«Dann will ich Ihnen auf die Sprünge helfen. Das Erste Reich war der Arbeiter- und Soldatenrat. Das Zweite Reich war der nationalsozialistische Gau Steinkohlenrevier.»

«Ach so, jetzt geht mir ein Licht auf. Sie meinen –: das Dritte Reich ist das Kittchen?»

«Bei Vater Philipp, Herr Krogoll, wie wir in unserer guten alten Militärzeit bei den Neunundsechzigern zu sagen pflegten.»

Dr. Krewett kündigte den Metallarbeitertarif und forderte einen achtprozentigen Lohnabbau. Obgleich die Preise einzelner Gegenstände des täglichen Bedarfs noch stiegen, wagten die Gewerkschaften angesichts der Stimmung, die seit Näßlers Rede im Lande herrschte, keine Gegenforderung. Sie begnügten sich damit, die Beibehaltung der derzeitigen Löhne zu verlangen.

Der Schiedsspruch lautete auf dreiprozentige Lohnsenkung. Um den

Arbeitern die Pille zu verzuckern, lautete er auch auf Zahlung des Kindergeldes bis zur Beendigung des Besuchs der höheren Schule. Beide Parteien lehnten ab, der Arbeitsminister erklärte den Spruch für verbindlich.

Dr. Krewett dekretierte: «Ausgeschlossen. Das muß nun biegen oder brechen.»

Die Gruppe Westen schloß die Arbeitsstätten.

Aussperrung ...

Der Risch-Zandersche Konsum veranstaltete gerade eine Werbewoche mit festlicher Illumination, als der Krewettsche Blitzstrahl niedersauste. Der Freiherr, dem die Aussperrung zuwider war, weil sie sich nicht mit der Redlichkeit seines Gemüts vertrug, ließ sofort alle Lichter ausdrehen. Die Verleger der Lokalblätter, die stets die Interessen der Großindustrie im Auge hatten, stundeten den Arbeitern die Abonnementsgelder.

Die Gewerkschaften reichten eine Klage beim Arbeitsgericht ein. Dr. Krewett erwiderte in einem längeren Schriftsatz, von Tarifbruch könne nicht die Rede sein, da ja gar nicht gearbeitet werde, also auch keine Löhne gezahlt würden und folglich keine Gelegenheit zur Tariftreue sei. Die Materie war rechtlich schwierig. Unterdessen verrann die Zeit. Eine Woche, zwei Wochen, drei, vier. Jeden Morgen erschienen die Arbeiter auf Geheiß der Gewerkschaften vor den verschlossenen Fabriktoren. Niemand dachte daran, sie gewaltsam zu öffnen. Dagegen erboten sich viele, mit achtprozentiger Lohnkürzung wieder anzufangen. Der Freiherr wollte diese Arbeiter zulassen. Dr. Krewett blieb fest: «Ausgeschlossen. Wir haben es nicht, wie bei einem Streik, mit gut- oder böswilligen Menschen zu tun, sondern mit der Überwindung eines falschen Staatsprinzips. Der Schiedsspruch muß beseitigt werden.» Dr. h. c. Hiebenstein sagte: «Wir sind keine einzelnen, Herr von Zander. Wir gehören zur Gruppe Westen. Gewinnt sie, so gewinnen auch wir. Verliert sie, so haben wir vor uns und der Welt keine Verantwortung.»

So dachten die Großindustriellen alle; für den Freiherrn war es trostreich, und deshalb ließen sie Dr. Krewett schalten und walten. Grußenbaum wartete ab.

Zur allgemeinen Überraschung erklärten die Nationalsozialisten sich für die Ausgesperrten. Darob zur Rede gestellt, zuckte Oberst von Leutwitz die Schulter: «Wir können nicht anders, sonst laufen uns die Arbeiter in hellen Haufen davon. – Aber», fuhr er dreist zwinkernd fort, «die Herren von der Industrie siegen ja doch. Das steht sowieso fest. Da hat unsere Parteinahme für die Arbeiter gar nichts zu bedeuten, wir können sie uns mit gutem Gewissen gestatten.»

Der Absatz des Eisens wurde durch die Arbeitsruhe nicht gestört. Die Lager waren gefüllt. Seit Dr. Krewett seine Pläne offenbart hatte, war mehr als je auf Vorrat gearbeitet worden. Alle Kunden waren selber Unternehmer, die für das Vorgehen ihrer Klassengenossen volles Verständnis hatten. Sie gebrauchten Rücksicht und schrieben: «Wir verzichten auf die Innehaltung der vereinbarten Lieferfrist . . .» oder: «Die Lieferfrist läuft vom Tage der Wiedereröffnung der Betriebe . . .» und niemand deckte sich während dieser Zeit anderswo ein. In einem Bezirk, in dem die meisten Reisenden dadurch akkreditiert waren, daß sie den gegenwärtigen Chef schon gekannt hatten, als er noch Lehrling war, wechselten die Leute ihre Geschäftsbeziehungen nicht wie man ein Hemd wechselt; und die Abnehmer aus der Kleineisenindustrie im Bergischen und im Siegerland waren seit mehr als einem Jahrhundert mit Kapitänen, Direktoren, Prokuristen, Ingenieuren verschwägert. Mehr als je aber galt diese Tradition, seit die Union Treuhänder dieser Fabrikanten war.

Die Gewerkschaften zahlten den Ihrigen Unterstützungen aus; das waren für Leute vom Schlage Heinrich Dopslaffs ein Grund, sich wieder aufnehmen zu lassen. Frau Dopslaff nörgelte: «Bist du dich 'nen Hampelmann. Dafür benutzen sie jetzt die Beiträge, die sie früher von dir eingezogen haben. Nie hast du wat davon gehabt, nich so 'n Stücksken, und wenn's mal wat gibt, dann bist du nich dabei.» So meldete er sich zum viertenmal an, um es sofort zu bereuen, als er hörte, daß die Ausgesperrten ohnehin Erwerbslosengeld bekommen sollten.

Dr. Krewett zeterte: das sei Mißbrauch der Sozialversicherung. Der Staatssekretär a. D. aber wollte darin ein Zeichen sehen, daß die Stimmung im Lande umschlage: die Schwenkung einer Regierung der Konzilianz (welchen Typ übrigens er eingeführt habe) sei immer das sicherste Barometer dafür. Man laufe Gefahr, das Terrain zu verlieren, das Näßler durch seine glänzende Rede erobert habe. General von Grußenbaums Moment war da; er holte gegen den Staatsanwalt der Gruppe Westen aus und gebot einen Waffenstillstand binnen vierundzwanzig Stunden.

Die Regierung schlug vor, den Oberbürgermeister der Revierhauptstadt zum unparteiischen Schlichter zu ernennen, falls man sich im voraus seinem Spruch bedingungslos unterwerfe. Die Parteien waren einverstanden. Es war ein neues Verlegenheitssystem. So souverän dieser Schlichter war, so war gerade er an hundert unwägbare Kleinigkeiten gebunden. Er war so weise, wie er unter diesen Umständen nur sein konnte. Er setzte den ersten Schiedsspruch mit der Maßgabe in Kraft, daß die dreiprozentige Lohnkürzung erst in zwei Monaten eintreten und dafür nach vier Monaten durch eine achtprozentige ersetzt werden solle. General von Grußenbaum triumphierte. Er prägte die Bezeichnung «Krewettscher Pyrrhussieg». Zwar hatten die Industriellen ein gut Teil von dem, was sie haben wollten, aber sie hatten nicht das, wofür Dr. Krewett sich stark gemacht hatte. Er war niedergekämpft und blieb nicht länger dem General koordiniert. Die Union beschloß, daß größere Arbeitskämpfe von prinzipieller Bedeutung hinfort zum Geschäftsbereich des Generals gehören sollten. Nicht einmal Kropf stimmte voll dagegen. Er erreichte für seinen Schützling gerade noch, daß er dem Favoriten als junger Mann beigesellt wurde.

Müde und schlaff schlichen die Arbeiter wieder in die Fabriken und hielten sich die Ohren zu, wenn von dem die Rede war, wonach sie einstmals gestrebt hatten. Dopslaff nahm die allgemeine Resignation zum Vorwand, um zum viertenmal aus der Gewerkschaft auszutreten. «Diesmal endgültig», versicherte er. Er hätte sich jetzt auch nicht mehr geschämt, den Streikbrecher zu machen.

Wie viele versicherten das, wie viele hätten sich nicht mehr geschämt!

Zwanzigstes Kapitel

Es ging auf den Frühling des Jahres 1928 zu. Die Stadt war nach der Aussperrung der Metallarbeiter ruhig.

Das Industriegebiet hieß jetzt «Gigant im Westen», und ein vierdimensionaler Schornstein, den der Kameramann von unten, mit dem Rücken auf der Erde liegend, fotografiert hatte, war seine Schutzmarke.

Es war der Inbegriff alles dessen, was eine neue, durch das Erlebnis des Krieges und der Inflation sonderbar geläuterte Menschheit als grandios empfand, abgöttisch liebte und unter verzückten Schauern anbetete. Es wurde nicht mehr gemieden, jedermann suchte persönlichen Kontakt mit ihm; war es möglich, da lag in Deutschland noch ein unbekannter Erdteil? Mit Blitzlicht und Botanisierbüchse zogen die Entdecker aus, die Reisebüros leiteten die Touristenströme hierher, denn die ernährenden Landschaften rangierten jetzt auf einer Stufe mit den ergötzlichen Landschaften, und die Augen der Reisenden, welche die Schönheit der Zechentürme und Hochöfen tranken, waren die gleichen, die die Schönheit der Almen im Hochgebirge getrunken hatten.

Wieder war es, wie ehedem in der «Waffenschmiede des Reiches», die Fassade, an der die Menschen in den Himmel ihrer Träume kletterten, wieder waren es die zackigen Konturen, mit deren Besichtigung sie sich zufriedengaben. Was ihnen neu und eigenartig vorkam, das hielten sie schon um dessentwillen für wichtig. Die Reisegewandtheit, die sie sich allmählich erworben hatten, reichte aus, um für den eigenen Bedarf ein ungelöstes Geheimnis mit einem zweiten ungelösten Geheimnis zu enthüllen. Ihr Erkundungstrieb verleitete sie dazu, vulgären Gegenständen spezifische Unterschriften zu geben; in jeder Straßenbuddelei erblickten sie ein wirtschaftliches Symptom, in jeder ungeschneuzten Kindernase eine soziale Affäre; kurz, sie waren der Undurchsichtigkeit dieses Landes, das zu belagern und zu umlauern sie keine Geduld hatten, dermaßen ausgeliefert, daß sie eine Phantastik der Fabriklandschaft erfanden, ohne sich bewußt zu werden, welche Konsequenzen diese Erscheinungen hätten nach sich ziehen müssen, wären sie wahr und nicht nur erschaut gewesen.

In den Ohren der einen sangen die Maschinen mystische Chöre, in ihren Augen war der Maschinist der Prototyp eines modernen Parzival; die anderen setzten phantastische Klischeevorstellungen von der «Knochenmühle des Proletariats» und der «Elendskirchweih der Wirtschaft» in Umlauf, die bei allen Vorzügen der Eindeutigkeit und der bequemen Orientierung den Nachteil hatten, nicht stichhaltig zu sein – weder trafen sie allgemein zu, noch erreichten sie an jenen Stellen, aus deren Dunkelheit sie abgeleitet waren, das Grauen und Entsetzen des tatsächlichen Bildes. Die einen wallfahrteten zu den Industriekapitänen, liefen mit Superlativen der Bewunderung hinter Zahlengrößen her und beugten sich vor einem säuberlich auf Flaschen gezogenen Unternehmergeist, ohne je zu bemerken, daß diese Produktivität zu einem erheblichen Teil auf einem Geschenk der Natur beruhte und zum anderen auf einer Taktik, die immer erst einsetzte, nachdem ein Kampf begonnen hatte, somit die Waffen nie aus der Hand gab und den Gebrauch aller Dinge gelernt hatte, mit denen sie umging. Die anderen wallfahrteten zum Proletariat, ließen sich von den Gewerkschaftsbeamten einige Arbeiter vorführen, die entweder auf hochgemuten Intellekt oder auf stumpfe Verzweiflung dressiert waren, entdeckten eine oberflächliche Übereinstimmung mit ihren vorgefaßten Meinungen und rechneten mit Idealen und Gefühlen, statt mit den unverfälschten Tatsachen, die nicht einfarbig und nicht zweifarbig, sondern gefährlich schillernd waren.

Was die einen niederschmetternd fanden, fanden die anderen erhebend. Verstiegen sich die einen zur Verkündung eines «Siedlungsstaates der Arbeiter und Maschinen», eines schweren, ernsten, düsteren Landes, gewissermaßen eines negativen Idylls mit wenig Bäumen, wenig Feldern, wenig Wiesen, und von einer dunklen Strenge –: so beschrieben die anderen inmitten schwarzer, versumpfender Strecken die anheimelnde Flucht grüner Triften und Parks mit jahrhundertealten Eichen, die zu ehemaligen Herrensitzen und Fideikommissen gehörten und Volkserholungsstätten geworden waren – denn der westliche Adel war allzeit agrarisch geblieben und konnte daher jetzt seine Geschäfte mit der Grünflächenpolitik der Industriestädte machen. Aber alle, sie alle wurden von dem Pittoresken angezogen, genau wie die Menschen jener Tage, als die Natur sich in das «Revier» verwandelt hatte und die Maler die ersten Walzwerke malten: ungestüm, abenteuerlich, der Rauch schießt wild zum Himmel, die Arbeiter sind in ungeheurer Aufregung. So war es auch jetzt nichts als der barocke, suggestiv wirkende Begriff von Tempo und Betrieb, der sich mit den Fortschritten der Technik verband.

Alle trafen sich unter dem Zeichen des «Giganten im Westen». Wo drei Leute beisammenstanden, da sahen sie schon eine Belegschaft; wo ein Teich war, einen Hafen; wo ein Bach war, einen Kanal; wo eine Straßenbahnweiche war, einen Verkehrsknotenpunkt. Wenn sie eine Brücke in ländlicher Flußgegend auffanden, notierten sie: «Wird täglich von zwanzigtausend Menschen begangen»; und wenn sie halb auf freiem Feld einen gepflasterten Platz mit Rettungsinsel und Bogenlampen sahen, notierten sie: «Hier wird eine Stadt gegründet» – als ob hier mit jedem Tag die Welt neu erschaffen worden und Städtegründung eine Art Sport gewesen wäre. Nicht nur das wirklich Riesenhafte war riesig, nein, viel mehr noch das Winzige, das Gepreßte, das Vorstädtische, das Größenwahnsinnige. In einer Gegend, wo schon mit bloßem Auge die Wirklichkeit wie durch ein Vergrößerungsglas gesehen wirkte, wandten sie noch ein Doppelprismenfernrohr an. Alles war Masse, alles war Bataillon, alles war GIGANT IM WESTEN, bitte, bitte, geben Sie mir doch auch ein Bildchen davon, ich rechne es mir zur Ehre an, mit darauf zu sein.

Es war ein Land von gewaltiger Gegensätzlichkeit und Weitmaschigkeit, wo seit hundert Jahren alles ein Anfang war und in hundert Jahren noch nichts abgeschlossen sein konnte; ein Land, nicht schön, nicht häßlich, bloß nützlich, ein unfleischliches Land, an dem alle Geld verdienen wollten, die einen, um ihr Leben zu fristen, die anderen, um ihr Leben zu genießen, ein Land, das leicht kümmerlich und leicht wertvoll zu machen war. Große, breite, komfortable Verkehrswege neben engen, krummen Geschäftsstraßen. Moderne Landhäuser neben uralten Notbaracken, wo hölzerne Stiegen von außen wie Hühnerleitern zum ersten Stock hinaufführten. Kinopaläste neben Elendsvierteln. Beflaggte Schwimmbäder und Stadions neben betriebsamen Häfen und Kanälen. Blühende Staudengärten neben Aschenbergen. Es war nicht leicht, die großgewordenen Städte zu einer Großstadt zu machen. Es war auch jetzt noch ein planloses, achsenloses, zielloses Durcheinander, eine naive Ansammlung barbarischer Gegensätze, ein von hundert widerspruchsvollen Fluchtlinienfestsetzungen ineinandergeschachteltes Straßendickicht, ein von hundert widerspruchsvollen Ideologien überschwemmtes und von den Heuschreckenschwärmen sogenannter Kulturträger heimgesuchtes Menschenmaterial.

Nirgends sonst saßen die Menschen so dicht zusammen, nirgends sonst lagen so viele Städte von solcher Größe und Wichtigkeit und dabei doch so verschiedenen Antlitzes nebeneinander. Aber nirgendwo sonst waren die Menschen so isoliert in Gruppen, und nirgendwo sonst die Städte einer Provinz so weit entfernt von einer wirtschaftlichen, kulturellen, verwaltungs- und verkehrstechnischen Einheit. Sah man von einer Anhöhe hinab, so schienen nur Ansätze zu Städten dazuliegen; es liefen die alten Landstraßen hindurch, sie liefen weiter durch Siedlungen, bei den Zechen lag es wie Ameisenhaufen, sie strahlten ein paar Nebenstraßen aus, die mitten im Feld abzubrechen schienen – und dann fing es wieder von vorn an, es war kein Strom, es war eine Überflutung.

Unmittelbar wuchs die Vergangenheit in die Gegenwart und die Gegenwart in die Zukunft. Immer war dieses Land in Vermessung begriffen, von Markscheidern und Geometern geröntgt, in Tabellen aufgeteilt. Nirgends ein Übergang, nirgends ein Halt. Neben den alten Kanälen wurden die neuen Häfen ausgebaggert, die einem Vielfachen des Umschlags gewachsen waren, mit welchem man beim Bau jener Wasserstraßen gerechnet hatte; und wenn man genauer hinsah, schienen auf dieser Fläche bereits unzählige Linien für ein zukünftiges, schon von der Vorsehung projektiertes Kanalsystem abgesteckt zu sein.

Unter den östlichen Ausläufern der Flußberge war eine solche Höhe, von wo man dies beobachten konnte. Man kam sich dort vor wie ein Anatom, der in die Eingeweide eines geöffneten Körpers blickt. Ein Aussichtsturm stand da, er hieß der «Kaiserturm»; auf dem Vorplatz war eine Haubitze, Modell 1870, und acht stämmige Granaten neueren Datums bewachten den Eingang. Die enge, gewundene Treppenhöhle führte an moderigen Sammlungen einer Kriegervereinschronik vorüber, und bevor man auf die Plattform gelangte, mußte man durch eine Gedächtnishalle, in der eine Kaiserbüste stand; dahinter ein Genius, der eine Krone in der Hand trug, die er nicht loswerden konnte. Es war gewiß mühselig, den Arm so immer ins Leere ausgestreckt zu halten. Jedes Fenster hatte zwei Majestäten in Vierfarbendruck, ein Eisengitter davor, nur bis auf vier Meter durfte man heran. Auf großen Tafeln daneben die Urkunde der Annahme der deutschen Kaiserwürde, und als Kompensation für diesen rauchigen, knochigen, schnaubenden Landstrich der erste Erlaß über Arbeiterversicherung aus dem Jahre 1881.

Adam Grieghöfer war oft dort oben. Er meinte, dort mit seinen Gedanken besser fertig zu werden. Alma sagte, es sei eine dumme Marotte von ihm. Einmal begleitete sie ihn, blieb aber mit Melitta unten in der Wirtschaft, bis er wieder vom Turm herunterkam, und maulte, weil der Kaffee wie gemahlener Torf geschmeckt habe.

Am Fuß des Berges war eine Ehrenhalle für die Gefallenen des Krieges. Über dem Portal saß ein großer, zahmer Gipsvogel. Adam machte sich oft den Spaß, in die Hände zu klatschen, aber der Vogel flog nicht fort. Außerdem waren da drei Ermahnungs- und Verbotstafeln, ausgewachsene Exemplare, zwölf Zeilen zu je dreißig Silben; Adam sagte, es müsse eine Lust sein, in Deutschland als Anstreicher zu leben.

In der Eisengießerei, seinem einstigen Betrieb, war nichts frei gewesen. Er war nun Kranführer im Knüppelwalzwerk II, Diplomingenieur Hollerbach.

Durch das Gehölz war ein abkürzender Weg getreten. Einmal rief es hinter Adam: «Sie! Das ist kein Weg!» Es waren drei Wächter mit Försterbärten, Knotenstöcken und hohen himmelblauen Schirmmützen. Adam sagte: «Dann scharrt den Pfad doch zu oder sperrt ihn ab», und da wurden sie sehr böse: «Das geht Sie nichts an! Haben wir Sie nicht vorige Tage schon erwischt? Wenn wir wollten, könnten wir Sie aufschreiben, das kostet neun Mark. Gehn Sie jetzt weiter!»

Adam war wie versteinert. Beamte mit Dienstmützen, die nicht aufschreiben, obgleich sie es können, und obgleich es neun Mark macht! . . .

Oben auf dem Turm war es frei und warm. Langsam ging Adam im Kreis herum. Da waren kleine Unternehmungen auf Abbruch: die Kräne griffen entgeistert in das bißchen Schrott. Gleich daneben hatte ein moderner Architekt einen Großbetrieb, breit wuchtend, ohne an Raum und Material zu sparen. Die Spekulanten waren noch immer nicht ausgestorben. Kam wieder gute Zeit, waren sie die ersten am Platz. Ein Hang mit einer Buchenlisiere grenzte moosige Äcker ab. Begrünte Inseln, eingefriedet mit ausgedienten Grubenseilen. Bauernkotten. «Erst bekommen wir die Söhne und dann die Höfe», hatte einmal ein Zechenherr gesagt. Krater. Ein Feldweg rannte in eine Abraumhalde hinein, die wie erstarrte Lava gefurcht war. Schmutzige Giebelseiten von Mietskasernen schnitten idyllische Kolonien durch, verräucherte Häuserzeilen zogen gegen traulich begrünte Hühnerhöfe los, die aus dem Baukasten einer zwischen Zehn-Stunden-Tag und Mindestlöhnen lavierenden Wohltätigkeit gekommen waren – nur wo das Elend heiter wird, ist es fürchterlich. Auf einer anderen Anhöhe, zwischen ausgewaschenen, verödeten Häusern, eine Windmühle. Abermals lange, schnurgerade Reihen von Zechenkolonien, die traurigen Höfe voll Wäsche. Und Kirchtürme in Nestern von Schornsteinen.

Noch etwas weiter hinüber – die Oase der Flußlandschaft. Der Fluß selbst war nicht mehr sichtbar, er war ganz festgeklemmt von sanft gleitenden Hügeln, ganz eingeschneit von wehendem Gebüsch, aber man konnte ihn ahnen. Eigenartig, daß man Wasser in einer Landschaft immer ahnen kann.

Die ehemaligen Ackerdörfer waren äußerlich aufgeschwemmt worden, viele hatten sich in einem Jahrhundert versiebzigfacht, doch ihren bescheidenen geistigen Zuschnitt hatten sie mit unheimlicher Zähigkeit bewahrt, und wenn sie sich mit den Errungenschaften der Technik brüsteten, deren Ausbeutung ja unter ihnen beheimatet war, so geschah es um der propagandistischen Wirkung willen. Gegenüber dem Hergebrachten zwei Augen zuzudrücken, war für sie leichter, als für Ungewohntes eines aufzumachen. So entstanden die Schwierigkeiten des Landes viel weniger aus dem natürlichen Gegensatz zwischen Kapital und Arbeit als aus dem unnatürlichen Gegensatz zwischen technischer und geistiger Haltung, und so war der Gigant im Westen die nämliche Unterlage zu Denkschriften und Festreden, welche die Waffenschmiede des Reiches gewesen war.

Zwar waren die neuen Gebäude der Industrie nicht mehr im Stile von Minaretts und zinnengekrönten Burgen gehalten, sie waren hell und sachlich und maskierten ihren Zweck nicht mehr, aber desto uneinnehmbarer und überragender waren sie. Kropf hatte den größten Gasbehälter Europas, vierundzwanzigeckig, achtundsechzig Meter Durchmesser, hundertzwanzig Meter hoch, 347 000 Kubikmeter fassend. Risch-Zander hatte die größte Auto-Waschhalle der Welt, in der die Wagen in sechs Arbeitsgängen mit rotierenden Schwämmen gesäubert, mit Druckluft getrocknet, maschinell poliert und im Inneren entstaubt wurden: auf der ersten Station zischte ein Wasserstrahl mit siebenundzwanzig Atmosphären Druck von unten gegen das Fahrgestell, auf der zweiten ging ein Sprühregen von dreißig Grad Wärme auf die Karosserie nieder, die zugleich von Gummischwämmen gebürstet wurde, auf der dritten wurde mit zehn Atmosphären Luftdruck getrocknet, auf der vierten der ganze Wagen mechanisch abgeledert, auf der fünften das Innere durch Vakuumanlage gereinigt, auf der sechsten das Chassis mit einer rostfeindlichen Flüssigkeit lackiert, und das Ganze dauerte nur zehn Minuten. In Schellhases Reich wurden die meisten Ehen geschlossen und die meisten Kinder geboren, in Krogolls Bezirk starben im Reichsdurchschnitt die wenigsten Menschen, und das Revier hatte das schönste BERGMANNSLOS, alle Tage einer erschlagen von niederbrechendem Gestein oder vorzeitig losgegangenen Sprengschüssen, kleine Fälle, vier Petitzeilen nur in der Zeitung, niemand bemerkte die Häufung, unter fünfzig Toten auf einmal gab es keinerlei Aufsehen mehr.

All dies lag im Zuge einer Zeit der moralischen Siege mit Superlativen. Deutschland hatte die schnellsten Schiffe, die heldischsten Ozeanflieger, den besten Roggenboden, die höchsten Arbeitslosenziffern, die meisten Pleiten und die größten Skandale, und seine Hühner legten die frischesten Eier der Welt. Es war eine sonderbare Sucht, die kleinen Dinge ins Unendliche zu vergrößern, das Lächerliche zu überschreien und dafür das wahrhaft Große und Würdige der Nation zu zertrampeln. Immer noch, und nun erst recht, war das Steinkohlenrevier von außen ein Gegenstand der Phrase und von innen ein Gegenstand der Prahlerei. Immer noch, und nun erst recht, flossen die anziehenden und abstoßenden Momente ineinander, standen den technischen Sicherheitsfaktoren die menschlichen Unsicherheitsfaktoren gegenüber, war der Reiz von Beutemachen und Gejagtsein, von Berechnung und Unberechenbarkeit vereinigt.

Unruhe und Schwankungen konnten das Revier in seinen Grundfesten nicht erschüttern, denn es lebte davon. Eine neue Erfindung konnte ganze Anlagen entwerten, eine neue kaufmännische Idee ganze Organisationsformen umstürzen. Daher wurden die Weltanschauungskurven von der jeweiligen industriellen Konjunktur vorgezeichnet, daher wechselte je nach Arbeits- und Verdienstlage die Gefolgschaft im einen und anderen Lager. Selbst die Bettler an den Straßenekken richteten sich danach. Sie waren deutschnational, wenn bessere Herrschaften nahten, und kommunistisch, wenn die Herrschaften vorbeigingen, ohne etwas zu geben. Keine Heilslehre faßte hier Fuß, weil jedermann täglich kontrollieren konnte, wie die Wirklichkeit auf die Lehre reagierte und die Lehre von der Wirklichkeit belehrt wurde, und weil obendrein der Kapitalismus schon selber die konkreten Begriffe Arbeitsleistung und Kaufkraft mit so viel wohltuender Weltanschauung verpackte, daß andere Ideologien nur vorübergehend bemüht zu werden brauchten.

Im Revier lebten 1200000 Arbeiter, 378000 Angestellte und nur 178000 selbständige Existenzen, wovon achtundsiebzig über eine Million Vermögen versteuerten, mithin Millionäre waren. Das war nicht viel, wenn man bedenkt, daß in Berlin ihrer fünfhundert wohnten. Aber zu dem Reichtum der Einzelpersönlichkeiten kam der Reichtum der Körperschaften hinzu, der in die Milliarden ging und den Reichsdurchschnitt um das Fünffache übertraf. Auf den Kopf der Bevölkerung gerechnet, betrug das steuerbare Vermögen der natürlichen Personen im Revier nur achthundertzwölf Mark, und unter tausend Einwohnern befanden sich durchschnittlich nur einundzwanzig Steuerpflichtige; aber der Gesamtertrag der Vermögensteuer, worunter auch die Körperschaften fielen, machte pro Kopf dreizehn Mark und zwölf Pfennig aus, das waren drei Mark und vierundsechzig Pfennig mehr als der Reichsdurchschnitt. So konnte man also ebensogut von einer Anhäufung der Armut wie von einer Anhäufung des Reichtums sprechen, denn das Gewicht der großen Privatvermögen wurde durch das Gegengewicht der unvermögenden Massen aufgehoben, und die Aktionäre verbrachten ihr Leben meistens außerhalb des Reviers. Die Guthabenziffern bei den Sparkassen bewiesen nichts dagegen, sie waren trügerisch, sie entstanden nur dadurch, daß viele Leute Geld für einen bestimmten Zweck zurücklegten, für Heirat oder größere Anschaffungen oder Erziehung der Kinder, und es dann wieder abhoben und verausgabten.

Auf einen Quadratkilometer Erde entfielen hier fast neunhundert

Einwohner, siebenmal soviel wie im Durchschnitt des Reiches, vierzehnmal soviel wie in Ostpreußen, fünfundzwanzigmal soviel wie in Mecklenburg. Auf siebenmal kleinerem Raum wohnten ebenso viele Menschen wie in Württemberg und Baden zusammen, davon nur drei Prozent in Landgemeinden, alles andere in Städten. In der Bevölkerung hatten die jugendlichen Altersklassen eine starke Position, rund neunzehn Prozent gegen sechzehn im Reichsdurchschnitt waren jünger als dreißig Jahre; und während im Reich ausnahmslos ein Frauenüberschuß verzeichnet wurde, überwogen im Revier in allen nicht durch den Krieg dezimierten Jahrgängen die Männer, und selbst dort war der Frauenanteil noch weit geringer als im übrigen Deutschland: zwei Tatsachen, die sich dadurch erklärten, daß die Menschen hier schnell abgenutzt und durch Zuzug junger Kräfte ergänzt wurden, die vorherrschende Industrie für Frauen wenig Betätigungsmöglichkeiten lieferte und die Ehen hier noch weniger als anderwärts im Himmel geschlossen wurden.

Man wäre auf dem Weg solcher Betrachtung allmählich zum wahren Gesicht gelangt – wenn die Menschen sie angestellt hätten. Am Endpunkt dieser Folge von Beobachtungen standen die Wohnungen. Die kleinen Wohnungen bis zu drei Zimmern nahmen sechzig Prozent aller Bauten vorweg, danach verblieben dreißig Prozent für die Wohnungen mit vier und fünf Zimmern und zehn für die größeren. Zweiunddreißig Prozent aller Erkrankungen und Todesfälle kamen durch ansteckende Krankheiten, deren verbreitetste der Scharlach war. In kurzem Abstand folgten Diphtherie und Tuberkulose, rund zweihundert Fälle pro Stadt und Woche.

Die Großstädte mit Bergarbeiterbevölkerung waren die einzigen in Deutschland, die einen Geburtenüberschuß und einen solchen Reichtum an Volksschulkindern hatten, daß hundertvierzig auf tausend Einwohner kamen; jedes von ihnen kostete die Öffentlichkeit fast hundertfünfzig Mark im Jahr. Hierzu gehörte auch die Hauptstadt des Steinkohlenreviers, welche sich als die größte Kohlenstadt des Kontinents bezeichnete. Sie buchte für sich ein Siebentel der gesamten Förderung des Bezirks, was sich durch Pressungen und Wölbungen des Bodens, sinkenden Grundwasserspiegel, Verbiegung von Straßenbahnschienen, Gas- und Wasserrohrbrüche bemerkbar machte, da auch der maschinelle Bergeversatz die Senkungen nur reduzieren, nicht aufheben konnte. Zwei Millionen Kubikmeter Gas gingen jährlich dabei verloren. Manche Gebäude schoben sich in einem halben

Jahrhundert um dreiviertel Meter zur Seite. Aber selbst diese mißlichen Begleiterscheinungen waren schmeichelhaft für die Stadt, die ihre Eigenart gerade aus den Schwierigkeiten ableitete, mit denen sie zu kämpfen hatte. Von ihren erwerbstätigen Einwohnern waren jetzt noch einundzwanzig Prozent im Bergbau und neunzehn Prozent in der Eisenindustrie beschäftigt. Fast fünfzigtausend waren arbeitslos: man empfahl ihnen, sich in Seidenraupenzucht, Hühnerfarmen und Gemüsetreibhäusern neue Erwerbsquellen zu verschaffen. Viele Tausende arbeiteten nur drei Tage in der Woche. Aber schon kündigte sich der Ausfall an Arbeitskräften, der beim Nachrücken der Jahrgänge aus der geburtenschwachen Kriegszeit entstehen mußte, durch eine Verminderung der Lehrlinge an.

Von den Angestellten waren diejenigen am besten gegen Abbau gesichert, die nicht an Produktionsstätten, sondern in Verbänden und Kartellen Dienst taten, doch traf man auch zuweilen drei Betriebsführer und vier Assistenten in Werkstätten an, die nur noch vierzig Mann Belegschaft hatten.

In der Stadt befanden sich 368 Bäckereien und 315 Metzgereien mit einem Jahresumsatz von 16,6 und 29,8 Millionen, das waren fünfunddreißig und dreiundsechzig Mark auf den Kopf der Bevölkerung. In anderen deutschen Städten von derselben Größe waren die Zahlen fast doppelt so hoch, aber das heißt noch nicht, daß hier weniger verzehrt wurde; vielmehr beweist es, welch ungeheurer Anteil am Verbrauch auf die Konsumanstalten der Hütten und Zechen entfiel, denn diese konnten freilich in einer auf der Veranlagung zur Umsatzsteuer beruhenden Statistik nicht enthalten sein. Auffallend groß war die Zahl der Geschäfte mit Stapelware, der umherziehenden Händler und der Pferdegespanne, die noch mehr als ein Drittel des Verkehrs ausmachten.

Sechseinhalbtausend Ausländer lebten in der Stadt, darunter beinahe fünfzehnhundert Polen und nicht viel weniger Österreicher und Niederländer. Sie wohnten fast alle im östlichen Zechenviertel. Der Freiherr sagte gelegentlich, dieses Gemisch sei durch das eiserne Band der Arbeit in einem einheitlichen Ring der Unbeugsamkeit vernietet.

Die Einwanderung setzte sich aus Konjunktur- und Depressionswanderungen zusammen. Nicht nur in aufstrebenden Zeiten war das Industriegebiet das Ziel unseßhafter Volksschichten, sondern auch in abfallenden, weil immer wieder auswärtige Arbeitslose zuzogen, die hier ihre letzte Hoffnung sahen. Sie bildeten sich ein, wo so viele Schornsteine beieinander stünden wie Bäume im Wald, müsse es immer noch eher Arbeit geben als sonstwo, und sie dachten nicht darüber nach, daß eine industrielle Depression schließlich gerade von dort ausgehen müsse, wo sich die meiste Industrie befand. Immerhin wanderten auch viele ab, wenn ihnen die Erkenntnis dämmerte: fünfzig bis siebzig auf tausend, konnte man sagen.

Auf das Herz dieses Landes zu war Siegfried Hillgruber im Anmarsch: nunmehr auch in Person. Die Union hatte ihm die Ehrenmitgliedschaft angetragen.

An einem der schönsten Aussichtspunkte des Flußtals, den er wochenlang, mit den Augen und mit der Kamera vergleichend, gesucht hatte, in bedrohlicher Nähe von Zandershöhe und den Schellhases, auf sturmüberbrauster Höhe erbaute er sein neues Palais, das Palais eines Imperators von glanzvoller Lebensstellung und welthistorischem Beruf.

Das Terrain wurde auf alte bergbauliche Hohlräume untersucht, und die wenigen, die man hier an der Peripherie des großen Kessels fand, wurden zugemauert. Vierhundert Erdarbeiter und dreihundert Maurer formten den Berg um, bauten eine Autostraße hinauf, unterfingen die Last des Gebäudes mit riesigen Pfeilern, Zugstangen und Ankerplatten. Kolonnen von Transportautomobilen ackerten ohne Unterlaß die Erde um, viele tausend Tonnenladungen Material schichteten sich aufeinander; allmählich stiegen die Umrisse eines Schlosses empor, auf das man den Begriff eines amerikanisch-babylonischen Barock hätte prägen müssen, hätte man seinen Charakter treffen wollen. Die riesigen Fenster, die zu einem Gewächshaus zu gehören schienen, waren nicht zum Öffnen; Hillgruber verlangte, daß in den Zimmern stets eine gleichmäßige Temperatur ohne Zugluft herrsche; er wollte in seinem neuen Haus die Zoneneinteilung der Erde umstürzen und die Luftströmungen aus ihren Bahnen lenken. Durch breite Ventilationsschächte, deren Oberbau dem Schloß das Aussehen eines tibetanischen Felsenklosters gab, geschah die Lüftung vom Dach aus. Kein Stück Holz durfte in diesen Bau hinein. Hillgruber litt etwas an Herzneurose, hatte häufig Angstzustände und befürchtete eine Feuersbrunst. Daher wurden auch die Bibliothek und die Gemäldesammlung dreihundert Meter weiter weg in einen Parkpavillon verwiesen. Alles war Stahl, Beton und Eisen, auch das Dach war aus Stahl, die Türen waren es, die Fensterrahmen, die Möbel.

Groß und hoch waren die Räume und von einer schwer zu ertragenden Helligkeit, sie benahm die Sinne, man fühlte sich aus dem Irdischen gehoben und in die obersten Regionen der Atmosphäre versetzt.

In einem Flügel lagen Filmvorführungsräume für seinen Sohn und darüber gymnastische Übungssäle für seine Frau; in einem anderen Flügel befand sich der Konzertsaal, genau nach dem früheren rekonstruiert, nur die Wandbekleidung und die Stühle aus Stahl.

Der rückseitige Bergabhang, bisher eine kahle Wiese, wurde mit Bäumen bepflanzt, aber Siegfried Hillgruber wollte nicht warten, bis die Setzlinge aus der Baumschule gewachsen waren, er kaufte ganze fertige Alleen von notleidenden Gemeinden auf, ließ sie mit Frostballen ausstechen, abtransportieren und einpflanzen. Die Landstraßen, die nach dem entstehenden Palais führten, waren verstopft von den wandernden Baumregimentern. Hillgruber war zerzaust von Ungeduld; wo ein Fehler sich einschlich, wo etwas stockte, fuhr sein Zorn herab: «Wen trifft die Schuld? Wie der Hirsch schreit nach frischem Wasser, so schreie ich: Reglement! Reglement! Reglement!» Er hatte sich mit zunehmendem Reichtum militärische Attribute zugelegt, vielleicht in Erinnerung an seinen Ursprung als Heereslieferant.

Alle Arbeiten mußten gleichzeitig begonnen und durchgeführt werden und behinderten sich gegenseitig, so daß die ganze Gegend in Aufruhr geriet. Dieses Schloß zu errichten, revolutionierte die Tageseinteilung, die Wegstrecken, die ganze Lebensweise der an den Anmarschwegen wohnenden Bevölkerung. Die Landleute der Umgegend erzählten, daß es einen Mann namens Siegfried Hillgruber überhaupt nicht gebe; niemand wisse, für wen das Schloß gebaut werde, sogar der Architekt kenne nur einen Strohmann, ein furchtbares und vielleicht blutiges Geheimnis müsse dahinter sein; aber es werde nun bald herauskommen, denn wozu bisher keiner den Mut gehabt, das hätte das Elektrizitätswerk endlich riskiert; es hätte sich strikt geweigert, den Stromanschluß herzustellen, wenn nicht der Name des wahrhaftigen Bauherrn bekanntgegeben werde.

Siegfried Hillgruber war umrankt von Legenden. Er selbst war eine Legende.

In der Stadt kümmerte man sich wenig darum. Die Stadt blieb Zandershöhe zugeschworen, dem Haus, der Firma und der ganzen Familie, wie es Jakob Kalinna, der Opa, gelobt hatte.

Die Ruhe der Stadt nach der Aussperrung war weder eine Ruhe der Erschöpfung noch eine Ruhe der Verdrossenheit, noch eine Ruhe der inneren Befriedigung; es war nur eine Ruhe der Verdauung, die Ruhe einer Stadt, die sich wieder einmal dick aß, in der man wieder einmal die Schaufenster mit dem Gefühl betrachtete, sich dies und das gönnen zu dürfen, in der man wieder einmal Geld umsetzen konnte. Daß man etwas überstanden hatte – dieses Gefühl kam niemandem. Was hatte man nicht schon alles überstanden, und das Leben läpperte sich immer weiter hin, davor war keinem bange.

Der Freiherr deutete diesen Zustand dahin, daß hier doch noch die Eigenart der eingeborenen Altvorderen durchschlage, die einen Vers gehabt hätten: «Wo Isen liggt, wo Eken waßt, do waßt ok Lü, de dotau paßt . . .» Der Auftragsbestand war gut, es wurde mit Hochdruck gearbeitet, um den Produktionsausfall einzuholen, es wurde sogar sonntags gearbeitet. Der Konsum war auch während der Aussperrung offen gewesen, so war ein Teil der Unterstützungsgelder auf dem Umweg über Erbsen und Malzkaffee in die Kassen der Industrie geflossen, wohin nach Meinung der Union Unterstützungen ausschließlich gehörten. Sofort nach Wiederbeginn der Arbeit waren Vorschüsse gezahlt worden, wahlweise in bar oder in Bons für den Konsum, und da auf diese Bons Rabattmarken in vierfacher Höhe, zu vierundzwanzig Prozent, gewährt wurden, hatte kein Rischianer Bargeld gewünscht.

Die Arbeiter erkannten, daß ihr Wohlergehen von der Herstellung und Erhaltung des gewerblichen Friedens abhänge. Die Union wandte sich nunmehr der seelischen Frage zu.

Clemens Faulstich war es, der zuerst das soziale Problem ein Erzeugungsproblem genannt hatte: je mehr produziert werde, desto sozialer könne der Betrieb an seinen Arbeitern handeln, wobei er unter «sozial» nicht bloß Nahrung, Kleidung und Wohnung verstanden wissen wollte, sondern vor allem das Geistige. Die Erreichung des höchsten Wirkungsgrades sei vielmehr eine menschlich-psychologische Angelegenheit als eine Sache der Technik und Organisation. Er meinte damit ungefähr, daß auch der Handlanger Heinrich Dopslaff nicht mehr «die» Arbeit, sondern «meine» Arbeit sagen solle. «Die innere Beteiligung der Arbeiterschaft an den Rationalisierungsmaßnahmen und ihre seelische Aufzucht» – so drückte er es aus. «Die Arbeiter, die an unseren Maschinen stehen, müssen ebenso stolz auf ihre Erzeugnisse sein, als hätten sie alles mit der Hand gemacht. Wenn sie ein Inserat von uns sehen, so müssen sie in der angepriesenen Ware den Geist ihrer deutschen Werkmannsarbeit erkennen.»

Man kam überein, ein Laboratorium für gewinnbringende Menschenbehandlung zu schaffen, das den Namen «Ida», Institut für deutsche Arbeitsbeseelung, tragen und am fünften Jahrestag des Todes von Ottokar Wirtz eröffnet werden sollte.

Es fragte sich, wer die Eröffnungsrede halten müsse. Der junge Schellhase behauptete, ihm gebühre die Priorität an dieser Idee, denn er habe es schon zu Lebzeiten von Wirtz gewagt, von Seele zu sprechen. Faulstich vertrat dagegen die Ansicht, daß Herr Schellhase ihn offenbar mißverstehe; was er wolle, sei nur eine zeitgemäße Fortbildung Wirtzscher Ideen, und deshalb müsse es von Rechts wegen auch gemeinsam mit den Gewerkschaften gemacht werden.

«Was?» rief Kropf. «Jetzt, wo wir sie so ziemlich am Boden haben, sollen wir ihnen wieder die Hand reichen?»

«Nicht, damit sie daran aufstehen, sondern damit sie sich in dieser Lage wohl fühlen.»

«Ich kenne keine Gewerkschaften mehr», sagte rauh Schellhase junior, «ich kenne nur noch Arbeiter.»

Krogoll, der Kluge, mahnte: «Nicht wieder unversöhnlich sein, meine Herren, nicht wieder die öffentliche Meinung kopfscheu machen. Wir haben die Gewerkschaften nicht niedergekämpft. Wir haben ihnen nur gut zugeredet, daß sie selbst sich abgekämpft fühlen sollten. Wir wollten sie kraftlos machen. Wir wollten sie nicht vernichten, bewahre. Wenn sie nicht mehr da wären, müßten wir sie sogar wieder erschaffen – ich meine nicht ihre leibliche Existenz, ich meine ihr Dogma. Ihr Dogma muß bestehen bleiben. Wir werden sie nur deshalb nicht wegen der Ida bitten, weil wir überzeugt sind, daß sie später von selbst zu uns kommen werden. Wir sind die Union der festen Hand, vergessen Sie das nicht, meine Herren, und haben Sie Selbstvertrauen», schloß er mit einem kaustischen Lächeln.

Dagegen erhob niemand Widerspruch, denn niemand wollte mehr ernsthaft verquer liegen. Abstimmungen gab es in der Union ohnedies nicht.

«Es darf bei der Eröffnung der Ida niemand sprechen, der schon immer in technischen oder wirtschaftlichen Zusammenhängen gesehen wurde», sagte Näßler. «Es muß eher jemand sein, der als Bewahrer der kulturellen Werte gilt und daher die Mechanisierung mit dem Wortschatz der kulturellen Werte auch für diejenigen versilbern kann, die vom Wesen der Technik, von diesem gewaltigen Geisteswerk, nichts wissen. Es muß in allem eine Überraschung sein.»

«Professor Jodoci ...?» fragte Dr. h. c. Hiebenstein.

«Der sowieso», versetzte der General, «aber die Einführung muß ein Industrieller machen. Das ist eben die Schwierigkeit.»

Näßlers Auge fiel auf den Freiherrn.

Wenn die Wirtschaft – so begann der Freiherr sich seines Auftrags zu entledigen – jetzt, da sie an einem bedeutenden Abschnitt angelangt sei, den Boden untersuche, auf dem sie stehe, so sei das kein Zeichen von Pessimismus, sondern von der Inbrunst des gläubigen Herzens. Man lebe nicht in einem Maschinenzeitalter; man lebe nicht in einem revolutionären Fortschrittswahn; man lebe nicht im mechanischen Betrieb der Zweckmäßigkeitsprodukte; man lebe nach wie vor in einer geistig-künstlerischen Schöpfung, nämlich in der nationalen Überlieferung. Diese besage, daß jeder Arbeitsform derjenige Wert zu geben sei, den sie haben müsse, damit die Arbeit ein Bestandteil der Lebensfreude sei. Darum müßten die falschen Propheten abgehalftert werden, welche die Arbeit zum Lebensfluch herabwürdigten. Die Technik an sich sei weder Segen noch Fluch, weder Fortschritt noch Untergang. Die Technik an sich sei unproblematisch, sie stelle nur die mechanische Kraft in den Dienst des täglichen Lebens der Menschheit, mit anderen Worten, sie schaffe unerläßliche Voraussetzungen. Das Materielle sei also begrenzt, aber das Ideelle sei unbegrenzt, und es sei an den Menschen, die seelische Verbundenheit zu schaffen, durch Heimatpflege, durch Kunstempfinden.

«Der Mensch lebt nicht vom Brot allein», fuhr er fort (und man merkte, wie zwischen der Sprache seines Pressechefs seine eigene aufblühte), «das Brot, das ich esse, kann ich nur allein essen, die Kleidung, die ich trage, kann ich nur allein tragen. Eine schöne Dichtung oder eine schöne Musik kann Tausende gleichzeitig erfreuen, ohne daß der Genuß des einzelnen vermindert wird, nein, die Freude der anderen reißt ihn noch empor und erhöht seinen Genuß. Das alte Schwert ist unserem Volk genommen worden, an seiner Stelle besitzt es ein neues: die Qualität der deutschen Arbeit. Um sie noch mehr zu heben, müssen wir den Arbeiter innerlich und äußerlich frei machen, müssen wir den Pulsschlag eines nationalen und religiösen Schwungs durch alle Adern der deutschen Wirtschaft treiben und im arbeitenden Volk den Sinn für die Poesie und den Adel der Arbeit erwecken. Das Wichtigste bleibt das echte Menschentum, das vom Göttlichen stammt. Ein Tropfen Menschlichkeit ist mehr als eine Wagenladung tarifvertraglicher Bestimmungen. Müßte nicht naturgemäß die Seele der Arbeiter denen gehören, die ihnen Arbeit und Brot geben? Daher muß der Arbeiter erlöst werden aus der Masse, das Menschsein muß gepflegt werden, wie es unter meinen Rischianern von jeher geschah.

Ordnen wir die Technik in das allgemeine Kunstempfinden ein, das in einem überwältigenden Eindruck auf das Gemüt besteht, so ist alles gewonnen. In diesen Tagen hat das Stahlwerk Risch-Zander eine Abraumförderbrücke an die Mitteldeutsche Braunkohle geliefert, ein Bauwerk, worin der Ausdruck des Schaffenswillens zur Tatkraft gebunden ist. Es ist keine feste Brücke, die auf steinernen Pfeilern oder festen Widerlagern starr in der Landschaft steht und den Verkehr über sich gelassen erduldet, sondern es ist eine Stahlkonstruktion, die angriffslustig gegen den Kohlenberg geführt wird, den gebaggerten Abraum aufnimmt und in den Hohlräumen, wo die Kohle bereits gefördert ist, wieder absetzt. Es ist wie ein langhalsiges, gefräßiges Urtier der Tertiärzeit, auferstanden aus dem Boden, der es begrub, und den es jetzt, sein Schicksal rächend, aufzehrt. Hier spürt man eines Künstlers Hand. Wer aber ist der Kommandeur der Brücke? Niemand anders als der Arbeiter, der eingebettet in ein Gewirr von tausend Stangen sein Fahrzeug kühn gegen den Sand steuert, wie ein Kapitän sein Schiff gegen die Wogen.

Der Stahl ist es, der dem verarmten Deutschland zuerst gestattete, auf wirtschaftliche Weise leichteren Gestäbes Monumente zu bauen, die dem Wuchtigen die Schwere nehmen. Im Stahl verbinden sich Kopf und Herz, Geist und Seele. Gebildet ist der Mensch, wenn er den Mut hat zu gestehen, daß er vieles nicht weiß. Wissen jedoch hat er, wenn er denkt, denn denken heißt arbeiten können, und arbeiten können heißt glücklich sein. Darum ist zweierlei notwendig: die Berufsschulung und die Menschenschulung. Die Ida, der wir an diesem außerordentlichen Tag das Leben geben, soll diesen Gedanken verwirklichen. Sie soll Führer und Geführte als denkende und fühlende Menschen erfassen. Sie soll der Selbsterkenntnis von Fähigkeiten und Schwächen dienen, damit die vorhandenen Fähigkeiten am richtigen Platz eingesetzt werden können. Sie soll keinem Menschen Schwierigkeiten hinwegräumen, sondern ihn schulen, sie selbst hinwegzuräumen. Sie soll an den einzelnen Mann herangehen, ihn lehren, sich zu erziehen und mit der Siegesfreude des Sportsmanns die Demut des Priesters zu empfinden: sie, unsere Ida, ein neuer deutscher Dom; denn Arbeit muß getan werden mit der Hand, sonst könnten wir nicht leben, und Arbeit muß getan werden mit dem Kopf, sonst wäre das Leben nicht lebenswert, und beim einen wie beim anderen muß das Herz beteiligt sein, denn nicht der Tod, sondern das Leben muß seine Schrecken für uns verlieren.»

Am Feuerwerk der Worte hatten die Köpfe seiner Zuhörer sich erhitzt. Sein Vortrag war von einer überflutenden Regungslosigkeit, seine

Stimme von einer aufgewühlten Versunkenheit, alle waren ihr hingegeben. Viele hatten vergessen, daß es noch eine Welt, einen Körper, ein Atmen gab, und waren in grenzenloser Erregung aufgestanden. Nur Professor Jodoci saß bläßlich und mit gespielter Natürlichkeit da, er war neidisch auf die Effekte des Freiherrn, die ihm nun vorweggenommen waren. Wie sollte er das jetzt noch steigern? Welches Wesen zur Schau tragen? Würde sein Sprachschatz nicht versagen?

Als er dies noch mißvergnügt erwog, übernahm schon der Oberbürgermeister das Protektorat über Ida, indem er versicherte, daß er ihr immerdar helfen werde, denn wie die Stadt, so unterhalte er persönlich seit langen Jahren innige Beziehungen zur Industrie. Darum habe er auch von den Stadtverordneten einen jährlichen Zuschuß von fünfzigtausend Mark bewilligen lassen.

Und nun war die Reihe an Professor Jodoci.

Er, der zum wissenschaftlichen Beirat der Ida ausersehen war, stand mit der kalten Herbheit eines Recken der Technik da und sprach mit dem ganzen betörenden Zauber einer unausrottbaren Romantik.

Das geistige Ziel der Ida sei, kurz zusammengefaßt, das Bekenntnis zum höchsten deutschen Menschen, der das Eigentum als Leben und seine Arbeit als Gottesdienst empfinde. Alle Wirtschaftsform sei Ausdruck einer Seelenform, und die makrokosmische Seite bestehe in der gläubigen Kraft. Der Weltgeist zweckhafter Arbeit sei mit dem Nationalgeist zweckentbundener Schöpfung zu durchdringen, gegen die technische Überwelt sei eine bluthafte Volkheit zu setzen. «Jeder hat einmal unten angefangen, vor den Gesetzen der Wirtschaft sind alle gleich, arme und reiche; beide können nicht leben, ohne Geld zu verdienen, beide unterliegen demselben physiologischen Gesetz, kraft dessen sie, ohne ihrem Körper Schaden zuzufügen, nicht mehr essen können, als bis sie satt sind, beide müssen sparen, damit sie etwas ausgeben können. Wenn aber die Menschen nicht mehr von der Angst vor Armut und Hunger getrieben werden, wenn die Peitsche der Not und des Zwangs ihnen nicht mehr droht, dann erlischt ihre Arbeitskraft. Deshalb werden allein diejenigen eine Zukunft haben, die ihrem Leben ein sittliches Gewicht zu geben vermögen, jenes persönliche Pflichtgefühl, das die heutige Form der germanischen Volkstreue darstellt. Der Haß gegen den seelenlosen Mechanismus, in dessen Teufelsreich wenige Befehlshaber einer Masse von Gehorchenden gegenüberstehen, wird verschwinden, sobald der Arbeiter zwischen den untersten und höchsten Sprossen der Leiter diese selbst schaut und erkennt, daß er nur zu steigen braucht, um nach oben zu kommen.»

Bankier Mehren sagte schlicht, nach seiner Meinung sei es die Aufgabe des Ingenieurs, die Lehrlinge in einem Geist der Achtung vor allen geschaffenen Werten zu erziehen, auf daß sie ihre Zerstörung verabscheuen lernten. Man sah ihn schief an und hörte nicht weiter zu. Schellhase junior erklärte: es gelte nicht bloß, ein wirtschaftlich-geistiges Problem zu lösen, sondern auch die Arbeiter in eine Front gegen den «jungen» Reparationsplan hineinzudirigieren. Man kam ihm entgegen und gründete ein «Museum für volkswirtschaftliche Kenntnisse», kurzweg «Muvok» geheißen.

Was Schellhase den «jungen» Plan genannt hatte, war die Revision des alten Reparationsstatuts, welches die Zahlungen auf neunundfünfzig Jahre begrenzt hatte; 79,5 Milliarden Mark in den ersten siebenunddreißig und 25,5 in den folgenden zweiundzwanzig Jahren. Die Union hatte freilich ihre Mitwirkung in der internationalen Sachverständigenkommission verärgert zurückgezogen, nur der Reichsverband war darin verblieben. Hieraus zu schließen, daß Kropf für und Krogoll und Näßler gegen den jungen Plan waren, wäre grundfalsch. Es war nur eine zufällige Arbeitsteilung: man mußte gleichzeitig Opposition und Zustimmung betreiben; einerseits durfte man die Regelung nicht scheitern lassen, nachdem man nun einmal die Revision gefordert hatte und weil anderenfalls schwere Nackenschläge bevorstanden (hatte doch schon die bloße Besorgnis zu einem lawinenhaften Devisenbegehr geführt, das von der Reichsnotenbank aus ihrem Auslandswechselportefeuille befriedigt werden mußte), andererseits aber mußte man dartun, daß man zu einer solchen Unterdrückung die Hand nicht bieten wolle. Hugo Mehren erinnerte daran, daß er sie vor einer Revision gewarnt habe, ehe die Welt und Deutschland reif dafür seien. «Wenn man einen Unsinn zu früh zur Strecke bringen will, dann versteift er sich und sagt: Unsinn muß Unsinn bleiben, und gebärdet sich noch unsinniger. Hoffentlich seid ihr jetzt gewitzigt für die nächste Revision. Arbeitet weniger selbst und laßt mehr die Zeit arbeiten. Kommen wird der Tag, an dem der Revisionsantrag von unseren Vertragsgegnern ausgehen wird.»

Immerhin bot der junge Plan auch Vorteile: geringere Annuitäten, Fortfall lästiger Kontrollen, Klarheit hinsichtlich der Endsumme. Aber der «Privatdozent», der zur Leitung des Muvok berufen worden war, kalkulierte anders: «Wir müssen das alte Statut und den jungen Plan so nebeneinander stellen, daß der junge schlecht abschneidet. Fälschen wäre allerdings sinnlos und kindisch. Aber wir berechnen die Leistungen eben nicht auf Grund des verzinslichen Gegenwartswertes, sondern auf Grund der Addition der einzelnen Jahreszahlungen, und tun so, als ob das alte Statut nur siebenunddreißig Jahre gelaufen wäre und keinen Wohlstandsindex gehabt hätte. Dann haben wir: altes Statut 88, junger Plan 114 Milliarden. Auf einer kleinen Tafel vermerken wir unsere Berechnungsweise, soweit sie sich wissenschaftlich wiedergeben läßt, das große Publikum übersieht sie und wir sind objektiv gedeckt.»

Grußenbaum zollte Beifall: «Wunderbar.» Aber er ging weiter: «Vor allen Dingen muß dem Arbeiter gezeigt werden, wieviel die Reparationslast von seinem Lohn herunterdrückt.»

Dr. van der Gathen wurde zugezogen, um die Statistik in Plastiken umzuwandeln. Nichts fehlte an der Veranschaulichung der langen Kette der Reparationsirrungen, außer einer winzigen Einzelheit: warum es Reparationsforderungen gab.

Der Clou der Ausstellung war eine bewegliche Pumpe, woran eine Puppe, die den deutschen Michel vorstellte, den Schwengel auf- und niederdrückte, und eine andere, die den Onkel Sam vorstellte, die Hände im Schoß, der Muße pflegte; währenddessen rollte das Geld in der Pumpe oben in Form von Anleihen hinein und unten in Form von Reparationen wieder heraus.

Als die Gewerkschaftsführer unter kundiger Führung von Dr. van der Gathen den Muvok besichtigt hatten, traten sie in die von der Union bereitgehaltene Stellung ein und veröffentlichten einen geharnischten Protest gegen die Reparationen.

«Sie müßten von Dankbarkeit überströmen», sagte der General, «denn wir haben ihnen, was wir bei Gott nicht nötig hätten, auch noch einen Weg gezeigt, wie sie sich vor ihren letzten Anhängern wegen ihrer Niederlage in der Lohnfrage herausreden können. Die Arbeiter haben den Eindruck, von ihren Führern verraten zu sein . . . und nun ergibt sich, daß die Reparationen ihr Unglück sind.»

Sinnend entgegnete der Staatssekretär a. D.: «Ja – die Industrie muß eben für alle denken.»

Die Betriebswissenschaft war die neue Sensation deutscher Gründlichkeit, auf die sich alle stürzten, Könner und Scharlatane, Überzeugte und Salbader, Aufrichtige und Heuchler, Wissende und Dilettanten, Besorgte und Schadenfrohe, Fanatiker und Gecken.

Der zweiten Gründung der Ida, dem Arbeitsphysiologischen Institut, stand ein Mann vor, der eine Synthese dieser sämtlichen Gegensätze war. Es war der psychotechnische Professor von Risch-Zander, jener, der vor Jahren an Fries und Griguszies seine Demonstrationen gemacht hatte.

Im «Aphi» (dies war die Abkürzung) wurde das einfachste Handwerkszeug zum Problem. Hämmer, Preßluftinstrumente und Fließbänder wurden geprüft wie Menschen, und die Menschen wurden geprüft wie Werkzeuge. Schlagfrequenz, Gewicht, Treffsicherheit, Rückstoß, Lärm, Staubentwicklung, Körperbau, Wirkung der Arbeitsweise auf den Stoffwechsel, Muskelkraft, Ermüdung, Gehörschädigung, Einwirkung giftiger Stoffe – alles wurde elektromagnetisch oder chemisch beobachtet, am Flimmern von Lämpchen, an Sauerstoffballons, an einer umfangreichen und vertrackten Apparatur aus Wagen, Röhren, Schläuchen und Behältern, fotografiert und in Kurven aufgezeichnet, die wie die Bahnen der Gestirne aussahen. Alles, um die Menschen zu schonen und die Werkzeuge auszunutzen, aber auch, um die Werkzeuge zu schonen und die Menschen auszunutzen. Somit war allen Teilen geholfen.

Kam man zum Ergebnis, Jugendliche dürften nur proportional ihrer Leistungsfähigkeit beansprucht werden, so war es nicht allein ein Akt der sozialen Gerechtigkeit, sondern auch der wirtschaftlichen Klugheit: damit man von den Leuten noch etwas hatte, wenn sie in der Blüte ihrer Jahre standen. Es war die Rationalisierung der körperlichen Ausmergelung. Stellte man die exakteste Anpassung der Geschwindigkeit des fließenden Bandes an die menschliche Arbeitskurve fest, so geschah es ebensosehr, um den Menschen vor Erschöpfung zu schützen, wie um höhere Leistungen aus ihm herauszuholen. Bemerkte man, daß Höhensonnenbestrahlung einen günstigen Einfluß auf die Muskelbeschaffenheit hatte, so verwandte man sie genausogut, um verbrauchte Kräfte wiederherzustellen, wie um neue anzuspornen. So war gleichzeitig für ein Hinausschieben der Altersgrenze und für einen drängenden Nachschub gesorgt, der auf den Markt der Alten drückte und alle Arbeit wohlfeil machte – weil man sie sowohl leicht ausüben wie leicht verlieren konnte.

Damit auch die letzte Lücke ausgefüllt werde, besaß das Aphi eine Abteilung für Tierdressur, in der Hunde für Ermüdungsversuche abgerichtet wurden. Sie mußten auf einer elastischen Tretbahn laufen, die sich, umgekehrt wie eine Rolltreppe, nach unten bewegte, und ihre Arbeitsleistung in den einzelnen Zeitphasen und Höhenstufen wurde an dem Druck ihrer Füße gemessen.

Herr Drees war nicht mehr der Herausgeber jener Hüttenzeitung, die unter Bilgenstocks Kommando verbrannt worden war. Es gab auch gar keine selbständige Zeitung der Otto-Heinrich-Hütte mehr. Es gab statt dessen den Werkszeitungskonzern der Ida, zweiundfünfzig Kopfblätter in einer Auflage von viermal hunderttausend. Die Überwachung lag in Händen des politischen Direktors Alfons Hachenpoot. Hauptschriftleiter war Herr Drees. Das Rundschreiben der Ida an die Hütten, Maschinenfabriken und Zechen hatte folgenden Wortlaut:

«Die Hauptschriftleitung gestaltet den großen Rahmen der Zeitung, während die auf das Werk und seine Angehörigen bezüglichen Beiträge von einem Herrn des Werkes nebenamtlich bearbeitet werden. Aus fast neunzig Kanälen läuft allwöchentlich der Stoff bei uns ein. Von Wichtigkeit ist für jede einzelne Ausgabe die Lieferung des sogenannten Werksallerlei, in dessen Reichhaltigkeit die Einführung der Zeitungen bei der Arbeiterschaft wesentlich begründet ist. Die Werkszeitung setzt das Werk mitten in das Bewußtsein seiner Arbeiter. Sie gruppiert um diesen Kern alles, was für den auf dem Werk Tätigen zum Verständnis der Vorgänge innerhalb und außerhalb seiner Arbeitsstätte erforderlich ist. Unsere Zeitung ist bei mannigfaltigem Inhalt einfach zu lesen und berücksichtigt die Bedürfnisse des Arbeiters, der nach Erfüllung seiner Tagespflicht für den Feierabend nur nach einer Lektüre greift, die ihn nach Inhalt und Form zu interessieren vermag. Diese Sorge für die Erweiterung seines Blickwinkels und seine seelische Annäherung an Werk und Wirtschaft hat mittels der Werkszeitung zu dem deutschen Arbeiter sicheren Zutritt. Die kostenlose Abgabe der Zeitung ist nicht als ein Geschenk an ihn zu betrachten, sondern bedeutet auf lange Sicht ein Mittel zur Erhöhung der Produktion. Als sehr wirksam erweist sich auch die systematische Bekämpfung der Betriebsunfälle durch die Zeitung. Jeder verhütete ernstliche Unfall ist nach der Berechnung der Hütten- und Walzwerksberufsgenossenschaft gleich viertausend Mark Gewinn zu setzen. Gegen diese Summe ist der Gestehungspreis einer Werkszeitung verschwindend gering.»

Der Preis, den die Werke für die Ida-Blätter zu zahlen hatten, schwankte je nach der Höhe der Bestellung zwischen sechs und zehn Pfennig für das Stück. Sie erschienen wöchentlich, waren illustriert und auf gutem Papier gedruckt. Hugo Mehren nannte sie das Magazin des Industrieproleten. Wie die Vorstadtkinos waren sie ein Abglanz aller Träume von Schönheit und Mondänität und glatten, friedfertigen, weil glücklichen Gesichtern. Sie hatten auch dieselbe sozialpolitische Funktion.

Hachenpoot sagte: «Im Leben der Männer ist der Beruf die überragende Sache. Wenn die Zeitung zu ihnen mit den Ausdrücken des Berufs spricht, so sind sie schon gewonnen. Der deutsche Arbeiter ist viel mehr auf fachliche Fortbildung eingestellt als auf politische. Er ist gefesselt, wenn man seinen Beruf hochschätzt. Der Beruf bedeutet für ihn Heim, Familie und Kinder. Er wird seine Zeitung lieben, die ihm Heim, Familie und Kinder erhalten will.»

In der harten Schule des Generals wurde auch der politische Direktor zum biegsamen Rohr – ein Rohr war er ja immer gewesen, bloß nicht biegsam. Aber Herr Drees wußte ohnedies, was er zu tun hatte. Seine Leser lernten, ohne daß sie merkten woher. Sie fingen wirklich an, ihren Betrieb für ihr Eigentum zu halten, weil sie ihren Lebensunterhalt dort verdienten. Fries erklärte zwar dem Finanzrat, die Unternehmer sollten sich nur nicht einbilden, daß die Werkszeitungen von den Arbeitern gelesen würden; nein, keine Spur, niemals. Die Arbeiter wüßten Bescheid, sie benutzten sie nur als Butterbrotpapier oder auch zu weniger appetitlichen Zwecken.

«Wenn das so ist, warum ereifern Sie sich denn?» fragte Dr. h. c. Hiebenstein.

«Weil wir keine Unternehmerpresse hier im Werk haben wollen.»

«Aber Sie irren sich, Herr Fries, Sie irren sich ganz gewaltig. Es ist eine Arbeiterpresse. Eine Unternehmerpresse würde ich selbst nicht bei uns dulden.» Später sagte er noch zu Dr. van der Gathen: «Niemand in Deutschland kennt die Arbeiter schlechter als ihre Führer.»

«Und niemand besser als die Unternehmer», erwiderte dieser.

Sie schienen recht zu haben. Nicht Fries oder irgendeiner seiner Kollegen, Herr Drees verstand es, den Scheiterhaufen von der Otto-Heinrich-Hütte produktiv zu machen. Er wußte, daß es genügte, wenn der Arbeiter die Werkszeitung in die Tasche steckte, wo sie nachher von seiner Frau gefunden wurde. Spätestens mit dem Moment, da das erste Exemplar auf dem Tisch einer Arbeiterwohnung lag, war die Beeinflussung perfekt. Denn bevor der Mann seine Stulle darin einwickelte, hatte es die Frau, hatten es die Kinder gelesen, und Herr Drees fesselte sie mit Romanen, Modeberichten, Gedichten, Witzen und Rätseln.

«Aus der Gezähkiste» schrieb er über seine humoristische Ecke. «Vadder», fragten wißbegierig seine Kinder, «wat is dat, «'ne Gezähkiste?» Und stolz, daß er ihnen sagen konnten, in solcher Kiste bewahre er, der Bergmann, sein Handwerkszeug auf, begann er selbst interessiert zu lesen. Sofort war er wieder in die Grube versetzt: er saß auf seiner Gezähkiste, trank Kaffee aus der Töte und gab den Kumpels die Scherze zum besten, die er hier las.

«Vorm Krieg war mal 'n Junge hier auf 'n Putt an 'ne Prahm, mit achtzehn Groschen die Schicht. Schultes oben in der Gracht hatten ihn in Kost, und einen Tag sagt er für die Ollsche: Mutter, gib mich noch ein Butter. Wat sähste, Franz? sagt die, von die paar Kröten, die du mich gibst, noch 'n Butter? Laß dich mal auf'n Pütt wat zulegen, die annern verdienen alle mehr beim Prahmen. Also hat er ab nach 'n Verwalter. Na, mein Jüngsken? Was verdienst du denn? Achtzehn Groschen, sagt Franz. Und wie alt bist du? Achtzehn. Is ja großartig, Franz, feine Sache. Achtzehn Jahr, achtzehn Groschen. Das paßt zusammen. Soll auch weiter passen. Neunzehn Jahre, neunzehn Groschen. Zwanzig Jahre, zwanzig Groschen.»

Er blättert und liest und spricht, oben in seiner Stube sitzt er und ist doch unten in der Grube. «Ja, Kinder, so ist't, wenn wir da unten Frühstück machen. Dat heißt bei uns Bergamt.»

«Es ist nicht möglich», sagte Herr Drees, «daß jemals ein Stück bedrucktes Papier, das, wie auch immer, in die Finger eines Menschen gerät, ungelesen bleibt. Je primitiver der Mensch, desto größer die Ehrfurcht vor der Druckerschwärze.»

Er unterrichtete die Arbeiter über die Tätigkeit ihrer Kameraden in anderen Betrieben, er ehrte die Werkssänger, Werksmusikanten, Werksschachspieler, Werksturner – irgendwo war schließlich jeder Vorsitzender, Schriftführer oder Kassierer. Er streute Karikaturen von Werkstypen ein – überall waren jene Clowns des Lebens, die man «Originale» nennt, sei es ein Fuhrmann, der mit seinem Pferd auf der Straße laute satirische Zwiegespräche hält, oder ein Magazinier, der bei der Materialausgabe lustig gereimte Verse improvisiert. Er verwies auf die wunderbare Ordnung des Sternenhimmels und zeigte daran, daß die Masse Führer brauche, welche die Forderungen des Tages mit den ewigen Weltgesetzen in Einklang bringen könnten. Er führte die Schützlinge der Wohlfahrtspflege vor, verschüchterte Kinder unter dem Werksweihnachtsbaum, die ihr Werkschristkindchen, Trompeten und Hampelmänner verlegen zwischen den Händchen drehten, und dahinter einen Menschen mit überwölbten Augenlidern, der vor Vergnügen, seinen Posten im Vereinsgefüge zu haben, mehr strahlte als die Kerzen am Baum: das Wonnegesicht einer Kompaniemutter. Er ermunterte mit Honoraren alle Werkspoeten, denn er dachte sich, der Mensch sei anhänglich an denjenigen, der seinen Namen und die darunter gehenden Schreibübungen druckt. Er registrierte alle Personalien, brachte ganze Galerien von Jubilaren, Prokuristen, Packern, Oberingenieuren, Transportarbeitern, Revisoren, Drehern, die Köpfe seitenweise und höchst demokratisch zusammengereiht. Faulstich nannte dies übrigens, wenn sie unter sich waren, das «Verbrecheralbum». Man fand auf diesen Bildern, daß sich zwar in fünfundzwanzig Dienstjahren der soziale Unterschied von Herkunft und Bildungsgang auf den Gesichtern erhalten hatte, daß sie sich jedoch im geistigen Ausdruck untereinander vollkommen angeglichen hatten. Überall waren die Stumpfheit des Betriebs, der Fachdünkel, das Strebertum abgezeichnet. Mehren sagte: «Eine deutsche Kulturgeschichte», und Herr Drees: «Diese Werkszeitungen sind ein Schatzkästlein für das Arbeiterhaus, verlassen Sie sich darauf. Die Aussöhnung zwischen Arbeitgebern und Arbeitnehmern entspricht meiner Natur, und ich bin glücklich, an dieser Stelle dafür arbeiten zu können. Gewiß habe ich auch als Betriebsführer schon mein Möglichstes getan. Aber im Betrieb ist es viel schwerer. Da hat man nicht die nötige Distanz.»

Da sah man nun Überschriften wie: Divisionstagesbefehl aus dem großen Krieg; Unsere Abteilung Weichenbau; Unter den Fremdenlegionären; Mutterpflicht und Mutterglück; Die Grubenfahrt; Die Rache der Verlassenen; Der große Held aus der Franzosenzeit; Wie halte ich gute Nachbarschaft?; Kochrezepte; Familiennachrichten; Politischer Rundfunk; Wie verarbeite ich einen abgelegten Herrenhut zu einem hübschen Kinderhäubchen? – und Schlagzeilen wie: Der Mensch ist geboren zum Arbeiten wie der Vogel zum Flug; Stets mit Wohlbehagen und frei von aller Hast frühstücken, häßliche Gedanken verscheuchen und mehr an das Gute und Schöne denken, sich so lange und so oft es nur geht, in frischer Luft aufhalten – und Betrachtungen wie: «Es ist ein Bild voll Zartheit und Kraft, das ich mir jetzt ausmale. Eine Familie um den Tisch versammelt, und der Hausvater liest aus der Bibel den Abendsegen. Mutter hat das Jüngste auf dem Schoß, und die Größeren machen Handarbeiten. Wollte Gott, so wäre es in vielen deutschen Häusern. Deutschland, unser herrliches Vaterland, würde es bald spüren. Aber einstweilen fehlt die Erziehung zum pflichtbewußten Menschen durch das Militär, diese gedeihliche Zucht, deren noch heute viele Tausende von schaffensfrohen, an Ordnung und Sitte gewöhnten Arbeitsleuten der Hand und des Geistes dankbar gedenken. In Amerika sah ich einmal, wie eine Maschine erprobt wurde. Da standen die Arbeiter dabei und sahen zu, und es fiel das Wort: Klappt die Sache, so haben wir zu Weihnachten sechshundert Leute weniger im Betrieb. Aber sie dachten nicht daran, daß auch sie unter den sechshundert sein würden, die Freude an der gut funktionierenden Maschine war größer als die Sorge um den Arbeitsplatz. Bald ist nun auch bei uns Weihnachten. Seien auch wir nicht verzagt. Mag auch der

Gabentisch dürftig besetzt sein oder vielleicht ganz leer bleiben, er hat mit der Weihnachtsfreude, dem Weihnachtslicht ja nichts zu tun. Wie oft schon haben Weihnachtsgeschenke Ärger, Enttäuschung und Verdruß bereitet! Wir Menschen des Maschinenzeitalters sehen die sogenannte gute alte Zeit, in der die Weihnachtstische voller Überraschungen waren, nur zu sehr im goldigen Schimmer der Erinnerungen. Es gibt kein Zurück . . .»

Dies schrieb Herr Drees und ließ es drucken, und die Arbeiter lasen es gern. Ihre Beschwerden häuften sich, wenn die Werkszeitung in unzureichender Anzahl geliefert wurde. Es kam zu Reibereien, wenn ein Betrieb früher als der andere in ihren Besitz gelangte. Es gab Mißhelligkeiten, wenn Prämien für die besten Unfallmerksprüche ausgeschrieben waren und einer den anderen beargwöhnte: ob der sich auch beteiligt? Eine Chance weniger für mich; am Ende macht er gar einen ähnlichen Spruch wie ich? – Heinrich Dopslaff ging sinnierend einher, die dreißig oder zwanzig Mark konnte er auch verdienen, so gut wie einer. «Willst du dir die Gesundheit erhalten, dann lasse an den Gittern Vorsicht walten, denn im Beruf lauert immer der Tod . . .» Soweit hatte er es beisammen. Was nun weiter? Was reimt sich darauf? Gebot, ja, das wäre hübsch. Gebot der Stunde. Das würde sich gut anhören. Aber «Gebot» muß hinten im Vers stehen. Wie deichselt man das?

So pendelt er oben auf der Gichtgalerie des Hochofens hin und her. Es pendelt auch in seinem Kopf: Tod – Gebot – Gebot der Stunde – Stundengebot. Undeutlich hörte er einen Maurer nach ihm rufen. Die Worte jagen sich in seinem Kopf, ringeln sich umeinander. Wie war doch der Anfang? An den Gittern Gesundheit erhalten . . . dunnerkiel, das hat er schon wieder vergessen. Es ist in seinem Kopf, es drückt ihn, aber es ist da drin wie vernagelt und kommt nicht heraus. Das geht durcheinander, immer durcheinander. Aber er hat es ja aufgeschrieben. Der Zettel ist doch in seiner Tasche. Er muß ihn suchen. Er fühlt auch die Tasche, doch er greift immer daneben. Während ihm die Augen zufallen, lächelt er. Er hat ein Gefühl, als seien seine Beine eingeschlafen. Er strampelt. Gebot der Stunde – Tod. Was ist das, sieht er nicht mehr gut? Aber er hört noch, o ja, er hört sehr gut. Er hört etwas rauschen und brausen. Er hört etwas donnern. Er möchte sich an den Kopf fassen, um die Worte darin zu grapschen. Ganz schwindlig ist ihm, steht er denn hoch? Ja, das muß eine ziemliche Höhe sein. Er wollte ja auch gar nicht hinaufgehen. Es ist doch so gefährlich hier oben, wegen der Gichtgase. Ach wo. Es riecht so süß wie in einem

Blumengarten. Daß ihn der Maurer hinaufgelotst hat! Wer war es eigentlich? Er kann ihn sich vorstellen, wie er aussieht, es ist ihm sogar, als beuge er sich über ihn – ja, liegt er denn am Boden? Aber er weiß den Namen des Maurers nicht mehr. Wie heißt er? Komisch. Er strengt sich an. Es ist ihm, als sei seine Stirn aus federndem Stahl, wölbe sich vor, springe zurück, so wie es hell wird um ihn und dann wieder dunkel. Was für eine Dunkelheit! Hat er je die Nacht so schwarz gesehen? So ein Schwarz gibt es ja gar nicht. Es muß doch Nacht sein. Natürlich ist es Nacht. Er schläft und träumt. Da wälzt sich etwas auf seiner Brust herum, er keucht und ächzt, er möchte aufschreien, aber da sitzt etwas im Kehlkopf. Die Schwere, die sich über seine Brust wälzt, möchte er packen. Er packt sie auch. Er schleudert sie weg. Jetzt ist es gut. Jetzt ist es leicht. Jetzt ist es ganz still. Eine betäubende Stille . . .

«Aus», sagt der Sanitäter, der ihm die Arme weit auseinanderschlägt und wieder zusammen und Sauerstoff einpumpt. «Nix mehr zu wollen. Wer das Gas da oben schluckt, der is abgemeldet. Was guckt ihn denn da für 'n Zettel aus die Tasche? Willst du dir die Gesundheit erhalten, dann lasse an den Gittern Vorsicht walten, denn im Beruf lauert immer der Tod. Ja so, das soll wohl für das Preisausschreiben von die Werkszeitung sein. Ganz schön, damit hätt er sicher 'n Preis gekriegt.»

Frau Dopslaff weinte sehr und sagte zu Frau Aldenhövel: «Ich habe mich immer gewünscht, daß mein Mann, wenn er mal sterben müßte, auf der Fabrik sterben soll, wegen die Unfallrente. Er war doch 'nen guten Kerl, man könnte meinen, er hätt't mich an die Augen abgelesen.»

Der Kranführer Adam Grieghöfer spürt die filzige Lethargie, die über den Arbeitern liegt.

Einmal, lang ist es her, ist Walzwerk II marschiert. Es marschiert niemand mehr.

Sind sie verdrossen? Nein, sie sind gleichmütig. Sind sie entrechtet? Nein, sie sind entleibt. Ein Zeitraum ist durchmessen, und die Läufer sind zum Anfang zurückgekehrt, nein, noch hinter den Anfang sind sie zurückgeworfen. Werden sie sich noch einmal aufrappeln?

Es gibt da Alte, die vor Jugend schäumen: zu ihnen gehört sein Schwiegervater Jakob Kalinna. Es gibt da Junge, die treiben einen Sport: zu ihnen gehört sein Schwager Otto Wittkamp. Und alles ist Vereinszweck. «Sportzentrale», das ist jetzt ein Wirtshausschild geworden. Revolution? Nun, und wenn. Spießer, die sich wie geschwollene Revolutionäre gebärden, sind ein häßlicher Anblick. Sie leben ja alle von der großväterlichen Überlieferung. Sie lesen die Zeitung, die der Großvater gelesen hat. Sie gehen in die Kneipe, in die der Großvater gegangen ist, und täte sich gleich eine bessere und billigere daneben auf. Sie wohnen, sie essen, sie trinken, sie schlafen, sie zeugen Kinder, wie der Großvater gewohnt, gegessen, getrunken, geschlafen, gezeugt hat. Dopslaff ist tot – es lebe Dopslaff . . .!

Adam sah sehr mürrisch drein, wenn ihm solche Gedanken kamen. Diplomingenieur Hollerbach bemerkte es, aber er vermutete natürlich eine andere Ursache. Er nahm ihn sich vor: «Sie sollten mal Ihren Groll von der Seele runterschreiben. Die Werkszeitung druckt es. Mit Ihrem Namen. Nehmen Sie kein Blatt vor den Mund. Schreiben Sie über Unternehmer, Vorgesetzte und Arbeiter.»

Sollte er?

«Du mußt es tun», sagte Alma, «denk mal, ein Artikel von dir in der Zeitung! Meinst du, mich freut das nich? Hast du mich denn gar nicht mehr lieb?»

Adam schrieb.

«Man will sich einander opfern», schrieb er, «weil alle Dinge, die bestehen, die guten und die schlechten, gottgewollte Ordnung wären. Daß diesem aber nicht so ist, sieht der Arbeiter, der seine Lohntüte hat und weiter nichts. Wenn die Unternehmer Löhne zahlen würden, daß es dem Arbeiter möglich wäre, sich selbst gegen Krankheit, Arbeitslosigkeit und auf Altersrente zu versichern, wie es in Amerika der Fall ist, dann brauchten die Unternehmer nicht die sozialen Lasten zu tragen. Wir wissen es aber wohl am besten, daß uns bei Risch-Zander nichts geschenkt wird. Wir müssen hier und dort rennen, und wenn wir mal ermüdet sind und Pause machen, dann heißt es gleich: die faulen Kerle.

Was die Angestellten anbelangt, die Unternehmer haben eben ein Interesse daran, daß zwischen den Angestellten und uns Arbeitern keine dicke Freundschaft entsteht, weil sie die Angestellten brauchen, um durch sie uns Arbeiter zu regieren. Die Ehre des Arbeiters steht im bürgerlichen Leben tief im Kurs. Wenn ein Franzose französisch spricht, dann versteht der deutsche Bürger das sicher besser, als wenn ein deutscher Arbeiter deutsch spricht. Ich denke an die Franzosenzeit im Revier, da hat man den Streik der Arbeiter bejubelt, da war der Streik eine ehrenvolle Tat. Ist man sich denn gar nicht darüber im klaren, was man Familienvätern und Kämpfern antut, wenn man sie bestrafen will, weil sie Solidarität geübt haben? Ganz anders beurteilt das Bürgertum gleiche solidarische Handlungen, wenn sie in seinem

Kreis gemacht werden, zum Beispiel den Ärztestreik gegen die Krankenkassen.»

Er gedachte, die Arbeiter damit ein bißchen anzufeuern, aber er dachte nicht, daß es gedruckt werde. Herr Drees druckte es. Er sagte: «Die Hand, die in der Hosentasche geballt wird, ist viel gefährlicher als diejenige, welche offen gezeigt wird. Ventile öffnen! Man muß den Radikalismus ermüden, indem man ihn durch Druckspalten sausen läßt. Wir behalten unterdessen unseren Atem. Das ist wie beim Wettlauf des Hasen mit dem Swinegel.»

Es war mit anderen Worten dasselbe, was General von Grußenbaum im Park von Zandershöhe dem Generaldirektor Hachenpoot gesagt hatte, damals, vor vielen Jahren, als der Kaiser da war. Herr Drees regulierte nur. Er veröffentlichte eine Entgegnung. Theoretisch gab er alles zu. Praktisch müsse vorerst leider alles beim alten bleiben.

«Man muß es wohl aussprechen, um unserer Arbeiterschaft einen ehrlichen Dienst zu erweisen. Die Zeit ist noch nicht gekommen, um Ideen zu verwirklichen, die eine disziplinierte, von Verantwortungsbewußtsein durchdrungene, vielseitig unterrichtete Arbeiterschaft voraussetzen.»

Adam mußte zugeben, daß diese Zeit noch nicht gekommen war.

Von den Kollegen wurde er beglückwünscht. «Da hast du's ihnen aber gegeben. Dat stecken sie sich nich hintern Spiegel.»

Alma streichelte ihn. Er lächelte. Es war ein säuerliches Lächeln.

Fries meinte, der Turm der Sozialdemokratie stehe fest, und wenn noch so viele, die der Kommunismus enttäuscht habe, nationalsozialistisch wählten, da sie nun von dieser Seite den großen Krach erwarteten.

«Kann sein», antwortete Adam kurz.

Aber die Arbeiter? dachte er. Ihre Führer kommen nicht mit. Ich bin auch nicht mitgekommen. Wir haben nicht die Fuchsschläue. In unseren Reihen ist entweder Wahrheit oder Irrtum, Wirklichkeit oder Verlogenheit, Ideal oder Geschäft, Feudalismus oder Lumpenproletariat. Die Unternehmer haben eine Sache nie ganz, immer halb und halb. Die kommen durch. Die haben die Zuständigkeit. Wir haben die Unzuständigkeit.

Herr Drees bewahrte jene Nummer seiner Werkszeitung wie eine Trophäe auf.

Die Geschäftsleute fragten nun schon an, ob sie in den Ida-Blättern annoncieren dürften. Es mußte ihnen jedoch mit Rücksicht auf die Werkskonsums abgeschlagen werden.

Bald darauf wurde Diplomingenieur Hollerbach versetzt. Er trat an die Spitze der Ida-Lehrlingsschule. Das war der dritte Mann, und wenn man Hachenpoot hinzurechnete, der vierte, der von Risch-Zander zur Ida kam. Finanzrat Hiebenstein sagte, es liege ein tiefer Sinn darin.

In der Lehrlingsschule wurden sowohl Meister wie Lehrlinge erzogen: korpsmäßig wie die Kadetten. Die Berufsausbildung war so umfassend wie nur irgend denkbar: Berglehrlinge lernten zwei Jahre über Tage, drei unter Tage, vom Schlosser kamen sie zum Schmied, vom Schreiner zum Ausleseband der Steine, von der Lampenstube zum Magazin, von der Hängebank zum Pumpenhaus, vom Schlepper zum Hauer – alles lernten sie nach Wesensart und Erscheinungsform kennen, alles, was ihnen je in ihrem Arbeitsfeld begegnen konnte, lernten sie, sie lernten Handfertigkeit, rasches Beobachten und fixes Arbeiten. Daneben erhielten sie Unterricht in Persönlichkeitswerten, Kameradschaft, gefestigter Lebensanschauung, gutem Staatsbürgertum, militärischem Anstand, approbierter Ausnutzung der Erholungszeit, Turnen, Schwimmen und Sport aller Art. Sie wanderten gemeinsam und gingen gemeinsam zur Kirche. Sie lasen gemeinsam, frühstückten gemeinsam, hatten gemeinsame Bastelstunden und betrachteten nach Feierabend gemeinsam die Welt. Man erzählte ihnen, wofür sie arbeiteten, nämlich für sich selbst; man erzählte ihnen, wodurch die Unternehmer reich geworden seien, nämlich durch Bescheidenheit; man erzählte ihnen, wie das Verhältnis zwischen Arbeitgebern und Arbeitnehmern sei; nämlich zentnerschwer im Gemeinschaftlichen und grammleicht im Gegensätzlichen. Eine Mädchenklasse bildete Hausfrauen und Mütter aus, deren geistiges Ideal die Petroleumlampe und deren wirtschaftliches die elektrische Teemaschine war.

War diese Jugendpflege auch organisierter, zielklarer und enger mit den privatwirtschaftlichen Zwecken verbunden als je, so hätte sie dennoch den früheren Namen «Jung-Roland» verdient, und es war wohl nur eine momentane Gedächtnisschwäche, warum diese Namensgebung in einem Land unterlassen wurde, das sich auch unter den veränderten politischen Verhältnissen (um den Euphemismus des Freiherrn zu übernehmen) um so lieber auf die Mythologie seiner Vorfahren berief, je weniger es über ihre tatsächliche Existenz aufgeklärt war.

Große Werke richteten Sonderwerkstätten für Lehrlinge nach Ida-Muster ein, kleinere taten sich zu diesem Zweck genossenschaftlich zusammen. Nach einem Jahr überspannte die Ida alle Wirtschaftszweige, Stahl so gut wie Gummi, Steine so gut wie Wolle, von einem Ende

Deutschlands zum anderen. Gewerkschafter und Wissenschaftler bestaunten das Wunder, befehdeten es zuweilen, doch befehdeten es nur, weil sie es bestaunten. Alle neugierigen Blicke hielt die Ida offenherzig aus, mochten sie nun aus Deutschland, Österreich, der Schweiz, der Tschechoslowakei oder Sowjetrußland kommen.

Unter den Gratulanten befand sich auch Geheimrat Püschel. In der Union feierte man Versöhnungsfest. Die Chemie durfte da sein, die Herren von Kohle und Eisen hatten nichts dagegen, aber sie durfte nicht mehr danach trachten, die erste Violine zu spielen.

Der neue Betriebsführer im Walzwerk II war der Meinung, die Belegschaft sei zu groß. Es war ihm unvorstellbar, wie sein Vorgänger so hatte arbeiten können. Und solch ein Mann leitete die Lehrlingsschule! Na; aber hier mußte nun nach dem Rechten gesehen werden. Neue Besen kehren gut. Schon dem Sprichwort war er es schuldig.

Er baute ab. Unter den Entlassenen war auch der Kranführer Adam Grieghöfer.

Es war nur nach der Regel. Wer noch nicht lange im Betrieb war, kam immer zuerst an die Reihe. Mochte er dreißig Jahre bei Risch-Zander gewesen sein – in dem neuen Betrieb war er eben der Anfänger.

Adam erschrak heftig, obwohl er das alles hatte kommen sehen. Er dachte an Alma, die wieder in Umständen war, und ging zu Hiebenstein. Er wurde sogar empfangen, doch bedauerte der Finanzrat, in Angelegenheiten des Betriebes nicht hineinreden zu können. Aber er bewilligte ihm ein Abkehrgeld von fünfzig Mark. Und Adam? – Adam nahm es an.

Fürs erste hatten sie nun etwas. In den letzten Monaten war er auch Sparer bei der Werkssparkasse gewesen: zwei Mark jeden Lohntag. Es wäre nicht viel gewesen, hätte er nicht bei der Prämienverlosung, welche die Sparkasse alljährlich veranstaltete, fünfundsiebzig Mark gewonnen. Außerdem gab es dort ein Prozent Zinsen mehr als anderswo.

Opa Kalinna war zittrig geworden. Wie über alle Leute, die sich lange frisch halten, kam das Alter mit erschütternder Plötzlichkeit über ihn. Trotzdem verlor er nicht seinen Lebensmut, und wie sich bald zeigte, auch nicht die Lebenskraft. Es wurde nur ein zerknittertes, verhutzeltes Leben, eigentlich allein von der Furcht festgehalten, seinem Posten in der Waschkaue von «Glücklicher Morgenstern», Schacht III, nicht mehr gewachsen zu sein.

Eines Tages stand in der Werkszeitung ein Gedicht, dessen erste Strophe so lautete:

«Sie schimpfen auf die alten Zeiten,
Sie können aber nicht bestreiten,
Daß alle unter Schwarzweißrot
Viel Plockwurst hatten auf dem Brot!»

Der Verfasser war Jakob Kalinna. Auf der Zeche neckten sie ihn: «Na, Opa, wie is't? Haste deine Plockwurst vom Betriebsführer schon gekriegt?» Ach, er hatte es nicht darum geschrieben. Er hatte es nicht einmal mehr darum geschrieben, weil es ihm so ums Herz war. Er hatte es so geschrieben, wie ein Ertrinkender sich an einen treibenden Strohhalm klammert. Er fürchtete seinen Abbau.

Wann würde es kommen? Heute? Morgen? Übermorgen? Den Kindern zur Last fallen, die selber zu krabbeln hatten? Er wollte sich unentbehrlich machen. Die Mitarbeit an der Werkszeitung war seine Hoffnung. So schrieb er, und es floß ihm nicht schwer aus der Feder. Viele Rischianer taten desgleichen.

Gewiß hätte er eine kleine Pension bekommen, aber die Altersrente der Knappschaft wäre ihm darauf angerechnet worden. Täglich hatte man das Los der alten Pensionäre vor Augen, die einst gezwungen worden waren, Beiträge zur Risch-Zanderschen Pensionskasse zu zahlen, wenn sie im Stahlwerk oder auf den Zechen arbeiten wollten. Als aber die Inflation vorüber war, erklärte Finanzrat Hiebenstein, zur Zahlung der Pensionen bestehe keine Verpflichtung; das mündelsicher angelegte Vermögen der Kasse sei völlig vernichtet. Ohne Zweifel stimmte das; und doch stimmte etwas auch wieder nicht. Jetzt wurden die alten Leute ein Spielball der Radikalen, die sich ihrer zu Agitationszwecken bedienten. Manche von ihnen, deren Bedürftigkeit und Wohlverhalten zehnmal, und wenn sie Vettern im Amt hatten, fünfmal gewogen worden war, bezogen freiwillige Unterstützungen aus der Geschäftskasse. Manche aber suchten die Mülltonnen nach Papier und altem Blech ab, um beim Althändler ein paar Pfennige für Tabak zu bekommen. Schließlich gründeten sie einen Verband und entschlossen sich zu einem Demonstrationszug durch die Straßen.

Es war ein langer, grauer, schlürfender, man möchte fast sagen: zeitloser Zug. Sie riefen nichts, sie sangen nichts, sie trugen ein paar Schilder, die ihr Leid klagten und ihre bescheidenen Wünsche sagten. Ihre Köpfe hingen zur Erde. Doch mehr als die Greise rührten diejenigen die Herzen der Zuschauer, die noch wie rüstige Fünfziger fürbaß schritten, obwohl sie gewiß siebzig waren, diese grundehrlichen, arbeitsamen, biederen Gesichter, denen nichts ferner lag als Aufruhr und nichts näher als Genügsamkeit. Die Passanten traten heran und spendeten Almosen; viele setzten nun ihrerseits eine kämpferische Miene auf, da die Demonstranten es nicht mochten oder es nicht mehr konnten, und begleiteten den Zug bis zum Hauptverwaltungsgebäude. Etliche Kaufleute, die hier eine Gelegenheit sahen, an der Konkurrenz des Konsums die Rache der Moral zu üben, luden in aller Eile ein Auto voll Waren auf, fuhren hinterher und verteilten ihre mildtätigen Gaben unter den Augen des Direktoriums an die Darbenden. Sie hofften im stillen, daß es sich für ihr Geschäft lohnen werde.

Der Freiherr war verreist. Man weiß nicht, wie es ausgegangen wäre, hätte er dies mitangesehen. Aber es schnitt ihm ja so vieles ins Herz, was geschah, und er mußte es dennoch geschehen lassen, er konnte die Notwendigkeiten nicht prüfen und war daher um so eher geneigt, sie für zwingend zu halten.

Dr. h. c. Hiebenstein telefonierte an den Arbeitsminister und stellte ihm die Misere vor: «Wir waren ein Staatsbetrieb. Durch die Notenpresse des Staates sind die Kassen ruiniert worden. Man kann es jetzt nicht länger anstehen lassen. Die Dinge hier verlangen eine sofortige Entscheidung vom Staat. Soll ich vor die Leute treten und sagen: der Staat hat kein Herz für euch? Das gibt hunderttausend nationalsozialistische Stimmen mehr bei der nächsten Wahl.»

Der Minister sagte die Hilfe des Staates zu. Der Finanzrat konnte verkünden, daß Pensionäre und Witwen nach Kräften versorgt werden sollten.

Er hatte seinen Grund, die Sache schnell aus der Welt zu schaffen. Die Stadt bereitete sich auf die Jahrhundertfeier des Stahlwerks Risch-Zander vor.

Auch die Reise des Freiherrn hing damit zusammen. Er war in München und besprach sich mit einem Bildhauer (nur in München lebten nach der Meinung seines Bibliothekars noch richtige Bildhauer) über das neue große Denkmal des alten Risch, das seinen Platz am Eingang der Fabrik finden sollte. Das Halbrund einer weißen Sandsteinmauer schloß es nach der Fabrik hin ab: so war zugleich die Entrücktheit des Schöpfers und die Festigkeit der Schöpfung dokumentiert. Vor dieser Mauer standen drei lebensgroße Gestalten: in der Mitte der alte Risch, der Fabrikherr, als einziger bekleidet, in langem, pastoralem Gehrock und in Stulpenstiefeln, mit dem erhobenen Haupt und dem durchgemeißelten Profil eines römischen Zenturionen; rechts ein nackter Arbeiter, auf einen mächtigen Hammer gestützt, links ein gleichfalls nacktes Weib mit einem Kind an der Brust; nur das Emblem der Männlichkeit war verhüllt, und der Mann schaute ziemlich betrübt zu der Frau hinüber, als wolle er sagen, es wäre besser, wenn du das Kind abgetrieben hättest. Der Freiherr mochte beim Anblick der Arbeit etwas Ähnliches empfinden, denn er redete beständig auf den Künstler ein, die Gruppe fröhlicher zu bilden.

Seine zweite Sorge war ein würdiger Prolog. Er sollte vom Rhythmus der Arbeit und auch vom Rhythmus der Seele handeln. Der Auftrag ging daher an den Arbeiterdichter Helmut Fries, der einen Friedensschluß zwischen Industrie und Natur besang. Er mußte das Gedicht auf dem Instanzenweg einreichen, jede Instanz hatte etwas anderes daran auszusetzen, immer wieder mußte er einen Ausdruck ändern, einen gewagten Vergleich ausmerzen, ein neues Bild erfinden. Der Finanzrat beanstandete zuletzt nur noch ein Komma und verlangte statt dessen ein Semikolon.

In dieser Fassung sah es der Freiherr. Helmut Fries wurde gerufen. An einer Stelle hatte er «Wiese» und «Verließe» gereimt: der Freiherr fand den Gegensatz zwischen heller Natur und dunklen Fabriken gut ausgedrückt, aber das Wort «Wiese» zu wenig poetisch. «Anger» müsse da stehen. Helmut Fries zerbrach sich den Kopf; außer «Pranger», «langer», «banger» und «schwanger» fiel ihm kein Reim ein, und das paßte alles nicht. Er machte neue Verse, in denen das Wort «Anger» in der Mitte stand, aber der Freiherr erklärte, es müsse am Ende stehen, sonst sei es nicht genug gehoben. Während Helmut Fries noch auf die dichterische Inspiration wartete, erinnerte sein Vater sich der afrikanischen Stadt Tanger, wo der Kaiser einmal kriegerisch gelandet war, und worüber es beinahe einen Krieg gegeben hätte, den es nachher trotzdem gab. Unter den Anstrengungen des Arbeiterdichters, dessen Tätigkeit darin bestand, neuen Erscheinungen eine alte Perücke aufzusetzen, machte diese geographisch-politische Realität eine verklärende Metamorphose durch. Der poetische Verfeinerungsprozeß endigte mit einer verwegenen Paraphrase der Wüste von Tanger, obwohl es dort gar keine Wüste gab, aber der Freiherr gestand ihm diese dichterische Freiheit zu. Er hatte seinen Anger, und an Tanger war ihm nichts gelegen. Es widersprach nicht seinem Gefühl, wenn die Fabrikwelt mit einer Wüste verglichen wurde, sofern nur gleichzeitig in der Wüste Schönheiten gesucht und entdeckt wurden.

Seine dritte Sorge war ein Festspiel in Form eines mittelalterlichen Reiter- und Lanzenturniers, das auf einer Parkwiese von Zandershöhe in Szene gehen sollte. Zweihundert Oberbeamte mit ihren Damen wirkten mit. Der Personalchef Wackerlein spielte die Rolle des Wappenkönigs. Das war eine kleine Bosheit des Herrn von Scheeven, der ihm gesagt hatte, da habe er am wenigsten zu tun. Es ergab sich aber, daß er wie ein Jagdhund hin und her springen mußte; sah er, klein und beleibt, schon an sich auf dem Pferd nicht zum besten aus, so wurde er, in Ritterrüstung galoppierend, vollends zum Harlekin.

Viele Wochen dauerten die Proben. Die Inszenierung besorgte der Intendant des Theaters der Stadt. Er war ein Bewegungsfanatiker und gönnte niemandem, sich auszuruhen. War ein Spieler für einen Augenblick unbeteiligt, so mußte er immerzu von rechts nach links und von links nach rechts laufen, als wolle er sich die Füße wärmen. Der Regisseur war unerbittlich. Er verfuhr mit den Beamten und ihren Damen, auch mit den höchsten, wie mit Schauspielern und Schauspielerinnen. Er kanzelte sie ab: Zahlen addieren, das könnten sie wohl, aber gut aussehen und richtig gehen, vom Reiten ganz zu schweigen, das könnten sie nicht; er trieb sie gegeneinander: «Die Damen sind viel zu spröde, mehr Brust heraus!» und: «Mehr Furor der Herr dort mit der Kassandranase!» – und der Herr mit der Kassandranase war der technische Direktor Neufeind, und auch Fräulein Erika Neufeind, die den Prolog zu sprechen hatte, mußte viel ausstehen. Einmal wurde sie sogar ohnmächtig, doch der Regisseur behauptete, das sei gar nichts, er wisse ja, was man bei Schauspielerinnen von Ohnmachten zu halten habe. Kurzum, er betrug sich mit der lügnerischen Überheblichkeit eines Künstlers, der sich einbildet, die angeblich geschändete Muse an den Vertretern des kommerziellen Zeitalters rächen zu müssen.

Der Freiherr, Idealist und in einer Theaterwelt lebend wie jener, hatte seinen Spaß daran, und niemand war es gestattet, bei diesem heiteren Spiel ein Wort auf die Waagschale zu legen. Dies mußte vielmehr dem Ernst des Lebens vorbehalten bleiben.

Die vierte Sorge endlich war der Empfang des Königs aus dem Morgenland, der mit einem Gefolge von Kammerherren und Journalisten der Weltpresse angemeldet war. Die Fliesen des Bahnhofs Zandershöhe wurden grün überpinselt, die Dachränder des Schlosses mit Schnüren von Glühbirnen eingefaßt. Am Abend benutzte der Freiherr zum erstenmal in seinem Leben den fahrplanmäßigen Zug von der Stadt nach Zandershöhe, um sich von der Wirkung der Illumination zu überzeugen. Der Geplagteste aber war Herr von Scheeven, der überall herumreisen mußte.

In der Stadt erzählte man sich Wunderdinge von den Vorbereitungen auf Zandershöhe. Man benutzte die Gelegenheit, um sich wieder einmal in die Intimität der Schloßbewohner einzuschleichen. Man berichtete, daß der Freiherr zu Frau Ella nicht du sagen dürfe, sondern sie mit «Hochwürden» und «Euer Gnaden» anreden müsse; und kein anderer Fall zeigt wohl besser den Reichtum der im Volk schlummernden Phantasie, denn Frau Ella hätte gewiß jedem, der so zu sprechen sich unterfangen hätte, sein «Euer Gnaden» dreimal um die Ohren geschlagen. Man berichtete ferner, daß kein Hausmädchen auf Zandershöhe Seidenstrümpfe und Bubikopf haben dürfe und daß die Dienstboten vom Schloß auf alle Kollegen herabsähen, die nur in gewöhnlichen Bürgerhäusern Teppiche klopften und Staub fegten. Jedermann wünschte, in der Haut eines Lakaien von Zandershöhe zu stecken – mehr, als in der Haut des Freiherrn selbst zu stecken.

Der Chef der Bürobedienung ließ die Laufjungen zu Appellen mit Mützen, Schuhen und blanken Rockknöpfen antreten, der Branddirektor übte Parademärsche mit der Feuerwehr. Es war eine Zeit gewesen, da hatte die Bürobedienung der billigeren Entlohnung wegen Laufmädchen engagieren müssen. Aber der Chef hatte sich zu sehr gegrämt, daß er mit ihnen keine Uniform-Appelle abhalten konnte, und er hatte die unsittliche Annäherung eines Bürovorstehers an einige dieser Mädchen zur Wiederherstellung des vorigen Zustands benutzt. Er war ein altgedienter Feldwebel und hatte auch in Zivil seine Ideale so gut wie sein martialisches Aussehen. Der Branddirektor dagegen, ein ehemaliger Pionierhauptmann, existierte nur in Uniform. Mit ihr war er ein gewaltiger Kommandeur, ein muskulöser Draufgänger, eine gebietende Respektsperson. Ohne sie war seine Stimme dünn und gebrechlich, sein Rückgrat ausgebrochen, sein Brustkasten geborsten. Kein Schneider konnte ihm je einen gutsitzenden Zivilanzug machen, er hing darin, als gehöre er nicht dazu. Aber selbst in einer völlig unwattierten Uniform hatte er eine gewölbte Brust und hohe Schulterblätter, war er ein Guß und ein Schliff.

Er glaubte beobachtet zu haben, daß die Risch-Zanderschen Feuerwehrleute nicht stramm genug grüßten. Er ließ sie daher einzeln aus dem Glied heraustreten und mit der Hand an der Mütze an ihm vorbeigehen. Auch Johann Bermel mußte an ihm vorbei, obwohl er nur Krümperdienste verrichtete. «Bauch einziehen!» schrie der Branddirektor. Bermel blieb stehen und sagte: «Herr Direktor, ich mit meinen alten Knochen . . .?» Der Branddirektor befahl einem Oberfeuerwehrmann, den Bermel «mal wach zu machen»; der, im Vollgefühl seiner Charge, ließ sich das nicht zweimal sagen. Bermel jedoch rührte sich nicht vom Fleck. Er dachte, jeder Mensch mit gesundem Verstand werde ihm beipflichten, daß so etwas für einen Feuerwehrmann nicht vonnöten sei. Er irrte sich, denn als nach seiner fristlosen Entlassung Betriebsrat Fries sich für ihn verwandte, antwortete die Firma mit folgendem Schreiben:

«Disziplin und Ordnung einer Berufsfeuerwehr erfordern eine Ausbildung der Angehörigen im Fußdienst. Hierzu gehört auch die Beherrschung der Grußformen (Grüßen und Melden). Daß solche Übungen mit den heutigen Anschauungen nicht mehr vereinbar seien, ist ein trauriges Schlagwort bedauernswerter Menschen. Es schickt sich am wenigsten im Munde eines Mannes, der nie Soldat gewesen und deshalb nicht befähigt ist, über den Wert der Disziplin zu urteilen.»

Mit derselben Begründung wurde Bermels Klage vom Arbeitsgericht abgewiesen. Seine Akte war geschlossen. Am Morgen jenes Tages, an welchem das Denkmal des alten Risch enthüllt wurde, erhängte er sich am Fensterkreuz.

Nach dem Willen des Freiherrn wurde das Denkmal im Beisein eines kleinen Kreises von Direktoren, Oberbeamten und Arbeiterdeputierten enthüllt. Es waren jene Arbeiter, die mit dem alten Risch einmal in nähere Berührung gekommen waren: auch Jakob Kalinna war also dabei. Eine halbe Stunde vor der festgesetzten Zeit wurde Betriebsrat Fries benachrichtigt und gebeten teilzunehmen. Er beschwerte sich bei Hiebenstein: das hätte man ihm doch früher sagen sollen, wo solle er denn jetzt schnell einen dunklen Anzug hernehmen? Der Finanzrat erwiderte: «Sie haben ganz recht, Herr Fries. Ich würde mir das an Ihrer Stelle auch nicht gefallen lassen. Machen Sie doch mal die Stelle ausfindig, die das verbummelt hat. Sie soll sich bei Ihnen entschuldigen, Herr Fries.»

Hochbefriedigt verließ ihn dieser. Der Finanzrat tauschte mit Dr. van der Gathen einen spitzbübischen Blick. Sie verzogen den Mund, wie um ein Lächeln zu verbeißen. Dann waren sie plötzlich wieder von einem feierlichen Ernst.

Vierzehn Tage lang versuchte Fries, der schuldigen Stelle habhaft zu werden, dann gab er es auf. Wären alle Kapitalisten so rechtliche Menschen wie der Finanzrat, dachte er . . . und brach den Gedankengang ab. Es fiel ihm ein, daß er dann vielleicht nicht einmal seinen Betriebsratsposten hätte . . .

Der König aus dem Morgenland, der mit seiner rundlichen Figur, dem braunen, auf Taille gearbeiteten Sakko und dem roten Fes wie der beliebte Komiker eines Provinzkabaretts aussah, wurde in das Thomaswerk geführt. «Qu'est-ce-qu'il-y-a?» fragte er, als er die Halle betrat, wo der Boden zu hüpfen und die Wände zu glühen schienen. Neufeind ließ ihm verdolmetschen. «Hier wird siliziumarmes Roheisen durch Kalk und gebrannten Dolomit in kohlenstoffarmes, schmiedbares, aber nicht härtbares Flußeisen umgewandelt, die verschiedene chemische Zusammensetzung der Roheisenarten resultiert natürlich aus der verschiedenen Beschaffenheit der Erze, aus denen sie gewonnen werden . . .» Der König stand vor dem Ofen, der langbauchig war wie eine Birne und voll zäher unbeweglicher Glut kippte und kreiste. Jedesmal wenn dieser Konverter sich neigte, um einen Bach rieselnden Feuers in die Pfanne zu ergießen, glaubte er, das sei eine Huldigung vor ihm, und er erwiderte mit einer kleinen, herablassenden Verbeugung seinerseits. Neufeind erklärte, und der Freiherr übersetzte es ins Französische, aber sie mußten schreien, um das Sausen und Klirren zu übertönen, und der König verstand dennoch nichts. Er hörte das Fauchen des Windes im Gebläse und sah ab und zu einen Regen metallischer Funken und ein spitzes Flämmchen, das war alles. Hinter ihm stand sein Leibarzt mit einem Kasten voll Taschentüchern und wischte fortwährend den Schweiß vom bronzefarbenen Gesicht des Königs. Merkwürdig, wie dieser Sohn der Sonne hier schwitzte. Merkwürdig, wie kühl dagegen die Europäer blieben. Er vertrug offenbar nur die natürliche Wärme, während diese fast nur die künstlich erzeugte kannten.

Während der König sich mutig dem kreischenden und unverständlichen Getümmel aussetzte, machte sich der kleine Reporter eines Lokalblatts an einen baumlangen englischen Journalisten heran. «Was sagt denn Downing Street zu diesem Besuch?» fragte er tölpisch und kam sich vor, als habe er dem britischen Weltreich einen Stoß gegeben. «Wie meinen Sie das?» sagte der Engländer aus Höflichkeit und ohne Neugierde. – «O, ich meine nur.» Das sollte pfiffig klingen. Der Engländer zog aus Gewohnheit den rechten Mundwinkel tief, als hänge seine Pfeife darin, und entgegnete kalt: «Es freut mich, daß es Ihnen erlaubt ist, auch einmal etwas zu meinen . . .»

Frauen war es verboten, die Werkstätten zu betreten, außer wenn sie dort arbeiteten. Das Verbot stammte noch vom alten Risch, der im

Grunde ein Weiberfeind war, und der Freiherr beließ es dabei. Er meinte, daß Frauen, die sich nicht in Arbeitskleidung befänden, sozial aufreizender seien als Männer. Nicht einmal Frau Alice hatte je eine Werkstatt gesehen. Darum besichtigten die Damen unterdessen unter Führung von Wackerleins Schwägerin die Beamtensiedlung, in welcher Otto Wittkamp wohnte, und schnüffelten den Leuten, die bisher geglaubt haben mochte, daß sie eine eigene Wohnung hätten, in den Zimmern herum. So wenigstens sah Paula die Sache an; aber sie hatten den richtigen Instinkt für diejenigen, die darüber vor Glückseligkeit fast zerflossen, und verschonten jene, welche wie Frau Wittkamp dachten. Einer Engländerin passierte dabei das Mißgeschick, Wackerleins Schwägerin für eine Art Schloßkastellanin zu halten und ihr fünfzig Pfennig Trinkgeld anzubieten.

Um zwölf Uhr erschien der Oberbürgermeister auf Zandershöhe und überreichte Frau Ella den Ehrenbürgerbrief der Stadt.

Die Straßen waren bunt von Fahnen, schwarz-rot-weißen, das waren die Farben des Kaisers, grün-weißen, das waren die Farben der Provinz, und weiß-blauen, das waren die Farben der Stadt. Nur die Farben des Staates fehlten, es fehlten die Farben der Nation. Seit jenem Schwächeanfall, der auch Revolution genannt wurde, hatte die Heimatliebe einen unerhörten Aufschwung genommen. Alle staatstreuen Bürger kannten jetzt die Stadtfarben, die früher nur Kommunalbeamte und Lehrer gekannt hatten, und sie hingen Fahnen in diesen Farben heraus, um ihre politische Neutralität zu beweisen. Auf den Zinnen des Hauptverwaltungsgebäudes von Risch-Zander aber wehte die schwarz-weiß-rote Handelsflagge mit der schwarz-rot-goldenen Gösch. Man weiß, daß der Freiherr ein Mann des Ausgleichs war.

Die Junisonne schien prall über der Stadt, die neuen Motorsprengwagen des Stahlwerks kühlten mit breitem Strahl die Straßen. Aller Dunst war in munter springende Farbtupfen aufgelöst, es war, als falle der blühende Atem der westlichen Wälder über die Stadt her. Selbst die fahle Dürre über den Kokereien schillerte meergrün, und alles war wie ein aufgeregter, schäumender Strom.

Der große Saal der Stadthalle war mit jungen Birken geschmückt, und als Dr. van der Gathen das Podium betrat, mußte er das leise säuselnde, aromatisch riechende Laub zurückbiegen; das Licht übergoß ihn, der Statistiker prangte darin wie ein Frühlingsgott. Der Freiherr hatte es unschicklich gefunden, an diesem Tag, der seines Schwiegervaters Ehrentag war, selbst zu sprechen. Er begrüßte nur die Gäste, den morgenländischen König, den Reichspräsidenten, den Reichskanzler, die Minister, die Großindustriellen und die nachgeordneten Größen. Dr. van der Gathen sprach sanft und lispelnd: dieses Fest der Arbeit sei den ehemaligen Festen der Zünfte vergleichbar; kühnes Planen, ernstes Wollen, wägendes Prüfen und emsiges Schaffen habe das Werk vollbracht. «Es entspräche nicht den Prinzipien des Schöpfers, die Jahrhundertfeier zum Anlaß selbstzufriedener Rückschau zu nehmen; ebensowenig entspräche es ihnen, an der Gegenwart zu mäkeln. Wenn Dichten heißt: Gerichtstag halten über sich selbst, so heißt Wirtschaftführen: Begnadigung üben an sich selbst. Die deutsche Wirtschaftspolitik war in den letzten Jahren auf die Befestigung der Zukunft gerichtet. Eine große Zahl von Unternehmungen mit altem Ruf und treuer Belegschaft ist im Kampf um die Rentabilität auf der Strecke geblieben, und ein Heer von vier Millionen Arbeitslosen war vorübergehend das Schreckgespenst jedes denkenden Menschen. Aber heute darf man sagen, daß die Wirtschaft ihrer Aufgabe, die Verheerungen des Krieges und der Inflation zu überwinden, einen bedeutsamen Schritt näher gekommen ist. Die deutsche Ausfuhr hat in den letzten fünf Jahren einen Aufschwung genommen, wie die Ausfuhr in keinem anderen Land der Welt. Sie liegt jetzt weit über dem Stand des größeren und reicheren kaiserlichen Deutschland. Pro Kopf der Bevölkerung betrug sie 135 Mark vor dem Krieg, 208 heute. Achtzehn Prozent des Ausfuhrwertes gehen heute auf die Reparationen, die wir aus Exportüberschüssen zahlen müssen; darum ist es notwendig, daß die Ausfuhr der Industrieprodukte nicht durch landwirtschaftliche Zölle gestört wird, welche die betroffenen Länder zu Repressalien veranlassen. Die Preise der eingeführten Rohstoffe, das ist ein zweiter günstiger Faktor, sind um fünfundzwanzig Prozent gesunken, so daß der Überschuß des Exports über den Import beträchtlich ist.

Doch ist all dies noch wenig gegen den dritten Faktor, der unsere Hoffnung belebt. Es ist uns gelungen, diejenigen auf unsere Seite zu bringen, deren Schicksal mit dem Gedeihen der Wirtschaft unzertrennlich verbunden ist. Immer, wenn es galt, die Wettbewerbskraft des Stahlwerks zu steigern, hat die Familie Risch-Zander die Dividende geopfert, damit die Erträgnisspeicherung den Rischianern zugute komme: Jetzt endlich haben auch diese sich wieder auf ihre alte Tradition besonnen, und nichts gleicht der Genugtuung, die wir gerade heute darüber empfinden dürfen. Noch kürzlich wurde unser Lokomotivbau durch einen fünfzehnprozentigen freiwilligen Lohnverzicht der Belegschaft gerettet. Konnten wir auch nicht alle Rischianer dort weiterbeschäftigen, weil viele Kunden auf die bereits erfolgte Stillegungsanzeige hin ihre Aufträge annulliert hatten, so ändert das doch nichts daran, daß der Gemeinsinn endlich wieder Tat geworden ist. Wenn wir so fortfahren und zeigen, daß wir Kapitalwert und Kapitalbildung achten, dann werden wir erwarten dürfen, daß auch die übrigen Kulturnationen einsehen, wieviel mehr ihnen ein geordnetes und aufbauendes Deutschland bedeutet als ein ausgepreßtes Tributland, dessen Begriffe und Handlungen sich je länger je mehr von den Ordnungselementen der bisherigen Kultur entfernen müssen. Denn auch bei einem derartigen Vertragswerk muß das letzte Ziel nicht die materielle Forderung, sondern die Welt- und Menschheitsentwicklung sein.»

In den Applaus hinein quoll ein bleiches, überarbeitetes Gesicht, es war das Gesicht eines Prälaten, und es war wie eine Wolke in all dem Licht. Es war das Gesicht des vormaligen Wirtschaftsministers und jetzigen Reichskanzlers, dem es oblag, die Ordnungselemente der bisherigen Kultur, von denen Dr. van der Gathen hochgemut fabulieren durfte, in den Zwinger der Vernunft zu treiben. Er war von Haus aus eine polemische Natur, aber er machte die Polemik um seines Vergnügens willen und hielt nie bis zum Ende durch. Wenn er seine Pfeile abgeschossen hatte, stellte er den Köcher in die Ecke und schloß jeden gewünschten Frieden.

Die Industriellen hatten sich angewöhnt, seinen Worten mit dem Einwand zu begegnen, es seien «ad hoc konstruierte Fälle». Erwiderte er dann, Deutschland habe in der Vergangenheit gerade darum so viel leiden müssen, weil es zu wenig gedanklich konstruiert und infolgedessen auch immer falsch kombiniert habe – so beklagten sie sich als Männer des Westens über die Berliner Intoleranz.

Diesmal hatte er ein fertiges Konzept vor sich und wich keinen Fingerbreit davon ab. Er fügte sich in die Birkenlandschaft ein, die ihn umgab. «Die Kräfte der Ordnung», sagte er, «werden immer das letzte Wort über die Kräfte der Unordnung haben. Das deutsche Volk kann sein Schicksal nicht meistern, wenn die in ihm ruhenden Reichtümer an schöpferischen und konstruktiven Ideen von einem lähmenden Pessimismus, einer hoffnungslosen Resignation zerstört werden. Wir sehen immer noch viele Dinge als Krisenerscheinungen an, die in Wahrheit schon dauernde und durchaus normale Erscheinungen einer verwandelten Wirtschaftsstruktur sind. Wir müssen endlich erkennen, daß vieles, woran wir jetzt herumkurieren, gar keine Krankheit, sondern eine organische Veränderung ist. Das deutsche Volk hat sein Teil dazu beigetragen, die Welt reif für die Demokratie zu machen. Es ist heute ein wahrhaft demokratisches Volk, und sein Staat ist nicht mehr da, um einen kleinen Personenkreis mit unbeschränkter Machtfülle auszustatten, sondern um von diesem Kreis die Gesamtinteressen wahrnehmen zu lassen ... Der Staat kann nicht Steuern eintreiben, wenn sie nicht zuvor in der Wirtschaft verdient werden, und die Wirtschaft kann nicht ohne ein Staatswesen existieren, das die Zügel nicht schleifen läßt. Wenn wir das immer berücksichtigen, so wird sich der politische und wirtschaftliche Kampf nach den fairen Regeln des Sports ausfechten lassen.»

Krogoll, der die Glückwünsche der Union zu überbringen hatte, begann darauf mit den Worten: er wolle an diesem Tag nicht mit dem Kanzler in die Arena steigen ... Er wartete, bis die Heiterkeit in die hintersten Saalreihen vorgedrungen war, dann fuhr er fort: «Es erscheint mir gut, und es wird der Verbesserung der öffentlichen Sitten nicht im Wege stehen, wenn wir den Männern, die unter Hintansetzung des persönlichen Interesses die Geschäfte unseres Vaterlandes führen, bei einer Gelegenheit wie der heutigen öffentlich danken ...»

«Und unser Vaterland ist das Revier, nicht wahr?» sagte Mehren zu Näßler, der entspannt und gelöst neben ihm saß.

Um vier Uhr nachmittags begann das Turnier mit dem feierlichen Einzug in den Kampfplatz, der durch vier weihrauchdampfende Schalen auf antiken Säulen abgesteckt war. Es war das Prunkstück des Regisseurs. Mädchen mit Palmwedeln eröffneten die Prozession, hinter ihnen schritten andere, die mit Rosenketten von einem schelmischen Amor gefesselt waren. Dann folgten die berittenen Herolde, ihre Pferde entstammten den edelsten Marställen und waren durch gleißenden Behang in Rosse verwandelt. Nun kamen die Musikanten mit lockendem Flötenspiel: «Ihren Schäfer zu erwarten, türülütürallerallera, schlich sich Phyllis in den Garten, türülütüralleralleraa ...»; dann ein Wagen, der die Schmiede Vulkans darstellte (sie führte die Risch-Zandersche Fabrikmarke); dann die Galawagen mit den Ehrendamen, anzuschauen wie davonrollende Himmelbetten; dann die Ritter; dann die Pagen und Knappen. Während dieses Aufzugs, der von funkelnden Kostümen, Baretts und Rüstungen blinkte, machten fünfzig Fahnenträger einen Dauerlauf über den Kampfplatz, um sich alsdann fahnenschwenkend im Hintergrund zu postieren. Der Regisseur nannte diesen Fahnenwald die «weltgeschichtliche Perspektive».

Fräulein Erika Neufeind, weiß und blond geschminkt wie Lohengrins Elsa, trat in die Mitte und sprach den Prolog. Der Regisseur hatte ein Melodram daraus gemacht, mit tänzerischen Andeutungen: auf der einen Seite ein Flirt zwischen Faunen, Satyrn und Nymphen, auf der anderen ein Kriegsrat zwischen Mars, Vulkan und Minerva, jener die Lieblichkeit der Natur, dieser die Hartherzigkeit der Technik bedeutend; zuletzt gerieten die Naturmenschen in die Gefangenschaft der Techniker, aber da eilte der bockfüßige Pan herbei und wies, auf der Hirtenflöte Versöhnung blasend, jedem einen friedlichen und nützlichen Platz in seinem Reich an.

Weithin über die Höhen schrillte eine Fanfare, als die Ritter abstiegen, die Damen aus den Karossen hoben und zu ihren Sitzen geleiteten, wobei sie, damit die Bewegung nicht abriß, die Kissen der Stühle vertauschten. Zehn gefiederte Pagen schleppten die schwere, mit Löwenköpfen verzierte Turnierordnung heran, dann galoppierte wie im Zirkus ein Herold in die Manege und verkündete den Beginn der Waffengänge. Die Ritter schwenkten ein, entboten den Damen ihren Gruß, die Speerträger hinter ihnen; der Wappenkönig Wackerlein hüpfte wie ein Betrunkener auf seinem Gaul, um die Turnierfähigkeit zu prüfen, die Harnische blitzten, die samtenen Schabracken der Pferde waren voll märchenhafter Zartheit, die Mädchen mit den Girlanden trippelten an ihnen vorüber, die Vögel zwitscherten, die Linden dufteten, der Himmel war blau, mit tödlichem Ernst saßen die Stahlmagnaten auf der Tribühne, ihre Haut war pelzig, sie machten Stahl, aber sie waren nicht stählern, sondern romantisch – hartherzig im Beruf, aber weich, sobald sie davon träumen konnten, und leicht gerührt von einer Natur, die für sie erst einen Sinn erhalten hatte, nachdem sie durch überschwengliche Metaphern in Unnatur verwandelt worden war. In göttlichen Fernen kochte das Eisen in den Öfen, donnerten die Schmiedehämmer, und der morgenländische König murmelte: *«Très magnifique, très magnifique.»*

Abends war Galatafel im Lichthof. Die Gäste waren aus den Listen der Regierung, der Stadtverwaltung und der Union ausgesucht und gehalten, um zwanzig Uhr fünfunddreißig Minuten auf Zandershöhe einzutreffen. Alle Räume im Schloß waren erleuchtet, die Vorhänge zugezogen, um das Tageslicht zu bannen, das noch nicht verglüht war. Der Schmelz amethystfarbener Astilben, cattleyenrosa gelappter Iris und zartlila überhauchter Päonien erstarb in der massigen Packung monumental geschweifter Porzellanvasen, die den hellen, leichten Bau dieser Blüten auftrieben wie eine Krinoline den Leib einer zierlichen Frau. Es war ein guter Zusammenklang zwischen Architektur und

Gesellschaft. Die Frauen der Industriellen, ruhig und sicher, ohne auffällige Merkmale, meistens in schleppenden Kleidern aus raschelnder Seide, verschwanden unter der Masse und der glitzernden Wucht von Silberbrokat, perlengesticktem Taffetfaille, madonnenblauem Velour-Transparent, Crepe-Bilitis mit Chinchillabesatz und Rückendékolletés, die vornehmlich von den Frauen und Töchtern der staatlichen und städtischen Beamten getragen wurden. Die Frauen der Werksdirektoren bildeten eine Zwischenstufe aus Tüllkleidern mit Blumen oder Goldspitzen. Sie hatten einen verhüllenden, schreitenden Gang, der mit jedem Schritt die Linien ihrer Körper veränderte.

Es wurde notiert, kritisiert, bewundert.

Zum erstenmal war Siegfried Hillgruber auf dem Fest eines Industriellen des Reviers. Er kam spät und blieb fast unerkannt. Zum Freiherrn sagte er mit bösartig verschleierten Augen: «Wir werden jetzt bald gute Nachbarschaft im Flußtal halten, nicht wahr?»

Frau Juanita Hillgruber war mit einem violettfarbenen Empirekleid angetan, das nicht geschneidert, sondern gestaltet war.

Ein unsichtbares Orchester spielte die Romanze in F-Dur von Beethoven. Frau Alice von Zander übersah keinen ihrer Gäste; je nach Rang wechselte sie mit ihnen fünf, zehn oder zwanzig Worte. Es war genau eingeteilt.

Die Glaskuppel des Lichthofs war durch eine rote, golddurchwirkte Tuchdecke mit gemalten Bordüren abgeschnitten. Der Haushofmeister bewegte sich auf einer verdeckten Galerie und regelte die Einsätze und Reservestellungen der Dienerschaft mittels eines Kästchens, das er an einem langen, isolierten Draht auf die Brust geschnallt hatte, damit er an seiner Freizügigkeit nicht behindert war. Dieses Kästchen beherrschte nämlich vierzehn Klingelleitungen.

Auf der Tafel standen nur deutsche Weine. Der Freiherr nahm darauf in seinem Trinkspruch Beziehung.

«Verkündigen wir überall», sagte er tönend, «daß der deutsche Wein die Sonne des Herzens, der größte Wohltäter der Menschheit, der Erzeuger einer fröhlichen Glücklichkeit und eines bürgerlichen Friedens ist – gleichwie der Dichter sagt: Brüder, das ist deutscher Wein, darum ist er klar und stille, darum hat er Kraft und Fülle!» Und das Orchester intonierte das Rheinweinlied von Mendelssohn.

Mitdem rollte sich die Decke unter der Glaskuppel auf, diese leuchtete im blauen Licht der Scheinwerfer, und eine Anzahl kleiner Ballons mit Körbchen voll Blumen und Früchten schwebten auf die Tischgesellschaft herab, Rosen, Erdbeeren und Nelken.

«Meine Damen und Herren!» sagte der Freiherr in das Schweigen der Ergriffenheit hinein. «Ich bitte Sie alle, einen Augenblick zu lauschen. Unsere Werkssänger singen jetzt dem König ein Lied.»

Geschmeidig öffneten sich die Türen zur Terrasse. Der Männergesangverein «Polyhymnia» stand im Dämmerschein des Parks und begann die Serenade mit der Nationalhymne der Rischianer. «Risch-Zander-Stahl und deutscher Sang, die beiden haben guten Klang.» Betroffen unterbrachen die Amseln ihr Abendlied. Das entweichende Licht zeichnete gespenstische Schattenrisse auf den Rasen, das Dunkel kroch aus der Erde herauf, es schien, als sei der Tag hochgezogen an das milchige Rund des Himmels. Der Wind trug die Töne fort, von allen Seiten drängte der Wald heran. Im Anfang war der Wald, und der Wald wurde Kohle, und die Kohle schmolz Erz zu Eisen und Stahl, und der Wohnsitz der Herren von Eisen und Stahl war wieder tief im Wald, der am Anfang war.

«Wenn zu meinem Schätzel kommst», sang nun der Männergesangverein «Polyhymnia» mit einem Schmelz, der der Welt zu entsagen schien.

Der König aus dem Morgenland murmelte: *«Superb! Très magnifique.»* Er ließ sich den Dirigenten vorstellen und erwog bei sich, ob er im Orient ebenfalls Männergesangvereine ins Leben rufen könne. Der Freiherr füllte einen Becher aus nichtrostendem Stahl mit Wein, bot ihn dem Dirigenten dar und bat ihn, diesen Becher zum Andenken an diesen Tag zu behalten.

«Vor zwanzig Jahren», erklärte der Dirigent, «habe ich mit einem Gesangverein den Staat Wisconsin in den USA bereist. Wir gerieten mit den Amerikanern in Streit, welches der bessere Stahl sei, der deutsche oder der amerikanische. Wir standen am Bahnhof. Da fiel mein Blick auf die Eisenbahnschienen, wortlos zeigte ich mit dem Finger darauf. In erhabenen Buchstaben war in die Rillen der Name Risch-Zander gegossen.»

Der Freiherr forderte die Gäste auf, ihm in den Park zu folgen. Sie gingen ein Stück den Hügel hinab; über eine Wiese hinweg erblickten sie das leuchtende Schloß, von den Perlenschnüren der Glühbirnen eingefaßt – wie an den Himmel geheftet sah es aus. Musik kam aus der Stadt herauf, näher und näher – der Fackelzug aller Vereine der Rischianer, die weißen Trikots der Turner voran, stramm und strahlend. In vier langen Reihen nahmen sie Aufstellung auf der Wiese, die

Scheinwerfer suchten und fanden sie; es war, als flammten ihre Körper von innen her auf, indem sie sich rhythmisch bewegten, sich ineinander verfingen und sich wieder freigaben.

Am folgenden Tag wurden aus jedem Betrieb und Büro drei Rischianer ausgewählt, die mit Frauen und Kindern unter den Linden von Zandershöhe mit Kaffee und Kuchen bewirtet wurden. Auch Otto Wittkamp und Paula waren darunter, und ihr widerfuhr die hohe Ehre, daß der Freiherr ihr seinen Arm bot, um ihr den Stuhl neben seinen anzuweisen. Frau Alice von Zander führte den Betriebsratsvorsitzenden Fries zu Tisch, und die Kinder der freiherrlichen Familie spielten mit den Kindern der Rischianer.

Der Erbe Arnulf, der von Jahr zu Jahr dem alten Risch ähnlicher wurde, arrangierte am Abend einen Tanz ums Sonnwendfeuer und ein Feuerwerk mit pyrotechnischen Sensationen eigener Erfindung, während sich seine Zwillingsschwestern Irmintraut in der freiherrlichen Orangerie, wo die tropisch duftende Erde mit den moosigen Farnbüscheln licht beschuppter Selaginellen ausgeschlagen war, mit dem Arbeiterdichter Helmut Fries über das Zwielicht des industriellen Seelenlebens unterhielt.

Jeder Rischianer erhielt zur Jahrhundertfeier ein Geschenk von zehn Mark, der Arbeiterdichter jedoch einen jährlichen Ehrensold von fünfzehnhundert Mark, damit er sich ganz der hehren Poesie widmen konnte. Er wurde in der Folgezeit ziemlich dick und bekam einen aufgeschwemmten Kopf, der wie verbrüht aussah . . .

Langsam verklang die Musik, und an ihre Stelle trat wieder der Gesang der Arbeitslosen auf den Höfen der Mietskasernen. «Hab keine Heimat, keine Mutter mehr . . .» Adam Grieghöfer saß auf den Bänken der Anlagen, wenn er morgens als Arbeitsloser auf dem Amt gestempelt hatte, und köpfte die Gräser mit den Füßen. Er sprach nicht mit denen, die neben ihm saßen, er hörte ihnen zu und hörte immerfort Heinrich Dopslaff sprechen. Er besah sie sich von der Seite und dachte: nichts wird sich ändern, wenn die Führer nicht, statt von Masse zu reden, an den einzelnen Mann herangehen . . . Die Arbeiter müßten eine Ida aufmachen wie die Industriellen . . .

Alma hatte geboren, es war wieder ein Mädchen. Felicitas hieß es und wurde «Fee» gerufen. Mutter Griguszies hatte irgendwo gehört, daß Felicitas soviel wie Glück bedeute. «Vielleicht bringt sie euch Glück», hatte sie gesagt. Abends lag sie in ihrer Kammer, das Talglicht rauchte und zog schwarze Striche an der Decke, und ihre Gebete wanderten ruhelos durch die schmale Stube. Ihre Hände waren auf der Bettdecke gefaltet, sie waren knotig und rissig, sie waren blau und leer.

Achtzig Jahre wollte Mutter Griguszies alt werden und von der Stadt einen Blumenstrauß bekommen und ein Glückwunschschreiben, das ihr zwar nicht so nützlich, aber ebenso wertvoll sein würde wie ein Fünfzig-Mark-Schein. Auch noch hundert Jahre wollte sie alt werden, um aus einer Tasse der Staatlichen Porzellanmanufaktur Kaffee trinken zu können.

Frau Ella lebte, der alte Schellhase lebte, Christian Felgenhauer lebte, und Jakob Kalinna lebte. Sie lebten dahin, fern vom Tag und Schatten ihrer selbst, als die unsterblichen Elemente des Kohlenreviers. Niemand hätte ihrer Todesanzeige glauben, niemand ihrem Begräbnis trauen können. Man hätte sagen müssen, daß sie sich in einem Zauberschloß verborgen hielten und statt ihrer eine Puppe im Sarg gelegen habe.

Adam Grieghöfer verrichtete Notstandsarbeiten auf den städtischen Friedhöfen, die zu Volkserholungsstätten ausgebaut wurden. Nach drei Monaten würde er wieder in die Arbeitslosenfürsorge aufgenommen werden, nach abermals sechs wieder ausgesteuert sein, abermals Notstandsarbeiten verrichten und abermals stempeln gehen. Er hatte, wie die meisten, seinen besten Anzug bei der Arbeit an, weil alles andere schon aufgetragen war. Er war ein fleißiger Arbeiter. Er ließ die Dopslaffs ihr Schwätzchen halten und arbeitete weiter.

Die Erwerbslosen bevölkerten noch immer die Straßenecken und die Zuhörerräume der Gerichtssäle oder auch die Anklagebank und saßen zusammen mit den Invaliden auf den Bänken der Anlagen und warteten auf die Zeit, wo infolge der schwachen Kriegsjahrgänge Arbeitermangel eintreten sollte. Derweilen vertrieben sie sich die gegenwärtige Zeit mit «Schabbeln». So nannten sie ein Spiel, bei dem Geldstücke in die Luft geworfen wurden, und wer Kopf traf, den ganzen Einsatz gewann. Es war polizeilich verboten.

Was bedeuteten sie?

Veteranen der Arbeit?

Opfer des Kapitals?

Erwachendes Deutschland?

Soldaten der Roten Armee?

Du lieber Gott. Du lieber Gott. – – –

Nachwort von Karl Prümm

Die industrielle Produktionssphäre war nach 1945 für lange Zeit kein Thema der westdeutschen Gegenwartsliteratur. Erst zu Beginn der sechziger Jahre setzten die Bemühungen um eine «Literatur der Arbeitswelt» ein, nachdem sich das Unbehagen von Autoren und Kritikern an der konstanten Ausklammerung industrieller Wirklichkeit immer stärker artikulierte. Die «Dortmunder Gruppe 61» sah ihre vordringliche Aufgabe in der theoretischen und praktischen Förderung einer «literarisch-künstlerische(n) Auseinandersetzung mit der industriellen Arbeitswelt der Gegenwart und ihren sozialen Problemen»[1]. Seit Mitte der sechziger Jahre nahm sich die Dokumentarliteratur mit ihren spezifischen Methoden dieses Gegenstands an. Industriereportagen suchten die Realität der Betriebe zu erfassen, die für die literarische Öffentlichkeit zu Tabuzonen geworden waren. Protokolliert wurden Arbeitskämpfe und Betriebsstillegungen, die Lebensläufe, Erfahrungen, Ansichten der Arbeiter, die endlich auch im literarischen Medium zu Wort kommen sollten. 1970 konstituierte sich der «Werkkreis Literatur der Arbeitswelt» mit «Werkstätten» in vielen Orten der Bundesrepublik. Film und Fernsehen bemühten sich seit 1967/68 verstärkt – von der filmischen Dokumentation bis hin zur Familienserie – um ökonomisch-soziale Probleme.

Parallel zu jener breitgefächerten Literatur der Arbeitswelt begann die Suche nach vergessenen historischen Vorbildern, nach verschütteten Traditionen. Schon die «Gruppe 61» hatte die «kritische Beschäftigung mit der früheren Arbeiterdichtung und ihrer Geschichte» in ihr Grundsatzprogramm aufgenommen.[2] In der Folge wurde die verdrängte Tradition der sozialistischen und sozialrevolutionären Literatur rekonstruiert, von der Theaterkultur der wilhelminischen SPD über die Arbeiterautobiographien der Jahrhundertwende bis hin zum «Bund Proletarisch-Revolutionärer Schriftsteller» am Ende der Weimarer Republik. Aber auch der kritische linksbürgerliche Realismus der zwanziger Jahre, der auf industrieexterne Objekte gerichtet war, wurde wiederentdeckt. Bislang ignorierte Autoren wie Oskar Maria Graf, Marieluise Fleißer, Lion Feuchtwanger, Egon Erwin Kisch u. a. wurden neu ediert, unter veränderten Perspektiven neu bewertet.

An Erik Reger ist die Traditionssuche bisher vorbeigegangen, sein 1931 bei Rowohlt zum erstenmal erschienener Industrieroman ‹*Union der festen Hand*› findet gegenwärtig nur wenige Fürsprecher, die ihn wiederum in die Diskussion bringen wollen. Weder die begeisterten Urteile von Zeitgenossen, die hier den «besten deutschen Industrieroman» erkennen[3], noch die Prämiierung mit dem Kleist-Preis – dem damals wichtigsten Literaturpreis – hat ihn vor der Vergessenheit bewahren können. ‹*Union der festen Hand*› ist heute lediglich ein Geheimtip unter Insidern und Eingeweihten, kaum ein Germanistikstudent weiß etwas über Erik Reger. Kompendien über «Industrieliteratur», die mit einer Vielzahl von Daten und Titeln den Anschein der Vollständigkeit erwecken, enthalten nicht einmal seinen Namen.[4] Dieses komplette Herausfallen aus dem literarischen Bewußtsein der Gegenwart ist um so erstaunlicher bei einem Genre, dessen Tradition gerade in Deutschland nicht eben reich ist an außergewöhnlichen Exempeln und bei einer Thematik, die eigentlich breite Zuwendung provozieren müßte. Kein anderer Roman dokumentiert mit solcher Vollständigkeit die politische, ökonomische und soziale Geschichte der Weimarer Republik, keiner enthüllt prägnanter die Konspiration von Schwerindustrie und NSDAP, ein Vorgang, der in der bewegten Faschismusdiskussion der letzten Jahre eine zentrale Rolle spielte.

Freilich entzieht sich der komplexe 500-Seiten-Roman den fixen Kategorien, die man zur Systematik des Bereichs «Industrieliteratur der zwanziger Jahre» bereithält. Jahrzehnte war er okkupiert von der sogenannten «Arbeiterdichtung» mit ihren Exponenten Heinrich Lersch, Karl Bröger und Max Barthel, die bruchlos aus der NS-Ideologie in die mit Holzschnitten garnierten Lesebücher der fünfziger Jahre tradiert wurden. Diese «Nationaldichter der Schwerindustrie»[5] attackierte Reger mit beißender Schärfe, ihren irrationalen Chauvinismus, ihre reale Funktion hat er früh erkannt. Die Grenzziehung zur eigenen Produktion läßt an Deutlichkeit nichts zu wünschen übrig. Im Roman taucht die Karikatur eines solchen «industriellen Hymnendichter(s)» (= Christoph Wieprecht) auf, der «‹Licht› auf ‹Schicht› und ‹erhellt› auf ‹Eisenwelt›» reimt[6], der im Ehrensold der Chefetage steht, und dessen Produkte reklamiert werden, «sowohl als Rauschgift wie als Instrument der Einschüchterung»[7]. Der von oben erteilte, bereitwillig erfüllte Auftrag an die Arbeiterdichtung lautet auf religiös verbrämte ästhetisierende Ablenkung, die frei sein muß von «Diesseitigkeit und Anklage».»

«Unter der Vorgabe, einen Mythos der Industriewelt zu prägen, verklären sie den Alltag mit einem mystischen Rausch.»[8]

Regers ideologiekritische Entlarvung der «Arbeiterdichtung» könnte statt in der *Weltbühne* auch in der *Linkskurve* placiert sein. Doch enden mit diesem Gegner bereits die Gemeinsamkeiten, von der proletarisch-revolutionären Parteilichkeit eines Willi Bredel (‹*Maschinenfabrik N & K*›) ist Reger weit entfernt. Die industriellen Machthaber kritisiert er mit der gleichen Entschiedenheit wie das Proletariat und seine politischen Repräsentanten. Ihm erscheint es ebenso «lächerlich, das Industrieproletariat zu idealisieren» wie «Hymnen anzustimmen auf die Größe der technischen Errungenschaft». Statt dessen hält Reger es für «notwendig [...] unbeirrt von parteipolitischen Doktrinen und Erwägungen Zustände und Charaktere der Industriewelt zu durchleuchten»[9].

So ist der Roman nur schwerlich auf den Begriff zu bringen, in Gruppierungen einzuordnen: politisch unabhängig, ohne einer kritiklosen, freischwebenden «Mitte» anzugehören, distanzierte Registratur, aber keine kalte, unbeteiligte Neutralität. Bereits 1930 urteilt Georg Schwarz: «Reger ist unter den

Schriftstellern des Ruhrgebiets eine einmalige Erscheinung.»[10] Das politische Exzeptionelle, die Tatsache, daß er an die «festgefahrene parteipolitische Terminologie» nicht gebunden ist, wird von Siegfried Kracauer als die entscheidende Qualität des Romanciers Reger bestimmt.[11] Offenbar hat seine Singularität die Wirkung von ‹*Union der festen Hand*› in der Endphase der Weimarer Republik befördert, eine spätere Rezeption jedoch eher verhindert.

Trotz einer Neuausgabe im Jahre 1946, die diesem Nachdruck zugrunde liegt, fand eine adäquate Nachkriegsrezeption nicht statt. Allzu ungünstig waren die Bedingungen, neue erschwerende Faktoren traten hinzu. Die Nachkriegsausgabe erschien im ostdeutschen Aufbau-Verlag, der in dieser Frühphase ein Bündnis aller antifaschistischen Kräfte erstrebte. In seiner Zeitschrift *Aufbau* schrieben Autoren so unterschiedlicher Provenienz wie Friedrich Wolf, Johannes R. Becher, Ernst Niekisch, Ernst Wiechert und auch Erik Reger. Doch waren Offenheit und Liberalität schnell verflogen, in dem immer mehr sich verhärtenden Klima genügte der Hinweis auf Regers Tätigkeit als Chefredakteur des Westberliner *Tagesspiegel*, der die ostdeutsche Vereinigung von SPD und KPD scharf bekämpfte, um auch den Roman zu desavouieren.[12] Nach viel weniger Chancen auf Anerkennung hatte ‹*Union der festen Hand*› in der westdeutschen Nachkriegsliteratur, wo rasch die Beschaulichkeit der «inneren Emigration» dominierte. Der Anschluß an die realistischen Tendenzen der zwanziger Jahre und des Exils wurde verpaßt, und so mußte ein Roman, der die Zusammenhänge von Schwerindustrie und Politik analysierte, unter der blinden Verkennung seiner Aktualität als «unzeitgemäß» erscheinen. Zudem entsprach der romanschreibende Journalist nicht dem Dichtungsideal jener Jahre, für ihn blieb nur das Klischee vom windigen Reporter, der ausschließlich für das Heute Vergängliches produziert.

In den zwanziger Jahren galten andere Maßstäbe, als die linksliberale literarische Intelligenz versuchte, ihren Literaturbegriff publizistisch zu definieren. Die Gegenstände hatten die unbedingte Forderung nach Aktualität zu erfüllen, publizistische Wirksamkeit wurde angestrebt, journalistische Techniken zu Vorbildern erhoben. «Jeder Schriftsteller ist ein Publizist», erklärte Bernard von Brentano kategorisch in einem Rundfunkdialog mit Ernst Glaeser.[13] 1931 registrierte Siegfried Kracauer das Aufkommen eines neuen «Typus von Schriftstellern». «Ein Typus, der sich nicht dazu berufen fühlt, dem ‹Absoluten› zu dienen, sondern seine Aufgabe darin erblickt, sich (und dem großen Publikum) Rechenschaft abzulegen über unsere aktuelle Situation.» Jene «Rechenschaft» verzichte bewußt auf den «Kunstwert», verleugne im Gegensatz zum «Schriftsteller alten Schlags» die «transzendente Schicht des Daseins» und bediene sich daher dokumentarisch-journalistischer Verfahren.[14] Im gleichen Jahr bestätigt Erik Reger, der als Idealtypus der Beschreibung Kracauers figurieren könnte: «Psychologie ist heute kein zulässiges Kontrollmittel mehr. Wenn der Dichter überhaupt noch eine Funktion haben soll, so kann es nur eine publizistische, keine poetische sein.»[15]

Zum Journalismus, dem stets sein primäres Interesse galt, gelangte Erik

Reger (eigentlich Hermann Dannenberger) auf Umwegen. Am 8. September 1893 wurde er als Sohn eines Grubenaufsehers in Bendorf am Rhein geboren. 1912 machte er auf dem Realgymnasium sein Abitur und studierte an den Universitäten Bonn, München und Heidelberg Germanistik, Kunst und Geschichte. Nach Kriegsausbruch wurde er sofort eingezogen, von 1917 bis 1919 war er in englischer Gefangenschaft. Reger gehört der Generation an, die durch das Kriegserlebnis entscheidend geprägt wurde und die daraus einen kämpferischen Pazifismus (Typus Ernst Toller, geb. 1893) oder eine radikale Kriegsbegeisterung (Typus Ernst Jünger, geb. 1895) ableitete. Programmatische Äußerungen zum Krieg sind bei Reger nicht zu finden, jene Prägung ist nur indirekt ableitbar. Ein Roman, der den Titel «554» tragen sollte und die Erfahrung von Krieg und Gefangenschaft verarbeitete[16], blieb unveröffentlicht, wohl weil der Autor befürchtete, in der Welle von Kriegserinnerungen und Kriegsromanen unterzugehen, die im Anschluß an A. Zweig, Remarque und Renn auf den Markt kamen. Aber auch in ‹*Union der festen Hand*› wird klar ablesbar, welche politischen Konsequenzen Reger aus dem Kriegserlebnis gezogen hat. Die ersten Kapitel sind eine Abrechnung mit dem zerfallenden wilhelminischen Obrigkeitsstaat, dem nur noch die annexionistischen Industriellen die Treue halten, während der pervertierte Heroismus und die Durchhalteparolen des Kaisers an den opponierenden Untertanen scheitern. Militärische Metaphorik signalisiert im Roman stets Unterdrückung, Zwang, absolute Rechtlosigkeit oder entlarvt das falsche Bewußtsein derjenigen, auf die sie angewandt wird. Die Arbeiterkolonie «Flammende Scholle» mit ihrer schnurgeraden Straße und ihrem uniformen Grundriß ist einer Kontrolle unterworfen, deren militärischer Zuschnitt als Fürsorge getarnt ist. In einheitlichem «Feldgrau» sind die Hofzäune gehalten, «denn vom Kriege her waren noch unermeßliche Vorräte dieser Farbe da» (S. 341) – ein Detail, das die Situation pointiert erfaßt. Stolz bedienen sich auf der anderen Seite «die Generale und Offiziere des Wirtschaftsheeres» (S. 224) der militärischen Bildlichkeit. Am Grabe eines der Ihren legen die Industriellen einen Kranz mit der Aufschrift nieder: «Die Soldaten der Union von Kohle und Eisen neigen sich vor dem Sarg ihres Waffenbruders» (S. 326). Den «Arbeiterbataillonen» wirft Reger unbewußte Anpassung an den verlogenen Heroismus ihrer Unterdrücker vor. Ein proletarischer Protestmarsch wird für ihn unversehens zur Truppenparade: «stramm formiert, Gleichschritt und Vordermann, Tuchfühlung, Daumen einwärts, Hand bis zum Koppelschloß» (S. 148).

Das preußische Exerzierreglement mußte Reger zur Genüge kennenlernen. Nach seiner Entlassung aus der Gefangenschaft (1919) ging er ins Ruhrgebiet, um im Schuldienst unterzukommen, doch er landete im Pressebüro der Krupp-Werke, wo er bis 1927 beschäftigt war. Das «Kalkulationsbüro der öffentlichen Meinung»[17] wird für Reger, wie der Roman beweist, zum idealen Beobachtungsposten, hier hat er reichlich Gelegenheit, die publizistischen Beeinflussungsmechanismen nach außen und auch das Innenleben eines Großkonzerns zu studieren.

«Das Pressebureau ist nicht allein die Durchgangsstation vom Werk in die Welt, es ist auch die Durchgangsstation von Ressort zu Ressort.»[18]

Daraus erklärt sich die frappierende Detailkenntnis, die Einsicht in die vielfältigsten Instanzen und Bereiche bis hin zur personalen Kenntnis der Industriekapitäne, denn bisweilen gelingt es dem Pressebüro, «in die geistige und soziale Anschauung der Machthaber hineinzuwirken»[19].

Reger hat damit das Verfahren eines Reporters wie Günter Wallraff vorweggenommen, Industriebetriebe aus der Innenperspektive temporärer Rollenfunktionen zu beschreiben.

Der Kontakt mit vielen lokalen und überregionalen Zeitungen, den er durch seine Tätigkeit gewann, muß bei Reger den Impuls zur eigenen journalistischen Aktivität geweckt haben. Seit 1924 war er regelmäßiger Mitarbeiter der *Berliner Börsen-Zeitung*, der *Rheinisch-Westfälischen Zeitung*, der *Frankfurter Zeitung* und der *Kölnischen Zeitung*. Da er als Angestellter des Kruppschen Pressebüros nicht für Zeitungen schreiben durfte, war er zur Camouflage gezwungen: Die Umstellung der beiden letzten Silben von Dannenberger ergab das Pseudonym Reger.

An einer journalistischen Auswertung seiner in der Schwerindustrie gewonnenen Erfahrung war Reger zunächst nicht interessiert, Berufssphäre und frühe Publizistik fallen auseinander. Es scheint, als habe er nach einem Kontrapunkt zu einer Tätigkeit gesucht, die ihn nicht mehr ganz befriedigte. So drängte er ins traditionelle Feuilleton und wurde bald so etwas wie ein Theaterkorrespondent der großen Blätter für das Ruhrgebiet. Diese Anfänge sind durchaus konventionell, die Kritiken gehen auch stilistisch nicht über das hinaus, was damals in den Feuilletonspalten üblich war. Seine Urteile sind von den rigiden bildungsbürgerlichen Maßstäben bestimmt, die er bald selbst intensiv attackieren sollte, besitzen noch nicht die politische Dimension seiner späteren Texte. Bemerkenswert ist allerdings die Breite der Interessen und Aktivitäten; Reger betreibt neben der Theaterkritik auch Opern-, Musik- und Kunstkritik, schreibt über Fragen der Architektur und des Städtebaus.[20] Dem Traditionalismus dieser frühen Kritiken entspricht der konservative Kunstbegriff, mit dem sie operieren. Offenkundig inspiriert von expressionistischen Konzeptionen, huldigt Reger einem magisch-ekstatischen, religiös-metaphysischen Mythos von «Schöpfer und Schöpfung»[21]. Künstlerisches Schaffen benötige weder einen «Anlaß» noch einen «Anstoß», hier erkennt er «nur Urtrieb, schicksalhafte Verkettung von außen und innen». Der Künstler stehe unter «kosmischem Zwang», unter «magische(r) Bestrahlung».

«Es will mir scheinen, als müßte man weit mehr die religiöse Natur der Beziehungen zwischen Schöpfer und Schöpfungen betonen. Wenn das Werk aus dem schöpferischen Willen entsteht, so entsteht doch der Wille erst aus dem Glauben an die höhere Kraft. Der Wille macht auf dem Weg durch den Körper eine mystische Wandlung durch, die zur Offenbarung führt.»[22]

1931 definiert Reger dagegen:

«Kunst ist eine Wissenschaft. Auf die Mittel, die sie gebraucht, kommt es nicht an; aber wenn wir alle geheimnisvollen Zeremonien beiseite lassen, womit der künstlerische Schöpfungsakt umgeben wird, um dem Laien Ehrfurcht einzuflößen (gleichwie der Zauberer im Variete durch pantomimische Darstellung der Schwierigkeit und Übermenschlichkeit seiner Programm-Nummern auf naive Gemüter Eindruck macht): so bleibt ein reiner Denkprozeß übrig, wie er beim wissenschaftlichen Arbeiten gebräuchlich ist.»[23]

Absolutere Gegensätze sind wohl kaum denkbar, der Grad des Wandlungsprozesses wird deutlich, den Reger in diesen Jahren durchlief. Das religiöse Vokabular, mit dem er 1924 seine ästhetische Theorie umschrieb, dient ihm nunmehr 1931 als Instrument der Entlarvung. Er polemisiert gegen sich selbst, wenn er das Pathos der früheren Jahre zum bloßen Varietétrick erklärt. Seine ständigen Attacken nach 1927 gegen jedes «Kulturpathos», gegen «die Ethik der ‹ewigen Werte›»[24], gegen eine Kunst, die nichts als «kultisch, priesterlich, aristokratisch, feiertäglich sein möchte»[25], seine Feldzüge gegen jede Phraseologie in ‹*Union der festen Hand*› treffen die eigenen überwundenen Positionen. Jener Wandlungsprozeß Regers läßt sich als Hinwendung zur Neuen Sachlichkeit beschreiben, der in der Stabilisierungsphase (1924 bis 1929) dominanten kulturell-literarischen Strömung.[26] Erste Indizien einer Neuorientierung finden sich bei Reger in den Jahren 1926 bis 1927. Unbedingte Hinwendung zur Aktualität, zur Gegenwart («es ist unsere Pflicht, in und mit ihr zu leben»[27]) wird nun sein Programm, er bekennt sich zur «Sachlichkeit» als «Lebensgesetz dieses Zeitalters»[28]. Deutlich nahm auch seiner Theaterkritik veränderte Konturen an. Immer mehr entfernt sich Reger von der detaillierten Einzelkritik zugunsten einer Analyse größerer Zusammenhänge. Der gesamte Theaterbetrieb des Ruhrgebiets wird einer Revision unterworfen, Reger sucht nach einer Theaterpraxis, die den spezifischen Bedingungen des «Industriebezirks» angemessen ist. Neu ist der soziologische Zugriff seiner theoretischen Reflektionen, eine Politisierung ist unverkennbar.

«Eine Bühne ist wesentlich, wenn sie das Publikum bei seinen entwicklungsfähigen, nicht bei seinen beharrenden Trieben packt.»[29]

Die politische Änderungsintention, die vom Theater ausgehen soll, wird hier 1926 noch eher betulich formuliert, die Lösung, die Reger damals anbietet, geht noch ganz von den gegebenen Strukturen aus: «Verlängerung des Radius der großen Aktionszentren» statt Zersplitterung in viele unbedeutende Bühnen.[30] Drei Jahre später ist das Mißtrauen gegenüber dem traditionellen Subventionstheater einer kompromißlosen Ablehnung gewichen; Reger entwikkelt radikale Alternativen, die durchaus in eine Reihe zu stellen sind mit Brechts frühen Entwürfen eines epischen und Piscators Programm eines politischen Theaters. Dabei sieht Reger den «artistische(n) Apparat» des Theaters, der «leer» laufe, «unwesentlich, sinnwidrig und unrentabel» sei, weil er nach «vorhandenen Stilmustern aufgezogen» werde[31], im Kontext einer verfehlten Kulturpolitik der Bildungsvereine und Bildungsinstanzen.

«Die offiziellen Stellen sehen in der Industriebevölkerung die kulturlose Masse, nicht aber die ungeheuren Möglichkeiten, die ihre Unbelastetheit mit irgendwelchen Vorurteilen bietet. Sie machen sich daran, sie mit dem überlieferten Bildungspensum zu erfüllen. Sie bringen ihr Respekt bei, also eine passive Eigenschaft. Sie schläfern sie mit erhobenem Zeigefinger vollends ein, statt sie durch aktuelle Auseinandersetzungen aus der Teilnahmslosigkeit aufzuschrecken.»[32]

Die «Produktivität des Publikums»[33] ist nach Reger nur erreichbar durch ein von «stärkstem Gegenwartsgefühl» getragenes «von Logik und Wahrscheinlichkeit» beherrschtes «Wirklichkeitsdrama», das dem «industriellen Produktionsprozeß, dem gewaltigen Alltag dieses Landstrichs entspräche, und ihn nicht zu einem kleinbürgerlichen, erbaulichen, idyllischen Sonntag degradierte»[34]. Dieses «Zeittheater», das eine bislang unter «Klausur» gehaltene «sachliche, zeitbewußte Zuschauergruppe»[35] anvisiert, muß einen «Experimentier-Charakter» tragen, aber auch «im Repertoire und im Aufführungsstil eine klare Linie» aufbauen, «die auf Lockerung der erstarrten Form, auf Selbstverständlichkeit des Ausdrucks, auf Anregung zur Diskussion, kurz auf das hinsteuert, was man als eine neue Volkstümlichkeit bezeichnen könnte»[36].

«Die alte Form des Theaters ist das Gesellschafts- und Bildungstheater, mit dem Stigma: Unterhaltung, Literatur, Zeitvertreib – und mit der Enderscheinung des Festspielhauses. Die neue Form ist das Zeittheater, mit dem Stigma: Charakter, Leben, Gesinnung – und mit der Anfangserscheinung der Studios, der Experimentiergruppen aus jungen Dichtern, Schauspielern, Regisseuren.»[37]

Auch der Theaterkritiker Reger wäre neu zu entdecken. Man glaubt Positionen aus der Theaterdiskussion der sechziger Jahre vor sich zu haben, und von überraschender Aktualität ist auch die Stringenz, mit der Reger seine Konzeptionen vom Pol des Publikums herleitet. Das Theater müsse «schlicht und einfach und ohne jede Pose, ohne jede Allüren für die Bedürfnisse des Publikums» arbeiten, statt es als «Objekt, als Gegenstand» zu betrachten.[38] Eine «Dramaturgie des Provinztheaters», die Reger mit Hannes Küpper, dem mit ihm befreundeten Dramaturgen der Städtischen Bühnen Essen, in einem Rundfunkgespräch entwirft, geht von der Grundthese aus, daß «sich die dramaturgischen Erwägungen nicht mehr von den theoretischen Forderungen des Theaters bestimmen lassen, sondern von den praktischen Bedürfnissen des Publikums»[39]. Die intendierten Wirkungen, eine «Schulung des Blicks», eine «Schärfung der Urteilskraft», die Förderung der «kritische(n) Einstellung zum öffentlichen Leben» müssen auf einer «Beurteilung des Publikums in der Landschaft, aus der es gewachsen ist» basieren.[40]

Doch gilt für Reger ebenso die Umkehrung dieses Prinzips: «Heute stellt auch der Schriftsteller seine Ansprüche an den Leser.»[41] In der «Gebrauchsanweisung», die dem Roman beigegeben ist, sind sie artikuliert. Die hier enthaltene explizite Wendung an den Rezipienten, der idealistische Appell an seine Aktivität sind spezifische Momente der Neuen Sachlichkeit. Noch die halbironische Aufforderung, den letzten «Bericht des Generalanzeigers» selbst zu schreiben, ist Ausdruck von Regers Hoffnung auf einen Leser, der Rezeption als Arbeitsprozeß begreift. Weit ab von beschaulich-besinnlicher Lektüre soll er sich bemühen, die Grundstruktur, «die Zahnräder des Getriebes», den Gebrauchscharakter, den «Nutzwert»[42] des ästhetischen Produkts zu erkennen, die Relationen zur unmittelbaren Realität aufzuspüren.

Regers Wendung zur Neuen Sachlichkeit hat einen Wechsel der Gegenstände und Interessen zur Konsequenz. 1927 schied er aus dem Krupp-Konzern aus und war seitdem freier Publizist und Schriftsteller. Die Beschäftigung mit dem Theater, die Musik und Kunstkritik stehen nun nicht mehr im Zentrum der Publizistik, andere Objekte rücken in den Vordergrund. Vorrangig wird die kritische Auseinandersetzung mit der «Ruhrprovinz», deren ökonomischen und sozialen Problemen, ihrer Geschichte, mit ihren Institutionen und Machtträgern, ihrer politischen, ideologischen und künstlerischen Physiognomie. Obwohl Reger eigentlich nichts mehr an das Ruhrgebiet band, blieb er in Essen, dies war sein publizistischer Standort bis zur zwanghaften Zäsur des Jahres 1933. Nicht auf die Metropole Berlin wie die meisten wichtigen Publizisten der Zwanziger Jahre, sondern auf die Hauptstadt des «schwerindustriellen Herzogtums»[43] war Reger ausschließlich bezogen. Jedoch ist dies alles andere als eine verengende Perspektive, vergeblich sucht man in seinen Texten nach Abseitigem, Beschaulichem, Verharmlosendem. Ohne ins Provinzielle oder Lokalpatriotische zu verfallen, beschreibt Reger die Provinz mit einer kritischen Distanz, die dennoch oft von Emotionalität und als Haßliebe definierbar ist. Die kritische Erkundung der Provinz, ihre Entdeckung als «Lebensform», als wesentlicher Teil der politischen und sozialen Wirklichkeit ist ein Epochenspezifikum der Literatur der zwanziger Jahre, ein Gegengewicht zum rechten Regionalismus, zu mythisierenden Blut- und Boden-Tendenzen.[44] Sie findet vornehmlich in Roman und Erzählung statt, publizistisch hat keiner ähnlich konsequent wie Reger die Provinz abserviert. Zu nennen wären Oskar Maria Grafs Dorfgeschichten, in die immer wieder die politischen Konstellationen der «großen Welt» hereinbrechen[45] Marieluise Fleißers satirisches Porträt des kleinstädtischen Mittelstands und seiner lokalen Sportgrößen[46], Lion Feuchtwangers und Hans Falladas halbdokumentarische Erfassung provinzieller politischer Bewegungen (Hitlerputsch/Landvolkbewegung).[47] Ernst Bloch rückt in sein Resümee der zwanziger Jahre («Erbschaft dieser Zeit») konzise Beschreibungen kleinstädtischer Leere, Langeweile und Trostlosigkeit ein.[48] Die Provinz ist für ihn der Ort der manifesten «Ungleichzeitigkeit», mit ihrem Reservoir an «vorkapitalistischem Material»[49]. Dort «herrscht die Phrase von gestern»[50], hier werden die abgetakelten Moden der großen Städte aufgetragen. Über den kulturellen Standard des Ruhrgebiets schreibt Reger 1928: «Hier ist die Tanz- und Gymnastikepidemie aus den Jahren 1920/23 augenblicklich auf dem Höhepunkt. Hier werden jetzt Diskussionen über Wedekind geführt. [. . .] Hier wird ein Film aktuell, wenn niemand sonst ihn mehr sehen mag.»[51] Auf die Formel «Ungleichzeitigkeit», die zentrale Kategorie der Blochschen Analyse, lassen sich auch Regers Reportagen aus der Provinz reduzieren: äußere Urbanität, aber «Mangel an Großstadtsubstanz», eine «sogenannte amerikanische Entwicklung» bei der gleichzeitigen Dominanz eines «geistigen Typus», der «Lodenjoppen, Jägerhemden und Hüte mit Rasierpinseln trägt», äußerste Konzentration wirtschaftlicher Macht und der «in Permanenz erklärte Stammtisch»[52]. Dies ergibt das Gesamtbild eines «barbarische(n) Konglomerat(s)», das sich bisweilen «wie eine Kriegslandschaft»[53] ausnimmt, gekennzeichnet durch städtebauliche Planlosigkeit:

«Die stärksten Gegensätze frisch und naiv nebeneinander: neuer architektonischer Wille inmitten einer phantastischen Sammlung von Stilgreueln der verflossenen Barockmanufaktur; Elendsviertel neben Fabrikburgen; Warenhäuser neben Destillen; Kinopaläste neben alten Kirchen; moderne Villen neben rußigen Kolonien; industrieller Rhythmus, Tempo und Energie neben Gemütlichkeit und geistiger Bequemlichkeit. Lauter Zeichen des Unabgesetzten, Unabgeschlossenen, Undurchgearbeiteten.»[54]

Die in der Publizistik skizzierte Physiognomie des Ruhrgebiets geht in ‹*Union der festen Hand*› ein, zugleich Industrie- und Provinzroman. Auch hier ist die «Waffenschmiede des Reiches» ein Monument der Ungleichzeitigkeit, eine Ansammlung gestriger Phraseologien, aus der alle Akteure ihre Ideologie beziehen.

Die Praktiken der Schwerindustrie, die als quasi absolute Macht die Ruhrprovinz beherrscht, ihre systematische Öffentlichkeitsarbeit macht Reger nach 1927 publik. Mit der direkten journalistischen Umsetzung der industriellen Insiderkenntnisse gewinnen seine Texte ihre spezifische Qualität, die sie mit zu den herausragenden publizistischen Leistungen der Epoche zählen lassen.[55] Reger mußte zunächst nach einem geeigneten publizistischen Medium Ausschau halten. Die industrieeigene *Rheinisch-Westfälische Zeitung* (Essen) oder die *Kölnische Zeitung*, von Reger selbst als «Leiborgan» der Industriellen bezeichnet[56], gestatteten nur die ihren Interessen ungefährliche Beschränkung auf das Feuilleton. In der *Weltbühne* fand er schließlich das seinen Aufklärungsintentionen adäquate Forum. Regers industrielle Erfahrungsberichte sind eingepaßt in die redaktionelle Gesamtstrategie der linksintellektuellen Wochenzeitschrift, bei Justiz, Militär, staatlicher Bürokratie und Industrie Residuen obrigkeitsstaatlichen Denkens zu lokalisieren, Bereiche transparent zu machen, die sich der Öffentlichkeit beharrlich entzogen. In der *Weltbühne* erscheinen Regers wichtigste publizistische Arbeiter der zwanziger Jahre, die Vorstudien zu ‹*Union der festen Hand*› darstellen und deshalb zum Teil wortwörtlich in den Roman aufgenommen werden können.[57] Den eigenen neusachlichen Forderungen nach Genauigkeit, Realitätsnähe, Aktualitätsbezug entsprechen diese Artikel ausnahmslos. Sie sind geprägt von konkreten Erfahrungen und exakten Recherchen, sie adaptieren Terminologie und Analyseverfahren der marxistischen Gesellschaftskritik. Sie halten die stilistische Balance zwischen einer soziologisch gefärbten Begrifflichkeit und einer sparsamen Metaphorik, die fast immer ins Schwarze trifft. Die Virtuosität der Umschreibungen, die ironische Pointierung, die satirische Frische, das gelungene Einmontieren von Zitaten und Informationen lassen sie auch heute noch keineswegs als verstaubt erscheinen. Die Deskription der Funktionsweise eines Pressebüros, das Sichtbarmachen der weitverzweigten politisch-publizistischen Beeinflussungskanäle der Industrie («Gegenspieler der Publizistik») könnten aktuellen Analysen zum Vorbild dienen, die ideologiekritische Untersuchung der Werkszeitungen, die mit scheinbar unverfänglichen Themen und in «Nebensätzen» handfeste Propaganda betrieben («die wirkliche Arbeiterpresse»), ist selbst auf die gegenwärtige Massenpresse anwendbar.

Die Mitarbeit am «General-Anzeiger für Dortmund und das gesamte rheinisch-westfälische Industriegebiet» bildet seit 1931 einen zweiten Schwerpunkt von Regers publizistischer Aktivität. Noch 1929 hatte er den «völlige(n) Mangel an publizistischen Energien» im Revier beklagt: «Das gesamte rheinisch-westfälische Industriegebiet hat kein zusammenfassendes, aufrüttelndes Organ. [. . .] Niemand formuliert einen Standpunkt, niemand scheint überhaupt einen Standpunkt zu haben.»[58]

Diese hohen Erwartungen scheint zwei Jahre später der *Dortmunder General-Anzeiger* zu erfüllen, der auf seinem Kopfblatt stolz die Hinweise führt: «Deutschlands größte Auflage außerhalb Berlins», «Größtes Blatt Westdeutschlands» (Ende der zwanziger Jahre 250000 Exemplare). Und der «Standpunkt» des ganz und gar unprovinziellen Lokalblatts war auch der Regers: linksbürgerlich, radikaldemokratisch, pazifistisch, mit deutlichen Sympathien für die Arbeiterbewegung bei gleichzeitiger kämpferischer Wendung gegen die NSDAP und ihre Verbündeten. Auf die Gefahr des Faschismus, auf seine terroristischen Methoden hat der *Dortmunder General-Anzeiger* nach 1930 an exponierter Stelle immer wieder verwiesen, ein Bündnis aller Linkskräfte wollte er ihm entgegenstellen.

In dieser Tageszeitung erschienen von 1931 bis 1933 eine Fülle von Artikeln Erik Regers, in der Sparte «Kunst und Wissenschaft», aber auch im politischen Hauptteil. Reger beteiligt sich an einer Debatte über die Legitimation des Subventionstheaters in der verschärften ökonomischen Krisensituation[59], schreibt über literatursoziologische Probleme[60], behandelt literaturpolitische Themen[61] und verfaßt zugleich Leitartikel zu währungspolitischen Fragen[62], zur Strategie der Unternehmerverbände.[63] Er hat seine Informanten in den Zentren des Geschehens, er hat auch weiterhin Einblick in den «inneren Betrieb». Reger berichtet über den Verlauf geheimer Konferenzen der Industriellen, enthüllt ihre Krisentaktik, ihre Rezepte, die eigentlich verborgen bleiben sollten. Der Romancier, Literaturtheoretiker und Theaterkritiker kann zugleich als sachkundiger Kommentator der Wirtschaftsseite auftreten – auch dies umreißt noch einmal Regers Singularität nicht nur in der Literatur der zwanziger Jahre.

Waren die Publikationen in der *Weltbühne* Entwürfe zu Teilbereichen von ‹*Union der festen Hand*›, so liefern die Tagesartikel im *General-Anzeiger* wichtige Erläuterungen und Akzentuierungen von Romanpositionen.

Die umfangreiche Publizistik zwischen 1927 und 1933 entwickelt konsequent die politisch-ästhetische Programmatik, von der ‹*Union der festen Hand*› getragen ist. Die Deutlichkeit, das Engagement, ja die Radikalität, mit der die Maximen der Neuen Sachlichkeit propagiert werden, lassen Reger als einen der typischsten Autoren dieser Richtung erscheinen. Ein stark ausgeprägter Aufklärungsimpetus verbindet sicherlich alle neusachlichen Autoren, bei Reger wird er geradezu zu einem konstituierenden Element seiner Produktion. Alle seine Publikationen setzen einen emphatischen Begriff von Öffentlichkeit voraus, das Sichtbarmachen von Mißständen und Illegalität ist für ihn die Voraussetzung zu ihrer Beseitigung. Wie die Reporter E. E. Kisch, Joseph Roth, Siegfried Kracauer, Ernst Glaeser, Bernard von Brentano, die in Bezirke eindringen, aus denen die Öffentlichkeit ausgesperrt ist, so sieht auch Reger seine Aufgabe darin, die «Urheber zu erkennen und den internen Betrieb, der das Tageslicht scheut, ins Tageslicht zu rücken»[64]. Überall, wo die Instanzen der öffentlichen Meinung versagen oder falsche Bilder im Umlauf sind, ist nach Reger der verantwortungsbewußte Autor auf den Plan gerufen. So versucht er appellativ die Aufmerksamkeit einer ahnungslosen Öffentlichkeit auf die «wirkliche Arbeiterpresse» der Werkszeitungen zu lenken, zeigt die publizistischen Manipulationen der Industrie auf, möchte im Roman die heroische Emblematik, auf die das Ruhrgebiet gewöhnlich reduziert wird, durch das reale Abbild korrigieren. Aufklärung, so sie wirksam sein will, hat sich nach Regers Forderungen immer mit Polemik zu verbinden. Sein Selbstverständnis umschreibt er mit kämpferisch-entschiedenen und auch militärischen Metaphern, Publizistik impliziert bei ihm notwendigerweise Aggressivität und Provokation. «Produktive Kritik ist ein Waffenhandwerk.»[65] Wer Aufklärung erstrebt, «muß die Verantwortung einer Patrouille haben und darf den unscheinbarsten Punkt nicht verfehlen»[66]. Publizistik begreift Reger als eine «Kontrolle»[67] im öffentlichen Auftrag, als geforderte Dienstleistung, die nicht auf «öffentliche Anerkennung» spekuliert, sondern aus ist auf «die öffentliche Furcht, die allein produktiv ist»[68]. Gleiche Funktionen fallen dem Zeitroman zu, der für Reger nur ein «polemischer Roman» sein kann[69]: «Der polemische Roman muß wie ein Röntgenapparat wirken und mit durchdringender Schärfe den geistigen Mechanismus der Zeit bloßstellen, der die äußeren Ereignisse vorbereitet.»[70]

«Öffentliche Furcht» oder zumindest die Angst der Verantwortlichen erreichte Reger mit seiner Theaterkritik. Unter dem Vorwurf der «unsachlichen» und «schädigenden» Polemik verhängte das Stadttheater Bochum 1928 über Reger ein Besuchsverbot und ließ ihn durch Polizeigewalt aus dem Theater entfernen, ein Eklat, der über die Ruhrprovinz hinaus Aufsehen erregte. Reger klagte sein Besuchsrecht ein, der Prozeß ging 1931 vor dem Reichsgericht in oberster Instanz verloren. Dieses skandalöse Urteil nach einem fragwürdigen Verfahren – das Gericht zog nicht einmal objektive Gutachter heran – wertet Reger zu Recht als «Inthronisierung der Willkür» als Symptom für die Verfassung der Justiz.

«Es wird Zeit, die deutsche Justiz nicht bloß auf ihre politische Einstellung, sondern auch auf ihre fachlichen Grundsätze zu prüfen.»[71]

Neben der Justiz muß vor allem die Industrie zum Objekt publizistisch-literarischer Aufklärung werden, weil diese gerade hier auf besondere Widerstände und Gegenmaßnahmen stößt. Nach 1918 versuchte vor allem die Schwerindustrie mit allen erdenklichen Mitteln, die schützende Schweigsamkeit zu konservieren, die der Obrigkeitsstaat garantierte. Die neugegründeten Pressebüros signalisieren keineswegs Öffnung, sondern dienen, wie ‹*Union der festen Hand*› demonstriert, als Instrumente zur Verhinderung von Information und zur Ablenkung auf Nebenschauplätze. Dazu kommt die wachsende industrielle Einflußnahme auf publizistische Medien bis hin zum Rundfunk[72], die Gründung eigener Korrespondenzen, die Nutzung des Hugenberg-Konzerns. Was die Industrie der Öffentlichkeit präsentiert, gibt nichts von ihrem eigentlichen Wissen preis. Erik Reger schätzt die Funktion der arrangierten Publizität richtig ein:

«Freilich weiß man, daß diese öffentlichen Kundgebungen nur die überlaut schallenden Fanfaren sind, die eine stille und zähe Arbeit hinter den Kulissen der Stadtverwaltungen, der Parteien, der Zeitungsverlage, der Rundfunkgesellschaften, der Referentenzimmer in den Ministerien mehr übertönen als begleiten sollen.»[73]

Der «rasende Reporter» Egon Erwin Kisch, der sich Eintritt in eine «Generalversammlung der Schwerindustrie» verschaffte, bemerkt sehr schnell, daß Öffentlichkeit hier zur bloßen «Formalität» wird, «daß man im eigenen Machtbereich für das Gegenteil ist: für Geheimhaltung, für Autokratie, für Absolutismus»[74].

Eine Analyse dieses «Machtbereichs» ist dann unmöglich, wenn man den Informationen der Machthaber vertraut.

«Von den Herrschenden erfährt man nicht sehr viel. Sie sprechen nur, um auf ihre Fassade aufmerksam zu machen und die Arbeit an der Grundmauer den Blicken zu entziehen.»[75]

Im Roman wird das eklatante Versagen der eigentlich zur Kontrolle berufenen Presse, die die offiziösen Verlautbarungen für bare Münze nimmt, schlagend demonstriert. Dort entledigt sich der mächtige Großkonzern mit kriminellen und erpresserischen Methoden einer unliebsamen Konkurrenz: «Alle Organe der öffentlichen Meinung begrüßten diese freundschaftliche Übereinkunft als den einzig anständigen Weg aus einer unhaltbar gewordenen Situation.»

Hier muß die literarisch-publizistische Aufklärung einspringen, ihr fällt die Aufgabe zu, die «Fassade» zu durchdringen mit Hilfe dokumentarischer Verfahren. Das adäquate Kunstmittel ist entsprechend der neusachlichen Poetik die «Reportage als scharfe, klare, nüchterne Beobachtung der Wirklichkeit gegenüber einer verquollenen Phantasie, als Anwendung des kontrollierbaren Verstandes gegenüber den Gaukeleien einer unkontrollierbaren ‹Seele›»[76]. Die «Gebrauchsanweisung» wehrt denn auch zuallererst den Eindruck von Fiktionalität und Phantasie ab.

«Man lasse sich nicht dadurch täuschen, daß dieses Buch auf dem Titelblatt als Roman bezeichnet wird.»

Durch die Hereinnahme einer Vielzahl von Dokumenten (Reden, Äußerungen, Kommuniqués, Interviews, Artikeln, Prospekten, Rundschreiben, Statistiken) will Reger den Nachweis führen, daß hier immer unmittelbare Realität erfaßt wird, so phantastisch sie sich auch ausnehmen mag. Jedoch sind Fiktion und Dokument für den Leser nicht unterscheidbar, faktische Ereignisse stehen neben erfundenen Situationen, reale Personen werden mit fiktiven Romanfiguren konfrontiert. Diese Mischform kennzeichnet fast alle Zeitromane der zwanziger Jahre. Wie Reger verstehen ihre Autoren die Fiktion nicht als eine klar vom Dokumentarischen abhebbare Schicht, sondern als legitime und notwendige Typisierung und Zuspitzung, die verstärkt auf die Realität verweisen soll. Selbst seinen fiktiven Figuren versucht Reger einen dokumentarischen Charakter zu verleihen. Der Artikel, den die proletarische Hauptfigur Adam Griguszies für die Werkszeitung schreibt (S. 489f), stellt eine Montage aus realen Leserbriefen von Arbeitern dar.[77]

In der Tat besteht eine der wesentlichen Qualitäten des Romans in seinem ständigen Realitätsbezug, in seiner Authentizität. Er lebt von der systematischen Anschauung des Autors, dessen genaue Kenntnis bis in die unscheinbarsten Details und Nebenbezirke reicht. Hier gibt es nichts Kolportiertes, keine Information aus zweiter Hand, keine rasch summierten Eindrücke. Die «genaue Kenntnis der Materie», «ein scharfes und bindendes Verhältnis zum Objekt»[78], die Reger zu den Grundforderungen des publizistischen Autors erhob, muß man seinem Roman in hohem Maße zubilligen.

Weniger konsequent hat er das eigene Konzept einer «Literatur der Gleichzeitigkeit» realisiert. Man müsse endlich Abschied nehmen, so Reger, von der «gefährlichen These, daß die Technik des Gegengewichts der Kunst bedürfe». Dagegen gelte es «die industrielle Welt mit künstlerischer Gestaltung zu durchdringen»[79], die «Diskrepanz zwischen den Sentiments der Vergangenheit und den Energien der Gegenwart» zu beseitigen.[80] Seine Stilprinzipien, die dies erreichen sollen, vermag Reger nur in für die Neue Sachlichkeit typischen abstrakten Formen wie «Genauigkeit», «Eindeutigkeit», «Präzision» zu umschreiben, die auch dadurch nicht an Konkretheit gewinnen, daß sie sich zu moralischen Kategorien ausweiten.

«Eine Idee verwischen ist schlimmer, als eine Idee bekämpfen. Klarheit und Eindeutigkeit sind das Wichtigste, wo es um geistige Entscheidungen geht.»[81]

Mit antiexpressionistischer Attitüde polemisiert Reger gegen das «Ornamentale», gegen die «Arabeske», gegen das «Schnörkelhafte», gegen die Subjektivität der «privaten Gefühle(n) und Ausnahmezustände(n)»[82], gegen «Sehertum» und «flackernde Leidenschaft»[83], fordert die «Emanzipation vom Symbol» und die «Abwendung von der ‹Poesie›»[84].

Metapher und Symbol sind nach seinem Verständnis die illegitime Reduktion der vieldimensionalen Realität auf ihre «verzerrten Reflexe», die Verflüchtigung der wirklichen «Erscheinungen»[85]. So behelfe sich das öffentliche Bewußtsein, wenn es vom «Ruhrkohlenpott» spreche, «mit ein paar handfesten Metaphern wie: Wirtschaftliches Herz Deutschlands, Industriekapitäne,

Heimat des Proletariats, Schlotbarone, Knochenmühle, Schmiede, Vulkan, Schwarzes Revier»[86].

Die postulierte Exaktheit glaubt Reger durch den bloßen Rekurs auf das technische Objekt gewinnen zu können, die vorgeblich sichere «Diagonale technischen Geistes, die durch unser Zeitalter hindurchgeht»[87], soll der Literatur zur Leitlinie werden. In die «gleichzeitige» Reproduktion der «technischen Stoffe» könne die ihnen immanente «Notwendigkeit» eingehen, die dann automatisch «Willkür» und Irrationalität der Metapher ausschließe.[88] Der strikte Rationalismus von Regers Literaturtheorie steigert sich bis zur Leugnung jeder emotionalen Dimension.

Immer wieder drängt Reger auf «gleichzeitiges», das heißt rational bestimmtes Selbstverständnis des Autors. Alfred Döblin wirft er vor, er hänge noch der «Überheblichkeit und Unaufrichtigkeit des alten Künstlertyps» an[90], statt ein neues Ethos zu repräsentieren, das geprägt ist vom «Leistungswillen und vom Pflichtbewußtsein des Künstlers»[91].

«Wer den Beruf des Schriftstellers ergreift, soll wissen, daß es ein *Beruf* ist. Ein Beruf, der nichts mit einer imaginären und irrationalen ‹Berufung› zu tun hat. Ein Beruf, der die Solidarität handwerklichen Könnens, die Fähigkeit, scharf zu denken und prägnant zu schreiben, voraussetzt. Ein Beruf, der angestrengte Arbeit, Pünktlichkeit und Genauigkeit verlangt und folglich nicht in endlosen Kaffeehausbesprechungen mit Klatsch und Tempo und allem Drum und Dran erfüllt werden kann.»[92]

Trotz der forcierten Rationalität der Programmatik kommt *‹Union der festen Hand›* nicht in allem den hochgesteckten Ansprüchen nach. Die stilistischen «Ungleichzeitigkeiten», die Widersprüche zum eigenen theoretischen Konzept sind unübersehbar. Die so verabscheute Symbolstruktur nützt Reger ausgiebig zur dramatischen Effektsteigerung. Das gesamte Revier ist «unterwühlt von den Stollen der Bergwerke» (S. 13), hier fallen Fassaden schnell in sich zusammen. Die Arbeiterkolonie «Flammende Scholle» steht auf «unsicherem Boden» (S. 187). Kommende soziale Katastrophen kündigen sich an, als die Erde um 20 Meter absackt und der kleine Griguszies verschüttet wird (S. 188). Die gefräßigen Raupen (S. 14), das frühe und lange Siechtum der Blätter (S. 175) oder das unerklärliche Fischsterben (369) verweisen über sich selbst hinaus auf politischsoziale Phänomene. Reger gerät an einigen Stellen gar in die Nähe naturmagischer Vorstellungen.

An das puristische Metaphernverbot hatte er sich selbst in seiner Publizistik nicht gehalten. *‹Union der festen Hand›* ist ausgesprochen reich an Bildern und Metaphern, die nicht immer als geglückt bezeichnet werden können. Wenn Reger eine Stimme wie «Orgelakkorde» aufbrausen läßt (S. 56) oder Gemurmel «wie verschlafener Wind in dunklen Baumschluchten» durch die Reihen läuft (S. 79), dann tritt wie bei den völlig mißlungenen Naturschilderungen (zum Beispiel S. 245) jene Klischeehaftigkeit auf, der seine späteren unpolitischen Unterhaltungsromane so gänzlich verfallen. Das Schicksalpathos mancher Stellen, die mit der «Vorsehung» jonglieren (zum Beispiel S. 13), und die

Ausflüge in die Geschichtsmythologie (zum Beispiel S. 22 u. 142) laufen sicherlich kraß den Vorstellungen von einer rational-exakten Literatur zuwider.

Trotz der im Roman wiederholten Ablehnung der «poetischen Empfindungen» (S. 70) werden Technik und industrielle Produktion oft mit ästhetisierenden Mechanismen erfaßt. Wie die von ihm so wortreich bekämpfte «Arbeiterlyrik» entgeht Reger nicht den neutralen Metaphern (S. 18, 144), auch er feiert pathetisch das Zusammenwirken von Mensch und Maschine (S. 327), die Beherrschung der mechanischen Kräfte (S. 18). Der Technizismus, der sich so sachlich-distanziert, objektivistisch gebärdete, schlägt um in eine neue Mythologie, in einen irrationalen Kult der Technik. Es ist symptomatisch für Regers eigene Haltung, daß er in Hannes Küppers «Technischer Lyrik», die er als einziges literarisches Objekt der «Gleichzeitigkeit» anerkennt, den Punkt nicht bemerkt, wo die angeblich «ausgekältete Gelassenheit des fachlichen Interesses» umschwenkt in eine mit religiösem Wortschatz ausstaffierte Monumentalität, in eine vitalistische Metaphysik. So besingt Küpper das «Elektrisch-Notwendige:

«Du bist nicht mehr für uns ein weiß, blau,
grünes, knisterndes, seltsames Etwas.
Lange lagst Du in Bereitschaft. –
Kamst pünktlich, als unsere Not groß war.
Eingefügt bist Du in die unendliche Kette
unserer Notwendigkeiten.
Wir spüren Dein Dasein in uns,
ein neuer Lebensinhalt hat uns erfaßt.
Wir blitzen mit Dir durch den weiß, blau,
grünen, knisternden Weltenraum,
Neulebende, elektrische Energie verschenkend,
Mit der wir unsere Not wenden müssen.»[93]

Die Erzählung ‹*Bei Kilometer 208. Naturgeschichte einer Brückenmontage*›, die Reger 1929 in sieben Fortsetzungen in der *Frankfurter Zeitung* publizierte[94], ist ein noch signifikanteres Dokument seines Technikkults. Reger bemüht sich, die wichtigsten Phasen der technischen Operation unter der «unliterarischen» Perspektive des Fachmanns wiederzugeben, er bedient sich des Jargons der technischen Elite. Deutlich ist der leitende Ingenieur, der mit der «Exaktheit seiner Kalkulationen» jeden Zufall ausschließen möchte und selbst seinen engsten Mitarbeitern nach einer «genauen Berechnung» ihre Funktionen zuteilt, der Protagonist des Autors. Und dennoch wird der exakte Ablauf der Brückenmontage immer wieder mit kosmischer Überhöhung, mit pathetischer Interpretation, mit visionären Elementen, also mit «ungleichzeitigen» Mitteln beschrieben.

«Wenn man lange hinsah, setzte die Vision sich fort: qualmende Fabrikschornsteine schossen empor, Hochöfenbatterien mit flammenden Abgasen, eine kosmische Landschaft aus Röhrengeflecht; Strecken von Überlandmasten liefen in die Ebene hinein, und weit hinten, am Horizont schwelte der rötliche Glanz der Weltstädte, der die Nacht zwischen Meeren und Kontinenten sprengte.»

Die komplizierte Aktion, die «Bändigung» der Naturkräfte vollzieht sich genau nach Plan, aber die «Dynamik» des Ablaufs zwings umgekehrt allen Beteiligten ihre Gesetzmäßigkeit auf. Die Brückenmontage wird für die Akteure zum «Erziehungsroman». Der Assistent des Ingenieurs, «in seiner geistigen Haltung Typus der Jugendbewegung», muß erfahren, daß seine «Ideologie» ihm nicht weiterhilft; schließlich pflichtet er dem Bonmot des Ingenieurs bei: «ein Techniker mit Weltanschauung sei wie eine Dampfmaschine mit Holzfeuerung». Der Ingenieur selbst, das «Organisationszentrum», erlebt am Ende seine faktische Entmachtung. Im entscheidenden Augenblick der Montage, als er selbst verhindert ist, springt der Meister, der Mann der praktischen Erfahrung, für ihn ein und verhindert eine Katastrophe. Selbst hier läßt ihn seine Rationalität nicht im Stich, das Resümee, das er formuliert, enthält wohl auch die Botschaft Regers:

«Der Mensch wird ummontiert zum Gebrauchsgegenstand. Zwar wird immer der Gedanke und die Energie eines einzelnen notwendig sein, um das Werk der Gesamtheit zu retten; aber dieser einzelne ist in jeder Minute durch einen anderen ersetzbar, und also eigentlich kein einzelner mehr. Nie bin ich so überflüssig gewesen wie heute.»

In die hermetische Abgeschlossenheit des Brückenbaukommandos dringen die «Ideologien» der Außenwelt nicht hinein, die in ‹*Union der festen Hand*› die Szenerie bestimmen. Eine Streikbewegung der Gewerkschaften bleibt wirkungslos, ihre «Agitation» stößt auf «vollkommene Gleichgültigkeit», die Syndizi der Arbeitgeberverbände besitzen keinen Einfluß. Nur am Ende erscheinen die verwertenden Instanzen der «öffentlichen Meinung», um das «Wunder der Technik» in Besitz zu nehmen: die Direktion entsendet einen «Filmoperateur», «um das Ereignis für das Werksarchiv festzuhalten», der Pressechef hat für die «Zeremonie» eine Rede aufgesetzt und die Zuschauer bejubeln den «Triumph der Technik».

Diese Erzählung konkretisiert Regers Träume von einer durch technische Rationalität bestimmten «Gleichzeitigkeit», offenbart aber zugleich deren Kehrseite. Die Befreiung von den überkommenen «Ideologien» wird erkauft mit dem noch strikteren Diktat des Technisch-Notwendigen, das entideologisierte Kollektiv verlangt den «endgültigen Untergang des Individuums», fordert seine Vergegenständlichung. Unter dem Primat der Technik verfallen die Freiheit des einzelnen und seine Ansprüche hoffnungslos der «Ungleichzeitigkeit». Bewußtlos und leichtfertig werden die humanen Positionen dem angeblich unwiderstehlichen Zwang der Modernität geopfert. Es bezeichnet die Ambivalenz von Regers Rationalismus, daß er das Zweckrationale der Technik als «natürliche» Funktionalität, als das fraglos Notwendige jeder kritischen

Kontrolle entzieht. Beispielhaft läßt sich an seiner Erzählung jener Mechanismus studieren, den Jürgen Habermas im Anschluß an Herbert Marcuse als Legitimationsmuster industriell-kapitalistischer Systeme analysiert hat: im «Namen der Rationalität» wird eine «bestimmte Form uneingestandener politischer Herrschaft» durchgesetzt, die vermeintlich ideologielose «Berufung auf technische Imperative» entlarvt sich selbst als Ideologie.[95]

Die Verherrlichung der technizistischen «Gleichzeitigkeit» ist keineswegs der dominante Zug von Regers Texten. Vor allem in ‹*Union der festen Hand*› entfaltet sein Rationalismus im scharfen Blick auf die politisch-sozialen «Ungleichzeitigkeiten» sein kritisches Potential.

Reger war nicht der erste und einzige wichtige Autor der zwanziger Jahre, der sich der industriellen Produktionssphäre zuwandte. Nach dem proletarischen Märzaufstand (1920) und dem «Ruhrkampf» (1923) fand das Ruhrgebiet als Zentrum der sozialpolitischen Konflikte das besondere Interesse auch der literarischen Intelligenz. 1923 entsendet die *Weltbühne* Leo Lania an die «Ruhr-Front», wo die «Schlachten» in «Fabrikhöfen» und Maschinenhallen» geschlagen werden.[96] Als die russische Reporterin in Larissa Reissner «Krupp und Essen» besucht, haben sich die Verhältnisse längst stabilisiert. Wie Reger beschreibt sie die totale Herrschaft, die Krupp mit seinem «Generalstab» und seiner «Diplomatie» über Essen ausübt, die Uniformität der Arbeiterkolonien mit militärischer Metaphorik:

«Für alle ist die Zeit gleich. Hunderttausende, Armeen von Bergleuten und Metallarbeitern gehen schlafen, wachen, arbeiten, essen, ohne aus Reih und Glied und dem gleichen Schritt zu geraten, ohne jemals die Kriegsmusik der Arbeit aus dem Ohr zu verlieren, die ihre Wellen aus der Fabrik über Stadt und Natur, über die ganze Fabrikmenschheit ausbreitet.»[97]

Die Omnipräsenz der Krupp-Instanzen im «Nest der Kanonenkönige» registriert auch Egon Erwin Kisch, ihre offene Präsentation als staatliche Macht und fürstliche Dynastie.

> «‹Kr.› Kr.-Friedhof, Kr.-Lazarett, Kr.-Verwaltungsgebäude, Kr.-Konsumverein, Kr.-Denkmal, Kr., Kr. und wieder Kr. – das bedeutet nicht ‹Kreis›, nicht ‹Krieg›, nicht ‹Krone›, das alles bedeutet ‹Krupp›. Und diese ganze dunkle Stadt und ihre Bewohner und ihr Leben haben nur einen Namen: ‹Friedrich Krupp, Gußstahlfabrik›.»[98]

Auf der Galerie eines Bochumer Stahlwerkes läßt sich Kisch trotz des Eindrucks «zauberischer Vorgänge» nicht darüber hinwegtäuschen, daß hier inhumane Herrschaftsausübung und Ausbeutung stattfindet.[99]

Kisch war einer der ersten Reporter, die in die Betriebe hineingingen, am Ende der zwanziger Jahre war dann die Industriereportage zu einer Art Modephänomen geworden. «Der rheinisch-westfälische Kohlenpott ist nämlich neuerdings ein beliebtes Ausflugsziel der Reporter geworden», klagt Reger 1920.[100] Nicht alle von ihnen begegnen wie Kisch oder Larissa Reissner der technischen Faszination und der gigantischen Apparatur mit kritischer Distanz. In der *Weltbühne* setzt Reger sich mit den Berichterstattern auseinander, die «voraussetzungslos», ohne genaue Kenntnis und ohne Studium der Lokalität ihre Urteile fällen, ihre «mangelhafte Anschauung als ernsthafte Abbildung» ausgeben, vorschnell den angebotenen Informationen der Parteigänger und den eigenen flüchtigen Impressionen vertrauen.[101] Der Roman setzt diese Polemik fort, auch dort treten die Reporter auf, die den Leser mit einer «gleichgültigen Sache» ablenken wie der detaillierten Beschreibung des «Silberstreifens am Haupt der Empfangsdame» bei Risch-Zander (= Krupp-Werke) (S. 350). Tatsächlich beginnt die Krupp-Reportage Heinrich Hausers, der 1928 im Auftrag der *Frankfurter Zeitung* das Revier bereist, mit einer Eloge auf die Empfangsdame, die es verstand, «schön durch Charakter, diszipliniert», den «Geist der Kruppschen Werke dem Besucher zu vermitteln».

«Die alte Dame sprach am Telefon, Diener gingen ab und zu, die Besucher begleiteten. Glatt ging das alles wie auf einem guten Theater, ohne Hast, ohne die typische Vorzimmernervosität, jede Ungeduld legte sich, wenn man zusah, wie diese Frau mit den weißen Haaren *arbeitete*.[102]

Der Vergleich mit dem Theater enthüllt ungewollt, daß Hauser die Kulissen mit dem realen Geschehen verwechselt. Nicht nur an dieser Stelle übernimmt er unkritisch die Selbstdarstellung der Schwerindustrie. Seine Recherchen erweisen sich für diese als ausnehmend günstig. Die «Humanisierung der Hüttenindustrie» sieht er in den Krupp-Werken bereits weitgehend realisiert, das Proletariat rücke immer mehr ab von «Klassenhaß und Klassenkampf». Zuletzt predigt er einen Sozialismus der Subordination, reproduziert die «Werksgemeinschafts»-Ideologie der Industriellen:

«Man erfasse Sozialismus nicht als ein System von Dogmen und Theorien, sondern als jede Form, in der der Einzelne zum Wohle der Allgemeinheit sich einordnet und unterordnet.»[103]

Nicht zuletzt gegen solche Zufallsreportagen[104], die ein «verwaschenes oberflächenhaftes Gesamtbild» konstruieren, wendet sich ‹*Union der festen Hand*› mit dem Ziel, ihre «falschen und gefährlichen Resultate(n)»[105] zu korrigieren. Den Kampf der «roten Armee» im Ruhrkrieg 1920, der im Mittelpunkt zahlreicher proletarisch-revolutionärer Reportageromane stand (Friedrich Wolf: ‹*Kampf im Kohlenpott*› 1925; Karl Grünberg: ‹*Brennende Ruhr*›, 1928; Hans Marchwitza: ‹*Sturm auf Essen*›, 1930), spart Reger in ‹*Union der festen Hand*› aus, obwohl die proletarische Hauptfigur an ihm teilnimmt. Jenseits der spektakulären Ereignisse, auf die er verzichtet, will Reger die verborgenen und geheimen Mechanismen, den «internen Betrieb» aufdecken. Der «Ruhrkampf» wird bei ihm an anderen Fronten entschieden. Bei aller Anerkennung von Marchwitzas ‹*Sturm auf Essen*›, den er als «ausgezeichneten Reportage-Roman» bezeichnet, übt Reger Kritik an der «ungenügenden Betrachtung und Wertung der politischen und wirtschaftlichen Hintergründe der Aufstände». Sein zentraler Vorwurf besteht darin, daß der hier verherrlichte proletarische Heroismus einer Gruppe, «die sich den Klassenkampf nur mit dem Gewehr in der Hand vorstellen kann», nicht zu unterscheiden sei von «der anderen Gruppe in Deutschland, die am liebsten deutsche Soldaten über den

Rhein und die Weichsel marschieren sähe»[106] Hier wie bei anderen proletarisch-revolutionären Texten weist Reger auf die Gefahr einer allzu vereinfachenden Typisierung hin:

«Wären die Kapitalisten und ihre Machtorgane so einfältig brutal und sadistisch wie sie in sogenannten proletarischen Romanen geschildert werden, so wären sie wahrscheinlich längst erledigt. Diese Schilderungen verhalten sich zur schwierigen Realität ungefähr so, wie die an Drähten gezogenen Ziele auf Schießübungsplätzen sich zur taktischen Beweglichkeit lebender Heere verhalten.»[107]

Distanz hält Reger ebenso zu personalisierenden Romanen, die «ökonomische Bewegung als Anlaß zum Familienidyll» nehmen[108], oder wo die industrielle Produktionssphäre den geheimnisvollen Hintergrund einer spannungsgeladenen Handlung abgibt (zum Beispiel Hans Dominik).

In der Auseinandersetzung mit der zeitgenössischen Industrieliteratur entwickelt Reger sein eigenes ambitioniertes Programm einer romanhaften Reproduktion der «wirtschaftlichen Zusammenhänge, der soziologischen Struktur, der kapitalistischen Interessenkämpfe»[109], der «geschichtsbildenden Kräfte»[110]. Die «Vorliebe für das Elementare» müsse endlich dem «Studium der realen Mächte» weichen, meint Reger in seiner Polemik gegen Alfons Paquet, der in einer Tagungsrede des «Bundes rheinischer Dichter» das Rhein-Ruhr-Gebiet in seinen geographisch-natürlichen Gegebenheiten skizziert hatte.[111]

«Aber nicht die Wasserläufe, nicht die Kohlenfelder sind heute die wahren Elemente des Industriereviers, sondern der Wettbewerb der Konzerne, die Stoßkraft der Aktionäre, die abgedunkelte Politik der Unternehmerverbände. Paquet verkennt, daß die natürlichen Voraussetzungen immer in dem Moment ihre vorherrschende Stellung verlieren, wo die Ausbeutung der Bodenschätze durch das mit der Technik verbündete Kapital begonnen hat.»[112]

Diesen universalistischen Anspruch hat ‹*Union der festen Hand*› eingelöst. Regers im «Vorwort zur Neuauflage 1946» artikulierte Hoffnung, der Leser möge erschließen, «welches Maß an politischer, wirtschaftlicher und kultureller Geschichte der zwanziger Jahre dieser Roman enthält», wird sich sicher heute noch eher erfüllen. Aus der zeitlichen Distanz betrachtet, verblüfft seine historische Substanz, die Sicherheit, mit der sein dokumentarischer Realismus die zentralen Ereignisse, Vorgänge, Probleme und Hintergründe der Epoche registriert, die bestimmenden Mächte und ihre Parolen, ohne daß sich die vielfältigen Objekte verselbständigen. Alles steht in übergreifenden Zusammenhängen, Beziehungen und Korrespondenzen werden herausgearbeitet. Reger betont das Prozeßhafte, die «Entwicklung». Ein weiterer Doppelcharakter wird deutlich: ‹*Union der festen Hand*› ist sowohl Zeitroman als auch historischer Roman, in der historischen Herleitung der Gegenstände, in der breiten zeitlichen Spanne, die er umfaßt.

Die Exposition ist kennzeichnend für Regers generelles Verfahren, die Einzelphänomene in umfassende Strukturen hineinzustellen. Der Roman beginnt mit der Charakteristik der «Ruhrprovinz» als weitgefaßter Lokalität, die einen

Abriß ihrer Geschichte und die Darstellung ihrer politisch-publizistischen Verwertung, des öffentlichen Bildes miteinschließt. Es besteht kein Zweifel, daß der «Waffenschmiede des Reiches» mit ihren avancierten Produktivkräften und provinziellen Ideologien repräsentative Bedeutung zukommen soll. Das Ergebnis der geschilderten «Entwicklung» enthält eine Prognose der deutschen Sozialgeschichte für das Jahr 1931. Nach der Einführung in die Provinz, auf die sich der Blick im letzten Kapitel noch einmal weitet, erfolgt die erzählerisch notwendige Reduktion auf die Risch-Zander (= Krupp)-Werke und die von ihr beherrschte Stadt Essen. Auf beide bleibt der ganze Roman konzentriert. Reger kann seine eigenen Erfahrungen produktiv machen. Aber nicht nur deshalb ist die Objektwahl günstig. Die Krupp-Werke waren vor und nach 1918 der entscheidende Machtfaktor der westdeutschen Schwerindustrie. Nirgends waren die Allianz mit den Hohenzollern, das feudalistisch-dynastische Selbstbewußtsein, die Entwicklung zum reinen Rüstungsbetrieb nach 1914 stärker ausgeprägt als bei Krupp. Nirgendwo wurde die patriarchalische Fürsorge systematischer betrieben als hier in der «Heimat der Werksgemeinschaft»[113], wo die verstärkte emotionale Bindung der Arbeiter an den Betrieb in dem Sonderbewußtsein der «Kruppianer» ihren Ausdruck fand. Ruhrprovinz, Essen und die Krupp-Werke bilden die objektiven Koordinaten, innerhalb derer die Figuren agieren. Diese wiederum sind bis in die individuelle Charakteristik determiniert durch ihre soziale Zugehörigkeit, noch die unscheinbarste Nebenfigur ist allein von ihren kollektiven Aspekten her zu definieren. Daher sind das Proletariat, die Angestellten und die Industriellen qua soziale Größe die eigentlichen «Helden» des Romans, die Protagonisten gehen auf in ihrer Funktion als soziale Rollenträger. Gezeigt wird nicht allein ihre berufliche Tätigkeit, das öffentlich erkennbare Auftreten, ihre politischen Aktionen, der Roman folgt seinen Akteuren bis in die Privatsphäre, offenbart ihre «Verhältnisse», die soziale Kontur ihrer Lebensbedingungen. Durch die hier erreichte sehr konkrete Ebene werden die Klassengegensätze in ihrer ganzen Schärfe dokumentiert, die soziale Realität der Weimarer Republik ist in Regers Reproduktion eindeutig bestimmt vom Klassenkampf. Die linke Kritik hat in ihrer Ablehnung des Romans diesen Aspekt ignoriert. Es gibt in ‹*Union der festen Hand*› keine vagen Versöhnungsformeln, keine beschwichtigenden Ausgleichsparolen oder Appelle an das Gemeinwohl wie in Hausers ‹*Schwarzes Revier*›. Reger kaschiert nicht das brutale Durchsetzen der Machtinteressen, er exemplifiziert vielfach, daß der schärfste Klassenkampf von oben betrieben wird.

Ihm ausgeliefert sind die Angestellten und vor allem das Proletariat, das sich als historisches Subjekt der Novemberrevolution sehr schnell wieder in die Defensive drängen läßt. Die erhoffte «Heimzahlung» für all die «Ungerechtigkeiten, die Beschimpfungen, die Verhöhnungen und Erniedrigungen» (S. 22) kehrt sich um in die Rache der rasch restaurierten industriellen Macht. Paradoxerweise werden gerade der proletarische Alltag, Anpassungsbereitschaft, Resignation und Traditionalismus der Arbeiterkolonien zu ihren stärksten Verbündeten. Die Statik der Lebensverhältnisse in der «Flammenden Scholle», wo die Zeit «still» steht (S. 186) und «das Elend den Menschen zu einer lieben Gewohnheit geworden ist» (S. 182), überholt schließlich die revolutionäre Bewegung, erstickt den Veränderungswillen. Die atmosphärisch dichten Schilderungen des proletarischen Alltags manifestieren eindrucksvoll die ganze Skala der offenen und subtilen Unterdrückungsmechanismen. Dies beginnt mit der Nähe der Bergmannskolonie zum «Zechengerüst von Schacht I» (S. 179), die Reger an anderer Stelle treffend als «Leibeigenschaft in der plausiblen Form der Bequemlichkeit» bezeichnet.

«Hier kann niemand mehr entrinnen. Hier herrscht Seßhaftigkeit und Wirtschaftsfriede; aber nicht aus Gesinnung und Wohlbefinden, sondern aus Furcht und Zwang.»[114]

Das setzt sich fort in der Abriegelung «gegen die Außenwelt» (S. 178f), in der streng normierten baulichen Anordnung (von der aus Reger stets die Lokalitäten erschließt), die Überschaubarkeit und permanente Kontrolle ermöglichen.

Wirksamer Bestandteil des Ordnungssystems sind die Wohlfahrtsinstitutionen, die Krupp-Historiographen gern als vorwärts weisendes «Sozialwerk» verherrlichen[115] und die Reger als «karitativ» maskierten Zwang entlarvt.[116] Die umfassende Daseinsfürsorge, von der Geburtshilfe bis zum Begräbnisritual ist für alles gesorgt, erzeugt eine ebenso umfassende Abhängigkeit, fixiert das Proletariat auf Hilflosigkeit und Immobilität. Der Werkskonsum, der vorschreibt, was lebensnotwendig ist und keine «Extras» führt (S. 184), hält die proletarischen Bedürfnisse unter Kontrolle und wirft zudem noch enormen Profit ab. Schon unter dem Regiment von Alfred Krupp (1812 bis 1887) entwickelten sich die Konsumvereine, deren Genossenschaftsprinzip schnell rückgängig gemacht hatte, zu «einem sehr gewinnbringenden Millionen-Warenhaus»[117].

Die Abhängigkeit hat auch ihre Symbole: wie das Proträt eines gnädigen Monarchen prangt das Bildnis des alten Risch in allen Wohnzimmern der «Flammenden Scholle» (S. 180), den Jubilaren verehren die Industriellen ihr eigenes Konterfei (S. 341).

Die absolutistischen Herrschaftsformen der Schwerindustrie, das Elend der proletarischen Lebensbedingungen mit dem Teufelskreis aus Armut und Kinderreichtum, die inhumanen industriellen Arbeitsbedingungen, der ungenügende Unfallschutz, die mangelhafte ärztliche Versorgung – dies alles wird deutlich aus der Perspektive der Unterdrückten wiedergegeben. Regers Parteinahme ist nicht zu leugnen, auch wenn sie sich nicht als kämpferisches Engagement, als rückhaltlose Identifikation äußert. Einige zeitgenössische Rezensenten haben ausdrücklich auf diesen Standort des Autors verwiesen. Der Roman dokumentiere «das physische Leiden des Proletariats», heißt es im *Gewerkschaftsarchiv.*[118] «Bei aller äußeren Zurückhaltung» sei er doch «aus der Situation des Arbeiters heraus empfunden», meint Walter Dirks.[119] Den gegenteiligen Eindruck gewinnt ein Leserbriefschreiber der *Linkskurve*: «Also eigentlich ein arbeiterfeindliches Buch.» Hier werde das «Proletariat ganz negativ von der anderen Seite des Klassenkampfes» geschildert, der Arbeiter «lächerlich» gemacht.[120] Ein solches Urteil leitet sich ab aus der scharfen Kritik, von der Reger das Proletariat nicht ausnimmt. Ohnmacht und Unterdrückung sind für ihn zum großen Teil selbstverschuldet. Ergebnis der proletarischen Anpassungsbereitschaft, des Hängens am Überkommenen, des Traditionalismus aus Bequemlichkeit. Nach Regers Analyse dominiert im Laufe der zwanziger Jahre immer mehr ein proletarischer Konservatismus, seine Exponenten gewinnen im Roman zunehmend an Boden: die Frauen, von Anfang an ein Gegengewicht zur Revolution, die um die Wohlfahrtseinrichtungen fürchten und die Romane der Werkszeitungen konsumieren, weil sie einen «Lichtschimmer» von oben entdecken (S. 186), die dankbaren Jubilare, leuchtende Vorbilder an Arbeitsdisziplin, Arbeiteroriginale wie Jakob Kalinna, der gehorsam die vom Pressechef aufgesetzte Rede verliest, der gefeierte Arbeiterdichter Helmut Fries. Am Ende sind gar die unpolitischen Kleinbürger vom Schlage Dopslaff und Aldenhövel vorherrschend.

1930 glaubt Reger davon ausgehen zu können, «daß achtzig Prozent der Arbeiter in Rheinland-Westfalen von der großväterlichen Überlieferung leben und bissig werden, wenn mehr von ihnen verlangt wird»[121]. Ohnehin wurzeln nach Regers Beobachtungen die proletarischen Sehnsüchte im Kleinbürgertum. Dem 1929 erschienen Artikel ‹*Kulturpolitik an der Ruhr*› hat Reger ein Foto beigegeben mit der Bildunterschrift: «Wie ein junger Bergmann seine Eltern sieht. Aufgenommen von einem Bergarbeiter.» Da sitzt ein älteres Paar im Sonntagsstaat starr aufgerichtet in der Sofaecke der guten Stube, fast erdrückt vom Interieur: der glattgestrichenen Spitzendecke, dem riesenhaften Blumenstrauß, dem Wandschoner, der verzierten Tapete.[122] Diese Selbstdarstellung wertet Reger wohl als Beweis, daß die proletarischen Träume auf eine kleinbürgerliche Idylle und bourgeoise Objekte gerichtet sind. Genauso signalisieren die kitschüberladenen Wohnungen der Arbeiterkolonie, die wahllose Ansammlung von «Paradekissen, büßenden Magdalenen, Engelsköpfen und gestickten Wandschonern» (S. 180) die zwanghafte Nachahmung bürgerlicher Kulturgewohnheiten. Diese Tendenz spiegelt sich in der Entwicklung der proletarischen Hauptfigur. Adam Griguszies beginnt als glühender Revolutionär und führender Spartakist, in der revolutionären Konfrontation mit dem Kaiser schüttelt er zu Beginn des Romans den letzten «Rest von Untertanensinn» ab (S. 75). Aber schon auf dem Höhepunkt der Aktion ist er ein gebrochener Revolutionär, der im «Dilemma zwischen Gefühl und Verstand» an «Festigkeit» verliert; schon hier sagt ihm seine Schwester Paula ein «Talent zum Spießbürger» nach (S. 114). Über die Zwischenstation eines kämpferischen, aber erfolglosen Betriebsrats endet er dann tatsächlich als resignierender Kleinbürger. Seine Schwester ist inzwischen durch die Heirat mit einem Angestellten des Pressebüros in den Mittelstand aufgerückt und auch Adam kehrt der «Flammenden Scholle» den Rücken. Willig paßt er sich der Aufsteigermentalität seiner Frau Alma an, deren Ehrgeiz mit der Neubauwohnung erfüllt ist, weil dies seinen geheimen Sehnsüchten entspricht. Die Eindeutschung seines

«Pollackennamens» symbolisiert als letzten Akt der Kapitulation die Aufgabe seiner proletarischen Identität.

Diese ruhmlose Karriere eines proletarischen Kämpfers soll nach Regers Konzept Adam Grieghöfer alias Griguszies keineswegs zur Negativfigur degradieren. Dessen charakterliche Integrität und radikale Selbstehrlichkeit, die ihm schließlich zum Verhängnis wird, vermißt Reger bei den Organisationen der Arbeiterbewegung, ihm legt er seine eigenen Positionen und Analysen in den Mund. Adam Griguszies erkennt, daß die Novemberrevolution an der Zersplitterung der proletarischen Kräfte scheitern mußte, daß hier im entscheidenden Augenblick die revolutionäre Veränderung verpaßt wurde (S. 364), er durchschaut den sinnlosen «Zweifrontenkrieg», den er im Betriebsrat führen muß, er spürt in der eigenen Person den «Ballast aus der bürgerlichen Erbmasse» (S. 218), der einem proletarischen Klassenbewußtsein im Wege steht.

«Es ist alles schön und gut, aber was erreicht man mit allen Argumenten, solange man sich selbst nicht geändert hat? Zuerst muß man mal gegen den Bürger kämpfen, den man selber in sich hat» (S. 380).

Zwei Jahre vor Erscheinen von ‹*Union der festen Hand*› behauptete Reger: «Niemand in Deutschland kennt den Arbeiter so genau wie der Unternehmer.»[123] Der Roman nimmt diese These auf; dem Finanzrat Hiebenstein fällt die Rolle zu, die Selbstanalyse des Adam Griguszies von der Gegenseite her zu bestätigen (S. 381). Während die Industriellen ihr Wissen in eine geschickte Taktik umsetzen und an die bürgerlichen Bedürfnisse der Arbeiter anknüpfen, weigern sich die proletarischen Parteien – so Regers Vorwurf –, diese «Realitäten» zur Kenntnis zu nehmen. In den politischen Organisationen der Arbeiterbewegung ist daher auch kein Platz für Adam Griguszies' konsequente kritische Selbstreflexion, für seine Integrität, seinen unbedingten Idealismus. In den revolutionären Kämpfen 1918/19 muß er dem Schlägertyp Walkowiak, der später bei der NSDAP landet, das Kommando abtreten, die KPD der zwanziger Jahre macht Friedrich Bilgenstock, «jenen Lump, der im Krieg der niedrigste unter den Kapitalsvögten gewesen war», zum entscheidenden Mann. Griguszies ist notwendigerweise isoliert in dieser Partei «voll unsicherer Kantonisten, die nicht wußten, wohin sie gehörten, voller Überläufer und Nutznießer der Konjunktur aus allen Lagern» (S. 333).

Vergeblich kämpft er gegen einen abenteuerlichen Aktionismus und gegen die wilden nationalbolschewistischen Parolen, die Oberhand gewinnen. Das Negativbild der KPD wiederholt der Roman ‹*Das wachsame Hähnchen*› (1932), ein starrer Antikommunismus bleibt ein konstantes Element Regers, erst recht in seiner Publizistik nach 1945.

Einer nicht minder scharfen Kritik wird die SPD in ‹*Union der festen Hand*› unterzogen. Ihr Repräsentant, der Former Fries, beschränkt sich im ganzen Roman darauf, als «berufsmäßiger Vermittler zwischen Proletariat und Bourgeoisie» zu fungieren (S. 35), von den «Massen», deren Interessen er vertreten soll, hat er sich längst entfernt. Er wirkt abwägend, ausgleichend, vertröstet in seinen Reden auf ein nebulöses sozialistisches Ziel (S. 183). Der republikanische Legalismus der staatstragenden SPD zwingt sie zur Anerkennung aller Kompromisse und Halbheiten des neuen Staates, sie wird daher zu einer konservativen Partei. Die faktischen Niederlagen des Proletariats verwandelt Fries pathetisch-verbal in Triumphe. Als sich die revolutionäre Bewegung erschöpft hat, tritt sie für ihn «aus dem Stadium der radikalen Geste in das Stadium der sittlichen Verantwortung» (S. 159), mit dem Betriebsrätegesetz, dem dürftigen Ergebnis der Sozialisierungsdiskussion, dem dazu noch, wie die Industriellen eingestehen, «schon bei seiner Entstehung alle Giftzähne ausgebrochen» wurden (S. 219), ist nach seiner Wertung «die Beteiligung der Arbeiter an der Führung der Werke in der Verfassung verankert» (S. 174).

Regers Darstellung eines verbürgerlichten konservativen Proletariats, das sich einer revolutionären Agitation radikal widersetzt, trifft eher die bundesrepublikanische Aktualität als die historische Wirklichkeit der zwanziger Jahre. Es muß bezweifelt werden, ob die desillusionierende Entwicklung des Adam Griguszies als typisch gelten kann für das Selbstverständnis eines klassenbewußten, politisierten, intellektuellen Arbeiters vor 1933. Arbeiterautobiographien und andere literarische Dokumente geben keinerlei Hinweise auf jene Gebrochenheit, auf bürgerliche Sehnsüchte und bequeme Anpassung.[124] Die Existenz eines konsistenten, stark ausgeprägten, sich gerade vom Bürgertum absetzenden proletarischen Selbstbewußtseins ist nicht zu leugnen. Den Vorwurf einer Verzeichnung kann man Reger nicht ersparen. Bei ihm läuft die Geschichte der Arbeiterbewegung am Ende der zwanziger Jahre aus im Spießbürgertum oder im wilden Aktionismus von Minoritäten. Er verkennt völlig die breite Politisierung nach 1929, das verstärkte proletarische Engagement in der Krise. Reger fehlt auch der Blick für die spezifischen, durchaus eigenständigen kulturellen Leistungen der Arbeiterbewegung in Literatur und Film, die nicht einfach als mißlungene Adaption bürgerlicher Vorbilder zu begreifen sind.

Nicht gerecht wird Reger der vom Proletariat getragenen Novemberrevolution. Zwar hat er die Konzeptionslosigkeit der Arbeiterparteien, die auf die revolutionären Ereignisse nicht vorbereitet waren, ihre Konzentration auf die abstrakten «Ideale der Revolution» (S. 109), adäquat wiedergegeben, aber von der breiten demokratischen Bewegung, die über die Parteigrenzen hinausging, liefert er nur ein Zerrbild. Gerade die großen Streiks im Frühjahr 1919 verliefen an der Ruhr zunächst im geregelten institutionellen Rahmen. Der «Neunerkommission», die die Sozialisierung der Bergwerke proklamierte, gehörten selbst Vertreter der SPD, der USPD und der KPD an. Reger tut ihre Mitglieder ab als die «fanatischen Mönche der Revolution» (S. 113), die ohne jeden Sinn und Zweck zur «direkten Aktion» übergehen wollen. «Sozialisierung» war jedoch keine zufällige Parole von Aktionsfanatikern, sondern das konsequente Ziel eines politisch-sozialen Änderungswillens, war eingebunden in den Rätegedanken und in ein Mitbestimmungsmodell. Die Vorstellungen, die hier entwickelt wurden, waren durchaus konkret, lassen ein geschlossenes Konzept erkennen, von einem zufällig-sprunghaften Vorgehen wie bei Reger kann keine Rede sein. Er hat die putschistisch-radikalistischen Elemente, die Nebenerscheinungen lumpenproletarischer Exzesse zu sehr in den Vordergrund gerückt. Das Scheitern der Ausstandsbewegung war auch nicht allein, wie der Roman nahelegt, ein Ergebnis des inneren Zerfalls, sondern resultiert ebenso aus dem äußeren militärischen Druck der Freikorps und der Abwiegelungspolitik der Reichsregierung.[125]

Diese Schwächen legitimieren keineswegs eine totale Abwertung des Romans, wie sie Helmut Lethen vorgetragen hat.[126] An diesem Buch werde klar, «daß bürgerliche Aufklärung über die Produktionssphäre, die nicht sozialistische Agitation ist, zur Desillusion verkommen muß». Wer freilich auf «sozialistische Agitation» fixiert ist, vermag die «materialistischen» und sozialkritischen Elemente in *‹Union der festen Hand›* nicht mehr zu registrieren. Der «agitatorische Überschuß», den Lethens Analyse vergeblich sucht, kann in einer produktiven Rezeption durchaus abgeleitet werden. Wolfgang Harichs Aufsatz aus dem Jahre 1946 demonstriert, daß selbst in marxistischer Perspektive *‹Union der festen Hand›* zum historischen Lehrstück taugt. Bezogen auf die unmittelbare Aktualität der Nachkriegszeit leitet Harich politische Konsequenzen und Forderungen aus dem Roman ab, die vom proletarischen Einheitsgebot bis hin zur kritischen Revision der KPD-Politik in der Weimarer Republik reichen.[127]

Es gehört zu den Pointen des Romans, daß die thematisierte «Entwicklung» sich als Rückkehr zu den Ausgangspositionen zu erkennen gibt. Das Proletariat fällt am Ende in den vorrevolutionären Zustand der Unterdrückung zurück, und auch die Angestellten können den Zirkel ihrer Lebensbedingungen, ihres «Standesbewußtseins» nicht durchbrechen. Ihre Solidarisierung mit dem Proletariat während der Novemberrevolution war nur punktuell und nicht von langer Dauer, bald dominiert auch hier die Statik der Verhältnisse, die betonte Distanz «nach unten». Wilhelm Alffs Urteil ist zuzustimmen, daß Regers Beschreibung des Alltags und der Vorstellungswelt der Angestellten Kracauers 1930 erschienenem Soziogramm an Scharfsinnigkeit in nichts nachsteht.[128] Beide analysieren die Hierarchien, die unendliche Aufstiegschancen vorgaukeln, das Kastendenken, die flitterhafte Architektur ihrer Kasinos und Clubs, die kleinbürgerlichen Rituale ihrer Versammlungen, die «Gemütlichkeit» ihrer Zusammenkünfte, die nur den im Alltag herrschenden Kampf aller gegen alle, das gegenseitige Sich-Belauern verdecken soll. Fast mit den gleichen Kategorien wie Kracauer umreißt Reger die soziale Position der Angestellten: «Zwischen den Polen Kapital und Arbeit hatten sie eine unglückselige Mittelstellung inne, die Flankenfeuer von beiden Seiten bekam. Sie mußten zur Abwehr nach unten bereit sein, ohne eine Anlehnung nach oben dafür zu gewinnen» (S. 257).

Eine ungehemmte Konkurrenz läßt sie «Grenzpfähle untereinander» aufrichten und verhindert Solidarität, ihr Organisationsgrad ist gering. Schutzlos sind sie der Willkür des Direktoriums ausgesetzt. Mit dem zynischen Hinweis auf die Spareinlagen der Werkssparkasse werden ihre Lohnforderungen abgeblockt (S. 261), ihr Drängen auf geregelte tarifliche Bezahlung hat als Ergebnis die Festschreibung des alten Zustands «in veränderter Form» (S. 263).

In der einsetzenden Krise wird mit perfiden Methoden der Abbau der Angestellten betrieben. Diese helfen sich, indem sie wie Otto Wittkamp, der Schwager von Griguszies, dem «Stahlhelm» beitreten. Die massenhafte Abwanderung nach rechts verbleibt als letzte Möglichkeit des Überlebens. Sarkastisch kommentiert Reger 1929: «Es ist bekannt, daß die Zechen Stahlhelmer bei Wiedereinstellungen bevorzugen: vielleicht verfolgen also die Stillegungen und Betriebseinschränkungen den Zweck, dem Stahlhelm Mitglieder zu werden?»[129]

Nur am Rande erscheint das mittelständische Bürgertum der Handwerker, Ladenbesitzer und Gastwirte, opportunistisch, die politische Haltung allein am materiellen Wohlergehen ausrichtend (S. 82). Ganz im Mittelpunkt steht der alte Mittelstand, der die Lokalpolitik souverän beherrscht, in ‹*Das wachsamen Hähnchen*›.

Um so intensiver wird die industrielle Elite ins Bild gesetzt. Die detaillierte Aufreihung ihrer Charaktere entspringt wiederum Regers aufklärerischem Impuls.

«Die Frage, wie ein Bankier, ein Warenhausbesitzer, ein Konzerndirektor aussehe, ist beinahe so schwierig wie hypothetisch zu beantworten, wie die nach dem Ursprung der Welt.»[130]

Der Roman versucht, Antworten zu liefern, streng an die Realität gebunden und ohne Hypothesen; er will den mystischen Schleier des Geheimnisvollen, mit dem sich die Industriellen gern umgeben, durchbrechen, dem Hauch von Genialität, der ihnen von den Hausbiographen verliehen wird, die realen Dimensionen entgegenstellen. Bei aller individualisierenden Differenzierung gibt Reger dennoch ein soziologisches Resümee dieser isolierten Kaste, die ängstlich Eindringlinge abwehrt, sich an «überkommene Formen und gravitätische Strenge» klammert und nach außen als geschlossener Typus erscheint (S. 92). Ihr Privatleben vollzieht sich fernab von der Öffentlichkeit in ihren Burgen und Schlössern, deren Festungscharakter ihrem Sozialbewußtsein entspricht. Die revolutionären Erschütterungen haben der feudalistischen Monumentalität der ländlichen Herrensitze nichts anhaben können, in solche Bereiche greifen, wie auch bei den anderen sozialen Gruppen, politische Machtwechsel nicht hinein. Die überladenen proletarischen Interieurs besitzen ihr großindustrielles Pendant in der hier praktizierten «Mythologie der Raumausstattung», im maßlosen Stilmischmasch von «Portieren, Gobelins und Plafonds» (S. 63), von «Arkaden mit dorischen Säulen, gotischen Bogen und zwölfflächigen Renaissance-Ampeln» (S. 161).

Nahezu das gesamte Führungspersonal der westdeutschen Schwerindustrie tritt im Roman verschlüsselt auf. Um die Enthüllungen dem Zugriff der, wie Reger erfahren mußte, rechtslastigen juristischen Instanzen zu entziehen, wählt er das Instrument der Verschlüsselung. Aus dem gleichen Grund nutzt ein Gegenwartsautor wie Bernt Engelmann (‹*Großes Bundesverdienstkreuz*›,

1974) die Gattung des Schlüsselromans als Medium politischer Aufklärung. Verschlüsselung deutet jedoch keineswegs hin auf eine bewußte Entkräftung des «authentischen Materials», auf eine kalkulierte Zurücknahme des Aufgedeckten, wie Lethen unterstellt.[131] Ängstlichkeit lag dem kämpferischen Publizisten Reger fern. In seinen Zeitungsartikeln hat er die im Roman erhobenen Vorwürfe oftmals wiederholt und bekräftigt, unter direkter Namensnennung auf das Bündnis der Schwerindustrie mit der NSDAP verwiesen. Außerdem hatten die zeitgenössischen Leser keine Schwierigkeiten, die Subjekte des Romans zu dechiffrieren, wie einige Rezensionen zeigen. Sie wußten, wer gemeint war.

Durch die Verschlüsselung gewinnt Reger die Möglichkeit, die Realitätsphänomene ins Typische und Exemplarische zu akzentuieren. Die Verfremdung der Realität wird zum Mittel ihrer schärferen Fixierung. So sind biographische Elemente zweier realer Personen zu einer Romanfigur zusammengezogen, um die Einheitlichkeit des Typus zu unterstreichen. Den Eindruck einer stringenten Zusammenarbeit von NSDAP und Schwerindustrie verstärkt Reger, indem er die ersten direkten Kontakte, die realiter 1926/27 anzusetzen sind, schon vor dem Hitler-Putsch lokalisiert. Der industrielle Neofeudalismus am Ende der zwanziger Jahre findet im Roman seinen Höhepunkt in der pompösen Krupp-Jahrhundertfeier, die tatsächlich schon 1912 begangen wurde.

Im Unterschied zu ihrem proletarischen Gegenpart versteht es die Kaste der Großindustriellen, nach außen den Eindruck der Geschlossenheit zu wahren, Fraktionskämpfe und Interessengegensätze zu kaschieren. Interne Konflikte sind zwar erwünscht, da sie «dem Blut frische Kräfte zuführten» (S. 90), aber sie enden immer mit dem lautlosen Arrangement. Reger markiert die unterschiedlichen Positionen und ihre Verfechter. Da ist einmal die Generation der Gründerzeit, die eher als ornamentales Relikt aus einer längst vergangenen Epoche in die Gegenwart hineinragt. Allen voran Christian Felgenhauer = Emil Kirdorf, tituliert als «Bismarck des Kohlenbergbaus»[132], der Initiator des Rheinisch-Westfälischen Kohlensyndikats, des wichtigsten horizontalen Zusammenschlusses im Bergbau der neunziger Jahre, der strammste Vorkämpfer für das Herr-im-Haus-Prinzip»[133], kompromißloser Gegner der Gewerkschaften, der Arbeiterbewegung und der katholischen Kirche, der Wilhelm II. verachtete, weil er dessen Sozialpolitik für zu lasch hielt. In seiner «knorrigen, kantigen Art»[134] erscheint er auch im Roman, ein unangepaßter Starrkopf, für Reger der letzte «natürliche Tyrann», «eine vielleicht hassenswerte, doch sympathische Erscheinung»[135].

Abgeschwächt wird in ‹*Union der festen Hand*› sein extremer Nationalismus und Chauvinismus, die ihn als Urbild eines «reaktionären Monopolkapitalisten» erscheinen lassen. Immer engagierte er sich für die radikalsten Parolen der äußersten Rechten; im Weltkrieg unterstützte er «selbst die extravagantesten Annexionspläne»[136], nennt die Novemberrevolution eine «Pöbelherrschaft», ist Verfechter der Dolchstoßlegende und tritt als Achtzigjähriger 1927 der NSDAP bei, läßt unter den westdeutschen Industriellen eine geheime

Hitler-Broschüre zirkulieren.[137] Ein Jahr später tritt er wieder aus der Partei aus, weil ihn deren «linke Elemente» beunruhigen.

Wie Felgenhauer/Kirdorf so ist auch der alte Schellhase (= August Thyssen) schon so etwas wie eine «mythologische Größe» (S. 88). Der «Schwerindustriellen-Typ der Vorkriegsperiode»[138] hat die Prinzipien der Pionierzeit in den Hochkapitalismus hinübergerettet. Nie hat er Kredit aufgenommen und seine Werke immer nur nach der «Maßgabe ihres Ertrags ausgedehnt» (S. 88).

Die positive Bilanz ist der einzige Grundsatz, der bei Frau Ella (= Margarete von Krupp, Witwe von Friedrich Alfred Krupp [gest. 1902]) zählt. Sie, die sich selbst als «Wirklichkeitsmensch» bezeichnet – wobei sie Wirklichkeit mit ihrem Vermögen gleichsetzt (S. 141) – führt auf Zandershöhe (= Villa Hügel) ein strenges Regiment nach der Parole: «Der Vergangenheit alle Tränen, aber keinen Pfennig» (S. 144). Als die Krupp-Bilanz des ersten Friedensjahres mit Verlust abschließt, ist das für sie die eigentliche Revolution.

Wegen ihrer starren Prinzipientreue, der Unfähigkeit zum Taktieren und zu sozialen Kompromissen, sind diese skurrilen Charakterköpfe als Führungspersonal in einer Periode revolutionärer Turbulenzen nicht mehr tragbar. Hier werden andere Qualitäten verlangt. Ottokar Wirtz (= Hugo Stinnes) bringt sie in hohem Maße mit, er wird zum Mann der Stunde. Die Mahnung des kaiserlichen Staatssekretärs an die Adresse der Industriellen, sich flexibel den «Wandlungen» des Kapitalismus anzupassen, gelten nicht für den «Tatsachenmensch» Wirtz/Stinnes (S. 93). Während alle anderen sich noch an den Obrigkeitsstaat klammern, hat er ihn längst verabschiedet und sich eine Taktik zurechtgelegt, wie die zu erwartenden Erschütterungen unter Erhaltung, ja vielleicht sogar Stärkung der «freien Wirtschaft» zu überstehen sind. Sie lautet im einzelnen: Verzicht auf die unternehmerabhängigen Werksvereine, Anerkennung der Gewerkschaften als Verhandlungspartner, aber ihre faktische Benutzung zur Erreichung großindustrieller Ziele, Pseudo-Mitbestimmung als Abschieben der Verantwortung, Auffangen der revolutionären Bewegung durch scheinbare Konzessionen; rigoroses Durchsetzen der eigenen Interessen gegenüber den unsicheren republikanischen Regierungen, die gern dem Rat der industriellen «Fachmänner» und der im Sattel gebliebenen Ministerialbürokratie vertrauen; Schaffung einer «Rückendeckung im Bereich des politischen Lebens» (247), intensives politisches Engagement bis hin zur eigenen Außenpolitik und zum Aufbau eines starken Interessenverbandes.

Reger hat die dominierende politische Rolle von Hugo Stinnes innerhalb der westdeutschen Schwerindustrie richtig erfaßt, die dieser nach 1918 bis zu seinem plötzlichen Tod 1924 spielte. Auf einer Industriellen-Versammlung am 9. Oktober 1918 in Düsseldorf, auf die der Roman am Ende des ersten Buches wohl Bezug nimmt, plädierte Stinnes für ein Zweckbündnis mit den Gewerkschaften[139], am 14. November begründete er mit dem Gewerkschaftsführer Carl Legien eine Arbeitsgemeinschaft. Dieses Stillhalteabkommen ist das sozialpolitische Gegenstück zum Bündnis Ebert–Gröner[140] und hat den Kompromißcharakter der Weimarer Republik wesentlich vorgeprägt. Mit der Arbeit hinter den Kulissen gab Stinnes sich nicht zufrieden; für die DVP zog er in den Reichstag ein, betrieb Außenpolitik auf eigene Faust und verhandelte mit dem französischen Industriellen Marquis de Lubersac über die Reparationsfrage.

Auch seine gewaltigen Aktivitäten im ökonomischen Bereich spiegelt der Roman exakt wider: «Zu denen, die am schnellsten und gründlichsten die großen Ausbeutungschancen der Inflation für die geschäftliche Kalkulation erfaßt hatten, gehörte Hugo Stinnes», schreibt der Wirtschaftsjournalist Felix Pinner.[141] Dieses blitzschnelle Umschalten vom bankrotten Wirtschaftsimperialismus zur ungeahnten Revolutionskonjunktur, von der erwarteten Krise zum hypertrophen Aufschwung demonstriert ‹*Union der festen Hand*›. «Jetzt fängt die Zeit des Kapitalismus erst richtig an, meine Herren!» (S. 199), verkündet er den weniger elastischen Kollegen, nach dem Verlust des Krieges müsse nun wenigstens die «Geldschlacht» gewonnen werden (S. 199). Wirtz/Stinnes setzt auf die Dauerhaftigkeit der Inflation, rücksichtslos nutzt er die Chance zu risikolosen Transaktionen, zum Erwerb riesenhafter Sachwerte, zum Aufbau gigantischer Konzentrationen. Dabei ist er besessen von der Idee des «vertikalen Konzerns», wo vom «Rohstoff zum Fertigfabrikat» unter Einschluß der Transport- und Vertriebswege alles in einer Hand vereinigt ist (S. 208). Felgenhauer/Kirdorf, der Trustmanager der neunziger Jahre, läßt sich für diesen Plan gewinnen, gleichzeitig werden Fäden zur Elektroindustrie geknüpft. Die daraufhin zustande gekommene «Felgenhauer-Wirtz-Elektro-Allianz» bezieht sich auf die Siemens-Rheinelbe-Schuckert-Union, die spektakulärste vertikale Konzernbildung, die Stinnes 1920 initiierte. Rasch war er zu der Erkenntnis gelangt, «daß ein wirtschaftlicher Aufstieg auf unabsehbare Zeit nur in der Republik möglich ist» (S. 197). Das Arrangement mit dem neuen Staat wird zur ökonomischen Notwendigkeit, ist allein Resultat von Pragmatismus und Gewinnstreben. Da die Konjunktur maßlos floriert, fällt die Trennung vom Obrigkeitsstaat, vom patriarchalischen «Herr-im-Haus-Prinzip», von direkten konterrevolutionären Aktionen leicht. «Nie habe die Industrie solche Chancen gehabt wie unter dem neuen Regime», meint Wirtz/Stinnes, so daß man gar die «Gegenrevolution, gäbe es eine», bekämpfen müsse. Dieser «gemäßigte» demokratische Kurs ohne jede demokratische Substanz wird mit den gleichen Motiven gestützt von Krogoll (= Peter Klöckner), der es nach Felix Pinner fast genausogut wie Hugo Stinnes verstand, «die Möglichkeiten der neuen Zeit nach Kräften auszunutzen»[142], und vom Bankier Hugo Mehren (= Louis Hagen), der eine relative Linksposition vertritt. Wirtz/Stinnes verstärkt seine Fraktion durch den geschickten Einsatz seiner beiden «Adjutanten» Näßler (= Albert Vögler, Generaldirektor des Stinnes-Konzerns, später Vorsitzender des Vorstandes der Vereinigten Stahlwerke) und Clemens Faulstich (= Ernst Poensgen, Generaldirektor der Phoenix AG für Bergbau und Hüttenbetrieb, dann Direktor der Vereinigten Stahlwerke). Jene repräsentieren den Typus der «mehr oder minder amerikanisierten Selfmademen» (S. 189), die ohne dynastische Absicherung Führungspositionen erklimmen, sie sind die Vorläufer der heutigen Managerelite vom Schlage eines Beitz und Mommsen.

Reger hat in seinen Zeitungsartikeln immer davor gewarnt, die Macht dieser in der Öffentlichkeit viel genannten Manager zu überschätzen.

«Der Einfluß Vöglers und sein Wille zur Einflußnahme sind nicht entfernt so groß, wie es in der Öffentlichkeit angenommen wird.»[143]

Auf eine Korrektur dieses Bildes ist der Roman aus, der Näßler/Vögler als Vollzugsbeamten des jeweils Mächtigen präsentiert, für den er Öffentlichkeitsarbeit betreibt und Organisationsprobleme löst. Herausragend ist nur seine untrügliche Witterung für den jeweiligen Potentaten, von Wirtz/Stinnes wendet er sich ab, als sich dessen Machtverfall andeutet.

Wortführer einer Gegenpartei, die den «republikanischen» Kurs der flexiblen Anpassung erbittert bekämpft, ist Schellhase jr. (= Fritz Thyssen), Verfechter einer extremen Rechtsposition, Vorreiter eines Bündnisses von Schwerindustrie und NSDAP, die er schon sehr früh finanziell unterstützte. Schellhase/Thyssen verwechselt den Pragmatismus von Wirtz/Stinnes mit einem politischen Bekenntnis zur Republik, er fürchtet um den bewährten rechten Ruf der Branche.

«Überall paktieren Sie, das geht so nicht fort, wir kommen in ein schiefes Licht durch Sie» (S. 220), hält er Wirtz/Stinnes entgegen. Seine völlige Verkennung der veränderten Verhältnisse gibt er als Gesinnungstreue aus, er verlangt von der Industrie die Konstanz des autoritären Nationalismus, der kompromißlosen Sozialpolitik. Kämpferisch möchte er der Revolution die Stirn bieten und hat ihr doch nur die überholte Vergangenheit entgegenzustellen. «Im übrigen nehme ich natürlich in diesen Zeiten die Ordnung, wo ich sie finde» (S. 196), gesteht er die Wahllosigkeit seiner Bündnispartner ein. Die neu belebten Werksvereine, nationalistische Bünde, «Stahlhelm» und NSDAP sind ihm als Ordnungsmächte hochwillkommen. Hart kritisiert Reger diese falsche Gradlinigkeit, das verlogene nationalistische Pathos, die «heldische», sich elanvoll präsentierende Selbstüberschätzung. Schon bei der Einführung von Schellhase jr./Fritz Thyssen sind die Umschreibungen mehr als deutlich: «nichts als schneidig, nichts als Fanfare, nichts als Anmaßung und Überheblichkeit; ein Assessor der Weltwirtschaft, ein Reserveleutnant der Hochöfenbatterien» (S. 90). Regers Publizistik setzt die Polemik fort, der «chauvinistische Heißsporn Thyssen»[144] wird dort entlarvt als «Epigone – nicht von August Thyssen, sondern von Düsterberg und Seldte»[145].

Energischer Kombattant ist bis zum abrupten Ende seiner industriellen Karriere der Krupp-Direktor Alfons Hachenpoot (= Alfred Hugenberg), der dennoch später sein Presseimperium, mit dem er mehr reüssiert, den Interessen von Kohle und Stahl zur Verfügung stellt. Beim Besuch Wilhelms II. ist er noch der berufene Festredner, der Endsieg und Kaisertreue beschwört. Nach der Novemberrevolution gründet Hachenpoot/Hugenberg eine «Bürgerwehr» und organisiert zielstrebig eine «Gegenrevolution» (S. 104). Das klägliche Scheitern seines Plans signalisiert, daß die offene Konterrevolution keine geeignete Taktik der revolutionären Übergangsphase darstellt. Erst Ende der zwanziger Jahre wird sie wieder Aktualität erlangen.

Auch der reaktionäre Flügel der Industriellen hat seinen «Selfmademan»: Kropf (= Paul Reusch), als Vorsitzender des Langnamvereins eine zentrale Figur der schwerindustriellen Interessenpolitik. Reger läßt ihn im Roman außerhalb der «Union», des alles beherrschenden Interessenverbandes stehen, um seinen unbändigen Ehrgeiz, das Drängen in alle nur denkbaren Ämter und Aufgaben noch prägnanter zu charakterisieren. So erscheint Kropf/Reusch als cholerischer Scharfmacher, als unermüdlicher Intrigant, der andere Organisationen (zum Beispiel die Handelskammer) oder den Exponenten der chemischen Industrie Geheimrat Püschel (= Carl Duisberg) in seine Dienste einzuspannen sucht.

Eine «außergewöhnliche Entschlußlosigkeit» (S. 90) zeichnet den Feldherrn von Zander (= Gustav Krupp von Bohlen und Halbach) aus, der zwischen den Fronten hin und her schwankt, aber viel zu schwach ist, um als Vermittler wirken zu können. Der kritische Krupp-Historiograph Norbert Mühlen stellt ihn dar als biederen Organisator mit einem überschaubaren preußischen Tugendsystem von «Sparsamkeit und Disziplin», der sich verbissen trotz aller offenkundigen politischen Verwicklungen an das «Prinzip des Unpolitischen» hält. Lebenslang und verzweifelt habe der durch Einheirat und kaiserliches Privileg zum Träger des Namens Krupp Gewordene die Legitimation erbringen wollen, ein «guter Krupp» zu sein.[146]

Reger verschärft diese Eigenschaften zu einem satirischen Porträt eines völlig unbedarften und dilettantischen Nicht-Industriellen, der Betrieb und Geschäftigkeit nur vortäuscht. Die entwaffnende Unschuld und Ahnungslosigkeit machen ihn zum willigen Instrument seines Direktoriums, das die eigentlichen Entscheidungen fällt. Brauchbar ist der Freiherr nur für die Repräsentation nach außen, für Einweihungszeremonien, Jubilarehrungen, Festakte aller Art. Von der «Echtheit der Phrasen durchdrungen» (S. 137), lebt er in einer «Theaterwelt» (S. 496), hält die blumigsten Reden, greift zu den kühnsten Metaphern. Die wichtige Rolle der verbalen Garnierung industrieller Praktiken füllt er ganz aus, sie ist ihm «Herzensbedürfnis» (S. 137), die faktische Macht haben andere in Händen.

Die so gesichert erscheinende Herrschaft von Wirtz/Stinnes erweist sich als Inflationsblüte, den Umschwung zur Stabilisierung kann der sonst so Flexible nicht mehr nachvollziehen, sein Einfluß schwindet. Die allzu schnell zusammengerafften Konzerne sind zu disparat, um lebensfähig zu sein, der Riesentrust die Siemens-Rheinelbe-Schuckert-Union wird 1925 aufgelöst. Der Tod von Wirtz/Stinnes erscheint im Romans als physische Konsequenz seines ökonomischen Machtzerfalls.[147] Seinen Platz als «Konzernbaumeister» der Stabilisierungsphase nimmt Siegfried Hillgruber ein. Reger gewinnt dieser Figur durch eine verfremdete Montage biographischer Elemente von Otto Wolff und Friedrich Flick. Das kompilatorische Verfahren ist gerechtfertigt durch die enge Interessenkoalition der «Gruppe Flick-Wolff», von der Reger in seinen wirtschaftspolitischen Artikeln immer spricht[148], und durch den einheitlichen Typus, den beide repräsentieren. Jeder von ihnen kann als «homo novus» gelten, den nach einem rasanten Aufstieg der Einbruch in den dynastisch bestimmten traditionellen Kern der westdeutschen Schwerindustrie gelang. Flick kam nach oben durch abenteuerliche Transaktionen an der Inflationsbörse, mit denen er sein geringes Siegerländer Stammkapital rapide vergrößerte[149], und Otto Wolff erwarb Produktionsanteile im Ruhrrevier, nachdem sein Kölner Eisenhandel durch den Krieg enorme Gewinne einbrachte. Solch schnell summierter Reichtum widersprach den Prinzipien der «feudalen Ruhrclique», die auf das gewachsene Familienerbe Wert legte und nach der Feststellung Regers die «Händlernaturen» nur tolerierte, «wie ein Körper Bakterien dulden muß, die sich eingefressen haben»[150]. Das drastische Bild illustriert der Roman; erst spät wird Hillgruber in die «Union» aufgenommen und dann auch nur, um ihn in Schach zu halten.

Von Wirtz/Stinnes hat er neben dem «Adjutanten» Näßler/Vögler den pragmatischen Legalismus übernommen, auch er umgeht den Kontakt mit reaktionären Gruppierungen. 1931 behauptet Reger, «daß Flick ein Gegner jeder industriellen Unterstützung Seldtes und Hitlers ist»[151]. Während Stinnes für die Öffentlichkeit zum Synonym des industriellen Inflationsgewinnlers geworden war, kannte Mitte der zwanziger Jahre kaum jemand die Namen Flick und Wolff. Reger sagt ihnen eine «fast krankhafte Scheu vor der Öffentlichkeit» nach.[152] Hillgruber agiert daher diskret im Hintergrund, schiebt andere vor und verbleibt selbst in der schützenden Dunkelheit, von politischen Aktivitäten hält er nichts. In seiner ökonomischen Konzentrationspolitik ist er ein potenzierter Wirtz, der noch fortgeschrittenere Typus des Kapitalisten, der internationale Verflechtungen und Tauschgeschäfte in sein Kalkül miteinbezieht. Hillgruber wird zum Meister der kaschierten Transaktionen, der bei diesem «ganzen Hin und Her der Käufer, Interessengemeinschaften, Freundschaftsabkommen, Verschmelzungen, Tauschhändeln, in Aktien und Aufsichtsräten» (S. 317) die unsichtbaren Fäden in der Hand behält. Er setzt die entscheidenden Prozesse in Gang, formuliert die Schlagworte der dollargesicherten Stabilisierung: Trustbildung und Rationalisierung. An der Gründung des gigantischen Stahl-Trusts (= Vereinigte Stahlwerke [«Stahlverein»]), neben der IG Farben der größte horizontale Zusammenschluß der zwanziger Jahre, ist er wesentlich beteiligt, der dort praktizierte totale Ausschluß der Öffentlichkeit trägt seine Handschrift. Diese gigantische Vertrustung wird abgestützt durch das Programm «eines organisierten menschlichen Produktionswillens», das Hillgruber lanciert und mit der weniger beschaulichen Formel «Rationalisierung» versieht, da «wissenschaftliche Ausdrücke», wie er weiß, ihre öffentliche Wirkung hinterlassen (S. 321). Reger möchte dem Modewort der Stabilisierungsphase, das auch viele Exponenten der literarischen Intelligenz kritiklos kolportierten, seine schon fast mythische Aura nehmen.

«Indem die Rationalisierung proklamiert wurde, geschah nichts, als daß die unrationelle Wirtschaft auf eine andere Ebene projiziert wurde» (S. 351). Im gleichen Sinne hatte Kracauer 1927 auf die «getrübte Vernunft» des Kapitalismus verwiesen: «Er rationalisiert nicht zu viel, sondern zu wenig.»[153] Die Ausschaltung der Ratio durch ihre programmatische Verkündigung konstatiert auch Reger, er beweist zudem die ökonomische Absurdität, entlarvt satirisch die Perversionen von Normierung und Mechanisierung. Auf dem Höhepunkt der ökonomischen Krise stellt er in der *Weltbühne* die «Schuldfrage der Rationalisierung», die klar zu Lasten der Industriellen beantwortet wird.[154] Reger hatte erkannt, daß in «jener sinnlosen Aufblähung des Produktionskörpers, dessen Kapazität selbst im Falle einer guten Konjunktur nicht mehr voll ausgenutzt werden kann», die katastrophale Krise vorprogrammiert war.

Hillgruber beschränkt sich als Regisseur der «reservierten Dunkelheit»[155] auf den ökonomischen Sektor, die politische Sphäre überläßt er den eigens dafür bestellten «Fachleuten» in den Organisationszentren der Interessenverbände. Die beamtenhaften Syndizi werden im Roman zunehmend zu den eigentlichen Subjekten des Kapitalismus, sie diktieren die weitere «Entwicklung». An die Stelle der bestimmenden Persönlichkeiten wie Wirtz/Stinnes sind die anonymen Apparate getreten, die allerdings von den Industriemagnaten selbst initiiert wurden. Reger hat in seinen Wirtschaftskommentaren auf diese in aller Stille vollzogene Machtverschiebung aufmerksam gemacht, die für eine getäuschte Öffentlichkeit nicht wahrnehmbar war.

«Aber auch unter den Industriellen sind die lautesten Schreier die ungefährlichsten. Nicht die unkomplizierten Polterer verdienen die höchste Aufmerksamkeit, sondern jene stilleren Naturen, die mit unterirdischen Tricks zu arbeiten pflegen. Was ist Thyssen? Was ist Reusch? Was ist Vögler? Sie sind am stärksten vernehmbar, weil sie die Pauke schlagen, aber sie dirigieren nicht. Der akustische Effekt, den sie verursachen, ist nur eine Begleiterscheinung. Ihre Machtfülle beruht auf dem Anschein.»

Für Reger ist es ausgemacht, daß spätestens seit Ende der zwanziger Jahre die «authentischen Willensäußerungen» nur noch von den Verbänden ausgehen, von hier aus werde «in Wahrheit die deutsche Industrie geführt»[156]. Ausgestattet mit Insiderinformationen hatte der Journalist Reger die übertragende Bedeutung der schwerindustriellen Interessenverbände in der Weimarer Republik richtig eingeschätzt. So konnte auch das fiktive Gebilde seines Romans, die ‹*Union der festen Hand*› mit der sprechenden Nomenklatur, die historische Realität nicht verfehlen, sondern sie nur satirisch pointieren. Reger arbeitet wie bei der Figur Hillgruber mit dem Verfahren einer dokumentarischen Montage, Realitätspartikel der verschiedensten Institutionen werden zusammengesetzt und ergeben ein authentisches Gesamtbild. Dies vor allem, weil eine geschlossene Interessenvertretung von Kohle und Stahl ein unerfüllter industrieller Traum der zwanziger Jahre geblieben ist. Wollte Reger diese Pläne einer «festen Hand», die er zweifellos kannte, dadurch publik machen, daß er sie im Roman fiktiv realisierte?

Zu einer verstärkten und neuformierten Interessenpolitik war die Industrie nach der Niederlage des Weltkrieges gezwungen. Neue, nicht diskreditierte Organisationen waren zu bilden, die in der liberalen Öffentlichkeit nach Beeinflussungsmöglichkeiten suchen, Informationskanäle aufbauen mußten. Am 4.

Februar 1919 wurde der Reichsverband der Deutschen Industrie gegründet, der seine Aufgabe nach Hallgarten hauptsächlich darin sah, «die Scheinkonzessionen, die der Arbeiterschaft während der revolutionären Phase gemacht worden waren [. . .] raschestens auf die bürgerliche Alltäglichkeit zurückzuführen, und den Doppelkampf sowohl gegen Revolution wie gegen die organisierte Arbeiterschaft mit aller Macht aufzunehmen»[157]. Das Gründungsdatum hat Reger für seine «Union» übernommen, und auch die Ziele sind sich ja durchaus nicht unähnlich.

Zwar tauchten bereits 1920 auch in der westdeutschen Schwerindustrie die ersten Vorschläge zu einer Neuorganisation auf, aber das traditionell stark zersplitterte Verbandswesen geriet erst in Bewegung, als Paul Reusch im August 1923 einen detaillierten Plan für eine umfassende Neuordnung vorlegte.[158] Danach sollten die lokalen Handelskammern, der Verein zur Wahrung der gemeinsamen wirtschaftlichen Interessen im Rheinland und Westfalen (Langnamverein), der Arbeitgeberverband der nordwestlichen Gruppe und der Zweckverband nordwestdeutscher Wirtschaftsvertretungen zusammengefaßt werden, um der Industrie des Reviers in den Berliner Spitzenorganisationen mehr Gewicht zu verleihen. Die Zentralisierung mißlang, weil die Einzelorganisationen Widerstand leisteten, und so kam es nur zu einer «kleinen Lösung», der Neuverteilung der Aufgaben auf die vorhanden Institutionen. Dem 1871 gegründeten «altehrwürdigen» Langnamverein fiel dabei die Führungsrolle zu. Hier wurden unter schwerindustrieller Ägide die verschiedensten Industriezweige integriert (Chemie, Braunkohle), unter dem energischen Vorsitz von Paul Reusch war der Langnamverein bald der beherrschende Faktor im Reichsverband.

Wie die *Frankfurter Zeitung* am 1. März 1928 aufdeckte, war der Langnamverein dazu ausersehen, das publizistische Hauptquartier abzugeben für eine «stärkere Bearbeitung der gesamten Presse». Durch eine systematische Informationspolitik der ausgebauten Pressestelle sollten die «kommenden Wirtschafts- und sozialpolitischen Kämpfe» publizistisch präludiert werden. Rükkendeckung konnte erwartet werden von dem mächtigen Hugenbergschen Presseapparat und der in eigener Regie betriebenen Wochenzeitschrift *Ruhr- und Rhein-Wirtschaftszeitung*.[159] Auch die nordwestliche Gruppe, eng mit dem Langnamverein verflochten, ging gestärkt aus dem Revirement hervor. Berücksichtigt man, daß die Schwerindustrie noch über den Bergbaulichen Verein als eigenen Interessenverband verfügte, so ergibt sich ein weitgespanntes Netz der Beeinflussung und Steuerung, eine machtvolle Lobby. Der Historiker Bernd Weisbrod kann zu Recht die These vertreten, daß gerade das Scheitern des Zusammenlegungsplans «die scheinbare Schwäche in Stärke verkehrt»[160].

Reuschs Ehrgeiz war jedoch mit der Expansion des Langnamvereins noch lange nicht erschöpft. Auf sein Betreiben hin kam Ende 1927 die «Ruhrlade», ein Geheimkabinett der Schwerindustrie, zustande.[161] In dem auf zwölf Personen begrenzten exklusiven Zirkel war die traditionelle Schwerindustrie des

Reviers endlich unter sich, die «Händlernaturen» Flick und Wolff waren nicht geladen. In geheimen Séancen wurden die delikaten Probleme behandelt, für die selbst die eingeschränkte Öffentlichkeit der Verbände nicht tauglich war. Hier wurden Meinungsverschiedenheiten beigelegt, die sozialpolitische Linie für Lohnkonflikte abgesteckt, Preis- und Kartellabsprachen getätigt und vor allem über Spenden an Politiker, Publizisten und Parteien entschieden. Für diese geheimen Zuwendungen standen spezielle Fonds zur Verfügung. Reger wußte von der Existenz dieses «freimaurerischen Industriellenklubs», er kannte die «Ruhrlade» und ihre Funktionen offenbar genau.[162] Im Roman übernimmt diese exakt die «Union», die nach dem Willen des Gründers Wirtz/Stinnes «eine Art industrieller Freimaurerloge» (S. 223) darstellen sollte. Aber auch der Langnamverein und der Bergbauliche Verein werden als Realphänomen integriert, die «Union» ist zugleich Geheimkabinett, Interessenverband und Instanz der industriellen Öffentlichkeitsarbeit.

Der Arbeitgeberverband der nordwestlichen Gruppe erscheint im Roman als «Gruppe Westen», eine Arbeitsteilung wird sichtbar, die jedoch eine gelegentliche belebende Konkurrenz nicht ausschließt: ihr Geschäftsführer, der ehemalige Staatsanwalt Dr. Krewett (= Ludwig Grauert), ist der Scharfmacher der Tarifpolitik, die treibende Kraft in der Lohnabbaubewegung, während die «Union der festen Hand» die allgemeinen sozialpolitischen Attacken, die Kontakte mit Rechtsgruppen und die publizistische Steuerung übernimmt. Durch die Synthese mehrerer Instanzen wollte Reger sicherlich auch das Gestrüpp der schwerindustriellen Verbände für den Leser übersichtlicher machen. Die vereinfachende Konzentration ist nicht zuletzt eine Notwendigkeit der Romanform, doch setzt Reger sie nur da an, wo die realen Strukturen die Verdichtung zum Typus erlaubten. Dies ist der Fall bei General von Grußenbaum, dem Geschäftsführer der «Union», eine Figur, in der Max Schlenker und Hans L. von und zu Löwenstein, die Geschäftsführer des Langnamvereins und des Bergbaulichen Vereins, zusammengefaßt sind. Beide bewiesen in der Tat uniforme Elemente: Vertreter eines ausgeprägten Rechtskurses mit guten Verbindungen zur «nationalen Opposition», Antirepublikaner, radikale Gegner der Gewerkschaften[163], Befürworter einer rigorosen Ziurücknahme der sozialpolitischen Zugeständnisse. Daß von Grußenbaum als ehemaliger kaiserlicher General identifiziert wird, trifft ihren forschen Aktivismus, enthüllt die militärischen Muster ihres Denkens und legt die fatale Tendenz der Industrie bloß, den arbeitslosen Militärs eine glänzende Nachkriegskarriere in Aussicht zu stellen. Offiziere mit Frontbewährung waren nach 1918 als industrielle Führungskräfte gefragt. Viele wechselten auf diese neuen Kommandoposten: Otto Steinbrinck, Flicks wichtigster Generaldirektor, war U-Boot-Kommandant und Pour le Mérite-Träger, Karl Arnold, Chef der Dinta, ehemaliger Frontoffizier. Bedenkenlos bedient sich auch im Roman die Industrie der brachliegenden obrigkeitsstaatlichen Elite, vor allem in den aggressiven Verbänden ist ihr Einsatz vonnöten. Die Konstanz der feudalistischen Ideologie wird damit vollends deutlich, der Staatssekretär a. D. (wohl auch eine Synthese der Verbandspressesprecher Steinberg und Pilgrim) wird ein tüchtiger Pressechef der «Union». Das verschafft Reger die zusätzliche Pointe, daß die im Kaiserreich rivalisierenden Politiker und Militärs sich im antirepublikanischen Interessenverband der Schwerindustrie zusammenfinden.

Mit der Energie, die ihrem alten Beruf entspricht, und den dort erlernten Praktiken packen sie ihre Aufgaben an. Vordringlich ist die Produktion von Ideologie zur Vernebelung der Tatbestände, die Lieferung einer «Weltanschauung», die nicht erklären, sondern ablenken soll. 1947 fordert Reger in einer programmatischen Schrift die «Entpolitisierung der Schwerindustrie» als unerläßliche Voraussetzung des Neuaufbaus, die «schleunige Auflösung der industriellen Verbände» als Konsequenz der faschistischen Erfahrung.

«Wir bedürfen prophylaktischer Maßnahmen, die die Schwerindustrie zugleich mit dem Zwang zur Sozialpolitik aller Möglichkeiten berauben, politische Macht zu sammeln. Das Hauptkontingent der wirtschaftspolitischen und auch der rein politischen Propaganda stammte von jeher aus den industriellen Verbänden.»[164]

In *‹Union der festen Hand›* läuft diese Propagandamaschinerie auf vollen Touren. Als Ideologieproduzent wird ein Spezialist engagiert, nach dem Willen von Wirtz/Stinnes ein Kulturphilosoph, dessen Pessimismus sich so wirkungsvoll mit dem neuen gewinnträchtigen Optimismus der Industrie kontrastieren läßt. In Professor Jodoci hat man endlich den richtigen Kandidaten gefunden, der zumindest nach außen «Gleichzeitigkeit» vorspiegelt, «ein neuer Typ mit gewelltem Künstlerhaar und dem glattrasierten Gesicht eines smarten Amerikaners» (S. 225). Auch dies ist eine montierte Figur; Teilbereiche verweisen sicher auf den Verkünder eines neuen Caesarismus, und mit Oswald Spengler ist Jodoci in Rezensionen sowie in der Sekundärliteratur gleichgesetzt worden. Aber die wichtigsten Elemente nehmen Bezug auf den konservativ-revolutionären Publizisten Edgar J. Jung, bei dem auch im Unterschied zu Spengler konkrete Verbindungen mit der Ruhrindustrie nachweisbar sind. Rudolf Pechel, der Chefredakteur der *Deutschen Rundschau,* der die Kontakte vermittelte, ermahnte Jung 1928, «den Weg Reusch Vögler» ins Auge zu fassen, nachdem das Jungsche Opus *‹Die Herrschaft der Minderwertigen›* bei den Industriellen Furore gemacht hatte.[165] 1930/31 kam es dann tatsächlich zu einer regelrechten Zusammenarbeit; Jung erhält Einladungen aus der «Villa Hügel» und vom Industriellen Fritz Haniel, er referiert vor dem Industrieklub in Dortmund.[166] Im Jahre 1931 bezieht Jung sogar ein monatliches Salär von 2000 RM aus dem Fond der «Ruhrlade»[167]. Eine so massive Unterstützung führte zur wahnwitzigen Selbstüberschätzung. Ende 1930 brüstet sich Jung: «Tatsache ist, daß ich heute eines der wenigen Gegengewichte gegen den Nationalsozialismus darstelle.»[168]

Welchen Illusionen Jung hier anhängt, macht Regers Roman sichtbar. Professor Jodocis flammende Reden, in denen die «Worte loderten», entsprechen bis in die Details den Thesen von Edgar J. Jungs *‹Herrschaft der Minderwertigen›*. Die Auftraggeber belassen Jodoci in seinem Glauben, die programmatischen Ziele der deutschen Industrie zu formulieren, das geistige «Zentrum» zu sein, die reale Diskrepanz zur industriellen Praxis ist eingeplant. Während der Kulturphilosoph das «neue Mittelalter» proklamiert, betreiben diejenigen, die ihm Ovationen darbieten, industrielle Expansion und Rationalisierung, und schon grotesk wird die Spanne, wenn er Reagrarisierung, die Ansiedlung der Arbeiterschaft auf dem Lande fordert (S. 285). Die «Ungleichzeitigkeit» ist fester Bestandteil des Kalküls, der Einsatz des «Professor Phrasendrescher», wie Wirtz ihn insgeheim taxiert (S. 227), verfolgt das Ziel, mit «Tiefsinn» auf die Presse Eindruck zu machen, die Öffentlichkeit zu täuschen. In einem «Anflug ehrlicher Dankbarkeit» gesteht Wirtz Jodoci ein: «Hinter diesen geistigen Schleiern werden wir mutig vorangehen» (S. 226). Der Scheck, den er ihm dabei überreicht, verhindert wohl, daß Jodoci die Zweifelhaftigkeit des Komplimentes durchschaut. Eine «radikale Trennung zwischen Praxis und Ideologie» hält der englische Sozialhistoriker Tim W. Mason für das entscheidende Charakteristikum der industriellen Sozialpolitik in der Weimarer Republik. Archaismen wie der romantische Traum von der «heilen hierarchischen Volksgemeinschaft» hätten an der nüchternen, zweckrationalen Ausrichtung der praktischen sozialpoltischen Maßnahmen nichts geändert.[170] In Regers Roman kann man studieren, wie im Gegenteil die abstrusen, als solche erkannten Irrationalismen den rational fixierten Zielen unterworfen werden.

Der «Ungleichzeitigkeit», die sie zuweilen als Herrschaftsinstrument einsetzen, verfallen jedoch Regers industrielle Akteure ausnahmslos. Sobald sie das eng umgrenzte ökonomische Feld verlassen, greifen sie zur Legitimation ihrer Ansprüche, in ihrer Selbstdarstellung, in der kulturellen Repräsentation ihrer Macht zu veralteten Ideologien. Sie bevorzugen eine Industriekunst, die nicht das moderne Walzwerk zeigt, sondern den Hochofenabstich in der Mitte des 19. Jahrhunderts mit romantisierender Farbgebung und «dem Widerschein des Feuers auf den Gesichtern der Arbeiter» (S. 50). Architektur und Interieurs sind allesamt Träger ungleichzeitiger Ideologie, und selbst dort, wo der Wille zur Modernität bestimmend ist, entsteht dennoch, wie beim Verwaltungsgebäude des Stahl-Trusts ein Denkmal der Ungleichzeitigkeit: «Modernste Architektur, außen ganz Sachlichkeit und Zweckbau, innen ganz Schönheitssinn mit Marmor und Rosenholz» (S. 344). Reden, Versammlungen, die Feiern und Jubiläen mit ihrem kulturellen Brimborium folgen streng dem «Schema der Tradition» (S. 170), das an keiner Stelle durchbrochen wird. Die Satire ist das von Reger virtuos gehandhabte Mittel der Entlarvung von Phraseologie und «Ungleichzeitigkeit». Meist genügt das kommentarlose Zitat, die wörtliche Rede als Selbstentlarvung, um die ideologische Implikation der antiquierten Metaphern kenntlich zu machen.

Der Vorwurf der «Ungleichzeitigkeit» richtet sich generell gegen alle Figuren des Romans, der Diskrepanz zwischen fortgeschrittener Technik und zurückgebliebenem «Geist» ist das gesamte Personal unterworfen. Alle bedienen sich der griffigen Phraseologie; die von besonderer Gefühlshaftigkeit besetzten, zum politischen Kampfbegriff umfunktionierten Metaphern kennzeichnet

Reger durch die Großschreibung sozusagen als Superphrase. Alle Akteure stehen somit unter Ideologieverdacht, leichthin werden unter der Kategorie «Ungleichzeitigkeit» sowohl das sozialrevolutionäre Pathos der Arbeiterbewegung («Befreiung der Arbeiterklasse») als auch der nationalistische Irrationalismus (Mythos Volk) subsumiert. Reger versäumt die ausdrückliche Differenzierung zwischen der emotional verstärkten Artikulation berechtigter Ansprüche und der Instrumentalisierung der Phrase zur Absicherung von Herrschaft, er flüchtet in einen Ojektivismus der wertungslosen Distanz nach allen Seiten. Dabei widerlegt das Romangeschehen selbst die Position seines Autors, es weist mit zunehmender Deutlichkeit nach, daß hier alles andere als eine Gleichgewichtigkeit der Kontrahenten besteht. Im Unterschied zum Proletariat setzen die Industriellen ihre Phrasen auch in die Realität um, brutal, rücksichtslos, zielstrebig.

Schon am Ende des dritten Buches, nach erfolgreicher «Umstellung» geht der kaum etablierte Interessenverband zur Gegenoffensive über. Reger hat diesen Zeitpunkt richtig gewählt, Ende 1923 war die Situation für die Ruhrindustrie günstig; die Sozialisierungsbewegung war abgewehrt, aus der Inflation war man eher gestärkt hervorgegangen. Vor diesem Hintergrund attackiert Grußenbaum/Schlenker-Löwenstein den «Klassenkampfstandpunkt» der Gewerkschaften, die eine «Diktatur ihrer Klasse in Staat und Wirtschaft» erstrebten (S. 284). Die Arbeitsgemeinschaft wird von oben aufgekündigt, nachdem sie als Instrument der Abwiegelung überflüssig geworden ist. Zur Verbrämung des eigenen Klassenkampfes dient die Ideologie der «Werksgemeinschaft», die Dr. Krewett/Grauert nahtlos an die Attacke von Grußenbaum anschließen kann. «Werksgemeinschaft: das ist die moderne Form der Beherrschung des Kleinen durch den Großen»[171], lautet Regers bündige Definition an anderer Stelle. Anders die Explikation der «Großen» selbst: «Sie ist ein seelischer Wert, sie hat einen ethischen Boden, der den Menschen als verantwortliches Wesen packt» (S. 285). Nicht ganz kann die idealistische Verpackung den rigiden autoritären Zugriff verbergen. «Ein bißchen warmes Ethos deckt die nackte Interessenpolitik»[172], so lautet der Grundsatz schwerindustrieller Selbstdarstellung. In der ethischen Phrasierung gehen die wahren Absichten unter, Reger artikuliert sie 1931 im *Dortmunder General-Anzeiger* klar und deutlich: «Die Schwerindustrie erstrebt die Zurückversetzung der Arbeiterschaft in den Rechtszustand, worin sie sich um 1880 befand.»[173] Drei Jahre vorher hatte der Gewerkschaftsführer Stegerwald vor der Gefahr einer «Neufeudalisierung» gewarnt.[174] Regers Roman zeigt, wie die Rückkehr zum Wirtschaftsimperialismus vollzogen wird mit den Zielen der Zerschlagung der Gewerkschaften, der Beseitigung des staatlichen Schlichtungswesens, der sozialpolitischen Zugeständnisse. Unter der umsichtigen Leitung des Interessenverbandes, der die Sache immer fester in die Hand bekommt, wird nach und nach ein Unterdrükkungssystem aufgebaut, demgegenüber das wilhelminische Ordnungsmodell der ersten Kapitel in seiner offenen Brutalität sich geradezu als bieder und dilettantisch ausnimmt. Erster Schritt ist die publizistische Absicherung und

Vorbereitung, ganz im Sinne der von der *Frankfurter Zeitung* enthüllten Details. Die Pressebüros nutzen ihr «Netz von Kanälen und Querkanälen» zu einem publizistischen Trommelfeuer «gegen die Steuern, gegen die soziale Belastung» (S. 384). Ein Privatdozent einer rheinischen Universität (= Hans Spethmann) wird eingespannt und bewährt sich durch «eine glänzende Schilderung der bolschewistischen Greuel» (S. 386). In sämtlichen «Organen der öffentlichen Meinung» erscheinen lancierte «Tatsachenberichte», retuschierte Lohnstatistiken, für die systematische industrielle Propaganda steht der Hachenpoot/Hugenbergsche «Ring nationaler Zeitungen» mit seinen weitverzweigten «Provinzblättern» bereit (S. 388). Und noch nicht genug: damit auch die «richtigen» Nachrichten nach außen dringen, gründet die «Union» eine «unabhängige Korrespondenz» (S. 399) (= der industrieabhängige «Rheinisch-Westfälische Wirtschaftsdienst» [Hg. August Heinrichsbauer]). Selbst der Rundfunk wird als industrielles Propagandainstrument miteinbezogen.

Nachdem die Öffentlichkeit «informiert» und eingeschüchtert ist, kann die Industrie zur direkten Aktion gegen die Arbeiterbewegung und das Proletariat übergehen, zum lange ersehnten Gegenschlag zur Novemberrevolution. Er wird geführt in einem sozialpolitischen «Kampfjahr erster Ordnung» (542); eine internationale Flaute im Stahlgeschäft kommt als Anlaß gerade recht für eine radikale Lohnabbaubewegung, die schließlich zum letzten Mittel, der Aussperrung, greift. Das Gesetz des Handelns ist längst vom nunmehr gelähmten Proletariat auf die Industriellen übergegangen. Reger thematisiert hier den sogenannten «Ruhreisenstreit», der im Spätherbst 1928 in der Aussperrung von 300000 Metallarbeitern kulminierte, mit der zutreffenden Akzentuierung eines schwerindustriellen Generalangriffs auf das «staatliche sozialpolitische Instrumentarium», unter der Zielprojektion einer «Wiederherstellung der Vorkriegsverhältnisse»[175].

Vor ihrer schneidigen Aktion hatten sich die Verbandsgewaltigen der «Union» nach geeigneten Bündnispartnern umgesehen, naturgemäß allein im reichhaltigen Spektrum der politischen Rechten. Die parlamentarische Repräsentation durch die industrienahe «Volkspartei» (= DNVP) genügt ihnen nicht mehr, zumal ein aufreibender Kampf um Mandate geführt werden muß. Man sichert sich die Gefolgschaft des «Stahlhelm» mit seinem mittelständischen Mitgliederreservoir, gründet eine «Arbeitsgemeinschaft Vaterländischer Verbände» mit einem Zentralorgan «Freie Meinung», einen «Nationalen Arbeiterbund», der als rechte Gewerkschaftsopposition antreten soll. Doch die in eigener Regie betriebenen «gelben Gewerkschaften» florieren nicht so recht, immer stärker bietet sich die NSDAP als idealer Bündnispartner an, weil sie bei den Arbeitern reüssiert. Der Pakt von Schwerindustrie und Hitler-Partei geht unverschlüsselt in den Roman ein, unmißverständliche Aufklärung hielt Reger an diesem Punkt für besonders dringlich. Er wiederholt sie daher in seiner gleichzeitigen Publizistik, zeigt die Finanzierung durch die «Dispositionsfonds» der Verbände auf, widerlegt die Dementis der Industriellen. Was Regers Enthüllungen über die meisten zeitgenössischen Faschismusanalysen erhebt, ist die Tatsache, daß sie über eine kritische Revision der ideologischen Physiognomie, der propagandistischen Parolen in eine konkrete sozialpolitische Ebene hineinreichen, den peinlich abgeschirmten Bereich von Ökonomie und Politik durchleuchten, über den nur vage Gerüchte kursierten. Klar manifestiert der Roman die ideologische Affinität von Schwerindustrie und Nationalsozialismus, die Austauschbarkeit wichtiger Programmpunkte. Reger weist nach, daß die Exponenten der Montanindustrie in ihrer Gesamtheit über die bekannten Fürsprecher Kirdorf und F. Thyssen hinaus nur allzu bereit waren, mit der NSDAP zu paktieren, weil sich beide Teile in dem Ziel einer Zerschlagung der Gewerkschaften einig waren. Präzise wird die Doppelstrategie der Nationalsozialisten enthüllt: geheime Zusagen an die Industriellen, daß «die schöpferischen Unternehmer» in einem nationalsozialistischen Staat nicht angetastet würden und pseudosozialistische Agitation im Revier, die eine «Enteignung der großen Vermögen» verspricht (S. 394). Getrost kann sich die Partei während des «Ruhreisenstreits» auf die Seite der ausgesperrten Arbeiter stellen; Oberst von Leutwitz (= Ludendorff), ihr Verbindungsmann zur Industrie, erklärt hinter der vorgehaltenen Hand: «die Herren von der Industrie siegen ja doch. Das steht sowieso fest. Da hat unsere Parteinahme für die Arbeiter gar nichts zu bedeuten, wir können sie uns mit gutem Gewissen gestatten» (S. 461 f).

Genau diese Taktik hatte die NSDAP konsequent und erfolgreich realisiert. Schon 1927 hatte Hitler in seiner geheimen Broschüre für Industrielle die Formel «Sozialismus» sorgsam gemieden, für den «starken nationalistischen Staat» plädiert, für eine «restlose Eingliederung des sogenannten vierten Standes in die Volksgemeinschaft»[176]. Ähnlich verfährt er in der Rede vor dem Düsseldorfer Industrieclub (Januar 1932). Man hatte sich, wie Reger in der *Vossischen Zeitung* schrieb, auf eine «mittlere Linie» geeinigt, «das Unternehmerziel auf der einen, die Agitationserfordernisse auf der anderen Seite»[177]. Gedämpft wurden gegenüber der Industrie die antisemitischen Parolen – auch dies geht aus dem Roman hervor (S. 277) – ebenso die «wilden revolutionären Tiraden gegen die ‹Hochburgen des Kapitals›»[178]. Scharfsinnig analysiert Reger die geschmeidige Anpassung der NSDAP, zweifelhaft ist jedoch, ob er das Gewicht der beiden Partner dieser «Zweckabmachung»[179] richtig einschätzt. Die eigentlichen faschistischen Aktivisten sind auf der Seite der Industriellen zu finden, nur sie besitzen eine weitreichende Strategie, ein planvolles systematisches Vorgehen. Den radebrechenden nationalistischen Agitatoren sind sie an Durchsetzungsvermögen haushoch überlegen, die Partei befindet sich hoffnungslos im Würgegriff der Industriellen. Die NSDAP wird in eine Art Verhör genommen, wo sich die programmlose Phrasenhaftigkeit herausstellt, die dann die Industrie mit ihren eigenen Zielen ausfüllen kann. Auf ihren Druck hin übernehmen die Parteivertreter die Formel von den «schöpferischen Unternehmern», die von der Enteignung auszunehmen sind (S. 394). Näßler/Vögler resümiert die sehr einseitigen Verhandlungen: «Dieses Sammelbecken für germanische Romantik, das sich Nationalsozialismus nennt, ist ein Irrsinn, aber wir brauchen es» (S. 394). Eiskalt werden die «Quacksalber des Mittelalters» eingeplant als «Bajazzi» von Kohle und Stahl, in der illusionären Hoffnung, daß man die totale Verfügungsgewalt über sie besitzt: «Wir können sie jederzeit aufputschen und abquetschen wie einen Gummiball. Politik der indirekten Einwirkung auf die übrigen Parteien und auf das Ausland, meine Herren», doziert von Grußenbaum (S. 395). Daß die Machtverhältnisse realiter umgekehrt waren, ist im Roman nicht zu erkennen. Ähnlich wie in Feuchtwangers ‹*Erfolg*› erscheint die NSDAP mehr als Bande von Desperados, verschreckten Kleinbürgern, kriminalisierten Proletariern, eher der Unterwelt als der politischen Sphäre angehörend. Der Massencharakter, die daraus abgeleitete spezifische Dynamik, die Rigorosität bei der Durchsetzung der Ziele sind daher für Reger nicht greifbar. Die physische Gewalt gehört zwar zu den Instrumenten der NSDAP im Roman, doch setzt sie diese nur ein in einem Kleinkrieg mit den gleichfalls kriminalistischen Elementen der KPD. In Ansätzen ist hier bereits Regers spätere Totalitarismustheorie vorgeprägt.

Mit vielen linksliberalen Beobachtern erliegt Reger der Gefahr, das klare Aufzeigen der politischen Substanzlosigkeit, die rationale Analyse des eklektischen Programms, wo alle «geläufigen Kulturphrasen» unter «Verzicht auf logischen Aufbau» zu einem «Mischmasch» ineinanderfließen[180], für eine wirkungsvolle Entlarvung zu halten. Eine solche Partei des geistlosen «Stammtisches»[181], so glaubte man, könnte nicht von Bestand sein, und unterschätzte damit ihre Durchsetzungskraft, ihre Gewalttätigkeit und Zielstrebigkeit. Subjekt faschistischer Politik in diesem Sinne ist allein die «Union der festen Hand», ihren Aktionen fehlt nur die Komponente der physischen Gewalt. Ansonsten sieht das Unterdrückungssystem, das von ihr aufgezogen wird, der späteren Herrschaftspraxis des Nationalsozialismus zum Verwechseln ähnlich. Der letzte Schritt der Perfektionierung ist die Einbeziehung der Innendimension, die Inangriffnahme der «Seelenbewirtschaftung», die ja vom Nationalsozialismus virtuos gehandhabt wurde. Ein «Institut für deutsche Arbeitsbeseelung» wird ins Leben gerufen, das «die innere Beteiligung der Arbeiterschaft an den Rationalsierungsmaßnahmen und ihre seelische Aufzucht» in die Hand nimmt (S. 475). Schon früh hatten die Industriellen erkannt, daß die forcierte Rationalisierung eines «seelischen» Gegengewichts bedurfte, das ebenso rational zu planen sei. Albert Vögler macht es 1925 auf einer Verbandstagung deutlich:

«Was hilft es, wenn Sie [das heißt die Unternehmer] die (technischen) Kenntnisse, die Sie gewinnen, möglichst schnell in die Tat umsetzen, wenn ein so gewaltiger Faktor wie die Arbeiterschaft nicht innerlich an Ihren Arbeiten teilnimmt? [. . .] dem Werk und dem Prozeß im Werk fremd, ja sogar feindselig gegenüber[stehen]?»[182]

Das Dinta (Deutsches Institut für technische Arbeitsschulung) sollte dem Abhilfe schaffen; auf Betreiben von Vögler wurde es 1925 gegründet, die Leitung übernahm Karl Arnold, das Protektorat der Düsseldorfer Oberbürgermeister Lehr – ein Skandal, den auch Reger in seinem Roman anprangert. Unter der Vorgabe einer rein technischen Berufsschulung wurden hier in einer

Art Kadettenanstalt Lehrlingen «Untertanengeist und Nationalismus»[183] eingedrillt. Reger charakterisiert zutreffend die Ideologie dieser «Stahlhelmfreundliche(n) Anstalt»:

«Im Dinta werden kapitalistisches Ethos, Wandervogelkult, Sportbegeisterung, Religion, Nationalismus und fließendes Band in einem Schmelztiegel durcheinandergerührt.»[184]

Es spricht für sich, daß das Dinta 1934 von Heß als offizielle nationalsozialistische Organisation anerkannt wurde. Ohne Schwierigkeiten konnte es angeschlossen werden an die eigenen Bemühungen; die «Deutsche Arbeitsfront», das Amt «Schönheit der Arbeit», «Kraft durch Freude» verfolgten mit ähnlichen Methoden die gleichen Ziele.

Unter der Schirmherrschaft des «Ida»/Dinta entstehen noch das «Museum für volkswirtschaftliche Kenntnisse» (S. 480), eine getarnte Kampforganisation gegen den Young-Plan und das «Arbeitsphysiologische Institut», wo die «Rationalisierung der körperlichen Ausmergelung» (S. 482) mit einem wissenschaftlichen Anstrich versehen wird.[185] «Ida» zentralisiert den ideologischen Einsatz der Werkspresse mit «zweiundfünfzig Kopfblättern» (S. 483), die noch als «Ventil» der allerletzten revolutionären Unruhe genutzt werden können.

Rechtzeitig vor Anbruch der Krise ist das industrielle Unterdrückungssystem komplettiert. Der Kreis schließt sich, der Roman knüpft im letzten Kapitel an seine Anfänge an. Der Kurs der Industriemagnaten war erfolgreich, die Rückkehr zum Feudalismus ist vollzogen, das Herrschaftssystem mobilisiert das wilhelminische Erbe. Hillgruber/Wolff-Flick baut sich ein Fürstenpalais, Risch-Zander/Krupp veranstaltet ein «Reiter- und Lanzenturnier» zum Werksjubiläum. Das Geschehen des ersten Buches reproduziert sich am Ende, allerdings in grotesker Verzerrung. Aus der «Waffenschmiede des Reiches» ist der «Gigant des Westens» geworden, statt des Kaisers kommt nun ein «König aus dem Morgenland» zu Besuch, die «Demonstration der Pensionäre» wirkt wie ein Satyrspiel der Novemberrevolution.

Das Aufdecken des Zusammenspiels NSDAP–Schwerindustrie, die genaue Dokumentation der Motive und Begründungen ist der Höhepunkt der Entmythologisierung der «Industriekapitäne». Um ihre eigenen verabsolutierten Interessen durchzusetzen, nehmen sie selbst die Kriminalität ihres «Partners» in Kauf, wenn nur die eigene «Weste» nach außen «rein» bleibt (S. 459). Schon vorher hatte der Roman instruktiv belegt, wie die Industrie mit den republikanischen Regierungen umzuspringen pflegte. Zynisch wird der Regierung die Sozialisierung angeboten, die Ablehnung ist vorauskalkuliert, und so kann das politische Ideal des Proletariats zu dessen Disziplinierung umfunktioniert werden (S. 281f). Vom Staat werden Entschädigungszahlungen erpreßt mit der Ankündigung, daß sonst Massenentlassungen unumgänglich seien. Für das Geld schafft die Industrie dann Maschinen für den Bergbau an, die zahlreiche Arbeiter überflüssig machen (S. 298). Finanzrat Hiebenstein hat die schwache Stelle erkannt: «Ich werde mit Arbeitsentlassungen drohen. In einem sozialen Staat ist dies die bewährteste Methode, seinen Willen durchzusetzen» (S. 343).

Dieser Grundsatz hat nichts an Aktualität eingebüßt, genausowenig wie das Verfahren, Lasten auf die staatlichen Instanzen abzuschieben und gleichzeitig sich gegen «Staatseingriffe» zu wehren. Slogans wie: «Laßt die Wirtschaft endlich einmal in Ruhe!» oder: «Wir müssen los vom staatlichen Gängelband» (S. 441), könnten der gestrigen *Tagesschau* entnommen sein. Argumente wie «die Gewerkschaften hätten für das einzelne Werk und seine Arbeiter kein Verständnis und seien ohne Einblick in die individuellen Bedürfnisse, Möglichkeiten und Notwendigkeiten», ihr Ziel sei ausschließlich «von außerhalb» in die Betriebe hineinzuregieren (S. 283 f), fallen heute auf jeder Arbeitgeberversammlung. Keineswegs veraltet sind die industriellen Strategien, Mitbestimmung zu blockieren, gegen die hohen Soziallasten Sturm zu laufen, auf Steuererleichterungen zu pochen.

Trotz dieser offenkundigen Entlarvungsfunktion hat die linke Kritik vorgebracht, der Roman sei geprägt von «der Bewunderung des Autors für die Kraftfülle, weise Voraussicht und Geschicklichkeit der Unionsmagnaten»[186]. Wie konnte diese Diskrepanz von Intention und Wirkung entstehen? Beeinflußt ist dieser Eindruck sicherlich durch die Tendenz Regers, die «ungleichzeitige» Industriellengeneration der Gründerzeit in ihrer Prinzipientreue zu idealisieren. Den durchaus legitimen Ansatz, ein Porträt des Nachkriegskapitalismus durch die Auffächerung seiner individuellen Vertreter zu entwerfen, hat er zudem überzogen. Bei ihm wachsen die «Industrieführer» zu alles übertragenden Negativgenies empor, die in begnadeten Augenblicken ihre Taktik auf die zentralen Tendenzen der Epoche abstellen und sogar in jedem Fall die publizistischen Verkaufstechniken mitdenken. Wirtz/Stinnes entwickelt in einem quasi genialischen Schöpfungsakt das Konzept der vertikalen Konzerne, Hillgruber/Wolff/Flick diktiert Näßler/Vögler das gesamte Rationalisierungsprogramm plus seine propagandistische Auswertung in die Feder. Es entstehen monströse Herrscherfiguren, deren Charakterdifferenzen Reger genüßlich ausbreitet. Ihren schon satanischen Zynismus, ihre Gerissenheit, Schlagfertigkeit, ihr taktisches Raffinement, die nie versagende Fähigkeit, stets den letzten Trumpf in der Hand zu halten, schildert Reger durchaus mit einer negativen Faszination. Den überlebensgroßen Industriepotentaten ist keiner gewachsen, erst recht nicht das in sich zerstrittene Proletariat. Gegenmächte zum lückenlosen industriellen Unterdrückungssystem sind im Roman nicht existent. Bleibt also nur das resignative Achselzucken am Ende, die Identifikation mit der proletarischen Hauptfigur Adam Griguszies als angemessene Reaktion des Lesers?

Ein überraschender Kontrast ergibt sich auf den ersten Blick zwischen den müden Schlußsätzen des Romans und der kämpferischen Publizistik Regers nach 1929. Dort ist von Resignation nichts zu spüren, das Engagement verstärkt sich noch, die Angriffe gegen die Industriellen gewinnen an polemischer Schärfe. Reger wirft ihnen krasses Versagen, Unfähigkeit vor, ihre «anarchischen» Krisenrezepte einer «periodische(n) Lahmlegung des Produktionsprozesses», seien «dem Vabanque-Spiel der Militärs vom Jahre 1918 ebenbürtig»[187]. Reger tritt ausdrücklich einer resignativen Stimmung entgegen. Auf eine Umfrage des *Dortmunder General-Anzeiger* «Abwehr der Kulturreaktion» antwortet er:

«Die Reaktion ist kein Grund zur Nervosität, sondern zur unbeirrbaren und unbestechlichen Fortführung der Arbeit. Ich verstehe nicht die allgemeine Resignation, die Müdigkeit, den Galgenhumor. Die meisten verkriechen sich, geben Parolen weiter, bauen in einem Pessimismus, der drollig wäre, wenn er nicht zugleich eine erschreckende Leere offenbarte, das bißchen, was noch da ist, gleich selber ab – vielleicht unter dem mutigen Vorwand, damit es nicht der Reaktion in die Hände falle.»[188]

Doch in der Definition der «Reaktion» und den Mitteln ihrer Bekämpfung nimmt Reger die «materialistischen» Ergebnisse des Romans zurück, relativiert seine soziologische Analyse, seinen politischen Scharfblick. «Reaktion» wird nicht gleichgesetzt – wie dies der Roman eigentlich demonstriert – mit den Rechtsgruppen, Bünden, mit der NSDAP und ihren großindustriellen Verbündeten, sondern mit «Geisteshaltungen», Ideologien, «Gesinnungen», moralischem Versagen.

«Die wahrhafte Reaktion ist der absolut unbrauchbare, ethisch verbrämte Wortschwall demokratischer Gebärdenträger. Die wahrhafte Reaktion besteht aus denjenigen, die an der Peripherie der Schlagworte bleiben, statt sich um einen Inhalt zu bemühen. Die wahrhafte Reaktion verschulden diejenigen, die sich mit allgemeinen Redewendungen und unsubstantiierten Protesten in den Kampf mit einem Gegner begeben, der mit allem Raffinement einer undurchdringlichen Bürokratie ausgerüstet ist.»[189]

Solche Passagen folgen der erklärten Absicht, «die geistigen Wurzeln menschlicher Handlungen und Einrichtungen bloßzulegen»[190]. Politisch-soziale Phänomene werden letztlich zurückgeführt auf Bewußtseinsinhalte, hier stößt Regers so materialistisch anmutender dokumentarischer Realismus auf seine Grenzen. Die Erklärungsebene fällt weit zurück hinter die exakte Erfassung der Wirklichkeit, hinter die rationale Analyse der Oberflächenstruktur. Die «wirtschaftliche und soziale Dauerkrise» an Rhein und Ruhr sei allein «geistiger Natur»[191], verantwortlich gemacht wird «die Zurückgebliebenheit des Geistes, der sich an überkommene Wahrheiten hält, obwohl diese sich längst unter dem Einfluß der Technik in Unwahrheiten verwandelt haben»[192]. Folglich überschätzt Reger auch seinen Kampf gegen «Ungleichzeitigkeiten», gegen überkommene Ideologien als zentrales Moment einer Krisenlösung. Nicht bewußt wird ihm daher auch die Resignation als unabweisbarer Schlußeindruck von ‹*Union der festen Hand*›, er setzt alle seine Hoffnungen auf ein «gleichzeitiges» Bewußtsein, das, durch seine literarische Aufklärung gefördert, zur realen Gegenmacht der industriellen Ordnungsmodelle werden soll. Es liegt auf der Hand, daß solche idealistischen Träume durch das Ende der Republik und die nationalsozialistische Machtübernahme ihre Desillusionierung erleben mußten. Wie reagierte Reger? 1932 wandte er noch einmal in seinem «polemischen Roman» ‹*Das wachsame Hähnchen*› die in ‹*Union der festen Hand›* erprobten Verfahren einer «Vivisektion der Zeit»[193] an. Es entsteht weitgehend auf dem Niveau des ersten Romans, aber mit einigen Längen, eine dokumentarisch-satirische Entlarvung der «goldenen» zwanziger Jahre in der amerikanisierten Ruhrprovinz. Ein Jahr später publiziert er dann einen Provinzroman entgegengesetzter Art. *‹Schiffer im Strom›*, dem «rheinischen Geist» gewidmet, markiert einen seltsamen Bruch, eine totale Umkehrung, die beinahe einen anderen Autor vermuten läßt. Nur noch Spurenelemente der «Vivisektion», der soziologischen Analyse, des politischen Engagements, ein erschreckender Verfall des satirischen Talents, der polemischen Zuspitzung. Alles wird überlagert von einer schwülstigen Rheinromantik, einer Mystik dieser Landschaft, einem irrationalen Regionalismus, der sich noch mit einem gefühlsbetonten Katholizismus vermischt. Mit der klischeehaften Liebeshandlung ist die Linie vorgezeichnet, auf der sich seine späteren explizit unpolitischen Unterhaltungsromane bewegen (siehe Bibliographie). Das erzählerische Niveau der beiden ersten Romane hat Reger nicht mehr erreicht. Seine ästhetische Radikalität blieb also punktuell, die neusachlichen Positionen werden mit dem Ende der Weimarer Republik aufgegeben. Reger verlor das Zutrauen zu seinem vorher so leidenschaftlich verkündeten Programm, zu seinen epischen Techniken, einer reportagehaften Erfassung der Realität, die getragen war von soziologischer Analyse und satirischer Qualität. Dieser Bruch im Jahre 1933 war wohl typisch für die linksliberale neusachliche Intelligenz. Ähnliches ist bei Ernst Glaeser und Bernard von Brentano zu beobachten. Auch hier Aufgabe der radikalen Gesellschaftskritik, die bei beiden sogar marxistisch fundiert war, Entpolitisierung, stilistische Neuorientierung. Abkehr von den politischen und soziologischen Sujets. Nach dem Zerfall des neusachlichen Gruppenbewußtseins, auf das Reger im «Vorwort zur Neuauflage 1946» rekurriert, dem gewaltsamen Ende der liberalen Öffentlichkeit, in der Isolation des Exils ohne Stützung durch politische Organisationen, vermochten diese Autoren nicht, ihren sozialkritischen Realismus aufrechtzuerhalten. Brentano wendete sich im Schweizer Exil dem historischen Erzählen zu, Glaeser kehrte 1939 nach Deutschland zurück, wurde Redakteur einer Frontzeitung. Vergleichbar verlief die Biographie des neusachlichen Filmregisseurs G. W. Pabst.

1934 ging Erik Reger ins Schweizer Exil, er hatte allen Grund, die Rache der Nationalsozialisten zu fürchten. 1935 kam er nach Deutschland zurück, allerdings nicht mit dem Ziel, eine literarische Karriere zu machen. Bis 1938 war er im Pressebüro der Arzneimittelfirma Böhringer in Mannheim tätig. Zu dieser Zeit stand er unter Kontrolle der Gestapo, bei der er sich in regelmäßigen Abständen melden mußte. Im Frühjahr 1938 bewarb er sich erfolgreich für die Stelle eines Romanlektors beim Deutschen Verlag in Berlin. Seine mutige antifaschistische Haltung auch in dieser Phase wird von Zeitgenossen belegt.[194] Mit dem Kriegsende begann seine zweite sehr erfolgreiche journalistische Laufbahn. Zusammen mit Walter Karsch und Erwin Redslob war Erik Reger der Lizenzträger des West-Berliner *Tagesspiegel* und sein Chefredakteur. Am

10. Mai 1954 starb Erik Reger in Wien während einer Tagung des Internationalen Presseinstituts an einem Herzschlag.

Stichworte zur Rezeption:

Von ‹*Union der festen Hand*› kann man behaupten, daß der Roman vor 1933 ein literarischer Erfolg war, ohne allerdings ein Erfolgsroman gewesen zu sein. In der Endphase der Weimarer Republik, unter Bedingungen, die für die linksliberale Literatur nicht gerade günstig waren, erreichte er immerhin zwei Auflagen mit insgesamt 10 000 Exemplaren. In Relation zu anderen Publikationen des Rowohlt Verlages nimmt sich diese Ziffer jedoch bescheiden aus. Arnolt Bronnen hatte mit ‹*O. S.*› *und* ‹*Roßbach*› schon in der 1. Auflage die 10000 erreicht, Ernst von Salomon kam mit den ‹*Geächteten*› 1933 auf 20000 Exemplare. Nicht den durchschlagenden numerischen Erfolg erzielte ‹*Union der festen Hand*›, sondern die Anerkennung bestimmter Fraktionen der Literaturkritik und des Literaturbetriebs. Dies beweisen die Auszeichnung mit dem Kleist-Preis durch Carl Zuckmayer (zu halben Teilen an Erik Reger und Ödön von Harváth) und die euphorischen zeitgenössischen Rezensionen: «ein hochbedeutsames Ereignis des Nachkriegsschrifttums» (L. Marcuse)[195], «eine grandiose Photographie» (A. Goldschmidt)[196], «ein Tatsachenroman von ungewöhnlichem Format» (E. Weiss).[197] Der Schlüsselroman wirbelte einigen Staub auf, die «leidenschaftliche Diskussion», die Reger 1946 in seinem Vorwort anspricht, spiegelt sich in den Einzelbesprechungen.

Besonders aufschlußreich sind die Reaktionen der im Roman direkt Attakkierten. Die Taktik der Ruhrindustrie bestand zunächst im schweigsamen Übergehen der Enthüllungen. Der Roman war im Frühjahr 1931 erschienen. Reger wiederholte mehrmals in Zeitungsartikeln seine Vorwürfe einer großindustriellen Förderung der NSDAP durch anonyme Fonds, zuletzt im *Dortmunder General-Anzeiger* vom 15. November 1931. Nun war die Gegenseite zur publizistischen Reaktion gezwungen. Am 20. November brachte das Organ des Langnamvereins *Rhein und Ruhr* eine abwiegende anonyme Rezension.[198] Gleich zu Beginn wird der Versuch unternommen, Reger auf das Klischee des sattsam bekannten und unzuverlässigen Sensationsreporters zu fixieren:

«Wer die Kenntnisse und Arbeitsmethoden von Erik Reger (Dannenberger) kennt, muß an die Lektüre dieses neuen ‹Werkes› mit erheblicher Skepsis herangehen. Auch diese ist noch übertroffen worden. Reger war in früheren Jahren Angestellter untergeordneter Funktion bei einer der größten Firmen des Ruhrbezirks. Eigentliche Fühlung zu den in seinem Buch behandelten Dingen, ihrer Entstehung und ihren Abläufen hat er nie gehabt.»

Die souveräne, distanzierte Behandlung eines völlig inkompetenten Produkts erweist sich schnell als aufgesetzte Attitüde, die Affekte brechen durch in der Form persönlicher Verunglimpfung. Reger wird ein zweites diffamierendes Klischee angehängt, das des rachsüchtigen, gescheiterten Aufsteigers:

«Reger, der auch in seinen sonstigen Veröffentlichungen fast nie vom Grundsätzlichen ausgeht, sondern die Dinge stark unter der Froschperspektive des kleinen, in seinem Ehrgeiz nicht befriedigten Mannes betrachtet, sieht auch in diesem Fall die großen Vorgänge nur unter dem Gesichtspunkt kleinlichster persönlicher Rankünen, Intrigen, Eifersüchteleien usw.»

Die Emotionen, die hier frei werden, sagen einiges aus über die reale Wirkung des Romans. Reger hat offenbar doch mit seiner rationalen Kritik «ungleichzeitiger» industrieller Ideologien einen Nerv getroffen. Der industrielle Rezensent beharrt auf dem großen Ganzen, auf dem «irgendwie Metaphysischen», auf der irrationalistischen Selbstdarstellung, die sich in ihrer unschuldigen Unbestimmtheit selbst entlarvt. Noch der Verriß der Gegenseite bestätigt die Thesen des Romans, er fügt dem dort versammelten reichhaltigen Arsenal industrieller Phraseologien eine neue hinzu.

«Herr Reger kann sich nicht vorstellen, daß auch in der an sich nüchternen ‹Wirtschaft› außer nach rationalen Dingen – diese allerdings nicht so kleinlich aufgefaßt, wie Reger – vielfach unbewußt auch nach Erwägungen entschieden wird, die irgendwie an das Metaphysische streifen.»

Am Ende läßt man sich sogar zu einem «tiefen Bedauern für den Verfasser» herab, das sich dann als offene Sanktionsdrohung offenbart. «Herr Reger» habe sich «allein schon durch diese Veröffentlichung bei allen Ernstdenkenden um berufliches Ansehen und literarische Wertschätzung gebracht».

Diese Blöße einer selbstentlarvenden Replik gab sich die NSDAP nicht. Die Parteiblätter ignorierten den Roman, die eigentliche Reaktion erfolgte nach der Machtergreifung mit dem Verbot von ‹*Union der festen Hand*›. Als indirekte nationalsozialistische Stellungnahme kann die Besprechung des Parteiautors Hanns Johs gelten.[199] In der Pose des Entdeckers lüftet Johst das Pseudonym des Autors: «Nach der Lektüre des ganzen Romans erfuhr ich seinen wahren Namen: Tannenbaum.» Der Hörfehler verhilft ihm zu dem forschen Kalauer: «O Tannenbaum, o Tannenbaum, wie rot sind deine Blätter.»

Neben der «Gesinnung» stößt sich Johst an der Rationalität des Romans, er «erfühlt» «diese überlegte Rechtsanwaltstaktik, diese Plädoyerüberlegenheit». Da komme das «freie Spiel der dichterischen Entwicklungen» zu kurz gegenüber der «unerbittlichen Prüfung einer Folgerichtigkeit, eines Beweises, einer Überredung». Ein «Kopf» habe diese romanhafte Entsprechung zu den «Zeitstücken, wie sie von den Herzögen, Rehfischen und gezuckerten Mayers hergestellt werden», verfaßt. Das ist der rabiate Ton, der lange vor 1933 das rechte Feuilleton beherrschte. Antiintellektuelle Affekte solcher Art bestimmten die Wertungen der konservativen Rezensenten. Ähnlich wie Johst «spürt» Albrecht Erich Günther im *Deutschen Volkstum* hinter dem Romanautor sofort den typischen «oppositionellen Intellektuellen», der seine «übernahen und unplastischen Bilder» aus der «Schreibstubenperspektive eines Pressebüros» entworfen habe.[200] Konservative Einwände zielen vor allem auf das angeblich fehlende «Ethos» Regers, dem es an «Verantwortlichkeit» mangele (Günther), der «jedes ideelle Prinzip» und jeden «höheren Willen» negiere (Adolf Raskin).[201] In dem «Chaos der sich ergänzenden und zerstörenden Kräfte» vermißt man die Darstellung «gesunder, vitaler, organisch aufbauender Kräfte». Reger sei kein «Schöpfer einer lebendigen Überwirklichkeit» (Raskin).

«Nirgends ein Lichtblick», kein «hoffnungsvoller Wiederaufbauwille», resümiert enttäuscht der Rezensent der nationalistisch angehauchten *VDI-Nachrichten,* dafür «zuviel Tendenz und zuviel Naturalismus».[202] Schon am konservativen Dichtungsbegriff solcher Kritiker scheitert ‹*Union der festen Hand*›.

«Diese geistige, überlegene Darstellungsweise Regers muß jedem Versuch, einen Roman zu schreiben, entgegenstehen. Sie erklärt die fehlenden Farblinien im Spektrum des Werkes. Sie ersetzt Leidenschaft durch Fanatismus, Dichtung (Verdichtung einer geistigen und materiellen Wirklichkeit) durch Dialektik, Humor durch Ironie, Bild durch Begriff, Gestaltung durch Komposition, Erfindung durch Konstruktion. Daraus erwächst der entscheidende Zwiespalt dieses Buches, das Roman, Dichtung (Verdichtung), Überwirklichkeit zu sein vorgibt und nichts anderes ist als einseitig gefaßte Historie, Betrachtung von Zuständen und Tatsachen, mühsam verschleierte Fotomontage» (Raskin).

Von der radikalen Ablehnung durch die *Linkskurve,* die den Standpunkt der KPD referiert, war schon die Rede; sie muß gesehen werden im Kontext der generellen kompromißlosen Haltung dieser Zeitschrift gegenüber der linksbürgerlichen Literatur. Auch für Reger bleibt nur die verständnislose Abkanzelung, die Diffamierung nicht scheut und in fatale Nähe zur Kritik der Industriellen gerät. Dies sei einzig und allein der «Roman der spießerischen, sich immer gleichbleibenden Mittelmäßigkeit». «Er ist geschrieben aus der Froschperspektive, in der Hockstellung, die ein gewisser Typus ‹gehobner› Beamter und ‹leitender› Angestellter zeitlebens einnimmt, gesehen durch die Brille einer Generalanzeigerweltanschauung, die mit Generalanzeigergerechtigkeit die Welt beurteilt.»[203] Bewußt liefere Reger ein «erzdummes Proletariat» den von ihm angebeteten «Typen» der Großindustrie aus, die er aus dem Blickwinkel eines «Dutzendreporters» erfasse. Bei der Vorherrschaft dieser Kategorien bleibt kein Raum für differenzierte Bewertung.

Rezensionen von Gewerkschaftszeitschriften[204] heben die Entlarvung der unternehmerischen Sozialpolitik, der «gewerkschaftsfeindlichen Bestrebungen» hervor, auf die im Roman enthaltene Kritik an den Gewerkschaften selbst gehen sie nicht ein. Die Komplexität, Realitätsfülle, die nur schwer bestimmbare Position des Autors leisten einer selektiven Rezeption Vorschub, dem Herausgreifen von Einzelelementen, die der jeweiligen subjektiven Perspektive entgegenkommen. Am rigorosesten verfährt G. Stecher in den *Preußischen Jahrbüchern,* für den sich alles in ein nivellierendes ästhetisches Wohlgefallen auflöst.[205] «Unter den Händen des Verfassers, eines Journalisten aus dem Ruhrgebiet, gewinnt der schwierige Stoff Leben, Form und Farbe und hält bis zum Schluß in lebhafter Spannung.» Dieser Roman aus der «Herzkammer Deutschlands» vermittle den bleibenden Eindruck, «daß man nämlich diese Fülle der Dinge prachtvoll belehrt und zugleich unablässig gespannt in genußreicher Lektüre in sich eingehen lassen kann».

Eine politische Selektion nimmt das nationalbolschewistische Organ *Widerstand* vor.[206] Der Herausgeber Ernst Niekisch wertet in einer gänzlich positiven Kritik ‹*Union der festen Hand*› als Bekräftigung der eigenen Konzeptionen. Für den Antikapitalisten Niekisch beweist der Roman «unwiderleglich und von einprägsamer Wirkung», «daß die Wirtschaftsherzöge, wie anmaßend sie auch noch ihre festen Hände ausstrecken, in Wahrheit eben doch nur sterbende Gespenster einer untergehenden Welt sind». Die Notwendigkeit einer autoritären Lenkung der Wirtschaft werde hier deutlich, die nicht mehr über einen «schwachen Staat» beliebig verfügen dürfe. Reger wird unmittelbar neben den Wirtschaftskritiker der konservativ-revolutionären *Tat*, Ferdinand Fried, gestellt.

Die *VDI-Nachrichten* hatten versucht, die Tendenz des Romans durch die Auswahl eines massenfeindlichen Zitats zu verfälschen, um dann jedoch zu argwöhnen, daß «der Autor die politische Grundeinstellung, die Argumentation dieser Masse in vielem zu teilen scheint». Zustimmung und Anerkennung erntete Reger bei den linksliberalen Kritikern. Ihre Akklamation signalisiert, wo die Rezipienten von ‹*Union der festen Hand*› in der Hauptsache zu lokalisieren sind: in der linksdemokratischen, parteipolitisch nicht gebundenen Intelligenz. Ernst Glaeser[207], Bernard von Brentano[208], Heinz Dietrich Kenter[209], Alfons Goldschmidt[210], Ludwig Marcuse[211], Eugen Sulz[212] und Ernst Weiss[213] identifizierten den Roman zustimmend als Objekt der Neuen Sachlichkeit. Vor allem Glaeser, Kenter und Sulz verweisen emphatisch auf die Konvergenz zu ihren ästhetischen Positionen. Reger wird zum «Sprecher» einer «neuen Literatur» erklärt, die «moralisch, ethisch und selbstverständlich aktivistisch» sei, er verstärke die «Front gegen das Virtuosentum» (Glaeser), er schildere die deutsche Wirklichkeit «so wie sie sich phrasenlos, ungeschminkt und entsetzlich darstellt» (Kenter). Gelobt wird die «systematische Universalität» (Marcuse), die «enorme Leistung» (Kenter), die «Klarheit des Aufbaus, Sauberkeit des Stils und Prägnanz des Ausdrucks» (Sulz). Selten reicht das Lob einmal über die formalen Kategorien hinaus, die vielfältigen Realitätsbezüge werden weitgehend vernachlässigt. Indem sich die linksliberale Kritik auf das Wie der Darstellung beschränkt, übergeht sie Regers aufklärerische Intentionen. Die zentralen Inhalte werden nicht weitergegeben, die Möglichkeit wird verpaßt, durch gezielte Hinweise und gebührende Akzentuierung Regers Enthüllungen zu verstärken. Deren Brisanz und brennende politische Aktualität wird nur aus den Reaktionen der Gegner ablesbar. Allein Walter Dirks stellt klar heraus, daß ‹*Union der festen Hand*› den Faschismus als Endprodukt der akuten Krise prognostiziert.[214] Gerade die Rezensionen, die für Reger Partei ergreifen, illustrieren am handgreiflichsten die Schwierigkeiten einer literarischen Aufklärung über die Produktionssphäre. Im Falle Regers erreichte sie emotionsgeladene Diffamierung, selektive Rezeption und formalisiertes Lob, die eigentlichen Objekte der Aufklärung traten dabei völlig in den Hintergrund. Der radikale Begriff von Öffentlichkeit, den Regers Programmatik voraussetzte, war in der Endphase der Weimarer Republik nicht mehr einzulösen.

Die publizistischen Kommentare zur Neuausgabe 1946 sind Dokumente einer gescheiterten, frühzeitig abgebrochenen Nachkriegsrezeption. Die Debatte in der SBZ zwischen Wolfgang Harich[215] und Erich Winguth/Ernst

Winter[216] machte deutlich, daß dort die «Wahl zwischen Erik Reger, dem Chefredakteur des *Tagesspiegel*, und Erik Reger, dem Autor von ‹*Union der festen Hand*›», die Harich anspricht, gegen den Roman entschieden worden war. Im Westen beklagte Wolfdietrich Schnurre den «galoppierenden Objektivismus» des Autors, der sich «verborgen» halte. In einer Situation gesteigerter programmatischer Erwartungen ist ‹*Union der festen Hand*› für Schnurre ein Roman des «Unbeteiligtseins»[217]. Ein Artikel im *Wiesbadener Kurier* demonstriert dagegen, wie der Roman zum politischen Kampfinstrument umfunktioniert wurde. Reger habe hier, so meint der Schreiber dieses Elaborats, einen «Totalitarismus» beschrieben, der heute mit umgekehrten Vorzeichen auf die SED anwendbar sei.[218] Das ist das provinzielle Klima des beginnenden Kalten Krieges, in das ‹*Union der festen Hand*› hineingeriet.

Die zahlreichen Nachrufe erwähnen 1954 Regers frühe Romane nur am Rande. Ausgerechnet den ehemaligen NS-Kritiker Paul Fechter, der 1931 ‹*Union der festen Hand*› scharf ablehnte, läßt der *Tagesspiegel* eine Würdigung des «Erzählers Erik Reger» verfassen.[219] Fechter verharmlost den Industrieroman zur literarischen Jugendsünde und legitimiert seinen damaligen Widerspruch als Stimme der mäßigenden Vernunft. «Streng, fordernd, wie junge Menschen sind», habe Reger seinen «ersten Roman» geschrieben, und so war es denn «kein Wunder, daß die Zeit und ihre Wirklichkeit sich zur Wehr setzte». Würdigende Worte findet Fechter nur für die «reif gewordene Welt» der späteren unpolitischen Romane, für die «Verwandtschaft» mit dem «großen Dichter Paul Ernst», die er dort zu erkennen glaubt.

Zu jener Zeit hatten offenbar nur die schwächeren Werke Regers eine Rezeptionschance. ‹*Schiffer im Strom*› wurde 1961 neu aufgelegt und sogar für das Fernsehen zu einem Dreiteiler verfilmt.[220] Jost Hermand kommt das Verdienst zu, 1965 wieder auf ‹*Union der festen Hand*› aufmerksam gemacht zu haben.[221] Er schwächt die kritischen Energien des Romans ab, wenn er Reger einer vagen «Mitte» zuordnet, die «sowohl der sozialen als auch der nationalen Engagiertheit aus dem Wege geht». Hermand verzichtet darauf – darin ganz in den Bahnen der linksliberalen Kritik der zwanziger Jahre –, die Bezüge zur sozialen und politischen Realität der Weimarer Republik herauszuarbeiten, er begnügt sich mit dem literarhistorischen Kontext. Helmut Lethens totale Ablehnung des Romans, die die Linie der *Linkskurve* fortsetzt, hat sicherlich eine detaillierte Auseinandersetzung der Neuen Linken mit Reger verhindert.[222] Eine differenzierte Neubewertung von ‹*Union der festen Hand*› erscheint gegenwärtig um so dringlicher und nützlicher. Der Fall Delius hat vor Augen geführt, daß die «Dokumentarsatire», als die auch Regers Roman zu definieren ist, durch juristische Gegenmaßnahmen der Industrie bedroht ist. Literarische Aufklärung über die industrielle Produktionssphäre ist damals wie heute ein gefährliches Unternehmen.

Anmerkungen

1 Programm der Dortmunder Gruppe 61. In: Peter Kühne: Arbeiterklasse und Literatur. Dortmunder Gruppe 61 – Werkkreis Literatur der Arbeitswelt. Mit einem Essay von Urs Jaeggi. Frankfurt a. M. 1972, S. 249
2 Ebd.
3 Alfons Goldschmidt: Union der festen Hand. In: Weltbühne 27, 1931, II, S. 21
4 Z. B. Reinhard Dithmar: Industrieliteratur. München 1973
5 So der Titel eines Aufsatzes von Erik Reger. In: Weltbühne 27 (1931), I, S. 539–542
6 Ebd., S. 541
7 Ebd., S. 539
8 Ebd., S. 541
9 Die publizistische Funktion der Dichtung. In: Dortmunder General-Anzeiger, 31. 3. 1931
10 Junge Schriftsteller des Ruhrgebiets. In: Die Literatur 33 (1930/31), S. 188
11 So in einer Rezension von Regers Roman «Das wachsame Hähnchen». In: Frankfurter Zeitung 1932, Literaturblatt Nr. 45
12 Vgl. etwa die Polemik von Erich Winguth (Erik Reger – oder die Grenzen bürgerlicher Gesellschaftskritik. In: Einheit 1 (1946), S. 402–407) und Ernst Winter («Dem Deutschen Volke». Ein Beitrag zur Kritik. In: Die Weltbühne, Zeitschrift für Politik, Kunst, Wirtschaft 1 (1946), S. 108–111) gegen die Neuauflage des Romans
13 Neue Formen der Publizistik. Zwiegespräch zwischen Bernard von Brentano und Ernst Glaeser, gehalten im Frankfurter Sender. In: Die Weltbühne 25 (1929), II, S. 54
14 Über den Schriftsteller. In: Neue Rundschau 42 (1931), I, S. 861
15 Die publizistische Funktion der Dichtung a. a. O.
16 Auszüge aus diesem Roman publizierte Reger in der «Weltbühne» und im «Dortmunder General-Anzeiger»
17 Erik Reger: Gegenspieler der Publizistik. In: Die Weltbühne 25 (1929), II, S. 472
18 Ebd., S. 475
19 Ebd.
20 Z. B. Architektur als Epos. In: Deutsche Allgemeine Zeitung, 25. 7. 1926. Stahlhäuser. In: Kölnische Zeitung, 25. 9. 1927
21 Schöpfer und Schöpfung. In: Berliner Börsen-Zeitung, 7. 8. 1924
22 Ebd.

23 Kleine Ketzerei über Kunst und Popularität. In: Dortmunder General-Anzeiger, 26. 5. 1931
24 Ruhrprovinz. In: Die Weltbühne 24 (1928), II, S. 924
25 Industrierevier und Zeittheater. In: Der Niederrhein II (1929), H 5, S. 16
26 Vgl. zur Literatur der Neuen Sachlichkeit: Horst Denkler: Die Literaturtheorie der zwanziger Jahre. Zum Selbstverständnis des literarischen Nachexpressionismus in Deutschland. Ein Vortrag. In: Monatshefte 59 (1967), S. 305–319. Ders.: Sache und Stil. Die Theorie der «Neuen Sachlichkeit» und ihre Auswirkungen auf Kunst und Dichtung. In: Wirkendes Wort 18 (1968), S. 167–185. Helmut Lethen: Neue Sachlichkeit 1924–32. Studien zur Literatur des «Weißen Sozialismus». Stuttgart 1970. Karl Prümm: Kapitel «Neue Sachlichkeit» in: Die Literatur des Soldatischen Nationalismus der 20er Jahre (1918–1933). Gruppenideologie und Epochenproblematik. Bd. 2, Kronberg/Taunus 1974, S. 219–276. Wolfgang Rothe (Hg.): Die deutsche Literatur in der Weimarer Republik, Stuttgart 1974
27 Formen der Theaterbureaukratie. In: Kölnische Zeitung, 11. 12. 1927
28 Stahlhäuser (Anm. 20)
29 Bildungstheater. In: Kölnische Zeitung, 26. 1. 1926
30 Soziologie des Theaters im Industriebezirk. In: Die Scene 16 (1926), S. 264
31 Industrierevier und Zeittheater (Anm. 25), S. 14
32 Kulturpolitik an der Ruhr. In: Das Kunstblatt XIII (1929), S. 296
33 Theater, Städte, Publikum. In: Dortmunder General-Anzeiger, 8. 2. 1931
34 Industrierevier und Zeittheater (Anm. 25), S. 14 u. 16
35 Ebd., S. 15
36 Theater, Städte, Publikum (Anm. 33)
37 Industrierevier und Zeittheater (Anm. 25), S. 14
38 Rückkehr zur Illusion. In: Das Kunstblatt XIV (1930), S. 240 u. 238
39 Dramaturgie des Provinztheaters. Aus einem Gespräch, das zwischen Hannes Küpper und Erik Reger vor dem Mikrofon des Berliner Senders geführt wurde. In: Die Scene 21 (1931), S. 297
40 Ebd., S. 297, 298 u. 301
Reger und Küpper entgehen hier allerdings nicht der Gefahr, die benötigten spezifischen Grunddaten provinzieller Zuschauererwartungen durch spekulative Setzung «landsmännischer» Eigenschaften zu gewinnen. Darauf hat auch Herbert Ihering in seiner Polemik gegen diesen Dialog verwiesen, die wiederum von Reger und Küpper scharf zurüc:kgewiesen wurde: Das Ende eines Polemikers. In: Der Scheinwerfer (Essen) 5 (1931), H. 7, S. 21/22
41 Die publizistische Funktion der Dichtung (Anm. 9)
42 Ebd.
43 Nationaldichter der Schwerindustrie (Anm. 5), S. 540
44 Vgl. Helmut F. Pfanner: Die «Provinzliteratur» der zwanziger Jahre. In: Die deutsche Literatur in der Weimarer Republik. Hg. v. Wolfgang

Rothe, Stuttgart 1974, S. 238–251
45 Z. B. Finsternis. Sechs Dorfgeschichten. München 1926
46 Mehlreisende Frieda Geyer, Roman (1931). Unter dem Titel «Eine Zierde für den Verein. Roman vom Rauchen, Sporteln, Lieben und Verkaufen» in die Gesamtausgabe übernommen (Bd. II, Roman, Erzählende Prosa, Aufsätze, Frankfurt a. M. 1972)
47 Lion Feuchtwanger: Erfolg. Drei Jahre Geschichte einer Provinz. Roman (1930). Hans Fallada: Bauern, Bonzen und Bomben. Roman (1931)
48 Kleine Stadt. In: Erbschaft dieser Zeit. Frankfurt a. M. 1973, S. 32
49 Ebd., S. 114
50 Ebd., S. 32
51 Ruhrprovinz (Anm. 24), S. 923
52 Ebd., S. 918, 919 u. 920
53 Ebd., S. 919 und 920
54 Kulturpolitik an der Ruhr (Anm. 32), S. 296
55 Ernst Glaeser hat in den von ihm herausgegebenen Band «Fazit». Ein Querschnitt durch die deutsche Publizistik» (Hamburg 1929) die Reger-Reportagen «Ruhrprovinz» und «Die wirkliche Arbeiterpresse» aufgenommen. In der Sammlung sind u. a. vertreten: Joseph Roth, Ernst Glaeser, Bernard von Brentano, Alfons Paquet, Heinrich Hauser, Egon Erwin Kisch, Arnold Zweig, Hermann Kesser, Lion Feuchtwanger, Carl von Ossietzky, Hans v. Hentig, Herbert Ihering, Siegfried Kracauer, Frank Warschauer
56 Gegenspieler der Publizistik (Anm. 17), S. 475
57 Ruhrprovinz (Anm. 24); Die wirkliche Arbeiterpresse 25 (1929), I, S. 366–372. Gegenspieler der Publizistik (Anm. 17); Reporter im Kohlenpott 26 (1930), I, S. 792–797. Nationaldichter der Schwerindustrie (Anm. 5); Außerdem erschienen von Erik Reger in der «Weltbühne»: Westdeutscher Theaterzauber 26 (1930), II, S. 52–56; Die Schuldfrage der Rationalisierung 28 (1932), I, S. 407–410; Gefangenenlager. Aus einem unveröffentlichten Roman «554». 26 (1930), I, S. 64–67
58 Kulturpolitik an der Ruhr (Anm. 32), S. 293
59 Z. B. Ruhrtheater außer Betrieb. Dortmunder General-Anzeiger, 24. 8. 1931; Präsidenten-Theater. Mobilmachung gegen zweifelhafte Projekte. Dortmunder General-Anzeiger, 17. 9. 1931
60 Zur Notlage der Schriftsteller. Auch ein Alarmruf. In: Dortmunder General-Anzeiger, 17. 10. 1931; Zwischen Bohemien und Bürger. Die Stellung des Künstlers in der Gesellschaft. In: Dortmunder General-Anzeiger, 6. 12. 1931
61 Konflikte in der Schriftstellergewerkschaft. In: Dortmunder General-Anzeiger, 22. 12. 1931
62 Industrierevolte gegen die Währung. In: Dortmunder General-Anzeiger, 29. 12. 1931; Umwertung der Probleme. Sinn und Widersinn der Entwicklung. In: Dortmunder General-Anzeiger, 14. 12. 1931

63 Männer des Hintergrunds. In: Dortmunder General-Anzeiger, 15. 11. 1931; Die Diktatur des Dogmas. In: Dortmunder General-Anzeiger, 9. 7. 1931
64 Die publizistische Funktion der Dichtung (Anm. 9)
65 Theater, Städte, Publikum (Anm. 33)
66 Reporter im Kohlenpott. In: Die Weltbühne 26 (1930), I, S. 795
67 In dem Dialog mit Hannes Küpper («Dramaturgie des Provinztheaters») sprach Reger von seiner «langjährigen Kontrolle der Provinz» (Anm. 39), S. 299
68 Sehertum oder klare Sicht? Alfons Paquets Rhein-Ruhr-Gemälde im Licht methodischer Publizistik. In: Dortmunder General-Anzeiger, 19. 2. 1931
69 So trägt sein Provinzroman «Das wachsame Hähnchen» (Berlin 1932) den Untertitel «Polemischer Roman»
70 Die publizistische Funktion der Dichtung (Anm. 9)
71 Das Recht auf Theaterbesuch. In: Dortmunder General-Anzeiger, 7. 12. 1931
72 Vgl. dazu: Kurt Koszyk: Zum Verhältnise von Industrie und Presse. In: Industrielles System und politische Entwicklung in der Weimarer Republik. Verhandlungen des Internationalen Symposiums in Bochum vom 12.–17. Juni 1973. Hg. v. Hans Mommsen, Dietmar Petzina, Bernd Weisbrod. Düsseldorf 1974, S. 704–716
73 Das Pflaster aus Basalt. Führungsqualitäten der westdeutschen Wirtschaft. In: Dortmunder General-Anzeiger, 10. 6. 1931
74 Egon Erwin Kisch: Generalversammlung der Schwerindustrie. In: E. E. K.: Der rasende Reporter (1925). Gesammelte Werke in Einzelausgaben. Hg. v. Bodo Uhse und Gisela Kisch. Bd V, Berlin/Weimar 1974 (2. Aufl.), S. 257
75 Gegenspieler der Publizistik (Anm. 17), S. 471
76 Abbau von innen. In: Dortmunder General-Anzeiger, 2. 11. 1931
77 Reger verwandte die Leserbriefe, die er in seiner Reportage «Die wirkliche Arbeiterpresse» (In: Die Weltbühne 25 [1929], I, S. 366–372) zitiert hatte
78 Die publizistische Funktion der Dichtung (Anm. 9)
79 Kulturpolitik an der Ruhr (Anm. 32), S. 296–298
80 Theater, Städte, Publikum (Anm. 33)
81 Industrierevier und Zeittheater (Anm. 25), S. 16
82 Ebd.
83 Sehertum oder klare Sicht? (Anm. 68)
84 Technische Lyrik – Arbeiterlyrik. In: Dortmunder General-Anzeiger, 27. 3. 1931
85 Ruhrprovinz (Anm. 24), S. 920
86 Reporter im Kohlenpott (Anm. 66), S. 794
87 Ruhrprovinz (Anm. 24), S. 920
88 Technische Lyrik – Arbeiterlyrik (Anm. 84)

89 Kleine Ketzerei über Kunst und Popularität (Anm. 23)
90 Zur Notlage der Schriftsteller (Anm. 60)
91 Zwischen Bohemien und Bürger (Anm. 60)
92 Zur Notlage der Schriftsteller (Anm. 60)
93 Technische Lyrik – Arbeiterlyrik (Anm. 84). Dort zitiert Reger das Gedicht Küppers
94 Frankfurter Zeitung, 30. 5.–7. 6. 1929
95 Jürgen Habermas: Technik und Wissenschaft als Ideologie. Frankfurt a. M. 1968, S. 48ff
96 Leo Lania: An der Ruhr-Front. In: Die Weltbühne 19 (1923), I, S. 94–97
97 Larissa Reissner: Krupp und Essen. In: Die Weltbühne 21 (1925), II, S. 729–734
98 Egon Erwin Kisch: Das Nest der Kanonenkönige: Essen. In: Der rasende Reporter (Anm. 74), S. 115
99 Egon Erwin Kisch: Stahlwerk in Bochum, vom Hochofen aus gesehen. In: Der rasende Reporter (Anm. 74), S. 175–179
100 Reporter im Kohlenpott (Anm. 66), S. 793
101 Ebd.
102 Heinrich Hauser: Schwarzes Revier. Berlin 1929, S. 41/42
103 Ebd., S. 100
104 Den Intentionen Regers näher kommen die Reportagesammlungen «Deutschland von unten. Reise durch die proletarische Provinz» von Alexander Stenbock-Fermor (Stuttgart 1931). «Kohlenpott. Ein Buch von der Ruhr» von Georg Schwarz, das 1931 in der Büchergilde Gutenberg erschien, und Bernard von Brentanos «Der Beginn der Barbarei in Deutschland» (Berlin 1932), eine Verbindung von kritischer Materialsammlung, Reportage und essayistischer Analyse. Vor allem Schwarz und Brentano behandeln die gleichen Objekte wie Reger mit der gleichen kritischen Intention: die publizistische Selbstdarstellung der Schwerindustrie, Werkszeitungen, Dinta
105 Reporter im Kohlenpott (Anm. 66), S. 794 u. 795
106 Rezension von Hans Marchwitza «Sturm auf Essen». In: Dortmunder General-Anzeiger, 8. 1. 1931
107 Bezug genommen wird hier auf Albert Daudistel «Das Opfer». Neue Themen und abgenutzte Literatur. In: Dortmunder General-Anzeiger, 8. 1. 1931
108 Reger kritisiert hier den Roman «Theodor Obermeyer» von Wilhelm Engelke. Neue Themen und abgenutzte Literatur (Anm. 107)
109 Ebd.
110 Die publizistische Funktion der Dichtung (Anm. 9)
111 Alfons Paquet: Das Kreuz der Städte. In: Der Scheinwerfer 4 (1930), H. 4, S. 15–22
112 Sehertum oder klare Sicht? (Anm. 68)
113 Erik Reger: Nationaldichter der Schwerindustrie (Anm. 5), S. 541

114 Ruhrprovinz (Anm. 24), S. 921
115 Z. B. Ernst Schröder: Krupp. Geschichte einer Unternehmerfamilie. Göttingen/Zürich/Frankfurt a. M. 1968 (2. Aufl.), S. 91
116 Ruhrprovinz (Anm. 24), S. 921
117 Norbert Mühlen: Die Krupps. Frankfurt, 1960. S. 67
118 M. K.: Soziale Belletristik. In: Gewerkschaftsarchiv 15 (1931), S. 186
119 Walter Dirks: Die Union der festen Hand. Zu Erik Regers Roman des Riuhrgebiets. In: Rhein-Mainische Volkszeitung (Frankfurt a. M.), 6. 1. 1932
120 Ein Arbeiter über «Union der festen Hand». In: Die Linkskurve 3 (1931), Nr. 12, S. 38
121 Reporter im Kohlenpott (Anm. 66), S. 796
122 Kulturpolitik an der Ruhr (Anm. 32). Das Foto befindet sich auf S. 291
123 Die wirkliche Arbeiterpresse. In: Die Weltbühne 25 (1929), I, S. 366
124 Z. B. Ludwig Turek: Ein Prolet erzählt (Berlin 1930). Köln 1972
125 Vgl. dazu: Peter von Oertzen: Die großen Streiks der Ruhrbergarbeiterschaft im Frühjahr 1919. Ein Beitrag zur Diskussion über die revolutionäre Entstehungsphase der Weimarer Republik. In: Vom Kaiserreich zur Weimarer Republik. Hg. v. Eberhard Kolb. Köln 1972, S. 185–217. Hans Mommsen: Sozialpolitik im Ruhrbergbau. In: Industrielles System und politische Entwicklung in der Weimaurer Republik (Anm. 72), S. 303–321
126 Helmut Lethen: Neue Sachlichkeit 1924–32. Studien zur Literatur des «Weißen Sozialismus». Stuttgart 1970, S. 73–89
127 Wolfgang Harich: Union der festen Hand. Einsicht und Konsequenz. In: Aufbau 2 (1946), S. 808–827
128 Wilhelm Alff: Erik Reger. Porträt eines Journalisten. Rundfunksendung. WDR II, 11. 11. 1973 [Manuskript], S. 14
129 Gegenspieler der Publizistik (Anm. 17), S. 477
130 Ebd., S. 471
131 Lethen (Anm. 126), S. 78
132 Felix Pinner: Deutsche Wirtschaftsführer. Charlottenburg 1925, S. 84
133 Ebd., S. 83
134 Ebd., S. 84
135 Gegenspieler der Publizistik (Anm. 17), S. 475
136 Henry Ashby Turner jr.: Emil Kirdorf und die NSDAP. In: H. A. T.: Faschismus und Kapitalismus in Deutschland. Studien zum Verhältnis zwischen Nationalsozialismus und Wirtschaft. Göttingen 1972, S. 62
137 Adolf Hitler: Der Weg zum Wiederaufstieg (1927). Abgedrückt in: H. A. Turner (Anm. 135), S. 47–59
138 Pinner a. a. O., S. 66
139 Vgl. Heinrich Teuber: Für die Sozialisierung des Ruhrbergbaus. Hg. v. Helmut G. Haasis und Erhard Lucas. Frankfurt a. M. 1973, S. 37
140 Vgl. dazu: George W. F. Hallgarten/Joachim Radkau: Deutsche Industrie

und Politik von Bismarck bis heute. Frankfurt a. M. 1974, S. 145

141 Pinner, a. a. O., S. 32

142 Ebd., S. 103

143 Die Diktatur des Dogmas (Anm. 63)

144 Ebd.

145 Das Pflaster aus Basalt (Anm. 73)

146 Mühlen, a. a. O., S. 108ff

147 Vgl. auch die These von Felix Pinner: «Vielleicht war es nicht das körperliche Leiden allein, das dieses vorzeitige Ende herbeiführte.» (Anm. 131), S. 49

148 Z. B. Männer des Hintergrunds (Anm. 63)

149 Zur Biographie Flicks vgl.: Günter Ogger: Friedrich Flick der Große. München/Wien 1971

150 Die Diktatur des Dogmas (Anm. 63). Vor allem Paul Reusch war der schärfste Gegner von Flick, den er als «Revierfremden» und «Eindringling» bekämpfte. Vgl. Ogger (Anm. 147), S. 110

151 Männer des Hintergrunds (Anm. 63)

152 Die Diktatur des Dogmas (Anm. 63)

153 Siegfried Kracauer: Das Ornament der Masse. Essays. Frankfurt a. M. 1963, S. 57

154 Die Schuldfrage der Rationalisierung. In: Die Weltbühne 28 (1932), I, S. 407–410

155 Erik Reger: Männer des Hintergrunds (Anm. 63)

156 Ebd.

157 Hallgarten, a. a. O., S. 150

158 Vgl. dazu: Bernd Weisbrod. Zur Form schwerindustrieller Interessenvertretung in der zweiten Hälfte der Weimarer Republik. In: Industrielles System und politische Entwicklung in der Weimarer Republik (Anm. 72), S. 674–692

159 Schwerindustrie und öffentliche Meinung. In: Frankfurter Zeitung, 1. 3. 1928

160 Weisbrod, a. a. O., S. 692

161 Vgl. dazu: Henry Ashby Turner jr: Die ‹Ruhrlade›. Geheimes Kabinett der Schwerindustrie in der Weimarer Republik. In: Faschismus und Kapitalismus in Deutschland (Anm. 135), S. 114–156

162 So berichtete Reger in dem Zeitungsartikel «Das Pflaster aus Basalt» von einer Sitzung der «Ruhrlade», (Anm. 73)

163 So sprach B. Loewenstein 1927 von einer Beherrschung des Staates durch die Gewerkschaften und nannte Deutschland «ein Land der unbegrenzten gewerkschaftlichen Möglichkeiten». Zitiert nach: Hans Mommsen: Sozialpolitik im Ruhrbergbau (Anm. 125), S. 315

164 Erik Reger: Zwei Jahre nach Hitler. Fazit 1947 und Versuch eines konstruktiven Programms aus der zwangsläufigen Entwicklung. Hamburg/Stuttgart 1947, S. 38/39

165 Dies berichtet Volker Mauersberger: Rudolf Pechel und die «Deutsche Rundschau» 1919–1933. Eine Studie zur konservativ-revolutionären Publizistik in der Weimarer Republik. Bremen 1971, S. 233
166 Ebd.
167 Turner (Anm. 161), S. 145
168 So Jung in einem Brief vom 23. 12. 1930 an Pechel. Mitgeteilt bei Mauersberger, a. a. O., S. 236
169 Tim W. Mason: Zur Entstehung des Gesetzes zur Ordnung der nationalen Arbeit vom 20. Januar 1934: Ein Versuch über das Verhältnis «archaischer» und «moderner» Momente in der neuesten deutschen Geschichte. In: Industrielles System und politische Entwicklung in der Weimarer Republik (Anm. 72), S. 340
170 Vgl. dazu Weisbrod, a. a. O., S. 674/675
171 Westdeutscher Theaterzauber. In: Die Weltbühne 26 (1930), II, S. 52
172 Ebd.
173 Das Pflaster aus Basalt (Anm. 73)
174 Zitiert bei: Mommsen a. a. O., S. 319
175 Ebd., S. 304 u. 318
176 Adolf Hitler: Der Weg zum Wiederaufstieg. In: Turner (Anm. 136), S. 56/57
177 Naturgeschichte des Nationalsozialismus. In: Vossische Zeitung, 6. 9. 1931
178 Ebd.
179 Ebd.
180 Naturgeschichte des Nationalsozialismus. In: Vossische Zeitung, 16. 8. 1931
181 Ebd.
182 Zitiert nach: Tim W. Mason, a. a. O., S. 336
183 Ebd.
184 Die wirkliche Arbeiterpresse (Anm. 123), S. 367
185 Dortmund war der Standort des von der Industrie gegründeten aufwendigen «arbeitsphysiologischen Instituts»
186 Winter, a. a. O., S. 111
187 Wirtschafts-Anarchisten. Das Ultimatum des Reichsverbandes. In: Dortmunder General-Anzeiger, 28. 8. 1931
188 Umfrage: Abwehr der Kulturreaktion. Antwort von Erik Reger. In: Dortmunder General-Anzeiger, 4. 2. 1931
189 Ebd.
190 Die Schuldfrage der Rationalisierung (Anm. 154), S. 409
191 Sehertum oder klare Sicht? (Anm. 68)
192 Die Schuldfrage der Rationalisierung (Anm. 154), S. 408
193 «Wegweiser» im «Wachsamen Hähnchen». Berlin 1932, S. 7
194 So der Schriftsteller Wolfgang Weyrauch in einem Gespräch mit dem Verfasser

195 Ludwig Marcuse: Geschichtsdichtung. In: Das Tagebuch 12 (1931), II, S. 1064
196 Alfons Goldschmidt: Union der festen Hand. In: Die Weltbühne 27 (1931), II, S. 20
197 Ernst Weiss: Union der festen Hand. In: Der Scheinwerfer 5 (1931), H. 6, S. 15
198 Union der festen Hand: In: Rhein und Ruhr. Wirtschaftliche Nachrichten aus dem Ruhrgebiet 12 (1931), H. 47, S. 998
199 Hanns Johst: Neue Romane. In: Velhagen und Klasings Monatshefte 46 (1931), I, S. 89/90
200 G. (=Albrecht Erich Günther): Die Union der festen Hand. In: Deutsches Volkstum (1931), II, S. 652
201 Adolf Raskin: Die Union der festen Hand. In: Der Scheinwerfer 5 (1931), H. 2, S. 6–8
202 Nichttechnische Bücher für Techniker. In: Nachrichtenzeitung des Vereins deutscher Ingenieure (VDI-Nachrichten) 11 (1931), Nr. 50, S. 2
203 Walter Nadolny: Klassenkampf im Generalanzeiger. In: Die Linkskurve 4 (1932), Nr. 1, S. 28
204 M. K.: Soziale Belletristik. In: Gewerkschaftsarchiv 15 (1931), S. 185–187 – A. D.: Erik Reger: Union der festen Hand. In: Betriebsräte-Zeitschrift. Organ für die Funktionäre des Deutschen Metallarbeiterverbandes 12 (1931), S. 336
205 G. Stecher: Besprechung von «Union der festen Hand». In: Preußische Jahrbücher 225 (1931), S. 208
206 Nikolaus Götz (= Ernst Niekisch): Die Union der festen Hand. In: Widerstand 6 (1931), S. 211–213
207 Ernst Glaeser: Erik Reger. Zu seinem Roman «Union der festen Hand». In: Die Literarische Welt 7 (1931), Nr. 34, S. 5/6
208 Bernard von Brentano: Das Ruhrrevier im Buch. In: Berliner Tageblatt, 3. 7. 1931
209 Heinz Dietrich Kenter: Union der festen Hand. In: Die Literatur 33 (1930/31), S. 683–685
210 S. Anm. 196
211 S. Anm. 195
212 Eugen Sulz: Union der festen Hand. In: Der Scheinwerfer 5 (1931), H. 7, S. 12–14
213 S. Anm. 197
214 Walter Dirks: Die Union der festen Hand. Zu Erik Regers Roman des Ruhrgebiets. In: Rhein-Mainische Volkszeitung (Frankfurt a. M.), 6. 1. 1932
215 Wolfgang Harich: Union der festen Hand. Einsicht und Konsequenz. In: Aufbau 2 (1946), S. 808–827
216 Erich Winguth: Erik Reger – oder die Grenzen bürgerlicher Gesellschaftskritik. In: Einheit 1 (1946), S. 402–407

Ernst Winter: «Dem Deutschen Volke». Ein Beitrag zur Kritik. In: Die Weltbühne 1 (1946), S. 108–111

217 Wolfdietrich Schnurre: Der verborgene Autor. In: Deutsche Rundschau 69 (1946), H. 6, S. 255–257

218 E. von Sickingen: Ceterum censeo. In: Wiesbadener Kurier, 10. 9. 1947

219 Paul Fechter: Der Erzähler Erik Reger. In: Der Tagesspiegel, 16. 5. 1954

220 Drehbuch: Karlheinz Gutheim. Regie: Wilhelm Semmelroth

221 Jost Hermand: Erik Regers «Union der festen Hand» (1931). Roman oder Reportage? In: Monatshefte 57 (1965), S. 113–133

222 Helmut Lethen: Bürgerliche Aufklärung über die Produktionssphäre. In: H. L.: Neue Sachlichkeit 1924–32. Studien zur Literatur des «Weißen Sozialismus». Stuttgart 1974, S. 73–89

Bibliographie

1. Buchpublikationen von Erik Reger

Union der festen Hand. Roman einer Entwicklung. Berlin (Rowohlt) 1931. [Neuausgabe: Berlin (Aufbau) 1946]

Das wachsame Hähnchen. Polemischer Roman. Berlin (Rowohlt) 1932. [Neuausgabe: Stuttgart/Hamburg/Baden-Baden (Rowohlt) 1950]

Schiffer im Strom. Roman. Berlin (Rowohlt) 1933. [Neuausgabe: Berlin (Argon) 1961]

Napoleon und der Schmelztiegel. Roman. Berlin (Rowohlt) 1935

Lenz und Jette. Chronik einer Leidenschaft. Berlin (Rowohlt) 1935

Heimweh nach der Hölle. Roman. Berlin (Rowohlt) 1936

Kinder des Zwielichts. Ein Leben in voriger Zeit. Roman. Stuttgart/Berlin (Rowohlt) 1941

Der verbotene Sommer. Roman. Berlin (Propyläen) 1941. [Neuausgabe: Berlin (Ullstein) 1949]

Vom künftigen Deutschland. Aufsätze zur Zeitgeschichte. Berlin (Blanvalet) 1947

Zwei Jahre nach Hitler. Fazit 1947 und Versuch eines konstruktiven Programms aus der zwangsläufigen Entwicklung. Hamburg/Stuttgart (Rowohlt) 1947

Urbans Erzählbuch. Berlin (Blanvalet) 1949

Raub der Tugend. Novelle. Berlin (Argon) 1955

2. Wichtige publizistische Arbeiten von Erik Reger vor 1933 (keine vollständige Bibliographie)

Der Künstler und der normale Mensch. In: Frankfurter Zeitung, 2. 12. 1924

Schöpfer und Schöpfung. In: Berliner Börsen-Zeitung, 7. 8. 1924

Drama und Kritik in Amerika. In: Kölnische Zeitung, 28. 2. u. 3. 3. 1925

Bildungstheater? In: Kölnische Zeitung, 26. 1. 1926

Amerikanisierte Oper. In: Berliner Börsen-Zeitung, 27. 3. 1926

Architektur als Epos. Vom Erdhügel bis zum Wolkenkratzer. In: Deutsche Allgemeine Zeitung, 25. 7. 1926

Die «Objektivität» des Dirigenten. In: Berliner Börsen-Zeitung, 2. 9. 1926

Soziologie des Theaters im Ruhrbezirk. In: Die Scene 16 (1926), S. 260–264

Stahlhäuser. In: Kölnische Zeitung, 25. 9. 1927

Formen der Theaterbureaukratie. In: Kölnische Zeitung, 11. 12. 1927

Ruhrprovinz. In: Die Weltbühne 24 (1928), II, S. 918–924

Der Georg Kaiser von Amerika. In: Die Literatur 31 (1928/29), S. 272–274

Industrierevier und Zeittheater. In: Der Niederrhein II (1929), H. 5, S. 14–16
Kulturpolitik an der Ruhr. In: Das Kunstblatt XIII (1929), S. 291–299
Bei Kilometer 208. Naturgeschichte einer Brücken-Montage. In: Frankfurter Zeitung, 30. 5.–7. 6. 1929
Die wirkliche Arbeiterpresse. In: Die Weltbühne 25 (1929), I, S. 366–372
Gegenspieler der Publizistik. In: Die Weltbühne 25 (1929), II, S. 471–479
Gefangenenlager. Aus einem unveröffentlichten Roman «554». In: Die Weltbühne 26 (1930), I, S. 64–67
Reporter im Kohlenpott. In: Die Weltbühne 26 (1930), I, S. 792–797
Westdeutscher Theaterzauber. In: Die Weltbühne 26 (1930), II, S. 52–56
Rückkehr zur Illusion. In: Das Kunstblatt XIV (1930), S. 237–241
Nationaldichter der Schwerindustrie. In: Die Weltbühne 27 (1931), I, S. 539–542
Dramaturgie des Provinztheaters. Aus einem Gespräch, das zwischen Hannes Küpper und Erik Reger vor dem Mikrofon des Berliner Senders geführt wurde. In: Die Scene 21 (1931), S. 296–301
Hannes Küpper/Erik Reger. Das Ende eines Polemikers. In: Der Scheinwerfer (Essen) V (1931), H. 7, S. 21–22
Naturgeschichte des Nationalsozialismus. In: Vossische Zeitung, 16. 8., 23. 8., 30. 8. u. 6. 9. 1931
Die Schuldfrage der Rationalisierung. In: Die Weltbühne 28 (1932), I, S. 407–410

Artikel im «*General-Anzeiger* für Dortmund und das gesamte rheinisch-westfälische Industriegebiet»:

Neue Themen und abgenutzte Literatur. 8. 1. 1931
Abwehr der Kulturreaktion. 4. 2. 1931
Theater, Städte, Publikum, 8. 2. 1931
Sehertum oder klare Sicht? Alfons Paquets Rhein-Ruhr-Gemälde im Licht methodischer Publizistik. 15. 2. 1931
Der Theaterbesucher ist vogelfrei – erklärt das Oberlandesgericht Hamm. 14. 3. 1931
Technische Lyrik – Arbeiterlyrik. 27. 3. 1931
Die publizistische Funktion der Dichtung. 31. 3. 1931
Rundfunk als Theatermäzen? Das Ende einer Überlegung 12. 5. 1931
Kleine Ketzerei über Kunst und Popularität. 26. 5. 1931
Das Pflaster aus Basalt. Führungsqualitäten der westdeutschen Wirtschaft. 10. 6. 1931.
Die geistige Situation am Rhein. 22. 6. 1931
Die Diktarur des Dogmas. 9. 7. 1931
Fahrt ins Hinterland. Aus einem unveröffentlichten Roman. 9. 7. 1931
«Medical Hut». 21. 7. 1931
Ruhrtheater außer Betrieb? 24. 8. 1931

Wirtschafts-Anarchisten. Das Ultimatum des Reichsverbandes. 28. 8. 1931

Drama und Zeitstoff. I. Situation, Tendenz und Spielarten. 2. 9. 1931

II. Grenzen der Gattung. 3. 9 1931

Präsidenten-Theater. Mobilmachung gegen zweifelhafte Projekte. 17. 9. 1931

Korsische Reise. 7. 10. 1931; 23. 10. 1931; 10. 11. 1931; 24. 12. 1931

Zur Notlage der Schriftsteller. Auch ein Alarmruf. 17. 10. 1931

Abbau von innen. 2. 11. 1931

Männer des Hintergrunds. 15. 11. 1931

Ein hoffnungsloses Projekt. Zum Versuch einer Theaterdiktatur rheinischer Regierungsorgane. 23. 11. 1931

Zwischen Bohemien und Bürger. Die Stellung des Künstlers in der Gesellschaft. 6. 12. 1931

Das Recht auf Theaterbesuch. 7. 12. 1931

Umwertung der Probleme. Sinn und Widersinn der Entwicklung. 14. 12. 1931

Konflikte in der Schriftstellergewerkschaft. 22. 12. 1931

Industrierevolte gegen die Währung. 29. 12. 1931

Amerikanische Tragödie. 16. 2. 1932

Wegweiser

Inhalt

rororo aktuell

Herausgegeben von Freimut Duve

Abrüstung und Militärpolitik

Albrecht, Ulrich/Lock, Peter/ Wulf, Herbert
Arbeitsplätze durch Rüstung? Warnung vor falschen Hoffnungen (4266)

Boserup, Anders/Mack, Andrew
Krieg ohne Waffen: Studie über Möglichkeiten und Erfolge sozialer Verteidigung. Kapp-Putsch 1920 / Ruhrkampf 1923 / Algerien 1961 / ČSSR 1968 (1710)

Hesslein, Bernd C. (Hg.)
Die unbewältigte Vergangenheit der Bundeswehr. Fünf Offiziere zur Krise der inneren Führung (4190)

Jahn, Egbert
Kommunsimus – und was dann? Zur Bürokratisierung und Materialisierung des Systems der Nationalstaaten (1653)

Rüstung und Abrüstung im Atomzeitalter. Ein Handbuch. Herausgegeben vom Stockholm International Peace Research Institute (SIPRI) (4186)

Studiengruppe Militärpolitik
Ein Anti-Weißbuch. Materialien für eine alternative Militärpolitik (1777)

Die Nationale Volksarmee. Ein Anti-Weißbuch zum Militär in der DDR (4059)

Industriekritik und Ökologie

Atommüll oder Der Abschied von einem teuren Traum. Arbeitsgruppe «Wiederaufarbeitung» (WAA) an der Universität Bremen (4117)

Commoner, Barry
Energieeinsatz und Wirtschaftskrise Die Grundlage für den radikalen Wandel (4193)

Frank, André Gunder
Weltwirtschaft in der Krise Verarmung im Norden – Verelendung im Süden (4352)

Gaul, Ewald
Atomenergie oder Ein Weg aus der Krise? (1773)

Gorz, André
Ökologie und Politik. Beiträge zur Wachstumskrise (4120)

Illich, Ivan
Die sogenannte Energiekrise oder Die Lähmung der Gesellschaft Das sozialkritische Quantum der Energie (1763)

Kraatz, Birgit
Seveso und die Tragödie danach (4349)

Matzner, Egon
Wohlfahrtsstaat und Wirtschaftskrise Österreichs Sozialisten suchen einen Ausweg (4263)

Mirow, Kurt Rudolf
Die Diktatur der Kartelle. Zum Beispiel Brasilien. Materialien zur Vermachtung des Weltmarktes (4187)

Strasser, Johano
Die Zukunft der Demokratie. Grenzen des Wachstums – Grenzen der Freiheit? (4118)

Turner, John F. C.
Verelendung durch Architektur «Housing by People». Plädoyer für eine politische Gegenarchitektur in der Dritten Welt (4264)

Wüstenhagen, Hans-Helmut
Bürger gegen Kernkraftwerke Wyhl – der Anfang? (1949)

166/65c

rororo aktuell

Herausgegeben von Freimut Duve

Arbeit/Arbeitslosigkeit

Däubler-Gmelin, Herta
Frauenarbeit oder Reserve zurück an den Herd! (4183)

Fröbel, Folker/Heinrichs, Jürgen/Kreye, Otto
Die neue internationale Arbeitsteilung
Strukturelle Arbeitslosigkeit in den Industrieländern und die Industrialisierung der Entwicklungsländer (4185)

Jugendarbeitslosigkeit
Materialien und Analysen zu einem neuen Problem. Hg. von Sybille Laturner und Bernhard Schön (1941)

Kasiske, Rolf (Hg.)
Gesundheit am Arbeitsplatz
Berichte und Analysen zu Belastungen und Gefahren im Betrieb (1876)

Vilmar, Fritz
Menschenwürde im Betrieb
Modelle der Humanisierung und Demokratisierung der industriellen Arbeitswelt (1604)

Technologie und Politik, Heft 8
Die Zukunft der Arbeit 1 (4184)

Technologie und Politik, Heft 10
Die Zukunft der Arbeit 2 (4265)

Frauen aktuell

Herausgegeben von Susanne v. Paczensky

Baumgartner-Karabak, Andrea/Landesberger, Gisela
Die verkauften Bräute. Türkische Frauen zwischen Kreuzberg und Anatolien (4268)

Benard, Cheryl/Schlaffer, Edit
Die ganz gewöhnliche Gewalt in der Ehe
Texte zu einer Soziologie von Macht und Liebe (4358)

Däubler-Gmelin, Herta
Frauenarbeitslosigkeit oder Reserve zurück an den Herd! (4183)

Annette/Barbara/Carmen/Carola/Gabi/Katharina/Magda/Monika/Rosi/Susanne/Yvette
Die Hausfrauengruppe oder Wie elf Frauen sich selbst helfen. Herausgegeben von Carmen Thomas (4359)

Jochimsen, Luc
Sozialismus als Männersache oder Kennen Sie «Bebels Frau»? (4350)

Paczensky, Susanne v. (Hg.)
Frauen und Terror. Versuche, die Beteiligung von Frauen an Gewalttaten zu erklären (4277)

Pro Familia Bremen (Hg.)
Wir wollen nicht mehr nach Holland fahren, Nach der Reform des § 218 – Betroffene Frauen ziehen Bilanz (4272)

Stern, Carola (Hg.)
Was haben die Parteien für die Frauen getan? Mit Beiträgen von Gerda Hollunder, Luc Jochimsen, Heike Mundzeck und Claudia Pinl (4006)

Weiss, Ruth
Frauen gegen Apartheid (4351 – in Vorbereitung)

Soziale Konflikte

Aich, Prodosh (Hg.)
Die weitere Verwahrlosung droht...
Fürsorgeerziehung und Verwaltung. Zehn Sozialbiographien aus Behördenakten (1707)

Wie demokratisch ist Kommunalpolitik?
Gemeindeverwaltung zwischen Bürgerinteressen und Mauschelei. Sozialgeschichte aus vertraulichen Kommunalakten (4124)

Mosler, Peter
Was wir wollten, was wir wurden
Studentenrevolte – zehn Jahre danach (4119)

861/3

625/5